KB131435

괴테 문학 강의

E r l ä u t e r u n g   z u

G o e t h e s

괴테 문학 강의

안진태 지음

E r l ä u t e r u n g   z u

G o e t h e s   D i c h t u n g

E r l ä u t e r u n g   z u

G o e t h e s   D i c h t u n g

E r l ä u t e r u n g   z u

G o e t h e s   D i c h t u n g

l ä u t e r u n g   z u

G o e t h e s   D i c h t u n g

일러두기

- 이 책에서 다루는 괴테 등의 주요 작품들은 다음의 괄호 안 표기로 간단하게 줄이고 뒤에 권수와 면수를 차례대로 표시했다. 권수의 기입이 필요 없을 시는 바로 면수를 기록했다.

1. Johann Wolfgang von Goethe, *Werke* in 14 Bänden, herausgegeben von Erich Trunz, Hamburger Ausgabe, München, 1988. (HA)
2. Johann Wolfgang von Goethe, *Egmont*, in: Ders, Werke in 14 Bänden, herausgegeben von Erich Trunz, Hamburger Ausgabe, Band 4, München, 1988. (E)
3. Johann Wolfgang von Goethe, *Götz von Berlichingen,* in: Ders, Werke in 14 Bänden, herausgegeben von Erich Trunz, Hamburger Ausgabe, Band 4, München, 1988. (G)
4. Johann Wolfgang von Goethe, *Die Leiden des jungen Werther*, in: Ders, Werke in 14 Bänden, herausgegeben von Erich Trunz, Hamburger Ausgabe, Band 6, München, 1988. (L)
5. Johann Wolfgang von Gowthe, *Die Wahlverwandtschaften*, in: Ders. *Werke* in 14 Bänden, herausgegeben von Erich Trunz, Hamburger Ausgabe, Band 6, München, 1988. (W)
6. Johann Wolfgang von Goethe, *Novelle*, Reclamsausgabe. (N)
7. Jean Paul, *Abelard und Heloise*, in: *Sämtliche Werke*, Abteilung II, Jugendwerke und vermischte Schriften, hg. von N. Müller, München, 1974. (A)
8. Ulrich Plenzdorf, *Die neuen Leiden des jungen Werther*, Frankfurt am Main, 1973. (LW)

- 인용된 성서는 대한성서공회의 공동번역 개정판을 사용하였다.

들어가는 말

온 나라가, 아니 온 세계가 정치, 경제 및 민족 갈등에 휩싸여 있는 것 같다. 이러한 시대에 괴테를 음미해 보는 것은 매우 의미가 깊다고 생각된다. 괴테가 활동하던 시대도 사회 및 정치 등 여러 사정으로 분열과 고난의 혼탁한 시대였기 때문이다. 〈현대인들은 물질적 만족을 얻고자 악마와 거래한 파우스트의 후예들이다. 파우스트가 꿈꾼 인공 낙원이 한낱 신기루로 판명된 것처럼 그의 후예들 역시 세계 상실, 가치의 총체적 몰락이라는 묵시록적 상황과 마주하고 있다〉는 어느 학자의 말처럼 괴테 시대뿐만 아니라 현대도 세계 및 가치가 상실되고 있다. 그처럼 혼탁한 시대에도 퇴폐와 허무주의로 흐르지 않고 암담한 현실에 대해 끊임없는 구원을 모색한 괴테는 위대한 문학 작품을 남긴 대문호였을 뿐 아니라 미술, 음악, 연극, 철학, 자연 과학에도 조예가 깊은 인물이었다. 따라서 르네상스 이후 최초의 전인적 인간형, 위대한 교양인·예술인의 모범이 된 그는 영원한 이상을 좇아 끝없이 헤매는 파우스트처럼 일생 동안 지칠 줄 모르게 진실을 탐색하였다.

이러한 괴테의 다양한 문학과 사상이 한 권의 저서로 집필되었다.

이 집필은 〈사상의 분야〉와 〈문학의 분야〉의 큰 틀로 나뉘어 있다. 〈사상의 분야〉에서는 괴테의 신화관과 문명관 및 역사관 등을, 〈문학의 분야〉에서는 괴테의 시, 소설, 희곡의 분야를 다룸으로써 궁극적으로 괴테에 대하여 포괄적으로 접근하고자 한다.

〈사상의 분야〉에서, 괴테의 〈신화관〉과 〈문명관〉은 『파우스트』와 『젊은 베르테르의 슬픔』 등의 내용을 근거로 규명하고, 그의 〈역사관〉은 단편 「노벨레」의 내용을 중심으로 규명하였다. 〈문학의 분야〉 가운데 시의 집필에서는 괴테의 동양 사상을 담고 있는 시집 『서동시집』을 주요 대상으로 삼았고, 소설은 『젊은 베르테르의 슬픔』, 『빌헬름 마이스터의 방랑 시대』, 『빌헬름 마이스터의 수업 시대』, 『친화력』, 「노벨레」 등을, 희곡은 「에그몬트」와 「괴츠 폰 베를리힝겐」 등 〈기사극(騎士劇)〉을 집중적으로 고찰하여 괴테의 〈사상〉과 〈문학〉을 아우르도록 시도하였다. 이러한 연구는 다음과 같이 세부적으로 구분된다.

1. 신화관

신화는 괴테의 인생뿐만 아니라 그의 문학에도 많은 영향을 미쳐서 신화의 연구가 괴테의 문학을 이해하는 첫 단계가 아닌가 생각된다. 괴테의 삶과 문학이 신화를 통해 정화되고 향상된 것이다. 이를 배경 삼아 괴테 자신 및 그의 문학에 미친 신화를 심층적으로 분석하여 문학의 사상적 배경을 규명하였다. 이 외에 괴테의 다양한 여성관에 반영된 신화적 배경도 〈여성의 우위〉 및 〈남성의 정화〉 장으로 설정하여 심층적으로 고찰하였다.

2. 문명의 비평

〈역사가 진행되면서 서양의 문명이 더욱 발달했다〉는 엘리아스Nor-bert Elias의 말처럼 인간 역사의 발달이 문명의 확산으로 여겨지는 가치 판단은 옳지 않다는 것을 괴테는 일깨워 주었다. 시대가 가면서 문명이 발달되어 가는 것처럼 보이지만 실제로는 인간성이 황폐되기 때문에 이를 진정한 문명의 발달로 여기기 어렵다는 것이다. 이러한 배경에서 실러*Friedrich Schiller*는 〈미개인*die Wilden*〉과 〈야만인*die Barbaren*〉을 구별했는데, 그는 미개인을 소위 원시인*die Primitiven*으로, 야만인을 문명인*die Zivilisierten*으로 이해하여 문명은 휴머니티와 야만을 동시에 지닌다고 주장하며 계몽주의와 혁명의 시대였던 자신의 시대를 〈문명화된 야만 상태*zivilisierte Barbarei*〉로 보았다. 이렇듯 문명을 본격적으로 비평하는 문학이나 성찰의 시발점은 괴테와 실러에 있다고 볼 수 있다. 16~17세기의 지리적 발견 이후 18세기 노예 산업의 급속한 확산으로 인해 세계 시장이 확산되면서 문명의 부정적인 면이 부각되기 시작했는데, 이에 근거한 괴테의 문명 비판을 『파우스트』를 중심으로 규명하였다.

3. 시

괴테 시에 대한 연구의 첫 시도로, 논란이 많은 『서동시집』의 장르를 정립하고, 이어 이 시집의 전체적인 의미와 각 시들에 담긴 의미의 관계를 규명하였다. 특히 「티무르의 서(書)」편에 실린 시 「겨울과 티무르」에서 전개되는 세계의 정복자 티무르와 자연인 겨울의 대결에 내재된 괴테의 철학·심리학·사회학적 지식을 심층적으로 분석했다. 또한 「티무르의 서」편의 시들에 내재된 역사와 이와 관련한 실제 역사를 비교하여 14세기 페르시아의 영웅 티무르와 나폴레옹의 비교 등 실증적인 역사도 고찰한다. 그 외에, 작품 「티무르의 서」편과 「줄라이카의 서」편에 들어 있는 시들을 서로 비교하여 전쟁과 사랑의 관계를 규명하고, 『서동시집』에 들어 있는 시들을 내용과 형식에 따라 개괄적으로 구분해 본다.

4. 소설

『젊은 베르테르의 슬픔』, 『빌헬름 마이스터의 수업 시대』, 『빌헬름 마이스터의 방랑 시대』, 『친화력』, 「노벨레」, 총 다섯 소설을 연구의 대상으로 삼았다. 특히 『빌헬름 마이스터의 방랑 시대』는 한 편의 소설인지 혹은 여러 단편들의 모음집인지에 대한 명확한 답변을 내릴 수 없는데, 이러한 점에서 이 소설 가운데 가장 흥미롭다고 여겨지는 작품 「새로운 멜루지네Die neue Melusine」가 이 소설에서 갖는 위치와 의미를 규명하고자 해당 작품의 생성 배경과 그것이 암시하는 바를 탐구했다.

1809년에 발간된 괴테의 소설 『친화력』은 19세기의 〈비도덕적인 소설〉로, 말하자면 도덕 법칙과 자연 법칙의 대립, 인간의 미덕과 자연적 운명 등의 관계로 해석되는 등 논쟁의 여지가 많은 작품이다. 괴테 자신도 윤리의 타락을 나타내는 작품으로 규정하는 만큼 윤리성에 대한 논쟁이 분분한 『친화력』은 결혼, 운명 및 사회의 차별 등을 다루고 있다. 인간의 운명은 윤리와 비윤리, 도덕과 비도덕으로 구분된다는 이분법적 전제로, 『친화력』에서 괴테가 파렴치한 사랑이나 혼인을 미화했는지, 또는 시민 계급에 의한 봉건 제도의 붕괴를 수용했는지에 대한 규명이 필요하다. 분리(별거)와 통합을 주제로 한 『친화력』에서, 통용되는 것은 해체되고 상징적인 것은 통합된다. 따라서 감정에 따른 등장인물들의 성격이나 행동 및 상황을 규명하고자 한다. 특히 작품의 주요 등장인물인 오틸리에와 하우프트만을 새로운 사회를 창조하는 인물로 보고, 이들의 성격이나 상호 관계를 심층 규명한다. 또한 이와 함께 『파우스트』의 여주인공 그레트헨과 헬레네 및 『젊은 베르테르의 슬픔』의 로테를 비교함으로써 괴테 여성상의 원형이 되는 모성의 이념을 고찰한다.

『젊은 베르테르의 슬픔』은 주로 수용사(受容史)적인 관점에서 연구되었다. 이 작품의 주인공 베르테르의 이미지는 작품이 생성되고 2백여 년이 지난 지금까지 사회적, 철학적, 문학적으로 다양하게 수용되었고 다른 작가들의 작품에서 고유적으로 변화·개발되어 다양한 특성을 형성하였다. 이렇게 여러 작품들에서 『젊은 베르테르의 슬픔』의 발간 이후 베르테르의 수용 방식을 파악해 보고자 한다. 특히 베르테르의 모방이 독서계에 크게 유행하던 1770~1780년대 장 파울Jean Paul의 베르테르 모방이 관심을 끈다. 그의 소설 『아벨라르트와 헬로이제Abelard und Heloise』에서 당시 출판계의 유행 등도 추적했다. 이러한 것들을 토대로 『젊은 베르테르의 슬픔』 이후 여러 작품들의 내용, 구조, 주요 동기 등을 고찰함으로써 베르테르의 새로운 이미지를 규명하고, 베르테르의 성격이 다른 작품들에서 어떻게 세속화되고 변조되었는지 살펴본다. 또한 변형된 베르테르에 반영된 당대의 독서 취향을 근거로 당시의 철학적·문학적 사조뿐만 아니라, 베르테르를 수용한 정신사인 〈감상주의Empfindsamkeit〉도 고찰하여 당대에 유행했던 〈감상 소설Der empfind-same Roman〉의 장르도 규명하였다. 그 밖에 단편 「노벨레」에서는 프랑스 혁명 등 역사적인 사건에 근거하는 역사관이 어떻게 암시되는지 짚어 보았다.

5. 희곡

괴테의 초기 드라마 작품들은 실제 역사적 사건에 연관되는 경우가 많아 역사극이 아닌가 하는 생각도 든다. 작품 속 역사적 인물은 괴테가 의도하는 갈등이나 이념을 전달하는 역할을 하는데, 이렇듯 괴테는 역사에서 자신이 묘사하고자 하는 인물들을 찾아내어 그들에게 자신의 관심을 투영시킨다. 이에 따라, 역사적 사건을 소재로 하고 자의적인 관점으로 형성한 인물인 에그몬트와 괴츠를 중심으로 작품화한 희곡 「에그몬트」와 「괴츠 폰 베를리힝겐」을 중심으로 괴테의 기사극을 고찰하고자 한다. 연구의 첫 부분에서 주인공들의 특징이, 두 번째 부분에서는 역사적 실제 인물인 괴츠와 에그몬트와 작품 속 인물들의 상응점과 대치점이, 세 번째로 이들 역사적 인물을 작품으로 변형시킨 괴테의 이념이 규명된다. 괴테는 이들 작품에서 새로운 특권 계급의 창출에 의해서 개인의 권리가 탄압되는, 다시 말해서 자연에 어긋나는 문화를 실감 나게 노정시켰다. 한편 괴테 자신의 고백 또한 담겨 있어, 그의 자서전적 연관성도 집중적으로 밝혔다.

괴테의 다양한 면모를 한 권의 책에 집대성한다는 것은 거의 불가능에 가까운 작업이었다. 하지만 큰 용기를 가지고 시도하였고, 이 책이 발간된 지금 이제 남은 것은 괴테 문학의 연구에 조금이라도 도움이 되었으면 하는 바람이다. 책을 집필하고 나면 독자의 평가를 기다릴 수밖에 없다. 필자의 학문적 한계로 말미암아 아직 미비한 점이 많으리라 생각한다. 뒷날 보다 나은 발전을 위해 여러 선후배님들의 아낌없는 지적과 편달을 바란다. 끝으로 이 책의 출판을 위해 수고해 주신 열린책들의 홍지웅 대표님과 편집부 여러분, 그리고 원고 작성에 협조해 준 주위 여러 분들께 글로나마 심심한 감사를 드린다.

2015년 어느 날 동해 바닷가에서
안진태

차례

제1장

괴테의 신화

우리는 신들의 희로애락인 신화의 비밀을 애써 이해하려고 시도한다. 모든 문화의 최초에는 신화가 있고 이러한 신화에서 종교, 철학, 과학이 통일체를 형성하기 때문이다. 문자 그대로의 의미만을 지녔던 이야기들이 신화에서는 상징적이며 비유적인 의미를 지녀 철학적이고 추상적인 의식을 형성한다. 하늘과 땅, 남성적 원리와 여성적 원리, 선과 악, 천체와 원소, 사랑과 정의의 정신적·물리적인 근원 등이 신화에서 인격화된 신의 존재로 나타난다. 따라서 신화는 지상의 형상, 지상에서 행해지는 자연 질서의 근원, 낮과 밤의 교차 또는 계절의 주기 등을 설명해 준다. 신화는 또한 신약 성서의 「요한의 묵시록」이나 세계의 대재앙에 관한 단편인 「무스필리Muspilli」에서처럼 미래를 내다보아 모든 사물의 운명을 예시하기도 한다. 이러한 신화는 종교와 일치하는 점이 많아서 신·구약 성서의 내용도 어느 정도는 신화로 볼 수 있겠다. 그러나 정치적인 이유 등으로 신화가 배척되는 시대도 있었다.

2500년 전 서양에서 처음으로 철학적 사고가 탄생하던 시기를 철학사에서는 흔히 〈뮈토스Mythos에서 로고스Logos로〉 이행한 시기라고 말한다. 신화(적 사고가 지배하는 시대)에서 이성(적 사고가 지배하는 시대)으로 지적 헤게모니가 넘어왔다는 뜻이다. 그 후 2500년 동안 신화는 〈신비〉라는 단어와 함께 〈이성 사회〉의 적이었다. 미신 추방에서 시작해 마녀사냥을 거쳐 지식인 사회에서 진행된 칸트의 이성 비판, 마르크스의 정치 경제학 비판 등은 내용상의 차이에도 불구하고 하나같이 신화나 신비의 배척을 목표로 하고 있었다. 20세기 독일 신학자 불트만Rudolf Bultmann은 자신의 성서 해석 방법에 대해 아예 〈탈신화화〉, 즉 신화적인 것을 벗겨 내기만 하면 학문성이 확보되는 것으로 보았을 정도였다.[1]

그러나 하이데거의 실존주의에 영향을 받아 역사를 실존사로만 해석하려 한 불트만의 역사관은 강한 비판을 받았다. 따라서 불트만 등에 의한 쇠퇴기에도 신화는 꾸준히 지속되어 철학, 사상, 특히 문학 등에 많은 영향을 미쳤다. 유럽 문화의 기원에서부터 문학적 상상력의 동기가 되었던 신화는 아리스토텔레스Aristoteles의 『시학Poetica』 이후 문학의 중요한 요소가 되어, 오토Walter F. Otto는 〈문학은 아직도 신화적으로 이야기되고 있다〉[2]고 말하면서 고대 신화는 문학의 내부에서 생존한다고 주장하였다. 즉 문학은 신화를 수용하고, 신화는 창작술을 매개로 꽃피게 된다는 것이다. 이러한 맥락에서 니체Friedrich Nietzsche는 신화의 〈영원 회귀성〉을 강조했으며, 토마스 만Tomas Mann은 신화를 〈항상 존재하는 현재zeitlose Immer-Gegenwart〉로 규정했다. 종교적인 것, 우주적인 것 그리고 총체적인 것에서 신화의 본질을 찾은 브로흐Hermann Broch는 태고의 신화까지 거슬러 올라가지 않고 문학에서 신화를 추적하였다.[3] 그에 의하면 문학의 원형인 신화 속에 인간과 세계에

1 이한우, 「로고스에서 다시 뮈토스로」, 『주간조선』, 2002.

2 Walter F. Otto, *Mythos und Welt*, Darmstadt, 1962, S. 269.

3 Hermann Broch, Geist und Zeitgeist, in: *Schriften zur Literatur*, 2. Theorie, Frank-

대한 지식이 내포되어 있으며, 따라서 그는 시대를 초월하여 삶의 근원으로 거슬러 갈 수 있는 새로운 신화를 희망했다. 호메로스Homeros에서부터 에우리피데스Euripides, 이오니아 출신의 계몽주의자들에서부터 플라톤Platon과 아리스토텔레스에 이르기까지 지속된 문학적 상상력에서 신화는 동기나 줄거리, 등장인물들을 마련해 주는 무진장한 보고(寶庫)였다. 이러한 신화의 보고로부터 문학은 조형 예술과 함께 고무를 받아 새로운 형상들을 만들어 왔다. 따라서 그리스 예술뿐만 아니라 다른 유럽 예술에도 영향을 미친 신화의 이해야말로 서구 문학과 예술의 이해를 위한 전제인 셈이다.[4]

모든 한계를 무너뜨리려는 노력, 즉 어떠한 제약이나 제한도 결코 수용하지 않으려는 삶의 원칙, 또 종교적 한계든 형이상학적 한계든, 정치적·사회적 한계든 모든 규제를 악으로 여기는 견해는 헤르더 Johann G. Herder와 게르스텐베르크Heinrich W. von Gerstenberg에서 시작하여 라바터Johann K. Lavater와 괴테 그리고 렌츠Jakob M. R. Lenz, 클링거 Friedrich M. Klinger를 거쳐 청년 실러에 이르기까지 〈질풍노도〉 문학의 본질이 되고 있다. 이들이 문학에서 요구하는 한계의 타파인 절대적인 자유는 결국 이들이 추구하는 자아의 본성이었다. 『파우스트』에서 〈나 여기에 있노라, 여기에!〉(9412행)라고 외치는 절대적 자아는 완전한 해방과 총체적 자유를 전제로 한다.[5] 이렇게 무제한을 추구하면서 지상에서의 인간 활동이 가지는 의미를 탐구하는 파우스트는 신적인 경지의 인간상이며 동시에 근대적 과학에 내재된 파괴의 위험성도 경고하고 있다.

17세기에 태동하여 19세기 및 20세기에서도 전진과 승리를 이어 가

---

furt/M., 1981, S. 193 f.

4 이유영, 『독일문예학개론』, 삼영사, 1986, 83면 이하 참조.

5 김수용, 「자아의 절대화와 파멸의 필연성」, 『독일 문학』 61집, 1996, 3면.

고 있는 근대 과학 속에서 독일 문학은 18세기 후반부터 이성과 진보에 대한 회의를 느끼기 시작하였다. 이런 배경에서 『파우스트』에서는 메피스토펠레스까지도 신이 부여한 인간의 이성과 진보를 조롱한다.

> 당신께서 인간에게 하늘의 빛의 허상을 주시지 않았던들
> 인간은 좀 더 잘 살 수 있을 겁니다.
> 이들은 이 허상을 이성이라 부르고 이것을 다른 어떤 짐승보다
> 더 짐승같이 사는 데만 이용하고 있지요. (283~286행)

이러한 이성과 진보에 대한 회의감에서 신이 야기했을지도 모르는 지진과 같은 자연재해나 사악한 사건들에도 불구하고 이 세상이 〈세계에서 가능한 최상의 세계〉라고 보는 라이프니츠Gottfried W. Leibniz 의 신학적 합리주의인 〈변신론〉이 문제가 되기도 하였다. 클라이스트 Heinrich Kleist는 『칠레의 지진Das Erdbeben in Chili』에서 인간의 운명을 좌우하는 사건들이 신의 의지에 의한 것인가라는 질문을 던짐으로써 변신론에 저항하는 무신론과 회의론을 내세우기도 하였다. 그러나 이러한 신에 대한 회의론에도 불구하고 일반적으로 신은 아름답거나 이상적인 존재로 문학 등에 수용되었다.

독일 문학에서도 계몽주의 이후로 수많은 작가와 이론가들이 신화를 소재로 작품과 비평을 썼다. 신화는 문학 작품 최고의 소재이기 때문이다. 실러는 「그리스의 신들Die Götter Griechenlands」이라는 비가(悲歌)에서 사라진 신화의 복원이 예술을 다시 살리는 방법이라고까지 주장하였다.

> 아름다운 세상이여, 그대는 어디에 있는가? 다시 돌아오라,
> 자연의 상냥한 개화의 시대여!

아, 노래 속 요정의 나라에서만

그대의 동화 같은 흔적이 남아 있구나.

황량 속에서 황야는 슬퍼하고,

나의 시야에 신성은 보이지 않는다.

아, 삶을 따뜻하게 해주던 형상에는

그림자만이 남아 있구나. (89~96행)

이 시에서는 인간과 신이 서로 접촉하여 신 – 인간 – 자연이 단일체를 형성하던 과거의 세계와, 신과 인간의 접근이 불가능하게 되어 〈황량 속에서 황야가 슬퍼하는〉 (실러의) 현대 시대가 비교된다. 이렇게 17세기의 계몽주의 시대에 배척되었던 신화는 18세기에 접어들면서 다시 각광받는데, 이에 대해서 횔덜린Friedrich Hölderlin 의 안티케Antike[6] 에 관한 시 하나를 음미해 본다. 안티케 문화는 그리스 신화 세계에 기초를 둔 헬레니즘 문화로서 그 바탕은 제우스를 정점으로 한 여러 신들에 대한 믿음이다.

아버지 헬리오스여!

당신은 내 가슴을 즐겁게 해줬소.

거룩한 루나여! 엔디미온처럼

나도 당신이 사랑하는 소년이었소.

오 그대들 충실하고

---

6 안티케는 고대 그리스 시대, 즉 서구의 고전 시대를 가리키는 독일어 표현이다. 이 말의 고어형인 아르카디엔Arkadien은 고대 그리스의 산악 지역인 아르카디아Arcadia(목가적이고 고립적인 특징으로 인해 그리스 시대의 전원시와 르네상스 시대의 문학에 〈낙원〉으로 묘사되었다)에서 유래한 말이므로 원래 발음을 따른다면 〈아르카디아〉라고 해야 하나, 보통 독문학계의 관행에 따라 〈안티케〉와 같이 독일어 발음으로 표기한다.

친절한 모든 신들이여!
내 영혼이 얼마나
그대들을 사랑했는지 아시겠지요!

그 시절 나는 아직
그대들 이름을 부르지 못했다오.
인간들이 마치 서로를 잘 아는 듯이 이름들을 부르지만,
그대들 역시 내 이름을 부르지는 못했다오.

그러나 나는 인간들보다도
그대들을 더 잘 알게 되었소.
나는 아이테르의 정적을 알지만
인간들의 말은 잘 이해하지 못한다오.

속살거리는 숲의 아름다운 소리가
나를 키웠고,
꽃들 속에서
배우는 걸 더 좋아했지.

여러 신들의 팔에서 난 성장했다오.

그리스의 고대 문화를 풍성하게 한 여러 신들의 세계가 담겨 있는
이 시는 실러의 「그리스의 신들」에서처럼 아름다웠던 고대 그리스와
인간에게 행복을 베풀었던 그리스의 신들을 찬미한다. 신화와 상상력
이 결합된 실러의 「그리스의 신들」이나 횔덜린의 찬가 「에게 해(海)의
군도Der Archipelagus」에서 신화는 변용되기도 한다.

마찬가지로 괴테의 작품에도 신의 이미지가 다양하게 나타나 『젊은 베르테르의 슬픔』에서 베르테르가 그림으로 재현하고자 하는 자연에서의 신은 그의 주관적 내면세계를 투영하는 한편, 『빌헬름 마이스터의 수업 시대』에서 묘사되는 신은 주인공과 직접적으로 소통하는 일 없이 주인공이 체험하는 사회와 자연을 통해서 간접적으로만 나타난다. 빌헬름 마이스터에게 신은 인간 사회의 지향점인 것이다. 베르테르가 느끼는 신이 주관적인 산물이라면, 빌헬름 마이스터에서 연상되는 신은 세속화된 경건주의Pietismus의 산물이다. 경건주의에 의하면 창조로 작용하는 신은 창조된 모든 것 속에 담겨 있어서 모든 물질적인 것과 문자적인 것에는 신의 정신이 인상학적으로physiognomisch 표현되어 있다. 신의 존재가 뚜렷하면서도 파악하기 어려운 작품은 『파우스트』이다. 〈보이지 않는 신〉을 죽기 직전까지 동경하지 않지만 작품 전체적으로 볼 때 파우스트는 궁극적으로 신을 향하고 있다. 이렇게 괴테의 문학에서 도달하고자 하는 〈신〉은 다양한데, 이는 신이 그의 문학과 사유에서 고정된 존재가 아니라 끊임없이 변하는 이미지이기 때문이다.

대체적으로 조화, 자유, 아름다움 등에 대한 찬가들로 구성된 횔덜린의 초기 시에서는 추상적인 이상(理想)들이 신들의 의인화로 나타난다. 그의 후기 작품인 비가 「빵과 포도주Brot und Wein」에서 도래하는 신이나, 「평화의 축제Friedensfeier」에 등장하는 〈축제의 군주Fürst des Festes〉는 미래 지향적이다. 1801년의 르네빌Leneville 평화 협정을 역사적 토대로 한 「평화의 축제」에서는 평화가 신화적으로 묘사되고 있는 것이다. 아울러 횔덜린의 「편력Die Wanderung」이나 실러의 「산책Der Spazier-gang」은 상상적 여행이나 방랑을 통한 과거와 현재, 그리고 미래의 역사적인 해석으로 시대적인 당면성을 밝히는 동시에 유토피아적 미래상을 제시한다. 노발리스Novalis의 「밤의 찬가Die Hymnen an die Nacht」에서 밤은 더 이상 자연 현상으로서의 밤이 아니라 미래의 〈낮〉을 예시하는

〈성스러운 밤〉으로 당대에 대한 비유이다. 태초의 역사가 신화적 언어로 묘사된 이 작품에서 〈고대〉는 만물에 생기를 주는 〈빛〉의 시대이며, 신들과 인간이 〈다채로운 축제〉를 벌이던 시대였다. 이 축제는 죽음의 등장으로 중단되어 〈현재〉는 〈차가운 북풍〉만이 불고 있는 〈밤〉의 세계이다. 노발리스는 이러한 두 세계의 화합과 새로운 〈기쁨의 밤〉의 도래를 그리스도에게서 찾는다. 시인 자신의 변용이기도 한 그리스 신화의 오르페우스와 그리스도의 제자인 사도 요한을 연상시키는 어느 가인(歌人)의 묘사에서 그는 그리스도의 삶과 죽음을 통해 생명과 죽음, 이별과 재회, 이교도와 기독교를 화해시키고 있다.[7]

이렇듯 독일 문학에 많은 영향을 미친 신화가 독일 문학 연구의 필수적인 단계인 것은 당연하다. 따라서 이 장에서는 신화가 괴테와 그의 문학에 미친 영향력을 고찰하고자 한다. 다시 말해서 괴테 자신 및 그의 문학에 영향을 미친 신화의 심층적인 분석을 통해 괴테 문학의 사상적 배경을 규명하는 것이다. 예컨대, 괴테의 (탄압에서 벗어나는) 〈해방〉을 담은 신화관에서는 양분된 현실에서 투쟁하는 거인 프로메테우스의 등을 규명하였다. 괴테는 후기에 세계를 뒤흔든 프랑스 혁명을 겪으면서 신화적 인물인 프로메테우스를 역사적 사건으로 전개시켰고, 따라서 프로메테우스는 신화적 본성을 상실하고 인간의 역사로 탈바꿈한다. 이러한 〈해방의 감정〉 외에 괴테의 다양한 여성관에 반영된 신화관 등을 『파우스트』와 『젊은 베르테르의 슬픔』 등의 내용을 근거로 심층 고찰한다.

---

7 안진태, 『독일 문학과 사상』, 열린책들, 2010, 19면 이하. (이하 『독일 문학과 사상』으로 줄임).

1. 괴테의 신관(神觀)

범신론

기원전 98년 로마의 역사가인 타키투스Cornelius Tacitus가 집필한 저서『게르마니아Germania』에는 독일 민족의 조상으로 알려진 게르만 민족의 여러 가지 특징이 언급되어 있다. 이 책에서 흥미를 끄는 것은 유목민으로서 윤리 의식이 강하고 호전적이며 목가적인 민족으로 묘사된 게르만인은 그리스인과는 달리 눈에 보이지 않는 신, 즉 신전이나 신상을 마련하지 않고 자연 자체를 숭배하며, 그 속에 깃들어 있는 초자연적인 힘을 외경시하고 받들었다는 내용이다. 이러한 자연관에서 나온 신의 관념이 범신론의 모태가 된다.[8] 신을 별개의 존재로 보는 것이 아니라, 우주와 세계 모두에 신이 내재되어 있다는 철학·종교관이자 예술적 세계관이 범신론이다. 만유신교(萬有神敎), 만유신론이라고도 하는 범신론은 1770~1780년대에 스피노자Baruch Spinoza에 의해 자리를 잡게 되었다.

이성을 바탕으로 한 범신론은 동시대인들로부터는 정당한 평가를 받지 못하고 오히려 무신론이나 이단으로 비판받았으나, 스피노자 사후 1세기가 지나고 그가 경건한 그리스도 신자로 인정받으면서부터 철학도 높이 평가받게 되었다. 따라서 헤겔은 〈스피노자의 이념은 모든 철학적 사색의 본질적인 시원(始原)이다. 따라서 철학을 시작하려면 먼저 스피노자주의자가 되어야 한다〉[9]라고까지 말했다. 스피노자가 살았던 17세기는 뉴턴의 〈만유인력의 법칙〉의 발견 등으로 자연 과학 연구가 비약적으로 진보한 시대였지만, 종교에서는 전통적인 계시, 낡은

---

8 강두식 역주,『파우스트 I·II부』, 대학고전총서 6, 서울대학교출판부, 1988, 410면.
9 고봉진,『뉴시스아니즈』, 2014 참조.

그리스도교의 틀을 벗어나지 못하고 있었다. 이러한 환경에서 스피노자의 범신론은 신앙에서 이성 혹은 철학의 확립으로 시작했다. 철학을 세속화시킨 그는 지적 탐구를 신앙 때문에 제한하지 않았고, 오히려 신앙을 대신할 수 있는 지식을 추구한 자신의 철학이 그리스도교에 어긋나지 않는다고 생각했다. 그가 의미하는 신은 구약 성서에 나오는 신으로 신앙과 분리되어 순수한 이성으로 사유되어야 했다.

범신론이 18세기 후반 유럽의 사상계에 유행하면서 스피노자 붐이 일어나자 괴테도 그 영향을 받았다. 괴테는 스피노자의 『윤리학Ethik』을 읽고서 〈나의 정열을 진정시키는 것을 발견했다. 나는 감성적이며 윤리적인 세계에 대해서 광활하고도 자유로운 조망이 펼쳐지는 것을 느꼈다〉(HA 10, 35)라고 자서전 『시와 진실』에서 언급하였다. 특히 『윤리학』 제5부에 나오는 〈신을 사랑하는 사람은 신이 자기에게 사랑을 되돌려 주기를 바라서는 안 된다〉라는 스피노자의 말이 자신의 생각을 지배한다면서 〈모든 것에 있어서 사심이 없고, 특히 사랑과 우정에서 사심이 없을 것을 나의 최고 즐거움으로, 나의 주의로, 나의 실천으로 삼고 있다〉(HA 10, 35)라고 괴테는 말했다. 이렇게 스피노자로부터 윤리적인 영향을 받은 괴테는 인간 차원의 지성과 이성 및 자의(恣意)에 좌우되지 않고 영원한 신의 법칙에 의한 지배를 스피노자에게서 배웠다고 고백하였다(HA 10, 35).

이렇게 스피노자의 범신론을 옹호한 괴테는 범신론에 반대하는 친우이자 철학자인 야코비Friedrich H. Jacobi에게 〈당신은 스피노자 이념의 근거가 되는 최고의 실재, 모든 것의 근거가 되고 또 모든 것이 생겨나는 실재를 인정하고 있다. 스피노자는 신의 실재를 증명하지 않는다. 실재는 신이다. 비록 다른 사람들이 그 때문에 스피노자를 무신론자라고 비난해도 나는 그를 최고의 유신론자, 최고의 그리스도 신자라고 말하고 칭송하고자 한다〉는 내용의 편지를 보내기도 하였다.

각각의 사물에서 신을 인식하는 스피노자의 범신론에 고무받은 괴테는 스피노자의 직관지(直觀知)에 의한 사물의 인식은 〈전 생애를 사물의 고찰에 바칠 만한 용기〉라고까지 치켜세웠다. 이렇게 스피노자의 영향으로 범신론적 종교성을 갖게 된 괴테는 범신론자Pantheist로 통한다. 1812년 1월 6일 친구 야코비에게 보낸 편지에서 괴테는 자신을 가리켜 〈예술가이자 문학인으로서는 다신론자, 자연의 탐구자로서는 범신론자〉(HA 12, 372)라고 말하고 있다.

계몽주의에서 이성적인 자연은 질서와 규칙에 근거하기 때문에 자연은 이성적으로 파악되고 지배, 이용되어야 했다. 그러나 스피노자의 범신론을 받아들인 괴테의 자연은 근원적으로 살아 있는 것, 즉 유기적인 형상으로[10] 영원한 순환 속에서 끊임없이 새로이 시작된다. 이러한 자연은 죽어 있는 소산적(所産的) 자연이 아니라 모든 것의 근저에 살아 있는 능산적(能産的) 자연으로 창조하고 작용하는 생명력 자체이다.[11] 따라고 자연의 창조는 완전한 종결이 아니라 계속 진행 중인 무한한 형성, 즉 〈영원한 작용과 생동으로 생성되는 것〉이기에 신, 창조, 영원한 〈생성Werden〉은 하나이다.[12] 이에 대해 괴테는 1823년 2월 13일 에커만과의 대화에서 〈신성은 죽어 있는 것이 아니라 살아 있는 것에서 활동한다. 신성은 되어진 것과 굳어 버린 것이 아니라 되어 가는 것, 변해 가는 것에 내재한다〉라고 역설하고,『파우스트』중 「무대의 서언 Vorspiel auf dem Theater」에서도 〈완성된 사람에게는 더 이상 해줄 것이 없지요; 되어 가는 사람은 항상 감사해할 것입니다〉(182~183행)라고 피력한다. 또한 「하나와 모두Eins und Alles」라는 제목의 시에서도 생성은

---

10 Gerhard Kaiser(Hg.), *Geschichte der deutschen Literatur*, Bd. 3, Aufklärung und Empfindsamkeit, Sturm und Drang, München, 1976, S. 183.

11 『독일 문학』, 40집, 212면.

12 김수용,『괴테 파우스트 휴머니즘』, 책세상, 2004, 38면 참조(이하『괴테 파우스트 휴머니즘』으로 줄임).

끊임없는 형성과 영원한 변화의 근원적 법칙으로 묘사되고 있다.

> 그리고 창조된 것을 다르게 다시 창조하노니,
> 그 무엇도 굳어짐으로 향하지 않도록
> 영원히 생동하는 행위가 활동을 한다.
> 없었던 것, 그것은 앞으로 무언가 되려고 한다.
> 순수한 태양으로, 형형색색의 땅으로,
> 어떠한 경우에도 멈추어서는 안 된다.
> (……)
> 그럴 것이 오로지 존재 안에서만 머무르려 한다면,
> 모든 것은 허무의 나락으로 떨어질지니.

이러한 관점에서 보면 정체되어 있는 것이나 변하지 않는 것 또는 생성이 불가능한 것, 즉 절대적인 안정, 휴식, 완성, 만족 등은 신성을 부정하는 악의 〈부정적〉 본성에 속한다.[13] 이렇게 괴테가 인식하는 자연은 〈활동하는 우주〉[14]로, 18세기 초의 시에서처럼 정적이 아니라 동적으로, 생명력이 있고 나아가서는 〈자연=신 *natura sive deus*〉으로까지 확대된다.

그런데 앞에서 언급된 죽어 있는 소산적 자연과 살아서 작용하는 능산적 자연은, 『파우스트』에서 메피스토펠레스(소산적 자연)와 신의 개념(능산적 자연)으로 암시된다. 창조된 세계의 전반적인 상태, 특히 인간의 상황에 대한 신과 악마의 판단의 차이는 악마의 시선은 현재에 고착되어 소산적인 자연이 되는 반면에, 신의 시선은 〈미래〉를 지향하는 〈가

---

13 앞의 책, 39면 이하.

14 Karl O. Conrady, Zur Bedeutung von Goethes Lyrik im Sturm und Drang, in: *Sturm und Drang*, hg. v. Walter Hinck, Kronberg/Ts., 1978, S. 114.

능성〉과 〈발전〉을 향하여 능산적 자연이 된다는 것이다. 신의 이러한 미래와 발전으로의 지향은, 신으로 표상되는 창조가 메피스토펠레스가 판단하는 것보다 훨씬 다층적이고 복합적이라는 사실을 보여 준다.

괴테는 독자적인 방법으로 천지 창조의 신에 접근하여 자연은 곧 신이라는 범신론관을 키웠다. 소년 괴테의 소박하면서도 독자적인 접근은 물체에서 신을 구하려는 영혼의 욕구였다. 영혼이나 정신이라는 단어는 그 응용 범위가 대단히 넓어 『빌헬름 마이스터의 수업 시대』에서는 다음과 같이 언급되고 있다. 〈영혼의 눈으로 바라볼지어다! 최고의 미, 최상의 것을 별나라 저쪽의 삶까지 이끌고 갈 창조력이 그대 안에서 솟아날 것이다.〉(HA 7, 575) 일반적으로 영혼은 물질의 반대인 비물질적인 것으로 파악되며, 이의 가장 고차적인 단계는 신이 된다. 이렇게 만물에 원천적으로 작용하는 신을 괴테는 가르침을 받지 않고 직접 인식하려 하였다. 그의 어린 마음을 끈 성서의 부분은 구약에 등장하는 고대인의 소박한 종교 생활이었다.

소년 시절부터 자연을 신에 관련지은 괴테는 자연은 신의 거소이고 신이 사랑하는 곳이라고 여겼으며, 따라서 신이 배려하는 자연의 물상(物象)과 현상의 일부를 차지하는 인간은 신과 직접 교감할 수 있다고 생각했다. 자서전 『시와 진실』에서는 어린 시절 자연에 대한 그의 신관이 다음과 같이 술회되고 있다. 〈소년(괴테)은 아무튼 그 첫 번째 신조를 고수했다. 자연과 직접적으로 연관되어, 자연이 작품이 되는 신이 괴테에게 진정한 신이 되었다. 이러한 신은 다른 모든 것들과 마찬가지로 인간과 정확한 관계를 맺을 수 있다. 그리고 별들의 운동, 하루의 시간과 사시사철, 식물과 동물에 작용하는 것처럼 인간에 대해서 걱정하는 신이었다.〉(HA. 9, 43 f.)

이렇게 자연 속에 신이 내재한다는 괴테의 개념이 정신사적으로 획기적인 것이었기에 자연과 인간의 관계는 문학 등에서 새로운 소재가 되었다. 질풍노도가 계몽주의의 이성적 문화의 전개·발전 과정에서 하나의 단계로 여겨지기도 하지만, 이 두 시기의 연속성과 구분의 차이는 자연의 개념에서 찾을 수 있다. 이런 배경에서 청년기 괴테의 시에서 자연과 인간은 새롭게 해석된다.

스피노자의 〈신=자연〉 원칙을 수용한 괴테는 〈자연은 영원하고 필연적이며 신성한 법칙에 따라서 활동하여 신조차도 그것을 바꾸지 못할 것이다〉[15]라고 말했다. 이러한 괴테의 범신론 사상은 특히 작품 『파우스트』에서 파우스트와 그레트헨의 대화에 적나라하게 묘사되고 있다.

마가르테[16] (……) 미사에도 참가하시지 않고, 고해도 하시지 않은 지 오래되었어요.

하느님을 믿으세요?

파우스트 이것 봐요, 누가 감히 말할 수 있겠어?

하느님을 믿는다고,

성직자나 현인에게 물어보기라도 한다면,

그들의 대답은 마치 묻는 사람을

조롱하는 것처럼 들릴 것이오.

마가르테 그럼 믿지 않으세요?

파우스트 내 말을 오해하지 말아요. 이 사랑스러운 사람아!

누가 감히 하느님, 그 이름을 부를 수 있을까?

하느님을 믿는다고

누가 감히 고백할 수 있을까?

---

15 Johann Wolfgang von Goethe, *Goethes Werke*, Bd, 10, S. 79.

16 그레트헨Gretchen을 뜻한다. 그레트헨은 마가르테Margarte의 준말이자 애칭으로, 괴테는 『파우스트』에서 두 개의 이름을 사용하고 있다. 연구자들은 일반적으로 〈그레트헨〉을 선호한다.

마음으로 느낀다고 해서
또 누가 감히 그를 믿지 않는다고
잘라서 말할 수가 있을까?
만물을 포괄하는 자,
만물을 보존하는 자,
그는 너를, 나를 그리고 자기 자신을
포괄하며 보존하고 있지 않은가? (3425~3442행)

이렇게 신을 〈만물을 포괄하는 자, 만물을 보존하는 자, 너를, 나를 그리고 자기 자신을 포괄하며 보존하고 있는 자〉(3439~3442행)로 보는 파우스트의 범신론적인 고백은 순수하지만 교육 수준이 낮은 그레트헨의 이해를 초월하기에, 그는 〈오해하지 말라〉(3431행)는 단서를 붙인다.

괴테는 『파우스트』 제1부에서 보여 준 신과 악마의 대립을 제2부에서는 신과 인간의 유대로 바꿔 놓고 있다. 여기에서 자연은 신과 인간 사이의 가교이자 중개자로 신에 이르는 길이 된다. 『파우스트』에서 「천상의 서곡」 이후 신은 전혀 등장하지 않다가 제1부 끝 부분에서 그레트헨의 죽음과 관련하여 〈구원되었노라〉라는 〈위로부터의 소리〉(4612행)로 작용할 뿐이다. 이렇게 신이 자신을 내보이지 않는 까닭에 파우스트는 오로지 혼자 힘으로 악마인 메피스토펠레스의 유혹에 대항해야 하며, 신의 은혜와 자비 없이 선과 악을 구분하여 스스로의 판단에 따라 도덕적 행위를 해야 한다. 다시 말해서 파우스트와 그가 대변하는 인간은 싫든 좋든 신의 후견에서 벗어나 〈독립된〉 존재가 되어야 하는 것이다.[17] 이렇게 인간에게 모습을 보이지 않는 신을 향해 파우스트는 자연을 매체로 접근한다.

17 『괴테 파우스트 휴머니즘』, 41면 이하.

하나하나의 모든 것들이 전체로 모여들고,

하나가 다른 것 속에서 작용하며 살아가고 있구나!

하늘의 힘들이 올라가고 내려오며,

황금의 두레박들을 스스로 건네주고 있구나!

축복의 향기 가득 풍기며 흔들거리면서,

하늘로부터 내려온 대지를 통해 밀려들고,

이 모든 것 조화롭게 삼라만상을 뚫어 올리는구나! (447~453행)

위의 외침에서 파우스트에게 〈신이 내재하여 영혼과 생명을 불어넣
는 자연은 신성의 반영으로 신의 계시이다〉.[18] 이렇게 신이 내재된 자
연은 풍파를 일으키기도 한다. 자연을 신으로 본 괴테는 〈생애에서 자
연이 계시하는 것 외에 얻을 수 없기 때문에 (……) 신은 자연 속에서, 자
연은 신 속에서 영원히 창조한다〉고 생각했다. 망막한 자연은 인격화
되어 신의 조물주로서 인간을 지원하면서 인간의 숭배를 다양하게 요
구한다. 신이 세계를 내부로부터 움직이고, 자연을 양육하고, 자연 속
에서 자신의 양육을 영원히 움직이게 하여 창조한다는 견해를 가진 괴
테에게 자연은 신성(神性)의 넓이를 알 수 있는 살아 있는 옷이다. 결론
적으로 괴테에게 신은 자연을 초월한 동시에 자연에 내재하며, 비인간
적이 아니라 초인격적이다.[19] 이러한 괴테의 자연은 이탈리아 여행에서
상승된다.

　　1786년 9월에서 1788년 4월까지의 이탈리아 여행은 괴테 인생에서
중요한 요소이다. 〈내가 여전히 똑같은 사람인지는 몰라도 난생처음으
로 나의 뼈의 정수까지 변화를 느낀다〉는 내용처럼 괴테는 이 여행에서

---

18 안진태, 『파우스트의 여성적 본질』, 열린책들, 1999, 53면(이하 『파우스트의 여성
적 본질』로 줄임).

19 허형근, 「괴테의 종교」, 『독일 문학』 16집, 1975, 10면 이하.

예술가로서 자신의 또 다른 모습을 경험했다. 이탈리아 여행 후에 괴테는 예술을 제2의 자연으로 간주하여 자연과 정신의 내적 관계를 추구하였다. 이러한 그의 예술은 인간의 힘에 의해서 〈고안·창출된 것이 아니고〉[20] 신에 연결된 것으로 범신론적인 성격을 지닌다.

루제르케Mathias Luserke는 저서 『질풍노도Sturm und Drang』에서 작가들은 자신들 시대의 문학적 아방가르드가 되어 사회적·문화적 변혁을 다른 사람보다 먼저 문학에 반영한다고 하였다.[21] 이러한 면에서 괴테의 작품에서는 범신론이 돋보인다. 괴테는 소설 『젊은 베르테르의 슬픔』에서 질풍노도 시기의 정열적인 감정과 범신론적인 종교상을 바탕으로 자연에 대한 새로운 체험을 보여 주고 있다. 이 작품의 초반부에서 베르테르는 자연에서 종교를 추구하며 동경한다. 한계를 초월한 무한한 창조력과 생명력을 지닌 신적인 존재가 바로 자연이라고 본 베르테르는 1771년 5월 10일 자 편지에서 다음과 같이 쓴다. 〈나 같은 영혼에게 어울리는 이 고장에 나는 홀로 내 삶을 즐기고 있다. (……) 주변의 사랑스러운 골짜기에 아지랑이가 자욱하게 끼고 한낮의 태양도 침투할 수 없는 어두운 나의 숲에서 쉴 때 몇 줄기의 광선만이 신성한 숲 속으로 깊숙이 스며들면, 나는 흘러내리는 시냇가의 무성하게 자란 풀밭에 누워 본다. 그리고 대지에 가까이 하면 말할 수 없는 여러 종류의 풀들이 진기하게 여겨진다; 작은 벌레들과 모기들의 꿈틀거리는 작은 세계를, 그리고 우리를 지금의 형상으로 창조하시어 영원한 환희 속에 머물게 하시는 전능하신 분의 숨결을 느낄 때면; 친구여! (……) 나는 종종 동경에 사무쳐 이렇게 생각한다네: 아아, 이것을 다시 표현할 수 있을까! 이처럼 가득히, 이처럼 따뜻하게 내 안에 생동하고 있는 것을, 내

---

20 Bernhard Buschendorf, *Goethes Mythische Denkform, Zur Ikonographie der 'Wahlverwandtschaften'*, Frankfurt/M., 1986, S. 29 f.

21 Mathias Luserke, *Sturm und Drang*, Stuttgart, 1997, S. 18 참조.

영혼이 무한하신 하느님의 거울이듯이 내 영혼의 거울처럼 종이 위에 이것의 숨결을 불어넣을 수 있을까!〉(L 9)

이처럼 자연에서 무한하고 전능한 신의 존재를 느끼는 베르테르는 자신도 이 영원하고 신적인 자연의 일부라 느끼고, 자연 속에서 자신의 종교적 동경인 영원한 존재, 영원한 자유에 도달할 수 있다고 생각한다.[22] 이러한 베르테르의 범신론적 사상은 젊은 괴테의 범신론적 종교성의 투영이다. 젊은 괴테는 이 세계의 바깥이나 피안에 있는 초월적인 신보다는 자신이 창조한 자연에 내재하면서 생명력과 생산력에 작용하는 신을 베르테르를 통해서 나타내는 것이다. 괴테의 문학이 청년기의 자연 신화에서 고대 신화로 전환되면서, 그의 신화의 목적은 아름다움으로 미학의 대상이 되었다. 따라서 괴테는 일찍부터 신화를 선사 시대의 시적 변형으로 파악하였다.[23]

『파우스트』제1부 「서재 1」에서 지령(地靈, Erdgeist)이 사라진 뒤 이어지는 파우스트의 〈신을 닮은 나〉(614행)라는 독백은 인간은 신에게 예속된 존재가 아니라 신과 동등하다는 절규이다. 인간(파우스트적 인간)의 본질이 신적인 자연에 바탕을 두고 활동하는 존재라는 사실에서 인간은 신성을 부여받으므로 〈인간과 자연의 관계는 결국 인간과 신의 관계도 된다〉는 것이다.[24]

괴테의 교양 소설 『빌헬름 마이스터의 수업 시대』에서도 인간과 신은 동일시된다. 〈만일 이 세상을 창조한 창조자 스스로가 그의 피조물의 모습으로 변신하여 한동안 이 세상에 살았다고 생각한다면 피조물은 창조자와 내면적으로 일치하기 때문에 우리들 피조물은 창조자와

---

22 정경량, 「괴테의 『젊은 베르테르의 슬픔』에 나타난 사랑과 종교」, 『울림과 되울림』, 곽복록 엮음, 서강대학교출판부, 1992, 201면(이하 『울림과 되울림』으로 줄임).

23 Jamme, in: *Goethe-Jahrbuch* 105, 1988, S. 93 f.

24 Hermann A. Korff, *Geist der Goethezeit I*, Leipzig, 1966, S. 105 참조(이하 *Geist Goethezeit*로 줄임).

같이 완전무결하다. 따라서 인간이란 신과 모순되지 않는다. 혹시 우리가 신과 거리감이 생기거나 불일치한다면 이는 우리의 죄이기 때문에, 설령 신과 일치하지 않더라도 악마의 변호사처럼 우리의 본성과 약점을 찾으려 하지 말고 완전함의 회구로 더욱더 신과 닮으려는 소원을 확고하게 하는 것이 우리의 의무이다.〉(HA 7, 404) 이는 자신의 내면에서 신을 추구하고 신과 같이 조화된 사상을 구축함으로써 보다 아름다운 영혼을 찾으려는 노력이다. 신은 자연의 이성뿐 아니라 감성도 지니기 때문이다. 〈광야와 목장의 생활 양식은 그들의 사상에 넓이와 자유를 주고, 밤이면 온 하늘의 별들에 빛나는 하늘은 그들의 감정을 숭고하게 했다. 활동적인 교묘한 사냥꾼보다도, 또 위험 없고 신중한 농부보다도 신이 그들 곁을 여행하고 그들을 방문하고 그들에 관여하여 인도하고 구원한다는 신념이었던 것이다.〉[25]

클롭슈토크Friedrich G. Klopstock의 문학처럼 질풍노도에서도 자연에서 신이 계시된다. 장엄한 대자연의 감동을 받고 자연에서 신의 접촉에 의해서 시련과 더불어 고도의 종교적 의식도 느끼게 되는 것이다. 이는 휠덜린의 자연관과도 상통한다. 휠덜린에 있어서 자연은 모든 존재와 사물을 포괄하는 단일체이다. 신은 비이승적인 존재이자 이 세상의 일부로 자연의 일원이 되며, 이렇게 비이승적·세속적인 양상이 형상화된 것이 신이다.[26]

신과 관련된 자연은 극복될 수 없다는 내용이 『파우스트』에서 지령으로 암시되기도 하였다. 자의식에 따른 파우스트와 신의 동질성이 지령에 의해 불식되는 것이다. 지령은 문자 그대로 지상 세계, 즉 모든 생명체의 터전인 〈자연〉과 그 안에서의 〈자연스러운〉 삶을 관장하는 정

---

25 허형근, 같은 책, 2면 이하.

26 Jörg Hienger und Rudolf Knauf(Hg.), *Deutsche Gedichte von Andreas Gryphius bis Ingeborg Bachmann*, Göttingen, 1969, S. 66.

령이다. 〈생명의 강에서, 행위의 폭풍에서 나는 오르고 내리며, 이리저리 엮어 짠다. 탄생과 무덤, 영원한 바다〉(501~505행)라는 내용처럼 자연에서 모든 분열과 갈등은 서로 상반되는 개념과 유기적으로 통일체를 형성한다.[27] 따라서 탄생과 무덤을 상호 모순적 관계가 아니라 하나의 통일체로서 수용하는 것은 파우스트가 이해할 수 없고 접근이 불가능했던 지령을 이제 파악하였음을 의미한다. 지령의 본령은 바로 끊임없이 지속되는 영원한 삶의 현장이기 때문이다.

우주적 신화

실러의 죽음과 자신의 중병 등이 있었던 1803년 이후는 괴테에게 비생산적이고 의기소침한 시기였다. 나폴레옹의 군대가 바이마르를 점령하여 관직과 생명까지 위협받게 된 괴테는 우주론적인 신화에 몰두하고 있었다. 따라서 괴테의 분신 격인 파우스트는 학자로서 철학, 법학, 의학, 신학 등 르네상스 시대의 제도권 학문에 머물러 있지 않고, 〈무엇이 세계를 가장 내밀한 곳에서 결속시키고 있는가?〉(382~383행)라는 의문에 대한 해답을 추구하면서 우주의 근원적인 진리까지 알고자 한다. 그러나 너무도 광활하고 차원 높은 우주를 인간의 능력으로는 파악할 수 없기 때문에 파우스트는 인간의 경지를 초월한 마성에 의지한다. 〈나는 마법에 전념하기로 했다. 정령의 힘과 입을 통하여, 많은 비밀이 나에게 알려질까 해서다〉(377~379행)라고 외치면서 기독교에 상반되는 마성에 몸을 맡겨서라도 초인간적인 경지에 도달하려는 것이다.

무엇 하나 올바른 것을 알고 있다는 자부심도 없으며,

27 Karl-Heinz Hucke, *Figuren der Unruhe*, Tübingen, 1992, S. 168 f.

인간들을 개선시키고 개종시키기 위해

무엇인가를 가르칠 수 있다는 생각도 들지 않는다.

내게는 또한 재산도 돈도 없으며,

이 세상의 명예나 영화도 없으니,

이런 꼴로 더 이상 살아간다는 것은 개라도 싫어할 것이다.

그래서 나는 영의 힘과 말을 빌려,

여러 가지 비밀이 계시되지나 않을까 해서

이 몸을 마법에 내맡겨 보았다.

그렇게 하면 이제 더 이상 비지땀을 흘려 가며

저도 모르는 것을 말할 필요도 없고,

가장 깊은 속에서 이 세계를 뭉쳐 유지하는 것이

바로 이것이라 인식도 할 수 있고,

일체의 활동을 일으키는 힘과 종자를 관조하고

더 이상 부질없이 말들을 들추지 않아도 되리라 생각했다. (371~385행)

이렇게 해서 『파우스트』는 빛으로 인식되는 별과, 그리고 우주의 음악과 조화가 음향적으로 묘사되는 광활한 우주의 묘사로 시작한다.

태양은 옛날 그대로 쾅쾅히 울리며

형제지간 별들과 노랫소리 겨루고,

미리 정해진 그의 여정을

우레와 같은 걸음으로 다하는도다.

그 모습 천사들에게 힘을 주나니,

누구하나 그 묘리 알 수 없으나,

불가사의하게 지고한 창조의 업적

비롯한 그날 그대로 장엄하도다. (243~250행)

들어라! 호렌의 폭풍 소리를 들어라!
요정들의 귀에 요란한 소리 울리며
벌써 새로운 날이 탄생했도다.
암벽의 문들이 요란하게 열리고,
포이보스의 수레바퀴들이 소리 내며 구르는데,
광명도 이렇게 굉음을 낸단 말인가!
크고 작은 나팔 소리 울려 퍼지고,
눈은 깜박이고 귀가 놀라니,
들을 수 없는 것을 듣지 못할 뿐이다,
화관(花冠) 속으로 살짝 숨어 들어가라,
조용히 살려면 깊숙이, 더욱 깊숙이,
바위 틈 사이로, 나뭇잎 속으로 숨으려무나,
그 소리에 부딪치면 귀를 먹게 되리라. (4666~4678행)

　　이러한 우주에는 모든 것이 조화로워서 음악과 빛이 조화 속에서 음
향적으로 묘사되고 심지어는 선과 악까지도 조화롭게 존재한다. 따라
서 「천상의 서곡」에서 주님은 전통적인 기독교의 신학과 다른 선악관
도 피력하여, 〈악〉을 인간의 이기심으로 인한 신의 부정이 아니라 인간
의 〈무조건적인 휴식〉(341행)으로 규정하고 있다. 악이 휴식이 되는 이
유는, 이것이 영원한 〈생성〉(346행)의 과정으로 창조를 위해 필연적인
것이기 때문이다. 따라서 독일의 중세 신비주의자 에크하르트Meister
Eckhart는 〈신은 선하지 않는데, 그래야 신은 더 선할 수 있기 때문이다
Gott ist nicht gut, denn sonst könnte er besser sein〉[28]라고 말하여 선을 악과 조
화시키기도 했다. 괴테가 악의 근원에 대해 냉소적으로 생각했을 수도
있겠지만, 모든 완성된 것에서 선만의 필연적인 정체성에 의구심을 품

---

28 Franz Alt, *Das C. G. Jung Lesebuch*, Frankfurt/M., 1986, S. 141.

고 악 또한 역사를 움직이는 하나의 동인이라고 인식한 것은 틀림없는 사실이다.[29]

〈시간의 여울 속으로, 사건의 소용돌이 속으로 뛰어들자꾸나! 거기에 고통과 쾌락이, 성공과 좌절감이 멋대로 교차해도 좋다〉(1754~1758행)라고 말하듯이 조화로운 우주의 차원까지 체험하지 않고서는 견디지 못하는 파우스트는 우주의 유혹에 빠져들어 한없이 향상하려 한다. 그러면 이렇게 우주의 차원까지 상승하려는 천재적인 인간은 무엇을 의미할까? 이는 무엇보다도 인간으로서의 약점에도 불구하고 자유로운 존재가 되어 〈비록 약한 아이지만 자유롭게 태어나고자〉[30] 하는 욕구이다. 문학이나 예술이 자연을 모방한다는 규정은 괴테 등에 의해 거부되었고, 질풍노도의 작가들은 계몽주의적 천재의 개념을 극단화시켜 〈천재〉와 〈규칙〉 간의 전통적인 관계를 단절시켰다. 규칙으로부터 해방을 천재의 조건으로 만든 것이다. 양자 간의 관계는 다음 괴테의 인용문이 보여 주듯이 어떤 상호 보완성도 인정되지 않는 반명제적 대립으로 규정되었다.[31] 〈단 한 순간도 나는 규칙적인 연극의 포기를 망설이지 않았다. 장소의 일치는 나에게는 감옥처럼 두렵게 보였고, 행위와 시간의 일치는 우리 상상력에 대한 귀찮은 속박으로 생각되었다. 나는 자유로운 공중으로 뛰어올랐고, 그제야 내가 팔과 다리를 가지고 있음을 느꼈다. 이제 나는 규칙을 주장하는 분들이 그들의 구덩이 안에서 나에게 얼마만큼 부당한 짓을 했는지 알게 되었다.〉(HA 12, 225)

위의 연극론적 고찰에서 인지되는 괴테의 천재와 규칙 간의 관계 규정, 즉 감옥과 자유, 자연과 비자연, 억압과 반항의 관계 규정은 질풍노

---

29 『괴테 파우스트 휴머니즘』, 39면.

30 Johann G. Herder, *Werke* in 10 Bänden, 6. Bd., Frankfurt/M., 1989, S. 147.

31 김수용, 「자아의 절대화와 파멸의 필연성」, 『독일 문학』 61집, 1996, 7면 이하.

도의 작가들에게 예술과 미학의 영역에만 국한되지 않는다. 규칙의 속박과 천재적 자유의 이분적 대립은 이들에게 삶의 전 영역에서 확인되고, 이 작가들의 세계 인식은 이러한 근원적인 대립에 의해 깊게 각인되었다. 무한한 자아실현을 위한 절대적 자유를 갈구하는 이들에게 이 세계를 유지해 가는 모든 질서는 오로지 속박과 장애로 인식된 타율이어서 파괴의 대상이었다. 〈법칙은 독수리의 비상이 될 수 있었을 것을 달팽이의 걸음으로 전락시켰다. 법칙은 아직 한 번도 위대한 인간을 형성한 적이 없다. 그러나 자유는 거대함과 극한성을 잉태한다.〉[32]

질풍노도 문학은 천재에 대한 논의를 미학적에서 존재론적으로 변형시킴으로써 천재를 삶의 모든 영역에서 주제화시켰다. 이처럼 기존의 모든 종류의 인간 공동체는 천재가 요구하는 절대적인 자유의 반대극이 될 수밖에 없다는 사실에서, 이 절대적 자아가 기존의 문명, 문화, 예술, 국가, 사회 등 인간에 의해 이루어진 모든 것을 배타적으로 대한다는 사실도 자연스럽게 유추할 수 있다.[33]

따라서 영웅의 비극, 거인성, 위대함 등 괴테의 파우스트를 특징짓는 용어들은 모두 제한 없는 자아를 실현하고자 하는 주인공 파우스트의 욕구의 표현이다. 이러한 파우스트적인 거인성은 중세 기독교가 몰락한 결과라고 해석되기도 한다. 모든 것을 포괄하는 절대적 진리인 기독교에 대한 믿음이 쇠퇴하자 인간은 스스로를 창조의 중심으로 여기게 되었다는 것이다.[34]

이렇게 제약이나 규약이 많은 기독교에서 벗어나 한없이 향상하려는 노력도 결국 선이 되어서, 『파우스트』에서 〈선한 인간은 암흑 속에

---

32 Friedrich Schiller, *Sämtliche Werke*, hg. von Gerhard Fricke und Herbert G. Göpfert, Bd. 1, München, 1967, S. 504.

33 『파우스트의 여성적 본질』, 24면 이하.

34 Ernst Beutler, Faust-Kommentar in: *Johann W. von Goethe, Gedenkausgabe der Werke, Briefe und Gespräche*, Zürich, 1950, S. 671.

서도 항상 옳은 길을 잃지 않는 법이다〉(328~329행)라고 언급된다. 이러한 분위기를 파악한 메피스토펠레스는 〈당신에게는 어떤 기준도 한계도 정해져 있지 않소이다. 마음 내키면 어디서나 맛을 보시고, 도망치면서도 무언가 낚아채시오. 당신을 즐겁게 하는 것을 손에 넣으시오. 머뭇거리지 말고 그저 꽉 움켜잡으란 말이오〉(1760~1764행)라고 순진한 그레트헨의 성욕까지 자극해 가며 파우스트를 타락시키려 하지만 그를 완전히 지배하지는 못한다.

파우스트의 본질적인 추구는 전설상의 인물인 파우스트와 달리 물질적이고 본능적인 쾌락이 아니다. 근원적인 것, 절대적인 것, 영원한 것을 찾아 헤매는 파우스트에게 현세의 쾌락은 궁극적인 추구가 될 수 없다. 그렇기에 그는 내기 계약이 체결된 후 자기가 주는 쾌락을 마음껏 탐할 것을 권하는 악마에게 〈들어 보아라. 쾌락에 대해 말하는 것이 아니다〉(1765행)라고 냉소적으로 답변한다. 도달한 어떤 목표에도 만족하지 못하여 하나의 목적에 이르면 바로 또 다른 목적을 향하는 파우스트의 현존은 항상 과도기적 삶이며, 그의 시선은 항시 미래를 향한다. 따라서 그는 철저하게 자신이 이룬 현실을 부정하며 새로운 현실의 창조를 꾀한다. 이러한 파우스트에게 그레트헨은 이제 성적 쾌락의 대상이 아니라, 『빌헬름 마이스터의 수업 시대』의 미뇽처럼 순수한 동경과 사랑의 대상인 〈천사〉(2712행)가 되어, 그녀를 애욕의 대상으로 만들려던 메피스토펠레스의 의도를 좌절시킨다. 이러한 천사 같은 그레트헨처럼 괴테 작품의 여주인공들은 궁극적으로 천사의 이미지를 염원한다. 『빌헬름 마이스터의 수업 시대』에서 미뇽도 천사의 꿈을 간직하고 있다. 따라서 한 아이가 〈네가 천사니?〉라고 묻자 미뇽은 〈그랬으면 좋겠어〉라고 대답한다(HA 7, 515).

이렇게 천사로 변한 그레트헨의 방에 들어간 파우스트가 그녀의 침대 휘장을 쳐들자 가난하지만 소박하고 청결하게 사는 그녀의 삶이 천사의 궁전같이 보인다. 그리하여 그 가련하고 깨끗한 천사를 길러 낸 자연의 힘에 압도되어 파우스트는 겸손하게 머리를 숙이고, 전에 느꼈던 정욕의 불길은 사라져 그동안 불순했던 욕망에 사로잡혔던 자신과 청순한 그레트헨을 비교하게 된다.

> 그런데 너는 어떠냐. 무엇이 너를 이곳으로 오게 했느냐?
> 여기서 너는 얼마나 마음속 깊이 감명을 받았느냐?
> 너는 여기서 무엇을 할 작정이냐? 왜 이리 가슴이 답답해지는 것일까?
> 가련한 파우스트여! 너는 아주 딴 놈이 되어 버렸구나.
> 여기 날 에워싼 것은 이상한 숨결이다.
> 오직 외곬로 향락의 욕심에서 여기를 찾아왔는데
> 이제 사랑의 꿈속에서 녹아서 흘러내리는 것 같구나.
> 우리는 대기의 온갖 노리개란 말인가?
> 만일 이 순간에 그 애가 들어온다면,
> 너의 방자스러운 짓을 어떻게 속죄할 것이냐?
> 그토록 당당하던 내가, 아 그토록 소심해지다니!
> 녹아서 없어질 듯이 그녀의 발밑에 꿇어 엎드리리라. (2717~2728행)

수치심에 가득 찬 파우스트는 불순했던 마음을 순수한 사랑의 꿈나라로 인도해 주는 이상한 힘을 느낀다. 정욕은 변하고, 깊고 진실한 사랑의 눈을 뜬다. 따라서 〈선한 인간은 암흑 속에서도 항상 옳은 길을 잃지 않는 법이다〉(328~329행)라는 이념대로 우주 일체의 깊은 진리를 규명하고 창조의 원리를 파악하려는 파우스트는 다시 마음을 가다듬는다.

전통 사회의 특징 가운데 하나는 그들이 사는 영역과 그 영역을 둘러싼 미지의 불확정적인 공간의 대립이다. 그들이 사는 영역은 세계(더 정확히 말하면 우리의 세계)이자 우주다. 그 외에는 우주가 아니라 일종의 〈다른 세계〉이며 유령과 악마와 외인(外人)들(이들은 악마를 죽은 자의 영들과 동일시하고 있다)이 살고 있는 이질적인 혼돈의 공간이다. 이러한 공간과의 단절이란 사람이 거주하는 질서 있고 우주화된 영역과 그 영역을 벗어난 미지의 공간의 대립을 의미한다. 한편에는 우주가 있고 다른 한편에는 카오스가 있는데, 이러한 카오스는 마신으로 규정되기도 한다. 이렇게 우리가 속한 우주와 그 너머의 혼돈의 공간인 카오스는 『파우스트』에서 〈천사들이여! 그대들 성스러운 무리여〉(4608행)의 말에서 암시되는 착한 〈천사〉와 메피스토펠레스로 암시되는 〈악마〉의 개념으로 대립된다. 그러면 메피스토펠레스의 본질인 악마의 개념을 고찰해 보고자 한다.

메피스토펠레스가 연관되는 지옥도 천국처럼 많은 계급과 이름으로 열거된다. 중세에는 기독교적 교회가 무대의 장면으로 창조되고 지옥의 형상은 인식할 수 없도록 되어 있었다.[35] 타락한 천사는 악마의 형상으로 상상되었고, 사탄은 태곳적 신의 혼합체로 뿔, 털이 난 다리, 발굽과 판Pan,[36] 신의 성기를 가진 모습으로, 또 번개를 내는 염라대왕의 삼지창, 거대한 해수(海獸)의 뱀 형태의 바빌로니아 감시자 천사의 여섯 날개를 지닌 모습으로 인식되었다. 사탄의 존재에는 자만심, 탐욕, 성깔, 호색, 탐식, 시기와 부정이라는 일곱 개의 대죄가 합일되어 있다. 사탄은 뱀의 형상으로 이브를 유혹하고 카인이 자기 형제를 살해하도록 충동했으며, 파라오의 마음을 냉담하게 하고, 이스라엘 민족에 반대하는 이집트의 마법을 도왔으며, 이집트인의 첫 출생자들을 살해했다고 전한다.

이러한 배경에서 천사들은 인간이 생각하는 것보다 더 타락했다는

35 Malcom Godwin, *Engel*, Frankfurt/M., 1991, S. 101.
36 반인반수의 임야의 신 또는 목축의 신으로 호색적이다.

신화가 있다. 사탄과 그의 추종자들의 타락에 관해 〈신의 그림자〉, 〈자유 의지〉, 〈육욕〉, 〈오만〉, 〈전쟁〉, 〈죄인의 구원〉 그리고 〈불복종〉 등 일곱 종류의 대죄가 있다. 루시퍼Luzifer는 육욕과 오만(그리스어로 〈히브리스Hybris〉)에 의해 타락했다고 한다.

밀턴John Milton의 『실락원Paradise Lost』에 나오는 사탄의 대표인 루시퍼의 원뜻은 Phosphoros(빛을 가져오는 자)나 Heosphoros(새벽을 가져오는 자), 혹은 라틴어 〈루키페르Lucifer〉, 즉 샛별처럼 아름다운 천사라는 의미로 그리스 신화에서 별 아래에 있는 아틀라스Atlas의 아들이거나 형제였다. 타락하기 전에 그는 신의 빛을 내는 천사였고 또 아침의 아들로 어둠의 군주의 반대편이었다. 성서에서 타락한 천사들은 추락한 별로 묘사된다. 〈그 용은 자기 꼬리로 하늘의 별 3분의 1을 휩쓸어 땅으로 내던졌습니다. 그러고는 막 해산하려는 그 여자가 아기를 낳기만 하면 그 아기를 삼켜 버리려고 그 여자 앞에 지켜 서 있었습니다.〉(「요한의 묵시록」 12장 4절)

하느님은 하늘나라의 모든 결정을 처리할 권한을 천사장 루시퍼에게 주었다. 오만함과 더불어 신의 아들인 그리스도에 대한 시기심을 가진 루시퍼는 신이 그리스도를 들어 올리는 순간에 시기심에 완전히 압도되었다. 그리스도의 권능 때문에 스스로 〈가치의 훼손〉을 느낀 루시퍼에게 하느님이 부여한 권능은 폭군 신이 도입한 법의 새로운 논지로 비쳤다. 모든 선은 신의 선물에서 오기 때문에 루시퍼에게는 가치고 뭐고 할 것이 없었다. 그리스도를 영광되게 하라고 신이 천사들에게 명하자 루시퍼는 그들에게 〈머리를 수그리고, 그 낭창낭창한 무릎을 굽히겠느냐?〉라고 경멸하는 투로 말했다. 이 정도로 악에 대한 결심이 선 루시퍼의 시기심에 복수심이 더해지고, 거기에 에덴에서 행복을 누리는 인간에 대한 증오심마저 더해졌다. 이 증오심은 신이 자신의 상을 본떠 인간을 만든 데서 비롯한 것이었다.

이에 대한 결과로 루시퍼가 일으킨 반란은 모든 죄 가운데 처음으로 저질러진 것이었다. 그가 신에 대한 반란을 결정할 때 그의 딸 죄악이 그의 이마에서 튀어나왔다. 이렇게 반란을 꾀하여 사탄이 된 그의 첫 시도는 동료 천사들을 꾀어 반란에 가담케 하는 것이었다. 신의 권좌를 둘러싼 무리에서 천사들을 빼낸 루시퍼는 자신의 권좌를 천상의 북쪽에 마련하고 감동적인 논리로 천사들이 꼭 신을 섬겨야 할 이유가 없다고 주장했다. 신이 자신들을 창조했는지 기억도 나지 않으므로 신이 자신들을 만들었다는 주장은 거짓일지도 모르며, 그들은 창조되기는커녕 천상의 아버지나 아들의 도움 없이 〈스스로 태어나 스스로 자랐을 수 있다〉는 것이다. 반란의 즉각적인 결과는 천상에서의 전쟁이었다. 첫 번째 교전에서 루시퍼의 군대와 천사 미카엘의 군대가 교착 상태에 빠지자 사흘째 되던 날 신은 자신의 아들 그리스도를 보내 반란자들을 무찔렀다. 미카엘이 고전을 거듭한 데 반해 신의 아들은 힘을 절반도 쓰지 않고 손쉽게 승리를 거두었다. 이렇게 미카엘과 신의 아들 그리스도에게 패한 루시퍼와 그의 추종 세력들은 천상에서 쫓겨나고 신 신분을 빼앗겨 악마의 대명사로 암흑의 군주가 되었다. 교부 히에로니무스는 그를 사탄 또는 천국에서 타락한 천사로 불렀다.[37] 성서에서는 〈샛별〉을 루시퍼라고 보아 〈나는 사탄이 하늘에서 번갯불처럼 떨어지는 것을 보았다〉(「루가의 복음서」 10장 18절)라고 적혀 있다. 결국 루시퍼는 나쁜 영혼의 우두머리인 악마를 가리키는 말이 되었다.[38]

루시퍼 같은 악마는 『파우스트』에서 지하의 세계를 대표하는 메피스토펠레스로 전개된다. 메피스토펠레스는 세 단계로 파악되는데, 서곡에서는 신을 통해서(338~343행), 제1부에서는 메피스토펠레스 자신을 통해서(1335~1378행), 그리고 제2부에서는 스핑크스를 통해서

[37] *Großes Universallexikon für die Familie*, Zürich, 1981.
[38] 안진태, 『신화학 강의』, 열린책들, 2002, 329면 이하 참조.

(7134~7248행) 그의 정체가 밝혀진다. 메피스토펠레스는 원래 〈파리의 주인〉인 벨제불Beelzebul의 종이다. 성서에 의하면 히브리인들은 벨제불을 마왕으로 간주한다 (「마태오의 복음서」 12장 24절, 「루가의 복음서」 11장 15절). 뿔이 넷 달린 형상의 루시퍼 황제를 최상위로 할 때, 그 아래 벨제불을 왕자로 삼고 아스다롯Astaroth 대공, 루키프구스 총리, 사타나키아 국방상, 네비로스 원수, 아가리알레프트 대장, 프휘레티 중장, 사르가타나스 준장 등 지옥의 상층 계급은 일사불란한 군대 조직이 있다.[39]

사탄 자신으로 나오는(2504행) 메피스토펠레스는 원칙적으로 사탄의 부하이기 때문에 영적인 측면에서 사탄의 가르침을 인간의 언어로 다소 묽게 만들어 중재한다. 따라서 메피스토펠레스 자신은 완전한 사탄이 되지 못하는데, 이는 그가 「발푸르기스의 밤」 장면의 브로켄 산에서 사탄과 따로 출현하는 모습에서 짐작할 수 있다(2039, 3959행). 즉 이 장면에서 메피스토텔레스는 사탄과 악의 하위직일 뿐이다. 정력적으로 활동하는 메피스토펠레스는 악마적인 성격과 함께 때로는 통찰력과 지적인 논리로 해박한 면모를 과시하기도 하는데,[40] 이는 「천국의 서곡」에서 메피스토펠레스의 마지막 언급에 잘 나타나 있다.

> 때때로 나는 저 노인을 만나기를 즐겨 하며,
> 그와 사이가 나빠지지나 않을까 조심하고 있지.
> 위대한 주님으로 너무나 마음씨 고우셔서
> 나 같은 악마와도 그처럼 인간적으로 이야기를 하시거든. (350~353행)

이렇게 완전한 사탄이 되지 못하는 메피스토펠레스는 선과 악의 대

---

39 『파우스트의 여성적 본질』, 68면.

40 Albert Fuchs, Mephistopheles, in: *Aufsätze zu Goethes Faust*, Darmstadt, 1974, S. 348 f.

결에서 자신의 악마적인 본성을 은폐하면서 파우스트를 타락시키려 하고, 이러한 메피스토펠레스의 개입에 의하여 그레트헨은 자신의 온 정신을 바쳐서 파우스트를 사랑하게 된다.

> 그저 그를 찾아 나는
> 창밖을 내다보고,
> 그저 그를 만나러
> 집을 나서네. (3390~3393행)

이렇게 메피스토펠레스는 순진한 그레트헨에 대한 성욕을 자극하여 파우스트를 타락시키려 하지만 그를 완전히 지배하지는 못한다. 정신적 희열과 육체적 쾌락은 본질적으로 서로 배척하는 관계이다. 그런데도 파우스트는 정신적으로 지극히 순수한 희열과 육체적으로 더할 나위 없는 성적 환락을 모두 추구한다. 이는 메피스토펠레스가 순진한 그레트헨의 성욕 또한 자극했기 때문으로, 이 결과 그레트헨은 파우스트에 대한 정신적 사랑 외에 육체적인 성욕까지 느끼게 된다.

> 내 가슴 그를 향해
> 달려가니,
> 아, 그를 붙잡아
> 곁에 둘 수 있다면. (3406~3409행)

이렇게 메피스토펠레스가 파우스트와 그레트헨의 관계에 가장 큰 영향을 미치는 존재가 되면서 파우스트는 더 이상 그에게서 벗어날 수 없다. 따라서 메피스토펠레스 같은 주술적인 사탄 신화의 이원론(신과 사탄, 빛과 어둠 등)을 근거로 『파우스트』의 우주 개벽론은 전개된다. 『파우스트』에서 메피스토펠레스의 정체를 캐묻는 파우스트의 질문에 대한 메피스토펠레스의 답변에 이러한 우주 개벽론의 내용이 들어 있다.

> 난 당신에게 에누리 없는 진리를 말씀드렸소이다.
> 인간이라는 어리석은 소우주는
> 흔히 자기를 전체라고 생각하고 있지만 —
> 나 같은 놈은 처음에는 일체의 한 부분의 또 한 부분이요,
> 빛을 낳은 어둠의 한 부분이지요.
> 그 교만한 빛은 이제 모체였던 밤을 상대로
> 해묵은 자리와 공간을 서로 뺏으려고 하지만,
> 그러나 될 일이 아니오. 아무리 몸부림쳐 봐도,
> 빛은 물체에 달라붙어 떨어지지 않으니 별수 없소.
> 빛은 물체에서 흘러나와 아름답게 하지만
> 그러나 물체는 빛의 진로를 막아 버리지요.
> 그러니까 오래지 않아 빛은
> 물체와 더불어 멸망하고 말 것이오. (1346~1358행)

위 인용문에서 메피스토펠레스는 그리스의 창조 신화를 끌어들이는데, 이 신화는 다음과 같다. 먼저 광막한 공간, 입을 쩍 벌린 〈카오스 Chaos〉가 있었고, 다음으로 가슴이 넓은 대지 〈가이아Gaia〉가 나타났다. 끝으로 사지로 노곤하게 하는 사랑 〈에로스Eros〉의 열매를 맺게 하는 생성의 힘에 의해서 만물이 생겨났다. 동시에 카오스로부터 어둠 〈에레보스Erebos〉와 밤 〈닉스Nyx〉가 태어났고, 이 어둠과 밤이 교합하여 청공 〈아이테르Äther〉와 낮 〈헤메라Hemera〉를 낳았다. 한편 대지인 가이아 여신은 별이 총총한 천공 〈우라노스Uranos〉를 낳아 이를 자기 못지않게 웅대하게 만들어 과거를 뒤덮게 하고 다시 높은 산과 잔잔한

바다를 낳았다. 이상이 그리스인들의 우주 생성론*Kosmogonie*이다.

마적인 신화관인 스베덴보리Emanuel Swedenborg의 우주론적 유계관(幽界觀)의 영향을 받은 괴테는 그의 우주론을 범신론적으로 체계화시켜 『파우스트』 등에 묘사하였다. 신과 사탄 등의 이원론에는 신적인 것(생성)과 사탄적인 것(파괴)의 변증법적 선악관이 담겨 있다.[41]

작품 『파우스트』가 시작되면서 루시퍼의 군대와 첫 번째 교전을 벌였던 미카엘과 함께 라파엘, 가브리엘 등 세 대천사들이 신의 천지 창조를 찬양하는데, 특히 〈당신의 깊은 뜻을 헤아릴 수 없어도, 당신의 지고한 업적은 창조의 그날처럼 장엄합니다〉(268~270행)라는 찬사에서 신의 존재가 나타나고 있다. 「천상의 서곡」에서 라파엘, 가브리엘, 미카엘은 창조의 근원을 헤아릴 수 없는 것으로, 다시 말해 오직 신만이 알 수 있는 영역으로 정의하고 있다. 하늘과 땅의 질서와 조화로운 운행에 감탄하는 이들 천사들은 이러한 하늘과 땅 뒤편의 존재에 대해서는 알 수가 없으며 알려고 하지도 않는다. 따라서 가브리엘은 왜 〈천국의 밝음이 깊고 소름 끼치는 밤과 교체되어야 하는지〉(253~254행), 그리고 이 교체가 어떤 의미를 지니는지에 대해서 묻지 않고, 영겁에 걸쳐 반복되는 낮과 밤의 질서와 광경만을 경탄하고 찬양한다. 보이는 현상들 뒤편에 헤아릴 수 없는 의미가 있다는 생각은 〈주님〉에 대한 절대적 믿음이다. 따라서 괴테는 『기상학의 시도*Versuch einer Witterungslehre*』에서 〈신적인 것과 동일한 진리를 우리는 결코 직접적으로 인식할 수 없다. 우리는 이 진리를 반영 속에서, 예를 들면 상징이나 개별적이며 유사한 현상들에서 바라볼 수 있을 따름이다. 진리를 포착할 수 없는 삶을 파악하고픈 욕망을 우리는 억누를 수 없다〉(HA 13, 305)라고 강조하고 있다. 결국 보이는 현상들 뒤편에 〈주님〉의 헤아릴 수 없는 의미

---

41 한국독어독문학회, 『파우스트 연구』, 문학과지성사, 1986, 36면(이하 『파우스트 연구』로 줄임).

가 있다는 믿음에서 볼 때, 〈나타난〉 진리는 〈절대적〉이 아니라 〈상대적〉이다.

신의 정당성과 전지전능에 대한 절대적인 믿음은 인간의 앎에 대한 욕구를 원천적으로 한정시킨다. 그런데도 파우스트는 창조의 근원을 포함한 우주를 알고자 함으로써 신의 경지까지 넘보려 한다. 이러한 욕구에서 신의 경지에 다가가려는 파우스트가 신에 상반되는 메피스토펠레스에게 반가울 리 없다. 따라서 파우스트의 한없는 의지에 대해 메피스토펠레스는 〈우리 같은 무리를 믿어요. 이 전체는 오로지 하나의 신을 위해서 만들어진 것이지요〉(1780~1781행)라고 말하며 인간의 능력으로는 신의 총체성에 이룰 수 없음을 충고한다. 그리고 메피스토펠레스는 파우스트를 그렇게 자극하는 신의 방법도 비판한다. 메피스토펠레스에게 창조는 근원을 헤아릴 수 없는 신비로운 것이 아니라 그저 〈창조주의 실패작〉일 따름이다. 그가 특히 의문을 품은 피조물은 인간이다. 〈하늘로부터는 가장 아름다운 별을, 땅으로부터는 지고의 쾌락을 요구하지만, 가까운 것과 먼 것 모두가 그의 깊이 들끓고 있는 가슴을 만족시키지 못하는〉(304~307행) 파우스트처럼, 창조주가 실패한 근본 원인은 인간에 내재한 이중성에 있다고 메피스토펠레스는 주장한다.[42]

인간 지혜의 마지막 결론은 이러한 것이다.

(……)

여기에는 위험에 에워싸여 있어도,

아이고 어른이고 노인이고 유용한 세월을 보내게 되리라.

나는 이런 인간의 무리들을 보고 싶고,

자유로운 땅에서 자유로운 백성들과 더불어 살고 싶다. (11563~11580행)

42 『괴테 파우스트 휴머니즘』, 34면 참조.

한편 창조주가 만든 우주는 다름 아닌 자연과 인간일 뿐이라는 이론도 있는데, 여기에서 〈대우주*Makrokosmos*〉와 〈소우주*Mikrokosmos*〉가 전개된다. 고대 사회의 종교적 인간의 관점에서 발견되는 것은 〈세계는 신에 의해 창조되었기 때문에 현존한다〉는 사실이다. 세계는 말이 없거나 불투명한 것이 아니고, 목적이나 의미, 생명이 없는 것도 아니다. 종교적 인간에게 우주는 살아 있고 말을 한다. 이렇게 우주가 살아 있다는 것은 신성(神性)의 증거가 된다. 우주는 신이 창조하였고, 신은 우주적 생명을 통해 자신을 계시하기 때문이다. 이런 배경에서 인간은 자신을 하나의 소우주로 보기 시작하였는데, 『파우스트』에서 파우스트를 〈소우주님*Herr Mikrokosmos*〉(1802행)이라고 비꼬아 부르는 메피스토펠레스는 자신의 정체를 캐묻는 파우스트의 질문에 〈인간이라는 어리석은 소우주는 흔히 자기를 전체라고 생각하고 있지만, 나 같은 놈은 처음에는 일체의 한 부분의 또 한 부분이오〉(1347~1349행)라고 답변한다. 〈소우주〉라는 용어에서 알 수 있듯이, 우주에서 인식되는 신성성을 자신의 내부에서 발견하는 인간은 자신을 우주적 생명과 일치시킨다.

눈 속에 태양의 요소가 없다면
태양을 볼 수가 없을 것이고,
우리 마음에 신의 힘이 없다면
신에 매혹될 수 있겠는가? (HA 1, 367)

삶은 이중의 지평으로 영위되는 생활로 인간적 생존의 길을 밟아 가는 동시에 초인간적 생명, 우주, 혹은 신의 생명의 일부를 공유하게 된다. 아마 아득한 과거에는 모든 인간의 기관, 생리학적 경험, 그리고 모든 행동이 다 종교적인 의미를 가졌을 것이다. 이것은 모든 인간의 행동은 그때에 신이나 문화 영웅에 의해 창시되었다는 사실에서 이해될 수 있다. 그들은 노동의 다양한 종류, 식량을 획득하고, 먹으며, 사랑을 나누고, 사고를 표현하는 다양한 방법을 확립하였을 뿐만 아니라 일견 의미가 없는 것 같은 행동까지도 규정해 놓았다. 말할 나위도 없이 속된 경험에서는 이러한 대응이 유래하지 않는다. 따라서 비종교적 인간에게는 모든 생활의 체험(성행위, 식사, 노동, 유희 등)이 탈신성화되는데, 무엇보다도 그러한 생리적 행위가 정신적 의미를 상실하였기 때문이다.

그러나 생리적 행위는 종교적 의미를 지닌다. 그것이 신적인 행위를 모방했기 때문만은 아니다. 신체 기관이나 그 기능들은 다양한 우주적 영역 및 현상과 유사하기 때문에 종교적인 가치를 지닌다. 즉 여성은 토지 및 대지모와 동일시되고, 성행위는 천지의 성혼 및 씨뿌리기와 동일시되었다. 이렇게 인간과 우주는 서로 동일하여 눈과 태양, 두 눈과 일월, 두개골과 만월, 호흡과 바람 등이 서로 일치하고 인체에서 나무의 역할까지 볼 수 있다. 한의학에서 오장 가운데 물[水]을 상징하는 신장(腎臟)은 뿌리에 해당하고, 꽃과 잎은 심장에 해당한다. 심지어 우리가 밟고 사는 흙도 인간 어머니의 몸에 해당한다. 따라서 흙에서 자라는 풀은 어머니의 머리카락, 또 흙에 있는 돌은 어머니의 뼈라고 보는 종교까지 생겨났다.[43]

와나품족(族) 출신의 스모할라는 인디언 예언자는 흙의 경작을 거부했다. 경작이 모두의 어머니인 흙을 절단하고 찢는 죄악이라고 생각했기 때문이다. 그는 이렇게 말하였다. 〈나에게 토지를 경작하라고 요구하는가? 칼을 가지고 나의 어머니 가슴을 찢으라는 말인가? 그러면 내가 죽었을 때 어머니는 나를 그녀의 품에서 쉬게 하지 않을 것이다. 그대는 나에게 땅을 파서 돌을 캐내라고 요구하는가? 그것은 살갗 밑에 있는 뼈를 파내라는 것이다. 그런 짓을 한다면 나는 그녀의 몸 안에

---

43 『독일 문학과 사상』, 27면.

들어가 다시 태어나지 못할 것이다. 내가 풀을 베어 건초를 만들고, 그것을 팔아 백인처럼 부자가 되란 말인가? 내가 어찌 감히 내 어머니의 머리카락을 잘라 버릴 수 있으랴?)⁴⁴ 이 언급에서 어머니인 흙의 원초적인 이미지가 비할 바 없는 신선함으로 계시되고 있다. 이러한 어머니상은 괴테의 시 「호수에서Auf dem See」의 첫 구절에서도 자연이 영양분을 제공하여 태아를 양육시키는 어머니의 모습으로 암시되기도 한다.

> 그리고 신선한 영양분, 새로운 피를
> 자유로운 세계로부터 나는 흡수하네.
> 나를 가슴에 품어 주는 자연은
> 얼마나 인자하고 선한가!

이 시의 자연에서 어머니 가슴에 누워 생명의 힘을 빨아들이는 장면이 특이하다. 이는 태아의 원초적 형상으로 시의 초판본에는 이러한 내용이 더욱 적나라하게 나타난다. 이 초판에서는 〈나는 탯줄에서 세상의 양분을 빨아들인다Ich saug' an meiner Nabelschnur / Nun Nahrung aus der Welt〉로 시작하여 원초적인 영양을 주는 어머니상을 보여 주고 있다.

대지의 어머니에 대한 신비적 신앙은 위의 스모할라 예언자의 예뿐이 아니다. 인도 중부 원시 드라비다족의 일원인 바이가족은 밭을 갊으로써 어머니의 가슴을 찢는 죄를 짓는다고 생각하여 숲의 일부가 불타고 생긴 재에만 씨를 뿌렸다. 알타이족과 핀우고르족도 풀을 뜯는 것은 대죄라고 생각했는데, 이는 사람의 머리털과 수염을 잡아 뽑아 해를 주는 것과 같기 때문이다. 공물을 굴에 갖다 놓는 풍습이 있는 보탸

---

44 James Mooney, The Ghost-Dance Religion and the Sioux Outbreak of 1890, in: *Annual Report of the Bureau of American Ethnology*, XIV, 2. Washington, 1896, p. 721, 724.

크족은 가을에는 그것을 하지 않았는데, 1년 중 이때가 되면 대지가 잠들어 있을 때라고 생각했기 때문이다. 체레미족은 이따금 대지가 병들어 있다고 믿고, 그때에는 대지 위에 앉는 것을 피한다. 이렇게 농경 민족, 비농경 민족을 불문하고 산발적이긴 하지만 많은 곳에서 대지와 어머니가 연관되는 속신이 보존되고 있다.[45]

　　소우주인 인간에게 일어나는 모든 것은 대우주에서 일어나는 일의 상징이 되기 때문에 금속에서 지하 세계의 천체 요소가 발견되고 천체에서는 하늘의 금속을 볼 수도 있다. 이것은 하나의 상응 관계를 이루어 토성에는 납과 자수정이 대응되며, 목성에는 주석과 사파이어, 화성에는 철과 루비, 태양에는 금과 다이아몬드, 금성에는 구리와 에메랄드, 수성에는 수은과 철반 석류석, 그리고 달에는 은과 월장석이 관계한다. 어머니-대지의 품속에서 성숙하며 천체의 영향 아래 형성된 광물들은 모태 속에서 인식하게 하는 광물의 빛, 그러니까 황금의 완벽함에 이르기까지 질적 성장을 하는 태아로 간주된다.[46] 따라서 여기에서 천체, 금속과 인간의 심리적 연관이 이루어진다. 이를테면 〈태양-황금-행복-심장〉 혹은 〈달-은-정서-두뇌〉, 〈금성-동(銅)-사랑-성기(性器)〉 그리고 〈목성-주석-간〉 등의 일련의 연관이 성립되며, 이 내용은 괴테의 『파우스트』에도 나타나 있다.

　　태양만 하더라도 그 자체가 순금인 것입니다.
　　그 사자(使者)인 수성은 총애와 급료 때문에 따라다니고,
　　금성으로 말하자면 여러분을 유혹하여,
　　아침부터 밤늦게까지 사랑스러운 눈짓만 보내고 있습니다.
　　정절을 지키는 달님은 시름에 젖어 변덕을 부리고,

45　M. 엘리아데, 『종교 형태론』, 이은봉 옮김, 한길사, 1997, 331면 이하.
46　뤽 브느와, 『징표, 상징, 신화』, 윤정선 옮김, 탐구당, 1988, 124면.

화성은 벼락을 내리진 않아도 그 힘이 위협하고 있지요.

그리고 목성은 언제나 가장 아름다운 빛을 내고 있으며,

토성은 크기는 하나 안계에는 멀어 작게 보이지요.

그것은 금속으로서 별로 환영을 받지 못하고 있으니,

무게는 대단하면서도 그 값어치는 없단 말입니다.

그렇소이다! 해와 달이 정답게 어울리기만 한다면,

금과 은이 화합하는 것이니 즐거운 세상이 되며,

그 나머지는 모두가 소원 성취하게 되리라. (4955~4967행)

〈해와 달이 정답게 어울리기만 한다면, 금과 은이 화합하는 것이니 즐거운 세상이 되며〉(4965~4966행)라는 『파우스트』의 내용처럼 천체와 고대 그리스의 제신(諸神), 광물과 인간의 신체 기관 및 인간 유형의 마적인 연관, 혹은 자연의 원소와 「요한의 묵시록」의 모티프와 인간의 속성의 연관은 원(圓)이나 정방형의 형태 속에서 상호 작용하는 선(線)으로 결합되어 도식으로 기술되기도 한다. 성좌의 위치나 운행을 관측하여 인간의 운명을 점치는 점성술도 이런 근거이다.

이러한 자연과 인간의 〈대우주〉와 〈소우주〉의 관계는 신이 자연의 이성뿐 아니라 감정도 지닌다는 전제로, 인간의 내면에서 신을 추구하고 신과 같은 조화된 사상을 찾으려는 노력이다. 〈인간은 세계를 인식할 때에만 자신을 인식한다. 인간은 세계를 자신 안에서만, 자신을 세계에서만 인식할 수 있는 것이다.〉[47] 이렇게 인간이 세계를 자신에서, 자신을 세계에서 인식하려는 자아 집중적이며 자아 중심적인 성향은 메피스토펠레스와 계약한 후 자신의 자아를 전 인류의 자아로 확대하고 싶어 하는 파우스트의 욕구로 피력된다.

---

47 Kurt May, *Faust II, Teil*, in der Sprachform gedeutet, München, 1962, S. 35.

전 인류에게 나뉘어 주어진 것,

그것을 나는 내 내면의 자아에서 향유해 보련다.

내 정신으로 가장 높은 것과 가장 낮은 것을 움켜잡고,

그들의 행복과 불행을 내 가슴 안에 쌓아 올리려 한다.

그래서 나 자신의 자아를 인류의 자아로 확대하고자 한다. (1770~

1774행)

여기서 인류의 총체성을 함유하고자 하는 파우스트는 극한적인 자
아 중심적인 인간이 되고 있다. 트룬츠Erich Trunz는 괴테의 우주적 신화
에 대한 관심을 〈고대 범지식 서(書)의 사상〉, 〈1769년 이에 관한 젊은
괴테의 세계관〉, 〈1811년 괴테의 암시적 묘사〉의 세 가지로 구분하였
다.[48] 젊은 괴테의 신적인 것은 〈사랑〉과 〈자연〉에서 나타나는데 후자
가 시적 존재를 불러일으킨다.

2. 반기독교 사상

괴테가 헤르더Johann G. Herder를 알게 된 1771년부터 1831년까지
60년은 실로 그에게 진통기였는데, 이 시기에 『파우스트』가 생성되었
다. 이 기간은 프랑스의 텐Hyppolyte Taine이 지적했듯이 모든 근대 사상
이 독일에서 발생한 시기였다. 독일 근대 사상의 출발점인 질풍노도 운
동은 바로 〈파우스트 전설〉의 모태로 간주되는 문예 부흥 운동과 종
교 개혁 운동을 방불케 하였다. 이러한 질풍노도의 시기에 새로운 개념
인 자연이 괴테의 문학에서 전개되었다. 괴테의 새로운 자연은 〈활동하

---

48 Robert Hippe, in: *Goethe-Jahrbuch* 96, 1979, S. 75 f.

는 우주wirkender Kosmos〉[49]로 18세기 초기의 작품에서는 동적인 생명력을 지니고, 나아가서는 〈자연=신〉으로까지 확대되었다. 따라서 자연과 인간과의 관계도 새롭게 인식되어 새롭게 해석되었다. 중세 기독교에 속박되었던 인간성의 해방과 그리스 사조의 현세주의 구가가 새 창조력으로 등장하여 반기독교 사상이 번져 갔다. 이러한 반기독교 사상의 원천은 훨씬 이전에 신을 거부하는 사조에 근거를 두고 있다.

기원전 1세기 로마의 시인 루크레티우스Titus Lucretius가 쓴 장편 서사시『사물의 본성에 관하여De rerum natura』는 당시로서는 신과 인간의 관계에 대한 회의(懷疑), 에피쿠로스의 〈원자론〉 같은 위험한 사상들을 담고 있다. 사랑과 미의 여신 베누스(비너스)에 대한 찬가로 시작하는 이 책에는 우주가 신의 도움 없이도 움직이고, 사후 세계에 경험하게 된다는 종교적 공포는 인간 생활의 적이며, 쾌락과 미덕은 대립적인 것이 아니라 서로 뒤엉켜 있다는 불온한 생각이 담겨 있다. 이 시의 핵심은 원자론이다. 우주가 무한한 진공 속에 존재하는 원자의 충돌로 형성됐다는 것이다. 기원전 4세기 그리스 철학자 에피쿠로스의 사상을 계승한 루크레티우스는 우주가 무수한 원자로 구성됐다고 보았다. 이 우주는 나 자신도 그 일부인, 나를 구성하는 것과 똑같은 원소로 이뤄진 물질계이므로 여기에는 조물주도, 지적인 설계자도 존재하지 않으며 영원한 것은 오직 원자뿐이라는 것이다.

원자론에 의하면 더 이상 분할될 수 없는 무수한 원자가 무한한 우주 공간에서 영속적으로 서로 충돌하고 결합하여 〈일탈〉한 결과로서 물질들을 구성한다. 이럴 때의 〈일탈〉은 자유 의지의 원천이다. 이 같은 논리적 배경을 가진 원자론은 중세 1천 년 동안 금지된 이단의 사상이었다.

49 Karl O. Conrady, Zur Bedeutung von Goethes Lyrik im Sturm und Drang, in: Walter Hinck(Hg.), *Sturm und Drang*, Tronberg/Ts., 1978, S. 114.

루크레티우스는 우리 인간이야말로 한때 우주에 머무는 것이니 우리가 해야 할 일은 살면서 마주치는 모든 것이 덧없음을 인정하면서 세상의 아름다움과 즐거움을 누리는 것이라고 역설했다. 이 시에서 루크레티우스는 스스로에 대해서도 이렇게 묘사했다. 〈인간의 삶이 무거운 종교에 눌려 모두의 눈앞에서 땅에 비천하게 누워 있을 때, 그 종교는 하늘의 영역으로부터 머리를 보이며 소름 끼치는 모습으로 인간들 위에 서 있었는데, 처음으로 한 그리스인이 필멸의 눈을 감히 맞서 들었고, 처음으로 감히 맞서 대항하였도다.〉 그러고는 〈만물은 신에 의해 무로부터 만들어지는 것이 아니라, 자체적인 질료가 있어 그것에서 만들어지고 그것으로 되돌아간다. 그 어떤 것도 신들의 뜻에 의해 무로부터 생겨나지 않았다〉라고 단언한다. 〈어디서 각종의 사물들이 생성될 수 있는지도 확인할 수 없다. 어떤 방식으로 각각이 신들이 애쓰지 않고도 만들어지게 되는지도, 왜냐하면 만일 이것들이 무로부터 만들어졌다면, 모든 것들로부터 모든 종이 생겨날 수 있었을 것이고, 어떤 것도 씨가 필요치 않았을 터이니 말이다.〉

이 내용은 예술에 스며들어 보티첼리Sandro Botticelli와 다빈치Leonardo da Vinci에게 영감을 주었다. 갈릴레이Galileo Galilei의 천문학과 베이컨Francis Bacon의 철학, 후커Richard Hooker의 신학 이론에도 영향을 미쳤다. 버턴Robert Burton의 정신 질환에 대한 책마저도 루크레티우스의 〈쾌락〉을 극대화하는 형식으로 이뤄졌다고 한다. 몽테뉴Michel de Montaigne는 책의 여백에 자신의 생각을 적어 놓음으로써 이 시에 심취했음을 증명했다. 홉스Thomas Hobbes와 스피노자, 프로이트Sigmund Freud와 다윈Chales Darwin, 아인슈타인Albert Einstein도 그랬고 〈나는 에피쿠로스주의자입니다〉라고 했던 미국 혁명가 제퍼슨Thomas Jefferson도 마찬가지였다. 이 저서에 의해서 기독교 교리에 의해 인간의 사상과 자유가 속박당하고 교회와 봉건적 지배에 의해 백성이 착취당한 〈암흑의 중

세〉가 마감되고 〈재생의 르네상스〉가 태동했다고 평가된다.[50]

인간이 지상의 세계에 존재하면서 죽음 이후 〈저세상〉에서의 영혼의 구원에 관심을 갖지 않을 때 신은 사실상 존재 가치가 없고, 이러한 상황에서 신앙은 인간의 낮은 지적 수준과 불가분의 관계가 된다는 생각은 칸트에서 니체에 이르기까지 계몽주의 철학자들에게 일관된 견해였다. 특히 니체는 인간의 우매함을 〈신의 조건〉으로 단정하였다. 〈신은 어리석은 인간들 없이는 존재할 수 없다〉는 것으로,[51] 이러한 내용은 괴테의 찬가 「프로메테우스」에도 담겨 있다.

> 너희들 신들이여, 태양 아래
> 너희보다 더 불쌍한 자 어디 있으랴!
> 너희들은 기껏해야
> 희생으로 바쳐진 제물이나
> 기도의 한숨으로
> 위엄을 지탱할 뿐이니,
> 철없는 애들이나 거지 같은 희망에 찬 바보들이
> 어리석은 기원을 드리지 않을 때는
> 너희는 망하게 되리라. (13~21행)

이처럼 괴테는 신을 초월적 정신적 소망에 대한 헛된 믿음을 가진 〈희망에 찬 바보들〉(21행)의 기원으로 연명하는 존재로 단정하였다 (HA 1, 45). 신은 어리석은 인간들 없이는 존재할 수 없다는 것이다. 따라서 철두철미한 인본주의자에게는 신과 그의 영역인 저세상은 아무런 의미도 가지지 못한다. 이러한 맥락에서 모든 관심을 이승의 삶에 집중

---

50 고두현, 〈이단의 책 한 권〉, 「포스코 신문」, 2014년 11월 6일 자.

51 Friedrich Nietzsche, *Werke*, Bd. 2, S. 162 참조.

하는 파우스트는 철저한 인본주의자로 반기독교도이다. 메피스토펠레스와 내기를 하기 전에 이미 파우스트는 죽음 이후의 저세상에 대해 냉소한다.

> 나는 내세 때문에 괴로워하지 않는다.
> 네가 이 세상을 산산조각 내도
> 이어서 다른 세계가 생길 것이다.
> 이 새로운 땅에서 나의 기쁨이 샘솟고,
> 이 태양이 나의 고뇌를 비춰 준다.
> 내가 이것들과 헤어진 다음에는
> 무슨 일이 일어나도 상관없다.
> 미래에도 사람들이 서로 증오하고 사랑하는지,
> 또한 저세상 안에도
> 위와 아래의 구별이 있는지,
> 그런 것을 나는 더 이상 듣고 싶지 않다. (1660~1670행)

죽은 뒤에 어떻게 될 것인지, 그의 영혼이 어떻게 될 것인지, 그것은 (지극히 복잡하고 미묘한 문제지만) 파우스트의 흥미를 끌지 않는다. 파우스트가 그의 〈지고의 순간〉(11586행)으로 체험하는 삶은 과거의 물려받음과 미래의 잉태를 모두 포함하는 것으로 헤겔Georg Hegel이 〈영원〉으로 정의한 〈진정한 현재〉가 되는 것이다. 〈오직 현재만이 존재하고 이전과 이후는 존재하지 않는다. 실질적인 현재는 과거의 결과이며 또 미래를 잉태하고 있다. 따라서 진정한 현재는 영원한 것이다.〉[52] 파우스트가 〈이제 마음은 앞을 내다보지도 않고 뒤도 돌아보지 않으

---

52 Georg W. F. Hegel, *Enzyklopädie der Philosophischen Wissenschaften im Grundrisse*, 259항.

니 지금의 이 현재만이……〉(9381행)라고 말하자 헬레네는 〈우리들의
행복이지요〉(9382행)라고 맞장구치고, 또 〈현재란 보물이고 이득이며,
소유이고 담보인데, 보증, 그 보증은 누가 하나요?〉(9383행)라고 파우
스트가 묻자 헬레네는 〈저의 손이예요〉(9384행)라고 답변하는데, 이러
한 대화는 이들이 현재를 중시한다는 것을 보여 준다. 과거 파우스트
를 기독교로 인도하려고 애쓴 그레트헨과는 대조적으로 헬레네는 그
의 미래, 즉 기독교에서 중요시하는 내세를 부정하고 현세만 긍정하게
하는 반기독교적인 여성이다. 안티케적인 미의 화신 헬레네가 자의식
의 파탄에 이르렀음은 그녀가 안티케의 세계에 더 이상 존재할 수 없음
을 의미한다. 그리고 그녀가 의식을 상실했다가 다시 깨어난 것은 이제
과거를 청산하고 새로운 자아를 찾아 나서는 여정의 시작이다. 이는 파
우스트가 그레트헨 비극의 고통으로 인해 의식을 잃고 긴 잠에 빠졌다
가 깨어나서 다시금 새로운 삶을 시작하는 것과 비교될 수 있다.[53]

결국 『파우스트』 제1부에서 열성적인 기독교인으로 그려지는 그레
트헨과 상반되게, 작품 제2부에서 헬레네는 기독교 정신을 위배한다.
이렇게 파우스트와 헬레네가 현재를 중시하여 기독교에서 벗어나는 것
은 파우스트와 악마 메피스토펠레스의 현재에 대한 집착과 일치한다.
메피스토펠레스는 내세가 아닌 현세를 즐기도록 파우스트를 계속 자
극하는 것이다.

감사하나이다. 나는 이제까지 한 번도
죽은 자하고는 원래부터 상대하지 않으니까.
내가 가장 좋아하는 것은 통통하고 싱싱한 뺨이랍니다.
송장이 찾아오면 난 집에 없다고 하지요. (318~321행)

53 『괴테 파우스트 휴머니즘』, 213면 이하.

「가면무도회」 장면 중 〈지혜〉가 〈두려움과 희망〉을 〈인류의 가장 큰 적〉(5441~5442행)으로 규정한 것도 내세가 아닌 현세를 중요시하는 맥락으로 이해할 수 있다. 두려움과 희망은 모두 미래에 관련되어 장래의 그 무엇에 대한 〈두려움〉은 현재의 삶을 즐길 수 없게 하고, 〈희망〉도 미래에 대한 기대로 역시 현재를 외면하게 한다. 이러한 맥락에서 미래에 관련된 신앙이나 지옥 같은 것에 개의치 않는 파우스트는 죽음에 이르기 직전까지도 저승의 실체를 부정한다.

> 이 지상의 세계를 나는 충분히 알고 있으나,
> 저쪽 높이 바라보아도 쓸데없는 일이다.
> 바보다. 먼 곳으로 눈을 향하여 깜빡이고,
> 구름 위에 자신과 같은 것을 그려 보는 것은!
> 착실하게 발을 디뎌 이 지상의 자기 주위를 둘러보라!
> 유능한 자에게 이 세상은 침묵하지 않는다.
> 무엇 때문에 영원 속에서 헤맨단 말인가! (11441~11447행)

따라서 인간의 삶은 비록 이 지상에 제한되어 있지만 지상이야말로 충분히 의미 있는 영역이며, 창조적으로 행동하는 사람(유능한 자)에게는 무한한 가능성을 주는 세계라고 파우스트는 강조한다.[54] 앞서 언급된 파우스트의 대사는 괴테 자신의 견해를 고스란히 담고 있다. 1824년 2월 25일 에커만과의 대화에서 괴테는 〈영혼 불멸에 대한 전념은 할 일 없는 귀족들이나 특히 여자들이 할 일이다. 이 지상에서 무엇인가 제대로 된 존재가 되려고 날마다 노력하고 투쟁하고 행동하는 유능한 사람들은 미래 세상에 관심을 가지지 않고 지금의 세상에서 활동적이며 유용하다〉라고 말하기도 했다.

54 『괴테 파우스트 휴머니즘』, 44면 이하.

이렇게 전적으로 현세를 믿는 파우스트는 전설의 주인공 파우스트와 일치하고, 괴테 자신의 사상이기도 하다. 이탈리아 여행 중인 1786년 10월 9일 〈살아 있는 것은 얼마나 멋지고 값진 것인가! 그 상태에 얼마나 딱 들어맞는가! 얼마나 진실하고 실제적인가!〉라는 괴테의 외침은 〈한 시대 전체가 세속적 행복을 얻기 위한 노력에만 매달리면 더 높은 안녕과 하늘로부터 물려받은 유산의 확장은 등한시하게 된다〉[55]라는 반기독교에 대한 슐레겔August W. Schlegel의 한탄과 대립된다. 슐레겔과 마찬가지로 『파우스트』에서 정령들도 내세를 등한시하고 현재에만 집착하는 파우스트의 비기독교적인 행위를 합창으로 한탄한다.

슬프다! 슬프다!
그의 억센 주먹으로
이 아름다운 세계를
파괴해 버렸으니,
세계가 무너진다, 세계가 붕괴된다!
반신(半神) 하나 이 세계를 때려 부쉈구나!
우리는 나른다.
부서진 조각들을 허무 속으로,
그리고 한탄한다,
그 사라진 아름다움을. (1607~1616행)

이러한 한탄은 반기독교 사상이 팽배하던 당대의 상황에 대한 것이기도 했다. 헤겔을 포함한 많은 역사학자와 역사 철학자들은 그리스-로마의 낡은 세계에서 기독교의 승리를 역사 우월론의 대표적인 예로

55 August W. Schlegel, *Kritische Schriften und Briefe*, Stuttgart, 1964, S. 46.

들었다. 이들은 역사에서 기독교의 성공, 광범위한 전파, 장구한 세월에 걸친 존립 등을 기독교의 정신적 우월성에 대한 증거로 여겼다.[56]

스피노자의 범신론은 18세기에 유럽 전역에서 크게 융성했다. 그러나 창조주인 하느님과 그의 피조물인 인간과 자연을 완전히 분리하는 기독교의 교리에서 볼 때 자연의 모든 존재에 신이 존재한다는 범신론은 기독교 세계관을 완전히 뒤흔들어 놓는 것이었기에 기독교의 완강한 저항에 부딪칠 수밖에 없었다.[57] 그럼에도 불구하고 계몽주의 이후 관용이 중심 사상이 되어 기독교가 세속화되기 시작하고 스피노자의 영향력을 받은 범신론이 질풍노도의 작가들에 영향을 미치는 상황에서, 유럽의 기독교는 점차 전통적인 교리와 교회 중심의 종교관에서 철학적인 성격으로 변하기 시작했다.[58]

이렇게 기독교가 변질되어 가던 질풍노도의 시기에 괴테는 융슈틸링Johann H. Jung-Stilling, 라바터Johann C. Lavater, 클레텐베르크Susanna K. von Klettenberg 같은 신앙심이 깊은 사람들에 경도되면서 신앙적 내용을 자의적으로 해석하는 비신앙인이 되어 갔다. 유명한 자서전『하인리히 슈틸링의 생애Heinrich Stillings Leben』를 집필하고 슈트라스부르크에서 의학을 공부하던 융슈틸링을 만나 깊은 인상을 받은 괴테는 가장 잘된『하인리히 슈틸링의 청년 시절Heinrich Stillings Jugend』의 첫 두 권을 출판해 주기도 했다. 이 저서는 경건성과 소박함으로 계몽사상의 합리주의에 반대하던 당시의 경건주의에 영향을 미쳤다. 융슈틸링은 자서전 외에도 신비주의적·경건주의적 작품과 소설을 썼는데, 그중에서 우화 소설『향수Das Heimweh』가 가장 잘 알려져 있다.

56 Karl Löwith, *Von Hegel zu Nietzsche. Der revolutionäre Buch im Denken des 19. Jahrhunderts*, Hamburg, 1981, S. 445 참조.

57 Geist der Goethezeit, I, S. 19.

58 같은 책, S. 17.

매개자 없이 스스로의 종교 체험으로 직접 신과 합쳐진다는 신비주의Mystik[59]는 질풍노도 시대에 정신적인 지주였다. 창조를 통해서 활동하는 성령에 의해서 창조된 모든 것 속에 신적인 것이 들어 있다는 경건주의는 17세기에 형성된 유럽 개신교의 종교 운동이다. 16세기 종교개혁 이후 정치, 경제, 문화에서 구교와 신교로 구분된 유럽 사회에서 기독교인에게 교리적으로 어느 편에 속하느냐는 매우 첨예한 문제였다. 개신교에서 교리의 차이로 야기된 구교와 신교의 대립에서 제도가 중요시된 것이다. 특히 개신교의 선구자인 칼뱅John Calvin은 독일의 종교 개혁가인 루터Martin Luther 이상으로 엄격하여 신자들에게 성서 이외에는 아무것도 읽지 못하게 했고, 신자들에게 찬송가는 「시편(詩篇)」밖에 없었다. 엄격한 제도와 교리의 강조에 대한 반성이 독일의 개신교인 루터교에서 발생하여 전 유럽의 개신교로 퍼져 갔는데, 이러한 배경에서 생겨난 경건주의에서 파생한 신비주의에 괴테는 관심을 갖게 되었다.

신과 인간 영혼의 신비적 합일unio mystica을 자연 속에서 찾는 신비주의 방식을 신봉한 괴테는 〈자연 속의 위대한 신에게, 하늘과 땅을 창조하고 유지시키는 신에게 (……) 직접 접근하려는 생각을 갖게 되었으나 그 길은 아주 특별했다〉(HA 9, 43)라고 고백한다.[60] 파라셀수스Theo- phrastus Paracelsus 같은 독일 중세의 신비주의자들에 관심이 많았던 괴테는 헤르더를 만나면서 라이프치히 대학 시절의 로코코 문학에서 벗어나 신비주의에 몰두함으로써 질풍노도의 토대를 마련하였는데, 이 시기야말로 괴테가 개입된 독일 문학의 근대화가 마련되는 전환기였다.

언어는 특정한 시대와 지역의 사유 방식, 생활 습관 또는 생존의 조건 등을 반영한다. 따라서 이념이 언어화되려면 언어에 투영된 시대의

59 Mystik라는 용어는 그리스어 mystikos에서 유래한다.
60 『울림과 되울림』, 210면 이하.

역사적 특성들에 적응해야 한다. 이에 대해 하이네Heinrich Heine는 『독일의 종교와 철학의 역사에 대해서Zur Geschichte der Religion und Philosophie in Deutschland』에서 〈사상은 행동이 되려 하고, 말은 육신이 되려 한다〉라고 말하면서 이념의 행동화로 사회를 개혁해야 함을 강조했다. 성서 저자들의 신적 영감에 관심을 기울인 헤르더는 신이 성서를 쓴 이의 정신에 영향력을 미쳤다고 보았고, 성서의 언어들을 성서를 쓴 사람의 정신적 표현으로 보았다. 성서의 텍스트를 집필한 작가의 의도를 감지해야 성령의 영감을 받는다는 것이다. 헤르더는 이러한 영적 은총을 받는 대상을 성서의 저자들뿐만 아니라 설교자와 문학적 천재에게까지 확대시켰다.[61]

라바터가 영혼을 통해서 성서와 창조 행위로 존재한다고 생각한 신은 자연을 통해 영감을 줌으로써 〈자연의 서Buch der Natur〉라 불렸다. 성령이 창조를 통해서 계속 활동한다고 본 라바터의 경건주의는, 신은 창조된 모든 것에 내재되어 있으므로 모든 물질적인 것과 문자적인 것은 신적인 정신의 인상학적인physiognomisch 표현으로 보았다. 『인상학적 단편들Physiognomische Fragmente』에서 라바터는 신과 그의 창조를 통해서 작가의 정신이 작품에 담겨진다는 말로 신을 작가와 밀접하게 연결시킨다.[62]

라이프치히 대학 생활 3년째에 접어들어 자유분방한 생활로 인해 신체적·정신적으로 쇠약해져 고향에 돌아와 휴양을 취하고 있던 괴테는 어머니의 친구인 클레텐베르크Susanna von Klettenberg 여사에 의해 경건주의와 헤른후트(〈주님의 수호〉라는 뜻)파 및 신비주의에 감화되었다. 〈헤른후트파〉는 독일의 대표적인 경건주의자 친첸도르프Nikolaus L. R.

---

61 Hans-Georg Kemper, Ich wie Gott, in: *Zum Geniekult der Goethezeit*, Tübingen, 2001, S. 104 f 참조.

62 유영희, 「슈투름운트 드랑 시대의 천재 숭배」, 『독일 문학』 129집, 2014, 30면.

von Zinzendorf 백작이 종교적 박해를 받아 체코의 보헤미아에서 망명해 온 〈보헤미안 형제단Böhmische Brüder〉[63]을 자신의 영지에 맞아들여 신앙 공동체 마을인 헤른후트에서 1727년에 조직한 신도 단체인 형제단Brüdergemeine이다. 이 일파는 현재도 〈보헤미아 교회〉로서 전 세계, 특히 미국에 신도들을 가지고 있다. 친첸도르프 백작은 1738년부터 1739년에 걸쳐 서인도 제도로, 1741년부터 1743년에 걸쳐 북아메리카로 가서 그곳의 형제단을 위해서 봉사한 바 있다.

〈아름다운 영혼Schöne Seele〉은 내면세계와 외부 세계의 갈등 없이 내면에서 우러나오는 영혼에 의해 상호 극복되는 자아를 중심으로, 이를 위해 종교적 책임을 다하는 경건주의에 근거한다. 이러한 〈아름다운 영혼〉은 18세기에 널리 사용된 말로서 이성(理性)이나 오성(悟性)이 아닌 영혼에 의해 배양된다. 이와 같은 이상은 처음 플라톤의 철학에서 연원되어 플로티노스Plotinos의 신플라톤주의Neoplatonism[64]를 거쳐 중세 그리스도교 문학에 흘러 들어왔으며, 다시 중세 말기 독일의 신비 사상과 16~17세기 스페인의 종교 문학으로 이어졌다. 독일에서 〈아름다운 영혼〉이라는 말은 18세기에 친첸도르프 백작이 사용한 후 경건주의에서 애용되었다. 시인 클롭슈토크는 극작품 「아담의 죽음Der Tod Adams」에서, 레싱Gotthold E. Lessing은 『자유정신Der Freigeist』에서 이 말을 사용하였으며, 빌란트Christoph M. Wieland의 작품에도 (반어적으로 사용되는

---

63 체코 가톨릭 후스파에서 나온 〈보헤미아 형제단〉의 직계 일파.
64 신플라톤주의는 3세기 이후 플로티노스의 『엔네아데스Enneades』를 기초로 전개된 사상 체계로서 플라톤, 아리스토텔레스, 스토아학파 등 고대 여러 학파의 사상의 종합으로 성립되었다. 기본적으로는 이데아계-현상계(現象界)라고 하는 플라톤적 이원론을 계승하고 있으며, 특히 전자를 세분화하여 전 존재를 계층적으로 파악하려는 데 특색이 있다. 신플라톤주의의 학파는 529년 유스티니아누스제(帝)에 의한 이교도(異教徒)의 학원 폐쇄령과 더불어 종지부를 찍게 되지만, 사상 자체는 중세·근세를 통해 커다란 영향력을 지녔다. 르네상스에서 플라톤주의 부흥도 실제 내용은 신플라톤주의의 색채를 갖는 것이었다.

경우도 포함해서) 자주 나오고 있다.

루소Jean J. Rousseau의 『신헬로이제La nouvelle Héloïse』는 〈아름다운 영혼belle âme〉을 이상으로 하는 교육 소설이다. 괴테 자신은 헨리에테 폰 오버키르히에게 보낸 편지 속에서 루소의 이 프랑스어를 그대로 사용하고 있다. 슈타인Charlotte von Stein 부인에게 보낸 편지에는 〈위대한 아름다운 영혼〉, 〈당신의 아름다운 영혼 속에〉, 〈하나의 아름다운 영혼〉이라는 표현이 나온다. 「타우리스의 이피게네이아」에서는 아르카스에게 〈아름다운 영혼은 고귀한 분께서 보내시는 호의에도 마음이 움직이지 않는다고 말씀하시는 것입니까?〉(HA 5, 48)라고 말하고 있다.[65]

빌란트의 장편소설 『아가톤전Geschichte des Agathons』의 주인공 아가톤Agathon의 모델은 기원전 5세기 후반의 아테네의 비극 시인 아가톤이다. 델피[66]의 엄격한 신관들 밑에서 성장하면서 관능의 세계를 전혀 모르던 아가톤은 성장하여 소피스트인 히파이스 옆에서 생활하면서 유녀(遊女) 다나에의 팔에 안긴 채 관능의 기쁨에 빠져들었으나 후에는 엄청난 노력으로 이 세계에서 빠져나온다. 『빌헬름 마이스터의 수업 시대』에서 〈아름다운 영혼의 고백Bekenntnisse einer schönen Seele〉의 화자는 아가톤을 암시한다. 교양 소설의 관점에서 보면 이 『아가톤전』은 『빌헬름 마이스터의 수업 시대』, 특히 「아름다운 영혼의 고백」의 선구적인 작품이라고 볼 수 있다. 『빌헬름 마이스터의 수업 시대』에서 제6장의 전체를 차지하여 하나의 독립된 작품을 이루는 「아름다운 영혼의 고백」은 이 소설 전체에서 가장 아름다운 부분이다. 어느 귀족의 딸이 8세에 객혈(喀血)하고 병상에 누운 이래 공상에 빠져들어 인간적 잡음에 구애되지 않은 채 신과 함께 생활하며 영혼의 청순과 평화만을 간

---

65 괴테, 『빌헬름 마이스터의 수업 시대』, 박환덕 옮김, 예하, 1995, 406면 이하(이하 『빌헬름 마이스터의 수업 시대』로 줄임).
66 그리스 중부 파르나소스 산의 남쪽 기슭에 위치하며 아폴론의 신탁소가 있었다.

직하고 죽어 가는 이야기이다.

교양 소설에서 또 하나의 교양 소설, 남성이 주인공인 수업 시대와 달리 신을 향해서 자신을 형성해 가는 여성의 영혼을 다룬 「아름다운 영혼의 고백」이 소설 『빌헬름 마이스터의 수업 시대』의 줄거리의 진전과 통일의 파괴를 무릅쓰고 독립적으로 삽입되었다는 사실은 일반적인 소설 이론으로는 헤아릴 수 없다. 〈아름다운 영혼〉의 숙부, 동생과 그 아이들의 삽입은 클레텐베르크의 전기와는 관계없는 괴테의 창작이며, 이러한 「아름다운 영혼의 고백」은 『빌헬름 마이스터의 수업 시대』의 전체에 잘 짜여져 장대한 넓이와 깊이를 더한다.[67] 헤르더와 슈톨베르크 등 그 당시 괴테를 미워하여 『빌헬름 마이스터의 수업 시대』를 혹평하던 사람들도 다른 부분을 전부 불태워 버리면서도 이 아름다운 영혼을 내용으로 하는 제6장만은 인정하여 따로 제본해 간직할 정도였다고 한다.

이러한 「아름다운 영혼의 고백」은 프랑크푸르트 시대(1769~1775)의 경건주의와 괴테에게 정신적 영향을 준 헤른후트파의 클레텐베르크 여사에 연유하는데, 이는 괴테가 실러에게 보낸 편지에 나타나 있다. 〈나는 수주일 동안 각별한 본능에 사로잡혀 있어요. 나는 나의 소설에 종교적 장을 준비하고 싶은 욕망을 갖게 되었습니다. 내용 전체가 가장 고귀한 허구들과 주·객관적인 세계의 가장 부드러운 혼돈 위에서 이루어지기 때문에 소설의 다른 부분보다 더 많은 기분과 수렴이 담겨 있지요. 당신도 아시겠지만 만일 내가 일찍이 「아름다운 영혼」에 대한 연구를 이에 수렴하지 않았던들 이러한 표현들은 불가능했을지도 모릅니다.〉(HA 7, 624)

당시의 성서 연구로 인해 『모 목사가 모 목사에게 보내는 편지Brief des Pastors zu xxx an den neuen Pastor zu xxx』가 생겨났다고 괴테는 『시와 진

---

67 『빌헬름 마이스터의 수업 시대』, 407면.

실』의 제12장에 쓰고 있다. 1773년에 익명으로 출판된 이 글에서 괴테는 성령이 변화되지 않고 계속 영향력을 미친다고, 즉 성령이 주는 영감에 대한 경건주의적인 믿음이 세속주의적인 영감으로 확대되고 있다(HA 7, 236)고 밝힌다.

당시 기독교에 대해 반항적이고 부정적이던 괴테는 기독교의 뿌리가 되는 성서에서만은 감동을 받아서 『파우스트』에서 〈복음은 기꺼이 듣지만, 나에게 믿음은 없다〉(765행)라고 피력한다. 이러한 괴테의 종교관에 대해서, 『젊은 베르테르의 슬픔』속 여주인공 로테의 모델이 된 부프Charotte Buff의 남편 케스트너Johann C. Kestner는 1772년 다음과 같이 말했다. 〈괴테는 정통 신앙을 갖고 있지 않다. 거만하거나 고집 같은 것이 없는 그는 타인의 신앙생활을 방해하지 않는다. 교회나 성찬에도 가지 않으며 기도도 올리지 않는데, 그런 위선자가 되지 않겠다는 것이다. 기독교에 존경을 표명하지만 그가 생각하는 기독교는 신학자가 생각하는 기독교와 다르다. 그는 항상 진실을 찾으며 실감을 잡으려는 것이지 논증을 찾으려는 것이 아니었다.〉[68]

괴테는 신약·구약 성서를 다음과 같이 평가하고 있다. 〈구약 성서의 투박한 자연스러움과 신약 성서의 부드러운 순박성이 부분적으로 내 마음을 끌었다. 전체적으로 참된 모습을 드러내지 못하는 성서가 지닌 다양한 내용들은 나를 혼란시키지 않았다. 나는 성서의 의미를 순서대로 충실하게 현실화시킬 수 있었다. 아무튼 성서에 너무 많은 친근감을 가지게 된 내가 이제 이 책에서 손을 뗀다는 것은 생각조차 할 수 없다.〉(HA 9, 510)

이념(뜻)과 경험(말)은 유사할 수 있으나 결코 동일할 수는 없어서 언어화된 이념은 원래 이념의 상징적 현현일 뿐 이념 자체는 아니다. 〈인간 예수를 흠모하며 경외심을 표하는 것이 내 본성에 맞느냐고 누가

68 『울림과 되울림』, 203면.

묻는다면 나는 《물론이다!》라고 말할 것이다. 나는 도덕성의 지고한 원칙을 드러내는 신적 계시로서 그에게 머리를 숙이는 것이다. 태양의 경배가 내 본성에 맞느냐고 누가 묻는다면 나는 다시금 《물론이다!》라고 말할 것이다. 왜냐하면 태양도 마찬가지로 가장 지고한 것의 한 계시이기 때문이다. 태양은 아마 우리 인간들이 감지할 수 있는 가장 강력한 계시일 것이다.》[69]

위의 인용문에서 〈태양의 경배〉, 〈태양은 가장 지고한 것〉, 〈태양은 감지될 수 있는 가장 강력한 계시〉 등의 내용을 보면 태양을 숭배하는 배화교에 대한 괴테의 공감도 감지된다. 괴테의 『서동시집』에 들어있는 시 「배화교도의 서」에서는 태양이 〈신의 거울*Spiegel Gottes*〉(HA 2, 106)이나 〈황제의 인장*Kaisersiegel*〉(HA 2, 106)으로 찬양되며 매일 아침 떠오르는 태양이 숭배되는데, 이러한 모티프는 『파우스트』에서도 전개된다.

아아, 내가 이 땅에서 떠올라 어디까지든지
저 태양을 쫓아 끝없이 날아갈 날개가 없음이 슬프도다!
그러면 영원히 저녁 햇빛 속에서
조용한 세계를 내 발밑에 볼 수 있고,
봉우리마다 황혼에 깃들고 골짜기마다 고요할 때,
은빛 시냇물이 황금빛 강물로 흐르는 것을 볼 수 있을 텐데.
그러면 수많은 골짜기를 거느린 험준한 산도
신과도 같은 내 길을 막지 못할 것이고,
따스해진 만을 낀 바다가 벌써
놀란 내 눈앞에 전개되리라.

---

69 Woldemar von Biedermann(Hg.), *Goethes Gespräche* in 5 Bänden, 4. Bd., 1998, S. 441 f.

그러나 태양의 여신은 기어이 잠겨 버리는 듯 보이리라.

그러면 내게는 새로운 충만이 눈을 뜨고,

나는 태양의 영원한 빛을 마시기 위해,

밝은 낮을 앞에 안고 어두운 밤을 등지고,

위로는 하늘, 아래로는 파도를 바라보며 급히 달려가리라.

아아! 정신의 날개는 이렇게 가벼운데,

육체의 날개가 그에 어울려 주지 못하다니. (1074~1090행)

떠오르는 태양이 가장 신적인 현상이 되는 배화교도들에게 태양은 별의 원형이며 인간이 도저히 도달할 수 없는 절대적인 무한자이기 때문에, 태양이 떠오를 때 똑바로 바라보아서는 안 되며 이마를 지면에 대고 엎드려야 한다(HA 2, 104).

그러나 태양이 완전하게 솟아오를 때,

나는 암흑 가운데서 눈이 먼 듯 갈피를 잃고,

이마를 앞에 대고, 활기 찬 가슴을 치며

사지(四肢)를 대지에 엎드렸다. (HA 2, 104)

이렇게 직접 쳐다볼 수 없어 엎드려 경배해야 하는 태양은 인간의 육신에 힘을 주고 원기를 돋우어 준다. 태양이 완전히 둥글게 떠오르면 인간은 어둠 속에서처럼 눈을 감고서 태양의 간접적인 반사를 보게 된다. 보통 휘황찬란한 보석으로 장식된 황제 등의 모습으로 묘사되는 태양이 이 시에서는 불의 원형으로 인간에게 접근하는 것이다.

이렇게 괴테는 범신론자로 배화교 등 여러 신들에 심취하였지만 그의 중심적인 신은 당연히 기독교의 신이었다. 그러나 괴테에게 기독교의 인간 예수는 도덕성의 지고한 원칙을 간접적으로 나타낸 인물이지

원칙 자체는 아니었다. 비록 〈신적〉이라는 형용사로 수식되고 있지만 괴테의 관점에서 예수는 도덕성의 육체적인 담지자일 뿐이었다.[70]

구약 성서를 분석한 괴테는 〈불충분한 참고서에도 불구하고 상당한 노력으로 모세 5경을 최대한 연구할 때 너무도 훌륭한 착상들이 떠올랐다〉(HA 9, 511)라고 고백하고, 신약 성서에 대해서도 다음과 같이 평가하였다. 〈신약 성서도 나의 연구에 확신을 주지 않지만 나의 분석 욕망이 그것을 덮어 둘 수 없었다. 그렇지만 나는 애정과 호의로《복음서의 작가들이 서로 모순될지라도 복음 그 자체에만 모순이 없다면》문제가 없다는 데 동의한다.〉(HA 9, 511)

이와 같이 성서의 모순점들을 분석한 괴테는 본질적이고 중요한 신앙적 내용들을 많은 애착과 호의로 수용하였다.[71] 따라서 괴테는 기독교를 신봉하지는 않았지만 작품 『빌헬름 마이스터의 수업 시대』 등에서는 하느님과 종교를 거론했다. 〈전능하신 신이여, 신앙을 주옵소서! 언젠가 나는 가슴이 터지는 것 같은 마음으로 이렇게 기도하였습니다. 작은 탁자 앞에 앉아 몸을 기대고 눈물에 젖은 얼굴을 두 손으로 가렸습니다. 이것은 흔히 있는 일이 아닙니다만 신이 우리의 기도를 들어주실 때에 발생하는 상태였습니다. 이때의 느낌을 어찌 표현할 수 있겠습니까. 나의 영혼은 일종의 인력으로 일찍이 예수께서 못 박히신 십자가로 끌려가는 것이었습니다. 인력이라고밖에 달리 부를 도리가 없는, 마치 우리의 마음이 멀리 떨어져 있는 연인에게로 끌려가는 것 같은 그런 힘이었어요. 아마도 우리가 상상하는 것보다 훨씬 더 확실하고 참다운 접근이었습니다. 이렇게 하여 나의 영혼은 십자가에 못 박힌 인간의 아들에게로 접근하였던 것입니다. 이 찰나에 나는 신앙이 무엇인가를 깨닫게 되었습니다.〉(HA 7, 394)

70 『괴테 파우스트 휴머니즘』, 96면 이하.
71 『울림과 되울림』, 207면 이하.

이러한 『빌헬름 마이스터의 수업 시대』와는 달리 『파우스트』에서 파우스트는 기독교에서 벗어난 거의 광적인 자아 집중적, 자아 중심적 성향을 보이고 있다. 예를 들어 메피스토펠레스와 계약을 한 후에 파우스트는 자신의 자아를 전 인류의 자아로 확대하고 싶다는, 신을 능가할 정도의 욕구를 피력한다.

전 인류에게 나뉘어 주어진 것,
그것을 나는 내 내면의 자아에서 향유해 보련다.
내 정신으로 가장 높은 것과 가장 낮은 것을 움켜잡고,
그들의 행복과 불행을 내 가슴 안에 쌓아 올리려 한다.
그래서 나 자신의 자아를 인류의 자아로 확대하고자 한다.
(1770~ 1774행)

여기서 인간의 종(種)이라는 자신의 연대 의식을 밝히지만, 인류가 가진 모든 것, 인류를 구성하는 모든 것, 즉 인류의 총체성을 함유하고자 하는 욕구를 나타내는 파우스트는 극한적인 자아 중심적인 인간으로 표현된다.[72] 파우스트가 주님에 의해 〈머슴*Knecht*〉(299행)으로 불리는 것은 우선 그가 신에게 선택된 인간임을 의미한다. 이처럼 파우스트가 인간의 대변자 역할을 수행하도록 〈선택〉되었다는 것은 성서적인 해석이다. 그러나 파우스트가 자신의 위에 군림하는 어떤 존재도 인정하지 않는 철저하게 독립적인 인간임을 고려한다면, 그리고 자신의 의지 외에는 어떤 질서나 계율도 인정하지 않는 자유로운 존재임을 고려한다면 〈선택된 인간〉으로서의 〈머슴〉의 의미는 타당성을 상실할 수밖에 없다.[73]

72 『괴테 파우스트 휴머니즘』, 254면 이하.
73 같은 책, 42면.

이렇게 파우스트는 신을 더 이상 주님으로 보지 않을 정도가 되어 자신을 〈나의 머슴〉이라 부른 주님에게 예속되는 대신 스스로 자신의 주인이 되려 한다. 이러한 의식은 점차로 세속화되어 작품의 마지막 부분의 간척 사업에서는 일하는 일꾼들에게 신적인 주인 의식을 강력하게 발휘하기까지 한다.

내가 생각한 것, 그것을 이제 서둘러서 완성해야한다;
주인의 말, 그것만이 중요하다.
자리에서 일어나라, 너희 머슴들아! 모두!
내가 대담하게 생각해 낸 것, 그것을 내가 행복하게 바라볼 수 있도록 하라. (11501~11504행)

그러면 인간인 파우스트가 〈(신의) 머슴의 자리를 박차고 나온 행위〉는 정당화될 수 있는가, 인간인 그가 과연 〈세계와 창조 및 역사의 주인〉이 될 수 있는가, 그래서 인간성이 〈신성에 뒤지지 않는 존엄성〉을 얻을 수 있는가 등의 진지한 의문들이 생겨난다. 인간인 파우스트가 스스로의 주인이 되었다는 것은 자신은 이제 더 이상 신에 의해 결정되는 존재가 아니며 따라서 자신의 삶과 세계를 능동적으로, 다시 말해 〈지고의 존재를 향해 쉬지 않고 노력하겠다는 힘찬 결단〉(4684~4685행)으로 영위해 나가겠다는 의지이다. 파우스트가 성서 번역 직후 무제한적인 자아 확대의 의지를 피력한 사실, 그리고 이러한 의지의 전제로 결코 종결되지 않을 자아 확대에 대한 확신에서 행한 악마 메피스토펠레스와의 내기는 기독교에서 벗어난 자아에 대한 집착이 된다. 따라서 신 대신 〈주인〉이 되고자 하는 파우스트가 우선적으로 행하는 것은 기독교 신앙에 의거한 세계의 파괴다. 기독교의 세계에 머물러 있는 한 그는 주인이 될 수 없고 신의 머슴에 불과하다. 이러한 관점에서 니체는 신앙은 〈의지의 병Erkrankung des Willens〉이라는 탄생 조건을 가지고 있다고 말했다. 〈신앙은 항상 의지가 결여된 곳에서 가장 갈구되며, 가장 절실하게 필요하게 된다는 것이다.〉[74]

메피스토펠레스와 내기 계약을 체결하기 전 자신과 세계에 대한 불만이 극에 달했던 파우스트는 가정, 재산, 명예 등 자신의 자유로운 의지를 구속하거나 자아의 실현을 가로막는 모든 것을 저주한다. 이러한 그가 가장 격정적으로 부정한 것은 〈믿음〉, 〈사랑〉, 〈소망〉이라는 기독교의 근본적인 덕성이다. 〈저주하노라, 저 지고한 사랑의 은총을 저주하노라, 희망을! 저주하노라, 믿음을! 그리고 저주하노라, 무엇보다도 인내를!〉(1604~1606행)[75]

이러한 기독교에 대한 비판은 그레트헨에서도 연유된다. 도덕이라는 이름으로 가해진 사회적 핍박 못지않게 그레트헨을 가혹하게 괴롭힌 것은 교회였다. 그레트헨이 실신에 이르도록 심리적 고문을 당하는 성당Dom의 장면은 교회의 정신적 테러에 대한 생생한 증언이다. 그레트헨이 성당을 찾은 것은 어머니와 오빠를 죽음에 이르게 했다는 죄책감과 이로 인한 극도의 정신적 불안에 시달리는 중에, 〈내 마음속을 이리저리 오가며, 나를 괴롭히는 이 생각에서 벗어날 수 있다면〉(3795~3797행)이라는 말에서 알 수 있듯이, 작은 위로라도 찾으려는 절박한 소망에서였다. 그러나 그녀를 맞이한 것은 위로와 구원에 대한 희망이 아니라 최후 심판의 날 자신에게 내려질 신의 노여움에 찬 재판에 대한 예언이었다. 성당이 불쌍한 영혼들을 위로하는 용서와 희망의 장소가 아니라, 이들을 두려움과 절망으로 몰아가는 박해의 장

---

74 『괴테 파우스트 휴머니즘』에서 재인용.

75 「고린토인들에게 보낸 첫째 편지」 13장 13절은 〈믿음, 희망, 사랑〉을, 그리고 「데살로니카인들에게 보낸 첫째 편지」 1장 3절은 〈희망 속의 인내〉를 기독교의 가장 기본적인 덕성으로 규정하고 있다. 『괴테 파우스트 휴머니즘』, 48면.

소가 되는 것이다.[76] 따라서 그레트헨에게 성당의 〈오르간 소리가 숨길을 막아 버리는 듯하고, 노랫소리는 심장을 밑바닥부터 녹여 버리는 듯〉(3809~3912행)하다.

이러한 역경에도 불구하고 그레트헨은 기독교에 충실하다. 따라서 그녀는 연인 파우스트에게서 신앙에 대한 무관심을 발견하고 단도직입적으로 묻는다. 〈그럼 말해 주세요. 당신은 종교를 어떻게 생각하시는지요? 당신은 정말 착한 분이라고 저는 믿습니다만 종교에 관해서는 별로 대단하게 생각하지 않는 것 같아요.〉(3415~3417행) 그리고 〈그의 이마에 쓰여 있어요. 그가 그 누구도 사랑할 수 없다고요〉(3489~3490행)라는 메피스토펠레스에 대한 그녀의 평가에서 나타나듯이, 악마인 메피스토펠레스와 접촉하는 파우스트에서 그레트헨은 비종교성을 느껴 이를 한탄하고 있었다. 따라서 앞의 질문은 호기심에서 나온 것이 아니라, 독실한 기독교인으로 소녀의 감상적인 사랑을 넘어 파우스트와 함께 신 앞에 융합되고자 하는 염원인 것이다. 이러한 그레트헨의 종교에 대한 집요한 질문에 파우스트는 장황한 이야기로 곤란을 넘어가려 한다.

내 말을 오해하지 말아요, 사랑스러운 사람아!
누가 감히 하느님 이름을 일컫겠나?
누가 고백할 수 있을까
자신이 그를 믿는다고?
마음에 느낀다고 해서
누가 감히 말하겠나
자신이 믿지 않는다고?
만물을 포괄하는 이

---

76 『괴테 파우스트 휴머니즘』, 195면 이하.

만물을 보존하는 이

그이가 포괄하며 보존하지 않는가?

당신을, 나를, 그이 자신을.

저 높은 곳 하늘이 둥글게 궁륭되지 않는가?

이 낮은 땅이 단단히 놓여 있지 않은가?

또 다정하게 바라보며

영원한 별들이 떠오르지 않는가?

내가 당신과 눈에 눈을 마주 보고 있으면,

모든 것이 밀려들지 않는가?

당신의 머리와 가슴으로

그리고 영원한 비밀 가운데서 감돌고 있지 않은가?

보이지 않게 당신 곁에서?

그것으로 당신의 가슴을 채워요, 아무리 크더라도,

그래서 그대의 감정이 지극히 행복할 때

그대가 원하는 대로 이름을 붙이지요.

행복, 진정, 사랑 또는 신 등으로!

그것을 뭐라고 불렀으면 좋을지 모르겠소.

느끼는 것만이 전부요.

이름이란 천상의 불꽃을 안개처럼 싸고도는

헛된 울림이요, 연기에 불과한 것이오. (3431~3458행)

이러한 파우스트의 궁색한 답변에 그레트헨은 〈그런 말씀을 들으면 그럴듯하게 생각되기도 하지만 항상 어딘가 잘못된 점이 있는 것 같은데, 그것은 당신이 기독교를 믿지 않으시기 때문이에요〉(3465~3468행)라고 직설적으로 지적한다. 이렇게 종교에 대해 묻는 그레트헨은 제센하임 목사의 딸인 프리데리케Friederike Brion를 연상시킨다. 파우스트가 종교를 별로 중요하지 않게 여긴다는 것을 안 그레트헨은 슬프기도 했을 것이다. 그녀는 신앙 문답을 통해 파우스트를 개종시키려 하지만 그는 소극적이고 교묘하게 예봉을 피해 간다.

이렇게 파우스트는 계몽주의에 걸친 반기독교적 성격을 여러 곳에서 나타내고 있다. 그래서 『파우스트』의 제1부에서 그레트헨은 열성적인 기독교인으로 그려지면서도 작품 제2부의 여성인 헬레네는 유럽의 기독교 정신에 위배되는 인물로 나타난 것이다. 원래 육체의 미를 죄악시했던 기독교에서 헬레네의 아름다움은 경멸의 대상이고, 그레트헨과 달리 기독교와 아무런 관계가 없는 그녀는 무시될 수밖에 없었다. 육체와 정신을 분리하는 기독교 교리와 달리 육체를 진정한 아름다움으로 보는 이교도적인 관점에서 헬레네와 파우스트의 결합은 인간의 내면적 요소와 외면적 요소인 정신과 육체의 조화에 대한 괴테의 열망이다. 이러한 배경에서 헬레네의 미는 역설적으로 더욱 상승된다.

파우스트는 종교 이론에는 밝지만 그레트헨처럼 실증적 신앙에 도달하지 못하여 〈내 사랑하는 사람을 위해선 내 살과 피를 바치겠소. 그러나 누구도 나의 감정이나 교회를 빼앗지 못할 것이오!〉(3419~3420행)라고 말하여 향후 악마와의 맹약을 예측하게 한다.[77] 이렇게 종교의 이론에는 밝지만 실증적으로 신앙을 갖지 못하는 파우스트는 괴테 자신의 투영이다. 기독교에 부정적인 괴테는 성서에서만은 감동을 받아 〈복음은 기꺼이 듣지만, 나에게 믿음은 없다〉(765행)라고 『파우스트』를 통해 피력하는 것이다.

사랑을 위해 감정과 종교를 희생시킬 수도 있다는 자유주의적인 파우스트는 기독교를 신봉하는 그레트헨과 대립할 수밖에 없다. 실증적 신앙을 요구하는 그레트헨은 〈그건 옳지 않아요, 그걸(기독교를) 믿어야만 해요. 아! 내가 당신을 위해 무엇인가 할 수 있다면……〉(3421~

77 『파우스트 연구』, 181면.

3422행)이라고 파우스트에 신앙을 주지시키려 하나 신앙에 대한 확신
이 없는 파우스트에게 이 같은 말은 공허하게 들릴 뿐이다. 파우스트
는 자신의 잘못을 시정하려 하지 않고 그녀의 예리한 추궁을 피하기 위
해 그녀가 이해하지 못하는 어려운 표현을 사용한다. 그러나 〈그러면
안 믿는다는 말씀이죠?〉(3430행)라는 그녀의 강한 추궁에 그는 기독교
가 아니라, 자연 속에 신이, 신 속에 자연이 있다는 범신론 사상을 자신
의 종교관으로 내세운다. 신은 모든 것을 포용하며 감정이 종교의 전부
라고 실토하는 것이다.[78]

  이렇게 단일신적인 기독교에서 벗어나는 내용이 괴테의 작품에 빈
번하게 전개되는데, 한 예로 『젊은 베르테르의 슬픔』에서 베르테르와
로테가 목사를 방문할 때 목사관에 있는 호두나무의 이야기를 들 수
있다. 〈저 오래된 호두나무를 누가 심었는지 우리도 모르겠소. 이 목사
님이라는 말도 있고, 저 목사님이라고 우기는 사람도 있으니 말이오.
그러나 저쪽에 있는 나무는 집사람과 같은 나이이므로 10월에는 쉰이
된다오. 장인어른이 아침에 저 나무를 심었는데 그날 밤 집사람이 태
어난 거요. 장인어른은 내 전임 목사였소. 저 나무를 그분이 얼마나 아
꼈는지 모른다오. 물론 그 점에선 나도 뒤지지 않소만 말이오. 27년 전
내가 아직 가난한 학생일 때 처음으로 이 마당에 들어서게 되었고, 그
때 집사람은 저 호두나무 아래의 나무 더미에 앉아 뜨개질을 하고 있었
소.〉(L 31)

  이 호두나무로 인해서 베르테르는 기독교에 대해 거부감을 느끼게
되는데, 이는 그가 1여 년 후에 목사관을 찾았을 때 그 나무가 베어져
없어졌기 때문이다. 〈자네도 알고 있는 그 호두나무, 성 XX 마을의 성
실한 목사 댁에서 로테와 함께 나무 그늘에 앉았던 그 멋진 호두나무
를 기억하고 있겠지? 언제나 내 영혼을 큰 기쁨으로 충만시켜 주던 호

78 같은 책, 182면.

두나무! 그 나무가 있음으로 해서 그 목사 댁도 그렇게 그리웠던 거야. 시원스럽고 멋지게 뻗은 가지들! 예전에 그것을 심은 성실한 목사님까지 떠올랐지. 학교 선생님은 할아버지에게서 들었다며 한 목사님의 이름을 우리에게 자주 얘기해 주었네. 훌륭한 분이었다고 하더군. 그래서 그 나무 그늘 아래에서 생각하는 그분에 대한 추억은 늘 맑고 깨끗했지. 그 나무가 어제 잘렸다는 얘기를 사람들과 나누고 있을 때 선생님의 눈에는 눈물이 글썽거렸다네. 나무가 잘려 버린 것이지!〉(L 80 f)

이 호두나무가 절단된 전원 풍경의 황량함은 (베어진 나무에서 얻는) 세속적인 사회의 이익에 의한 것이었기에 기독교에 대한 베르테르의 불만은 더욱 가중된다. 이 나무가 빛을 가리고 낙엽이 정원을 어지럽히자 새로운 목사 부인이 이를 절단해 버리는 부분에서 기독교의 세속화를 느낄 수 있다. 종교관과 상반되는 세속적인 이유로 정든 나무를 잘랐다는 내용에 기독교에 대한 조롱이 담겨 있다. 목사 부인이 세속적인 목적으로 자른 데다가 그의 남편인 목사까지도 이 자른 나무값에 욕심을 냄으로써 기독교의 세속성이 비평되는 것이다.[79] 〈사실은 바로 그 여자, 새로운 목사의 마누라가 장본인이었단 말이야. 비쩍 마른 병약한 여자로서 누구 한 사람 호감을 주지 않으니 세상에 대해서도 호감을 가질 수 없다는 것은 당연한 일이지. 어리석게도 학자가 되시겠다고 덤벼들어 성서 연구에 코를 틀어박고, 신유행의 도덕 비판적 기독교 개혁에 열성적으로 참여하고, 라바터의 광신적 태도에 대해서는 어깨를 으쓱하고 경멸하는 등 완전히 금이 간 건강 때문인지 신이 창조하신 이 땅 위에서는 하나도 즐거움을 모르는 것이지. 실상 이런 여자이기 때문에 나의 소중한 호두나무를 잘라 버릴 수 있었을 거야. (……) 목사는 여느 때 마누라의 심술 때문에 수프 맛이 떨어졌는데, 이번에는 자기도 그 심술을 이용해서 한몫 보고 싶어 촌장과 공모하여 그 나무

79 안진태, 『베르테르의 영혼과 자연』, 열린책들, 2005, 138면 이하.

값을 나누자고 생각했다는 것이야.〉(L 81)

　이렇게 베르테르는 세속적인 기독교를 멸시하여 도그마적인 기독교인들과 거리감을 유지한다. 이러한 비기독교적인 태도는 그가 죽은 후의 묏자리에 대한 언급에서도 암시되고 있다. 〈나는 경건한 기독교인들에게 그들의 유해를 이 가련하고 불행한 사람 곁에 묻도록 요구하지 않겠습니다. 아아, 당신들이 나를 길옆이나 쓸쓸한 계곡에 묻어 주면 좋겠습니다. 그래서 성직자나 레위인들은 명복을 빌면서 지나가고 사마리아인은 눈물을 흘리게 되도록 말입니다.〉(L 122) 이 대목은 「루가의 복음서」 10장 29절에서 37절에 나오는 착한 사마리아인에 대한 이야기의 변형이다. 예수는 이 비유, 즉 강도를 당한 사람을 도와주는 선한 사마리아인을 통해서 진정한 이웃을 보여 주었다. 성직자와 레위인은 괴테가 당시 비판했던 교리적·편협적·독선적인 기독교인을 지칭하고, 사마리아인은 예수가 비유로 사용하였듯이 진정한 사랑을 행하여 인간애가 넘치는 인물을 가리키는 것이다. 괴테 당시의 시대상의 반영으로 기독교의 세속화와 독단화가 횡행하는 사회에서 괴테는 신·인간·자연을 하나로 보는 범신론에 귀의하고 있다. 18세기의 철학적 세계관으로 범신론이 기독교와 대치되자 기독교는 더 이상 지식과 감정의 대상이 되지 않게 된 것이다.[80] 〈모든 자연의 물질은 서로 조화를 이루며 연결된다. (……) 인간의 개체화도 지양되어 전(全) 자연에 속하게 된다. 모든 낯선 것을 벗어나서 인간의 순수한 자연성으로 태어난다 할지라도 인간 밖의 자연과의 친화를 느낄 수 있다. 스스로 고독과 내성화로 고통을 겪어 봐야만 자연과 공동체라는 행복감을 느낄 수 있다. 이러한 자연의 총체적 보호에서 베르테르의 신상(神像)이 생겨난다. (……) 베르테르의 신이 그의 마음의 입구를 발견한 것이다. 영혼이란 무한한 신의 거울이므로 신과 자연이 그 속으로 들어간 것이다. 따

80 같은 책, 137면 이하.

라서 신과 자연의 엄청난 차이가 사라진다.〉[81]

이렇게 기독교에서 벗어난 베르테르의 신관은 괴테의 신관이기도 하다. 진정한 인격의 완성을 요구하는 독일 고전주의를 확립한 괴테와 실러의 삶과 사고는 비기독교적이라는 평을 받는데, 실러의 비기독교적 사상은 괴테보다도 강하여 기독교를 더욱 신랄하게 비판하였다.

공포스러운 북풍에 의해서
모든 꽃들은 떨어졌다.
이들 중에서 하나라도 피어나게 하려면
이 신의 세계가 사라져야 한다. (97~100행)

시 「그리스의 신들」에서 실러는 인간에 접근하는 다른 신들과 달리 인간을 창조한 기독교의 신은 인간이 접근할 수 없는 거리에서 인간을 지배한다는 점을 비난한다.[82] 신들의 전통적인 의미를 다양하게 정립한 실러는 단일신의 교리를 엄격하게 내세우는 기독교의 전통에 역행되지 않을 수 없었다. (하느님이나 예수 그리스도의 이름이 거론되지 않지만) 기독교의 단일 신이 다른 신들을 내쫓았다는 실러의 주장은 당시 기독교 국가였던 독일에서 강력한 반발을 불러일으켰다.[83] 특히 기독교가 번창한 〈현재의〉 세계에 그리스의 신들을 끌어들이려는 시도는 극한 반발을 샀다. 고대 신화와 기독교의 대립 외에도 범신론과 일신론이 실러의 시에서 대립된 것이다. 실러는 기독교의 단일신에 대한 숭배

---

81 Peter Müller, *Zeitkritik und Utopie in Goethes Werther*, Berlin, 1969, S. 100.

82 Gerhard Friedl, *Verhüllte Wahrheit und entfesselte Phantasie. Die Mythologie in der vorklassischen und klassischen Lyrik Schillers*, Würzburg, 1987, S. 176,

83 Wolfgang Frühwald, Die Auseinandersetzung um Schillers Gedicht "Die Götter Griechenlands", in: *Jahrbuch der Deutschen Schillergesellschaft* 13, 1969, S. 251~271 참조.

때문에 다른 신들이 소멸되었다고 한탄하면서도, 그리스 신들의 영향 못지않게 기독교 또한 예술에 영향을 미쳤다고 인정하여 사라진 신들에 대한 비탄에 잠긴 기독교에 약간이나마 위로를 줄 뿐이었다.

이러한 실러처럼 괴테 역시 비기독교적이라는 지적에 괴테는 다음과 같이 반박하기도 하였다. 〈내가 이단적이라고? 내가 그레트헨을 처형하게 하고 오틸리에를 굶겨 죽게 했는데도 이것이 도대체 사람들 생각에는 충분히 기독교적이 아니란 말인가?〉(HA 6, 623) 사생아를 낳는 등 종교적인 죄를 범한 그레트헨이 처형되도록 전개시키고, 『친화력』에서도 간통을 범해 종교적인 죄를 지은 오틸리에가 굶어 죽도록 전개시킨 자신은 기독교에 역행되지 않는다는 것이다.

이처럼 괴테는 실제 생활보다는 도덕적 이상을 담고 있는 고전주의 작품을 통해 기독교적 신의 공의(公義)를 증명하곤 했다.[84] 파우스트가 지옥에 떨어지는 대신 〈여성적인〉 사랑과 관용에 의해 〈끊임없이 애써 노력하는 자〉(11936행)로 구제받는다는 사실에서 기독교 문학가들은 괴테의 이교주의를 씻어 내고 그를 그리스도의 사도로 여기고자 하였다. 그러나 코르프Hermann A. Korff는 이에 대하여 반박한다. 〈이 독일 최대의 시인을 어떻게 해서든지 기독교도로 삼지 못하면 못 견디는 불순한 정신을 가진 사람들에게는 다음 내용을 아무리 날카롭게 강조해도 충분하지 않다. 괴테는 모든 위대한 사람들과 마찬가지로 경건하다. 기독교의 도그마의 믿음을 거부하는 사람을 기독교식 관념에 따라서 이교도로 친다면 괴테는 완전한 이교도이고 독일의 정신사는 레싱 및 괴테와 더불어 이교 시대에 들어간다. 그것은 요지부동하여 흔들릴 수 없고 또 흔들려서는 안 되는 일이다.〉[85]

이는 괴테의 종교적 입장을 잘 보여 준다. 괴테는 취리히의 목사이

---

84 박찬기, 『괴테와 독일고전주의』, 고려대학교출판부, 1988, 83면.
85 『파우스트 연구』, 287면.

자 골상학자인 라바터에게 〈내가 역(逆)기독교인이 아니고, 반(反)기독교인도 아니지만 비(非)기독교이기 때문에……〉[86]라고 언급한 바 있다. 그 스스로 기독교에 반대하지 않았으며 기독교에 맞서지도 않았다. 단지 파우스트처럼 기독교를 믿는다고 고백하지 않는 괴테는 이슬람의 영감을 받아 집필한 시집 『서동시집』에 〈심히 굴욕적으로 빼앗기지 않으려거든 숨겨라, 너의 황금, 너의 떠남, 너의 믿음〉[87]이라는 잠언을 남겼다.

이보다 더 본질적인 이유들도 있었다. 『서동시집』의 집필을 시작하기 한 해쯤 전에 젊은 시절부터 친구로 지내던 야코비가 점차 기독교에 빠져들자 괴테는 그에게 다음과 같이 밝히고 있다. 〈본질적으로 나에게 다채로운 방향들이 있었지만 하나의 사고방식은 충분하지 않았다. 시인이자 예술가로서 다신교도이고, 자연 과학자로서는 범신론자인 나는 이 중 어느 것도 다른 것 못지않게 중요하게 여기지 않는 것이 없다. 나 자신이 도덕적 인간으로서 필요로 하는 하나의 신관은 이미 결정되었다. 천상과 지상의 사물들은 워낙 넓은 제국이어서 아마도 그것들을 모든 존재의 기관들이 함께 포괄할 것이다.〉[88]

3. 저항과 헌신

〈작품은 동시대의 문학 성향과 정치·사회적인 영향을 다양하게 받는다〉[89]는 점에서 서로 연관이 없는 작품일지라도 유사성을 지니게 된

---

86 Johann Wolfgang von Goethe, Sämtliche Werke, Briefe, Tagebücheräund Gespräche in 40 Bänden, Frankfurter Ausgabe, Bd. 2, Frankfurt/M., 1999, S. 436.

87 같은 책, Bd. 1, S. 1134.

88 같은 책, Bd. 2, S. 147; 헨드릭 비루스, 『괴테 서·동 시집 연구』, 전영애 옮김, 서울대학교출판문화원, 2013, 323면 이하.

다. 이러한 시간과 공간의 유사성이나 일치를 부정한 위고Victor Hugo는 규칙을 조소하고 대신 천재의 권리를 내세웠다. 천재라는 명칭은 르네 상스에서 시작되어 최고의 성과를 이룬 자연 과학자들에게 부여되었 으나, 독일에서는 교회의 강한 영향력 아래 오래 눌려 온 자신과 자신 의 세계를 발견하려는 창조적 인간에 해당되었다.[90] 따라서 1828년 3월 11일 에커만과 나눈 대화에서 괴테는 〈천재라는 것은 생산적인 힘이 다. 이 힘을 통해 신과 자연 앞에 떳떳할 수 있어서 결과가 있고 지속적 일 수 있는 행동이 탄생하는 것이다〉라고 말하고 있다. 시인은 이제 영 웅이 되어 자기 앞에 있는 모든 것을 휩쓸 수 있는 나폴레옹과 같은 사 람으로 등장한다.

〈만일 이 시대에 자유가, 빛처럼 자유가 당연히 있어야 할 한 곳, 즉 사상의 영역이 제외된 영역만을 뚫고 들어간다면 이상하게 될 것이다. 자, 우리 망치로 이론과 시의 체계를 때려 부수자. 예술의 정면을 가리 는 옛 벽토를 허물어 버리자. 원칙이라든가 모델이란 것은 없다.〉[91] 〈인 간의 지성은 항상 행진하고 있다. 17세기와 18세기의 프랑스어는 19세 기의 언어가 될 수 없다. 모든 것이 움직이고 있다. 진보가 모든 곳에 퍼 져 있다. 새로운 비평은 천재의 양식인 심미안 위에 세워질 것이라고 위고는 말했다.〉[92] 〈자연과 예술에 반(反)하는 규칙과 종(種)에 따라서 작가를 판단할 것이 아니라, 창작술의 불변하는 원리와 작가 개개인 의 특수 법칙에 따라 판단해야 한다는 것이 일반적으로 이해되어야 한

---

89 Ingrid Engel, *Werther und die Wertheriaden. Ein Beitrag zur Wirkungsgeschichte*, St. Ingbert, 1986.

90 Hans-Georg Kemper, *Deutsche Lyrik der frühen Neuzeit*, Bd. 6/II, Tübingen, 2002, S. 3 f.

91 버넌 홀 2세, 『서양 문학 비평사』, 이재호·이명섭 옮김, 탐구당 1972, 147면(이하 『서양 문학 비평사』로 줄임).

92 같은 책, 147면 이하.

다.)[93] 이러한 작가들의 질풍노도적인 세계상은 〈예술적 천재〉의 개념을 창출하였다.

시인은 자연을 사용하지만 자연과 예술은 별개다. 젊은 시절 실러가 느끼는 새로운 것에 대한 충동은 예술로 향하는 인간의 자극이다. 행위에 메마른 정신의 활동이 실러에게 무대의 세계이다. 그의 감정과 열정은 〈문학이 많은 사람들의 정의감을 통하여 국가의 재판권을 밑받침해 주는 도덕적인 장소가 무대이다〉[94]라고 표현되어 나타난다. 비극에서 공포와 연민이 자신의 자아를 구제하는 역할을 하며, 집단 감정 *Kollektivgefühl*에 참여함으로써 보다 높은 차원의 세계를 성취한다.[95] 이러한 실러의 성취 욕구적인 기질은 그의 사상적 동지였던 괴테의 욕구와 일치했다. 그들의 질풍노도적인 행위에는 신화의 프로메테우스와 프랑스 혁명의 이상이 잠재되어 있었다. 후기에 바이마르에서 아우구스트 공작의 고문관과 장관, 이탈리아에서 예술가로 활동한 괴테는, 세계를 뒤흔든 프랑스 혁명을 겪고 신화적 인물과 역사가 담긴 사건을 다루면서 프로메테우스를 염두에 두었다.

프로메테우스도 종교적으로 보면 메피스토펠레스와 같은 악마가 된다. 신 및 선의 다른 면을 지닌 악마인 메피스토펠레스처럼 프로메테우스도 신에 대립하기 때문이다. 마찬가지로 인간적 본능인 〈거친 사랑의 욕구〉(1114행)에 탐닉해 〈감각적 본능의 심연에서 불타오르는 욕정을 잠재워 보려고〉(1750~1751행) 〈신의 경지〉에 이르려 하는 파우스트에게도 악마적인 면이 있다. 따라서 그는 〈하늘로부터는 가장 아름다운 별을, 땅으로부터는 모든 지고의 쾌락〉(304~305행)을 원한다.

---

93 같은 책, 148면.

94 Robert Hippe, *Keine deutsche Poetik, Eine Einführung in die Grundbegriffe der Literaturwissenschaft*, Hollfeld/Oberfr. Bange, 1966, S. 28.

95 『서양 문학 비평사』, 52면.

1770~1790년대에 이성에 근거한 세계 질서는 산산히 부서졌다. 이성에 기초한 계몽주의 사상이 사회 개혁의 기운에 의해 물러나게 된 것은, 고정된 합리적 규칙과 규범으로는 현실을 총체적으로 감당할 수 없었기 때문이다. 따라서 계몽주의의 세계관에서 인정받지 못하는 비합리적 주관주의가 현실에서 힘을 얻게 되었다. 새로운 것이 시작되기 위해서는 낡은 것이 몰락해야 하고, 여기에 새로운 창조가 이루어져야만 한다. 파우스트의 저주로 파괴된 낡은 유럽의 아름다움을 슬퍼하던 〈정령들〉이 그에게 새로운 세계, 〈더 찬란한〉 세계의 건설을 기대하는 것은 바로 이러한 맥락에서다.[96]

지상의 아들들 중
강한 자여,
더 찬란하게
세계를 다시 세우시오,
그대 가슴속에 일으켜 세우시오!
밝은 의식으로
새로운 삶의 행로를
시작하시오,
그러면 새로운 노래가
그 위에 울려 퍼지리라! (1617~1626행)

낡은 세계의 몰락은 신과 교회의 이름으로, 절대 선과 도덕의 이름으로 만들어진 모든 규제나 금지의 해체를 의미한다. 이러한 계율과 제한으로부터 풀려난 〈자유로운〉 인간들은 새로운 경험을 쌓을 수 있고, 새로운 세계를 창조할 수 있는 〈무한한〉 가능성을 얻게 되었다. 따라

96 『괴테 파우스트 휴머니즘』, 52면.

서 예술 창조에서 신적인 영감, 맹목적인 직관, 불가해한 근원에 대한 가치가 강조되면서 인간의 해방이 추구되었다. 〈우리가 살고 있는 시대는 요구의 시기가 될 수 있다. 자기 또는 타인에게서 아직 아무도 실행하지 못한 것이 요구된다. 사색과 감정이 뛰어난 사람의 자연에 대한 직접적이고 독창적인 견해와 거기에서 파생된 행동이야말로 인간 최선의 소망이 되기 때문이다. 또 그것의 획득은 결코 어려운 일이 아니라는 것을 깨닫게 되었다. 경험이라는 말이 다시 우리의 눈을 될 수 있는 한 크게 뜨도록 신호를 보냈던 것이다.〉(HA 10, 66)

이렇게 생성된 주관성을 중심으로 한 개인적 질서가 생기면서 계몽주의에 상반되는 괴테 특유의 비합리적인 자연관과 인본주의가 성립되었다. 〈인간의 자연적인 성격이 신적〉이라면 〈자연 자체의 신격화〉인 〈마신화〉도 가능해진다. 그렇기에 괴테는 〈마신적〉인 자아의 감정은 자연이 마적으로 신화화된 것이라고 보았다.

이러한 변화는 심리학적 차원에서 볼 때 독일의 특수 상황과 관련되어 있다. 당시 독일은 7년 전쟁(1756~1763)으로 인한 경제적 위기를 극복하기 위해서 봉건적 생산 방식을 폐기하고 자본주의적 생산 방식을 도입하는 전환기에 있었다. 이러한 배경에서 봉건 절대주의의 이데올로기였던 종교를 점차 세속화시키면서 이 시기의 시민 계급 사이에는 어떤 형태의 지배도 거부하려는 움직임이 전반적으로 일어났다. 이러한 정신은 기독교적 사회 전통과 인습에 대한 회의, 한 걸음 더 나아가 형식과 전통의 파괴로까지 발전하여 마술사 전설 같은 이교적인 정신이 조성될 정도까지 이르렀다. 따라서 기독교의 신을 벗어나 올림포스 신 같은 거장에 대한 요구가 높아져 갔는데, 이러한 풍조에서 괴테는 프로메테우스의 신화에 몰두하게 되었다. 자칫 영웅 숭배 또는 거인주의로 오도되기 쉬운 괴테 등 작가들의 천재 예찬은 인간 능력의 확대와 반혁명적 욕구에 기인한다.

이러한 천재 개념의 근저에는 계몽주의의 토대가 되는 자율성의 추구가 있었다. 〈계몽주의는 교회의 정통파에 대항하는 자율성의 추구로 현재를 준비하고 있다〉[97]라고 말한 쳄퍼Hans-Georg Kemper는 감상주의와 질풍노도를 계몽주의의 자율성 추구로 심화시켰다. 이러한 자율성은 질풍노도 시대에 개인이 지나치게 숭배되면서 천재로 예찬되었다.[98] 예술가에게 질풍노도의 세계상을 가장 명확하고 포괄적으로 보여 주는 것은 다름 아닌 〈예술적 천재〉로, 이를 괴테는 프로메테우스로 표출시키고 있다.

1773년 여름에 집필되어 1830년에 처음으로 발표된 미완성 희곡 「프로메테우스」나 찬가 「프로메테우스」에 등장하는 프로메테우스는 올림포스의 주신 제우스의 명을 거역하고 하늘로부터 불을 훔쳐 내어 인간에게 전해 준 죄로 카우카소스 산정에서 독수리에게 간을 쪼여 먹히는 고통을 당한다는 신화의 인물이다. 헤더리히Benjamin Hederich의 신화 사전에서 프로메테우스의 인간 창조 신화를 접한 괴테는 다신론적인 그리스 신화에서 소재를 취하여 형이상학적 자유를 위한 반항을 희곡 「프로메테우스」에 묘사하고 있다.

제1막에서 처음에는 제우스의 명령에 따르던 프로메테우스가 창조의 능력은 오직 자신에게만 주어졌다는 독자적인 권한을 자각하고서 신들과 결별을 선언한다. 그러나 그의 창조물은 아직 생명이 없는 미완성에 불과하여 미네르바가 그를 생명의 원천으로 인도한다. 이러한 생명의 창조는 신들의 위대한 작업으로 평가된다. 인간을 창조한 신은 이스라엘의 야훼나 이슬람교의 알라가 대표적이다. 미개 사회의 신화에는 창조신의 손을 빌리지 않고 자발적으로 만물이 창조되었다는 내용

---

97 Hans-Georg Kemper, *Deutsche Lyrik der frühen Neuzeit*, Bd. 5/I, Tübingen, 2002, S. 25.

98 유영희, 같은 책, 27면 이하.

도 많지만 일반적으로 우주 기원 신화가 두드러진다. 그리스 신화에서 피그말리온Pygmalion이라는 조각가는 황홀하도록 아름다운 여인상을 만들었다. 그런데 그는 그 여인상에 반했다. 살짝 껴안았더니 차갑고 딱딱한 돌덩이. 아, 따스함이 감돌면 얼마나 좋을까. 부드러운 살결이면 더욱 좋을 것이고. 마침내 소원이 이루어졌다. 피그말리온의 열정에 감동한 여신이 조각상에 생명을 불어넣어 준 것이다. 이처럼 신화나 종교에서 무생물에 생명을 불어넣어 인간이 되게 하는 모티프가 많다. 창조물에 생명의 부여로 창조를 완성시킨다는 모티프는 자연의 생성 법칙을 예술에 적용시킨 질풍노도 시대의 괴테의 시학 이념과 일치한다. 괴테가 전개시킨 프로메테우스의 자유를 위한 반항은 자신의 창조물이 생명을 얻기까지 창조자가 겪어야 하는 진통이다.

「프로메테우스」제2막의 장면들은 제1막에서 보이던 반항과 창조의 긴장감을 초월하여, 프로메테우스는 인류의 스승으로서 원시적 거주 방법과 자연법에 근거한 사회 질서와 치료법을 ― 프로메테우스는 의술의 창시자로도 알려져 있다 ― 가르친다. 여기에서 오두막 짓는 방식은 괴테가 『독일 건축술에 대하여』에서 밝힌 적이 있는 텐트식 원시 오두막 이론을 따르고 있다. 이어 판도라의 장면에서 프로메테우스는 판도라의 에로스적 체험을 〈죽음〉에 비유한다. 프로메테우스는 〈존재하는 것들의 의미 해석자〉의 형상을 띠는데, 사랑의 신비는 죽음의 신비로 체험되고 또한 잠에 비유되는 죽음은 다시 시작될 영원한 삶의 휴식이다. 판도라 장면에 나타나는 디오니소스적 도취감은 프로메테우스의 제우스에 대한 반항적 태도와 상반된다. 이러한 프로메테우스는 1774년 같은 제목의 찬가Hymne로 발간되었다.

제우스여, 그대의 하늘을
구름의 안개로 덮어라!

그리고 엉겅퀴를 꺾는
어린이와 같이
떡갈나무에, 산봉우리에 힘을 발휘해 보아라!
하지만 나의 대지만은
손끝 하나 안 되니,
네 힘을 빌리지 않고 세운
내 오두막에,
그리고 네가 시샘하고 있는
내 가마의 불은
손대지 말지어다.

너희들 신들이여, 태양 아래
너희보다 더 불쌍한 자 어디 있으랴!
너희들은 기껏해야
희생으로 바쳐진 제물이나
기도의 한숨으로
위엄을 지탱할 뿐이니,
철없는 애들이나 거지 같은 희망에 찬 바보들이
어리석은 기원을 드리지 않을 때는
너희는 망하게 되리라.

내가 어릴 때,
철부지여서 아무것도 모르던 때,
나의 비탄을
들어 줄 귀가 있고,
나처럼 괴로워하는 자를

불쌍히 여길 심정이 있겠지 해서
방황의 눈이 태양을 향했었노라.

거인족의 교만으로부터
나를 구해 준 자 누구였던가?
죽음과 노예 상태로부터
나를 도와준 자 누구였던가?
그 일을 해준 것은
거룩하게 불타는 나의 마음이 아니었더냐?
그런데 젊고 착했던 나는
완전히 속아서 천상에서 잠이나 자고 있는
너희들 신에게 감사한 마음을 작열시키지 않았던가?

너를 숭배하라고? 어째서?
너는 한 번이라도 번뇌자의
고통을 경감해 준 일이 있는가?
너는 한 번이라도 고뇌자의
눈물을 감해 준 일이 있었느냐?

나를 인간으로 단련시킨 것은
전능의 세월과
영원의 운명으로
그것이 나의 지배자지, 너희들이겠는가?
어린이 같은 싱싱한 꿈의 이상이
열매 맺지 않았다 하여
내가 인생을 증오하고

사막으로 도망칠 거라고
망상이라도 한단 말인가?

나는 여기 앉아서
내 모습의 인간을 만드노라
나를 닮은 종족으로,
괴로워하고 울고
즐거워하고 기뻐하지만
너 따위를 숭배하지 않는
나와 같은 인간을 창조하리라.

여기에서 프로메테우스는 군림하는 올림포스 신들에 혼자서 외롭게
대항하고 있다. 프로메테우스 자신이 제1왕국의 후예로 종족들의 싸
움에서 신들의 편을 들어 제2왕국의 승리를 달성시켜 준 후에 맹목적
인 복종을 요구하는 독재적인 올림포스 신들에 등을 돌리고 인간과 더
불어 제3왕국을 만들려 한다. 심리학적으로 볼 때 이 찬가는 자신의 상
승인 진취를 상징하고 있다. 따라서 코르프는 이 작품을 이념사의 측
면에서 〈형이상학적인 자유를 얻기 위한 투쟁〉[99]으로 보는데, 이 내용
이 『파우스트』에서도 전개된다. 〈힘차게 세속의 먼지를 벗어나 드높은
선인들의 영역〉(1116~1117행)인 〈신의 경지〉에 이르려는 파우스트는
또 다른 인간적 본능인 〈거친 사랑의 욕구〉(1114행)에 탐닉해 〈감각적
본능의 심연에서 불타오르는 욕정을 잠재워 보려는〉(1750~1751행) 사
탄적 욕구를 가진다.

이제 때가 되었노라. 남자의 위엄이란

99 *Geist der Goethezeit*, I, Teil, S. 273.

신들의 높이도 피하지 않는다는 점을 행동으로 입증해 주고,

공상이 스스로를 자신의 고통으로 저주하는

저 캄캄한 동굴 앞에서도 떨지 않으며,

그 좁은 입구에 온 지옥의 불길이 불타고 있는

저 통로를 향해 용감하게 나아갈 때가,

비록 무(無)로 흘러갈 위험이 있다고 해도,

명랑하게 이 발길을 옮기도록 결심할 때가 왔노라. (712~719행)

메피스토펠레스의 말대로 파우스트는 〈하늘로부터는 가장 아름다운 별을, 땅으로부터는 모든 지고의 쾌락〉(304~305행)을 원하는 신적인 인간이 되고자 한다. 프로메테우스처럼 자유와 독립을 쟁취하려는 의지는 『젊은 베르테르의 슬픔』에서도 전개되고 있다. 이 작품에서 사회의 법칙, 도덕, 선입관과 심하게 갈등하던 베르테르는 마침내 생명을 끊어 자유로운 개인이 되고자 한다. 이러한 베르테르는 사회의 지배적인 규범 및 관습에 타협하지 않고 반항하는 개인에 충실한 인간, 또는 보통 인간과 다른 천재적인 인간의 이상형이다. 남편이 있는 여인에 대한 사랑은 비도덕적이지만 〈느끼는 것만이 전부요〉(3456행)라는 파우스트의 언급처럼 자신의 감정이 전부인 베르테르는 약혼한 여성인 로테에 대해 열렬한 사랑을 품어 정상적인 사회에서 벗어난다. 약혼자인 알베르트에 대한 로테의 사랑을 확인한 후 감행되는 베르테르의 자살은 그의 환상 속에 있는 사랑을 영원하게 만들어 줄 유일한 방법이다. 이승에서 로테를 자기에게 되돌릴 수 없게 된 베르테르는 자살하여 저승에서 로테를 영원히 소유하는 신적인 인간이 되고자 하는 것이다. 이렇게 인간의 세상에서 벗어나 신적인 세상에서 로테를 영원히 소유하고자 하는 베르테르의 의도는 영혼 불멸의 사상이 된다. 작품 제1부의 끝 부분에서 로테는 죽은 후의 영혼에 대해 베르테르와 이

야기를 나눈다. 〈우리들은 저세상에서도 존재할 거예요!〉 진실로 숭고한 감정의 목소리로 그녀는 말을 계속한다. 〈그런데, 베르테르, 저 세상에서 우리는 다시 만나게 될까요? 다시 알아보게 될까요? 어떻게 짐작하세요? 어떻게 말씀하시겠어요?〉(L 57) 이때 베르테르는 그녀에게 손을 내밀어 눈물이 가득 고인 채 〈로테, (……) 우리들은 다시 만나게 될 거요. 이 땅에서나 저세상에서도 다시 만나게 될 거요〉(L 57)라고 말한다. 이렇게『젊은 베르테르의 슬픔』에서 베르테르는 영혼 불멸을 신봉하지만,『파우스트』에서는 〈나는 내세 때문에 괴로워하지 않는다. (……) 내가 이것들과 헤어진 다음에는 무슨 일이 일어나도 상관없다〉(1660~1666행)며 내세를 부정하고 현세에 집착하는 등 괴테의 작품의 주인공들의 내세와 현세에 대한 관점은 다양하다. 전적으로 현세를 믿는 파우스트는 괴테 자신의 사상이기도 하여 그는 〈살아 있는 것은 얼마나 멋지고 값진 것인가! 그 상태에 얼마나 딱 들어맞는가! 얼마나 진실되고 실제적인가!〉[100]라고 외친다. 결국 파우스트는 작품의 마지막까지 저쪽 세계에 관해 알고 싶어 하지 않을 정도로 현세의 생에 집착한다.[101]

저쪽 높이 바라보아도 쓸데없는 일이다.
바보다. 먼 곳으로 눈을 향하여 깜빡이고,
구름 위에 자신과 같은 것을 그려 보는 것은!
착실하게 발을 디뎌 이 지상의 자기 주위를 둘러보라! (11442~11445행)

물론 현세에 집착하는 파우스트 역시 베르테르와 같은 처지가 되어 자살을 시도하기도 한다. 베르테르처럼 자신의 자유로운 의지를 펼

100 괴테,『이탈리아 기행』, 1786년 1월 9일.
101 『파우스트의 여성적 본질』, 72면.

칠 수 없는 세계에서의 삶은 아무런 의미가 없고, 〈존재한다는 것이 짐이 되고, 죽음이 바람직하며, 삶이 증오스럽기〉(1571행) 때문에 파우스트는 자살을 결심한다. 한계를 용납하지 않겠다는 의지를 실현하려는 파우스트에게 자살은 자아 파괴가 아니라 가장 드높은 자아실현이다. 자살은 한계를 초월한 인간 존엄성의 발로로 〈인간의 존엄이 신의 지고함에 굴복하지 않는다〉(713행)는 증명이며, 한계를 가질 수밖에 없는 지상적·육체적 삶에서 〈순수한 행위의 영역〉(705행)으로 넘어가는 행위이다. 그렇기에 파우스트는 자살을 결심한 순간 〈드높은 삶〉을 예감하며, 이 세상에서의 벌레 같은 존재로는 결코 향유할 수 없는 〈신적의 희열〉을 맛볼 수 있었다. 〈이 드높은 삶, 이 신적인 희열! 너, 아직 벌레인데, 이것을 향유할 자격이 있단 말인가?〉(706~707행) 따라서 진리 인식의 불가능에 절망하여 자살을 택한 파우스트는 역설적으로 죽음 직전에야 비로소 삶의 활기에 차서 생애의 지고한 순간을 향유한다.

이러한 파우스트에게는 종교관도 다르게 전개될 수밖에 없다. 믿음과 신의 은총을 강조하는 기독교는 인간의 약점에서 출발한다. 이러한 종교는 영원 추구의 강조로 인간을 용기 있게 하고 자신에의 신의를 제시한다. 종교에서 생의 의미는 정화와 상승과 인간의 신화(神化)에 있으며, 또한 인간에게 끊임없는 인내를 요구한다. 신에 의해서 인간에 보내진 악마를 극복할 정도로 인간은 강해져야만 한다. 그러나 기독교가 가능한 한 악마에게서 멀리 있고자 하는 반면, 파우스트는 악마와 계약을 하고, 메피스토펠레스는 창조주 가까이 머물며, 신은 메피스토펠레스를 우호적인 관용으로 대하는 역설적 양상들이 나타난다. 이 같은 깊은 절망에서 열정적 희망으로, 죽음에서 삶으로의 역설적인 전환은 파우스트의 과거의 극복을 의미한다.

자신도 시도했던 자살을 메피스토펠레스의 제안에 따라 포기한 파우스트가 작품에서 현세를 긍정하게 되는 데 반해서, 베르테르는 영혼의 불멸을 염원하여 현세와 내세를 모두 수용한다. 제한 없는 삶의 구현을 위해, 다시 말해서 삶의 제한을 없애기 위해 삶 자체를 파괴하는 베르테르의 자살에는 파우스트의 생의 긍정과 유사한 점이 있다. 당시 계몽적인 교육을 싫어하는 사람들의 불만이 폭발할 지경일 때 베르테르의 자살을 담은 책은 개인의 자유와 삶의 열망을 반영하여 주었는데, 이에 대해 괴테의 문학 자서전인 『시와 진실』에는 다음과 같이 언급되어 있다. 〈이 작은 책이 끼친 영향은 정말 엄청났다. 그 이유는 무엇보다도 이 작품이 그야말로 제때 나왔기 때문이며, 거대한 광산을 깨트리기 위해서는 단지 적은 양의 화약만이 필요하듯 독자들에게 일어난 폭발 역시 강력했다. 이는 젊은이들의 세계가 밑으로 눌려 있었기 때문이다. 아울러 누구나 자신에게 부과된 과도한 요구와 충족되지 못한 정열, 그리고 자신들이 받고 있다고 생각한 고통 등이 폭발했기 때문에 충격이 컸던 것이다.〉(HA 9, 569) 이러한 상황에서 베르테르의 〈형이상학적인 자유를 얻기 위한 투쟁〉은 『파우스트』에 묘사된 자유의 열망과도 일치한다.

지혜의 마지막 결론은 이것이다.
자유도 생명도 날마다 싸워서 차지하는 사람만이
누릴 만한 것이다.
그래서 여기서는 위험에 에워싸여도
어린이, 어른, 노인 모두 보람 있는 세월을 보낸다.
나는 그런 사람을 보고 싶고,
자유로운 땅에서 자유로운 민중과 함께 살고 싶다. (11574~11580행)

이렇게 〈자유도 생명도 날마다 싸워 얻어야 한다〉(11575행)는 말을 바우어Gerhard Bauer는 자본주의 사회에서의 무자비한 생존 경쟁을 의

미한다고 해석하기도 하였다.[102]

　자신이 진흙을 빚어 창조한 인간이 살 수 있도록 올림포스의 불을 훔쳐다 준 죄로 혹독한 대가를 치른 프로메테우스가 그리스 신화에서 유명한 이유는 무엇보다도 〈인간 창조〉로 볼 수 있다. 〈인간 창조〉는 원래 기독교 성서 「창세기」의 내용이 유일한 정설로 전하며, 따라서 기독교의 창조 신화와 다른 창조 신화는 이단으로 강하게 부정되는데도 프로메테우스는 인간 창조라는 마지막 저항 행위로 기독교 사상과 대립하는 것이다.

　　나는 여기 앉아서
　　내 모습의 인간을 만드노라,
　　나를 닮은 종족으로,
　　괴로워하고 울고
　　즐거워하고 기뻐하지만
　　너 따위를 숭배하지 않는
　　나와 같은 인간을 창조하리라. (HA 1, 46)

　태고의 카오스(혼돈)가 코스모스(조화)가 되어 하늘과 땅 그리고 바다가 생성된 후에 하늘에는 새, 바다에는 물고기, 땅에는 네발 달린 짐승들이 터전을 잡고 살아가고 있었다. 그러나 좀 더 고상한 동물이 필요하게 되자 프로메테우스는 흙을 반죽하여 신들의 형상과 비슷한 인간을 만들었다. 신에게 저항하는 프로메테우스가 인간을 신의 형상과 비슷하게 만들었다는 신화는 〈바보다. 먼 곳으로 눈을 향하여 깜빡이고, 구름 위에 자신 같은 것을 그려 보는 것은!〉(11443~11444행)이라

　102　Gerhard Bauer und Heidegert S. Norr, Faust und die Ökonomie, in: *Das Argument* 99, 1976, S. 789.

는 파우스트의 외침과도 유사하다. 여기에서 〈구름 위에 자신과 같은 것〉(11444행)은 물론 신이 자신의 모습에 따라 인간을 만들었다는 「창세기」 신화에 대한 〈역설적인〉 패러디다. 그러나 이 역설은 단순한 패러디에 머물지 않고, 신은 실체가 아니라 그저 어리석은 인간들이 만들어 낸 상상력의 소산이라고 단정한다. 즉 이 세상에서 영원한 삶 같은 허황된 꿈에 빠진 〈바보〉들이 자신들의 소망의 실현을 〈믿게 하기〉 위해 꾸며 낸 허구적 존재가 신이라는 것이다.[103] 이러한 프로메테우스처럼 파우스트는 신을 총체적으로 부정한다. 기독교의 창세 신화에 거역하게 되는데도 프로메테우스가 인간을 〈흙으로〉 만들었다는 내용은 괴테의 『서동시집』의 「노래와 형상*Lied und Gebilde*」에서도 전개되고 있다.

> 그리스인은 점토로
> 어떤 형상을 빚어 놓고
> 자신의 손으로 만든 아들을
> 바라보며 황홀해했다. (1~4행)

인간들을 두 발로 설 수 있게 만든 프로메테우스 덕택에, 다른 동물들은 모두 고개 숙여 땅을 내려다보는 데 반해서 인간만은 고개를 들고 하늘을 바라볼 수 있었다. 이런 배경에서 〈나 여기 앉아서 인간을 만드노라〉(52행)라며 흙으로 인간을 만든 프로메테우스는 기독교의 창조 신화를 비판하는 18세기 독일 계몽주의의 전형적인 인물이 되어 신의 모습에서 벗어난 〈나의 모습대로〉(52행) 인간을 창조한다. 이렇게 〈내 모습대로 인간을 만든다〉(52~53행)는 내용은 〈자신이야말로 인간이 원하는 신적인 존재〉라는 암시로 호손Nathaniel Hawthorne의 소설 「큰

---

103 『괴테 파우스트 휴머니즘』, 45면 이하.

바위 얼굴The Great Stone Face」의 내용을 연상시킨다.

이 작품의 주인공인 어니스트는 어린 시절부터 이 얼굴 모양의 바위산을 보고 자랐으며, 어머니로부터 들은 〈언젠가 저 바위산과 닮은 얼굴의 위대한 인물이 등장한다〉는 전설을 굳게 믿고 청년, 장년 그리고 노년에 이르기까지 큰 바위 얼굴과 닮은 인물이 나타나기를 기다린다. 그리고 부자, 군인, 정치가, 시인 등 여러 인간 군상을 목격하며 그들이 큰 바위 얼굴과 닮은 위대한 인물인지를 기대하지만 하나같이 무엇인가 부족한 부분이 있다는 점에 실망한다. 그러다가 노년기의 어니스트는 사람들을 깨우치는 설교가가 되고, 어니스트의 설교를 들으러 온 시인은 어니스트가 바로 큰 바위 얼굴과 닮은 인물임을 알게 된다. 스스로가 큰 바위 얼굴의 위대한 인물이었던 어니스트는 프로메테우스가 말한 〈자신이야말로 인간이 원하는 신적인 존재〉임을 나타내는 것이다.

이런 맥락에서 찬가 「프로메테우스」의 〈내 모습대로 인간을 만든다〉라는 내용은 하느님이 〈자기 모습대로 인간을 창조하였다〉는 성서 구절에 대한 대립으로 기독교의 창조 신화에 상반된다. 그러나 〈나 여기 앉아 인간을 만들고 있다〉라는 프로메테우스의 선언이 문자 그대로의 〈인간 창조〉를 의미하는 것은 아니다. 어린애들(20행), 거지들(20행), 괴로워하는 자(28행), 번뇌를 받는 자(40행), 불안에 눈물 흘리고 있는 자(42행) 등 여러 유형의 인간들이 언급되는 배경에서 〈인간을 만들고 있다〉는 내용은 〈나를 닮은 종자〉(53행)로 기존의 존재와 다른 새로운 유형의 창조이며, 이때의 동사 〈만든다formen〉는 인간성의 개조 또는 상실된 인간성의 회복이라는 의미로 해석될 수 있다. 신화에서 프로메테우스는 인간의 형상만을 빚어 놓을 뿐인데, 괴테의 프로메테우스가 창조한 인간은 감정을 지님으로써 활동하는 인간은 프로메테우스 자신의 재생산이라는 독창적인 면모를 보여 준다(52~58행).

〈흙으로 인간을 창조한다〉라는 성서의 내용처럼 구체적인 창조의 행위나 창조의 도구 없이 지금까지 알려진 사람들과 다른 새로운 인간을 창조한다는 내용은, 예술적 천재를 상징하는 프로메테우스가 기존의 모든 형상을 거부하고 자신처럼 지금까지 어떤 인간도 가져 보지 못한 저항 정신을 지닌 인간을 창조한다는 의미와 상통한다. 이러한 프로메테우스의 저항 정신은 곧 인간을 선동하여 뒤따르도록 하는 해방의 이념이다.[104]

앞에서도 언급되었듯이 당시에 천재의 개념은 요즘처럼 머리가 똑똑하거나 지능이 남달리 뛰어난 사람이 아닌, 사회적인 규범이나 규칙, 관습 등에 얽매이지 않고 자신의 천부적이고 독자적인 재능과 개성을 창조적으로 발휘하는 사람이었다. 당시 사람들은 개성이 뛰어난 인물의 역사를 발굴하고, 민중 문화의 통일체로서 민족 개념을 발전시키며, 자기의 의식을 고양함으로써 신분제 국가의 억압에 맞섰다. 그리고 새로운 세계상과 인간상을 표출하며 계급 사회의 좁은 울타리에 순응·타협하기를 거부했다. 프랑스 혁명의 영향 아래 시민적이고 지적인 저항이 독서계에 스며들었으나, 독일 시민 계급의 미성숙과 자본주의의 미발달로 그들의 요구는 한계에 직면했다. 프랑스 혁명의 영향으로 시민적이고 지적인 저항은 인간이 신으로부터 해방되어 더 이상 신에 의해 결정되는 존재가 아니라, 자신과 삶과 세계를 능동적으로, 스스로의 행동을 통해 만들어 가는 위치에 들어섰음을 의미한다.

이런 맥락에서 「프로메테우스」는 프랑스 혁명의 영향을 받은 작품이라고도 볼 수 있다. 상부에 대한 경멸이나 자유에 대한 열망은 작품 중반부에서 수정되어, 프로메테우스가 자신의 불손함으로 처벌받는 내용에서 프랑스 혁명 후의 과정에 대한 괴테의 비난이 암시된다. 프랑스 혁명의 원인이 된 귀족들의 부패와 무능을 날카롭게 비난하고

104 『독일 문학과 사상』, 39면 이하.

아울러 혁명의 주체와 실상에 대해서도 깊은 의구심을 가졌던 괴테는 1829년 12월 16일에 에커만에게 부정적인 혁명관을 설명하기도 했다. 〈나는 모든 폭력적 전복을 증오한다. 이런 전복을 통해서 얻어지는 것 못지않게 많은 좋은 것들이 파괴되기 때문이다. 나는 이런 폭력적 전복을 실행하는 사람들도, 그리고 이런 전복의 원인을 제공하는 자들도 증오한다. (……) 나는 미래에 대한 전망을 열어 주는 모든 개선을 좋아하지만, 앞서 말했듯이 모든 폭력적인 것, 비약적인 것은 자연스럽지 못하기 때문에 내 영혼에 거역된다.〉

이렇게 프랑스 혁명을 근심스럽게 주시하던 괴테는 1830년 발발한 7월 혁명의 극단도 걱정하여 이를 에커만에게 나타낸다. 〈극단은 어떤 혁명에서나 결코 피할 수 없다. 정치적인 혁명에서 처음에는 모두가 부정부패 일소만을 바라지만 자기도 모르는 사이에 유혈과 공포에 깊이 빠지게 된다. 프랑스인들은 현재의 문학 혁명에 있어서 처음에는 좀 더 자유로운 형식 외에 다른 것을 원치 않았으나, 거기에서 멈추지 않고 형식과 더불어 전통적인 내용도 배격하려 했다. 고상한 정서와 행위의 묘사를 지루하다고 말하고, 가증스러운 모든 것들을 취급하기 시작한 그들은 그리스 신화의 아름다운 주제 대신에 악마와 마녀와 흡혈귀를 다루었다. 따라서 고대의 고상한 영웅들은 요술쟁이와 노예선의 노예들에게 자리를 양보하지 않으면 안 되었고, 업적을 쌓아 인정받을 젊은 재사, 자기 자신의 길을 개척할 수 있을 만치 훌륭한 젊은 재사는 시대의 취미에 영합해야만 했다. 아니, 소름 끼치고 무시무시한 것의 묘사에서 그의 선배를 능가해야 한다.〉[105]

괴테는 『이탈리아 기행Italienische Reise』에서도 〈자유와 평등은 오로지 광란의 도취에서나 향유될 수 있다〉라고, 이른바 절대적인 자유와 절대적인 평등은 현실적으로 불가능함을 피력한다(HA 11, 515). 자유는

---

105 Johann P. Eckermann, *Gespräche mit Goethe*, 14. März, 1980.

상대적일 수밖에 없다는 내용은 다음의 내용에서도 드러난다. 〈자유란 상대적이며, 본질적으로 하나의 부정적 개념이고, 또 그래야만 한다. 규정이 없어서 의무가 없다면 가능한 것은 없어서 아무것도 생각될 수 없기 때문이다.〉[106] 『잠언과 경구Maximen und Reflexionen』에서도 그는 〈여러모로 제한된 이 세계에서 무조건적인 것을 막무가내로 추구하는 행위보다 더 비참한 것은 없다. 그런데 이 행위는 1830년에 아마도 다른 어느 때보다 더 끔찍하게 나타났다〉(HA 12, 399)라고 기록했다. 1830년 7월 혁명을 겨냥한 이 말을 통해 그는 본래의 목적을 잊어버리고 혁명을 위한 혁명, 자신을 유일한 진리와 도덕적인 선으로 절대화해서 자신의 원칙을 맹목적으로 관철하려는 혁명에 대한 의구심을 나타내고 있다.[107]

이렇게 혁명의 과도한 물결이 마음에 들지 않았던 괴테는 자유에 대한 과도한 열망과 불손이 처벌당하는 내용을 전개시키는데 그 대상이 바로 프로메테우스다. 따라서 반항과 해방을 찬양하는 찬가 「프로메테우스」가 발표된 1774년에 그는 이러한 반항과 해방에 역행하는 헌신과 귀의를 나타내는 시 「가뉘메트Ganymed」를 집필하여 「프로메테우스」와 나란히 게재하였다.

아침 노을 속에서
그대는 나를 둘러싸고 타오르는 불빛을 발하는 듯,
봄이여, 사랑스러운 그대여!
한없는 사랑의 환희와 더불어
그대의 영원한 온기의
성스러운 감정이

---

106 Hans Arens, *Kommentar zu Goethes Faust* I, Heidelberg, 1982, S. 940 f.
107 『괴테 파우스트 휴머니즘』, 99면.

내 가슴으로 밀려드는구나,
무한히 아름다운 자여!

내가 그대를
이 팔로 껴안았으면 좋으련만!

아, 그대의 가슴속에
누워 있으면서도 애를 태우노라.
그대의 꽃들과 그대의 풀이
내 가슴에 밀려드는구나,
그대는 내 가슴의
타는 갈증을 식혀 주는구나,
사랑스러운 아침 바람이여,
그 안에서 밤꾀꼬리는 안개 긴 골짜기 속에서
사랑하는 손짓으로 나를 부르는구나.

내가 가리다! 내가 가리다!
어디로? 아, 어디로?
위로, 위로, 들려 올라가는도다,
구름은 아래로
떠내려오는도다, 구름이
그리워하는 사랑을 향해 기우는구나.
내개로, 내게로!
그대들의 품에 안겨
위로,
얼싸안으면서 얼싸안기면서!

위로

그대의 가슴에 안기는도다,

만유를 사랑하는 아버지여!

「프로메테우스」가 반항과 창조의 능동적 의지를 표상한다면, 보완적으로 「가뉘메트」는 동경과 헌신, 절대적 존재에 대한 귀의를 표상한다. 여기서 저항과 헌신이라는 괴테 특유의 대립 관계가 진취를 나타내는 〈프로메테우스〉와 헌신을 보여 주는 〈가뉘메트〉로 전개되고 있다. 하나의 극점은 그 영역과 업적을 지키면서 자기에게 아무런 도움도 주지 않는 제우스에 대한 완강한 반항이며, 또 다른 극점은 제우스의 품을 향해 올라가려는 헌신으로, 전자가 〈자기중심〉이라면 후자는 〈자아의 확대〉라고 할 수 있다.[108] 이러한 〈자아의 확대〉는 『파우스트』에서 파우스트의 의지로 전개된다. 파우스트는 자신을 인류의 자아로, 아니 우주의 자아로까지 확대하고 싶어 하는 것이다.

포프Alexander Pope도 인간의 영혼 속에는 갈등하는 두 가지 세력이 있는데, 하나는 추진력이 있는 자기애이고 다른 하나는 억제력을 가진 이성으로, 인간이 완전한 인격체가 되려면 자기애의 근본인 〈감성〉과 억제력의 근본인 〈이성〉을 균형 있게 조화시켜야 한다고 지적하였다.[109] 이러한 양극성이라는 대립적인 주제는 몰락과 발전에 내존하는 원리로써, 이는 이원적인 노력을 통해서만 극복될 수 있다. 따라서 양극 사상의 극복을 통해 휴머니즘으로 향하려는 의지가 괴테 문학의 본질이 된다.

이러한 배경에서 메피스토펠레스는 파우스트의 다른 면으로 파우

---

108 Vincent J. Günther, *Johann Wolfgang von Goethe. Ein Repräsentant der Aufklärung*, Berlin, 1982, S. 31.

109 Alexander Pope, *An Essay on Man* II, p. 53 f.

스트의 양극적인 자아인 셈이다. 〈파우스트가 인격이라는 원리의 화신이라면 메피스토펠레스는 이 원리에 대한 부정이다. 물론 파우스트에게 메피스토펠레스는 꼭 필요한 존재이다. 메피스토펠레스가 근본적인 악이 아닌 단순한 부분적 원리로 도입된 것은 인간에 대한 계몽주의적인 신뢰를 반영한다.〉[110] 여기서 운명은 전능한 신에 의해 결정된다는 기독교적 사상에서 벗어나 카르마Karma, 곧 인과에 의해 결정된다는 불교적인 성격에 가깝다. 이렇게 신들의 의지에도 양극성이 있다는 내용이 찬가 「프로메테우스」에 나타나 있다.

시대적 갈등과 이중성뿐만 아니라 출생의 이중성도 괴테에게 변증법적으로 작용하여 창조적인 힘이 될 수 있었다. 지성적인 부친과 활달하고 쾌활한 모친의 영향도 그의 작품의 대립 사상의 근거로 나타난다. 본래의 의지와 그에 역행하는 아이러니 개념이 작품의 인물과 분위기를 지배하는 것이다. 이러한 양극성은 『서동시집』 속 「부적Talismane」의 마지막 절에서 〈숨을 들이쉬다〉와 〈숨을 내쉬다〉 등 신체의 작용으로도 표현되고 있다.

숨쉬기에는 두 가지 축복이 들어 있다.
공기를 빨아들이고, 다시 내뿜는 것.
전자는 옥죄고, 후자는 신선하게 한다.
그렇게 놀랍게 삶은 뒤섞여 있다.
신에게 감사하라, 그분이 너를 짓누르거든,
또 감사하라, 그분이 너를 다시 놓아주거든. (HA 2, 10)

위 시에서는 호흡이 인생의 양극적인 기본 현상의 상징이자 신의 절묘한 창조로 나타난다. 괴테는 인간의 기본 구조인 양극 현상을 심장

---

110 Max Kommerell, *Geist und Buchstabe der Dichtung*, Frankfurt/M., 2009, S. 24.

수축Systole(자아로 오므라듦)과 심장 이완Diastole(세계로 뻗어 나감)으로 표현하는 것이다. 〈합일된 것을 양분하고, 양분된 것을 다시 합일시키는 것이 자연의 삶으로, 영원한 심장의 수축과 팽창이고, 영원한 결합과 분리이며, 우리가 살고, 엮고, 존재하고 있는 세계의 호흡이다.〉(HA 13, 488) 심장의 팽창은 개인의 독립인 진취를 상징하는데, 괴테는 이 내용을 찬가 「프로메테우스」 등 여러 작품에서 보여 준다. 『파우스트』의 「밤Nacht」 장면에 전반에는 파우스트의 긴장되고 수축적인 의식 상태가 표현되는 반면, 그다음의 「성문 앞에서Vor dem Tor」의 산보 장면은 이완된 상태에서 진행된다. 이와 같은 수축과 이완, 집중과 확장은 등장인물의 의식의 대립을 이룰 뿐만 아니라, 각 장면들을 연결시키는 구성 원리로도 작용한다. 산보 장면에서 파우스트는 처음으로 외부 세계와 접촉하고, 이때 그레트헨 플롯과 일치하는 민중의 세계가 펼쳐진다. 가장행렬을 모방한 전형적인 레뷔revue 장면으로서 상이한 신분과 삶의 형태가 사실적이며 밀도 있게 묘사되는 것이다.[111] 결국 「프로메테우스」와 「가뉘메트」 두 찬가는 강건한 남성과 헌식의 여성적인 의미를 문학적으로 적나라하게 보여 준다. 〈프로메테우스 신드롬〉[112]이라 불리는 남성주의적이고 과학적인 세계관은 자연을 생명체로 소중히 여기지 않고 인간 기술의 지배 수단으로만 보았다. 그러나 찬가 「프로메테우스」와 달리 미완성 희곡 「프로메테우스」의 프로메테우스를 통해 괴테는 직선적이고 혁명적인 반항 정신뿐만 아니라 미네르바의 지혜, 판도라의 장면 등으로 가뉘메트적인 요소도 전개시킨다.

찬가 「프로메테우스」에서 프로메테우스는 질풍노도적인 자기 확대

111 Paul Requadt, *Goethes Faust I, Leitmotivik und Architektur*, München, 1972, S. 93.

112 이 용어는 과학사가 란데스Stephan Landes가 〈속박에서 벗어난 프로메테우스 *Der entfesselte Prometheus*〉라는 제목의 글을 쓴 데서 생겨났다.

와 정열 그리고 천재의 자아 의식을 진보적인 형태로 표현한 창조적 예술가의 상징이다.

거족(巨族)의 횡포에 대해
나를 도와준 게 누구였는가?
죽음과 노예 상태에서
나를 구해 준 게 누구였는가?
그 일을 해준 것은
거룩하게 불타는 나의 마음이 아니었더냐? (HA 1, 44)

이러한 프로메테우스와 마찬가지로 파우스트도 활동하면서 우주의 모든 형상을 파헤치려는 천재적 사조의 인간이다. 하지만 「프로메테우스」에서는 판도라에서처럼 죽음을 긍정함으로써 삶을 긍정하는 역설적 관계가 내포되어 있다. 유한의 세계에서 탈출하기 위해서 파우스트가 마지막으로 시도한 자살이 그에게 새로운 욕구를 불어넣듯이, 프로메테우스의 죽음에 대한 도취는 삶에 대한 욕구가 되어 역설적인 모습을 보인다.[113]

『시와 진실』에서 괴테는 전기적 작품인 찬가 「프로메테우스」가 시간적 한계를 넘어 1773년에서 「타우리스의 이피게네이아」까지 시계를 확장하였으며, 1770년대 초기의 삶을 노력과 투쟁에 연관시켜 정신적·전기적·세계관적 역사를 보여 주고 있다고 언급하였다. 군림하는 올림포스 신들에 대해 최초로 대항한 제1왕국의 후예인 프로메테우스는 종족에 대한 싸움에서 신들을 도와 제2왕국이 승리하도록 했으나, 올림포스 신들이 맹목적인 복종을 요구하자 이들에게서 등을 돌려 인간과 더불어 제3왕국을 만들었다.

113 괴테,『프로메테우스 (외)』, 오청자 옮김, 서문당, 2005, 203면 이하 참조.

이러한 프로메테우스의 집필에는 젊은 시절에 만난 헤르더와 역시 젊은 괴테에게 영향을 미친 질풍노도 시대의 거인상Titanentum이 미학적인 배경을 제공하였다. 따라서 블루멘베르크Hans Blumenberg는 프로메테우스를 자서전적이며 심리 분석적 및 시적 차원으로 괴테에 비유했다.[114] 거인 프로메테우스는 활동적이며 내성적으로 양분된 현실 속에 살고 있다. 이러한 프로메테우스에서 괴테는 관습적인 관점을 내·외적으로 수정하지 않을 수 없었다.[115] 프로메테우스처럼 인간을 위해 신들에 대항하여 싸우는 인물들은 주로 남성이다. 그러나 인간을 위해 신들에 대항하여 투쟁하는 여성도 존재하는데 이의 대표적인 인물은 이피게네이아이다.

4. 저주와 순결성

괴테는 이탈리아 로마 체류 당시 희곡 「타우리스의 이피게네이아 Iphigenie auf Tauris」를 완성했다. 동경의 나라 이탈리아의 영향을 강하게 받은 괴테는 남국의 분위기와 고대 미술품 감상을 통해 청년기의 감정적 인간에서 시각적 인간으로 변했다. 남방적 미의 조화와 균형과 절도의 정신이 태동된 것이다. 또한 오시안Ossian이나 셰익스피어 대신 호메로스나 소크라테스가 모범이 되고 빙켈만Johann J. Winckelmann과 레싱이 그의 주된 관심을 끌었다. 슈타인 부인과의 우정이 지속되는 12년간 괴테는 무엇보다도 작품 「타우리스의 이피게네이아」를 창작하였는데, 이 작품에서 그의 질풍노도적인 거대한 것이 명료하고 고귀한 성숙으로 탈바꿈한다. 산문으로 된 초판은 1779년에 완성되었고, 약강격

---

114 Hans Blumenberg, *Arbeit am Mythos*, Münster, 2006 참조.
115 Bernhard Buschendorf. a.a.O., S. 29 f.

*Jambus*으로 된 마지막 판은 1786년 이탈리아에서 완성되었다. 괴테는 에우리피데스의 「이피게네이아」 비극의 소재를 다음과 같이 본질적으로 바꿨다. 〈아버지 아가멤논에 의해 속죄의 제물로 정해진 이피게네이아를 여신 디아나는 야만국으로 데려간다. 그녀는 드라마가 시작될 때 그녀에게 마음이 끌린 스키티아의 왕 토아스의 나라에 있는 타우리스에서 디아나의 여신관이 되어 제물 신세를 면할 수 있었다. 그녀에게 청혼한 토아스는 그녀의 거절에 화가 난 나머지 섬에 상륙한 두 명의 이방인을 신에게 바치라고 명령한다. 그들은 그녀의 남동생 오레스테스와 그의 친구 필라데스로, 그녀는 이 사실을 모르고 있었다. 오레스테스는 어머니 클리타임네스트라가 아버지 아가멤논을 살해했기 때문에 어머니를 살해했다. 복수의 여신들에게 쫓기는 오레스테스는 안정을 찾지 못한다. 그런데 아폴론은 그가 누이를 타우리스에서 그리스로 데리고 오면 죄를 사해 줄 것을 약속하였다. 오레스테스는 신전에서 야만인에 의해 숭배되는 아폴론의 동생 디아나의 신상이 신탁이라고 믿고 있었다. 불행한 오레스테스가 자신의 동생임을 알게 된 이피게네이아는 순수함과 온화함으로 복수심을 몰아낸다. 신탁의 명령에 따라 오레스테스와 필라데스가 디아나의 신상을 훔치고 이피게네이아를 데려가려고 할 때, 거짓말을 할 수 없는 그녀는 토아스 왕 앞에서 모든 것을 털어놓고 오레스테스와 필라데스와 함께 고향으로 돌아가도 좋다는 허락을 받는다.〉[116] 이 희곡의 초판은 1800년 빈에서 공연되었으나, 1779년에 이미 산문체 판본이 생겨나 같은 해에 바이마르에서 초연된 후에 개작되었다.

「타우리스의 이피게네이아」는 탄탈로스 후예의 이야기로 탄탈로스의 저항과 그 결과가 전개되고 있다. 이러한 탄탈로스의 신화는 〈유아 살해〉의 내용이 그 근저를 이룬다. 유아 살해는 원래 성서에서부터 유

---

116 송익화, 『독일문학사』, 서린문화사, 1986, 235면 이하.

래한다. 신약 성서(「마태오의 복음서」 2장 16절)에 의하면, 헤로데는 베들레헴에 있는 2세 이하의 모든 어린이들을 죽이도록 명령했다. 이러한 유아 살해는 종교적 갈등의 사례로 볼 수 있는 〈제례 살해Ritualmord〉에도 나타난다. 종교가 다른 이주 민족의 아이들을 살해하여 그들의 피를 제례에 사용했다는 유대인 제례 살해는 역사적·지리적으로 널리 퍼진 종교사이다.[117] 이 전설은 부활절 즈음, 유대인들이 이교도인 기독교도 소년을 납치해 거꾸로 매달아 고문한 후 목을 따서 피를 받고, 그 피로 누룩 없는 빵을 만들어 먹는다는 상상 속의 이야기로 12세기 중반 유럽에서 퍼져 나가기 시작했다.

역사적으로 유아 살해는 원래 고대의 〈유아 안락사〉에서 유래한다. 기원전 4세기 무렵 그리스 의학자 히포크라테스Hippocrates는 〈나는 누구에게도 독약을 주지 않을 것이며, 요청을 받더라도 그런 계획을 제안하지 않을 것〉이라고 언급했다. 당시의 철학자들은 나이 많은 노인이나 병자들이 고통 없이 죽음을 맞도록 하는 문제보다, 생존 가치가 없는 〈유아의 살해〉에 더 많은 관심을 보였다. 플라톤은 의술이란 〈본성적으로〉 몸이 건강하면서 단지 몇몇 특수한 질병을 가진 사람들을 위해 아스클레피오스(Asclépios, 그리스 신화 속 의술의 신)가 내려 준 것이라며, 태생적으로 건강하지 않거나 고질병에 걸린 사람은 치료하지 않는 것이 옳다고 주장하였다. 삶에서 어떤 고통이나 쾌락을 느낄 수 없다면 살해되는 것이 생존하는 것보다 선한 것이라고 주장했던 아리스토텔레스는 〈산아 제한〉이라는 개념을 제안한 것으로도 유명하다. 두 철학자는 모두 기형아를 기르지 말고 탄생 후 즉시 버려야 한다고 생각했다. 플라톤은 어머니가 40세 이상이면 (아이가 허약하므로) 낙태, 또는 영아 살해를 해야 한다고 쓰기도 했다. 이런 주장은 아테네와 함께 번

117 Rainer Erb, Der Ritualmord, in: Julius H. Schoeps u. Joachim Schlör(Hg.), *Antisemitismus. Vorurteile und Mythen*, München/Zürich, 1995, S. 74.

창했던 그리스 도시 국가 스파르타에서 실제로 행해졌다. 로마 시대 철학자 세네카도 안락사에 찬성했고, 나중에는 정치적 이유로 자살했다. 그러나 기독교가 전파되면서 낙태나 영아 살해 및 안락사 등이 모두 금기시되었다. 안락사든 자살이든 인간의 생명은 하느님이 주신 것이므로 인간이 마음대로 결정할 수 없다는 것이다.

그런데도 문학에서는 이러한 유아 살해가 자주 묘사되고 있다. 바그너Heinrich L. Wagner의 희곡 「유아 살해모Die Kindermörderin」에서는 영아 살해의 극적인 상황이 벌어진다. 〈내 사랑 아가야, 자는 거니? 얼마나 부드러운지! 지금 네가 정말 부럽구나. 이렇게 천사들은 잠들 뿐이란다! (……) 내 아이의 피야! ― 그걸 내가 마시고 있는가? ― (아이를 침대로 던진다.) 거기서 자거라, 그뢰닝젝! 자거라! 영원히 잠자라! 곧 나도 잠들 거야. 너처럼 그렇게 부드럽게 잠들기는 어려울 거야. 하지만 그것이 한번 벌어지면 그게 그거지.〉[118]

이러한 유아 살해는 인간에 의해서 뿐만 아니라 잡귀에 의해서도 거행되어, 속신적인 잡귀가 유아를 유혹하여 저승으로 이끌어 가는 내용이 괴테의 담시 「마왕Erlkönig」에 나타나고 있다.

누가 바람 부는 밤 늦게 달려가는가?
그는 아이를 데리고 가는 아버지네:
품에 소년을 보듬어 안고,
꼭 안아서 소년은 따뜻해지네 ―

아들아, 왜 그렇게 불안하게 얼굴을 감추느냐?
아버지, 마왕이 보이지 않나요?

118 Heinrich L. Wagner, *Die Kindermörderin*, Jörg-Ulrich Fechner(HG.), Stuttgart, 1990, S. 80.

왕관을 쓴 긴 옷자락의 마왕을 못 보세요?
아들아, 그것은 띠 모양의 안개란다.

〈사랑하는 아이야, 오너라. 나와 함께 가자!
아주 멋진 놀이를 너와 함께하마.
수많은 색깔의 꽃들이 해변에 피어 있고,
우리 어머니는 많은 금빛 옷을 가지고 있단다.〉

아버지, 아버지, 그런데 마왕이
나지막이 약속하는 저 소리가 들리지 않나요?
진정해라, 조용히 있어라, 내 아들아!
그것은 마른 잎새의 바람 소리란다 ―

〈고운 아이야, 나와 함께 가지 않으련?
내 딸들이 아름다운 모습으로 기다리고 있단다.
내 딸들이 밤의 윤무로 너를 안내해
요람과 춤과 노래로 잠재워 주지.〉

아버지, 아버지, 저기 음습한
구석에 마왕의 딸이 보이지 않나요?
아들아, 아들아, 잘 보고 있지.
오래된 버드나무가 그렇게 음울하게 보인단다 ―

〈나는 너를 사랑한다. 네 아름다운 모습이
날 사로잡네. 네가 싫다면, 난 폭력을 쓰겠다 ―〉

아버지, 아버지, 지금 그가 날 붙들어요!
마왕이 나를 해쳐요!

아버지는 소름이 끼쳐, 빨리 말을 달리며,
품 안에 신음하는 아들을 안고서,
간신히 궁정에 이르렀으나
품 안의 아이는 죽어 있었다.

슈베르트Franz Schubert의 가곡으로 더 잘 알려져 있는 「마왕」은 죽음으로의 유혹적인 분위기를 자아내는 음향의 조합이 두드러지며, 잡귀의 폭력 앞에 희생되는 유아의 애틋한 감정을 자아낸다.[119] 이러한 〈유아 살해〉의 원조는 이피게네이아의 조상이 되는 탄탈로스의 신화인데 이의 이해를 위해서 『파우스트』에 나오는 노래 하나를 인용해 본다.

우리 엄마 창녀라서
나를 죽여 버렸단다!
우리 아빠 악당이라,
나를 먹어 버렸단다!
우리 작은 여동생이
나의 뼈를 찾아다가,
시원한 데 묻었단다.
그때 나는 귀여운 숲새 되어,
저 멀리 날아가네, 날아가네! (4412~4420행)

이 노래의 배경을 보면 한 사악한 계모가 아이를 죽이고 요리하여

119 『독일 문학과 사상』, 567면 이하.

아이의 친아버지인 남편의 식탁에 올렸다. 그리고 친아버지가 먹고 남은 뼈들을 배다른 자매가 노간주나무 밑에 묻어 주자 그 뼈에서 한 아름다운 새가 날아오르며 이 노래를 부른다. 이렇게 자식을 토막 내어 죽여 음식으로 만드는 이야기의 시초는 그리스의 탄탈로스 신화이다.

재산이 많고 신의 사랑을 받은 탄탈로스는 자주 제우스 신에게 초대되어 올림포스에 올라가 신들과 식사를 같이 하는데, 어쩌다가 마음을 잘못 먹어 신이 먹는 신찬(神饌) 암브로시아ambrosia와 신이 마시는 신주(神酒) 넥타르nectar를 훔쳐 인간과 나누어 먹었다. 그는 이것이 발각되기 전에 또 하나 잔인한 짓을 했다. 리디아 지방의 시필로스 산상에 음식을 한 상 차려 놓고 올림포스의 여러 신들을 초대하여 대접하던 중 음식이 모자라자 자신의 아들 펠롭스를 죽여 요리를 해 상에 차려 놓은 것이다. 신들은 그것이 인육임을 알고 손도 대지 않았으나 이를 모르는 데메테르 여신은 왼쪽 어깨 살을 깨끗이 먹어 치웠다. 제우스의 명령으로 펠롭스의 살은 다시 마법 가마 속에서 끓고, 운명의 여신 클로토가 생명을 불어넣어 아이는 다시 살아났다. 데메테르 여신은 자기가 먹어 없앤 왼쪽 어깨 살 대신 상아로 메워 주었다. 몹쓸 짓을 한 벌로 탄탈로스의 나라는 망하고, 탄탈로스는 제우스의 손에 의해 죽은 후 무한 지옥 타르타로스에 갇힌 채 두고두고 고통받게 되었다. 펠롭스는 후에 아트리다이 종족인 아트레우스의 아버지가 되는데, 이 종족은 탄탈로스가 저지른 참혹한 행위의 대가로 아가멤논과 오레스테스, 이피게네이아까지 신들의 저주를 받는다.[120] 즉 「타우리스의 이피게네이아」는 탄탈로스의 저항과 그 결과로 읽을 수 있다.

이피게네이아가 타우리스 섬으로 오게 된 경위 및 그녀의 조상들이 겪는 불행은, 중죄를 범한 탄탈로스의 가문이기 때문이다. 온갖 추악한 범죄로 얼룩진 탄탈로스 가문의 후예인 이피게네이아 역시 고통 속

120 안진태, 『신화학 강의』, 열린책들, 2002, 245면 이하.

에 깊숙이 빠져 있다. 이피게네이아의 입을 통해서 처참한 탄탈로스의 저주가 서술된다고 해서 그녀가 인간 세계와 동떨어진, 마치 천사와도 같은 〈도덕 교과서의 메가폰〉[121]으로 간주될 수는 없다. 「타우리스의 이피게네이아」에서 〈사건의 전사*Vorgeschichte der Ereignisse*〉가 되는 탄탈로스 가문에 내려진 저주는 〈신화적 종속의 구체화인 신들의 자의성 *Götterwillkür*〉이다.[122] 이러한 관점에서 로머Rolf Rohmer는 탄탈로스 가문의 역사와 이피게네이아의 관계를 다음과 같이 밝히고 있다. 〈이피게네이아의 입장은 본질적으로 그녀의 가문의 역사에 대한 끊임없는 몰두, 말하자면 가문의 역사적인 경험으로부터 비롯된다. 토아스 왕 앞에서 그녀가 전하는 탄탈로스 가문의 이야기는 사실 보고 이상이다. 그러한 경험이 반복되어 개괄되면서 자신의 도덕적 갈망이 새로이 절박하게 되고, 답변으로 상대방에게 근거를 제시하며 입장으로 권고한다. 그것은 말하자면 현재의 대결의 강요에서 역사를 수용하는 것이다.〉[123]

이피게네이아의 〈들으시오! 나는 탄탈로스 가문의 출신이오*Vernimm! Ich bin aus Tantalus' Geschlecht*〉(HA 5, 306)라는 말로 시작되어 130행에 걸쳐 펼쳐지는 탄탈로스 가문의 무서운 역사는 살인, 폭행, 근친상간, 자살 등의 끔찍스러운 범죄로 가득 차 있다. 이렇게 이피게네이아가 이야기하는 탄탈로스 가문의 역사에서 중요한 사실이 발견되는데, 그것은 괴테의 고대 신화 수정이다. 이피게네이아는 조상 탄탈로스를 변호하는 것이다.[124] 〈그는 비천하지 않았고 배반자가 아니었습니다. 다만 종

121 Oskar Seidlin, Goethes Iphigenie — "verteufelt human"? in: Ders, *Von Goethe zu Thomas Mann*, Göttingen, 1969, S. 12.

122 Dieter Borchmeyer u. Wolfdietrich Rasch, Goethe Iphigenie auf Tauris als Drama der Autonomie, in: *Poetica* 12, 1980, S. 127.

123 Rolf Rohmer, Klassizität und Realität in Goethes Frühweimarer Dramen, in: *Goethe Jahrbuch* 93, 1976, S. 42.

124 박찬기, 『괴테와 독일고전주의』, 고려대학교출판부, 1988, 89면 이하.

으로 있기에는 너무 위대했고, 위대한 천둥의 신(제우스)의 동반자이기에는 한 인간에 불과했지요. 그의 범행 역시 인간적이었지요. 그들의 심판은 가혹했고, 시인들은 이에 대해 노래를 부릅니다. 오만과 반항으로 인해서 그는 제우스의 식탁에서 저승의 치욕으로 추락되었다고요. 아, 그의 전 종족은 시인들의 미움을 받았습니다.〉(HA 5, 319 f.) 탄탈로스 가문에 내려진 저주에 대한 괴테의 변호로 전통적인 탄탈로스의 신화에서 전해 내려온 저주와 범죄가 면죄되는 것이다.

괴테에게 탄탈로스는 〈자부심과 오만으로 인류의 한계를 넘어서는〉[125] 월권의 피해를 당하는 인물이다. 따라서 탄탈로스는 복종만을 강요하는 신들의 자의성에 인간의 힘을 주장한다. 또 탄탈로스 가문의 이야기에서 중요한 점은 이피게니가 자신만의 귀환만을 요구하지 않는다는 사실이다. 〈오 당신(토아스 왕)이 나를 배에 실어 보내 주신다면, 내게 그리고 모든 이에게 새 생명을 주게 되는 거지요.〉(HA 5, 461 f.)

이피게네이아에게 진정한 귀환은 무조건적인 귀환뿐만 아니라, 탄탈로스 가문에 내려진 저주의 악순환의 종결이다. 이러한 상황에서 인간은 새로운 잔인한 범죄를 저지르는 악순환에서 벗어날 가능성은 없는가 하는 문제가 제기된다. 이러한 악순환을 극복할 수 있는 희망이 없는가, 인간의 삶은 정말로 의미가 있는가 하는 인간 실존의 문제이다.[126]

이렇게 그리스 신화를 바탕으로 하는 작품 「타우리스의 이피게네이아」는 고대 그리스 비극 작가 에우리피데스의 작품 「타우리스인에서 이피게네이아Iphiginie bei den Tauriern」에서 소재를 취해 고대 그리스의 종교를 아우르는 그리스 신화를 배경으로 하고 있다. 그런데 괴테

125 Dieter Borchmeyer, Johann Wolfgang von Goethe. Iphigenie auf Tauris, in: *Poetica* 12, 1980, S. 73.
126 유경희, 같은 책, 91면.

의 「타우리스의 이피게네이아」는 원전인 에우리피데스의 작품이나 라신Jean Racine의 작품과 다르다. 에우리피데스의 이피게네이아는 자신의 운명을 원망하면서 자신에게 불행을 안겨 준 사람들에게 복수를 꾀하고, 지능적인 간계를 발휘하여 자기 이익을 위한 수단과 방법을 가리지 않는다. 이러한 이피게네이아의 교묘한 술책은 일단은 성공을 거두고, 나중에 해상에서 붙잡혀 처형을 받게 될 때는 하늘에서 신이 나타나 구원함으로써 고대극에서 흔히 볼 수 있는 〈신의 기계적 출현Deus ex machina〉이 전개된다. 그러나 정신적인 내적 갈등을 일으킬 수 있는 여인상인 괴테의 이피게네이아는 자신의 모든 운명을 여신에게 맡기고, 여신의 의사에 따른 봉사를 자신의 사명으로 인식한다. 그리고 그녀는 야만인에게 인도적인 교훈을 가르쳐 인신 제물의 악습을 제거한다. 특히 이피게네이아의 남동생인 오레스테스의 정신적인 고뇌를 풀어 주고 집안의 저주를 제거할 수 있었던 것은 그녀의 선량하고 고상한 인격, 그리고 타인을 위한 거짓말을 모르는 〈양심적 인본주의Humanitäts-glauben〉 덕분이었다. 즉 인간의 죄와 약점도 그레트헨, 이피게네이아, 오틸리에, 로테 같은 순결한 여성에 의해서 속죄된다는 고전주의의 중심 사상이 구제의 열쇠가 되어서 그리스극의 〈신의 기계적 출현〉의 역할을 맡는 것이다.

에우리피데스의 작품에 괴테가 가한 또 다른 변화는 합창을 없앴다는 점이다. 이렇게 괴테가 개작한 드라마는 사건의 발전이나 동작이 드물고, 여주인공 이피게네이아의 영혼적인 변화가 중점이 되어 〈영적 드라마Seelendrama〉로 규정되기도 한다. 고대 야만적이었던 타우리스는 이피게네이아의 등장으로 교화된다. 그녀가 신들로부터 인간을 해방시킨 것이다. 여기에서 계몽주의를 세속화시키려는 괴테의 의도가 엿보인다.

「타우리스의 이피게네이아」의 역사적 배경이 되는 계몽주의는 「프로메테우스」에서와 마찬가지로 인간의 이성을 교회의 신학적인 후견에서 해방시켜 인간의 자율과 자유를 성취하려는 해방 운동이다.[127] 인간 개개인의 자유와 권리를 존중하는 인도주의는 계몽주의가 표방하는 이념 가운데 하나로 자율이라는 계몽주의의 대원칙 아래서 가능하다. 이 같은 맥락에서 「타우리스의 이피게네이아」는 계몽주의 운동의 본질적 목표인 자율 이념의 소산으로 계몽주의 문학의 전통적인 작품이라는 평가를 받기도 한다. 그런데 계몽주의에서 주장된 자율 이념은 교회의 권위로부터의 해방이라는 종교적 차원에 국한되지 않고, 현실 세계에서 절대주의적 지배 체제에 대항하여 자유로운 시민의 권리의 확보로까지 확산된다. 계몽주의에서 누구에서도 빼앗을 수 없는 근본적인 힘과 가능성인 이성과 도덕이 점차 정치적 해방의 수단으로 사용되는 것이다.[128]

따라서 이피게네이아도 프로메테우스와 마찬가지로 인간을 위해 신들에 대항하여 싸운다. 신적이든 세속적이든 간에 상부에 대한 경멸이나 자유에 대한 열망은 작품의 중반부에서 수정되어 프로메테우스는 자신의 불손함으로 처벌을 받는다. 이렇게 혁명적 물결이 괴테의 마음에 들지 않아 자유에 대해 열망하는 프로메테우스는 처벌받지만 이피게네이아는 이와 다르게 전개된다. 「타우리스의 이피게네이아」에서는 질풍노도에서 독일 고전주의로의 변화가 명백하다. 산문체판*Prosafassung*의 첫 판에는 조야함이 있으나 곧 조화의 시구로 전도된다(HA 1, 90 f.). 자발적, 원초적, 무질서적이며 자유로운 질풍노도 성격이 고전주의 형태의 시문으로 전환되는 것이다. 따라서 계급 사회의 제약에서 벗

---

127 Wolfdietrich Rasch, Zum Verhältnis der Romantik zur Aufklärung, in: Ernst Ribbat(Hg.), *Romantik*, Königsten/Ts., 1979, S. 9.

128 Hans-Friedrich Wessels, Grundstrukturen, Phasen und Problemen der Aufklärung in Deutschland, in: ders(Hg.), *Aufklärung*, S. 12; 안진태,『괴테 문학의 신화』, 삼영사, 1996, 263면 이하.

어나기 위해서는 서로를 존경해야 한다는 사실이 묘사되고 있다. 신화를 집단 사고의 원형으로 본 괴테는 신화를 통해서 자신의 주장을 지식이 적은 대중에게 이해시켰다. 이는 융Carl G. Jung의 심리학적 해석을 따른 것으로, 어떤 작품에 나타난 이미지의 근원은 공통된 신화에서 유래되어 그 신화가 영향의 원천이 되기 때문이다. 따라서 작품에서 괴테가 표현의 수단으로 삼은 것은 그리스 신화였다.

아리스토텔레스의 형이상학에 나오는 개념인 〈엔텔레히Entelechie〉는 질료 속에 구현되는 〈형식Form〉으로 특히 유기체 속에 내재하는 자기실현의 힘을 지칭한다. 이는 두 가지의 관점을 내포하는데, 첫째 자기 안에 지니고 있는 개체를 목적하며, 둘째 자기 안에 완성된 것을 지니고 있다는 의미이다. 즉 완전하게 되는 능력이 자신 안에 잠재적으로 내재되어 있다는 뜻이다. 만년의 괴테가 즐겨 사용하던 엔텔레히는 쉬지 않는 활동력을 내포하는 생명체의 분리될 수 없는 궁극적인 모습이다. 이것은 『파우스트』 제2부 마지막에 〈끊임없이 노력하는 자를, 우리는 구원할 수 있노라〉(11936~11937행)라는 천사들의 말과 맥을 같이 한다. 이러한 엔텔레히의 음조, 즉 불멸의 살아 있는 개적(個的)인 실존이 「프로메테우스」에 내재되어 있는 반면, 「타우리스의 이피게네이아」에는 모든 신들에 대한 박애주의가 담겨 있다. 단장으로 남아 있는 「프로메테우스」와 「타우리스의 이피게네이아」의 연관성은 인간이 신과 동일해지고, 독재에서 자유로워지려고 자신들의 창조자의 요구를 계승했다는 점이다.

5. 여성에 의한 정화

고대 그리스의 조각가들이 형성한 여러 신상(神像)을 살펴보면 단단한 근육으로 된 부분이 강조되고 연한 살로 된 부분은 무시되고 있다. 이 남성적 근육의 신상들은 자연스럽지 못하고 또 아름답지도 않지만 일찍이 힘과 긴장과 대사(大事)에 쏠렸던 인체의 이상에 해당한다. 고딕식 조각도 부자연스러운 불미(不美)를 기피하지 않으면서 겸허한 자세와 순종의 습성을 표현하려 하였다. 또 어느 시대에 제작된 성모상에서 발견된 여성미의 이상은 분명히 그 시대 여성형의 표현일 뿐 아니라, 이 여성형을 몽상적인 이상형으로까지 끌어올리려 했다.

아리안족에서 모독은 남성으로, 셈족에서 죄악은 여성으로 이해되어 최초의 모독은 남성에 의해, 최초의 죄악은 여성에 의해 행해졌다고 전하는데,[129] 이러한 배경은 과거 여성은 성의 도구라는 의식의 잔재에서 유래했다고 볼 수 있다. 따라서 독일의 저명한 문인이나 철학자 등 지식인들은 여성을 비하하는 전통적 고정 관념을 가지고 있으며, 그 대표적인 사람으로 철학자 니체를 들 수 있다. 그는 작품 『선악을 넘어서*Jenseits von Gut und Böse*』에서 〈진리는 여성일지도 모른다〉라고 말하며 여성을 비하한다. 이 작품의 서문에서부터 니체는 〈가령 진리를 여성이라고 가정해 보자 ─ 어떤가? 모든 철학자는 도그마의 사도였던 이 여자들을 잘못 이해했다고 의심을 받았어도 별수 없지 않은가?〉[130]라고 적으며 여성 경멸의 내용을 담았다. 이 『선악을 넘어서』 중 다음의 내용에서 여성의 경멸은 절정에 이르고 있다. 〈어떤 여자가 학문적 관심을 가지면 일반적으로 그녀의 성적인 면은 뭔가가 정상이 아니다. (……) 여자가 독립하려 한다. 게다가 남성들에게 여성 자체에 대해 계몽하려 한다. 이것은 유럽의 전반적인 혐오의 가장 극악한 진보에 속한다. 이처럼 학문적으로 자기 노출을 시도하는 여성들의 어리석은 노력이 무엇을 밝혀 줄 수 있단 말인가! 여성은 부끄러움을 느껴야 할

---

129 Friedrich W. Nietzsche, *Die Geburt der Tragödie*, München, 1955, S. 9.

130 Friedrich W. Nietzsche, *Jenseits von Gut und Böse*, München, 1955, Vorrede.

충분한 이유가 있다. 여성에게는 현학, 천박함, 건방진 태도, 하찮은 오만, 천박한 방종, 뻔뻔스러움 등과 같은 속성들이 내재되어 있는 것이다.〉[131] 마찬가지로 슈니츨러Arthur Schnitzler도 「사랑의 유희Liebelei」에서 〈바로 그거다. 휴식이다. 그것이 그 깊은 의미이다. 휴식을 위해 그들이 있는 거다. 그래서 나는 소위 흥미 있는 여자들을 싫어한다. 흥미로울 필요가 없고 기분 좋아야 하는 것이다〉[132]라고까지 피력한다. 이렇게 여성은 남성과 다르다는 이유로 평가절하되거나 성의 도구로 무시되는 등 비하의 요소로 자주 나타난다.[133]

미학이란 〈철학과 학문처럼〉[134] 남성을 위한 제도가 되어, 여성들은 이러한 미학 속에서 그들이 하고자 하는 표현을 명확하게 나타낼 수도 없을 뿐 아니라 들어설 자리도 없음을 깨닫게 되었다. 괴테 시대에도 남성 우위의 가부장적 굴레가 여성 사회를 지배하였고 당시의 문학에서도 남성과 여성의 역할은 차별적으로 구분되었다. 이러한 남성 우위 현상을 『파우스트』의 마녀들은 불평하고 있다.

그건 아무것도 아닌 셈이야.
여자는 천 걸음 걸으면 그 정도 갈 수 있지.
하지만 여자가 제아무리 서둘러도
남자는 한 걸음에 앞지르는걸. (3982~3985행)

이렇게 여성을 비하하거나 여성의 능력이 부족하다고 보는 관념에 맞서 여성의 보복 혹은 여성 우위 사상이 싹트게 되었다. 신화에서도 남

---

131 같은 책, S. 232.

132 Arthur Schnitzler, *Liebelei*, Fischer Taschenbuch Verlag, S. 11.

133 『파우스트의 여성적 본질』, 83면 이하.

134 Christa Wolf, Voraussetzungen einer Erzählung, *Kassandra, Frankfurter Poetik-Vorlesungen*, Darmstadt, 1983, S. 150.

성을 능가하는 여성상이 돋보이는데, 이에 대한 예로 아마존 왕국의 여걸 아마조네스를 들 수 있다. 소아시아의 텔모돈 강변에 사는 여인족인 아마조네스 부족은 무신(武神) 아레스의 후손으로 전쟁과 사냥을 일삼고, 창이나 방패 따위의 무기를 휘둘러 남성들을 지배하며 여성 상위적인 왕국을 건설했다. 여성들만 사는 이 왕국에서 종족 보존을 위해 1년에 한 번씩 옆 지방 부족 남성들과 교합했는데, 거기서 남자아이들이 태어나면 모조리 죽이거나 불구자로 만들고 여자아이들만 길러 내는 등 철저하게 남성을 배제하고 압도하는 여성 왕국을 이룩했다고 한다.

여성 비하에 대한 반기로 여성은 치명적인 유혹 등으로 남성을 파멸시키기도 하는데, 요염한 살로메, 어둠 속에서 동침한 적장의 목을 자르는 유디트, 가슴에 독사를 얹고 있는 클레오파트라, 동양의 양귀비와 장희빈 등이 대표적이다. 특히 상반신은 여자지만 하반신은 물고기로 남성을 홀려서 파멸로 이끄는 인어의 전설은 고대부터 세계 각지에서 전해 내려오고 있다. 그리스 신화에는 노래를 불러 뱃사람들인 남성의 혼을 빼는 물의 요정인 인어 〈세이렌Seiren〉의 이야기가 대표적이다. 여자의 머리와 새와 같은 몸을 가졌으나 점점 여자의 모습으로 변해서 최후에는 날개만으로 새의 모습을 띠게 된 그녀는 사람을 유혹해서 파멸시키는 위험스러운 여성이다. 독일 라인 강의 로렐라이 전설에 등장하는 〈라인의 처녀〉도 세이렌과 같은 인어다. 전설 속의 인어인 라인의 처녀는 반드시 여자이며, 남성인 뱃사람을 홀리는, 아름답지만 무서운 존재다. 그 외에 삼손의 머리칼을 자르는 데릴라, 카르멘, 메두사, 비너스에 이르기까지 관능적 매력과 아름다움을 통해 남성들을 종속시키고 치명적 불행을 안겨 주는 여성들, 서양의 회화에 성모 마리아만큼이나 자주 등장하는 여인들이다. 대자대비한 성모와는 정반대로 치명적 성적 매력을 이용해 남성을 파멸시키는 요부인 〈팜므 파탈femme fatale〉이다. 중세에는 이브가 대표적 팜므 파탈로 등장하고, 이어 트로이 전쟁을 일으킨 헬레네, 그리스 신화의 영웅 오딧세우스를 유혹하는 키르케, 다윗왕이 빠져버린 바쎄바,[135] 현대에 와서는 롤리타와 마릴린 먼로가 있다. 여성에 대한 남성의 뿌리 깊은 편견과 혐오감, 혹은 현실에서 이룰 수 없는 욕망이 팜므 파탈을 만들어 냈다고도 볼 수 있다. 프로이트는 남성을 유혹하는 여성의 심리를 〈남성에 대한 지배 욕구〉로 보았다. 여성의 유혹은 가부장적 사상에 대한 보복이라는 설도 있다. 특히 가부장적 이데올로기가 정면으로 도전받자 불안해진 남성들이 공포와 갈망이라는 모순된 심리를 여성에게 투영했다고 볼 수도 있다. 위험한 여성들을 그린 그림들은 대부분 강렬한 에로티시즘, 또 (남성들을 자극하는) 쾌락과 이로 인한 남성들의 죽음의 이미지로 범벅돼 있다. 팜므 파탈의 역사는 곧 여성에 대한 남성의 불안의 역사일까. 여성의 매혹적·파괴적 힘이 캔버스에 진동하는 들라크루아, 클림트Gustav Klimt, 뭉크Edvard Munch, 루벤스Peter Rubens, 렘브란트Rembrandt, 마그리트René Magritte, 마티스Henri Matisse 등 대가들의 걸작도 볼 수 있다.[136]

이렇게 여성 비하에 대항하는 보복이나 여성의 우위 사상은 문학에서도 자주 전개되는데, 이와 관련한 괴테의 작품으로는 「타우리스의 이피게네이아」를 들 수 있다. 이 작품에서 여성의 영향으로 남자의 지배욕이 완화되는 신화가 전개되며, 이는 『파우스트』의 마지막 구절인 〈영원한 여성적인 것das Ewig-Weibliche〉(12110행)의 수용과 구현이다. 이 『파우스트』의 마지막 구절은 「타우리스의 이피게네이아」의 마지막에 자기의 누이 이피게네이아에 대한 오레스테스의 자랑에서 〈여성적인 것이 이성보다 우위〉라는 말로 더욱 구체화되고 있다.

135 다윗은 어느 날 저녁 무렵 소위 〈다윗의 30용사〉 중 한 사람인 우리야의 아내 바쎄바가 목욕하고 있는 것을 왕국의 지붕 위에서 보고, 이를 잉태시킨 후 불의를 감추기 위해 책략을 써 우리야를 전사시켰다. 바쎄바는 다윗의 아내가 되고 후에 현명한 왕 솔로몬의 어머니가 된다. 「사무엘하」 11장 참조.
136 안진태, 『엘리아데·신화·종교』, 고려대학교출판부, 2005, 532면 이하.

사내들에게 최고의 명성을 가져다주는 폭력과 간계도

이처럼 고결한 영혼의 진실 앞에서는 부끄러워할 것이고,

전하같이 고귀한 분께 바친 순수하고

순진한 믿음도 반드시 보답을 받을 것입니다. (2142~2145행)

또한 남성을 움직이게 하는 〈영원한 여성적인 것〉은 「타우리스의 이피게네이아」 중 필라데스의 언급에서 남성에 대한 여성의 우위 사상으로 집약된다.

여자인 것이 우리에게 큰 행운이지요.

남자는 제아무리 착해도 잔인한 행동에

익숙해져 처음에는 경멸하던 일을

결국에는 법칙으로 삼아 습관에 따라

가혹해지고 본성을 거의 알아볼 수 없게 되지요.

하지만 여자는 일편단심, 한번 먹은 마음을 언제나

그대로 유지하지요. 좋은 일이건 나쁜 일이건

여자를 믿는 게 더 확실해요. (786~793행)

행동 방식뿐 아니라 이 행동을 유도하는 것은 남성이 아니라 여성이라는 점에서, 남성은 여성 고유의 냉정한 이성을 요구받는다. 이러한 현상은 괴테의 희곡 「프로메테우스」의 판도라에서도 전개된다. 외적인 모습뿐 아니라 감정에서도 아름답고 고귀한 판도라는 프로메테우스와 대조되는 인물로 프로메테우스를 대화로 설득하고, 그의 사상을 보류시켜 드라마의 목적을 실현한다. 이러한 판도라처럼 이피게네이아는 여성으로서 박애주의를 구현한다.

이렇게 문학에서 자주 전개되는 남성을 인도하는 여성상은 실러의

시 「여성의 품위Würde der Frauen」에서 요약적으로 나타난다.

여성을 존중하라! 그들이 하늘의
장미를 지상의 삶 속에 짜 넣고,
사랑의 행복한 리본을 짜며
우아함으로 길들여진 장막 속에서
성스러운 손길로 아름다운 영혼의
영원한 불을 사르며 지킨다.
(……)
어머니의 소박한 오두막 속에서
그들은 순결한 예절을 지닌
경건한 자연의 진정한 딸들이다.

남성의 노력이란 분쇄 파괴적으로
적대적이며
난폭자로 쉬거나 멈추지 않고
인생을 종횡한다.
히드라 뱀의 머리가
영원히 떨어졌다 다시 생겨나듯,
자신의 창조를 다시 파괴하고
욕망의 싸움을 멈추지 않는다.

그러나 여성은 조용한 타이름으로
도덕의 황홀을 유지하고,
광란으로 타오르는 불화를 꺼주며
서로 적대 증오하는 세력을 지도하여

사랑의 형태로 서로 감싸도록 하고
영원히 서로간의 도피를 합쳐 준다.

실러는 광란적 남성의 갈등을 잠재우고 세파의 적대를 사랑으로 조
화시키는 인물로 여성을 내세운다. 마찬가지로 괴테와 그의 문학에서
도 여성들은 『파우스트』의 마지막 구절인 〈영원한 여성적인 것〉을 구
현하듯이, 괴테와 다른 남성에게 아름답고 숭고한 여성상이 되고 있
다. 괴테는 첫사랑 프리드리케와 헤어진 뒤 시 「제센하임의 노래」를
지었고, 두 번째 찾아온 사랑인 부프가 자신의 친구와 결혼해 떠나가
자 유명한 『젊은 베르테르의 슬픔』을 썼다. 25세 때 16세인 쇠네만Lili
Schönemann을 만나 약혼까지 했지만 양가의 반대로 결혼에 이르지 못해
마음의 상처가 매우 컸던 괴테는 스위스의 산천을 보며 시 「산상에서
Vom Berge」를 읊기도 했다.

그리운 릴리여, 그대를 사랑하지 않았던들,
아름다운 이 경치가 나에게 얼마나 큰 기쁨이었겠는가!
그러나 만약에 내가, 릴리여, 그대를 사랑하지 않았던들,
내가 행복을 어디서 발견했을 것인가?

이러한 여성 편력은 계속되어 바이마르 체류 시절에 괴테는 유부녀
슈타인과 사랑을 나누었고, 39세인 1788년에는 23세 꽃집 처녀 불피
우스Christiane Vulpius를 만나 사랑에 빠져 동거 생활 후 결혼식을 올렸
다. 1816년에 아내가 사망한 뒤 1923년 74세의 괴테는 19세의 어린 레
베초프Ulrike von Levetzow와 사랑을 나누게 된다. 늙은 괴테는 울리케
의 모친에게 딸을 달라고 부탁도 했지만 당사자가 망설이는 바람에 끝
내 결혼은 성사되지 못했고 이러한 배경에서 시 「마리엔바트의 비가(悲

歌)」가 생성되었다. 이러한 괴테의 다양한 여성 편력은 천박하지 않았고, 이해관계 없이 끊임없이 문학으로 승화되어서 그의 문학에 다양한 여성상으로 반영되었다.

괴테의 작품들에서 여성들에 의한 남성들의 정화는 이러한 여러 여성들의 힘으로 발전을 거듭한 괴테 자신의 투영으로 볼 수도 있다. 괴테는 자신과 관련한 〈여성적인 것〉을 끊임없이 문학으로 승화시킨 것이다. 따라서 괴테의 여성상은 작품에서 그레트헨과 헬레네를 위시하여 로테와 이피게네이아 등으로 전개된다. 『파우스트』에서 헬레네는 파우스트를 신화적으로 정화시키고 있다. 그리스 신화에서 트로이 전쟁의 원인이 되며 인류 역사상 최고의 미녀로 여겨지는 여성 헬레네는 제우스 신과 인간 레다의 딸이요, 카스토르와 폴리데우케스의 남매였다. 헬레네의 어머니인 레다는 스파르타의 틴다레오스의 왕비로서 그와의 사이에 죽을 운을 타고난 카스토르와 아가멤논의 아내가 되는 클리타임네스트라 두 자녀를 두었다. 또 아가멤논과 클리타임네스트라 사이에 순진무구한 딸인 이피게네이아가 탄생하는데 자세한 내용은 다음과 같다.

스파르타의 왕인 틴다레오스가 한때 고향에서 쫓겨나 칼리돈 왕 테스티오스를 찾아가서 신세를 지다가 그 왕녀 레다와 결혼하고 후에 영웅 헤라클레스의 조력으로 스파르타로 돌아와 왕위에 올라앉았다. 결혼 생활을 보호하는 신이면서도 경우에 따라서는 서슴지 않고 남의 유부녀까지 건드리는 제우스는 틴다레오스의 아내 레다도 건드리게 되었다. 어느 날 저녁 이 젊은 부인이 에우로타스 강에서 목욕을 하는데 눈부시게 흰 백조 한 마리가 둥실둥실 멋있게 물결을 타고 떠 온다. 백조의 모습으로 변한 제우스였다. 레다는 백조로 변한 제우스와 관계를 맺고, 그날 밤 자기 남편과도 동침한다. 그 후 레다는 백조 알 두 개를 낳았는데 하나는 제우스의 씨요, 하나는 남편의 씨였다. 제우스의 알에서 나온 자녀가 딸 헬레네와 아들 폴리데우케스이고 남편의 알에서 나온 자녀는 아들 카스토르와 딸 클리타임네스트라였다. 이들 두 명을 합쳐서 디오스쿠로이 형제라 부른다.[137] 이런 배경에서 레다는 아름다운 여성의 몸에 신의 신비를 지닌 인간으로 〈인간의 참모습과 가면〉, 〈이성과 감성〉, 〈지성과 반지성〉, 〈사랑과 전쟁〉을 일으키는 힘이 작용하여 그녀의 딸 헬레네는 신화 최고의 참화인 트로이 전쟁을 일으키게 하는 원인이 된다.

그리스 신화 속 영웅 펠레우스는 바다의 여신 테티스와 결혼하게 되었다. 테티스는 미녀였으나 아무도 그녀와 결혼하려는 신이 없었는데, 이는 그녀에 대한 신탁(神託)이 불길하기 때문이었다. 어느 신이나 테티스와 결혼하면 태어난 아이가 그 아버지를 죽인다는 신탁이었다. 따라서 신들이 그녀와의 결혼을 기피하자 그녀는 어쩔 수 없이 신이 아닌 인간인 펠레우스와 결혼하게 된 것이다. 결혼 연회식에 올림포스의 모든 신들이 초대되었으나 가는 곳마다 불화를 일으켜 언제나 흥을 깨뜨리는 불화의 여신 에리스만 초대되지 못했다. 그러나 이 사실을 모를 리 없는 불화의 여신 에리스는 잔치가 한창 무르익어 갈 무렵 잔칫상 위로 높이 날아와서 〈가장 아름다운 여신에게〉라는 글귀가 새겨진 황금 사과를 연회장에 몰래 던지고 사라졌다. 이 황금 사과를 둘러싸고 제우스의 부인인 헤라와 지혜의 여신 아테나, 사랑과 미의 여신 아프로디테 등 세 여신이 서로 자신이 〈가장 아름다운 여신〉이라고 주장하며 그 황금 사과를 요구하자, 판단을 내리기가 어렵게 된 주신 제우스는 인간의 가장 미남인 파리스에게 그 심판을 맡겼다. 파리스는 트로이의 성주인 프리아모스 왕의 아들이었다. 그가 태어나기 전에 프리아모스 왕의 왕비 헤카베가 꿈에 아이를 낳았는데, 그 아이는 태어나자마자 불덩이로 변하더니 온 나라도 불덩이로 변하였다. 신탁을 들어 보니,

137 『파우스트의 여성적 본질』, 211면 이하.

이 아이가 태어나면 장차 트로이 성이 화염에 불타 버릴 것이라는 내용이었다. 왕비는 왕과 의논하여 이 아이가 태어나자마자 이다 산에 버렸으나 암곰이 젖을 먹이고 후에 목동이 키워 산에서 살고 있었다.

헤라와 아테나와 아프로디테는 제각기 아름답게 치장을 하고 이다 산의 파리스를 찾아가 헤라는 전 아시아 지배권을, 아테나는 모든 전쟁터에서의 승리를, 아프로디테는 인류 최고의 미녀를 약속하며 자신을 선택해 줄 것을 부탁하였다. 이에 파리스는 아름다운 여인을 약속한 사랑과 미의 여신 아프로디테를 선택했고, 이 여신은 약속대로 그를 스파르타 왕 메넬라오스의 아내인 미녀 헬레네에게 안내했다. 스파르타 주민들의 열렬한 환영을 받은 파리스는 메넬라오스가 크레타 섬에 가 있는 동안에 아프로디테의 도움으로 헬레네를 유혹하여 스파르타를 빠져나왔다. 아내를 빼앗긴 메넬라오스는 형인 미케네의 왕 아가멤논을 총수로 추대하고 그리스의 영웅들을 모아 아내를 되찾기 위해 트로이 원정에 나서 10년간의 참혹한 트로이 전쟁이 발발하였다. 이러한 배경들이 『파우스트』의 제2부 제3막의 처음에 헬레네가 처음으로 등장하면서 행하는 독백에 담겨 있다.

칭찬도 많이 받고, 욕도 많이 먹은 헬레네입니다.
간신히 우리가 상륙한 바닷가에서 오는 길입니다.
아직도 거센 파도에 뒤흔들리는 듯 취해 있습니다.
프리기아의 평야를 떠나, 머리가 곧추서는 높다란 등을 타고
포세이돈의 은덕과 오이로스의 힘을 빌려,
간신히 조국의 후미에 당도하게 되었습니다.
저 밑에서는 지금 메넬라오스 왕이 그의 전사들 중에서
가장 용맹스러운 장수들과 개선을 축하하고 있습니다.
하지만 거룩한 궁전이여, 그대는 나를 반겨 맞아다오.

이것은 부왕 틴다레오스가 이국땅에서 돌아오셔서,

팔라스의 언덕 비탈진 근처에다 세우신 것입니다.

이곳은 자매인 클리타임네스트라와,

그리고 카스토르나 폴리데우케스와 즐겁게 노닐며 자라날 때,

스파르타의 어느 집보다도 찬란하게 단장을 했습니다.

그대들 청동의 문짝이여, 내게 인사를 해다오.

옛날에 많은 사람 속에서 간택된 내 앞에

메넬라오스님께서 신랑의 모습으로 눈부시게 나오셨을 때,

너희들은 손님을 맞아들이려는 듯 활짝 열렸지.

자, 이번에도 나를 위해 문을 열어 다오. 왕비의 몸에 어울리게

내가 급한 분부를 충분히 수행할 수 있도록

나를 안으로 들게 해다오! 그리고 여태껏 불길하게

나를 싸고 괴롭히던 것은 모조리 밖에 남아 있어라.

그럴 것이 내가 이 궁전의 문턱을 멋모르고 넘어서

거룩한 의무를 다하고자 키테라의 신전을 찾아갔다가

거기서 프리기아의 도둑한테 유괴를 당한 후,

여러 가지 일이 일어났는데,

그것이 자기에 관해서 있는 일 없는 일

마구 늘여서 이야기가 소설처럼 되어 버리면

누구나 듣기 싫어하니까요. (8488~8590행)

이상에서 보듯이 그리스 신화에서 10년 동안 무수한 전사들이 피
를 쏟았던 트로이 전쟁의 빌미를 제공한 것은 남편을 버리고 외간 남자
를 따라간 미녀 헬레네였다. 우리나라에도 고사성어 〈미인박명(美人薄
命)〉이라는 말이 있을 정도로 미는 불행을 야기하는 경우가 많아서, 미
녀 헬레네 역시 『파우스트』에서 어디를 가나 자신의 아름다움으로 야

기되는 비극을 한탄한다.

 슬픕니다. 이 내 몸이! 어디를 가나 남성들의
 가슴을 이렇게 유혹해서, 자기 자신과
 그 밖의 귀한 소임마저 등한시하게 만들다니,
 얼마나 혹독한 운명이 저를 따라다녔는지요.
 반신(半神)들, 영웅들. 제신(諸臣)들, 아니 악령들까지도
 나를 빼앗고, 유혹하고, 쟁탈전을 벌이고, 이리저리 잡아채어,
 안 간 데 없이 끌고 다녔습니다.
 홀몸으로 세상을 어지럽혔고, 이중의 몸으론 더욱 심했으며,
 이제 삼중, 사중의 몸으로 재앙에 재앙을 가져오고 있습니다. (9247~
 9255행)

 이러한 미녀 헬레네의 한탄처럼 아름다운 여성은 불행의 운명을 타
고나는 경우가 많다. 아름다움 때문에 죽음을 맞게 되기도 한다. 『파우
스트』에서 그레트헨의 죽음이나 역시 괴테의 소설 『친화력』에서 오틸
리에의 죽음에는 아름다움이 연계되어 있다. 이런 맥락에서 토마스 만
은 〈아름다움의 축복은 죽음의 축복이다〉[138]라고 했는데, 이는 아름다
움과 죽음은 서로 연관성이 있다는 의미로 〈미인박명〉을 연상시킨다.
이러한 죽음과 아름다움의 밀접한 관련성은 플라텐August von Platen의
시 「트리스탄Tristan」에도 잘 나타나 있다.

 아름다움을 눈으로 바라본 자는
 이미 죽음의 처분에 맡겨져 있고,

---

138 Thomas Mann, *Gesammelte Werke* in 13 Bänden, Bd. 10, Frankfurt/M., 1974, S. 197.

지상의 어떠한 직무에도 쓸모가 없네.
허나 그는 죽음 앞에서 몸을 떠네,
아름다움을 눈으로 바라본 자는.

영원히 사랑의 고통이 그에게 지속되네.
왜냐하면 바보만이 그러한 충동에
만족하기를 지상에서 바랄 수 있기에,
아름다움의 화살을 맞은 자에게
영원히 사랑의 고통이 지속되네.

아, 그는 샘처럼 병들어 눕고 싶어 하며,
대기의 향내에 독을 뿌리고 싶어 하며,
꽃들에게서마다 죽음의 향내를 맡고 싶어 하네.
아름다움을 눈으로 바라본 자는
아, 그는 샘처럼 병들어 눕고 싶어 하네.

이 시에서 암시되는 죽음과 아름다움의 결부야말로 예술적 유미주의의 기본 공식이다. 아름다움과 마찬가지로 출생, 부, 재능 등 좋은 조건을 타고난 여성은 자신이나 자신과 맺은 인간관계를 파괴시키는 충동에 사로잡히고, 재난을 야기하는 경우가 많다. 그녀는 아름다움을 성공과 쉽게 교환할 수 있지만, 이러한 성공의 조건에는 행복의 희생이 내재되어 있다. 따라서 아름다움으로 성공을 획득한 그녀는 더 이상 사랑을 할 수 없게 되고, 타인에 대한 사랑에 독약을 타고서 빈손으로 돌아오게 되는 경우가 많다. 또한 그녀는 아름다움의 특권을 내세워 교환 조건을 내세우기도 한다. 타고난 미를 자신 있게 내세우다가 자신의 가치를 내보여서는 안 된다는 일반적인 진리를 확신하게 될 쯤에야 선택의 불가능을 깨닫게 되는 것이다. 모든 것의 미래는 확실하지 않아서 중도에 다른 것으로 대체되기도 한다. 깊은 생각 없이 그녀는 매우 일찍 결혼하여 비속한 여건에 처하게 되고, 무한한 가능성까지도 포기함으로써 신적인 존재에서 인간으로 강등된다.

이러한 맥락에서 여성의 아름다움으로 세상을 요동치게 한 헬레네는 『파우스트』에서 〈도시를 파괴하는 악몽 같고 끔찍한 모습〉(8840행)의 여성상이 되기도 한다. 인류 역사상 최고의 미녀로 트로이 전쟁의 원인이 되는 헬레네의 아름다움에 관해 비제Benno von Wiese의 표현을 빌린다면, 그녀는 호메로스의 불멸의 작품 『일리아스』와 『오딧세이아』 이후 최고의 매력과 도취로 모든 남성에 대한 매혹의 상징이 되고 있다. 이러한 헬레네의 모습을 처음 보았을 때 파우스트의 반응은 다음과 같다.

나의 눈이 어찌 된 것은 아닌가? 미의 원천이
마음속 깊은 곳에서 넘쳐흐르는 것인가?
무시무시한 이번 여행이 가장 성스러운 이득을 가져왔구나.
지금까지 이 세상은 나에게 얼마나 무의미하게 닫혀 있었던가!
이제야 비로소 바람직하고 근본이 있고 영속적이 되었도다!
내가 만약 너를 다시 잃는다면
나의 생명의 호흡이 끊어져도 좋다!
한때 나의 마음을 사로잡아,
마술의 영상으로 나를 기쁘게 했던
아름다운 모습은 한낱 미의 허상에 불과했도다,
너야말로 정녕 나의 온 힘과
정열, 애착과 사랑, 그리고
사모와 광란의 대상이로다. (6487~6500행)

이렇게 파우스트는 여성의 미에 대한 감성이 강하다. 작품 제1부에서 그레트헨의 아름다움에 반했을 때의 파우스트는 〈당신의 눈초리, 말 한마디는 이 세상의 어떤 지혜보다 더 즐겁다오〉(『초고파우스트 Ur-faust』 931~932행)라고 말할 정도로 그레트헨의 미에 대한 반응 역시 헬레네의 미에 대한 반응 못지않게 강렬했다.

정말 아름다운 아이야!
단정하고 의젓하면서,
또 약간 새침한 기색도 있단 말이야.
붉은 입술, 윤기 흐르는 두 뺨,
세상에 살면서 어찌 그걸 잊을 수 있으랴!
그 애가 눈을 아래로 살짝 내리뜬 모습은
나의 가슴에 깊이 아로새겨졌다.
그 애가 톡 쏘아 뿌리치는 모습이
정말 귀엽기 짝이 없구나. (2609~2618행)

이러한 미는 근원적으로 동물적 본능에 따른 것인지도 모른다. 동물도 새끼 중에 가장 못난 놈을 외면하고 도태시키며 튼튼한 놈을 선택해 자원을 몰아준다. 사람의 〈잘생겼다〉는 기준도 균형 잡힌 생김새를 의미하므로 짐승으로 치면 잘나고 건강한 놈이다. 이러한 그레트헨의 미에 가까워질수록 조급하고 안정감을 찾지 못하고 정염(情炎)의 화신이 되어 가는 파우스트는 다음과 같이 독백하기도 한다.

그자는 네 가슴속에 저 아름다운 모습을 향한
거친 불길을 부산하게 부채질하고 있다.
그리하여 나는 욕구로부터 향락으로 비틀거리며,

또한 향락 속에서 욕구를 애타게 그리워하고 있노라. (3247~3250행)

그레트헨의 미는 청순함으로 상승되지만 헬레네는 관능의 화신이 되어 파우스트에게 강렬하게 작용한다. 이러한 헬레네의 미는 〈전군대가 온순해지고, 칼들이 모두 무디어지고, 무기력해지게 할 정도〉(9350~9351행)이며, 〈모든 분노〉를 억제시키기도 한다.

오오, 훌륭하신 왕비시여!
임이 지니신 그지없이 좋은 보배!
가장 큰 복은 임 한 분에게 주어졌어요.
미인이란 명성은 무엇보다 뛰어난 것입니다.
영웅들은 이름을 자자하게 앞세우며
뽐내고 길을 걷지만,
모든 것을 무찌르는 미인 앞에서는
고집 센 사나이도 뜻을 굽힌답니다. (8516~8523행)

따라서 그리스의 아리스토파네스Aristophanes가 집필한 희극 「뤼시스트라테Lysistrate」에는 〈아닌 게 아니라 메넬라오스도 헬레네의 드러난 젖가슴을 보자, 손에서 칼을 내던졌다고 했지〉(155~156행)라고 서술되어 있다. 이러한 관점에서 볼 때 〈미(美)가 무(武)보다 강하다〉는 내용이 호소력을 얻는다. 트로이 전쟁이 끝나고 스파르타의 왕인 메넬라오스가 자신을 배신하고 달아났던 헬레네와 마주치자 복수에 대한 이념보다도 그녀의 미에 자극되어 그녀를 죽이지 못했다는 내용은 남성적인 복수심도 여성의 매력을 극복할 수가 없어서 〈미가 무보다 강하다〉는 내용을 확인시켜 준다. 또한 〈당신의 눈초리, 말 한마디는 이 세상의 어떤 지혜보다 더 즐겁다오〉라는 언급에서 〈미는 지혜보다 강하다〉

는 의미도 설득력을 얻는다. 이렇게 성애의 욕망이 전쟁이나 지혜 등 어떤 상황도 압도하는 내용은 신화와 문학 등에서 다양하게 전개되고 있다. 여성미와 매력의 극치가 되는 헬레네는, 넓은 의미로 말한다면 단순한 여성미를 초월한 최고의 미의 상징으로 보아야 한다.

이러한 여성상이 괴테의 문학에 다양하게 전개되는데 여기에서 〈어머니상〉이 특히 대표적이다. 〈지상 최고의 선〉으로 평가받는 아름다움을 괴테는 〈어머니상〉에 연결시키고 있다. 괴테의 작품들에서 주인공들의 발전에 미치는 여주인공 그레트헨과 헬레네, 로테, 오틸리에, 이피게네이아에서 나타나는 여성적 영향의 최고의 차원은 모성의 현상이다. 『파우스트』에서는 첫 번째 주인공인 그레트헨의 어머니상으로 시작하여 작품의 마지막 구절인 〈영원한 여성적인 것Das Ewig-Weibliche〉으로 끝나면서 여성의 원천인 어머니상에 지배된다. 이러한 배경에서 파우스트는 〈그레트헨-헬레네-영광의 성모Mater Glorisa-영원한 여성적인 것〉의 과정으로, 즉 구체적인 여성상에서 점차로 추상적이고 고차적인 여성상으로 발전하여 여성의 원천인 〈어머니상〉으로 상승하게 된다.

세상을 다스리는 지고한 여왕이시여!
넓게 펼쳐진 푸른
하늘의 천막 속에서,
당신의 신비를 보게 해주소서.
이 사나이의 가슴을 진지하게
또 부드럽게 요동시키며,
거룩한 사랑의 기쁨을 지니고
당신께 바치도록 허락하여 주소서.
당신께서 숭고한 명을 내리신다면

우리의 용기는 억제할 수 없을 것이며,

당신이 우리를 만족게 하여 주시면

불타는 마음도 당장에 진정될 것이옵니다.

가장 아름다운 의미에서 순결하신 동정녀,

온갖 존경을 받아야 할 〈어머니〉,

우리를 위하여 선택되신 여왕,

모든 신들과 동등한 분이시여. (11997~12012행)

참회하는 모든 연약한 자들아,

거룩하신 신의 섭리를 따라

감사하며 스스로를 변용시키기 위해,

저 구원자의 눈길을 우러러보라.

보다 선한 뜻을 지닌 사람들이 모두

당신을 받들어 모시도록 하옵시고,

동정녀여, 〈어머니〉여, 여왕이시여,

여신이시여, 길이 은혜를 베풀어 주소서! (12096~12103행)

이렇게 선의 최상의 수준을 〈어머니상〉에 연관시킨 괴테는 나중에 제자에게 〈플루타르코스나 고대 그리스에서 어머니상을 발견하고 개작했다〉[139]고 시사한 일이 있다. 〈어머니들을 신성으로 다루는 이야기는 플루타르코스에서나 고대 그리스에서 볼 수 있습니다. 내가 전설에서 얻은 것은 이것이 전부고, 그 밖에는 나 자신의 창안입니다. 이 원고를 드릴 테니 집으로 가지고 가서 전체를 잘 연구하여 어디까지 소화할 수 있는가 시험해 보십시오.〉[140] 거기에는 〈시칠리아에 있는 어느 거리

---

139 Johann P. Eckermann, *Gespräche mit Goethe*, 10. Januar, 1830.
140 같은 책.

가 어머니들로 존경을 받는 여신들에 의해 유명해졌다〉[141]고 쓰여 있었다. 이렇게 플루타르코스에서의 〈어머니들〉은 괴테의 독창적인 신화이거나 독자적인 세계관의 표현이다.

이러한 〈어머니상〉은 쉽게 접근할 수 없고, 쉽게 얻을 수도 없어서 〈위험을 내포하여〉 신비스럽기까지 하다. 따라서 『파우스트』에서 어머니들은 〈위험한 곳〉으로 상징된다.

> 향로의 불빛을 받아 어머니들을 보게 될 터인데,
> 앉아 있는 이도 있고 서 있는 이도 있으며,
> 방금 오는 것처럼 걸어가기도 할 것이오.
> 형상이 생기기도 하고 형상을 바꾸기도 하며,
> 영원한 의미의 영원한 유희를 하고 있을 것이오.
> 주위에는 온갖 피조물의 영상이 떠돌고 있지만,
> 어머니들의 당신을 보지 못할 것이오.
> 그림자만 볼 수 있기 때문이지요.
> 그러나 〈위험이 크니〉 마음을 단단히 가다듬고,
> 저 삼발이 향로 있는 데로 곧장 걸어가서는,
> 이 열쇠로 그 향로를 건드리도록 하시오! (6285~6293행)

이러한 메피스토펠레스의 말에 따라 파우스트는 발을 구르면서 내려간다. 파우스트가 과연 무사하게 돌아오게 될지 악마 메피스토펠레스조차 확언할 수 없는 이 어려운 사업은 예술 창조의 고난을 뜻한다. 이 내용의 어머니들의 모습인 〈앉고sitzen〉, 〈서고stehen〉, 〈가고gehen〉 등의 표현은 돌, 식물과 동물의 모습을 상징하며 움직이고, 형상화되고, 정지되어 있는 어머니들의 모습의 예측 불가능성을 나타낸다.[142]

---

141 Emil Staiger, *Goethe 1814~1832*, Zürich, 1959, S. 300.

모성적인 내용은 『젊은 베르테르의 슬픔』의 로테에서도 나타나고 있다. 『젊은 베르테르의 슬픔』 제1부에서의 베르테르의 동정에 대한 호소가 제2부에서 주인공의 비극적 운명을 예감하게 한다. 행복스러운 여름 등 긍정적 요소들이 불행으로 변하는 두 번째 해가 주인공의 몰락을 암시하는 것이다. 로테를 알고 완전히 매혹된 베르테르는 〈이지적이면서도 소박하고, 똑똑하면서도 상냥하며, 활발하고 활동적이면서도 영혼의 평안을 잃지 않고 있다〉(L 19)며 그녀의 지덕체와 미모 모두를 찬양한다. 특히 로테가 자기의 어린 동생을 자연스럽게 돌보고 자신의 의무를 수행하는 모습에 감동하는데, 이러한 행위 속에는 〈소녀는 가사와 매일의 필수적인 일에 유용한 모습보다 더 아름답게 장식될 수 없다〉는 오랜 가부장적 개념도 담겨 있다.[143] 세상을 떠난 어머니를 대신해서 여덟 명의 동생들에게 빵을 나누어 주는 가정적인 로테는 〈지금껏 본 적이 없는 매혹적인 광경〉(L 21)을 보여 주며 베르테르에게 시민 가정의 이상적인 신부감으로 각인된다.

이러한 여성상이 『파우스트』에서는 더 높고 더 청명한 경지로 상승하는데, 이 최상의 단계는 중성 명사의 〈영원한 여성적인 것*Das Ewig-Weibliche*〉이라고 불리는 경지이다. 당시 3세기에 걸친 종교와 학문적 세계의 발견으로 신의 거룩함을 위협할 정도까지 성장한 파우스트 같은 인물의 비인간성을, 괴테는 여성의 최고의 경지인 〈영원한 여성적인 것〉과 결합시키는 것이다.[144]

영광의 성모 자, 이리 오너라! 보다 높은 하늘로 오르라!

---

142 안진태, 「괴테의 『파우스트』에서 어머니상」, 『독일 문학』 65집, 1998, 78면 이하 참조.

143 Stefan Blessin, *Die Romane Goethes*, Königstein, 1979, S. 286.

144 Carl G. Jung, *Welt der Psyche*, Frankfurt/M., 1990, S. 52.

그 삶도 너를 알아차리면 뒤따라오리라.

마리아 숭배의 박사 (얼굴을 들어 기도를 올리며)참회하는 모든 연약한 자
들아,

거룩하신 신의 섭리를 따라

감사하며 스스로를 변용시키기 위해,

저 구원자의 눈길을 우러러보라.

보다 선한 뜻을 지닌 사람들이 모두

당신을 받들어 모시도록 하옵시고,

동정녀여, 어머니여, 여왕이시여,

여신이시여, 길이 은혜를 베풀어 주소서!

신비의 합창 일체의 무상한 것은

한낱 비유일 따름이다.

일체의 불완전한 일이,

여기에서는 완전한 사실이 된다.

형언할 수 없는 것도

여기에서는 이루어졌도다.

영원한 여성적인 것이

우리를 이끌어 올리는도다. (12094~12111행)

이렇게 괴테 자신뿐 아니라 작품의 주인공인 파우스트나 베르테르
등이 여러 여성의 단계로 인해서 정화되듯이 괴테의 소설『친화력』에서
도 남성 주인공 에두아르트는 그의 영원한 여성상인 오틸리에에 의해
순화된다. 인간은 본래 자연의 위력으로부터 벗어나기가 어려운데, 특
히 사랑에 빠졌을 때는 더욱 힘들다. 그러나 자연의 위력 앞에 인간이
취할 수 있는 태도는 다양하다. 『친화력』에서 충동에만 이끌리는 에두
아르트가 운명을 행복의 미소로 착각하는 것은 자제심과 결단력이 빈

약하기 때문이다. 전쟁터에서는 무공 훈장까지 탈 정도로 용감했지만 자신을 운명의 소용돌이 속으로 끌어들이는 마력에는 속수무책인 것이다. 이 마력을 극복하는 데 필요한 정신력은 에두아르트에게서 기대할 수 없고, 오틸리에의 고차원적 결단만이 죄로 가득 찬 그의 희망에 종지부를 찍을 수 있다.[145]

이렇게 괴테 자신을 위시하여 그의 남성 주인공 파우스트 및 에두아르트 등이 여성에 의해 정화되는 내용은 독일 남성이 항상 여성을 통하여 정화되고 향상되었던 고대 게르만 시대의 전통을 답습한다.[146] 파우스트가 헬레네를 찾아가는 과정은 마치 호메로스의 영웅 오딧세우스가 고향에 있는 그의 아내 페넬로페를 찾아가는 과정과 비슷하고, 「고전적 발푸르기스의 밤」의 자연적 분위기는 『오딧세이아』의 그것과 비슷하다. 다만 『오딧세이아』에서는 영웅 오딧세우스가 고향 이타카로 가는 도중에 온갖 고난을 극복해야 하는 데 비해서 헬레네를 찾아가는 파우스트의 길은 매우 순탄하다. 오딧세우스가 온갖 역경을 무릅쓰고 고향에 가려는 것은 두말할 필요도 없이 사랑하는 아내 페넬로페를 만나기 위해서이다. 오딧세우스에게 있어 10여 년간 생이별한 페넬로페를 다시 만나는 일은 목숨보다 더 소중하다. 이에 비추어 볼 때, 헬레네는 파우스트에게 어떤 존재이기에 그는 멀리 그리스까지 가서 그녀를 찾아 헤매고 있는가 하는 의문이 대두되기도 한다.

145 Johann Wolfgang von Goethe, *Die Wahlverwandtschaften*, Roman, Reclam, Stuttgart, S. 12 참조.

146 박찬기, 『독일문학사』, 일지사, 1984, 189면.

제2장

『파우스트』에서 문명의 비평

문화의 두 개념은 문명Zivilisation과 야생Wildnis이다. 이들과 연관하여 〈서양은 역사가 진행되면서 더욱 문명화되었다〉는 언급이 엘리아스 Norbert Elias의 저서 『문명의 과정Über den Prozeß der Zivilisation』 서문에 들어 있다. 〈이러한 내용의 가치는 확실히 중요하지만, 그 언급의 사실성은 명백하지 않다.〉[1] 역사는 긍정적인 관점에서 〈발전의 과정〉으로 이해되지만, 여기에서 발생한 결과는 부정적으로 간주되는 경우가 많기에 〈역사는 심미적으로 말소된다〉라고 언급되기도 한다. 이러한 이유에서 미적 모더니즘은 자주 비도덕적이며 퇴폐적이라고 비난받기도 한다.[2] 여기에서 야생과 문명 사이의 경계가 명백하지 않고, 문화와 구별될 수 없게 된 자연은 단지 이념적으로 표현된다.

주어진 또는 쟁취된 어떤 것으로도 충족될 수 없는 욕구는 인간의 삶을 끝없는 추구와 행동으로 유혹한다. 이러한 욕구가 절제되거나 포

---

1 Norbert Elias, *Über den Prozeß der Zivilisation*, 2 Bde., Frankfurt/M., 1977, 3. Auflage; hier Bd., 1, VIII.

2 하인츠 보러, 『절대적 현존』, 최문규 옮김, 문학동네, 1998, 216~231면 참조.

제2장 『파우스트』에서 문명의 비평 143

기되지 않는 한, 즉 욕구로서 존재하는 한 인간은 이 욕구를 충족시키기 위해 노력하고 행동하기 마련이다. 이처럼 삶은 항상 욕구에 따라 행동하기에 〈멈춤〉이나 〈안주〉 등은 인간의 원칙에 역행되며, 끊임없는 발전만이 거듭될 뿐이다. 문학에서 〈멈춤〉과 〈안주〉를 증오하는 인물로 괴테의 『파우스트』의 주인공 파우스트를 들 수 있다. 〈한계 돌파의 대가〉[3]인 파우스트에게 〈멈춤〉은 생각될 수도 없고 〈앞으로 돌진〉만 있을 뿐이다. 따라서 〈감정이 위로, 그리고 앞으로의 돌진은 모든 사람들에게 타고난 것이다〉(1092~1093행)라고 말하는 파우스트는 〈운명적으로 항상 거침없이 앞으로 돌진하는 정신〉(1856~1857행)이다. 이렇게 욕구가 강한 파우스트가 개발하는 문명 등은 긍정적이면서도 부정적으로 발전하여 현대의 문명에 주는 교훈이 있어, 이러한 괴테의 이념에 근거한 문명관을 고찰해 보고자 한다.

1. 문명의 문학적 수용

전 세계에서 독일의 업적, 즉 독일 정신이 세계에 기여한 이념은 유럽 문명의 이념과 모순된다. 독일적 이념은 문명화의 도중에 소멸될 우려가 있는 갖가지의 가치를 구제할 사명을 지닌다. 즉 독일 정신은 만연해 가는 기계주의에 대한 창조적인 유기적인 생명을, 이성의 지배에 대한 비이지적 영성(靈性)을, 실용적 유물론에 대한 이데아를, 매너리즘에 대한 숭고한 가치를, 회의주의에 대한 경건주의를, 경험론에 대한 형이상학을 대치시킨다.[4]

---

3 Ernst Bloch, *Das Prinzip Hoffnung*, Frankfurt/M., 1959, S. 1188.

4 Fritz Strich, Weltliteratur und vergleichende Literaturgeschichte, in: Emil Ermatinger(Hg.), *Philosophie der Literaturwissenschaft*, Berlin, 1930, S. 35.

기원전 8세기에서 3세기 사이 공자, 맹자, 노자, 부처, 소크라테스, 플라톤, 아리스토텔레스 같은 생각의 대가들이 세계적으로 쏟아져 나왔다면 17~18세기에는 칸트, 헤겔, 쇼펜하우어, 베토벤, 괴테 같은 많은 걸출한 인물이 독일을 중심으로 배출되었으며, 이러한 독일적인 현상에서 독일 특유의 문학도 생겨났다.

독일에서 클롭슈토크Friedrich G. Klopstock에 의해 종래에 보지 못하던 참신한 민족 문학이 발생하자 수많은 젊은 작가들이 그의 뒤를 따랐다. 주로 괴팅겐의 대학생들과 그 도시의 부근에 사는 시인들이었는데, 그들이 모여서 시사(詩社)를 결성하기에 이르렀다. 포스Johann H. Voß를 선두로 밀러Martin Miller, 보예Heinrich C. Boje, 민요조의 시인 횔티Ludwig Hölty 및 한Johann Hahn 등을 필두로, 후에는 괴테의 친구가 된 슈톨베르크 백작 형제Christian und Friedrich Graf von Stolberg, 라이제비츠 Johann A. Leisewitz 등이 참여했으며, 꿈과 현실이 섞인 담시 「레노레Lenore」의 작가 뷔르거Gottfried A. Bürger와 서정시인 클라우디우스Marthias Claudius도 그들과 밀접한 관계를 가졌다.

이들은 〈괴팅겐 숲의 시사Göttingener Hainbund〉라는 이름으로 1772년 시인 동맹을 결성하여 주로 클롭슈토크에 대한 감성을 이어받았으며, 클롭슈토크가 〈숲Hain〉이라는 말로 독일 문단을 상징하였기 때문에 스스로를 〈숲의 시사Hainbund〉라고 칭하게 되었다. 이 〈숲의 시사〉의 강령과 이상인 도의(道義), 종교, 영원한 우정, 조국애, 프랑스에 대한 증오, 빌란트Christoph M. Wieland의 관능적인 문학에 대한 반감 등은 클롭슈토크에 대한 찬미로 발전되어 갔다.[5] 클롭슈토크는 계몽주의를 빌란트와 정반대의 방향으로 이끌어 독일적인 순수 감정의 문학으로 형성하였다.

이러한 〈괴팅겐 숲의 시사〉의 일원이었던 슈톨베르크Friedrich Leopold

5 박찬기, 『독일문학사』, 일지사, 1984, 112면 이하.

von Stolberg에 의해 1788년 문명에서 벗어난 목가적인 유토피아가 소설 『섬*Die Insel*』에서 전개되었고, 같은 해에 피에르Bernhardin de St. Pierre의 『폴과 비르지니*Paul et Virginie*』가 발간되었으며, 샤토브리앙François-René de Chateaubriand의 소설 『아탈라*Atala*』와 『르네*René*』가 집필되어 오늘날까지 전해 내려오고 있다.[6] 이러한 시대 흐름을 인식하여 문명에 대한 비평으로 독일 문학과 철학 등에 영향을 미친 루소도 돋보인다.

〈자연으로 돌아가라〉라는 루소의 명언은 일반적으로 문명이 아닌 곳으로 돌아가라는 의미로 이해되지만 정확한 진의에 대해서는 논란이 많다. 『사회 계약론』에서 〈인간은 자유롭게 태어났지만 사회의 쇠사슬에 묶여 있다〉고 언급한 루소는 문명을 거부하지는 않았고, 자유롭고 평등하지 못한 문명 사회를 비판하며 새로운 대안을 제시했다. 〈자연으로 돌아가라〉의 자연*natura*은 본성을 의미하기에 곧 천부적·자연권적인 자유와 평등을 암시한다. 물론 이러한 루소의 천부적·자연권적인 자유와 평등에 대한 반론도 만만치 않다.

미국의 문화 인류학자 섀그넌Napoleon Chagnon의 『고결한 야만인*Noble Savages*』은 아마존 밀림 속의 원시 부족 야노마뫼족을 대상으로 사회의 기원과 인간 종의 본성을 파헤쳤다. 그는 30년 이상 조사를 벌인 끝에 〈자연 상태에서 더없이 행복하고 비폭력적이며 이타적〉이라는 루소의 말과 달리 인간은 만성적인 폭력과 전쟁의 위험에 노출되어 있어서 〈만인에 대한 만인의 투쟁〉을 역설한 홉스Thomas Hobbes의 주장에 더 가깝다는 결론을 얻었다. 결국 루소의 〈고결한 야만인〉 개념은 몽상에 불과하다는 것이다. 이러한 여러 반론에도 불구하고 루소는 〈자연으로 돌아가라〉라는 역설로, 자연은 낭만성과 야성이 아니라 평화롭고 자유로운 평등한 사회임을 주장한다. 이렇게 사회 윤리를 탐구한 루소

---

6 Wolfgang Reif, *Zivilisationsflucht und literarische Wunschräume*, Stuttgart, 1975 참조; Thomas Lange, *Idyllische und exotische Sehnsucht*, Frankfurt/M., 1974.

는 〈자연은 인간을 선량하고 자유롭고 행복하게 만드는데, 사회가 인간을 사악, 노예, 불행으로 몰아넣는다〉고 보았고, 저작을 통해 개인과 사회를 회복하려는 의지를 보여 주어 철학과 정치와 교육 전반에 걸쳐 깊고 넓은 영향을 미쳤다.

문학에서도 두각을 나타낸 루소의 영향으로 문명을 비판하는 문학이 증대되었다. 인간의 역사가 발달하면서 문명도 확산되었다는 가치관이 옳지 않다는 의식은 무엇보다도 문학의 공으로 돌릴 수 있다. 〈우리가 아직도 야만인인 이유는 무엇인가?〉라는 질문을 제시한 실러는 저서 『인간의 미적 교육에 대한 서신*Die Briefe über die ästhetische Erziehung des Menschen*』에서 그 답변을 전개시키고 있다.[7] 실러는 〈미개인*die Wilden*〉과 〈야만인*die Barbaren*〉을 구별하면서 미개인을 원시인*die Primitiven*으로, 야만인을 문명인*die Zivilisierten*으로 이해하여 문명은 휴머니티와 야만을 동시에 지닌다고 보았다. 따라서 실러는 계몽주의와 프랑스 혁명 등 과격한 혁명이 횡행했던 자신의 시대를 〈문명화된 야만*zivilisierte Barbarei*〉으로 보았다.

서구 문명의 확산은 특히 항해술의 발전으로 급속화되었다. 18세기 항해술의 급격한 발전으로 선박으로 세계의 여행이 보편화되었는데, 이러한 항해술은 특히 위도와 경도의 확립으로 획기적으로 발전되었다. 항해 지구전도 위에 가로와 세로로 그어진 위도와 경도는 가상의 선(線)으로 항해 편의를 위해 만들어졌다. 오늘날은 쉽게 위도와 경도를 알 수 있지만 16~17세기에는 그렇지 못했다. 배들이 엄청난 사람과 황금, 물자를 싣고 신대륙을 오가면서도 해도와 나침반만으로는 망망대해 어디에 떠 있는지 알 도리가 없었기에 좌초되는 경우가 잦았다. 적도를 0으로 잡고 연중 태양이 움직이는 범위에서 각각 북회귀선과 남회귀선을 정한 다음 북극과 남극 방향으로 동심원을 그려 나가면

---

7 Hans-Georg Pott, *Die Schöne Freiheit*, München, 1980 참조.

위도가 된다. 문제는 경도였다. 바다에서 경도를 알아내려면 배가 있는 곳의 시각과 그 순간의 모항(母港)이나 경도가 확실한 어느 한 지점의 시각을 동시에 알아야 했다. 항해자는 그 시차를 거리로 환산해 경도를 계산해 낼 수 있었지만, 이 시각에 조금만 오차가 나도 거리는 엄청나게 벌어졌다. 경도 문제에 골치를 썩이던 영국은 1714년 경도법을 제정해 경도를 측정하는 방법을 찾아내는 사람에게 당시 2만 파운드의 거금을 주기로 했는데 이것이 〈경도상Longitude Prize〉이다. 상금은 효과를 발휘하여 뉴턴도 해결이 불가능하다고 보았던 이 문제의 해결로 세계 어느 곳에서나 정확한 시간을 유지하는 해상 시계가 발명되었는데, 그 주인공은 정식 교육도 받지 않은 시계공 존 해리슨John Harrison이었다.[8]

이러한 경도와 위도의 개발 등으로 항해술이 진보하면서 문명도 급작스럽게 발전하였다. 이렇게 발전한 문명을 비평하는 문학이나 성찰이 괴테와 실러 등이 살았던 18세기에 싹트기 시작했는데, 이는 16세기와 17세기의 지리적 발견 후 18세기에 노예 산업 시장이 세계적으로 확산되면서 문명이 보편화되었기 때문이다.[9] 따라서 문명은 문학에서 비평되기도 했으며, 특히 18세기 중엽 이후 선박이 더 이상 약탈과 노획을 할 수 없게 되고, 이를 대체할 수단도 없게 되자 비평은 심해져 갔다. 이렇게 무역의 발전과 쇠퇴 과정이 괴테의 『파우스트』에서도 전개되어 파우스트의 무역 선단이 때로는 교역을, 때로는 해적질도 한다. 따라서 악마 메피스토펠레스는 〈내가 항해에 문외한인지 모르겠지만, 전쟁과 무역과 해적질은 삼위일체로서 떼어 놓을 수가 없다〉(11186~11188행)고 되뇐다. 전쟁, 교역 그리고 해적질은 분리될 수 없다는 것이다.

8 정성희, 〈인류 난제와 경도상〉, 「동아일보」, 2014년 6월 28일 자 참조.
9 Karl Marx, *Das Kapital*, Bd. 1, Berlin, 1972, S. 787 참조.

이 시기에는 인물보다 사건에 더 큰 비중을 두는 탐험 소설 또는 여행 소설이 번창했다. 이러한 작품들에서 서사 작가들은 인간의 쾌락을 허구적으로 자유분방하게 전개시켰는데, 그 예로 세르반테스Miguel de Cervantes의 『돈키호테Don Quixote』, 그리멜스하우젠Johann J. C. von Grimmelshausen의 『모험가 짐플리치시무스Der abenteuerliche Simplicissimus』, 토마스 만의 『사기사 펠릭스 크룰의 고백Bekenntnisse des Hochstaplers Felix Krull』 등을 들 수 있다. 이어서 1719년의 영국의 소설가 디포Daniel Defoe의 『로빈슨 크루소의 삶과 낯설고 놀라운 탐험The Life and Strange Surprising Adventures of Robinson Crusoe』과 더불어 1731년과 1743년 사이에 슈나벨Johann G. Schnabel에 의해 4권으로 간행된 『몇몇 항해자들의 기이한 운명Wunderliche Fata einiger See-Fahrer』 등이 발간되었다. 슈나벨의 작품은 1828년에 티크Ludwig Tieck의 『바위성의 섬Die Insel Felsenburg』으로 개작되어 대단한 찬사를 받았는데, 이 작품은 몇 명의 여성을 포함한 항해자들이 무인도에서 풍부한 자연의 혜택으로 낙원과 같은 소국가를 건설해 가는 과정을 보여 준다. 티크의 또 다른 소설 『프란츠 슈테른발트의 방랑Franz Sternbalds Wanderungen』에서 예술성을 향상시키고자 하는 화가 슈테른발트는 모험적 여행으로 자신의 내적 세계를 새롭게 한다.

1831년 12월 27일은 진화론으로 인류의 기원에 대한 인식을 바꾼 다윈Charles Darwin이 비글호를 타고 항해를 시작한 날이다. 영국의 부유한 의사 집안에서 태어났으나 일찍 어머니를 여의고 누이들 손에 성장한 다윈은 1825년 에든버러 의대에 들어갔으나 적응하지 못하고 식물 채집 및 분류, 동물 박제 만들기 등에 더 열중했다. 의대를 중퇴하고 케임브리지 신학 대학에 들어간 그는 거기서 스승인 박물학자 존 스티븐스 헨슬로John Stevens Henslow를 만났다. 헨슬로의 추천과 설득으로 아버지의 강한 반대를 무릅쓰고 로버트 피츠로이 선장이 이끄는 해군의 관측 및 탐험선 비글호에 승선하는 데 성공했다. 영국 플리머스 항을 출발해 브라질에서 칠레에 이르는 남아메리카를 돌고 태평양을 횡단해 호주, 아프리카 남단을 거쳐 영국으로 돌아오는 5년간의 대장정이었다. 이 기간 내내 지질학, 박물학 연구를 계속했다. 갈라파고스 제도의 새 형태 변이 등은 진화론 수립에 결정적 계기가 되어 1859년『종의 기원』을 발표하며 자연 선택설에 입각한 생물 진화론을 제시했다. 진화론을 두고 발칵 뒤집힌 유럽 사회는 이후 격렬한 논쟁에 휘말렸으나 지성계에서 진화론 지지자는 갈수록 늘어났다.

이렇게 항해 선박에 학자나 작가들이 승선하여 현실을 목격한 것도 새로운 세계를 동경하게 하는 또 다른 배경이 되는데, 또 하나의 예로 쿡James Cook의 두 번째 세계 여행(1772~1775)에 독일의 학자 라인홀트 포르스터Johann Reinhold Forster와 학자인 그의 아들 게오르크 포르스터 Johann Georg Forster가 동참하였다. 라인하르트의 이 여행에 대한 기록은 지식인층의 관심을 끌었고, 문명에서 벗어난 이국적인 것을 향한 관심을 불러일으켜 현대의 인류학과 민족학의 생성에 기여하였다.

이렇게 만족을 모르는 〈앞으로의 돌진〉은 질풍노도 시대의 전반적인 분위기로『파우스트』에서도 〈그의 영원한 배고픔, 그의 탐욕의 입술 앞에 진수성찬과 술이 어른거리게 하리라〉(1863~1864행)라는 대사로 피력되고, 실러 역시「청년과 노인Der Jüngling und der Greis」에서 〈끊임없는 추구는 영혼의 요소다. 만족이라는 단어에서는 존재의 영원한 사다리의 단계가 조각나 버린다. 이 목마름, 이 불안, 나의 미약함에 대한 나의 고통, 이것들이 나의 고귀함을 결정해 준다. 나는 단지 하나의 인간임을 한탄한다. 신이 될 수 있음에 환호하노라〉[10]라고 서술하고 있다. 이렇게 발전을 위한 전진을 앞세운 파우스트는 새로운 삶의 행로들을 개척하면서 미지의 바다로 나가 새로운 땅을 개척하거나 개간한다.

10 Friedrich Schiller, *Werke*, Bd. 5, S. 333.

지상의 아들들 중
강한 자여,
더 찬란하게
세계를 다시 세우시오,
그대 가슴속에 일으켜 세우시오!
밝은 의식으로
새로운 삶의 행로를
시작하시오,
그러면 새로운 노래
그 위에 울려 퍼지리라! (1617~1626행)

이런 배경에서 『파우스트』 제2부는 19세기 유럽의 자본주의적 산업 사회에 대한 괴테의 분석과 묘사로 해석되기도 한다. 여기에서 파우스트의 미래 비전은 산업 사회의 역사적 현실의 틀에서 언급된다. 간척 사업을 진행하는 파우스트가 현대의 자본주의적 사업가로 조망되는 것이다.[11]

파우스트의 〈앞으로 발전〉 이념을 니체는 독일 정신의 현상으로 보았다. 〈우리 독일인들은 모두 헤겔주의자들이다. 우리는 (라틴 민족과 반대로) 지금 존재하는 것보다 앞으로의 발전에 본능적으로 더 깊은 의미와 가치를 부여한다.〉[12] 헤겔의 역사 철학적 발전론에 따르면 역사에서는 업적을 이룰 수 있는 힘을 가진 것만이 우월한 것으로서 존재의 정당성을 획득할 수 있으며, 그렇지 못한 것은 열등한 것으로서 도태되어야 한다. 이 힘과 업적이 도덕적으로 정당화될 수 있는지 여부는 전

---

11 Gerhard Wild, *Goethes Versöhnungsbilder. Eine geschichtsphilosophische Unter-suchung zu Goethes späten Werken*, Stuttgart, 1991, S. 118 참조.

12 Karl Löwith, *Von Hegel zu Nietzsche*, Hamburg, 1981, S. 197.

혀 문제가 되지 않는다. 따라서 〈세계사적 행위〉를 일반적인 도덕의 기준으로의 판단하는 것은 무의미한 일일 수밖에 없다.[13] 『파우스트』에서 〈힘이 있으면 권리도 있는 법, 무엇을 했느냐고 묻지, 어떻게 했느냐고 묻지는 않는다〉(11184~11185행)라는 메피스토펠레스의 발언은 이러한 발전을 지향하는 역사관의 반영이다.

이러한 관점에서 보면 헤겔의 역사 철학은 일종의 역사적 다위니즘으로 정의될 수 있다.[14] 헤겔의 역사 이론에 연결시켜 세계의 역사가 〈발전〉에서만 의미를 가진다면, 발전에 기여한 것들만이 역사적 차원에서 정당하게 인정받을 것이고, 그렇지 못한 것은 〈정당하지 못한 존재〉로 폄하될 것이다.[15] 이러한 배경에서 새로운 문명에 대한 동경이 비평되기도 하였다.

로빈슨 크루소의 모험에서 전개되는 아득히 먼 곳에 대한 꿈같은 소망은 마르크스의 저서 『정치적인 경제학에 대한 비평Kritik der Politischen Ökonomie』의 서문에 다음과 같이 비평되고 있다. 〈외롭게 홀로 된 사냥꾼, 그리고 어부로 등장하는 스미스와 리카르도는 18세기 로빈슨 크루소 탐험 소설의 환상을 자극하지 못하고 있다. 이 소설은 오해된 자연적 삶에 대한 과도한 섬세함, 잘못 이해된 자연으로의 회귀에 대한 반응을 야기하는 것이 아니라, 오히려 부르주아 사회를 예견시키고 있다. 이러한 자유로운 경쟁의 부르주아 사회에서 개인은 이전에 자신을 특정한 인간 단체의 부속물로 만들었던 사회의 고리에서 해방된다.〉

다른 한편으로 인간과 자연이 구분되었다. 자연은 해방의 환상적인 도피처나 억압받는 시민 사회의 도피처가 아니라, 현재와 과거의 문명과 사회 및 문화를 비평하는 도구가 되었다. 따라서 현실 도피나 이국

---

13 같은 책, S. 238 f 참조.
14 같은 책, S. 445 참조.
15 같은 책, S. 238.

에 대한 동경 같은 문명 비판이 여행 소설이나 국가 및 섬의 유토피아 같은 문화적 소재가 되어 실러의 수필, 횔덜린의 시, 괴테의 소설과 드라마 등에서 문명에서 벗어나 자연으로 향하려는 루소의 사상으로 나타난다. 『파우스트』에서 학문적으로 높은 경지에 도달했으나 서재에만 갇혀 사회와 절연되어 있던 파우스트는 산보 중에 농부들의 환호성과 공통된 감정으로부터 사회성을 깨닫고 인간의 존재를 확인하여 〈여기서 나도 하나의 인간이다〉(940행)라는 대사로 인간의 사회성을 단적으로 표현한다. 이런 맥락에서 파우스트는 소재와 내용 및 형식에서 〈현대적〉 감각을 지닌 인물인데, 이는 그가 현대의 문제인 문명에 관여하기 때문이다. 『파우스트』에는 현대라는 시대와 이 시대의 사람들이 지닌 가능성, 모순과 갈등이 반영되어 예견된다. 따라서 작품 『파우스트』는 괴테가 살았던 시대의 거울로 주인공 파우스트는 〈현대라는 시대의 삶처럼 모순적이고, 현실처럼 나의 적〉[16]일 수밖에 없다.[17]

2. 루소의 영향

괴테 문학의 소위 〈새로운〉 시대에 해당되는 후기 작품에 그와 루소가 연관된 내용이 들어 있다. 루소의 작품 『두 번째 산책*Der zweite Spaziergang*』에서 몽상적이고 외로운 산책가인 그는 한 사건을 언급한다. 거대한 덴마크산 개 한 마리가 빠르게 달려와 부딪치자 그는 땅바닥에 넘어져 의식을 잃었다. 다시 깨어난 그는 의식을 잃었던 동안의 느낌을 다음과 같이 적는다. 〈밤이 다가오고 있었다. 하늘을 올려다보니 몇몇

---

16 Werner Keller, *Interpretation. Goethes Dramen*, Stuttgart, 1992, S. 260.

17 김수용, 『괴테 파우스트 휴머니즘』, 책세상, 2004, 30면 참조(이하 『괴테 파우스트 휴머니즘』으로 줄임).

별들과 약간의 초록색을 띤 물체가 보였다. 나의 존재는 오직 이때의 느낌이라고 여겨질 정도로 이 첫 느낌의 순간은 매우 값졌다. 이때 나는 삶으로 태어나 주위의 모든 사물들에 가벼운 삶을 채워 넣는 것 같았다. 오직 현재의 순간만 해당되기 때문에 아무 것도 기억할 수 없었으며, 나 자신도 명확하게 파악할 수 없고, 떠오르는 생각도 전혀 알 수 없게 되었고, 내가 누구이며 어디에 있는지도 알 수 없으며, 고통이나 두려움 및 불안도 느낄 수 없었다. 시냇물 흐르듯 흘러 나오는 피가 나의 것이라 생각되지도 않았다. 내 생애의 기억을 더듬어 보니 어떤 즐거움에도 못지않은 행복스러운 고요가 느껴졌다.〉[18]

이후 루소는 몽상 속에서 명작을 집필하는 경우가 종종 있었다. 어느 날 몽상에 빠져 있던 루소는 지난날 자신의 삶에 등장했던 여러 여성들에 대한 추억과 그리움이 몰려들자 도취 상태에서 정열과 그리움이 넘쳐 나는 편지 형식의 글을 써 내려갔는데 이 작품이 『신(新)헬로이제』이다. 이 작품의 대성공으로 질서, 이성, 형식의 고전적인 양식이 그에게서 사라져 루소는 낭만주의의 선구자로 서게 된다.

1801년 1월 2일 심한 병을 앓던 괴테 또한 루소처럼 의식을 잃는 경험을 한다. 이러한 의식 불명 중에 그는 〈어떤 완전한 존재가 된 것 같은 감정을 느꼈다〉고 슈타인 부인에게 말한 적이 있다. 그것은 하나의 광경으로 축제의 분위기였다. 그런데 다시 정신을 차리자 그는 불행한 느낌이 들었다.[19] 이 자아의 체험으로 괴테는 새롭게 탄생하여 기존의 방식에서 벗어난 새로운 사회생활을 하게 되었다.[20] 자아가 존재하지 않는 곳에서 행복을 느낌으로써 현실의 경계를 넘어 헤겔 철학의 주요

18 Jean-Jaques Rousseau, *Rousseau Schriften*, hg. von Henning Ritter, Bd. 2, München, 1978, S. 652.

19 Emil Staiger, *Goethe*, Bd. 2, 4. Auflage, Zürich, 1970, S. 366.

20 같은 책.

용어인 〈자신의 다른 면das Andere seines Selbstes〉에 도달한 것이다. 이렇게 자신의 다른 면에 대한 체험이 사상과 문학에 영향을 미쳐서 새로운 인간으로 거듭난다는 내용이, 『파우스트』에서 그레트헨의 청순한 모습에 감명받아 정욕의 인간에서 순수하고 진실된 인간으로 변하는 파우스트로 나타나기도 한다.

여기 날 에워싼 것은 마법의 안개인가?
향락의 충동이 그처럼 몰아쳐 왔는데,
이제는 사랑의 꿈 속으로 녹아 들어가는 느낌이구나. (2721~2723행)

이렇게 무의식중에 겪은 자신의 다른 면에 대한 체험이 이후의 괴테의 사상과 문학에 영향을 미쳐서 그의 새로운 철학이 생겨났다. 〈이러한 철학이 주로 분리에 있다면 나는 그것을 붙잡을 수 없어서《그것은 나의 자연스러운 걸음을 방해하며 해를 끼쳤다》고 말할 수 있다. 그러나 그것이 결합하거나 혹은 우리가 자연과 하나라는 근원적인 감정을 상승 및 확립시키거나, 깊고 평온한 관조로 변형시킨다면 (……) 나는 대환영이다.〉[21]
본질적으로 볼 때 어느 사회의 문자화나 문학화는 곧 문명이다. 이러한 문명과 자연의 관계는 (사도 바울의 말대로) 생명을 주는 정신(자연)과 죽음을 야기하는 문자(문화)로 나타나는데, 이에 대한 내용은 호프만슈탈Hugo von Hofmannsthal의 시 「세상의 비밀Weltgeheimnis」에 잘 나타나 있다.

깊은 샘은 잘 알고 있다.
과거에는 말없이 침묵으로 살았다.

21 1801년 11월 23일 괴테가 자신의 친구 야코비에게 보낸 서신의 일부.

그런데도 알 것을 알고 있었다.

그러다가 주문처럼 흉내로
근본을 파악하지도 못하고서
지금은 입에서 입으로 전달되고 있다.

깊은 샘은 잘 알고 있다.
한 남자가 구부려 보고서 이해하더니
곧바로 망각하게 된다.

그러고서 잘못된 이야기로 노래가 불린다.
언젠가 한 아이는 깊은 샘의 어두운 거울을
구부려 보고는 환희에 차게 된다.

그리고 성장하면서 자신에 대해서도 모르고
누군가가 사랑하는 여성이 된다,
그리고 — 사랑은 얼마나 기이한가!

사랑은 얼마나 깊은 지식을 주는가! —
사랑에서는 둔하게 예감되는 사물들이
입맞춤에서 깊이 상기된다.

우리의 언어는 그렇다.
한 보석의 동굴이 되는
자갈을 한 거지의 발이 밟고 있다.

깊은 샘은 잘 알고 있다.

과거에는 모두가 모든 것을 알고 있었다.

하지만 지금은 꿈으로만 맴돌고 있을 뿐이다.

자연과 신이 일치하던 무의식의 순수한 시대가 있었다. 그러나 인간이 만들어 낸 진리를 내포한 언어가 생성되면서 순수성은 깨지게 되었다. 다시 말해서 지성과 예지를 담은 언어에 의해 원초성이 깨졌으므로, 본질적인 것을 방해하는 언어에 대한 회의가 생기는 것이다.

이렇게 생명을 주는 정신(자연)과 죽음을 야기하는 문자(문화)의 관계가 서양의 문학에 반영되어, 정신은 입의 언어와 연관되고, 문자는 저작물과 연관된다. 플라톤의 대화 『파이드로스Phaidros』에서 전개되는 이러한 대조는 고대와 기독교의 연결로 괴테에게도 적용된다. 〈문헌에서 언어가 거침없이 품위를 손상시킨다〉는 벤야민Walter Benjamin의 주장이 괴테의 문명을 비판하는 드라마 「서녀(庶女)Die natürliche Tochter」에서 전개되고,[22] 그 이전에 『친화력』에서도 전개되었다. 인간의 사회적인 계획에 따라 자연을 파괴하여 건축된 연못에 아기 오토가 익사하는 내용이 『친화력』에서 문자로 나타나는 것이다. 오른손에 든 아이를 물에 빠뜨린 오틸리에의 왼손에는 (문자로 된) 책이 쥐어 있었다.[23]

괴테의 『서동시집』에서는 자연이 언어와 관계되어 전개된다. 문명에 길들어진 사람에게 〈자연(근원적인 것)으로의 복귀〉는 불가능하다. 체험을 문학으로 상승시키는 경향이 있는 괴테는 『서동시집』에서 자연의 추방을 저지하고 있다. 이 시집에서 정신인 말과 글은 시를 형성하는

---

22 Zivilisationskritik in Goethes Trauerspiel *Die natürliche Tochter*, in: *Literatur für Leser*, Heft 4, 1980, 221 ff.

23 Jochen Hörisch, Das Sein der Zeichen und die Zeichen des Seins, in: Jacques Derrida, *Die Stimme und das Phänomen*, Frankfurt/M., 1979, S. 7~44 참조.

운율Reim이나 음향Klang의 역할을 해내지 못한다. 언어에서는 기호가
〈즉흥적인 어휘〉가 되어 글이 아닌 말로 전해 오는 『코란』에 괴테는 관
심을 가졌다. 『코란』에서 마호메트는 글을 읽지도 못하고 쓰지도 못하
는 문맹자였다는 내용이 그의 흥미를 끈 것이다.[24] 괴테는 이 사실을 단
점으로 보지 않고 〈정신인 말이 글보다 우위〉라는 내용을 『서동시집』
의 첫 번째 시 「도주Hegire」[25]에 언급하고 있다.

　북쪽과 서쪽과 남쪽은 흩어지고,

　왕좌들은 부서지며, 제국들은 뒤흔들리니

　달아나라 그대여, 순수한 동양에서

　가부장적인 공기를 맛보러.

　사랑과 음주와 노래 가운데

　히저[26]의 샘물이 그대를 젊게 하리니.

　거기 순박한 땅 정의의 땅에서

　나는 인간의 종족을

　원시의 심연으로 이끌어 보련다.

　그들은 아직 신에게서

　지상의 언어로 하늘의 가르침을 받는데

　머리 쓰는 괴로움이 많다.

　그들이 다만 조상을 숭배하며

24　In Sure 7, V. 157 heißt es, Mahommed sei ungelehrt. *Der Koran*, übersetzt von A.
T. Khoury, Gütersloh, 1987.

25　도주Hegire는 〈메카로의 순례〉라는 뜻의 아랍어 *hadschra*를 가리키는데, 괴테는
이의 프랑스어형을 사용하고 있다.

26　오아시스의 물을 의신인화(擬神人化)한 것으로 원뜻은 〈생명의 수호자〉이다.

이교를 거부하는 곳에
젊음의 기쁨이 있다.
말은 구어체이기에
중요한 힘을 지녀서
신앙은 넓고 사고는 결속된다.

이러한 동방으로의 도피는 이탈리아로의 도피 혹은 그의 『빌헬름
마이스터의 방랑 시대』에서 언급된 유토피아로의 도피로,[27] 결국 문명
사회를 피하여 자연으로의 도피를 의미한다. 『서동시집』의 시 「도주」
의 첫 구절인 〈북쪽과 서쪽과 남쪽은 흩어지고, 왕좌들은 부서지며, 제
국들은 뒤흔들리니〉는 당연히 1806년에서 1819년까지의 정치적 사건
에 연관된다. 1806년에 독일의 바이마르가 나폴레옹이 이끄는 프랑스
에 점령되어 겪은 방화와 약탈의 참화를 암시하는 것이다.

3. 문명에서 벗어나 자연에 귀의

〈자연으로 돌아가라〉라는 루소의 외침과 문명에 대한 증오가 유럽
에 퍼져 갈 때 클롭슈토크도 일조했던 질풍노도의 싹이 움트기 시작했
다. 알프스의 자연을 노래한 계몽주의 시인 할러Albrecht von Haller와 감
상주의 시인들의 문학은 자연을 너무 열정적으로 다룬 반면, 루소의 자
연은 조금의 장식도 없는 그대로였다. 루소에게 사회란 근본적인 악이
요, 진보는 저주받아야 할 가식이며, 재산은 계급 차이의 근원이었다.
그의 관심은 인간의 존엄을 위축시키는 경직된 세계와 소심한 시민적

---

27 Arthur Henkel, *Entsagung. Eine Studie zu Goethes Altersroman*, Tübingen, 1964,
S. 62 이하 참조.

미덕에 대항하는 투쟁이었다. 이러한 감정은 독일의 질풍노도와 결합되어 혁명적인 성격으로까지 진척되었다. 여기에 관련해서 먼저 니체의 〈초인 사상*Übermenschentum*〉을 살펴 본다.

굴곡이 심한 인간관을 경험하면서, 니체는 비교적 온건하고 비판적인 입장에서 몇 사람의 역사적인 인물을 찾아내어 훌륭한 인간으로 제시한다. 예수 그리스도, 제정 로마의 황제 카이사르, 괴테와 나폴레옹 등이 바로 그들이다. 이들은 그 모습과 행동 영역이 서로 다르지만 모두 종(種)으로서의 인간의 수준을 뛰어넘는 소수의 선택된 인물들이다. 니체가 가르친 종교적 교설의 내용을 문제 삼지 않는다면 예수 그리스도는 탁월한 능력의 인간이었다. 그러나 니체는 이들이 모두 그들 나름의 훌륭함을 지니고 있지만, 부분적으로는 취약점이 있다고 생각하였고, 이들 가운데 어느 누구도 미래의 이상적 인간이 지녀야 할 모든 요건을 두루 갖추지 못한 것으로 판단하기에 이른다. 예를 들어 카이사르는 강인한 힘에의 의지와 결단력을 가지고 있으나 예수 그리스도가 가진 순교자적이며 고결한 영혼이 결여되어 있다. 예수 그리스도는 카이사르와 같은 장군은 아니었으나, 순교자적인 고결한 영혼으로 인류의 구제를 꾀하고, 또 그것을 위하여 위선에 차 있는 것으로 판단되는 기성의 종교적 질서에 대항하였다. 이러한 의미에서 그는 새로운 역사를 도모한 인물이며 혁명 투사였지만, 그에게는 강인한 힘의 의지와 전사적인 정복 욕구가 결여되어 있었다. 이들 사이의 관계, 즉 〈힘에 대한 의지*Der Wille zur Macht*〉와 고결한 영혼의 관계는 장군 나폴레옹과 시인 괴테의 비교에도 해당된다. 이들 위인들을 따로 떼어 놓고 보면 각자의 훌륭한 성격과 능력에도 불구하고 새로운 인간상을 찾아 나선 니체를 부분적으로밖에 만족시킬 수 없었다. 니체가 바란 것은 예수 그리스도의 영혼을 지닌 카이사르이며, 괴테와 나폴레옹을 한 몸에 합친 인물이었다. 이렇듯이 니체가 꿈꾼 이상적인 인간은 구체적인 내용이 없는 허구의 존재가 아니었다. 즉 니체는 현실 세계를 그의 사유의 기반으로 삼되 그것의 한계를 넘는 셈이다.[28]

이러한 초인 사상에 의해서인지 젊은 질풍노도 작가들은 시민적 감정에서 벗어나 초인의 경지를 열망하여 구름과 뇌우를 지배하려 했으며, 태양을 가지고 공놀이까지 하려 했다. 그들은 존재하는 모든 것을 타파하려 했고, 본능적·격정적인 힘에 압도되어 스스로 거인처럼 생각하였는데,[29] 이러한 거인적 기질은 괴테의 찬가 「프로메테우스」로 묘사된다.

제우스여, 그대의 하늘을
구름의 안개로 덮어라!
그리고 엉겅퀴를 꺾는
어린이와 같이
떡갈나무에, 산봉우리에 힘을 발휘해 보아라!
하지만 나의 대지만은
손끝 하나 안 되니,
네 힘을 빌리지 않고 세운
내 오두막에,
그리고 네가 시샘하고 있는
내 가마의 불은
손대지 말지어다.

너희들 신들이여, 태양 아래
너희보다 더 불쌍한 자 어디 있으랴!

28 정동호 편, 『니체 철학의 현대적 조명』, 청람, 1984, 245면 이하.
29 황윤석, 『18세기 독일시』, 탐구당, 1984, 15면 이하 참조.

너희들은 기껏해야

희생으로 바쳐진 제물이나

기도의 한숨으로

위엄을 지탱할 뿐이니,

철없는 애들이나 거지 같은 희망에 찬 바보들이

어리석은 기원을 드리지 않을 때는

너희는 망하게 되리라.

내가 어릴 때,

철부지여서 아무것도 모르던 때,

나의 비탄을

들어 줄 귀가 있고,

나처럼 괴로워하는 자를

불쌍히 여길 심정이 있겠지 해서

방황의 눈이 태양을 향했었노라.

거인족의 교만으로부터

나를 구해 준 자 누구였던가?

죽음과 노예 상태로부터

나를 도와준 자 누구였던가?

그 일을 해준 것은

거룩하게 불타는 나의 마음이 아니었더냐?

그런데 젊고 착했던 나는

완전히 속아서 천상에서 잠이나 자고 있는

너희들 신에게 감사한 마음을 작열시키지 않았던가?

너를 숭배하라고? 어째서?

너는 한 번이라도 번뇌자의

고통을 경감해 준 일이 있는가?

너는 한 번이라도 고뇌자의

눈물을 감해 준 일이 있었느냐?

나를 인간으로 단련시킨 것은

전능의 세월과

영원의 운명으로

그것이 나의 지배자지, 너희들이겠는가?

어린이 같은 싱싱한 꿈의 이상이

열매 맺지 않았다 하여

내가 인생을 증오하고

사막으로 도망칠 거라고

망상이라도 한단 말인가?

나는 여기 앉아서

내 모습의 인간을 만드노라,

나를 닮은 종족으로,

괴로워하고 울고

즐거워하고 기뻐하지만

너 따위를 숭배하지 않는

나와 같은 인간을 창조하리라.

찬가 「프로메테우스」가 자신의 상승, 즉 자아의 초인적이며 질풍노
도적인 독립성을 강화한다면, 이와 반대로 자신을 버리는 헌신이 찬가

「가뉘메트」에서 묘사된다.

아침 노을 속에서
그대는 나를 둘러싸고 타오르는 불빛을 발하는 듯,
봄이여, 사랑스러운 그대여!
한없는 사랑의 환희와 더불어
그대의 영원한 온기의
성스러운 감정이
내 가슴으로 밀려드는구나,
무한히 아름다운 자여!

내가 그대를
이 팔로 껴안았으면 좋으련만!

아, 그대의 가슴속에
누워 있으면서도 애를 태우노라.
그대의 꽃들과 그대의 풀이
내 가슴에 밀려드는구나,
그대는 내 가슴의
타는 갈증을 식혀 주는구나,
사랑스러운 아침 바람이여,
그 안에서 밤꾀꼬리는 안개 낀 골짜기 속에서
사랑하는 손짓으로 나를 부르는구나.

내가 가리다! 내가 가리다!
어디로? 아, 어디로?

위로, 위로, 들려 올라가는도다.

구름은 아래로

떠내려오는도다, 구름이

그리워하는 사랑을 향해 기우는구나.

내개로, 내게로!

그대들의 품에 안겨

위로,

얼싸안으면서 얼싸안기면서!

위로

그대의 가슴에 안기는도다,

만유를 사랑하는 아버지여!

괴테의 자서전 『시와 진실』 제8권에는 모든 창조물이 원초적인 것에서 〈이탈*abfallen*〉했다가 다시 〈복귀*zurückkehren*〉하는 존재일 뿐이라고 언급되어 있다. 괴테는 이러한 〈이탈〉을 〈자아의 독립*sich verselbsten*〉으로, 〈복귀〉를 〈자아의 해체*sich entselbstigen*〉로 바꾸어 각각 찬가 「프로메테우스」와 「가뉘메트」에 묘사한다. 프로메테우스는 제우스에게서 벗어나 자신의 독립을 주장하는 반면, 가뉘메트는 자신을 해체시켜 신이 만든 자연에 융합하려 한다. 프로메테우스와 가뉘메트의 양극적인 관계처럼 괴테는 자연을 양극적으로 보았다. 서로 모순되는 상반성 내지는 양극성의 이념들을 동시에 포용하여 수용한 괴테는 이러한 이념들을 작품에서 전개시켰다. 한쪽만을 강조하고 정당화한다면 다른 측면이 간과되어 결국 전체적인 인격이 간과된다는 괴테의 양극적 법칙은 『파우스트』의 다음 내용에 잘 나타나 있다.

인생의 밀물 속에서, 행동의 폭풍우 속에서

나는 오르락내리락 물결친다.

씨와 날로 길쌈하듯!

탄생과 무덤,

영원한 바다,

변화무쌍한 길쌈처럼,

타오르는 생명,

이렇게 썩썩거리는 시간의 베틀에 앉아

나는 신들의 살아 있는 옷을 짠다. (501~509행)

위 『파우스트』에서 밀물과 썰물, 상하좌우 운동, 생과 사 그리고 끊임없는 생성과 소멸 같은 이원론적인 두 요소를 변증법적으로 통일하는 비유는 고대로부터 자연의 총체적인 파악 방법이다.[30] 이렇게 두 가지 힘의 작용으로 완성되고 살아가는 형상이 괴테의 문학에서 전개된다. 괴테에게 유기체는 분리되는 요소가 아니라, 독립된 여러 부분들의 다양성이어서 분절될수록 더욱더 위대하게 완성된다고 생각되었다.

프로메테우스와 가뉘메트의 양극적인 관계는 괴테와 실러의 관계에서도 전개되었다. 자신의 문학이 자연에서 실현될 수 없다고 본 이념의 시인 실러는 괴테와 일치될 수 없었다. 따라서 괴테가 자신의 〈근원 현상Urphänomen〉(HA 8, 304)에 대한 의견을 전개하자, 실러는 그것을 〈경험Erfahrung이 아니라 이념Idee〉이라고 정의했다.[31] 괴테의 본질을 언급한 1794년 8월 23일 실러의 편지와 실러 자신의 발전 과정을 서술한 1794년 8월 31일의 두 번째 편지에 의해 둘의 우정은 더욱 여물게 되었다. 〈상당히 멀리 있었지만, 나는 벌써 오래전부터 당신의 정신의 변천

---

30 윤세훈, 「『파우스트』의 배경과 그 이데올로기적 성격」, 『파우스트 연구』, 한국괴테협회 편, 문학과지성사, 1986, 26면 이하.

31 Fritz Strich, *Deutsche Klassik und Romantik*, Berlin, 1962, S. 28 참조.

을 지켜보았으며, 당신이 제시한 길을 항상 새로이 감탄하면서 주목하였습니다. 당신은 가장 힘든 방법으로 자연의 필연성을 추구하는데, 모든 나약한 힘들은 그 방법에서 보호되어야 합니다. 당신은 개체를 파악하기 위해 자연 전체를 포괄적으로 파악하고 보편적인 자연 현상에서 개체에 대한 해명 근거를 찾고 있습니다. 당신은 간단한 조직에서부터 한 걸음 한 걸음 보다 복잡하게 얽힌 조직으로 올라가 결국에는 자연의 구조를 이루고 있는 전 물질로서 유전적으로 만물 중 가장 복잡한 존재인 인간을 조립하고 있습니다. 당신은 자연을 모방하여 인간을 똑같게 창조함으로써 인간의 숨겨진 기술을 밝히려고 합니다. 이는 당신의 정신이 풍부한 상상력 전체를 아름다운 통일체에서 어떻게 결합시키는지를 충분히 보여 주는 위대하고 실로 영웅적인 이념입니다.〉[32]

실러는 계속하여 〈얼핏 보면 통일체에서 나오는 사색적인 정신이나 다양성에서 나오는 직관적인 정신보다 더 큰 대립이 없는 것 같습니다. 그러나 전자는 무구하고 진실된 감각으로 경험을 추구하고, 후자는 독자적이고 자유로운 사고력으로 법칙을 추구합니다. 그래서 이 양자가 중간 지점에서 마주치지 않는다는 것은 있을 수 없습니다〉[33]라고 썼다. 이 대화는 그들 작품의 소재와 대상, 예술적인 형식과 독일에서 문학적인 삶의 문제 그리고 개인적인 관심사와 근심거리 등등에 해당한다. 그들은 솔직하게 서로를 비평했으며, 시기하지 않고 서로를 인정하였다.

그러면 실러의 이념에 대한 괴테의 반응은 어떠했을까? 한 사람의 작가로 인해서 환기되는 이념이란 정신적인 내실Gehalt의 종합인데, 소재Stoff, 우화Fabel, 모티프Motiv 따위는 모두 여기에 예속되지만 부분적 요소에 지나지 않는다.[34] 이러한 이념에 대한 광범위한 증언으로써 괴

---

32 송익화, 『독일문학사』, 서린문화사, 1986, 242면.

33 같은 곳.

34 Wolfgang Kayser, *Das sprachliche Kunstwerk. Eine Einführung in die Literatur-*

테가 1827년 에커만에게 한 말을 인용해 보자. 〈정말이지 독일인은 이상한 사람들이다. 그들은 어디서나 심오한 사상과 이념을 찾아 끌고 들어와서는 인생을 필요 이상으로 어렵게 만들고 있다. 자, 이제 한번 용기를 내어 여러 가지 인상에 열중해 보는 것이 어떨까. 즐거워하고 감격하고 분발하고, 또 가르침에 귀를 기울인다든지, 뭔가 위대한 것에 정열을 불태우고 용기를 얻어 봄이 어떨까! 그러나 추상적인 사상이나 이념이 아닌 모든 것을 허무하다고 생각해 버리면 안 된다! 그래서 말인데, 그들은 나를 찾아와서는 이렇게 묻는다. 내가 『파우스트』에서 어떠한 이념을 구상화시키려 하였느냐고. 마치 나 자신이 당연히 알고 있어서 표현이라도 해줄 듯이 하는 질문이다. 천국에서 지상을 통해 지옥으로 가는 과정, 그것은 의미가 없는 것도 아니나, 이것은 이념이 아니고 사건 전개의 과정이다. 더욱이 악마가 내기에서 지고, 고된 방황에서 줄곧 더욱 선한 것을 위하여 노력을 경주하는 사람이 구원될 수 있다는 사실, 그것은 실상 허다한 사실을 명시하는 쓸모 있고 유효한 사상이지만 그렇다고 작품 전체와 모든 장면 개개의 기반이 되는 이념은 아니다. 만일 내가 『파우스트』에서 명확히 드러내 보이려 했던, 그 풍요하고 다채로우면서도 극도로 다양한 인생을 한 가지 일관된 이념의 가느다란 실로 늘어놓으려 했다면 실제에 있어서 아름다운 어떤 것이 생겨날 게 틀림없다.〉(HA 3, 447 f)

괴테는 『잠언과 경구』에서도 〈모든 이념은 낯선 손님으로 현상계에 들어선다. 그리고 이념들이 실현되기 시작하면 환상*Phantastie*이나 공상 *Phantasterei*과 거의 구분되지 않는다〉(HA 12, 439)라는 말로 이념의 환상적 성격을 강조하였다. 계속해서 괴테는 자신의 창작 방법에 관하여 중요한 증언을 덧붙이고 있다. 〈일반적으로 시인으로서 어떤 추상적인 것을 구상화하려는 노력이 나 자신의 방식은 아니었다. 나는 내 마음

wissenschaft, Bern, 1965, S. 217.

속에 도사리고 있는 여러 가지 인상, 더욱이 활달한 어떤 상상력이 나에게 제시해 주는 감각적이면서 생기에 가득 찬 1백 가지 다채로운 모양의 인상들을 지각하고 있었던 것이다. 그리고 나는 시인으로서 그와 같은 직관과 인상들을 내 마음속에서 예술적으로 완성시키고 조형시켜서 생기에 찬 묘사로 표현함으로써 다른 사람들이 이 같은 나의 표현들을 듣거나 읽을 때 나와 꼭 같은 인상들을 갖게끔 하려는 의도밖에 없었다. (……) 시적인 작품이란 헤아릴 수 없는 요소가 많으면 많을수록, 그리고 우리들 이성으로 보기에 불가해한 것이 많을수록 그것은 더욱 훌륭한 작품인 것이다.〉[35]

어느 한 가지 이념에 맞춘 작품은 『친화력』 하나뿐이라고 괴테는 고백하였다. 따라서 그 나름의 창작 방식은 〈모든 것은 이념에 의존하는 데 불과하다〉고 했던 실러의 방식과는 여러모로 대치되었다.

이러한 괴테와 실러의 대립적인 관계 및 찬가 「프로메테우스」와 「가뉘메트」의 대치적 관계인 양극성이 〈묶기verbinden〉와 〈나누기scheiden〉로도 구분되면서, 〈응축과 확장, 모으기와 벗어나기, 묶기와 풀기, 좁히기와 펼치기〉(HA 13, 488)의 관계는 〈생명의 영원한 공식die ewige Formel des Lebens〉(HA 13, 337)으로 정립된다. 『색채론』에서 괴테는 숨을 〈들이쉬기einatmen〉와 〈내쉬기ausatmen〉의 관계로도 언급하고 있다. 〈합해진 것을 둘로 나누기, 둘이 된 것을 하나로 만들기, 이것은 자연의 생명이다. 이는 영원한 응축Systole과 확장Diastole으로 영원한 결합Synkrisis과 분리Diakrisis, 세계의 호흡의 들이쉬기와 내쉬기이고, 그 가운데서 우리가 살고, 활동하고, 존재한다.〉(HA 13, 337) 이러한 모티프가 『파우스트』에서는 최고의 인식과 향락을 추구하는 파우스트가 동시에 갈구하는 〈두 개의 영혼〉(1112행)으로 피력되고 있다.

35 같은 곳.

내 가슴속에는, 아아! 두 개의 영혼이 깃들어 있으니,

그 하나는 다른 하나와 떨어지기를 원하고 있다.

하나는 음탕한 사랑의 쾌락 속에서,

달라붙는 관능으로 현세에 매달리려 하고,

다른 하나는 용감하게 이 속세의 먼지를 떠나,

숭고한 선조들의 영의 세계로 오르려 하는 것이다.

오오! 이 땅과 하늘 사이를 지배하며

대기 속에 떠도는 영이 있다면,

황금빛 해미 속에서 내려와

나를 새롭고 찬란한 삶으로 인도해 다오. (1112~1117행)

인간을 예찬한 프로메테우스나 자연에 몰입하는 가뉘메트는 모든 존재에 내재된 이원성 또는 양면성으로 공통점과 더불어 대조를 이룬다. 괴테는 어느 한쪽을 부정하지 않고 양쪽을 수용하여 서로 융합시키는 것이다. 신의 품에 안기려는 가뉘메트의 의지는 곧 신이 만든 자연에 귀의하려는 의지이다. 이렇게 (문명에서 벗어나) 자연에 귀의하려는 의지는 무엇보다도 『젊은 베르테르의 슬픔』에 실감 나게 묘사된다. 베르테르는 자연을 떨어져서 대하기보다는 자연에 귀의하려 한다. 문명에서 벗어난 자연의 상황이 그의 마음속에 순수하게 비쳐 상상력을 불러일으킴으로써 그의 마음이 새롭게 형성되는 것이다.

단순함, 통속적인 것과 소박함, 이 모든 것이 베르테르에게 자연이다. 따라서 『젊은 베르테르의 슬픔』의 첫 장면은 베르테르가 문명 사회에서 벗어나 자연에 귀의하는 내용으로 시작한다. 〈그곳을 떠나오기를 얼마나 잘했는지! (……) 현재를 있는 그대로 즐기겠어. 과거는 단지 과거일 뿐. (……) 어쨌든 이곳으로 온 후 나는 아주 건강하지. 마치 천국과 같은 이 고장에 있으면 고독은 오히려 내 마음을 진정시켜 주지. 청

춘의 이 계절 또한 넘칠 정도로 넉넉하여 자칫 얼어붙을 것 같은 내 마음을 따뜻하게 해준다네. 나무나 산울타리마다 꽃도 만발하고, 향기로운 바다를 떠다니며 모든 영양을 찾아낼 수 있다면, 나는 한 마리 풍뎅이라도 되고 싶을 정도일세. 거리 자체는 느낌이 좋지 않지만 주변의 자연은 비할 데 없이 아름답다네.〉(L 7 f) 이 인용에서 〈그곳을 떠나오다〉(L 7)라는 첫 구절은 〈문명에서 벗어남〉을 의미한다. 〈과거는 단지 과거일 뿐〉(L 7)이라며 과거(의 문명)를 잊고 싶어 하는, 즉 문명에서 벗어나고 싶어 하는 베르테르에게 자연은 새롭기만 하다.

이렇게 〈자연이 베르테르에게 생명의 총체이고, 그가 자연을 자신의 내부에서 창조적인 환상으로 체험하는 것처럼 자연은 형성하는 힘을 지니고 있다〉.[36] 〈그(베르테르)는 존재 모습으로 보아 자연이며 (……) 자연 자체와 같이 활동한다.〉[37] 따라서 〈베르테르는 자연의 법칙에 따라 생활하고, 그런 점에서 그는 자연적이다〉.[38] 이렇게 자연에 귀의하는 베르테르의 모습은 그의 5월 26일 자 편지에 더욱 적나라하게 나타난다. 〈앞으로는 자연에만 근거를 두어야겠다는 나의 결심을 이것(베르테르가 자연을 그린 그림)이 더욱 강화시켜 주었다. 자연만이 무한히 풍부하고, 또 자연만이 위대한 예술가를 만든다.〉(L 15)

『파우스트』에서 〈힘이 있으면 권리도 있는 법, 무엇을 했느냐고 묻지, 어떻게 했느냐고 묻지는 않는다〉(11184~11185행)라고 〈목적 이성 Zweckrationalität〉[39]을 내세우는 메피스토펠레스의 발언은 〈문명의 세속에서 벗어난 자연은 목적이 없다〉는 내용과 상반된다.[40] 따라서 베르

---

36 Wilhelm Dilthey, *Das Erlebnis und die Dichtung*, Leipzig, 1906, S. 155.

37 같은 책, S. 143.

38 Hans-Egon Hass, *Gestaltungsprobleme der Dichtung*, Bonn, 1957, S. 92 참조.

39 Jürgen Habermas, Die Verschlingung von Mythos und Aufklärung, in: K. H. Bohrer(Hg.), *Mythos und Moderne. Begriff und Bild einer Rekonstruktion*, Frankfurt/M., 1983, S. 418.

테르는 첫 편지에서 〈지금까지의 사회적 환경에서 벗어난 것이 얼마나 기쁜가!〉(L 7)라고 외친다. 베르테르의 유토피아적 자유는 세속 사회(문명)에 부정적으로 비친다. 세속적인 사회에서 자연은 사회 환경에 반대되기 때문이다. 반면 아름다운 자연은 사회적인 문명의 목적이 없기 때문에 베르테르에게 천국같이 보인다. 독립적이며 스스로 만족하고 스스로 완성하는 무한한 삶을 제공하는 자연에서 베르테르는 세속적인 이성과 계산, 차가운 평가의 오성에서 영원히 벗어날 수 있는 것이다.[41]

베르테르는 초기 낭만주의의 전형적인 풍경인 문명에서 벗어난 고독을 〈고귀한 진정제köstlicher Balsam〉(L 8)로 찬양한다. 도시의 문명 생활에서 거부당한 자유를 찾으려는 그는 자연으로 피신하여 고독을 만끽하는 것이다. 〈어쨌든 이곳으로 온 후 나는 아주 건강하다네. 마치 천국과 같은 이 고장에 있으면 고독은 오히려 내 마음을 진정시켜 주지. 청춘의 이 계절 또한 넘칠 정도로 넉넉함을 가지고 자칫 얼어붙을 것 같은 내 마음을 따뜻하게 해준다네.〉(L 8) 우물가의 수줍은 처녀들, 순진하게 뛰놀며 옛날이야기에 황홀해하는 아이들, 순박한 농부들 등 문명 사회에 오염되지 않고 천진난만함과 소박함을 잃지 않은 사람들을 베르테르는 좋아한다. 아버지가 사망하자 어머니와 함께 문명의 대도시로 이주하게 되어 정겹던 마을에서 떠나게 된 베르테르에게 〈사랑스럽고 친근했던 시골 고향 마을에 비해 이 대도시는 견디기 힘든 구속이 된다.〉[42] 그는 대도시의 문명에 감금되어 버린 것이다.

자연과 문명 사회의 대립은 베르테르와 로테가 목사를 방문할 때 목

40 안진태, 『베르테르의 영혼과 자연』, 열린책들, 2005, 98면.

41 Reinhard Assling, *Werthers Leiden. Die ästhetische Rebellion der Innerlichkeit*, Frankfurt/M., 1981, S. 70 f.

42 Hans Goss, *Goethes Werther*, Tübingen, 1973, S. 13.

사관에 있는 호두나무 이야기로도 전개된다. 1년 후 목사관을 찾았을 때 그 나무가 베어진 사실을 알게 된 베르테르는 내적 자연과 문명적인 사건의 대립을 실감하고 충격을 받는다. 〈자네도 알고 있는 그 호두나무, 성 XX 마을의 성실한 목사 댁에서 로테와 함께 나무 그늘에 앉았던 그 멋진 호두나무를 기억하고 있겠지? 언제나 내 영혼을 큰 기쁨으로 충만시켜 주던 호두나무! 그 나무가 있기 때문에 그 목사 댁도 그리웠던 거야. 시원스럽고 멋지게 뻗은 가지들! 예전에 그것을 심은 성실한 목사님까지 떠올랐지. 학교 선생님은 할아버지에게서 들었다며 한 목사님의 이름을 우리에게 자주 얘기해 주었네. 훌륭한 분이었다고 하더군. 그래서 그 나무 그늘 아래에서 그분에 대한 추억은 늘 맑고 깨끗했지. 그 나무가 어제 잘렸다는 얘기를 사람들과 하고 있을 때 선생님의 눈에는 눈물이 글썽거렸다네. 나무가 잘려 버린 것이지!〉(L 80 f.)

이 나무는 한 사람의 심리적 요소뿐 아니라 자연과 문명 사회의 상충으로까지 전개된다. 베르테르가 로테와 이 호두나무 밑에 머무를 때 자연은 충만되었지만 나무가 절단된 정원은 세속적인 이익 사회의 산물일 뿐이다. 이 나무가 빛을 가리고 낙엽이 정원을 어지럽히자 새로 온 목사 부인이 이를 절단해 버린 것이다. 이런 맥락에서 볼 때 베르테르의 자연은 객관적인 묘사가 아니다. 행복한 감정과 자연이 혼합되어 천국으로 느껴지는 자연에 귀의하려는 베르테르의 의지는 바로 괴테의 의지로 그의 시 「호수에서Auf dem See」로도 연결된다.

그리고 신선한 영양분, 새로운 피를
자유로운 세계로부터 나는 흡수하네.
나를 가슴에 품어 주는 자연은
얼마나 인자하고 선한가!
물결은 우리의 보트를

노 젓는 박자에 맞추어 밀어 올리고,
구름 낀 하늘에 닿은 산이
우리의 항로를 맞아 주네.

눈, 내 눈이여, 그대는 왜 떨구는가?
황금빛 꿈들이여, 그대들이 다시 오려는가?
물러가라, 그대 꿈들이여, 그대가 황금빛이지만
여기에도 사랑과 삶이 있도다.

물결 위에는
수많은 별들이 흘러 반짝이고,
부드러운 안개는
솟아 있는 먼 경치를 둘러싸며 삼키네.
아침 바람은
그늘진 만을 감싸 불고,
호수 위에는
익어 가는 열매가 비추이고 있네.

자연으로의 귀의는 위의 시 「호수에서」에서처럼 인간이 자연에 내맡겨지는 상태다. 자연에 헌신적인 귀의로 인해서 인간의 의지가 상실된다거나 수동적으로 변하는 것이 아니다. 〈신선한 영양분, 새로운 피를 자유로운 세계로부터 나는 흡수하네〉(1~2행)라는 내용처럼 영양분을 제공하여 태아를 양육시키는 어머니인 자연의 현상들 중의 하나인 물결Welle(5행)이 인간이 탄 보트를 움직이게 한다. 다시 말해서 물결이 〈우리의 보트를 노 젓는 박자에 맞추어 밀어〉(5~7행) 올리듯이 보트의 승선자는 자연에 의해 움직인다. 〈자연의 자연Natura naturans〉은 결국 인간으로,[43] 인간이야말로 창조하는 자연이 되며, 인간과 자연의 상호 작용이 노를 젓는 자의 〈항로*Lauf*〉(8행)들이 마주하는 내용으로 전개되는 것이다.

결국 사회의 문명에서 벗어나 자연의 질서로 몰입하는 내용, 즉 이성 등의 질서에서 벗어나 환상으로 도피하는 내용은 베르테르의 5월 26일 자 편지에서도 피력되고 있다. 〈법칙의 장점에 대해서 많은 이야기를 할 수 있겠는데, 이는 시민 사회에 대한 칭송과도 같다네. 법칙에 따라 교육받는 사람은 결코 멍청한 짓이나 나쁜 짓을 저지르지 않을 것인데, 이는 여러 법률과 복지를 통해 자라난 사람이 결코 견딜 수 없는 이웃이 된다거나 괴팍스러운 악인이 될 수 없는 것과 마찬가지라네. 그러나 뭐라고 떠들어 대도 할 수 없겠지만, 온갖 법칙이란 자연의 진정한 감정과 진정한 표현을 파괴해 버리고 말 걸세!〉

4. 자연의 파괴

괴테는 생애에 지대한 영향을 미친 스피노자의 학설인 〈신=자연 *Deus sive natura*〉 원칙을 신봉했고, 〈자연은 영원하고 필연적인 신성한 법칙에 따라서 활동한다. 신조차도 그것을 바꾸지 못할 것이다〉(HA 10, 79)라고 말할 정도로 자연은 그의 거의 모든 작품의 주제가 되고 있다. 〈신=자연〉 원칙을 옹호한 괴테는 신이 인간에게 계시하는 것 외에 삶에서 얻을 수 있는 것이 없어서(HA 1, 367) 〈최고의 것을 요구하는 사람은 전체를 요구해야 한다. 정신을 논하는 자는 자연을, 자연을 논하는 자는 정신을 전제해야 한다. 사상은 사상의 대상과, 의지는 의지의

---

43 Jörg Hienger und Rudolf Knauf(Hg.), *Deutsche Gedichte von Andreas Gryphius bis Ingeborg Bachmann*, Göttingen, 1969, S. 46.

대상과 분리될 수 없다〉고, 그리고 〈신은 자연 속에서 자연은 신 속에서 영원히 창조한다〉(HA 13, 31)고 말하였다. 망막한 존재가 인격화되어 신, 조물주 등으로 나타나 여러 가지 방법으로 숭배를 요청한다. 세계를 내부로부터 움직여 자연을 양육하고, 자신을 자연 속에서 내보이는 것이 신이다. 이렇게 괴테에게 신은 자연을 초월하고 동시에 자연에 내재하며 비인간적, 더 적절히 말해서 초인격적이다.[44] 이러한 배경에서 자연의 파괴는 신의 파괴가 되는데, 이렇게 신인 자연을 파괴하는 행위가 문명의 형태로 괴테의 작품에서 자주 전개되고 있다.

『젊은 베르테르의 슬픔』에서 베르테르의 감정이 혼란스럽거나 갈등에 접어들 때 자연은 〈영원히 집어삼키며 반추하는 괴물〉(L 53)로 여겨진다. 자연에 대한 감탄과 거부가 베르테르의 감정에 따라서 발산되는 것이다. 이렇게 자연은 베르테르의 일부분이 되어 그와 가까이에 있는 것이 연관성이 없어지거나, 그의 마음에 맞지 않는 것은 등한시되곤 한다.[45] 아름다운 자연은 혼란스러운 세속적 사회에 처하는 경우 문젯거리가 되기도 한다. 베르테르의 1771년 8월 18일 자 편지에서부터 묘사되는 자연의 파괴는 처음에는 가능성만 보이다가 작품의 진행에 따라 점차로 심해지며 1772년 12월 12일 자 편지에서는 구체적으로 나타난다. 이 편지에서는 해동기의 날씨 때문에 발하임 근처 계곡의 홍수로 파괴되는 자연이 언급된다. 〈갑자기 눈이 녹을 듯한 날씨가 되더니 강물이 범람하고 개울이란 개울은 모두 넘쳐흘러 내가 좋아하던 발하임의 아래쪽 골짜기가 물에 잠겼다는 얘기를 들었던 것일세. (……) 바위에서 쏟아지는 격류가 달빛을 받으면서 소용돌이치며 흐르는 모습은 무섭기까지 했어. 밭도 목장도 산울타리도 모두 물에 잠겨 넓은 골짜기는 위에서 아래까지 거세게 몰아치는 바람 속에서 온통 폭풍의 바

---

44 허형근, 「괴테의 종교」, 『독일 문학』 16집, 2면 이하.
45 Hans Reiss, *Goethes Roman*, Bern/München, S. 42.

다녔네. 이윽고 달이 다시 검은 구름 위로 얼굴을 내밀자 그 엄청난 홍수는 소름이 끼칠 만큼 장엄하게 달빛을 반사하면서 거세게 소용돌이치며 내 눈앞에 흐르고 있었네. 그 순간 공포와 동경이 나를 엄습했지. (……) 나는 어느 무덥던 날의 산책 때 로테와 함께 버드나무 그늘 아래서 쉬었던 장소를 슬프게 내려다보았지. 그곳도 물에 잠겨 어느 것이 버드나무인지조차 찾아낼 수가 없었다네. 빌헬름, 나는 로테네 목장과 수렵관 근처는 어찌 되었을까 생각했네. 우리들의 정자도 이 거센 물결에 지금쯤 얼마나 황폐하게 되었을까!〉(L 98)

갈등에 싸이자 시야가 점차로 좁아져 자연의 아름다움도 느끼지 못하게 된 베르테르는 결국 죽음의 생각에까지 다다른다. 그는 이 세상의 모든 구속과 고통으로부터 벗어나 〈영원한 자연〉을 찾으려는 것이다. 이렇게 감정이 혼란스럽거나 갈등에 접어들 때 역시 혼란스럽게 작용하는 자연은 문명의 형태가 된다. 이탈리아 여행 동안 원초적 식물의 신비에 몰입한 괴테는 자연의 재난과 인간의 자연 개입의 관계를 심층적으로 다룬다. 소년 시절 흑사병이 창궐하여 많은 사람들이 희생되었을 때, 어린 괴테는 하늘이 이 질병을 물리쳐 줄 것을 탄식과 눈물로 간절히 기원했는데, 이러한 정서가 『파우스트』에도 표출되어 있다.

희망에 부풀고 믿음으로 확고한 채,
눈물을 흘리고 한숨을 쉬고 두 손을 비벼 대면서
하늘에 계신 주님께 간청하여, 억지로라도
저 흑사병을 종식시키려 생각했었지. (1026~1029행)

이러한 다양한 모습의 자연이 종교 학자에 의해서 나무[木], 불[火], 흙[土], 금속[金], 물[水]의 오행의 상동 관계로 파악되기도 한다. 이러한 오행의 원소가 괴테에서는 물과 불, 흙과 공기로 변화되어 전개된다.

우리들은 모든 원소, 이를테면

물과 불, 흙과 공기로 직접 창조되었다.

그러기에 지상의 향기는

우리들의 품성에 전혀 합치하지 않는다.

우리들은 결코 지상으로 내려가지 않는다.

하지만 당신들이 휴식을 얻고자 우리들 곁에 오면

우리들은 할 일이 너무도 많다. (HA 2, 113)

이러한 요소들 가운데 괴테는 특히 물과 불을 연결시켜 중요하게 다뤘다. 당시 유행하던 물과 불의 논쟁에서 괴테는 물을 선호하여, 이 땅의 삶이 물로 이루어졌는가, 또는 화산이 터져서 생긴 불로 이루어졌는가 하는 수성론(水成論)과 화성론(火成論)의 논쟁에서 수성론의 입장에 서 있었다. 괴테가 수성론자가 된 배경에는 훔볼트Wilhelm von Humboldt의 영향이 있었다. 훔볼트는 당시 프러시아령인 안스바하의 광부 감독관이며 그 사이에 파리에서 불행한 죽음을 당한 포르스터Johann Georg Forster의 친구이자 제자였다. 그의 형과 마찬가지로 넓은 지식을 가진 흥미로운 사람이라는 소문을 가진 그는 프라이베르크의 우두머리인 베르너의 제자로 들어가게 되어 있었는데, 괴테는 이 베르너를 지질학의 최고 권위자로 평가하였다. 베르너가 주장한 지층의 생성 이유가 해저에 있었기 때문이다. 이 학파는 바다의 신인 넵투누스Neptunus를 추종했는데, 그 반대자인 불의 신 불카누스Vulcanus 숭배자들은 그들을 매우 멸시하여 〈넵투누스주의자Neptunist〉라고 불렀다. 괴테는 열성적인 넵투누스주의자로 생애가 끝날 때까지 화성론자들을 미워하며 넵투누스주의인 수성론에 광대한 층을 구축했다.[46]

46 Richard Friedenthal, *Goethe: Sein Leben und seine Zeit*, Frankfurt/M., 1978, S. 436 f.

이렇게 괴테가 수성론자가 된 배경에는 당시에 엄청난 참화를 일으킨 리스본 대지진의 영향도 컸던 것으로 보인다. 1755년 11월 1일 아침 포르투갈에서 발생한 지진은 수도 리스본에서만 약 6만 명의 사망자를 냈고 대형 건물과 주택 1만 2천 채의 붕괴를 야기했다. 이 지진으로 인해 리스본 전역에서 발생한 엿새간의 화재로 엄청난 사상자가 나왔으며, 또한 리스본에서 6미터, 스페인 카디스에서 20미터 높이의 쓰나미가 카리브 해 마르티니크를 향해 서쪽으로 6,100킬로미터를 이동하면서 역시 많은 사망자를 냈다. 따라서 불과 지진의 신으로 여겨지는 불카누스는 괴테에게 부정적인 신으로 여겨질 수밖에 없었는데, 이러한 내용이 『파우스트』에서는 물이 지진의 본질인 불을 압도한다는 지레네 *Sirene*[47]들의 외침으로 묘사되고 있다.

떠나시오! 고귀한 손님네들,
즐거운 바다의 축제로.
금물결 반짝이며,
넘쳐흘러 언덕 적시는 곳으로,
그 곳엔 루나 여신이 더 밝게 비춰,
우리들을 거룩한 이슬로 적셔 준다오.
그 곳엔 자유의 삶이 있고,
여기엔 무서운 지진이 있지요.
현명한 자는 모두 떠나시오!
이곳은 무서운 곳이기에. (7509~7518행)

47 『오딧세이아』에 나오는 물의 요정으로 아름다운 노래로 선원들을 유혹하여 난파시킨다. 여자의 머리와 새와 같은 몸을 가졌으나, 점점 여자의 모습으로 변해서 최후에는 날개만이 남는다. 사람을 유혹해서 파멸시키는 위험한 여성적인 존재로서 로렐라이의 전설도 여기에서 연유한다. 〈세이렌〉이라 부르기도 한다

이렇게 불에 대한 물의 우위성을 묘사하는 장면이 괴테의 작품들에는 자주 나타나는데, 위의 지레네들은 고귀한 손님들에게 불의 지진 지역을 떠나 즐거운 축제가 열리는 바다로 갈 것을, 즉 수성론을 권유하고 있다. 이러한 수성론에 따라서 괴테는 물의 총합체인 바다에 대한 관심이 많았다.

1824~1825년 겨울의 폭풍과 해일, 1826년에 발생하여 많은 황폐를 가져온 홍수에 자극받아 집필된 괴테의 『기상학의 시도Versuch einer Witterungslehre』에는 자연이 법칙과 규칙에 따라 작용한다고 적혀 있다. 그런데 이 저서에서 괴테는 인간이 자연을 통치하거나 극복할 수 있다고 생각하여 폭력적인 자연과의 투쟁은 필연적이라고 언급하고 있다. 〈자연의 원소들은 우리가 영원히 싸워야 하는 거대한 적으로 간주되어야 한다. 이 적들은 개개의 경우 정신의 지고한 힘, 용기와 책략을 통해서 제압될 수 있다. 자연의 원소들은 제멋대로의 횡포 그 자체라고 불릴 수 있다.〉[48] 따라서 파우스트는 바다의 파도 역시 거대한 횡포의 대상이자 제압되어야 하는 대상으로 여긴다.

> 파도는 그 자체의 비생산적인 것이
> 비생산적인 성질을
> 사방팔방에 뿌리기 위하여 살금살금 다가오고 있다.
> 부풀어 오르고 높이 솟아올라 굴러가서는
> 황량한 지대의 불쾌한 지역을 뒤덮어 버린다.
> 밀려오고 밀려가는 파도가 힘에 넘쳐 그 곳을 지배하지만
> 그것이 물러간 다음에는 나를 절망할 지경으로
> 불안하게 만드는 것을 하나도 이룩하지 못하고 있다.
> 억제를 모르는 사대원(四大元)의 맹목적인 힘일 따름이니라! (10212~

48 『괴테 파우스트 휴머니즘』, 274면.

10219행)

이렇게 바다의 파도도 제압할 수 있다고 생각하는 파우스트는 바다의 흐름을 바꾸는 운하 건설의 유혹에 빠지게 된다. 따라서 바다에 둑을 쌓아 바닷물을 막고 농토와 거주지를 형성한다는 야심 찬 간척 사업 계획을 파우스트는 메피스토펠레스에게 밝힌다.

> 내 눈은 저 아득한 바다로 끌렸다.
> 부풀어 오르고, 저절로 솟구쳐 올랐다가는
> 잠잠해지는가 싶더니 다시 파도를 퍼부어
> 드넓은 평평한 해변을 덮치는 것이다.
> 나는 그것이 화가 났다. (10198~10202행)

밀물 때면 몰려들고 썰물 때는 다시 빠져나가는 바다의 영원히 반복되는 움직임이 파우스트를 불쾌하게 만드는 것은 이것이 비생산적이며 아무런 결실을 거두지 못하기 때문이다. 이는 근본적으로 발전이나 진보 대신 동일한 상황의 반복을 보여 주는 답답한 움직임이며, 변형과 변화를 배제하는 비생산적인 일이라는 것이다. 파우스트의 의도는 바로 이러한 반복을 변형시키는 행위, 즉 비생산적인 것을 생산적인 것으로 바꾸는 작업이다. 따라서 파우스트의 간척 사업은, 이러한 바다의 〈비생산적〉 반복 운동에 나타나는 〈얽매이지 않은 원소의 목적 없는 힘〉(10219행)에 대한 격분과 〈여기서 나는 싸우고 싶다. 이것을 나는 이겨 내고 싶다〉(10221행)라는 말에 나타나듯 자연에 대한 그의 공격적이고 투쟁적인 성격으로, 헤겔의 역사 이론과 일치한다.

파우스트가 운하를 개발하고자 하는 목적은 『빌헬름 마이스터의 방랑 시대』에도 나타난다. 〈레나르도가 백부에게서 물려받은 토지의 일부는 자연의 혜택이 적은 지방에 있는데, 최근에 그 지방을 관통하는 운하가 계획되어 우리 소유지도 통과하기 때문에, 우리가 서로 연합하면 그 토지의 가치는 헤아릴 수 없을 만큼 높아지게 됩니다. 그렇게 되면 그는 처음부터 시작해 보고자 하는 강인한 성격을 아주 알맞게 전개시켜 나갈 수 있을 것입니다. 이 운하의 양쪽에는 아직 개척되어 있지 않고 사람도 살고 있지 않은 토지가 남아돌 만큼 있을 것입니다. 그곳에 방적 여공이나 직물 여공이 이주하고, 미장이, 목수 그리고 대장장이가 자신들과 그녀들에 알맞는 공장을 세울 것입니다.〉(HA 8, 242) 트룬츠Erich Trunz가 말한 대로 여기에서 언급된 토지는 백부가 살았던 미국의 토지이고, 운하는 미시시피와 오하이오 사이의 운하 계획일 것이다.[49] 이러한 운하 공사가 『파우스트』에서 파우스트의 주요 사업으로 전개되는 것이다.

심리학적으로 바다는 〈모든 생명의 어머니, 정신적 신비, 무한, 죽음과 재생, 무시간성과 영원, 무의식〉[50]을 상징한다. 괴테도 바다를 모든 생명의 생성 요소라고 보아서 만물의 생명은 바다에 의해서 유지된다고 생각하였다.

만세! 만세! 또다시 만세!
미와 진(眞)이 온몸에 스며드니,
꽃피는 듯한 기쁨을 느끼겠노라.
만물은 물에서 생겨났도다!
만물은 물에 의해 생명이 유지되리라!
대양이여, 그대의 영원한 지배를 베풀어 다오.
만일 그대가 구름을 보내지 않았다면,

49 괴테, 『빌헬름 마이스터의 방랑 시대』, 곽복록 옮김, 예하, 1995, 276면.
50 이승훈, 『시론』, 고려원, 1984, 207면.

수많은 개울을 흐르게 하지 않았다면,

여기저기에 냇물을 굽이치게 하지 않았다면,

그리고 여러 강물을 이루어 놓지 않았다면,

산들은 어찌 되고, 평야와 세계는 어찌 되었겠는가?

싱싱한 생명을 유지해 주는 것은 바로 그대뿐이다. (8432~8443행)

이러한 바다의 근처에 황제에게 봉사한 공로로 봉토를 얻게 된 파우
스트는 이 대지로 이주하여 댐을 건설하고 운하를 파며 바다를 육지로
개간한다. 그러나 파우스트가 운하를 간척하여 자연에 도전하는 사업
은 바다의 엄청난 분노를 자극하여, 결국 바다는 정돈되고 평화스러운
세계를 휩쓸어 버린다. 따라서 바다에 인접한 지역에서 정원, 마을, 숲
등 〈유원지Locus Amoenus〉로 묘사되던 대지의 아름다움은 곧바로 추한
것과 짝을 이루어 고상하면서도 공포스러운 장면들로 변모한다. 〈바위
에서 바위로 쏟아져 내리며, 미친 듯 탐욕스레 심연을 향해 떨어져 내
리는〉(3350~3351행), 그리고 그 과정에서 주변의 모든 것을 휩쓸어 가
는 〈물 사태〉(3351행)는 운하의 건설 등 물에 대한 도전에 대한 응징이
다. 자연을 초월하면서도 동시에 자연에 내재하는 신이 초인격적·비인
간적 모습을 드러내는 것이다. 이러한 맥락에서 〈내가 받은 소식에 의
하면 운하가 아니라, 무덤을 파는 것이라고 하더이다〉(11557~11558행)
라고 메피스토펠레스가 약간 낮은 소리로 말하듯이, 음향적으로 유사
한 〈무덤Grab〉(11558행)과 〈운하Graben〉(11558행)에서 물과 죽음의 연관
성이 암시된다. 파우스트는 자신의 무덤을 파는 소리를 운하를 건설하
는 인부들의 작업 소리로 착각한 것이다. 이는 그가 열정적으로 꿈꾸는
운하의 이상이 죽어 가는 노인인 파우스트 자신의 헛된 망상이라는 암
시이다. 한 눈먼 노인의 위대한 미래 비전은 결국 환각으로, 자연을 파
괴할 뿐이다.[51]

외부의 위협에 공동으로 대처하며 개인의 삶을 살아가는 사회에는 남의 노동의 대가를 착취하는 특권층이나 착취당하는 평민이 존재하기 마련이다. 황제에게 〈그 땅은 아직 존재하지도 않고 널따랗게 바닷속에 잠겨 있어요〉(11039행)라고 말하면서 바닷속에 잠겨 있어 아직 존재하지도 않는 땅을 봉토로 받고 싶어 하는 파우스트의 동기는 평범한 생활을 타파하는 새로운 도전과 개척의 정신으로 질풍노도의 감정이다. 이미 사람들이 살고 있고, 그래서 유럽의 낡은 신분 질서와 빈부 관계가 고착된 지역에서 자유와 평등 같은 새로운 사회의 구현을 시도하는 파우스트는 〈모두가 자유도 생명도 날마다 싸워서 얻어야 한다〉(11576행)는 그의 질풍노도적인 이념을 구현하고자 하는 것이다.

그러나 〈새로운〉 땅에서는 프랑스 혁명과 같은 끔찍한 사건 없이도 〈새로운〉 사회가 건설될 수 있다. 어떤 질서도 체제도 존재하지 않는 시작 단계의 새로운 사회에서는 모든 것이 백지 상태에서 시작되기 때문에, 이 사회를 건설하는 자는 자신의 이상을 자유롭게 펼칠 수 있는 것이다. 이렇게 〈처음으로 형성하고 창조하는 것〉이야말로 〈초기 인간 사회의 장점〉으로 괴테의 신념인 셈이다.[52] 스스로 삶을 개척해 가려는 노력 및 행동과 이러한 행동의 결실인 이상적인 〈자유〉, 그리고 이를 바탕으로 하는 이상적인 공동체의 성립이 파우스트의 독백에 담겨 있다.

저 산줄기에 늪이 하나 생겨서,
이미 이룩해 놓은 땅을 모두 더럽히고 있다.
악취 나는 썩은 늪의 물을 몰아내는 것이
마지막이면서도 최대의 공사가 되리라.
그것으로 나는 수백만의 백성에게 땅을 마련해 주는 셈이니,

51 안진태, 『파우스트의 여성적 본질』, 열린책들, 1999, 61면 이하 참조.
52 『괴테 파우스트 휴머니즘』, 243면 이하.

안전하지는 못할지라도 일하며 자유롭게 살 수 있으리라.

들판은 푸르고 비옥하니, 인간과 가축들은

이 새로 개척한 대지에 곧 정이 들게 될 것이며,

대담하고 부지런한 일꾼들이 쌓아 올린

튼튼한 언덕 곁으로 당장에 이주하게 되리라.

밖에서는 거센 물결이 미친 듯이 제방까지 밀어닥쳐도,

여기 안쪽은 천국과도 같은 땅이 될 것이며,

저 물결이 억지로 밀고 들어오려고 제방을 깎아 먹는다 해도,

협동하는 정신이 급히 서둘러 그 갈라진 틈을 막아 버리리라.

그렇다! 나는 이런 정신에 모든 것을 바치고 있으니,

인간 지혜의 마지막 결론은 이러한 것이다.

자유도 생명도 날마다 싸워서 얻는 자만이

그것을 누릴 자격이 있는 것이다.

여기에는 위험에 에워싸여 있어도,

아이고 어른이고 노인이고 유용한 세월을 보내게 되리라.

나는 이런 인간의 무리들을 보고 싶고,

자유로운 땅에서 자유로운 백성들과 더불어 살고 싶다. (11559~
11580행)

〈자유로운 땅〉에서 소외되지 않은 삶을 영위하는 〈자유로운 사람들〉의 공동체라는 미래 사회는 분명히 바람직하고 이상적이어서 〈희망〉이 되고, 이러한 희망이 올바르게 실현된다면 〈발전〉이 될 수 있다. 그러나 이 독백을 두고 메처Thomas Metscher는 〈미래 세대에 대한 괴테의 유언〉이며 〈독일의 인본주의적·시민적 문화가 이룩한 지고의 사상 및 시적 표현 형태〉[53]라고 극찬한 반면, 슐라퍼Heinz Schlaffer는 〈역사적

53 Thomas Metscher, Faust und die Ökonomie. Ein literaturhistorischer Essay, in:

발전〉이라는 허구적인 믿음에 대해 차가운 아이러니가 담긴 눈멀고 늙은 한 노인의 헛된 망상에 불과하다고 폄하하는 등 다양한 평가가 있다. 실제로 괴테 자신 또한 자신의 필생의 대작인 『파우스트』를 〈공공연한 수수께끼〉[54]라고 칭하기도 했다.

자신의 무덤*Grab*을 파는 삽질 소리를 인부들이 운하*Graben*를 파는 작업의 소리로 착각하는 이상적인 환영에 잠긴 파우스트는 아래와 같이 독백한다.

> 그러나 순간을 향해 나는 말할 수 있으리라.
> 머물러라, 너 그렇게 아름답구나라고.
> 내 이 세상에서의 삶의 흔적은
> 영겁의 시간에도 결코 소멸되지 않을 것이다.
> 이러한 행복을 예감하면서
> 나는 지금 지고의 순간을 향유하노라. (11581~11586행)

파우스트의 이 독백은 사회주의적인 유토피아의 성취가 아니라, 〈자본주의적 경제의 결과에 대한 괴테의 예언자적 경고〉라고 슐라퍼는 결론지었다.[55] 위의 외침 가운데 〈지고의 순간〉(11586행)도, 메피스토펠레스의 냉철한 현실주의적인 눈에는 〈드높은 행복의 예감〉(11585행)의 단지 〈예감*Vorgefühl*〉에 근거한 〈최후의 하찮고 공허한 순간〉(11589행)일 따름이다.

현명한 영주님의 대담한 하인들이

Das Argument, Sonderband 3, 1976, S. 122.
54 1831년 6월 1일 첼터에게 보낸 편지 내용.
55 『괴테 파우스트 휴머니즘』, 237면 이하.

운하를 파고 둑을 쌓아 올리고 하여

바다의 세력권을 좁혀 놓고는,

그 대신에 자기가 주인이 되려 한답니다. (11091~11094행)

바다라는 〈얽매이지 않은 원소의 목적 없는 힘〉(10219행)을 제어하
려는 파우스트의 간척 사업은 결국에는 자연의 근원적 질서를 인위적
으로 파괴하는 행위이다. 파우스트가 메피스토펠레스에게 〈나는 지배
권을 얻으려 한다, 재산도! 행동이 모든 것이다〉(10187~10188행)라고
밝히듯이 이 거대한 사업은 권력(지배권)과 부(재산)를 목적으로 한다.[56]
한때 세계와 우주와 자연의 근원적 진리를 인식하려 했던 질풍노도적
인 학자 파우스트가 이제는 〈그의 정신 안에 여러 가지 계획〉(10227행)
을 세워 자연을 자신의 뜻에 맞게 개조함으로써 인간의 이득을 얻으려
는 것이다.[57]

이러한 이득의 원천과 대상은 황금이다. 〈모든 것으로 변할 수 있
는〉(5782행) 황금은 인간의 추악한 탐욕의 대상이 되어 서로 싸우고 죽
게 하는 불행의 원천이 되거나, 공동체를 이루는 구성원들의 이기적 탐
욕을 자극해 공동체를 해체시키기도 한다. 메피스토펠레스가 고안한
지폐같이 실질적 가치가 없는 허상의 황금이 일깨운 이기적 재물욕은
한 제국의 기틀을 송두리째 뒤흔들어 놓을 수도 있다. 그러나 소유하
려는 욕심만 극복될 수 있다면 황금은 엄청나게 긍적적인 역할을 한다.
작품 제2부에서 이 지고의 금속은 〈수레를 끄는 소년Knabe Wagenlenker〉
과 오이포리온Euphorion의 경우에서처럼 〈지고의 정신적인 힘과 사랑의
힘〉이 되고 있다. 이들은 황금을 〈소유하는〉 부가 아니라 〈소비하는〉
재화로 생각하는 것이다.

---

56 같은 책, 141면 이하.
57 같은 책, 273면.

파우스트가 마지막에 추진한 사업인 바닷가에 둑을 쌓아 쓸모없는 개펄을 개간해 이상적인 사회로 만들어 부를 축적하려는 시도 역시 황금의 긍정적인 측면에 해당될 수도 있다. 그러나 개간 사업을 통해 새로운 식민지를 건설하려는 파우스트의 의도는 자아 희생이나 헌신이 아니라 자신의 의지의 관철과 이를 통한 이윤의 확보이다. 따라서 그는 철저하게 개인적인 욕구를 추구한다. 이러한 파우스트의 야욕적 행위는 어떤 결실을 거둘까? 스스로 주인이 된 파우스트는 자신이 파괴해 버린 낡은 세계보다 더 좋은 이상향을 건설할 수 있을까? 그가 건설을 위해 파괴한 자연이라는 모항보다 더 이상적인 항구를 구축할 수 있을까? 「천상의 서곡」에서 〈비록 그가 지금은 혼란 속에서 나를 섬기고 있으나, 나는 그를 곧 밝음으로 인도하리라〉(308~309행)라는 주님의 언급을 보면 파우스트의 의도는 성공할 듯 보이기도 한다. 신은 이 세상의 일에 관여하지 않겠다고 선언했지만, 자신이 창조한 인간인 파우스트의 〈어두운 충동에서도 결코 길을 잃지 않는〉(328~329행) 긍정성과 선한 본성을 믿고 있는 것이다. 이렇게 미래에 대한 신의 약속은 작품 마지막 장면에서 실현되는 것 같다. 파우스트가 죽기 직전에 전개되는 미래의 이상적인 사회의 환영(幻影)에서 〈지고한 순간der höchste Augenblick〉(11586행)을 향유하고, 그의 영혼은 천사들에게 구원되어 승천의 길로 들어서기 때문이다.

이러한 해피엔드에도 불구하고 『파우스트』는 〈한 편의 비극Eine Tragödie〉이라는 부제를 지니는데, 이 〈비극〉이라는 부제에 대해서는 논란이 분분하다. 〈비극〉이라는 부제에 별 의미가 없다고 주장하는 폴리처Heinz Politzer는 괴테가 독자의 관심을 위해서, 아니면 단순히 습관적으로 비극이라는 단어를 사용했다고 주장하였다.[58] 슈미트Jochen Schmidt는 작품의 파국에 이르는 비극적 사건들에 무게가 놓이면 『파우

---

58 Heinz Politzer, *Vom Baum der Erkenntnis und der Sünde der Wissenschaft*, S. 357.

스트』는 비극적 성격이 강한 작품이 될 것이고, 「천상의 서곡」에서 예시된 줄거리가 중시되면 비극은 허상이 된다고 말했다. 한편 19세기 이후 『파우스트』는 지고한 인간성의 완성에 이르는 단계별 성장으로 해석되어 왔기 때문에, 〈비극〉이라는 부제가 제대로 주목받지 못했다는 게 뮐러자이델Walter Müller-Seidel의 지적이다.[59] 이렇게 인간성의 완성을 위해 단계별로 성장해 가는, 다시 말해서 자아 중심적 존재에서 사회적 존재로 발달해 가는 파우스트의 모습에서 『파우스트』는 성장 소설로도 볼 수 있겠다.

다양한 의견이 있지만 작품 도입부에 주인공의 구원이 약속되는 「천상의 서곡」에서부터 이 구원이 이루어지는 마지막 장면인 「심산유곡 Bergschluchten」까지, 『파우스트』는 전체가 〈비극〉의 모습을 보여 준다. 특히 파우스트의 이른바 문명의 개발은 기본적으로 화해될 수 없는 갈등과 이로 인한 파국인 비극이다. 무리한 영토 개간과 그에 따른 노동자들에 대한 가혹한 탄압 및 수탈, 필레몬Philemon과 바우키스Baucis 부부의 살해는 개인적 의지의 개발이 어떠한 결과를 가져오는가를 보여 주고 있다.

파우스트는 바다의 힘에 대한 인간의 방어 행위인 제방의 건설에 국한하지 않고, 거기에서 무엇인가를 탈취하여 인간이 사용할 수 있는 도구로 만들고자 함으로써 자연을 파괴한다. 이러한 자연 파괴의 전형은 〈필레몬과 바우키스〉[60]가 누리던 평화로운 전원생활의 파괴이다. 이들

59 Walter Müller-Seidel, *Die Geschichtlichkeit der deutschen Klassik, Literatur und Denkform um 1800*, Stuttgart, 1983, S. 175 f; 『괴테 파우스트 휴머니즘』, 56면.

60 제우스와 헤르메스 신이 인간 세계의 여행 도중에 한 마을에서 쉬어 가려 했는데 마을 사람들 중 가난한 노부부인 필레몬과 바우키스 외에는 아무도 그들을 대접하지 않았다. 가난한 살림이지만 정성을 다해 손님을 대접한 그들 부부를 제외하고 제우스는 그 마을을 홍수로 물에 잠기게 했다. 제우스는 필레몬과 바우키스의 소원에 따라 그들을 신전을 지키는 사제로 임명하고 한날한시에 함께 죽음을 맞이하게 해주었다. 그들은 죽으면서 보리수와 참나무로 변해 영원히 서로 마주 보게 되었다.

노부부는 자연을 정복하고 토지의 생산력을 극대화하려는 파우스트와 달리, 자연에 순응하고 자연과 하나가 되어 살며 자신들이 필요로 하는 만큼만 생산하는 순박한 사람들이다. 이들은 파우스트처럼 사람들을 지배하거나 자신의 목적에 동원하려 하지 않고, 오히려 어려움에 처한 사람들을 도와주며 이들과 평화적 공존을 찾는다. 이러한 이들의 존재 형태야말로 파우스트 자신과 전혀 다른 삶으로 그에게는 도전이 되는 셈이다.[61]

『파우스트』 제5장의 처음 부분은 서로 사랑이 깊은 노부부인 필레몬과 바우키스의 오두막집과 작은 예배당이 있는 바닷가의 한 넓은 지역에서 전개된다. 이때 과거 항해 중에 배가 파손되어 조난당하던 중에 휩쓸려 와서 이들 부부의 보살핌을 받은 한 명의 나그네가 등장하고, 필레몬은 넓은 바다를 응시하는 그의 모습에 대해 언급한다.

> (바우키스에게) 명랑하게 꽃이 만발한 정원에,
> 서둘러 식탁이나 마련토록 하구려.
> 저 사람은 그냥 뛰어다니며 놀라움을 체험하게 합시다.
> 눈에 보이는 것이 전혀 믿기지 않을 테니까요.
> (나그네 곁에 나란히 서면서) 파도에 파도가 사납게 거품을 내며
> 당신을 무섭게 학대하던 그 바다가
> 정원으로 변하여 당신을 맞이하고
> 천국적인 모습으로 바뀐 것을 보시오. (11079~11086행)

여기에서 이 난파 선원은 〈나그네Wanderer〉라고 불리는데, 이는 노부부의 삶의 양식과 그것과 본질적으로 배타적인 세계, 즉 목가적이고 정주된 세계와 정착하지 못하고 떠도는 방랑 세계의 비교를 돋보이게 하

---

61 『괴테 파우스트 휴머니즘』, 267면.

는 방식이다.

괴테가 『친화력』의 주인공들을 변증법적으로 구분한 명제These와 반명제Antithese는 〈자연의 힘인 친화력〉과 〈사회의 힘인 도덕〉의 구분이다. 여기서 자연을 존재Sein라 한다면 사회는 당위Sollen라고 규정될 수 있다. 자연의 힘인 친화력은 필연적이어서 Sein은 Müssen(필수)으로도 볼수 있다. 이러한 명제와 반명제는 서로 팽팽한 관계로 양보를 절대 허락하지 않아서 결국 자연에서 긍정성과 부정성으로 작용한다.

파우스트의 현대적 식민지 건설 사업에 동화될 수 없는 필레몬과 바우키스의 평화롭고 소박한 세계는 〈나의 광대한 소유, 그것은 순수하지 못하였도다〉(11556행)라고 말할 정도로 파우스트의 순수하지 못했던 욕망을 일깨워 준다. 따라서 필레몬과 바우키스의 소박한 오두막이 파우스트에게는 거대한 궁전보다도 더 천국같이 느껴지는데, 이는 과거에도 천국같이 느껴졌던 그레트헨의 초라한 오두막과 맥을 같이한다.

〈당신에게는 어떤 기준도 한계도 정해져 있지 않소이다. 마음 내키면 어디서나 맛을 보시고, 도망치면서도 무언가 낚아채시오. 당신을 즐겁게 하는 것을 손에 넣으시오. 머뭇거리지 말고 그저 꽉 움켜잡으란 말이오〉(1760~1764행)라고 메피스토펠레스는 순진한 그레트헨의 성욕을 자극하여 파우스트를 타락시키려 하지만 그를 완전히 지배하지는 못한다. 쾌락을 추구하던 파우스트는 그레트헨의 오두막에 숨어들어 와 그녀의 소박한 삶의 모습을 목격한 후 완전히 달라져 〈나는 마음속으로 얼마나 감동하고 있는가!〉(2718행)라고 외친다. 이렇게 〈작고 깨끗한 방〉에서의 작은 세계와 깨끗함은 괴테가 일관되게 그레트헨의 본질로 규정하는 개념이 된다.

주위엔 고요함과

질서와 만족의 느낌이 숨쉬고 있구나!

이 가난 속에 이 무슨 충만함일까!

이 감옥 속에 이 무슨 축복이란 말인가!

(침대 옆 가죽 의자에 몸을 던진다.)

(……)

아, 얼마나 자주 이 아버지의 의자 주위에

아이들의 무리가 매달렸을까!

아마도 성탄절의 선물에 감사하려고,

내 사랑하는 소녀도 통통한 빰을 하고,

할아버지의 메마른 손에 경건히 입을 맞추었겠지.

오 소녀여, 나는 느끼노라

네 풍요와 질서의 정신이

내 주위에서 조용히 떠돌고 있음을,

(……)

너로 인해 이 오두막이 천국이 되는구나. (2691~2708행)

　　파우스트의 이 언급은 소시민적 삶에 대한 더할 수 없는 찬가다. 자신의 〈비좁은 고딕식 방〉(355행)을 감옥으로 저주하여 〈슬프다, 난 아직도 이 감옥 속에 처박혀 있단 말인가?〉(398행)라며 한탄하기까지 한 그가 그레트헨의 좁은 〈오두막〉은 천국이라고 찬양하는 것이다. 이렇게 심리적인 상황에 따라서 넓은 궁전이 감옥이 될 수도, 오두막이 넓고 호화로운 궁전이 될 수도 있다. 따라서 가난하고 보잘것없는 삶도 살아가는 방법에 따라서 풍족한 삶이 되거나 궁핍한 삶이 될 수 있는데, 이는 그레트헨의 다음의 말에 잘 드러난다.

　　하녀도 없어서, 제가 요리도 하고 청소도 하고,

뜨개질이나 바느질을 하며

새벽부터 밤늦게까지 뛰어다녀야만 해요.

(……)

그렇다고 너무나 그렇게 아끼면서 살아갈 필요는 없어요.

다른 사람들보다는 훨씬 풍족하게 살 수 있어요. (3111~3116행)

하녀가 없어서 스스로 요리하고, 청소도 하고, 뜨개질이나 바느질을 하며 새벽부터 밤늦게까지 뛰어다녀야 할 정도로 궁핍한 생활을 하고 있지만, 아끼기보다는 영위하는 마음으로 다른 사람들보다 풍족하게 살고 있다는 것이다. 가정일이나 동생들을 기르는 일을 연약한 여성 혼자 감당하기에 힘이 들어 그레트헨은 고통을 호소하기도 한다.

하지만 정말로 괴로운 시간도 많았어요.

밤이 되면 어린 아기의 요람을

제 침대 옆에 갖다 놓았고, 그것이 조금만 움직여도,

저는 잠을 깨곤 했어요.

우유를 먹이기도 하고, 제 곁에 눕히기도 하고,

그래도 울음을 그치지 않을 때면 자리에서 일어나

아기를 얼러 주며 방 안을 서성거리곤 했어요.

그래도 날이 새면 일찍부터 빨래를 해야 하고,

다음에는 시장에 갔다가 부엌일도 했는데,

오늘이나 내일이나 줄곧 이렇게 지냈어요. (3137~3146행)

이러한 견디기 힘든 양육 등의 고통도 그레트헨의 강렬한 모성애로 극복되어 결국에는 달콤한 행복이 된다. 〈그 애 때문에 참으로 애를 많이 태웠지요. 그러나 그런 괴로움을 다시 한 번 맛보고도 싶군요. 그 애

는 정말 귀여웠답니다.〉(3122~3124행)

그레트헨의 작은 오두막이 천국 같은 궁정으로 여겨질 수 있다는 내용은, 『젊은 베르테르의 슬픔』에서 〈저의 집이 물론 천국이라고 할 순 없지만, 어쩐지 무한한 행복의 원천인 것 같아요〉(L 23)라는 로테의 말에도 잘 묘사되어 있다. 필레몬과 바우키스 또는 그레트헨의 〈오두막〉은 초라하지만 거기에 화목하고 근면한 삶이 깃들면서 천국과도 같은 궁전이 되는 것이다. 이러한 맥락에서 보잘것없는 조그만 오두막이 괴테의 찬가 「프로메테우스」에서는 강력하게 수호해야 하는 성체가 되기도 한다.

> 제우스여, 그대의 하늘을
> 구름의 안개로 덮어라!
> 그리고 엉겅퀴를 꺾는
> 어린이와 같이
> 떡갈나무에, 산봉우리에 힘을 발휘해 보아라!
> 하지만 나의 대지만은
> 손끝 하나 안 되니,
> 네 힘을 빌리지 않고 세운
> 내 오두막에,
> 그리고 네가 시샘하고 있는
> 내 가마의 불은
> 손대지 말지어다.

이렇듯 영혼이 긍정적인 상황일 때와 부정적인 상황일 때 자연의 대상도 상반되게 느껴진다. 예를 들어 『파우스트』에서 파우스트가 자유로운 의지를 펼칠 수 없는 삶을 무의미하게 생각하여 자살을 시도하려

할 때 자연의 생명체인 〈벌레〉(707행)는 지겨운 존재로 나타난다. 세상에서 〈벌레〉 같은 존재로 생존하는 한 결코 〈신적인 경지〉를 향유할 수 없다고 생각한 파우스트는 〈이 드높은 삶, 이 신적인 희열! 너, 아직 벌레인데, 이것을 향유할 자격이 있단 말인가?〉(706~707행)라고 부르짖으며 자살을 시도한다.

〈신과의 동일〉을 갈구하던 파우스트는 나중에 지령Erdgeist에 의해 자신의 한계를 인식하면서 크게 좌절한다. 〈신의 모양인 나〉(516행), 〈나, 신의 모양〉(614행)이라며 신적인 경지에 올랐다고 자부하던 파우스트에게 지령은 〈너는 네가 이해하는 정신과는 동등하지만 나와는 같지 않다!〉(512~513행)라고 하여 그에게 충격을 준다. 이러한 절망적인 상황에서 〈벌레〉(653행)는 좌절의 대상이 되고, 파우스트는 〈나는 결코 신들과 같지 않다! 그것을 뼈저리게 느낀다. 나는 먼지 속을 이리저리 파헤치는 벌레와 같은 존재일 뿐이다〉(652~653행)라고 말하며 벌레를 통해 극한적인 위축을 암시한다.

이와 반대로 『젊은 베르테르의 슬픔』에서 베르테르가 자연에 탐닉할 때는 〈벌레〉와 해로운 모기까지도 진귀한 벗이 된다. 〈풀포기 사이에서 우글거리는 작은 세계, 헤아릴 수 없을 정도로 무수히 많은 작은 벌레나 모기들의 형상을 보다 가까이 느낄 때, 나는 자신의 모습에 따라 우리를 창조하신 전능하신 신의 현존을 느끼고, 영원한 환희 속에 부동하며 우리를 이끌어 보존하시는 자비로운 신의 나부낌을 느낀다네.〉(L 9) 이렇게 영혼이 긍정적인 상황일 때와 부정적인 상황일 때 자연의 대상도 상반되게 작용하는 것이다.

심지어는 성스러운 종교적 대상도 영혼의 상황에 따라 부정적으로 작용하기도 한다. 메피스토펠레스의 영향력에 의해서 건설된 〈넓은 유원지, 크고 곧장 뚫린 운하〉가 있는 파우스트의 궁전이 전개되는데, 여기에 앉아 있는 파우스트는 들려오는 예배당의 성스러운 종소리에서 종교의 경건함이 아닌 건설의 악마성을 느끼게 된다.

> 저주스러운 종소리로다! 음흉스런 화살처럼,
> 너무도 치욕스럽게 내게 상처를 입히는구나.
> 눈앞에는 내 영토가 무한히 전개되어 있는데,
> 등 뒤에서는 불쾌감이 나를 조롱하고,
> 저 시기에 찬 종 소리를 들으니 이런 생각이 나는구나.
> 나의 지고한 영토란 순수하지 못할지니,
> 저 보리수가 서 있는 언덕, 저 갈색 판잣집, 그리고
> 저 무너져 가는 예배당은 내 소유가 아니로다. (11151~11158행)

> 저 조그만 종소리, 저 보리수의 향기가
> 교회나 무덤 속에서처럼 나를 휘감고 있다. (11253~11254행)

삶의 여유도 스스로 바라볼 비판적 능력도 상실해 버린 파우스트에게 언덕 위에서 들려오는 성스러운 종교의 종소리는 모든 잃어버린 것들을 고통스럽게 상기하기를 강요한다. 제1부에서 자살 직전의 파우스트는 부활절의 종소리를 듣고 다시 삶의 세계로 돌아설 수 있었다. 이 종소리가 그에게 아직 이성이 깨어나지 않았던 시절, 그래서 순수하고 소박하며 아무런 갈등도 모르던 어린 시절에 대한 기억을 일깨웠기 때문이다. 그러나 모든 것을 의식적으로 내버리고 파괴해 버린 지금의 파우스트에게 교회의 종소리는 견딜 수 없는 고문일 수밖에 없는데, 이러한 의미를 메피스토펠레스가 잘 나타내고 있다.

> 물론이지요! 그렇게 불쾌한 것이 있으면,
> 인생이 쓰디쓰다는 건 틀림없지요.

누가 부정하겠소이까! 저 따위 종소리라면
어떤 고상한 사람의 귀에라도 불쾌하게 들릴 것입니다.
저런 저주스러운 빙-방-빙 하는 소리는,
명랑한 저녁 하늘을 안개로 뒤덮듯이,
세례를 받을 때부터 장례식에 이르기까지
가지가지 사건 속에 섞여 들어오기 때문에,
인생이란 빙-방 하는 소리 사이에
덧없이 사라져 버린 꿈과도 같습니다. (11259~11268행)

이렇듯 종교에 관련되었을 때 성스럽게 들리던 종소리도 갈등 상태
에 처하게 되면 고통스럽게 들린다. 정신이 극도의 공황 상태에 이르
면 작은 초인종 소리조차 큰 반응을 일으켜서,『젊은 베르테르의 슬픔』
의 로테는 베르테르의 죽음이라는 공포에 접하자 초인종 소리에도 소
름 끼침을 느끼는 것이다. 〈로테는 초인종이 울리는 소리를 듣자 온몸
에 오싹 소름이 끼쳤다.〉(L 123) 자연의 긍정성과 부정성을 포용하는 초
월적인 힘으로 양자 간의 투쟁을 종식시켜야만 평정과 구원을 얻을 수
있는데, 그것은 오직 〈숭고한 영혼〉으로 자연의 품에 안기는 것이다.

그러나 자연을 파괴하는 파우스트의 문명의 작업은 점차적으로 거
만하고 기만적인 행위가 되어 바우키스는 〈어쩐지 이 일은 하나부터
열까지 합당하게 진행된 것 같지가 않아요〉(11113~11114행)라고 불길
하게 말한다. 또한 오만해진 파우스트는 우주의 창조자인 신적인 경지
에 오른 것으로 착각하고, 그런 그의 모습은 우스꽝스런 인물로 조롱
되는 학사*Baccalaureus*를 통해 암시되기도 한다.

이 세계, 이것은 내가 창조해 내기 전에는 존재하지도 않았다;
태양은 내가 바다로부터 끌어 올렸고,

달의 차고 기욺도 나로부터 시작되었다.

(……)

무수한 별들도 그 첫날 밤에

내 손짓 하나로 찬란함을 펼친 것이다. (6794~6799행)

결국 메피스토펠레스가 영향을 미쳐 자행된 파우스트의 작업들은 죄와 마법의 근원이 되는 저주가 된다고 바우키스는 언급한다.

사람을 제물로 바쳐 피를 흘린 게 틀림없어요.

밤이면 고통으로 울부짖는 소리가 들렸거든요.

수많은 불길이 바다 쪽으로 흘러 내려가면,

다음 날 아침에는 운하가 하나 완성되었지요.

그는 신을 모독하고 있는 사람으로,

우리의 오두막집과 이 숲도 탐내고 있어요.

그런 사람이 이웃으로 교만을 부리고 있으니,

우리야 그저 굽실거리는 수밖에 없지요. (11127~11134행)

파우스트는 사업에 지장이 된다는 이유만으로 자신의 거성 앞 언덕 위에서 목가적 삶을 살아가는 선량하기 짝이 없는 필레몬과 바우키스 노부부를 살해한다. 이 노부부 살해와 그들의 집과 교회에 행한 방화는 현대적 사업가 파우스트가 저지른 가장 큰 죄악이다. 이 노부부의 집과 땅이 자기 사업에 직접적으로 방해가 되지 않는데도 불구하고 파우스트는 이곳을 강점하려 하고, 언덕 위에 있는 교회의 종소리가 들릴 때마다 거의 광적으로 분노에 빠진다. 반면 경건한 삶을 사는 노부부에게 이 종소리는 성스러운 평화의 소리로 들린다.

자 우리 예배당 쪽으로 가서,

마지막 햇빛을 바라봅시다!

종을 울리고, 꿇어앉아 기도를 올리며

옛날부터의 우리 신을 의지합시다! (11139~11142행)

이들 노부부의 소박하고 순수한 삶은 잃어버린 파우스트 자신에 대한 일종의 양심의 가책으로 작용한다. 자연을 정복하고 자연 위에 군림하려 한 그의 삶은 자연으로부터 소외된 것이다.[62]

행복의 추구가 불행을 초래하고, 좀 더 좋은 세계를 건설하려는 욕구가 엉뚱한 파괴를 수반하는 경우가 많다. 따라서 야욕에 찼던 개간 사업도 자연을 파괴하는 결과를 가져온다. 파우스트의 개발은 〈제한된 세계에 등장한 모든 절대적인 것과 마찬가지로 많은 사람들에게 파멸을 불러오는 것이다〉.[63] 황제에게 봉사한 공로로 얻은 바닷가 근처 토지로 이주하여 댐을 건설하고 운하를 파며 바다를 육지로 만들도록 파우스트를 부추긴 것은 메피스토펠레스의 마법이었다.

낮에는 부하들이 괭이니 삽을 들고

뚝딱거리면서 괜히 법석만 떨곤 하는데,

밤이 되어 조그만 불꽃들이 떼를 지어 북적거리면,

벌써 다음 날에 둑이 되어 있더란 말이오. (11123~11126행)

파우스트는 자신의 힘이 아니라 메피스토펠레스의 도움으로 전쟁에서 승리했고 그 대가로 황제로부터 지배권과 재산, 즉 그가 다스릴 수 있는 봉토를 하사받았다. 이 지배권과 재산은 개간 사업을 통한 새

---

62 『괴테 파우스트 휴머니즘』, 268면.

63 Johann W. von Goethe, *Goethes Werke*, Weimarer Ausgabe, Bd. 36, S. 391.

로운 식민지 건설이라는 전제가 될 뿐 파우스트의 최종 목적은 될 수 없다. 이렇게 악마 메피스토펠레스의 마법에 부추겨져 완공된 공사는 결국 문명을 파괴시키는 부정적인 결과를 야기하는데, 이러한 결과는 메피스토펠레스에게 승리의 미소를 짓게 한다.

> 네가 댐을 만들고 제방을 쌓고 하지만,
> 그저 우리를 위해 애쓰는 것일 뿐이다.
> 그럴 것이 너는 바다의 악마 넵투누스에게
> 성대한 잔치를 마련해 주고 있기 때문이지. (11544~11547행)

〈시간이 주인이 된다〉(11592행)라는 메피스토펠레스의 말처럼, 파우스트 같은 인간이 만든 댐이나 제방은 일반적으로 득이나 도움이 되지만 어느 시기에는 화를 야기하는, 전형적인 〈현대적인〉 개발의 양상이다. 파우스트가 이 공사를 수행하면서 보여 준 노동자들에 대한 가혹한 수탈이나 사업 확장에 대한 욕구 그리고 사업에 장애가 되는 것에 대한 무자비한 탄압 등은 19세기 유럽에서 일어난 초기 자본주의의 모습을 연상시킨다.[64]

> 가능한 수단을 다 강구하여,
> 일꾼들을 모을 수 있는 대로 모으도록 하고,
> 쾌락도 주고 엄벌도 주어 기운을 북돋우며,
> 돈도 뿌리고 달래기도 하고 억누르기도 해라!
> 그리고 계획한 운하가 얼마나 길어졌는지,
> 매일매일 내게 보고하도록 하라. (11551~11556행)

64 『괴테 파우스트 휴머니즘』, 20면.

이렇게 대중을 등한시하거나 수탈하는 내용과 관련하여, 괴테가 비난의 대상이 된 적도 있었다. 그의 작품은 주로 귀족들을 취급할 뿐 서민들을 다루는 경우가 드물기 때문이다. 교육자 페스탈로치Johann H. Pestalozzi는『은자의 황혼Die Abendstunde eines Einsiedlers』의 마지막 부분에서 이러한 괴테를 신랄하게 야유하고 있다.

오오, 높은 지위에 있는 군주여!
오오, 힘을 가진 괴테여!
어버이 마음이 그대의 의무가 아닌가?
오오, 괴테여, 그대의 길이 모두 자연이 아님을
나는 유감스럽게 생각한다.
약한 자를 소중하게 하고, 자기 힘을 사용하는 데
있어서 어버이의 마음, 어버이의 목적,
그리고 어버이의 희생,
이것이 인간의 순수한 고귀성이다.
오오, 높은 지위에 있는 괴테여!
나는 그대를 내 낮은 지위에서 우러러보고,
무서워 떨며, 침묵하며 탄식한다.
그대의 힘은 나라의 영광을 위해서
몇 백만 국민의 행복을 희생시키는
대군주의 압박과도 같다.

페스탈로치의 비난처럼 괴테의 작품들에서는 부르주아 문학에서 즐겨 사용하는 〈귀족〉이 주로 다뤄지는데, 이러한 귀족들의 세계가 계속 세습되고, 심지어는 저승에까지도 세습되는 상황이『파우스트』에서는 계급 없이 엑스트라처럼 등장하는 합창단에 의해 신랄하게 비판되기도 한다.

> 왕비들이라면 물론 어디에나 기꺼이 가시지요.
> 하계에 가셔도 높은 자리에 앉아 계시고,
> 오만스럽게 자기와 같은 분들과 어울리시며,
> 페르세포네 여왕님과도 정답게 지내시지요.
> 그러나 우리 따위는 수선화와 무성한
> 깊숙한 초원 저 뒷구석에 앉아서,
> 길게 뻗은 백양나무나
> 열매도 맺지 못하는 수양버들과 어울리게 되니,
> 무슨 재미있는 소일거리나 있겠어요?
> 박쥐들처럼 찍찍 소리를 내며 울어 대거나
> 유령들처럼 재미도 없이 속삭이기나 할 따름이죠. (9970~9980행)

『빌헬름 마이스터의 수업 시대』에서도 귀족의 생활 방식이 인격의 자유롭고 완전한 도야가 되며, 여기에 방해가 되는 시민적 사회는 척결되어야 한다고 빌헬름은 언급한다. 이러한 계급 구조는 빌헬름이 자신의 배우 지망의 이유를 밝히는 친구 베르너에게 보낸 편지에 잘 나타나 있다. 〈다른 나라의 경우는 모르겠지만 독일에서는 귀족만이 그러한 용어를 사용하여 품성을 계발할 수 있다. 중산 계급의 사람들은 숙달에 이를 수 있고, 어떤 경우에는 지적 기능을 연마할 수도 있다. (……) 귀족의 평상 생활에는 어떠한 장벽도 없다. 그는 왕이 되거나 또는 왕과 비슷한 사람이 될 수 있다. 그리하여 어디를 가나 그는 자신에 대등한 사람들 앞에 태연자약한 마음으로 행동할 수 있다. 어느 분야에서도 그는 활발하게 밀고 나갈 수 있다. 여기에 비하여 중산 계급인에게는 자신에 부과된 계약을 곧이곧대로 의식하고 앉아 있는 것 이상으로 어울리는 것이 없다. 그는 스스로에 대해서 《당신은 어떤 사람인가》라고 물을 수 없고 오로지 《당신은 무엇을 가지고 있는가? 어떤 머리, 어떤 지식, 어떤 기술, 어떤 재산을 가지고 있는가?》라고 물을 수 있을 뿐이다. 귀족은 자신의 품성으로 모든 것을 주는 데 반해, 부르주아는 품성을 통하여 아무것도 주지 못하고 주어서도 안 된다. (……) 이러한 차이는 귀족의 오만이나 부르주아의 순응성에 기인하는 것이 아니라 사회 구조에서 일어난다.》(HA 7, 290)

마찬가지로 『파우스트』에서 신앙과 사랑, 소망과 인내에서 벗어나 대중을 수탈하기까지 하는 파우스트가 행하는 일에는 수치스러운 결과가 뒤따르게 된다. 위풍당당한 모습도 결국 기만에 불과함을 알고 있는 메피스토펠레스는 개간에 대한 파우스트의 욕망이 실제로는 속절없는 망상이며 공허한 가상에 지나지 않으니 결과는 파멸뿐이라고 확신한다.

어떻게 하든 너는 살아날 수 없을 것이다.
자연력은 우리와 결탁하고 있으니,
너는 끝내 파멸하고 말 것이다. (11548~11550행)

이 내용으로 보아 인간이 공들여 이룩한 문명들은 악마 메피스토펠레스 같은 마신들을 위한 잔치가 되고, 문명이란 결국 부정적인 결과로 치닫는 경우가 많음을 상기할 수 있다. 독일 정신을 담고 있는 파우스트의 개간은 19세기 산업화의 전형이자 당시 경제 상황의 묘사이므로 데카르트는 『방법에 대한 고찰Die Abhandlungen über die Methode』에서 〈자연의 지배자들과 소유주들maitres et posseseurs de la nature〉이라고 설파하고, 마리탱Jacques Maritain은 〈사상의 인간 중심적인 낙천론〉, 겔렌Arnold Gehlen은 〈자연을 지배하는 제국주의〉의 사상을 담은 합리성Rationalität

이라고 규정한다.[65]

　교역과 약탈의 출정에서 메피스토펠레스는 힘센 세 명의 장정인 싸움쟁이*Raufebold*, 날치기*Habebald*, 뚝심쟁이*Haltefest*와 함께 낯선 지역에서 포획한 재화들로 호화롭게 선적된 배를 타고 돌아온다. 이에 파우스트는 언짢은 표정을 보이면서도 그 물건들을 수령하여 가치를 꼼꼼하게 매긴다. 그러고 나서 〈아름다운 땅*Das schöne Gütchen*〉(11276행)으로 필레몬과 바우키스를 옮기는데 마지막 장애를 제거하라는 명령을 끝으로 이제 파우스트는 자신의 죽음에 대해 숙고하면서 개간이나 건설 등의 문명에 회의를 느끼기 시작한다.

　　부유함 속에서 결핍의 느낌이
　　우리를 가장 혹독하게 괴롭힌다. (11251~11252행)

　　반항과 고집이라는 것이
　　비길 데 없이 훌륭한 승리감을 망쳐 놓고 있으니,
　　너무나 심각하고 무서운 고통을 느낀 나머지,
　　정의를 지키려는 마음도 지쳐 버리지 않을 수 없구나. (11269~11273행)

　이에 아랑곳하지 않고 메피스토펠레스가 세 장정인 싸움쟁이, 날치기, 뚝심쟁이와 함께 일에 착수하자 파우스트는 〈네놈들은 내가 말할 때 귀가 먹었었느냐? 나는 교환을 하려 했지 강도짓을 하려 든 게 아니다〉(11370~11371행)라고 고함친다. 그러나 이 고함에서 〈*taub*(귀가 먹은)〉(11370행), 〈*Raub*(강도짓)〉(11371행), 〈*Tausch*(교환)〉(11371행)의 세 단어가 〈*Tod*(죽음)〉(11401행)와 〈*Not*(곤란)〉(11400행), 〈*Grab*(무덤)〉(11558행)와 〈*Graben*(운하)〉(11558행)같이 유사한 음으로 마법적으

65　Walter Benjamin, *Gesammelte Schriften*, Frankfurt/M., 1977, S. 70.

로 연결되어 현실과 이상의 차이를 느끼게 한다. 〈곤란Not이라고 하는 듯한 여운이 남아 있는데, 죽음Tod이라고 하는 음산한 운자(韻字)가 뒤따르는 것 같구나.〉(11401~11402행)

그리고 연기와 증기(안개) 속에서 결핍Mangel(1384행), 죄악Schuld (11383행), 근심Sorge(11384행)과 곤란Not(11400행)을 나타내는 네명의 회색빛 여성들이 접근하는데, 이들은 죽음을 암시한다. 이들 죽음을 상징하는 〈회색의 여인들〉은 파우스트에게 접근하려 하지만 불가능하다.

첫째 여인 제 이름은 결핍이에요.

둘째 여인 저는 죄악이라고 해요.

셋째 여인 제 이름은 근심이에요.

넷째 여인 저는 곤란이라고 하고요.

셋이 함께 문이 닫혀 있어서 우리는 들어갈 수가 없군요. 안에는 부유한 분이 살고 있어서 들어가고 싶지도 않아요.

결핍 그럼 저는 그림자가 되겠어요.

죄악 저는 그럼 없어져 버리겠어요.

곤란 호강에 젖은 사람들은 저를 외면하지요.

근심 언니들, 언니들은 들어갈 수도 없고 들어가서도 안 돼요. 근심인 저는 열쇠 구멍으로 살짝 숨어 들어가겠어요. (11382~11391행)

파우스트는 계획을 짜고 행동하던 문명의 행위가 합리성에 근거하지 않고, 목표도 이러한 합리성에 들어맞지 않음을 인식하게 된다. 〈이 세상 속에 과감히 뛰어들어, 지상의 고통과 행복을 받아들이며, 폭풍우와도 맞서고, 배가 부서지는 소리에도 겁내지 않을 용기〉(464~467행)는 결국 합리성에서 벗어났던 것이다. 자연을 해치는 도구로 쓰인 이성이란 결국 (메피스토펠레스가 부추긴) 마법이며, 합리성에서 벗어난 문명이란 결국 재난임을 깨달은 파우스트는 회한을 느낀다.

> 어떻게든지 내가 가는 길에서 마법을 제거하고,
> 주문 따위는 완전히 잊어 버릴 수가 있다면 좋으련만.
> 자연이여, 내가 그대 앞에 한 사나이로서 마주 설 수 있다면,
> 인간으로서 존재하려고 노력하는 보람이 있으리라.
> (……)
> 그런데 이젠 저런 요기(妖氣)들이 공중에 충만하니,
> 어찌하면 그것들을 피할 수 있을지 알 길이 없구나. (11404~11411행)

5. 시각의 긍정성과 부정성

사람들은 눈으로 서로의 마음을 전하기도 하는데, 눈은 사람과 사람이 교감하는 주요 통로이기 때문이다. 사람의 감각 중에서 가장 중요한 몫을 차지하는 눈을 흔히 〈마음의 창〉이라고 하며, 이는 사람의 내면 정황이 눈을 통해 외부로 드러난다는 의미이다. 아름다움이 눈으로 느껴지기 때문에 연인의 반짝이는 눈은 호수에 비유되기도 한다. 따라서 괴테의 『파우스트』 중 그리스 신화에서 나무판도 꿰뚫어 볼 수 있을 정도로 시력이 좋았다고 전하는[66] 망루지기 링코스Lynkeus는 헬레네의 아름다운 모습을 볼 수 있는 자신의 축복, 즉 영원한 세계의 조화와 아름다움을 눈으로 볼 수 있다는 행복을 다음과 같이 찬미하고 있다.

보기 위해 태어나

---

66 Hermann Jens, *Mythologisches Lexikon, Gestalten der griechischen, römischen und nordischen Mythologie*, München, 1958, S. 49.

파수의 임무를 띠고

망루지기 노릇을 하니

세상은 좋기도 하다.

먼 곳을 바라보며

가까운 곳도 살펴보고

달과 별도

숲과 사슴도 본다.

만물 속에 보이는 것은

영원한 아름다움이로다.

모든 것이 내 마음에 들듯

나도 내 마음에 흡족하다.

복받은 두 눈이여,

그대가 본 것은

뭐니 뭐니 해도

모두가 진정 아름다웠다. (11288~11303행)

괴테가 죽기 1년전(1831년 4월)에 썼으며 호프만슈탈이 〈백조의 노래〉라고 제목을 붙인 이 아름다운 시는 아름다움을 볼 수 있는 시각을 찬양한다. 이러한 링코스와 마찬가지로 미녀 헬레네를 처음 본 파우스트 또한 자신의 시각을 의심할 정도다.

나의 눈이 어찌 된 것은 아닌가? 미의 원천이

마음속 깊은 곳에서 넘쳐흐르는 것인가?

무시무시한 이번 여행이 가장 성스러운 이득을 가져왔구나.

지금까지 이 세상은 나에게 얼마나 무의미하게 닫혀 있었던가!

이제야 비로소 바람직하고 근본이 있고 영속적이 되었도다! (6487~

6491행)

하지만 눈이 반드시 아름다운 정황을 받아들이는 기능만 하는 것은 아니다. 이 시에서도 링코스는 사물들의 아름답거나 사랑스러운 모습을 보이는 대로 즐겁게 노래하지만, 이 아름다움에는 죄악이 담겨 있을 수도 있으니 시각은 부정적인 요소로도 작용하는 셈이다. 링코스는 헬레네의 아름다움을 마음이 아닌 눈으로 본 스스로를 심하게 탓하게 된다.

무릎을 꿇게 해주십시오. 우러러보게 해주십시오.
저를 죽여 주십시오. 저를 살도록 해주십시오.
저는 신께서 보내 주신 이 부인에게
이미 제 몸을 바쳤으니까요.

아침의 환희를 기다리면서,
동쪽에서 해가 뜨는 것을 살피고 있는데,
태양은 갑작스럽게
이상하게도 남쪽에서 솟아올랐습니다.

골짜기나 산들 대신에,
드넓은 대지나 하늘을 바라보는 대신에,
그쪽으로 눈길을 돌려
오로지 당신 한 분만을 살펴보았나이다.

높은 나무에 앉아 있는 살쾡이처럼,
광선 같은 눈길을 부여받은 저였습니다만,
이번에는 깊고도 어두운 꿈에서 깨어나듯

애를 쓰지 않을 수 없었나이다.

이 몸이 어디 있는지 알 수가 있었던가요?
성가퀴인지? 망루인지? 닫힌 대문인지?
안개가 요동하고, 안개가 사라지더니,
이러한 여신께서 나타나셨나이다!

눈과 가슴을 여신에게로 향하고,
그 부드러운 광채를 마음껏 마셨지요.
눈도 황홀해지는 이 아름다움이,
이 가련한 자의 눈을 완전히 부시게 하였나이다.
저는 망루지기의 임무를 잊고,
각적(角笛) 부는 맹세도 완전히 잊었나이다.
저를 죽이겠노라고 위협해 주십시오 ─
당신의 아름다움이 온갖 분노를 제어해 줄 것입니다. (9218~9245행)

이 내용은 사물을 보면 마음이 움직인다는 〈견물생심(見物生心)〉을
연상시킨다. 눈은 외부의 것을 안으로 받아들여 마음을 움직이는 기능
을 한다. 눈으로 무엇인가를 보는 순간 마음에 변화가 생겨 갖고 싶다,
먹고 싶다, 만지고 싶다, 안고 싶다 등의 욕구가 자극되고, 욕심을 부리
게 되고, 욕망에 시달리게 된다. 따라서 선인들은 눈이 우리로 하여금
보게 하는 것을 사실대로 믿지 말라고 가르쳤다. 불교에서 말하는 〈색
즉시공 공즉시색(色卽是空 空卽是色)〉은 사물이 눈에 보이는 그대로가
아님을 설파한다. 눈의 기능 중 가장 부정적인 면은 있는 것을 있는 그
대로 보지 못하여 마음이 일그러지게 하는 경우이다. 세상을 있는 그대
로 보고 받아들이지 못하니 시기하고 질투하고 비판하고 비난한다는

것이다. 그래서 예수는 〈어찌하여 너는 형제의 눈 속에 있는 티는 보면서 제 눈 속에 들어 있는 들보는 깨닫지 못하느냐〉(「마태오의 복음서」 7장 3절)라고 꾸짖었다. 〈내면과 외부의 총체성은 눈을 통해 완성된다〉(HA 13, 323)는 괴테의 말 역시 같은 맥락이다. 내면과 외부 양자의 균형이 깨어지면 인간은 상상력을 상실한 채 오로지 객관적 현실에 압도되거나 현실 감각을 상실한 채 주관적 환상 속에서만 헤매게 된다.[67]

결론적으로 말해서 눈은 우리를 시험하는 기관이다. 눈에 의해 직접적으로 자극을 받고 변화되는 것은 우리의 마음이다. 눈에 의해서 일어나는 마음의 변화를 지켜보노라면 눈이 얼마나 두려운 유혹의 창인지를 알게 된다. 눈의 유혹에 넘어가 마음의 중심을 잃지 않으려면 다른 눈이 필요하다. 세상의 실상을 있는 그대로 받아들이는 눈, 그것이 곧 〈영혼의 눈〉이다. 영혼의 눈으로 세상을 보는 일은 세상의 진정한 경험으로 지금까지 우리가 늘 보아 왔다고 믿던 것을 한 번도 보지 못한 것으로 낯설게 만든다. 단순하게 보는 일이 아니라 실상을 관조하는 일이기 때문이다. 그래서 겉으로 드러난 형상에 유혹당하지 않고 흔들리지 않게 된다. 결국 영혼의 눈이 중요하며, 파우스트도 이를 강조한다.

> 그것으로 그대 심장을 가득 채워요.
> 그것이 아무리 크다 해도.
> 그래서 그대의 감정이 지극히 행복할 때
> 그대가 원하는 대로 이름을 붙이지요.
> 행복, 진정, 사랑 또는 신 등으로!
> 그것을 뭐라고 불렀으면 좋을지 모르겠소.
> 느끼는 것만이 전부요. (3451~3456행)

---

67 Albrecht Schöne, *Faust. Kommentare*, Frankfurt/M., 1999, S. 742.

마찬가지로 생텍쥐페리Antoine Marie-Roger de Saint-Exupéry도 〈가장 중요한 건 눈에 보이지 않는다〉고 말하면서 〈집이건 별이건 혹은 사막 이건 그들을 아름답게 하는 건 눈에 보이지 않는 법이지. 눈은 보지를 못해. 마음으로 찾아야 해〉라고 『어린 왕자』에서 묘사하고 있다.[68] 이런 맥락에서 아르님Achim von Arnim은 〈세상은 장님이고, 다만 사랑하는 사람들만이 본다. 사랑 속에서 비로소 눈이 뜨이기 때문이다〉[69]라고 언급하기도 했다. 이러한 시각이 파우스트의 문명관에도 크게 작용한다.

사람은 누구나 이 세상과는 다른 〈좋은 세계eutopia〉를 마음속에 그리며 살지만 그런 곳은 〈있을 수 없는 세계outopia〉라서 〈꿈속의 세계utopia〉로만 존재한다. 이 세상이 〈결함투성이의 세계dystopia〉일수록 더욱 그렇다. 독일에서 인기를 끈 영화 「위대한 침묵Die Große Stille」에서 한 맹인 수도사는 이러한 〈결함투성이의 세계〉가 보이지 않는 것에 대한 축복을 다음과 같이 고백한다. 〈나는 맹인이 된 것에 감사드린다. 내가 맹인이기에 하느님께로 더 가까이 갈 수 있었고, 하느님께 가까운 만큼 행복하였다. 하느님께 가까운 만큼 행복하게 살게 된다.〉 이런 배경에서 눈으로 보거나 귀로 듣는 등의 감각에 대한 부정과, 감각이 아닌 영혼으로 보는 기쁨이 릴케Rainer M. Rilke가 자신의 연인 루 살로메Lou Andreas-Salomé에게 보낸 시에 적나라하게 나타나 있다.

내 눈빛을 꺼주소서. 나는 당신을 볼 수 있습니다.
내 귀를 막아 주소서. 나는 당신의 목소리를 들을 수 있습니다.
발이 없어도 당신에게 갈 수 있고,
입이 없어도 당신을 부를 수 있습니다.

68 안진태, 『독일 문학과 사상』, 열린책들, 2010, 421면 이하 참조.
69 지명렬, 『독일 낭만주의 연구』, 일지사, 1981, 59면.

내 팔을 부러뜨려 주소서, 나는 손으로 하듯

내 가슴으로 당신을 붙잡을 것입니다.

내 심장을 막아 주소서, 그러면 나의 뇌가 고동칠 것입니다.

내 뇌에 불을 지르면, 나는 당신을

피에 실어 나르겠습니다.[70]

이 시의 내용은 〈눈으로 보고, 손으로 만지고, 귀로 듣고, 혀로 느끼는 모든 감각은 다 헛된 것〉이라는 불교의 내용과도 상통한다. 마찬가지로 『젊은 베르테르의 슬픔』 중 베르테르에게 자신의 주인인 미망인을 사랑했다고 고백한 어느 젊은 농군 하인에 대한 묘사에도 본질을 보기 위해서는 이를 보지 말아야 한다는 내용이 있다. 〈될 수 있는 대로 빨리 그녀를 만나 볼 작정이지만 다시 생각해 보면 피하는 것이 좋을 것 같기도 하군. 연인의 눈을 통해서 바라보는 편이 훨씬 좋을 것이야. 아마 내 눈으로 직접 보면 지금 연상되는 인물과 전혀 다를지도 모르지. 일부러 아름다운 명상을 스스로 부숴 버릴 필요가 있겠는가?〉(L 19)

『파우스트』에서도 보는 능력을 상실하게 된 파우스트는 운명의 대전환을 맞게 된다. 노부부 필레몬과 바우키스를 살해한 후 그를 찾아온 〈근심Sorge〉의 저주로 파우스트는 눈이 멀게 되는 것이다.

제가 저주를 해놓고 재빠르게

당신에게서 떠날 때, 그 위력을 알 거예요!

인간들이란 일생 동안 장님으로 지내고 있으니,

파우스트여, 당신도 이제 장님이 되세요! (11494~11495행)

이렇게 눈이 멀게 된 파우스트는 〈지혜의 마지막 결론〉 (11574행)인

70 볼프강 레프만, 『릴케』, 김재혁 옮김, 책세상, 1997, 140면.

이상적 공동체의 모습을 환영(幻影)으로 대하게 되어 〈마음속에는 밝은 빛이 빛나고 있다〉(11500행)라고 말하며 영혼의 시각에 의지한다. 뮐러Joachim Müller는 이 〈마음속의 빛〉을 불충분한 인간의 이성이 아니라 〈천상의 빛Himmelslicht〉으로 보아 신적인 이상과 동일시하고 있다.[71] 고대의 예언자처럼 육신의 눈이 먼 대신에 진리를 보는 내면의 눈이 파우스트에게 열린 것이다. 〈채색된 영상에서〉(4727행) 살던 삶을 이제 본래의 모습으로 파악해야 한다고 생각하게 된 파우스트는 눈이 먼 후에야 비로소 〈모든 무상한 것은 한낱 비유일 따름이다〉(12104~12105행)라고 말하고, 〈한낱 비유〉일 뿐인 〈무상한 것들〉의 진실한 실체를 예감할 수 있게 된다. 파우스트의 시선은 현실적·물질적 세계로부터 해방되어 〈지혜의 마지막 결론〉(11574행)인 내면의 순수한 이념적·형이상학적 세계로 향하게 된 것이다. 그동안 맹목적 광신에 빠졌던 파우스트는 최후의 현자인 양 행동하고, 자신의 무덤 파는 소리를 운하 파는 작업으로 착각할 정도로 눈앞의 일도 알아차리지 못하는 장님이 되고서야 미래의 이상의 세계를 예언한다.

파우스트가 현실의 제약을 받지 않기 위해서는 현실 세계에서 벗어나야 하는데, 이는 밖의 어둠 대신에 얻은 〈내면의 빛〉으로 〈축복받은 은혜〉가 된다.[72] 그러나 현실을 〈보는〉 능력을 상실한 까닭에, 그가 꿈꾸는 미래의 이상적인 공동체는 철저하게 현실에서 유리된 환상의 세계이다. 〈환상이 어느 때는 대담하게 날개를 펴고 희망에 가득 차 영원을 향해 자신을 확대해 간다.〉(640~641행) 〈내면의 빛〉과 〈외부로부터 들어오는 빛〉의 조화를 상실한 파우스트는 객관적 현실이 아닌 주관적

71 Joachim Müller, *Die dramatische Funktion von Mephistopheles' Monolog in Goethes Faust I*, Berlin, 1980, S. 259.

72 Wilhelm Emrich, *Die Symbolik von Faust II. Sein und Vorformen*, Frankfurt/M., 1964, S. 397.

인 것만을 볼 수 있게 되는데, 이로써 주관적 상상력과 현실과 관련한 객관적 관찰 사이의 조화와 균형을 상실하는 셈이다.

그러나 파우스트가 〈내면의 빛〉으로만 바라보는, 즉 그가 꿈꾸는 이상향은 〈유토피아〉처럼 현실 세계 어디에도 존재하지 않는다. 그의 환상을 유발한 운하 파는 소리가 사실은 그의 무덤을 파는 소리라는 사실은 파우스트의 비현실적인 환상을 보여 준다.[73] 〈무한한 것을 바라보기 위해서 곧 전망대가 세워질 것이다〉(11344~11345행)라고 말하며 인간의 눈으로는 조망할 수 없는 〈무한한 것〉을 보겠다는 그의 의지 역시 비현실적이다. 무한한 것을 보려는 눈은 바로 그것을 보려 하기 때문에 아무것도 보지 못한다.[74] 이렇듯 파우스트의 시력이 상실되면서 그의 전기에는 큰 변화가 일어난다.

〈천국Himmel〉의 장면으로 끝나는 작품 마지막에 파우스트는 노년이 되고 근심이 작용하여 장님이 된다. 심지어 시각뿐만 아니라 청각에까지도 장애가 생긴 파우스트는 앞서 언급했듯이 운하를 무덤으로 잘못 듣고, 〈자유로운 땅에auf freiem Grund〉(11580행) 사는 〈자유로운 민족das freie Volk〉(11580행)이라는 두 표현의 유사한 발음을 혼돈할 정도로 노쇠하여 지상에서의 여정을 끝마친다. 근심에 의해 장님이 된 후에 자신의 목적도 더 이상 인식하지 못하게 된 파우스트에 대해서 메피스토펠레스는 마적인 지하 세계의 방향에 대고 혼잣말로 말한다.

파우스트 (궁에서 나오며 문설주를 더듬는다)삽질하는 저 소리를 들으니 정말 즐겁구나!

73 Heinz Schlaffer, *Faust Zweiter Teil. Die Allegorie des 19. Jahrhunderts*, Stuttgart, 1989, S. 144 참조.

74 Peter Michelsen, Fausts Erblindung, in: *Aufsätze zu Goethes Faust II*, Darmstadt, 1992, S. 353.

저 무리들은 나를 위해 부역에 종사하며,

육지 자체를 잘 가다듬고,

파도에는 그 한계선을 정해 주며,

바다를 준엄한 띠로 둘러치는구나.

메피스토펠레스 (혼잣말로)네가 댐을 만들고 제방을 쌓고 하지만,

그저 우리를 위해 애쓰는 것일 뿐이다.

그럴 것이 너는 바다의 악마 넵투누스에게

성대한 잔치를 마련해 주고 있기 때문이지.

어떠한 형태로든 너희들은 끝장이 날 것이다 ──

사대원(四大元)의 세계가 우리와 결탁하고 있으니,

결국 파멸의 길을 걷게 되리라. (11539~11550행)

제방을 쌓고 둑을 막아 자연에 대항하는 작업은 악마 메피스토펠레스가 원하는 행위이다. 따라서 파우스트에게 주어진 궁극적인 과업은 성취된 개발로써 모든 것을 황폐하게 하는 역설적인 작업이다. 자연을 풍부하게 한다는 허울 속에 행해졌지만, 자연에 대항하는 문명은, 결국 인간에게는 득이 될지라도 평화에는 모순이 되는 수가 있다.

조작과 익살 및 약삭빠른 존재의 화신 격인 〈사대원의 세계가 우리와 결탁하고 있으니 결국 파멸의 길을 걷게 되리라〉(11549~11550행)라고 외치며 악마 메피스토펠레스가 유도한 문명은 본질적으로 자연의 파괴로, 인간의 중대한 오류가 된다.

부정적인 문명 사회에서 벗어나려 하면 할수록 더욱 그리로 회귀하게 되는 역설적인 인물 파우스트는 우리 모두의 자화상이 되며, 이러한 파우스트의 본성을 괴테는 〈현대적 의식〉으로 규명한다.[75] 〈이 세상의 일반적인 제한에 견디지 못하는 파우스트는 지고한 학식이나 최고

75 『괴테 파우스트 휴머니즘』, 68면.

로 아름다운 재화의 소유로는 자신의 동경의 최소한도 만족시키지 못한다고 생각하여 모든 방향으로 몸을 돌려 보지만 항상 더 불행해져서 돌아오고 만다. 이러한 의식은 현대적인 사회의식이 되었고, 많은 현명한 사람들이 이 문제를 해결해야 할 절실한 사명을 가지게 되었다.〉[76] 따라서 파우스트도 〈현대적 의식〉에 몰입한다.

신과 동일하다고 자만하여 인간의 한계를 의식하지 못하고, 자신의 불확실하고 환상적인 이상을 절대적인 우주의 진리인 양 맹신하며, 이의 실현을 위해서 마치 최후의 심판관인 양 행동하던 파우스트는 결국 돈키호테 같은 인물이 되고 있다. 〈부족해도 참아야 한다! 없는 대로 만족하라!〉(1549행)라는 말을 〈영원한 노래der ewige Gesang〉(1550행)로 만든 지령에 의해 신에서 인간으로 돌아오게 되는 것이다. 결국 인생의 최종 결과인 죽음에는 거대하고 우아한 발전이나 개발도 무용지물이며 다만 작은 크기의 땅이면 족한데, 이러한 내용은 『젊은 베르테르의 슬픔』에서도 베르테르의 주장에 암시된다. 〈내가 지금 초등학생과 더불어 지구는 둥글다고 말한들 무슨 소용이 있겠는가! 그 위에서 즐기기 위해서라면 약간의 땅만 있으면 충분할 것이고, 그 밑에서 영원히 잠들기 위해서는 그보다 더 작은 크기로 족할 것이다.〉(L 73)

이렇게 신적인 자만에 빠졌던 파우스트가 다시 인간의 경지로 돌아오도록 영향을 미치는 원동력은 〈동정녀여, 어머니여, 여왕이시여, 여신이시여, 길이 은혜를 베풀어 주소서!〉(12102~12103행)라는 기원에서처럼, 어머니같이 강하게 작용하는 여성들인 그레트헨, 헬레네, 로테, 오틸리에 및 이피게네이아 등 여성의 영향이다. 『젊은 베르테르의 슬픔』에서 로테가 베르테르의 영적인 존재로 그에게 여성의 신비를 불어넣는 등, 다양한 여성상이 괴테의 문명관의 변화에 영향을 미치는 것이다. 결국 그레트헨과 헬레네 등에 의해 파우스트는 미망에서 깨어나 더

---

76 *Paralipomena zum Faust*, H P123C 참조; 『괴테 파우스트 휴머니즘』, 68면.

높고 청명한 경지로 상승하는데, 이는 바로 중성 명사의 〈영원한 여성적인 것Das Ewig-Weibliche〉(12110행)이라 불리는 경지이다.

영광의 성모 자, 이리 오너라! 보다 높은 하늘로 오르라!
그 삶도 너를 알아차리면 뒤따라 오리라.
마이라 숭배의 박사 (얼굴을 들어 기도를 올리며)참회하는 모든 연약한 자들아,
거룩하신 신의 섭리를 따라
감사하며 스스로를 변용시키기 위해,
저 구원자의 눈길을 우러러보라.
보다 선한 뜻을 지닌 사람들이 모두
당신을 받들어 모시도록 하옵시고,
동정녀여, 어머니여, 여왕이시여,
여신이시여, 길이 은혜를 베풀어 주소서!
신비의 합창 일체의 무상한 것은
한낱 비유일 따름이다.
일체의 불완전한 일이,
여기에서는 완전한 사실이 된다.
형언할 수 없는 것도
여기에서는 이루어졌도다.
영원한 여성적인 것이
우리를 이끌어 올리는도다. (12094~12111행)

당시 3세기에 걸친 종교 분쟁과 세계의 학문적·지리적인 발견 등 문명의 배경에서, 괴테는 신의 거룩함을 위협할 정도로 성장한 파우스트적 인간의 비인간성을 느낀 나머지 이를 영원한 여성과 결합시켰

고, 따라서 『파우스트』는 〈영원한 여성적인 것이 우리를 이끌어 올린다〉(12110~12111행)라는 신비한 합창으로 끝을 맺는다.

제3장

괴테의 기사극

작품을 문예학적으로 분석·고찰할 경우 대상으로 삼아야 할 몇 가지 기본 요소가 있는데, 그중 하나가 소재이다. 〈문학 작품 밖의 고유한 전승 속에 있다가 작품의 내용에 작용하는 것을 소재라 한다. 소재는 특정한 인물에 매여 줄거리를 이루면서 시간적·공간적으로 많든 적든 고정화되어 있다〉[1]고 카이저Wolfgang Kayser는 정의를 내린다. 따라서 문학적 소재란 자연계에 존재하는 재료로부터 〈정신적인 과정을 통해 생산된 기본 요소〉[2]이다.

독일 질풍노도 문학을 대표하는 괴테의 「에그몬트Egmont」와 「괴츠 폰 베를리힝겐Götz von Berlichingen」은 이러한 소재들 중에서도 역사적으로 전승되어 온 사실을 형상화한 작품이다. 〈역사적인 인물을 자신이 묘사한 인물에 제대로 반영시킨 작가는 거의 없다. 그리고 작가가 이들 역사적 인물들을 파악했어도 그들을 작품에 적용하기란 어려울 것이

---

1 Wolfgang Kayser, *Das sprachliche Kunstwerk. Eine Einführung in die Literaturwissenschaft*, 8. Aufl., Bern und München, 1978, S. 56.

2 Elisabeth Frenzel, *Stoff-, Motiv-, und Symbolforschung*, Stuttgart, 1987, S. 24.

다. 작가는 자신이 야기하고자 하는 영향력이 무엇인지를 먼저 파악하고 나서 설정한 인물들의 성격을 정립한다. (……) 그런데 작가가 역사가의 관점만 되풀이한다면 무슨 득이 있겠는가! 작가는 이보다 더 나아가 가능하다면 역사보다 더 고차적인 것을 창조해야 한다. 소포클레스의 모든 인물들이 그러하듯이 셰익스피어의 인물들은 위대한 작가들의 고상한 영혼을 지니고 있다.〉[3]

괴테의 초기 희곡 작품들은 대부분 실제 인물들의 이름이 작품의 제목이 되기도 하는 등 역사적 사건을 배경으로 하지만 그 내용은 이들 역사적 상황을 초월한다. 역사극이거나 역사적 소재를 다룬 극이 아니라 역사적인 성격의 극이 되는 것이다. 여기에서 역사적인 인물은 괴테가 의도하는 소재의 갈등이나 이념을 전달하는 역할만 한다. 이렇게 괴테는 역사적으로 자신의 관심을 끌거나 묘사하고 싶은 인물들을 찾아내어 당시 관심을 끄는 사건과 인물에 연루시키는데, 여기서 전개된 소재와 상황은 전적으로 자의적이다.

따라서 괴테 작품의 주인공들은 역사적인 인물들에 괴테의 이념이 혼합된 〈괴테적인 인물〉들로 나타난다. 이러한 배경에서 괴테의 희곡 「에그몬트」와 「괴츠 폰 베를리힝겐」의 주인공 에그몬트와 괴츠를 역사적 실제 인물인 에그몬트와 괴츠에 비교해서 규명하고자 한다. 첫 부분에서는 이들 두 주인공들의 특징을, 두 번째 부분에서는 역사적 실제 인물과 작품 속 두 주인공의 비교점을, 세 번째로 이들에 담긴 괴테의 이념을 살피고자 한다.

괴테는 이들 두 작품에서 새로운 특권 계급의 창출로 개인의 권리가 탄압되는 문화, 다시 말해서 자연에 위선적인 문화를 실감 나게 노정시키고 있다. 또한 괴테 자신의 자화상도 담고 있는데, 특히 작품 「괴츠

---

3 Rudolf Ibel, *Johann Wolfgang Goethe, Egmont — Grundlagen und Gedanken zum Verständnis des Dramas*, 9. Aufl., Frankfurt/M., 1981, 15 f.

폰 베를리힝겐」에서 마리아를 차버린 인물 바이슬링겐은 제센하임의 목사의 딸 프리데리케를 차버린 괴테 자신의 암시이며, 이러한 비윤리적 행위에 대한 가책에서 이 희곡을 쓰지 않았나 여겨지기도 한다.

독일 중세 기사 시대를 제재로 한 드라마는 괴테의 「괴츠 폰 베를리힝겐」(1773)과 클링거Friedrich M. Klinger의 「오토」(1775) 이래 매우 애호되어 퇴링Joseph A. von Töring, 바보Joseph M. Babo 등의 작품들도 상당하다. 따라서 괴테의 자화상을 담고 있다고 판단되는 「괴츠 폰 베를리힝겐」이나 「에그몬트」의 연구를 통해 〈기사극(騎士劇)〉의 장르도 살펴볼 수 있을 것이다.

1. 작품의 생성

1년 9개월간의 이탈리아 여행을 마치고 1788년 6월 19일 〈나는 이탈리아에서 다시 태어났다〉[4]라고 말하면서 바이마르에 돌아온 괴테는 〈감정의 인간〉에서 〈눈의 인간〉으로 변하였다. 이탈리아에서 고대 예술을 감상하고 연구하면서 바이마르에서 겪었던 불안과 초조에서 벗어나 정신의 안정과 균형을 찾게 되자 그의 극 문학도 형식과 내용의 조화를 이루어, 중세적 고딕 건축 양식이나 음침한 북유럽의 하늘을 거부하고 밝고 아름다운 르네상스 양식을 찬양하는 경향을 띠었다. 이처럼 맑은 르네상스 문화에 탐닉하는 동안에 오랜 방황의 세월 속에서 완성을 보지 못했던 「에그몬트」와 「타우리스의 이피게네이아」가 탈고되고, 「타소」의 원고가 완성 단계에 이르렀으며, 『파우스트』의 원고까지 시작되었다. 이후 『파우스트』는 그의 만년에 이르기까지 진전되어

---

4 Fritz Martini, *Deutsche Literaturgeschichte von den Anfängen bis zur Gegenwart*, XII, Goethe, Italienische Reise, Stuttgart, 1969, S. 246.

나갔다.[5]

「에그몬트」의 생성

「에그몬트」는 질풍노도 시대부터 집필을 시작하여 셰익스피어의 영향을 받아 「타우리스의 이피게네이아」와 함께 1787년 이탈리아 여행 중에 완성된 5막으로 구성된 희곡으로 줄거리는 다음과 같다. 〈스페인 통치에 대항하는 네덜란드의 독립 전쟁을 배경으로, 알바 대공은 폭동을 진압하기 위해 군대를 이끌고 네덜란드에 도착한다. 그는 에그몬트 백작과 빌헬름 폰 오라니엔을 스페인에 대항하도록 민중을 선동한 중죄인으로 여긴다. 오라니엔은 적당한 시기에 도피하지만 선량한 마음을 지닌 에그몬트는 민중을 신뢰하기에 도피하라는 등의 모든 경고를 듣지 않는다. 특히 그를 헌신적으로 사랑하는 시민 계급 출신의 소녀인 클레르헨이 그에게 민중의 자화상이 된다. 마침내 체포된 그는 민중의 도움을 기대했지만 반응이 없다. 클레르헨이 자유의 수호신으로 나타나는 꿈을 꾸고 나서 마음이 강해진 그는 용감하게 죽음을 맞는다.〉[6]

질풍노도 시대부터 집필하기 시작했다고 하지만 완성된 지역이 이탈리아였던 만큼 비교적 안정적인 분위기에서 나온 이 작품은 1789년 마인츠에서 초연되었고, 이후 베토벤에 의해 「에그몬트 서곡」(작품 84)로 작곡되어 오늘날까지도 불후의 대작으로 연주되고 있다. 1812년 예순을 넘긴 지 얼마 되지 않은 괴테는 베토벤이 작곡한 「에그몬트 서곡」이 자기 앞에서 경이롭게 연주되었을 때 너무도 감격하였다.

1522년부터 1568년까지 실제로 네덜란드에 생존했던 에그몬트 Lamoral von Egmont 백작은 아르투아Artois와 플란데르Flander의 지배자

---

5 김광요, 『독일희곡사』, 명지사, 1989, 122면.
6 송익화, 『독일문학사』, 서린문화사, 1986, 230면.

로 자유를 위해 투쟁하였으며, 스페인에 대한 봉기의 책임자로 스페인의 알바Alba 대공에 의해 체포되어 참수형을 당했다. 이러한 역사적인 배경을 지닌 에그몬트를 괴테는 스페인의 압제에 저항하여 네덜란드의 독립을 쟁취하려는 애국지사로 작품에 등장시킨다. 또한 실러의 포자 후작Marquis Posa처럼 결정적인 순간에 결단을 내려 투쟁하는 46세의 남자가 아니라, 자신의 마력 내지 마신에 따라 사태를 현실적으로 따지는 젊은이로 등장시키고 있다.

자신을 과신하는 괴테의 에그몬트는 위선과 권모술수에 찬 세상 사람들을 자기만의 기준에 따라 평가하여 주위의 조언에도 불구하고 도망하지 않아 믿었던 사람들에 체포되지만 자신감과 긍지를 잃지 않고 죽음을 맞는다. 그에게 생의 기쁨을 안겨 준 시민의 딸인 연인 클레르헨(또는 클라레)은 그를 구출하기 위해 거사를 계획하다가 실패하자 음독자살한다. 죽은 그녀의 영혼은 자유의 여신으로 변하여 감옥에 갇혀 있는 에그몬트 앞에 나타나고, 생의 절정기에 있던 그는 기꺼이 죽음을 택한다.

괴테는 에그몬트를 역사 속 실제 에그몬트처럼 극적이면서도 정열적인 인물로 등장시킬 수도 있었지만 질풍노도 사조를 벗어나 자신에 잠재되어 있는 마신(魔神)을 억제하면서 집필하였다. 나치스에 의해 추방되어 남미에서 마신에 시달리다가 권총 자살로 생을 마감한 츠바이크Stefan Zweig가 말한 대로, 괴테는 자신의 위험한 성질인 마적 요소에서 벗어나 자신의 다른 형태인 에그몬트 속으로 도피하여 파멸로부터 스스로를 구출하였다. 천재적 영감으로 끊임없이 위대한 창작을 하면서 무서운 마신에 시달려 왔지만 그것에 압도당하지 않고 각고의 투쟁으로 극복한 것이다.

이러한 배경을 지닌 「에그몬트」는 1775년, 1778~1779년, 1782년, 1787년 단계적으로 집필되었다. 괴테는 작품의 소재를 처음 인식한 직후 자신이 섬기던 아우구스트Karl August(1757~1828) 공의 요청으로 바이마르로 가게 되는 인생의 전환기에 이 작품을 집필하기 시작했다. 바이마르에서 괴테는 인생의 나머지를 문학 활동과 더불어 국정 업무에 전념했다.

이런 배경에서 역사적 실제 인물인 에그몬트 백작에 대한 심층적인 연구 및 그의 형상에 암시된 변해 가는 괴테상의 규명을 이 장의 연구 대상으로 삼고자 한다. 또한 그 변화의 동기가 되는 그의 사고와 의도도 규명해 본다.

「괴츠 폰 베를리힝겐」의 생성

1770년 공부를 위해 슈트라스부르크에 체류했던 1년 반의 시간이 괴테에게 미친 가장 큰 의미와 변화는 헤르더Johann G. Herder와의 만남이다. 그는 괴테로 하여금 하만Johann G. Hamann의 비합리적이며 신비적인 사상, 셰익스피어, 오시안, 특히 민속 문학에 눈뜨게 하였다. 독일 문학의 고유한 성격은 암담하고, 파악하기 어렵고, 유동하고, 분출하는 비합리적인 것을 형상화했다는 점에 있다. 바흐Johann S. Bach와 베토벤의 음악, 괴테와 실러의 문학, 낭만파의 음악, 생철학 또는 실존 철학은 모두 그러한 성격을 지니고 있다고 볼 수 있다. 이와 같이 비합리적인 것의 가치를 최초로 주장한 인물이 하만이고, 이를 계승하여 문학과 여러 학문에 자극을 주고, 독자적인 연구의 길을 개척한 인물이 바로 헤르더였다. 난삽한 문체와 신비적인 사상 때문에 〈북방의 마인Magnus im Norden〉이라고 불린 하만은 질풍노도 운동의 숨은 선구자로서 합리주의에 기울어 있던 독일인의 정신생활을 신앙과 감정의 세계로 이끌었다. 그의 『미학 소론Aesthetica in nuce』에 의하면, 인간과 자연의 관계는 신과 인간의 관계와 유사하고, 신앙에 인도된 인간의 창조 활동만이 맹목적인 자연에 빛나는 색채를 부여할 수 있다.

하만과 헤르더의 관계 외에 제센하임 목사의 딸 프리데리케와의 사랑은 괴테의 시 「환영과 이별」과 「5월의 노래」 등의 창작 동기가 되었고, 이렇듯 자유와 감정과 자연 등을 담고 있는 괴테의 서정시는 질풍노도 시대를 열게 하는 계기로 작용했다. 괴테의 재기 발랄하고 천재적인 질풍노도적인 경향은 「괴츠 폰 베를리힝겐」에서 절정에 이르게 된다.

1771년 불과 몇 주 만에 완성된 「베를리힝겐 이야기Geschichte von Berlichingen」의 초본은 희곡적 구성에 무리가 있어서 완전한 극형식을 주장하는 레싱의 비난을 받았고, 헤르더로부터는 셰익스피어의 영향이 너무 많다는 지적을 받아 다시 수정하여 1773년 「괴츠 폰 베를리힝겐」의 완성본이 발간되었는데 그 줄거리는 다음과 같다. 〈괴츠는 밤베르크의 주교와 반목하고 있다. 그는 옛날 친구이며 현재 주교의 신임을 받고 있는 아달베르트 폰 바이스링겐을 사로잡고, 바이스링겐은 괴츠와 화해하고 괴츠의 동생 마리아와 약혼까지 하게 된다. 그러나 개인적인 문제를 정리하기 위해서 다시 밤베르크 궁정으로 돌아간 그는 군주의 총애를 받는 아름다운 아델하이트 폰 발도르프에게 사로잡혀 괴츠에게 대항하도록 황제를 부추긴다. 국가적 평화를 깨뜨린 죄로 국외로 추방된 괴츠는 배반으로 적의 손아귀에 들어갔다가 친구 프란츠 폰 쉬킹겐에 의해 풀려나자 복수를 단념하기로 하고 자신의 성으로 돌아온다. 그러나 그 직후에 발발한 농민 봉기에 현혹되어 농민들의 지도권을 맡게 된 죄목으로 다시 붙잡혀 감옥에서 죽는다. 자유! 이것이 그의 마지막 말이다.〉

에그몬트처럼 괴츠도 자유의 투사로서 반대파의 음모로 파멸한다. 1774년 4월 12일 베를린에서 초연된 5막 구성의 「괴츠 폰 베를리힝겐」은 셰익스피어 극뿐 아니라 그리스 극의 영향을 많이 받아서 헤르더에게서 〈그리스와 셰익스피어의 해독을 입은〉 작품이라는 혹평까지 들었다. 이 같은 여러 결함에도 불구하고 질풍노도 시대의 자유분방했던 시대상이 잘 묘사된 이 작품은 추종을 불허하는 인물들의 성격 묘사로 종래의 희곡들보다 더욱 자연스러우며 생명력이 넘쳐흐른다.

「괴츠 폰 베를리힝겐」은 너무나 새롭고 혁명적이어서 출판 당시에는 각광받지 못했지만 또한 등한시되지도 않았다. 더욱이 용어의 간결성과 셰익스피어의 전형에 따라 시간, 장소, 행동을 일치시키는 극 형식이 무시되는 등 혁신적인 작품으로 평가되기도 했다. 익명으로 발표된 처음에도 반향이 컸지만, 후에 작가가 밝혀지자 괴테는 당시의 극작가들이나 비평가들에 의해 독일 최대의 극작가로 찬양받았다. 결국 극의 형식미를 비평했던 레싱이나 셰익스피어의 영향을 비난했던 헤르더도 괴테의 위대성을 인정하게 되었으며, 심지어는 빌란트까지 칭송하고, 청년 작가들 사이에서는 이 작품을 모방한 많은 기사극이 탄생하기도 했다.

이 역사극의 소재는 16세기의 봉건 사회와 농민 전쟁 때 큰 역할을 한 프랑켄의 기사 베를리힝겐이다. 그는 전형적인 중세의 독일 기사로서 바이에른 전쟁 때 오른손을 잃고 철로 된 의수를 붙여 〈철의 손을 지닌 괴츠〉라 불렸다. 1480년에 태어난 괴츠는 충성과 용기를 겸비한 기사로서 최후까지 정의를 추구했으나 적의 간계와 배반에 의해 희생되었다. 진리와 자유를 위한 괴츠의 영웅적 투쟁 이야기는 질풍노도 시대의 한 전형으로 시대에 부응했음은 물론 계몽주의의 메마른 사회에 대한 반항의 역할도 해냈다. 다시 말해서 사회적·예술적 전통에 대한 반항인 질풍노도로 자연과 감성으로 향하려는 절규와 정열이었고, 개인을 제한하는 사회적 인습에 대한 반항으로 문학의 형식과 법칙을 타파하려는 자유분방이었다. 이러한 배경에서 자연·심장·자유의 결합이 이 희곡에 내재되어 마지막 장면에서 괴츠는 〈물을 한 모금 다오 — 천국의 신선한 공기 — 자유! 자유!*Gebt mir einen Trunk Wasser! - Himmlische*

Luft - Freiheit! Freiheit!〉(G 175)라며 자유를 외친다.

모든 합법성에 반대하는 영웅적 인물인 괴츠는 간신 바이슬링겐과 적대적 관계가 될 수밖에 없다. 더욱이 바이슬링겐이 요부 아델하이트에 매혹되어 괴츠의 누이동생 마리아를 버림으로써 괴츠와 그의 관계는 더욱 악화된다. 영웅적이고 자유스러운 기사 괴츠, 그리고 영주와 승정들 속에서 표리부동한 행동을 일삼는 바이슬링겐의 성격과 행동은 화해할 수 없는 관계이다. 더욱이 후기 낭만주의의 악마적 마력에 빠져 윤리에서 벗어난 정치권력 속에서 자신만의 발전을 염두에 두는 흡혈귀 같은 요부 아델하이트와 바이슬링겐의 재혼은 사악의 절정이라 할 만하다.

신설된 재판소의 권한을 인정하지 않는 괴츠가 영주의 군대에 포위당하자 괴츠의 누이동생인 마리아와 결혼한 기사 쉬킹켄이 응원군을 보내지만 괴츠는 전투의 소용돌이에 휘말리려 하지 않는다. 그러다가 특권층에 저항하는 농민들이 농민 전쟁을 일으키자 이들의 권리를 옹호하기 위해 4개월 기한부로 수령의 지위를 수락한다. 이 절호의 찬스를 이용한 바이슬링겐이 괴츠에게 사형 선고를 내리도록 유도하고서 괴츠의 성으로 진격하려 할 때, 순박한 마리아가 오빠의 생명을 구하려 나서는 데 대해 바이슬링겐은 양심의 가책을 느껴 사형 선고만은 유보시킨다. 이 사실을 안 요부 아델하이트는 남편의 부하이자 자기의 정부(情夫)인 프란츠를 시켜 그를 독살하려 한다. 그러는 사이 포로가 된 괴츠는 전투 중에 입은 상처로 사망하고, 아델하이트는 남편의 부재중에 프란츠 등과 간통한 죄로 처형당한다.

자유의 기사인 주인공에 이야기가 치중된 감이 없지 않으나, 이 작품에서는 개인의 권리를 구속하는 특권 계급에 항거하다가 몰락하는 인물, 다시 말해서 자연과 위선적인 문화의 대립이 노정된다. 여기에는 괴테 자신의 고백도 들어 있어, 마리아를 내친 바이슬링겐은 슈트라스

부르크 교외에 있는 제센하임의 목사의 딸 프리데리케를 버린 괴테 자신을 암시하기도 한다. 제센하임으로 소풍을 갔을 때, 그 마을 목사의 딸 프리드리케의 청순하고 목가적인 아름다움에 한눈에 반해서 달콤한 사랑에 빠진 괴테는 젊음과 행복을 만끽하며 유명한 「프리드리케의 노래」를 연속적으로 작시하여 그녀에게 보냈다. 그중 현재까지 남아 있는 열한 편은 모두 너무도 아름다워, 서정시인 괴테는 그때 완성되었다고도 볼 수 있다. 이때의 시는 라이프치히 시대의 장식적인 아나크레온류의 시와는 달리 지극히 소박한 성격을 지녔다. 그런데 그 사랑은 그리 열광적인 것이 아니었고, 약 1년간의 교제 후 괴테는 그녀를 버리고 슈트라스부르크를 떠났다. 이렇게 청순한 프리드리케를 버리고 떠나는 괴테의 정서가 그의 시 「환영과 이별」에 나타나 있다.

가슴이 두근거린다, 어서 말에 올라야지!
생각하기도 전에 벌써 말에 올라 있구나.
저녁이 이미 대지를 잠재우고,
산록엔 어둠이 드리워져 있네.
떡갈나무는 안개 옷을 입고
거인처럼 우뚝 솟아 있는 곳,
거기에 수백의 검은 눈동자로 쳐다보며
어둠이 덤불 속에서 내다보고 있네.

구름 덮인 언덕에서 솟아오른 달
안개 속에서 애처롭게 내다보고 있네.
바람이 고요히 날개를 펼쳐
무섭게 귓가에서 울리네.
밤이 수천의 괴물을 만들어 내어도,

내 마음은 상쾌하고 즐겁기만 하니.

내 혈관 속에 얼마나 불길이 있으며!

내 가슴 속에 얼마나 열기가 작열하였던가!

그대를 나는 보네, 그대의 달콤한 시선에서

사랑에 찬 기쁨의 빛 흘러나오지 않는가.

내 마음 송두리째 당신 곁에 있고

모든 호흡은 그대를 위한 것이라네.

장밋빛 봄 햇살이

사랑스러운 얼굴을 감싸고,

넘치는 사랑은 나를 위한 것이네 — 그대 신들이여!

나 그것을 바랐지만, 나는 받을 자격이 없다오.

아, 그러나 벌써 아침 해가 솟으니

이별의 고통이 내 가슴을 조이고

그대 입맞춤에는 기쁨이 넘치면서도

그대 눈 속에는 고통의 빛이 담겨 있네!

내가 떠날 때 그대는 서서 고개를 떨구고

눈물 어린 눈초리는 나의 뒤를 따라오네.

그러나 사랑받는 것은 얼마나 큰 행복인가!

사랑하는 것 역시 얼마나 큰 행복인가, 신들이여!

이렇게 프리데리케를 버린 행위에 양심의 가책을 느낀 상태에서 괴테는 「괴츠 폰 베를리힝겐」을 쓴 듯하다. 결과적으로 질풍노도 시대 괴테의 대표작 「괴츠 폰 베를리힝겐」은 실러의 질풍노도 시대 대표작 「도적 떼Die Räuber」에 비견되는 대작 희곡으로 남았다.[7]

2. 인물론

에그몬트

자신의 작품들에서 에그몬트가 가장 마적이라는 괴테의 언급과 에그몬트는 〈근심과는 거리가 먼 인물〉[8]이라는 라인하르트Hartmut Rein-hardt의 언급은 서로 공통점을 지닌다. 서로 대립되지 않고 윤리적이어서 괴테가 마적인 요소로 여긴 신적인 세계관은 에그몬트를 근심에서 벗어나게 하는 성격으로 작용한다. 따라서 근심이 없는 에그몬트는 자신의 운명에 신경을 쓰지 않는 삶을 살고 있다. 〈우리의 운명이란 가벼운 마차를 끄는 시간이라는 태양의 말[馬]이 눈에 보이지 않는 혼령들의 채찍에 맞은 듯 휙 지나가고 만다. 그래서 우리는 용기를 내어 고삐를 움켜잡고 오른쪽으로 왼쪽으로, 여기 돌멩이 저기 낭떠러지를 피해 마차를 모는 수밖에 없다. 어디로 가는지 누가 알겠나? 마차는 어디서 왔는지 기억하지 못하지.〉(E 400 f)

이렇게 에그몬트는 되는대로 살아간다. 〈나의 성격이 명랑하고 일을 가볍게 생각하여 빠르게 살아가는 게 내 행운일세. 나는 그 행운을 지하 묘소의 안전과 바꿀 생각이 없지. 나는 스페인식 생활 방식에 조금도 끌리지 않으며, 점잖게 걷는 새로운 유행에 따를 마음도 없어. 삶이란 무엇인가 생각하기 위해서만 사는 것이 아니거든. 다음 순간을 확실히 보장받기 위해 현재 이 순간을 즐기지 말아야 한단 말인가? 그리고 그다음 순간을 다시 근심과 걱정으로 보내야 하는가?〉(E 399)

근심에서 벗어나 되는대로 살아가는 에그몬트의 인물 됨을 보여 주

---

7 김광요, 『독일희곡사』, 명지사, 1989, 107면 이하.

8 Hartmut Reinhardt, Egmont, in: Walter Hinderer(Hg.), *Interpretationen — Goethes Dramen*, Stuttgart, 1992.

는 또 하나의 예로 황금양털 기사단이 자신에게 면책 특권을 주리라는 확신을 들 수 있다. 〈우리는 우리 자신을 방어할 수 있을 것이오. 황제께서 황금양털 훈장의 기사들을 소집하시어 우리를 재판하게 하면 되는 것이오.〉(E 404) 그러나 황금양털 기사단에 대한 기대나 예측은 어긋나게 되어, 최악의 상황에서 황금양털 기사단의 마지막 구원을 기대했던 에그몬트는 다음과 같이 외친다. 〈전혀 생각하지 못한 일이야. 이 친구가 자기의 걱정을 나에게 옮겨 주었어 — 없어져라! — 내 피에 섞인 남의 핏방울. 나의 천성아, 그것을 다시 밖으로 내보내라! 내 이마에서 고심의 주름살을 없애는 데에는 따로 좋은 방법이 있지.〉(E 407) 이 언급에서의 〈따로 좋은 방법〉을 기대했다가 절망에 처하게 된 에그몬트는 최후의 도피처로 연인 클레르헨을 찾는다.[9]

근심하지 않는 성격 때문인지 에그몬트에게는 활력적인 모습 또한 없다. 민중들이 그를 선호하여 찬양하지만 그가 이들의 칭송에 보답하는 경우는 없고, 돌발적인 사건에서도 무관심으로 임한다. 〈삶의 방식을 주관으로 결정하는 에그몬트는 봉건적인 군주의 형상이기도 한다. 그는 민중에 해가 되는 세금 징수 제안을 거부하다가도 (……) 명령의 최고 수준까지 오르게 된 그의 지시에 따라서 그의 대규모적 삶에 필요한 돈이 조달되어야 했다.〉[10]

에그몬트는 이승을 중요하게 여기지만 당시의 개신교에 해당하는 칼뱅교에 반대하지도 않는다. 이승 편향의 삶으로 인해서 내세적인 종교에 반대하는 경향도 보이지만 종교 논쟁에는 관심이 없고, 상황에 따라 광신도들의 교수형을 면해 주고, 채찍질 형을 내리거나, 은밀하게

9 Emil Staiger, *Goethe*, Bd. 1, 1749~1786, 5. Aufl., Zürich und München, 1978, S. 300.

10 Horst Hartmann, *Egmont — Geschichte und Dichtung*, 2. Aufl., Berlin, 1988, S. 42(이하 Geschichte und Dichtung으로 줄임).

국경으로 데려가 추방하기도 한다(E 397). 신분에 맞지 않는 클레르헨과의 교제에도 열정적이지 않고, 이 교제가 앞으로 계속될 가능성도 보이지 않는다. 에그몬트를 구출하기 위해서 클레르헨은 필사적으로 노력하는 데 반해서, 그녀에 대한 에그몬트의 관심은 매우 소극적이다. 그녀를 보호해 달라고 감옥에서 페르디난트에게 하는 부탁이 그녀에 대한 유일한 관심이다. 〈한 가지 더 — 내가 아는 여성이 한 명이 있네. 나의 여성이었다고 그녀를 경멸하지 않겠지. 이제 그녀를 자네에게 부탁했으니 나는 안심하고 눈을 감겠네.〉(E 452)

이와 같이 그레트헨, 도로테아, 필리네, 로테, 오틸리에 같은 민중 출신의 여성들이 괴테의 작품에서 형상화되는데, 이러한 여성들의 높은 인간적·도덕적 특성이 폭넓게 충족되지 못하는 것은 괴테가 살았던 시대와 그의 관계에 근거한다. 클레르헨의 영웅주의는 비극적인 순교가 된다. 도로테아의 총명함과 용감성은 세계사적 대사건을 통해서 일깨워지고, 이 힘이 현현된 후에 그녀는 다시 시민의 삶 속으로 사라진다. 이러한 신분적인 제한을 통해 괴테는 민주주의의 지혜를 피력하고 있다. 클레르헨과 도로테아는 민중 가운데 예외적인 인물이 아니며, 반대로 많은 민중의 여성들에게 소박한 영웅주의로 발전할 가능성이 잠재되어 있고, 따라서 현실에서 커다란 사건을 고대하고 있을 뿐이다.[11]

작품의 마지막에 에그몬트는 죽으면서 비로소 자신의 영향력을 보인다. 그에게 적이 되는 알바의 아들 페르디난트가 에그몬트의 인간성에 감화되어 아버지에 반대하고 에그몬트를 두둔하는 것이다. 〈가증스러운 사람! 네 아들을 통해 내게 이런 친절을 베풀 줄 꿈에도 몰랐겠지. 네 아들을 통해 나는 근심과 고통, 두려움과 불안함을 전부 덜었다. 본능이 부드럽게 마지막 세금을 재촉하는구나. 다 끝났다. 결정 났다. 지난밤에는 앞날에 대한 불안 때문에 잠자리에 누워 뜬눈으로 밤을 지

---

11 안진태, 『괴테 문학의 여성미』, 열린책들, 1995, 547면 이하.

새웠는데 지금은 막무가내로 졸리구나.〉(E 452)

실러가 〈오페라 세계에의 공중제비 *Salto mortale in einer Opernwelt*〉[12]라고 경멸적으로 묘사한 에그몬트 최후의 장면은 죽음 이후의 승리에 대한 몽상이다. 〈에그몬트의 영향력은 (……) 그의 행위에 있는 것이 아니라 그의 상황에 있다.〉[13] 진실된 삶에 너무 정적으로 대하는 태도가 에그몬트의 자화상이다. 변화가 불안스러워 피하는 그는 마지막에 〈나는 살기를 멈추네. 하지만 나는 즐겁게 살았네〉(E 451)라고 죽음도 태연하게 받아들인다.

변화와 산란스러운 행동들에 역겨워하는 그는 다음과 같이 외친다. 〈달콤한 삶아! 생존과 활동의 아름답고 다정한 습관아! 나는 너와 작별해야 할 운명이다! 의연하게 작별해야 한다! 전투의 소용돌이 속에서, 무기의 소음 아래서, 정신 산란한 혼잡 속에서 간단히 작별해야 하는 것이 아니다.〉(E 450)

괴츠

괴츠는 〈질풍노도〉 성격의 동적인 인물이다. 〈야만적이며 무정부적인 시대〉[14]를 살아가는 그는 언변이나 정치의 권모술수에 능하지 못한 솔직하고 고상한 성품으로 기존의 법규를 따른다. 〈괴츠 자신은 우직하고 정직하다. (……) 그의 성격에서 가장 돋보이는 특징은 고귀하고 동적인 추진력이다.〉[15] 타인의 영향력에 좌우되지 않는 괴츠의 고상함은 그 자신의 영향력(카리스마)에 있다. 따라서 괴츠가 속한 기관이나

---

12 Friedrich Schiller, *Über Egmont, Trauerspiel von Goethe*, zit. nach Hartmut Reinhardt, a.a.O., S. 158.

13 Walter Jens(Hg.), *Kindlers neues Literaturlexikon*, Bd. 6, München, 1989, S. 456.

14 Johann Wolfganf von Goethe, *Dichtung und Wahrheit* X, Bd. 5, S. 372.

15 Emil Staiger, *Goethe*, a.a.O., S. 86.

지위도 없다. 주교나 황제와 달리 조직의 대표성 없이 자신에 의지하고 책임지기 때문에 그는 더욱더 고귀하고 위대하다.〉[16] 이러한 괴츠의 고상한 독립성은 갈등으로 인한 시대의 몰락을 막기 위해 싸우는 무기로서 그의 기사 신분에 필요하기도 하다. 이러한 당시 사회 몰락의 상황은 괴츠의 철로 된 의수로 상징된다.

고상함을 지닌 괴츠는 〈중세 영웅시대와 현대 법치주의 사회의 충돌〉[17]로 야기되는 음모 등에 대항하지만 역부족이다. 〈최후로 내 팔의 힘을 보여 주마. 아직은 항복하지 않았다〉(G 167)라는 말처럼 자신의 이념이나 방식을 끝까지 고수하는 괴츠는 정상적인 정치는 있을 수 없다는 사실만 확인할 뿐이다. 이렇게 시대에 따르지 않는 괴츠는 마지막 죽기 직전에야 패배를 인식하고 인정한다. 〈보잘것없는 인간들이 권모술수로 득세하고, 군자들은 그놈들의 덫에 걸릴 것이다. 마리아, 하느님은 네 남편을 다시 너의 손에 돌려주실 것이다. 그가 높이 치솟았던 듯이, 반대로 깊은 곳으로 추락하지 않기를 바란다!〉(G 175)

괴츠의 친구들과 추종자들 및 기울어 가는 시대의 마지막 보루 격인 〈훌륭한 황제〉(G 175)까지 죽고 난 후에 세상에 남아 있는 것이 무의미하다고 느낀 괴츠는 굴욕을 당하느니 죽음을 택하면서 마지막으로 〈자유! 자유!〉(G 175)라고 외친다. 이렇게 죽음에 임하면서도 삶에서 그랬던 것 못지않게 꼿꼿하고 완고한 괴츠는 의미 없는 세상에 사느니 자신의 배와 운명을 같이하려는 선장처럼 이념과 함께 죽음을 택하는 것이다. 〈자신의 내적인 중점에 따라 삶을 영위한 그는 자유인으로 자신을 상실하지 않는 유일한 방법인 죽음을 택한다.〉[18]

---

16 같은 곳.

17 Walter Hinderer, Götz von Berlichingen, in: Ders(Hg.), *Interpretationen - Goethes Dramen*, Stuttgart, 1992, 28.

18 Rudolf Ibel, a.a.O., S. 44.

괴츠의 위대성은 그의 직선적인 성격이며 자신에 대한 충실이다. 본질적으로 단순한 그의 성격은 스스로에 대한 의구심의 여지를 보이지 않는다. 사리분별이 아닌 순진성, 개인의 초자연적 상승이 아니라 건전한 성장을 괴츠는 보여 주는 것이다.

3. 인물들의 삶

작품에 등장하는 에그몬트와 괴츠의 이름으로 실존했던 역사적 인물들의 행위를 작품 속 인물들과 비교하여 분석해 보고자 한다. 이와 관련한 문헌들이 많이 있지만 여기에서는 괴테 자신의 의견을 근거로 삼았다.

에그몬트의 삶

가우레의 영주인 에그몬트 백작에 대한 기록은 예수회 회원인 슈트라다Strada가 라틴어로 집필하여 1649년 안트베르펜에서 발간한 벨기에 전투에 대한 저서 『예수회 교도 F. 슈트라다의 벨기에 전투의 첫 10년Farmiani Stradae Romani e Societata Jesu De Bello Belgico Decas prima』에 들어 있는데, 이때는 실제 인물인 에그몬트가 처형되고 79년이 지난 후였다. 이 작품이 괴테가 작품 「에그몬트」를 집필하는 데 가장 많은 영향력을 미쳤을 것으로 여겨진다.[19] 슈트라다의 집필에 의하면 에그몬트는 매우 오래되고 고귀한 귀족의 자손으로 일찍이 용병술 등 전쟁에 관한 내용들을 접하면서 장차 전쟁을 지휘하는 직업을 선택하고자 마음먹었다.

---

19 Ernst Zimmermann, *Goethes Egmont*, Halle an der Saale, 1909, S. 140 이하 참조.

괴테의 작품에서 에그몬트는 46세의 키 크고 힘이 세며 잘생긴 얼굴에 몸체가 품위 있고 (……) 모든 운동에 능하다. 실제의 역사적 인물 에그몬트는 사비네Sabine von Baiern와 결혼하여 여덟 명의 딸과 세 명의 아들까지 모두 열한 명의 자녀를 두었다. (……) 성실하고 자상한 남편과 아버지였던 에그몬트가 죽음에 임박하자 그의 가장 큰 걱정거리는 자녀들이었다. 〈자신들의 영주로 삼고자 하는 인물은 에그몬트밖에 없었을 것이다. 슈트라다의 언급에 의하면 (……) 네덜란드인들의 찬양과 사랑을 받은 에그몬트는 (……) 당시 매우 인기 있던 마상 무술과 사격에서 뒤지는 일이 없었다. 이 외에도 남성에 알맞은 상냥함 등으로 당시로서는 드물게 귀족의 감정을 해치지 않고서 민중들의 호의를 받았다.〉[20] 이러한 좋은 성격 외에 그에게는 부정할 수 없는 단점들도 있다. 〈에그몬트의 주저하는 행동 ─ 생애 동안에 그는 불투명한 행동을 하면서도 그것을 의식하지 못하였다. 네덜란드의 귀족인 그는 오랫동안 자기 국민들을 사랑하면서 자신도 국민들의 사랑을 받기를 원했다. 동시에 그는 황제에 충성을 바치는 것을 영예로 삼았다. 그런데도 그는 서로 적대적인 세력을 똑같이 만족시키려는 모순적인 행위로 의구심을 야기하기도 했다. (……) 오라니엔은 지역의 몇몇 약탈자들을 교수형시키는 데 주저하지 않았는데, (……) 이러한 면에서 플란데르의 에그몬트는 오라니엔에 뒤졌다.〉[21]

이러한 배경에서 용감한 동료, 국민의 총아, 자상한 아버지, 존경받는 용사 에그몬트는 오라니엔을 지향하는 자신감 부족한 정치인으로 평가받기도 했다. 이러한 실제적인 에그몬트를 괴테는 자신의 성향에 들어맞는 에그몬트로 변형시켜 그의 긍정적 성향인 높은 명성, 친화력

20 같은 책, S. 148 f.

21 Max von Brück, Der Auftakt des Niederländischen Freiheitskrieges, in: *Goethes Egmont — Dichtung und Wirklichkeit*, Frankfurt/M., 1969, S. 128.

등의 장점과 정치에서의 우유부단, 오라니엔과의 친밀성 등 단점을 전개시키면서 다음과 같이 언급하였다. 〈내가 에그몬트를 열두 자녀의 아버지 같은 역사의 인물로만 묘사했다면, 그의 행위는 매우 분별없게 보였을 것이다.〉[22] 따라서 역사의 실제 인물인 에그몬트는 괴테의 작품에서 젊어지고, 그의 사적인 사건은 공적인 사건으로 변형된다. 〈계획들을 성숙한 사고로 파악하는 에그몬트의 능력을 피레네는 부정하였다. 오랫동안 지배하던 대중의 관심을 자신에 끌어들이는 데 탁월하지 못하고, 떠맡은 책임을 결정적인 시기에 실행하지 못하는 남성이었을 뿐이다.〉[23]

이렇게 정치적인 책임을 두려워하는 에그몬트는 괴테의 작품에서 성실한 남편이 못 되며 자상한 아버지도 아닌, 근심 없는 주인공으로 그려진다. 그리고 역시 실제 인물인 배우자 등의 인물들 대신 연인인 클레르헨과 브라켄부르크의 사람들을 등장시킨다. 「클라비고Clavigo」나 『파우스트』 속 주인공들의 열렬한 사랑과 비교해 볼 때 에그몬트와 클레르헨의 사랑은 그다지 강렬하지 않을 뿐 아니라, 자신의 과업에만 열중하는 에그몬트에게서는 에고이스트적인 특징마저 엿보인다.

이렇게 극 속에서는 실제의 인물들이 일부는 사실적으로, 일부는 허구적으로 함축성 있게 묘사된다. 또한 괴테는 인물 외에 역사적인 사건도 에그몬트의 형상처럼 상당히 변형시켰는데, 가령 알바 공작의 에그몬트 체포는 희곡의 효과를 위한 독창적인 변형이다.

---

22 Johann Wolfgang von Goethe, *Werke* in 6 Bänden, Bd. 5, Insel Verlag, Frankfurt/M., 1965, S. 698.

23 Max von Brück, a.a.O., S. 87.

괴츠의 삶

용맹스러운 제국 시대를 살았던 철로 된 의수(義手)의 기사[24] 괴츠는 1731년 자서전을 출간하였는데, 이 소재를 괴테가 개작하였다. 막시밀리안 1세와 카롤 5세 두 명의 황제를 섬긴 역사적 인물인 괴츠는 괴테의 작품에서처럼 〈훌륭한 황제〉(G 175)인 막시밀리안 1세가 죽은 직후에 사망하지 않았고,[25] 이 황제와 그의 후임자 카를 5세보다 오래 살아 82세의 수명을 누렸다. 그는 77세에 시작한 자서전의 집필로 투옥 기간 등의 말년을 보냈는데, 이 집필은 투옥의 시간을 보내기 위해서만은 아니었다.

실존 인물 괴츠는 배우지 못한 빈약한 지식 때문에 행동을 택한 인물이라는 추측도 있는데, 이러한 성격은 그의 자서전에도 담겨 있다. 〈괴츠는 영주를 섬기는 것을 거부하지는 않았지만, 성숙한 남성으로서 영주가 제공하는 자리를 거부했고, 그로써 자신에게 닥칠지도 모를 위험도 불사한 채 도전을 선호했다. 그는 계속하여 말의 실천을 강조하고, 타인에 대한 지나친 신뢰에서 야기될 수 있는 부정적인 결과도 강조하였다. 이러한 사고에 의해서 그는 다년간의 투옥을 두 번이나 겪었다.〉[26]

「괴츠 폰 베를리힝겐」의 주변 인물들도 괴츠의 자서전에서 유추되지만, 작품에서 중심적 역할을 하는 아델하이트와 바이슬링겐만은 괴테가 창안한 인물이다. 괴테는 바이슬링겐을 등장시키기 위해서 영웅들의 역사적인 사건들을 응용하여 〈정치사의 전환〉[27]을 시도하였고,

---

24 Wilhelm Große, *Johann Wolfgang von Goethe, Götz von Berlichingen, Interpretation*, München, 1993, S. 10.

25 실제로 그는 괴츠가 감금되기 10년 전에 사망했다.

26 Rudolf Ibel, a.a.O., S. 6.

27 Walter Hinderer, a.a.O., S. 25.

이러한 의도에 따라 괴츠에게도 새로운 내용이 가미되었다.

질풍노도 작품의 주인공들은 노쇠하지 않고 영웅적인 죽음을 맞기 마련이다. 〈작품의 종결 시기에 비극적인 우울감〉[28]을 나타내기 위해 괴테는 실제 인물 괴츠의 주변 인물 열 명을 베를리힝겐의 인물들로 변형시켜서[29] 당시 수도원에서 발생했던 비극적인 종말을 겪게 한다. 그러나 작품에서 〈인물 괴츠를 밝히려고 하면 할수록 더욱더 미궁에 빠지게 된다. (……) 괴테의 『초고 파우스트*Urfaust*』와 마찬가지로 「괴츠 폰 베를리힝겐」은 젊은 괴테의 가장 독창적인 작품으로 처음처럼 계속 생명력이 넘친다〉.[30] 괴테는 역사적인 실제 인물들을 자신의 관심에 맞는 허구적인 인물이나 사건에 연결시켜 새로운 작품을 양산한 것이다.

4. 역사적인 사실과 괴테의 인물

존재했던 인물 에그몬트를 다룬 괴테의 「에그몬트」는 역사극으로 여겨질 수도 있겠다. 역사적 사실이 배경을 이루고 대화에서도 역사적인 내용이 전개되지만 이 작품을 역사극으로 볼 수는 없다. 역사의식의 성장과 발전에 큰 영향을 미친 실러의 극과 달리, 괴테의 「에그몬트」는 괴테가 주인공 에그몬트에 자신을 비추어 고백하는 심리극으로 볼 수 있다. 특히 에그몬트의 성격이나 심리 묘사는 서정적인 극시(劇詩)로 높이 평가되고 있다.[31]

---

28 Rudolf Ibel, a.a.O., S. 6.

29 같은 책, S. 7 참조.

30 같은 곳.

31 김광요, 『독일희곡사』, 명지사, 1989, 124면 이하.

16세기 중엽 네덜란드의 정치 상황

스페인의 필리프 2세는 부친 카를 5세(1433~1497)의 퇴임 후인 1556년 스페인, 이탈리아, 네덜란드 3국의 합스부르크 제국에서 주축국인 스페인의 왕권을 이어받았다. 그는 네덜란드의 여러 지방을 부르군트국에 합병시키고 자신의 공주 마리아를 신성 로마 제국의 황제 막시밀리안 1세에게 출가시켜 네덜란드의 여러 주들을 합스부르크 왕가에 귀속시켰다. 이렇게 부르군트족으로 하여금 네덜란드를 지배하게 한 필리프 2세는 스페인의 지배를 받는 가톨릭과 기독교를 통합하려는 신념에서 정치적 자유와 종교적 자유를 용인하지 않아 이념이 다른 사람들을 가차 없이 종교 재판에 회부했고, 이에 반감을 가진 네덜란드인들은 그를 증오하게 되었다.

1559년 주교구가 축소되었음에도 이와 관련한 직위들이 계속 늘어나자 기독교는 더욱 통제를 받게 되어 기독교도들의 원성은 높아만 갔다. 지방 군주들은 기독교도들의 우상 파괴에 대응하였지만, 필리프 공은 이러한 행위를 무시하고 심지어는 자신이 임명한 네덜란드의 섭정인 여동생 마가레테Magarete von Parma도 신뢰하지 않았다. 그가 알바 공작에게 네덜란드인의 통치를 맡기자 알바 공작은 공포 정치로 수천 명의 목숨을 빼앗았는데, 이때 에그몬트 백작은 사면해 주겠다는 제의에도 불구하고 계속 저항하다 붙잡혀 1568년 6월 5일에 브뤼셀의 시장 광장에서 처형되었다.

실제의 인물 에그몬트

에그몬트는 오랜 역사를 지닌 귀족의 자손으로 헨네가우Hennegau의 하마이데 성에서 1522년 11월 18일에 태어났다. 그의 부친 얀Jan 4세는 황금양털 기사단 소속의 기사였다. 신분에 맞는 유아기를 보낸 에그몬트의 성격은 〈쾌활하고, 자신감 넘치고, 위엄이 있었다〉.[32]

카를 대공 5세의 지시로 에그몬트는 1538년에 스페인으로 갔고, 3년 후인 1541년에는 알제리로 갔다. 같은 해 그의 형제 카를이 알제리 원정에서 전사하자 에그몬트는 가족의 재산과 벼슬을 물려받았다. 1544년에 슈파이어에서 선제후인 심머른Simmern의 딸 사비네Sabine와 결혼하여 열두 명의 자녀를 두었다. 능력 있는 야전 사령관으로 인정받아 1546년에 황금양털 기사단의 기사로 임명된 그는 군사적인 면에서 뿐만 아니라, 마리아Maria Tudor와 필리프 2세의 결혼을 성사시키는 등 외교의 수완도 보여 황제의 많은 신임을 받았다. 1557년 크벤틴 성과 1558년 그레벨링겐에서 승리를 거둔 그는 프랑스와의 전쟁에서 큰 전공을 거둔 공로로 필리프 2세에 의해 플란데르의 총독으로 임명되었다.

그러나 네덜란드의 군주들은 필리프 2세의 이복 남매인 마가레테의 농간에 의해 정치에 참여하지 못하는 등 홀대를 받았다.[33] 1561년 에그몬트는 스페인의 압제에 대한 항거로 관직을 반납하고 새로 설립된 추밀원에서 오라니엔Oranien과 호르네Horne와 함께 마가레테를 위한 의원이 되었다. 스페인 군대를 축출하여 주권을 회복하려던 여섭정Regentin에게 1566년 귀족들이 청원을 제출하였으나 호응이 없자 그해 강력한 봉기가 일어났다. 에그몬트는 이러한 반대 행위에 거리를 둔 데 반해 다른 백작들은 점차로 봉기에 참여하게 되었다.[34]

엄격하게 가톨릭을 신봉한[35] 에그몬트는 스페인 왕조에 충실했지

32 *Geschichte und Dichtung*, S. 23.

33 *Graf Egmont, Historische Persönlichkeit und literarische Gestalt*, Ausstellungs-katalog Goethe-Museum, Düsseldorf, 1979, S. 17 이하(이하 *Historische Persönlichkeit und literarische Gestalt*로 줄임).

34 같은 책, S. 22.

35 같은 책, S. 20.

만,[36] 자국민이 스페인의 절대 정권에 탄압받거나 처형되는 현실을 참을 수가 없었다. 이러한 갈등은 〈물과 불을 지니는데,[37] 이는 그가 이편이나 저편 어느 한쪽에 기울지 않는다는 것을 의미한다〉[38]라는 묘사에 나타나 있다.

많은 영주들이 알바 공작의 체제에서 도주하는데 반해 에그몬트만은 죄의식을 느끼지 못하고 도주하려 하지 않는 것도 그의 갈등적인 사고에서 파악될 수 있다.[39] 그 결과 알바 공작에 의해 체포된 그는 호르네와 함께 1567년 9월 9일 처형되었다.

괴테의 인물 묘사

괴테는 역사의 실존 인물로 작품의 제목이기도 한 에그몬트를 더욱 다양한 방식으로 전개해 보여 주었다. 작품에서 에그몬트는 처음에 곧바로 등장하지 않고 다른 인물들의 언급으로 묘사된다. 그를 찬양하는 사람들의 대화에서 에그몬트의 인물상은 다음과 같이 나타난다. 〈온 세상이 에그몬트 백작님을 죽자 살자 따르는 까닭은 무엇입니까? 어째서 우리 모두 그분을 떠받들고 있을까요? 그분을 보면 우리를 위하신다는 걸 알 수 있기 때문입니다. 그분의 눈만 보면 쾌활한 성격, 자유분방한 생활 태도, 어진 마음씨를 알 수 있지요. 그분이 가지신 것치고 궁핍한 사람에게, 그것을 필요로 하지 않는 사람에게도 나누어 주시지 않은 게 없기 때문입니다. 에그몬트 백작님의 만세를 부릅시다!〉[40]

---

36 *Geschichte und Dichtung*, S. 24.

37 이 내용은 베를린에 있는 브뤼헐Peter Breugel의 그림으로도 묘사되었다.

38 *Historische Persönlichkeit und literarische Gestalt*, S. 22.

39 같은 책, S. 25.

40 Johann Wolfgang von Goethe, *Egmont*, Reclam, 1970, S. 7 Z. 9~15(이하 해당 부분에 쪽수와 행수로 표시함).

이 외에 에그몬트는 성상 파괴에 대한 그의 자유스러운 행동을 비난하는 마키아벨과 마가레테의 대화에서 언급되다가, 마침내 그의 연인 클레르헨이 개인적 감정으로 요약한 그는 〈인간이고 친구이며 연인〉(E 386)이다. 연인 클레르헨에 의해 에그몬트의 시민적 친근성이 암시되는 것이다. 역사의 실제 인물과 작품 속 인물의 두 에그몬트가 존재해서인지 결국 작품에서 그는 이상적인 인물과 실제적인 인물로 구분된다. 클레르헨과 시민들이 알고 있는 〈실제적인〉 인물과 에그몬트 자신이 생각하는 〈이상적인〉 두 인물상으로 나타나는 것이다. 〈그대(클레르헨)가 말하는 에그몬트는 자제해야 하고, 어떤 때는 이런 얼굴을 했다가 어떤 때는 저런 얼굴을 해야 하는, 불만에 차 뻣뻣하고 차가운 에그몬트요. 기쁘고 즐겁다고 생각될 때 실제로는 들볶이고, 오인되며, 복잡한 일에 빠지지요. 백성의 사랑을 받고는 있으나, 백성이 무엇을 원하는지 그는 모른다오. 군중의 존경과 추앙을 받고 있으나, 그 군중과는 아무런 일도 할 수 없지요. 친구들에게 둘러싸여 있으나, 그들에게 자신을 맡기지 못하지요. 수단과 방법을 가리지 않고 해코지하려는 사람들의 감시를 받고 있어요. 일하고 노력하나 지향하는 목표가 없으며 대가를 받지 못하는 경우가 대부분이지요 ─ 오, 이러한 에그몬트가 어떻게 지내는지 또 어떤 기분인지 말하지 않게 해주오!〉(E 415)

이렇게 에그몬트는 〈실제적인〉 인물로도 〈이상적인〉 인물로도 평가된다. 〈그대 곁에 있는 이 에그몬트는 침착하고, 마음이 열려 있고, 행복하며, 이 세상에서 가장 착한 사람에 의해 인정되고 사랑받고 있다오. 그도 그 착한 사람을 속속들이 알며 완전한 사랑과 믿음으로 가슴에 껴안는다오. 이것이 그대의 에그몬트요.〉(E 415)

부인과 열두 명의 자녀를 가진 역사 속 실제 인물과 달리 작품 속의 에그몬트에게는 가족이 없다는 사실이 흥미롭다. 괴테는 실제 인물 에그몬트의 가정사에 관심을 기울이지 않아서 가족 대신 연인 클레르헨을 등장시키고 있다. 그는 자녀를 돌봐 주는 부친이 되지 못하며, 꼼꼼하지도 않다. 이렇게 실제 인물과 작품 속 인물의 차이에 대한 괴테의 의견은 그의 자서전에도 언급된다. 〈그와 나의 다양한 사상은 그를 젊은 모습으로 모든 제약에서 벗어나게 하여 그에게 무한한 생의 기쁨, 자신에 대한 무한한 신뢰, 사람들을 끌어들이는 재능과 이에 따른 시민들의 호감, 매우 청순한 소녀 같은 여성 군주와의 은밀한 사랑, 정치적 수완가의 재능을 부여하였다. 특히 가장 강력한 적수의 아들의 마음까지 사로잡게 해주었다.〉[41]

괴테의 에그몬트는 쉽게 살아가는 삶, 자유 의지, 열정, 마음을 끄는 성격에서뿐만 아니라, 순진성과 자신감에서도 실제 인물을 앞선다. 〈사육제의 장난이 반역죄라도 된다는 건가? 젊음의 혈기와 고양된 상상력으로 마련한 알록달록한 짤막한 누더기로 불쌍한 벌거숭이 인생을 감싼다고 시기할 건 없지 않겠나? 너희들이 아주 진지하게 생각하는 인생이란 대체 뭐란 말인가? 새로운 즐거움을 경험하라고 아침이 우리를 깨우지 않는다면, 또한 저녁에 기쁨을 누릴 희망이 남아 있지 않다면 옷을 입고 벗을 가치가 있겠나? 오늘 해가 뜨는 것은 어제 있었던 일을 숙고하라는 것인가? 그리고 알아맞히고 맥락을 잡을 수 없는 것, 즉 오늘날의 운명을 알아맞히고 맥락을 잡으라는 것인가? 나는 그런 관조는 사양하네. 그런 것은 학생이나 궁정의 아첨꾼들에게 맡기세. 그들이나 궁리하고, 생각을 짜내고, 돌아다니고, 기어다녀 능력이 미치는 곳에 도달하고 능력대로 아첨하여 얻으라고 하세.〉(E 400)

이렇게 규칙이나 규정에서 벗어나려는 에그몬트의 주장은 바로 괴테 자신의 천재 개념을 반영한다. 〈천재〉라는 용어를 질풍노도 작가들이 처음 사용한 것은 아니다. 이전의 계몽주의 시대에도 〈천재〉는 예

---

41 Siegfried Scheibe, *Goethe — Aus meinem Leben, Dichtung und Wahrheit*, Berlin, 1974, S. 641.

술과 문학 비평 및 토론에서 자주 사용된 용어로서 문학의 규칙이 정한 좁은 영역을 벗어나 뛰어난 작품을 생산하는 예술가에 대한 명칭이었다.[42] 레싱도 〈규칙이란 목발처럼 다리가 마비된 사람에게는 필수적인 보조 기구이나 건강한 사람에게는 장애물일 따름이다〉[43]라고 강조하여 시학의 규칙이 재능 있는 작가를 묶어 매는 족쇄여서는 안 된다고 주장했다. 이러한 배경에서 문학이나 예술이 자연을 모방하거나 자연의 의미를 상징한다는 규칙에 대한 반대도 거세다. 자연의 모방성을 의심하는 소리는 이미 오래전부터 있었는데, 그중 하나가 고트세트Johann C. Gottsched의 추종자였던 슐레겔Johann E. Schlegel이다. 문학 비평의 수단으로 저술된 슐레겔의 서간은 문학의 가장 상위 원칙으로 작용하는 자연의 모방이라는 규칙에 반대하였다.

시학의 진실한 흔적이 무엇을 보여 주는가 묻는다면,
〈자연의 모방!〉이라고 모두가 외치겠지.
이 일치된 외침에 너무 일찍 감탄하지 마라.
시 한 편이 생겨나면 당신은 이 시를 둘로 나눌 것이다.
이 사람이 과장했다고 말하는 것을 저 사람은 훌륭하다 하고,
한편에 용감하게 보이는 자가 다른 편에는 야만인으로 보인다.
규정을 암송하며, 규정에 따라 시를 쓴다고 하지만,
단지 규정은 우리의 선례를 따라야만 한다.

미학이 학문의 독립 분야로 성립되면, 또 자연의 진리와 아름다움이

---

42 Jochen Schmidt, *Die Geschichte des Geiste — Gedankens in der deutschen Literatur, Philosophie und Politik 1750~1945*, Darmstadt, 1985, S. 324.

43 Gotthold E. Lessing, *Werke* in 8 Bänden, hg. von H. Göpfert, München 1970~1979, Bd. 4, S. 29.

객관적 가치로 여겨지면, 이러한 진리와 아름다움은 인간의 인식 분야에 존재하지 않는다. 진리와 아름다움은 전적으로 주관적 개념으로 규칙은 있을 수 없는데, 이렇게 규칙를 거부하는 내용이 괴테의 사상으로 그의 「에그몬트」에 나타나는 것이다.

한편 중요한 경제 분야에서 앞을 내다보지 못하는 에그몬트의 근시안적인 사고도 관심 대상이 된다. 그는 조세 징수에 있어 가난한 사람들을 염두에 두면서도 〈어떻게 하든 돈을 마련해야 해〉(E 398)라고 주장하여 그가 진실로 서민을 위한 정책을 행하는지에 대한 의구심을 야기하기도 한다. 돈을 마련하기 위해 그의 징수관은 온갖 생각을 해보지만 마땅한 방법을 찾아내지 못한다. 에그몬트는 규모가 큰 생활을 하면서도 돈의 부족을 겪지 않는다. 또 자신의 행위에 책임을 지지 않아 그가 찬양하는 자유란 한편으로 치우쳐진 감이 있다. 비서에게 꼼꼼하게 명령하면서도, 그를 매우 기다리게 하기도 한다. 마찬가지로 그는 〈꼭 필요한 사항〉을 〈해당되는 즉시〉 듣고자 하지만(E 396), 민중들이 일으킨 봉기에 대해서는 귀를 기울이려 하지 않아 직무보다는 자신의 안위에 더 치중하는 모습을 보인다.

작품에서의 에그몬트는 역사적인 인물인 에그몬트 백작이 실제로 참여한 전투에 전혀 참여하지 않는다. 그리고 그를 스페인에 연결시켜 주는 가톨릭에 대한 언급도 작품에는 나타나지 않고, 스페인 궁정과의 친밀한 관계도 처음 부분에서만 잠깐 언급된다. 괴테의 에그몬트가 연인 클레르헨에게 자신의 공적을 나타내기 위해 언급한 훈장만이 둘 간의 사랑의 징표로 진지하게 나타날 뿐이다.

클레르헨 (……) 오, 황금양털 훈장이군요!
(……)
에그몬트 이 목걸이와 휘장이 그것을 차고 있는 사람에게 가장 확실한 자유를 보장해 주지요. 지상에서 내 행위를 심판할 수 있는 사람은 이 훈장을 수여받은 기사단 총회와 그 기사단의 수장이신 임금님뿐이라오. (······)

클레르헨 그리고 이 황금양털 훈장! 이것이 노력과 근면으로써 얻을 수 있는 가장 위대하고 값진 징표라고 말씀하셨지요 — 아주 값진 것이군요 — 저는 그것을 백작님의 사랑과 비교할 수 있겠어요 — 저도 그 사랑을 가슴에 달고 있으니까요. (E 412 f)

훈장의 은유적인 이야기 외에 에그몬트의 군사적 성공담도 언급되나 그가 스페인의 왕실과 관계를 가졌는지에 대해서는 명백하지 않다. 그는 지역 섭정과 동일한 계급으로 배열되고, 그에 대한 〈임금의 총애〉(E 404)도 한 번 입에 오르지만, 이 총애는 에그몬트와 오라니엔 두 사람에 해당하는 것이다. 작품 속의 에그몬트는 자신이 안전하다고 느끼지 못한다. 인간성과 신뢰에서 인정받는 그는 절대적으로 또는 무조건적으로 오라니엔 편을 들어서 사건은 오라니엔에게 유리하게 전개되고, 공명정대, 관용, 동정심과 삶에 대한 긍정성에서만 에그몬트가 돋보인다.

네덜란드인들은 에그몬트에 전적인 희망을 걸지 않는데, 그가 그들의 견해에 무조건 동조하면서도 — 에그몬트는 민중들과 마찬가지로 성상 파괴에 반대하고 있다 — 그들의 이념을 스스로 만들어 내려 하기 때문이다. 이러한 점들로 보아 작품 속의 에그몬트는 괴테의 이념의 산물로 볼 수 있다. 〈어떤 작가도 자신이 나타낸 역사적 인물들을 알지 못한다. 만일에 작가가 자신의 인물들을 알고 있다면 그들을 이용하는 데 어려움을 겪을 것이다. 작가는 자신이 어떠한 영향을 미치려는가를 알고 난 다음에 그 인물들의 성격을 정립해야 한다. (······) 따라서 나는 또 다른 에그몬트, 즉 클레르헨의 언급대로 작품에서 전개되면서 나의

작가적 의도를 융합시킨 새로운 에그몬트를 창조해야 한다.〉[44]

이렇게 괴테의 이념에 맞게 창조된 주인공은 위엄 있고 당당한 인물로 호감과 숭배를 받는다. 그러나 〈아, 백작님! 백작님께서는 무슨 말씀을 하고 계신지 모르시옵니다. 하느님, 백작님을 보호해 주소서!〉(E 400)라는 그의 비서의 말에서 알 수 있듯이, 에그몬트는 신중하지 못한 말이나 행동으로 사람들을 당황시키기도 한다. 〈나는 높은 곳에 서 있는데, 더 높이 올라갈 수 있고, 또 올라가야만 해. 나는 희망과 용기, 힘을 느끼네. 나는 아직 발전의 정점에 도달하지 않았어. 그리고 언젠가 그 정점에 도달하면 두려워하지 않고 견고하게 서 있겠네. 그곳에서 떨어져야 할 운명이라면 벼락이나 폭풍 또는 잘못 내디딘 발걸음이 나를 저 아래 심연으로 떨어뜨리겠지. 그러면 나는 그 심연에 수천 명의 사람들과 함께 누워 있겠지. 나는 친한 동료들과 사소한 것을 걸고 피를 보는 내기를 마다한 적이 없어. 그런데 인생의 자유로운 가치가 걸려 있는 지금 소심하게 굴란 말인가?〉[45]

이러한 신중하지 못한 행위와 언어 등이 군주의 마음에 들지 않아 그는 결국 비극을 맞게 된다. 따라서 이제는 역사적인 실제 인물 에그몬트에서 벗어난 에그몬트를 문학적으로 전개시킨 괴테의 의도와 동기를 규명하고자 한다.

---

44 Eckermann, S. 212 f.
45 *Egmont*, S. 400.

5. 괴테에 미친 동기와 의도

작품의 생성

괴테의 「에그몬트」에 전개된 사건은 괴테의 시대보다 약 2백 년 앞서 발생한 실제 사건이다. 그러면 이 작품을 젊음과 패기로 이성의 한계를 타파하는 질풍노도의 희곡으로 볼 수 있을까? 1775년 괴테가 처음 이 소재를 집필할 때는 역사적 인물인 에그몬트를 그대로 다루었는데, 그 후 몇 년 동안 중단과 재착수를 거듭하면서 새로운 감정과 이념과 의도가 추가되었다. 따라서 작품 생성기에 발생한 정치적 사건들도 작품에 대거 도입되었다. 특히 1787년에 벨기에의 요제프Joseph 2세가 행정부 조직을 개편하기 위해 발표한 칙령을 무효화시키려고 민중들이 브뤼셀에 있는 여섭정 크리스티네Marie Christine의 궁전을 포위한 봉기가 있었다. 사건들을 다양한 관점으로 판단해야 하는데도 권력을 자신에 집중시키려는 아집에 찬 요제프 2세는 가톨릭교로의 단일화를 시도했던 필리프 2세와 다를 바가 없었다. 이러한 내용들을 작품 「에그몬트」에 도입시킨 괴테는 1825년 에커만에게 다음과 같이 언급하였다. 〈나는 1775년에 「에그몬트」를 집필했다. (……) 그리고 10년이 지난 후 로마에 체류할 때 그곳 신문에서 내가 언급한 혁명 사건이 네덜란드에서 실제로 반복되고 있다는 기사를 읽은 적이 있다. 세계는 항상 같은 상황이어서, 나의 작품의 묘사도 여러 삶을 나타내고 있다고 생각된다.〉[46]

---

46 Eckermann, S. 123 f.

귀족 태생은 아니었지만 괴테는 귀족과의 교류에서 갈등 없이 성공적인 삶을 살았다. 시민 혁명의 폭력성에 등을 돌린 괴테의 보수적인 정치관은 급진적 사회 개혁을 바라는 지식인들로부터 오해와 비판의 대상이 되기도 했다. 괴테의 대안은 계몽된 귀족과 교양 있는 시민들이 주축이 되는 점진적인 개혁이었다. 당시 아우구스트 공작의 마음에 들어 1775년 바이마르에 가게 된 괴테는 1776년 6월 11일부터 아우구스트 공을 섬기기 시작하면서 새로운 분야를 접하게 되었다. 이러한 괴테의 정치적인 체험이 「에그몬트」의 배경이 되어 정치적이며 외교적인 사건이 많이 전개되면서 알바 공작의 인물이 창안되고 오라니엔와 에그몬트의 관계도 발전한다. 괴테에게 많은 자극과 영향을 끼친 슈타인 부인에 보낸 1781년 12월 12일 자 서신에는 작품 속 알바와 에그몬트의 오래 지속되는 대화에 대하여, 〈파멸적인 제4장*der fatale vierte Akt* 때문에 이 작품이 종결되지 못한다〉[47]고 적고 있다. 바이마르 궁정에서 접한 사람들의 다양한 사상에서 영향을 받은 괴테는 「에그몬트」에서 권력의 혼란 속에서도 고상한 행동을 하는 어느 영주가 찬사와 존경을 받도록 전개시키기도 한다. 이렇게 다양한 사건들이 그의 작품 「에그몬트」의 생성 배경을 이루고 있다.

6. 영주의 귀감

공적 및 사적으로 다양하게 전개되는 영주들의 행동이나 이상적인 통치술 등은 영주의 귀감이 되어 이러한 내용을 담은 책이 후세 영주들

---

47 Karl R. Mandelkow, *Goethes Briefe*, Band 2, Hamburg, 1965, S. 379 f.

의 교육 지침서가 되기도 한다.

1775년 11월 괴테는 프랑크푸르트에서 바이마르로 옮겨 이듬해 7월부터 바이마르 공국의 정사에 종사하였다. 재상으로 활동하느라 작품 활동에 전념할 시간이 별로 없었던 그는 일메나우 광산을 감독하면서 자연 과학에 관심을 갖기도 하였다. 아우구스트 공의 초청으로 이루어진 바이마르 이주는 괴테의 생애에서 중요한 전환점이 되었고 그의 전기를 확대시켰다. 작가였던 괴테는 정치가가 되어 1776년 1월 22일 메르크에게 보낸 편지에 자신의 정치적 활동을 서술하고 있다. 〈나는 이제 완전히 정치와 궁정의 일에 깊숙이 끌려 들어가 다시는 벗어나지 못할 것 같아요. 나의 입장은 꽤 유리하고 바이마르, 아니 제나하 영지는 나에게 이 세속적인 역할이 얼마나 어울리는지를 시험해 볼 수 있는 무대가 되지요.〉[48] 이러한 괴테의 정치 활동은 그의 평소 지론에서 벗어나는 것이기도 했다. 원래 괴테는 정치를 혐오했다. 괴테는 예술을 국가 정책에 사용하자는 정치가의 잦은 요구를 거부하고 다음과 같이 말한 적이 있다. 〈만일 작가가 정치적으로 작품을 쓰려면 당(黨)에 헌신해야 한다. 그러나 그렇게 하는 순간 그는 작가로서는 끝장이다. 그는 자유정신과 편견 없는 견해에 작별을 고하고 옹고집과 맹목적인 증오의 모자를 귀밑까지 푹 눌러써야 하는 것이다.〉[49]

처음에는 단순히 방문차 왔던 바이마르에서 정치가가 되고자 결심한 것은 괴테의 질풍노도 정서로 이해될 수 있다. 당시 바이마르는 빌란트와 아말리아 공작 부인을 중심으로 문화 예술 분야에서 큰 역할을 했을 뿐 아니라, 젊은 포부와 새로운 정치 설계에 부푼 아우구스트 공의 영지로서 괴테를 매우 매혹시켰다.

당시 바이마르에서 괴테와 깊은 우정을 나누었던 아우구스트 공은

---

48 Ernst Beutler(Hg.), *Goethes Werke*, Gedenkausgabe, Zürich, 1949, S. 303 f.
49 버넌 홀 2세, 『서양 문학 비평사』, 이재호·이명섭 옮김, 탐구당, 1972, 151면.

자주 괴테의 의견을 구하고, 여행에서도 동행했으며, 1776년 궁전에서 발생한 봉기 때에는 젊은 괴테를 최고 보직에 임명하기도 하였다. 경제와 문화의 다양한 업무에서 괴테의 능력은 크게 평가되고 실제적 도움으로도 나타났다. 이에 상응하여 괴테의 문학적 후원자 역할을 하면서 지원을 아끼지 않은 아우스트 공 덕택에 괴테의 바이마르 시절은 그의 인생과 문학에 큰 이정표가 되었다. 이러한 두 인물의 긴밀한 관계는 괴테의 서신에 구체적으로 나타나 있다. 〈나는 모든 운명을 그(아우구스트)의 손에 맡긴다. 나는 세상의 위대하고 아름다운 부분을 그분과 그 일행들과 함께 살고 싶을 뿐이다.〉[50]

아우구스트 공은 18세 때인 1775년에 영주권을 상속받으며 상당한 유산도 배당받았다. 그런데 당시 국가는 많은 부채에 시달려 여러 부분으로 분열되었고, 7년 전쟁으로 나라 전체가 황폐된 시기였다. 여기에다 경직된 관리 사회가 새로운 정부의 변혁에 걸림돌이 되고 있었다.

이러한 때 아우구스트 공작은 괴테의 자서전에서 긍정적·부정적인 모습으로 다양하게 묘사된다.[51] 그는 재능과 수용력이 있지만, 본질적으로는 고집이 세며,[52] 변덕도 심하고 격하기 쉬운 성격이었고,[53] 세세한 것에 얽매이는 것을 싫어하여 경직된 바이마르 정부의 〈강요된 분위기〉[54]에서도 오락과 스포츠를 상당히 즐겼다고 한다.[55] 튀믈러Hans Tümmler는 그를 〈꾸밈없이 수수한 자연스런 모습에 교제를 좋아하며, 배우고자 하는 욕심이 강했다고 전하지만, 한편으로는 그리 성숙하지 못한 영주〉라고 규정하기도 했다.[56]

---

50 Karl R. Mandelkow, a.a.O., S. 56.

51 Hans Tümmler, *Karl August von Weimar, Goethes Freund*, Stuttgart, 1978, S. 12.

52 같은 책, S. 15.

53 같은 책, S. 30.

54 Effi Biedrzynski, *Goethes Weimar*, Zürich, 1992, S. 34.

55 Hans Tümmler, a.a.O., S. 30.

이러한 아우구스트의 다양한 성격들은 「에그몬트」의 주인공 에그몬트가 가진 성격으로 전이되기도 하여, 아우구스트처럼 삶을 즐기는 에그몬트의 성격은 매혹적이면서도 경박한데, 이러한 점이 괴테의 자서전 『시와 진실』에서 묘사된다. 〈마적인 요소가 두 가지 관점으로 작용하여서 사랑스러움은 패퇴하고 증오가 개가를 올려 모두를 충족시키는 소망의 제3의 인물이 생겨날 듯 보였다. (……) 탁월한 인물이 아니지만 (……) 거대한 힘이 그에게서 나온다.〉[57] 에그몬트의 많은 매력은 개인이 아닌 공동체에서는 별로 유용성을 발휘하지 못한 채 전개된다.

에그몬트와 마찬가지로 아우구스트 공작도 괴테의 관점에서는 마적인 인물로,[58] 그에게서 급진적인 변화는 기대할 수 없지만 성숙하고 절제된 인물임은 확실했다. 이러한 젊은 공작을 격렬한 삶 속에서 영주 계급에 걸맞게 세련화시키는 내용이 「에그몬트」에서 제시된다.[59] 1828년 에커만과의 대화에서 괴테는 〈공작은 처음에는 나에게 많은 어려움과 걱정거리였다〉[60]고 심경을 피력한 바 있다.

국가 차원의 큰 규모의 정치를 하기 위해 작센 주의 업무에서 벗어나려는 괴테의 행보는 많은 비난을 초래했다. 괴테가 독일의 남부와 서부로의 여행을 감행한 이유는 공작이 공국을 소홀히 통치하는 데 대한 불만으로 해석되기도 하는데,[61] 이러한 근거가 괴테와 에커만의 대화에 나타나 있다. 〈공작의 지위는 상속되었기 때문에 그에게는 별것이 아닐지 모르지만, 이 지위가 노력하거나 투쟁하여 얻어졌다면 사정은 달라졌을 것이다.〉[62] 제어하기 힘든 공작의 분방한 성격은 괴테가 아우

---

56 같은 책, S. 40 f.

57 Siegfried Scheibe, a.a.O., S. 641 f.

58 Eckermann, S. 438 f.

59 Hans Tümmler, a.a.O., S. 40 f.

60 Eckermann, S. 652.

61 Hans Tümmler, a.a.O., S. 56.

구스트 공작을 위해 쓴 시 「일메나우-Ilmenau」에도 묘사되어 있다.

1783년 9월 3일

우아한 골짜기여! 그대 늘 푸른 숲이여!
내 가슴이 다시 너희를 더없이 반기는구나.
무겁게 늘어진 가지들을 펼쳐 다오.
너희의 그늘 속으로 나를 다정히 맞아 다오.
사랑과 흥겨움의 날에 너희의 언덕으로부터
신선한 공기와 향유로 나의 가슴에 생기를 다오!

운명은 바뀌어도 얼마나 자주 나는,
고귀한 산이여, 네 기슭으로 되돌아왔던가!
오늘은 네 얕은 언덕에서
젊은 에덴, 새 에덴동산을 보게 하라!
나, 아마도 너희를 얻을 자격이 있으리.
너희가 고요히 푸르러지는 동안, 나 가만히 마음 쓰나니.

나로 하여금 잊게 하라, 여기에서도 세계가
저 많은 피조물을 지상의 사슬에 묶고 있는 것을.
농부는 성긴 모래에다 씨앗을 맡기고
배추를 길러 무례한 야수에게 주고,
광부는 벼랑 협곡에서 빈약한 빵을 찾고,
사냥꾼의 욕설에 숯쟁이는 벌벌 떤다.
자주 그러듯 너희 나에게서 젊어지라.

62 Eckermann, S. 650.

내가 오늘 새 삶을 시작했으니.

그대들 아리땁구나, 내게 이 꿈들을 주니,
꿈은 내게 아첨하고 옛 가락을 끌어낸다.
모든 사람으로부터 멀리 떨어져, 다시 나에게,
얼마나 가까이 나 너희의 향기에 몸 씻는가!
키 큰 전나무 다시 너울너울 설렁이고,
폭포는 출렁출렁 내리닫는다.
구름은 가라앉고, 안개 무겁게 골짜기로 내린다.
하여 갑자기 밤과 어스름이 다가왔다.

어두운 숲 속, 별들 사랑의 눈길에서,
나 어느 사이엔가 잃어버린, 가야 할 오솔길은 어디인가?
무슨 듣기 드문 목소리 저 멀리서 들려오는가?
목소리들 바위에서 번갈아 울리며 퍼져 오른다.
그게 무슨 뜻인지 알려고 나는 서두른다.
사슴의 부름에 사냥꾼이 가만히 이끌려 가듯.

나 어디 와 있는가? 요술 동화의 나라인가?
암벽의 발치에 웬 밤의 잔치인가?
잔가지 촘촘히 덮힌 오두막 곁에,
사람들이 즐겁게 불가로 몸 뻗은 모습이 보인다.
높은 곳에서는 한 줄기 빛이 전나무 홀을 뚫고 들어오고,
야트막한 화덕에는 소박한 식사가 준비되고 있다.
사람들은 큰 소리로 장난치고, 어느새 비워진
술병은 새롭게 원을 그리며 돌아간다.

말하라, 이 즐거운 무리를 무엇에 비할까?

어디서 오는 이들인가? 어디로 가는 이들인가?

그들의 모든 게 참으로 기이하구나!

인사를 해야 할까? 피해 달아나야 할까?

사냥꾼들의 거친 유령 떼인가?

여기서 요술을 부리고 있는 난쟁이들인가?

덤불 속에서는 작은 불들이 더 많이 보인다.

나는 소름이 끼친다. 머물 엄두가 나지 않는다.

이집트 사람들의 수상쩍은 체류인가?

아덴 숲[63]에서처럼 도망치는 군주인가?

여기 나뭇가지 얽히고설킨 깊은 곳에서

길 잃은 내가 되살아난 셰익스피어의 유령들을 보고 있나?

그렇다, 그 생각이 나를 제대로 인도한다.

그들과 똑같은 족속이 아니라면, 바로 그들 자신이다!

그들 한가운데의 유령 하나 엄청나게 먹어 대고 있다.

그런 거친 무리 가운데서도 고귀한 풍습이 감지된다.

그대들은 그를 뭐라 부르는가? 저기 몸 굽히고

넓은 어깨 떠억 벌리고 앉은 자 누구인가?

그는 느긋하게 모닥불 제일 가까이 앉아 있는데,

옛 영웅들 족속의 힘찬 모습이다.

그는 아름다운 잔을 탐욕스럽게 들이켜고

그의 이마에서는 김이 솟고 있다.

썩 재미있지는 않지만 너그러운 그, 기쁨과 웃음이

무리 가운데서 울리게 할 줄 안다.

63 로빈 후드 일당이 사는 숲.

근엄한 얼굴로 그가

야만적이고 요란하게 낯선 사투리로 말할 때면,

고목나무 부러져 나간 곳에 가만히 기댄

또 한 사람은 누구인가.

길고 모양 좋은 그의 팔다리는

열광에 취해 맥없이 늘어져 있고

술꾼들이 귀 기울이지 않는데도

정신의 비상을 통해 높은 곳으로 몸 날려 올리며

하늘 높은 대기층으로부터 오는

저 단조로운 노래를 큰 열정으로 부르고 있는 저이는?

그렇지만 모두에게 뭔가가 부족한 것 같구나.

그들이 한꺼번에 나직하게 말하는 소리가 들린다. 그건

저기 끝, 골짜기 닫히는 곳,

그 앞에서 작은 불의 마지막 눈길이 빛나고,

쉽게 지어 만든 오두막 안에서,

폭포수 소리에 에워싸여 부드러운 잠을 즐기고 있는

젊은이의 휴식을 중단시키지 않기 위해서이다.

내 마음이 나를 몰아간다, 저 절벽으로 가보도록.

다른 사람들을 떠나 나는 살금살금 가만히 걸어간다.

여기 이 늦은 밤에 생각에 잠겨

이 문턱에서 깨어 있는 이,[64] 나의 인사를 받으시오!

---

64 젊은 시절의 괴테 자신을 가리킨다. 따라서 이 시는 자신이 행한 일들의 의미를 되새기는 청년 괴테를 나이 든 괴테가 지켜보는 독특한 대화적 구성을 보여 주는 셈이다.

왜 그대 저 기쁨으로부터 떨어져 앉아 있는가?

뭔가 중요한 생각을 하고 있는 듯 보이는군,

그대를 그토록 생각에 몰입시켜

그대의 작은 불조차도 타오르지 못하게 하는 게 무엇인가?

〈오 묻지 마십시오! 낯선 사람의

호기심을 쉽게 가라앉혀 줄 준비는 안 되어 있으니까.

그대의 선의조차 사절합니다.

지금은 입 다물고 괴로워해야 할 시간.

내가 어디서 왔는지, 누가 나를 여기로 보냈는지,

저도 말씀드릴 수가 없습니다.

낯선 곳으로부터 이리로 흘러와

우정 때문에 꼼짝 못 하고 단단히 붙박여 있지요.

누군들 자신을 알겠습니까? 누군들 자기의 능력을 알 수 있겠습니까?

용감한 사람은 결코 무모한 일을 벌이지 않았잖습니까?

후세에 가서 드러나겠지요, 지금 행하고 있는 것,

해로운 것이었는지 경건한 것이었는지.

프로메테우스조차도 순수한 하늘의 불을 숭배하며

갓 빚은 진흙 위로 흐르게 하지 않았습니까?

지상의 피보다 더 많이

생명 얻은 혈관으로 흐르게 할 수 있었잖습니까?

저는 순수한 불을 제단으로부터 가져왔습니다.

제가 점화하고 있는 것은 그저 순수한 불꽃이 아닙니다.

폭풍이 불을 더욱 이글거리게 하고 위험을 키웁니다.

스스로를 비난하느라 흔들리는 일 없습니다.

비록 영리하지 못하게라도 용기와 자유를 노래하며
저절로 우러나오는 솔직함과 자유를 노래하고
또 자신에 대한 자랑과 우러나오는 유쾌함을 노래했지만
사람들의 아름다운 호의를 얻어 냈지요.
하지만 아! 신 하나가 내게서 재주 한 가지,
꾸며서 처신하는 보잘것없는 재주를 없앴지요.
이제 여기 앉아 있고요, 들뜨기도 하고 가라앉기도 하며,
무죄이면서 벌받고, 죄지었으면서 행복 누리죠.

그렇지만 살짝 이야기하지요! 이 지붕 아래
내 모든 평안과 내 모든 괴로움이 있으니까요.
답답한 운명에 이끌려 자연의 길을 떠나온
고귀한 마음 하나,
예감에 차 이제 바른 길 위에 있지요.
때로는 자기 자신과 싸우고 때로는 마법의 그림자와 싸우고
태어나게 함으로써 운명이 그에게 선물한 것을
수고와 땀으로써 비로소 쟁취해 낼 생각을 하고 있지요.
어떤 사랑스러운 말도 그의 정신을 드러낼 수 없고,
어떤 노래도 그 높은 파도를 잠재울 수 없습니다.

누가 가지에서 기어다니는 유충에게
장래의 먹이 이야기를 할 수 있겠습니까?
또 누가 땅바닥에 놓인 고치 속 유충이
여린 껍데기를 깨뜨리는 걸 도울 수 있겠습니까?
때가 오면, 저 스스로 밀고 나와서
날개 치며 서둘러 장미의 품 안으로 가지요.

또 세월이 분명 그에게

그 힘이 갈 바른 방향을 일러 주겠지요.

아직도, 진실한 것을 위한 깊은 애착을 가질 때,

그에게는 오류도 하나의 열정이랍니다.

호기심이 그 마음을 먼 곳으로 이끕니다.

어떤 바위도 너무 험준하지 않고, 어떤 오솔길도 너무 좁지 않지요!

옆에서는 불행한 일이 숨어 기다리다가

그를 고통의 품 안으로 밀쳐 넣어요.

그다음에는 고통스럽도록 팽팽히 긴장된 움직임이

그를 금세 이리 저리 거세게 몰아가고,

불쾌한 움직임으로부터

그도 불쾌하게 다시 휴식을 취합니다.

또 맑은 나날에도 침울하게 거칠게,

기쁨도 느끼지 못하고 터무니없이,

영혼과 육신에 상처 입고 타격으로 찢겨,

딱딱한 침상 위에 쓰러져 잠드니,

그사이 나는 여기서 거의 숨도 쉬지 않으며

두 눈을 가만히 자유로운 별들을 향해 돌려요.

그리하여, 절반은 깨어 있고 절반은 무거운 꿈에 잠긴 채,

저 역시 무거운 꿈을 거의 이겨 내지 못합니다.〉

사라져라, 꿈아!

뮤즈여, 나 그대들에게 얼마나 감사하는지,

그대들이 오늘 어느 오솔길에서 나를 멈춰 세웠지.

단 한 마디에 사방이 곧바로

밝아져 더없이 화창한 날이 되었지!

구름은 달아나고, 안개는 걷히고
그림자들 사라졌다. 오 신들이여, 상(賞)과 기쁨!
진정한 태양이 나를 비춰 준다.
더 아름다운 세계가 나 위해 살아 있다.
불안한 환각은 공중으로 흘러 흩어져 버렸다.
이건 새로운 삶이다. 벌써 오래전에 시작되었다.

나 여기서 본다. 긴 여행을 마친 후
조국에 돌아와 있는 자신을 다시 알아보듯,
침착한 백성이 눈에 띄지 않게 부지런히
자연의 선물을 이용하는 모습을 본다.
실 가닥은 실패로부터 서둘러 풀려
직조공의 빠른 직조기로 달려가고,
밧줄과 석탄 두레박은 시원찮은 갱에
오래 머물러 있지 않는구나.
기만은 발각되고, 질서는 되돌아오고,
확고한 지상의 행복과 번성이 뒤따른다.

그렇게, 오 군주시여, 그대 나라의 이 한 구석이
그대 평생의 한 모범이 되기를!
그대는 그대 신분에 따르는 의무들을 잘 아시고
자유로운 영혼을 차츰차츰 제약하신다.
냉정하게 자기 자신과 자신의 뜻 따라 살아가는 이
스스로를 위해 많은 소망을 품을 수 있다.
하지만 남들을 평안하게 이끌기 위해 노력하는 이
스스로는 많은 것이 부족해도 견딜 수 있어야 한다.

그렇게 그대 살아가라 — 보수가 적지 않다 —

저 씨 뿌리는 사람처럼, 흔들리지 말고 가라.

우연의 가벼운 유희, 씨앗 하나 머지않아

여기 이 길 위에, 저기 가시 사이에 떨어지도록,

아니다! 풍요롭게, 현명하게 뿌려라. 남자답게 변함없는 손으로,

경작된 땅 위에다 축복을,

그러고는 쉬게 하라.

그대와 그대 사람들을 행복하게 할 수확이 있으리니.[65]

1783년에 썼지만 1815년에 출간된 이 시의 처음에 언급된 날짜인 1783년 9월 3일은 아우구스트 공작의 생일이다. 일메나우는 바이마르 근처의 숲으로 청년 시절 괴테가 아우구스트 공작과 자주 사냥을 다니고 장난도 벌였으며, 장년의 괴테가 민생을 위해 광산 운영에 전념하던 곳이다. 사냥을 마친 후 쉬고 있는 무리를 마치 로빈 후드의 무리처럼 여겨 질풍노도의 문체로 그리고 있는데, 이들은 모두 괴테 주변의 인물들로 크네벨(59~68행), 제켄도르프(69~76행), 아우구스트 공작 (79~83행)이며, 오두막 안에서 부드러운 잠을 즐기고 있는 인물(83행부터)은 젊은 시절의 괴테 자신이다.[66]

이렇게 아우구스트에게 「일메나우」를 헌정할 정도였던 괴테는 후에 〈그 시에는 과장된 내용이 전혀 없다〉고 피력했으며, 또한 〈공작은 곧바로 자애적인 맑은 정신을 보일 정도로 크게 변화되었다〉[67]고 언급할 정도로 아우구스트 공작에 대한 그의 노력도 결실을 보았다. 젊은 공작을 현명하고 통찰력 있는 인물로 이끄는 것을 사명으로 여긴 괴테의

---

65 괴테, 『괴테의 시 전집』, 전영애 옮김, 민음사, 2009, 196~204면.

66 같은 책, 196면.

67 Eckermann, S. 652.

노력이 시 「일메나우」에서 묘사되고 있는 것이다.[68] 아우구스트 공작의 무분별하고 무절제한 정치에서 〈포기와 자제가 공작에게뿐 아니라 괴테 자신에게도 매우 어려운 일이었다〉.[69]

실제로 바이마르의 초창기에 괴테는 당시에 친구 관계였던 아우구스트 공작과 함께 정열적이고 분방한 삶을 즐겨서, 에커만과의 대화에서는 〈사실상 우리 둘은 너무 분방하게 지냈고 (……) 이는 가끔 위험스러울 정도의 상황까지 된 적도 있었다〉[70]고 밝히기도 했다. 젊은 아우구스트 공작을 현명하고 통찰력 있게 이끌고자 했던 괴테는 그에게 에그몬트를 이상형으로 각인시키려 했다.

하지만 괴테는 에그몬트의 인간상은 인정하면서도 정치 분야에서는 사려 깊지 못한 인물로 여겼다. 관직의 수행에서는 오라니엔이 에그몬트보다 탁월한 감이 있는데, 이는 선견지명이 있고 조심스러우며 영리하게 위험스러운 일을 벗어나는 오라니엔이 에그몬트에게 알바의 보복을 주지시키는 데서도 알 수 있다. 이런 배경에서 아우구스트 공작의 족보에 오라니엔Wilhelm von Oranien이라는 이름이 들어 있다는 사실은 우연의 일치라고 볼 수 없다.[71] 따라서 「에그몬트」에서는 오라니엔이 영주의 가장 모범적인 인물로 묘사되고 있다. 〈에그몬트, 나는 수년 전부터 우리의 모든 관계를 주시해 왔소. 나는 늘 장기판을 들여다보듯 적의 어떤 행마도 대수롭지 않은 것으로 보아 넘기지 않았다오. 할 일이 없어 한가한 사람들이 몹시 공을 들여 자연의 신비를 캐내려 하는 것과 같이, 모든 당파의 의견과 속셈을 아는 것이 군주의 의무이며 직분이라고 생각하오. 돌발적인 사태를 우려해야 할 근거가 있소. 임금

---

68 Walter H. Bruford, *Kultur und Gesellschaft im klassischen Weimar 1775~1806*, Göttingen, 1996, S. 114.

69 같은 책, S. 115.

70 Eckermann, S. 650.

71 Hans Tümmler, a.a.O., S. 14.

님께서는 오랫동안 일정한 원칙에 따른 행동은 아무것도 이룰 수 없다는 것을 알게 되었소. 이제 임금님께서 다른 길을 시도하시는 것이 당연한 일 아니겠소?〉(E 403)

오라니엔의 이 언급은 괴테가 아우구스트 공작에 적용시키고자 하는 의도이다. 공작은 오라니엔처럼 침착하고, 사려 깊으며, 투명한 사고를 지녀야 한다. 관직의 수행에서는 격정적이기보다는 계산적이어야 하고, 인간적인 면에서는 에그몬트의 친화적인 성격이 바람직하다. 영주상은 이론적으로 규정될 수 없고 대체적으로 과거의 역사적인 인물에서 얻을 수 있다. 그러나 한 영주의 이상형의 전개는 단일적인 인물상보다는 두 인물의 비교적인 전개가 효과적이다. 즉 영주의 귀감을 다룬 이 작품은 〈에그몬트 같은 성격에 오라니엔의 오성적인 행동을 따르라〉는 계시를 주는 것이다.

7. 셰익스피어의 영향

과거와 현대를 막론하고 괴테와 셰익스피어가 주목받는 이유 가운데 하나는, 그들의 〈죽음과 사랑〉 때문이라고 볼 수 있다. 괴테와 셰익스피어는 둘 다 종말론적 전환기를 내다보았는데, 다만 괴테는 그것을 사랑으로 풀었고, 셰익스피어는 죽음으로 풀었다. 셰익스피어가 세계에 대해 비관적이라면, 괴테는 낙관적·긍정적이다. 이러한 셰익스피어와 괴테야말로 세기말적 혼돈의 시대에 빛을 던져 주는 상징적인 지성이었던 셈이다. 괴테의 시대와 셰익스피어의 시대는 2백여 년의 간극이 있으나 둘의 정신적 추구는 이 간극을 초월하고, 그들이 던진 죽음과 사랑의 화두는 새로운 문화의 지표가 되고 있다. 괴테는 셰익스피어의 신적인 천재성을 찬양하여 그의 이념을 자신의 작품에 자주 반영하였는데, 이러한 사실은 괴테의 교양 소설 『빌헬름 마이스터의 수업 시대』에서 셰익스피어를 읽은 빌헬름 마이스터의 언급에 잘 나타나 있다. 〈어떤 책이나 인간이나 혹은 인생의 사건들도, 당신으로부터 친절하게 가르침을 받은 이 훌륭한 작품들만큼 내게 큰 감명을 준 것은 아직 없습니다. 아무도 모르게 살짝 다가와서 자신의 존재를 인간들에게 가르쳐 준다는 하늘에 계신 수호신이 이 작품들을 쓴 것이 아닌가 생각됩니다. 이것은 꾸며 낸 이야기가 아닙니다! 운명이라는 엄청난 책이 눈앞에 펼쳐져 있다는 느낌이 듭니다. 그 속에서는 격동하는 삶의 폭풍이 거세게 불어 엄청난 힘으로 책장을 나뭇잎처럼 이리저리 넘기고 있는 듯합니다. 나는 그 강함과 부드러움, 그 맹렬함과 평온함에 경탄하고 완전히 자제력을 잃어버려서 또다시 계속해서 읽을 수 있게 될 날을 학수고대하는 심정입니다. (……) 내 내부에서 지금 일어나고 있는 일을 모조리 당신에게 표현할 수 있다면 얼마나 좋을까요. 이제까지 인류라든가 인류의 운명에 대해서 내가 어렴풋이 느껴 온 모든 것, 어릴 적부터 나 자신이 깨닫지는 못했어도 계속 생각해 왔던 모든 예감이 셰익스피어의 작품에서 실현되고 전개되고 있음을 알았습니다. 셰익스피어가 우리들 인생의 모든 수수께끼를 풀어 줄 것으로 생각됩니다만, 《이것이야말로, 혹은 저것이야말로 수수께끼를 풀어 줄 해답이야》라고 분명하게 말할 수는 없습니다. 그가 묘사하는 인간들은 자연 그대로의 인간처럼 보이지만 실은 그렇지 않습니다. 그의 작품에 나오는 인간들, 가장 현묘하고도 복잡한 자연의 이들 피조물들은 우리들의 눈앞에서 마치 문자판과 케이스가 수정으로 만들어진 시계처럼 행동합니다. 그들은 시계로서의 사명대로 사건의 성과를 나타내지만, 동시에 우리들은 그 시계를 움직이는 톱니바퀴나 태엽 장치까지도 볼 수 있습니다.〉(HA 7, 191 f)

이러한 셰익스피어와 괴테의 관계는 에그몬트와 괴츠 및 여러 인물들의 유사성의 규명에 중요한 것으로 작용한다. 따라서 에그몬트와 괴츠 등의 유사성을 규명하기 위해서 괴테의 희곡에 나타나는 셰익스피어의 영향을 고찰하고자 한다. 「괴츠 폰 베를리힝겐」을 데뷔작으로 한 괴테의 희곡들이 관심을 끄는 또 하나의 이유는, 그리스 비극에서 유래하여 유럽을 휩쓸던 고전적 희곡에서 벗어난 셰익스피어의 수용이다. 프리드리히 대제Friedrich der Große는 『독일 문학에 관하여De la littérature allemande』라는 문헌에서 〈베를리힝겐의 괴츠라는 한 인물이 무대에 등장하여 형편없는 영국 작품들을 혐오스럽게 모방하고 있다〉[72]라고 비난하기도 했다.

실제로 괴테가 작품 등에서 자주 내세우는 셰익스피어는 당시 헤르더 등 몇몇 작가들처럼 유럽에서뿐 아니라 모국에서조차 별로 평가를 받지 못하였다. 이러한 셰익스피어가 괴테의 관심을 끌게 된 배경을 이해하기 위해서는 〈그리스 비극〉 개념의 이해가 필요하다.

그리스어로 〈비극〉이라는 뜻의 단어 〈tragoidia〉는 〈염소tragos의 노래oide〉라는 의미이며, 주신(酒神) 디오니소스 축제에 염소를 제물로 바쳤다는 설에서 〈속죄 염소scapegoat〉라는 용어 또한 유래되었다. 이러한 배경을 가진 비극은 윤리적인 질서나 운명과 갈등을 겪는 인간을 취급하였다. 1824년 괴테는 〈비극성Das Tragische이란 화해될 수 없는 대립 unausgleichender Gegensatz에 기인한다〉라고 언급했다. 종교, 윤리 및 정치 문제에 대한 의견이 근본적으로 일률적이고 폐쇄적인 사회가 있고, 또한 특출한 개성으로 기존 법칙에 거역하여 독자적인 별[星]을 지향하는 개인이 있을 때, 요컨대 화해될 수 없는 대립이 생긴다. 인간은 분명히 이런 상태에 있는 존재이기에 폭력과 결점이 권세를 떨쳐 왔다. 이 상황에서 발생하는 갈등인 비극은 일종의 필연적인 주인공의 파멸로 귀결된다.

72 Rolf Ibel, a.a.O., S. 14.

그 투쟁의 형식들이 고대 그리스에서부터 독일의 극작가 헵벨Frie-drich Hebbel에 이르는 비극의 핵심을 이룬다. 따라서 인류의 종국적인 현존 문제인 자유와 필연, 성격과 운명, 죄와 벌, 자아와 세계, 인간과 신에 대한 대립들을 다루는 비극은 동정과 슬픔으로 심령에 파멸을 불러일으켜 순화 작용인 카타르시스*Katharsis*를 가능하게 한다.[73]

이러한 비극성의 개념은 괴테에 대한 마이어Hans Mayer의 서술에도 언급되어 있다. 그는 〈비극적 해결〉이라는 문학적 내지는 문예학적 개념을 역사적 인간인 괴테에게 적용시켰다. 문학과 현실을 혼동한 당시 수많은 젊은이들의 『젊은 베르테르의 슬픔』의 영향을 받아 행한 자살은 〈비극적 해결〉이 되지 않는다는 점에서 문학의 세계와 구별된다.

그리스 비극의 주제는 주로 신화나 영웅들의 행동이어서, 비극 시인은 서사시인 호메로스가 노래한 아킬레우스 등 영웅들의 모습을 다뤘다. 이들 영웅들은 결단력 있게 행동하는 모범적인 인물로 그리스 문화를 최초로 세상에 소개했다. 비극 시인들이 서사적인 영웅들에게 생명을 불어넣은 결과 그리스의 서사시나 신화, 전설 등에 등장하는 영웅들은 숱한 파란을 슬기롭고 용감하게 극복한다. 일반적으로 소재가 신화에서 나오는 그리스 비극의 주인공들은 신들에 의해 운명이 결정되므로 그리스 비극은 흔히 〈운명극〉이라고도 불린다.

이러한 그리스 비극은 대부분 시간을 철저하게 지키지 않고, 하루를 다루며, 현대극에 비해서 단순하다. 〈고전극의 법칙〉을 수립한 아리스토텔레스는 『시학』에서 시간, 장소, 사건이라는 〈연극의 삼일치(三一致)〉 법칙을 수립하였다.

시간*Zeit*의 통일: 모든 사건은 하루(24시간)를 넘지 않을 것.

---

73 이유영, 『독일문예학개론』, 삼영사, 1986, 96면 이하 참조(이하 『독일문예학개론』으로 줄임).

장소Ort의 통일: 모든 사건은 한 장소에서 이루어질 것.

사건Handlung의 통일: 완결되고 일정한 길이의 행동의 모방일 것.

그 후 19세기에 프라이타크Gustav Freytag는 『희곡의 기교Technik des Dramas』에서 〈① 발단Exposition: 갈등의 시작, ② 발전Steigerung: 갈등의 격렬, ③ 절정Höhepunkt: 해결의 지향, ④ 하강Fallen der Handlung: 귀착점, ⑤ 파국Katastrophe: 갈등의 종결〉이라는 〈5단계의 구조〉[74]로 〈긴장의 과정Spannungsablauf〉을 정립하였다. 그러나 이들 법칙들은 고전극에 국한된 것이지 현대극에서는 적용시키기 어려웠다. 프라이타크의 5막 극에서는 최초 두 개의 장막Aufzug이 발단에 해당된다.[75]

특이한 비판적 시각으로 독일 연극에 파고들어 큰 성과를 이룬 레싱의 『함부르크의 연극론Hamburgische Dramaturgie』은 그가 함부르크 극장에 초빙되어 2년간 종사하는 동안 저술한 저서이다. 그는 고대 그리스극과 셰익스피어극을 모범으로 하였으며, 아리스토텔레스의 『시학』도 높이 평가하였으나 〈시간, 장소, 사건의 통일〉이라는 법칙은 받아들이지 않았다. 고트셰트 이후 정설처럼 된 시간, 장소, 사건의 3자 통일을 타파하고 사건의 통일만을 인정한 것이다. 그는 『라오콘 혹은 그림과 시의 한계론Laokoon oder über die Grenzen der Malerei oder Poesie』에서, 문학의 본질은 시간의 경과로 표현되므로 극의 줄거리나 인물의 성격은 처음부터 완성되게 나타나서는 안 되고, 관중들의 공감을 받으며 차차 변화되고 발전해 나가야 한다고 말했다. 따라서 연극은 아리스토텔레스의 주장처럼 관객에게 공포와 동정으로 카타르시스를 일으켜야 한다는 것이다.

---

74 Hermann Villiger, *Kleine Poetik — Eine Einführung in die Formenwelt der Dichtung*, 3. Aufl., Frauenfeld, 1969, S. 145.

75 『독일문예학개론』, 95면 이하.

셰익스피어도 사건, 장소, 시간의 삼일치나 프라이타크의 5막의 고전극의 법칙을 타파했는데, 이러한 셰익스피어에 괴테도 동감하여 「에그몬트」와 「괴츠 폰 베를리힝겐」에서 연극에 관한 법칙들이 다른 양상으로 나타나고 있다. 괴테의 「에그몬트」나 「괴츠 폰 베를리힝겐」 같은 질풍노도적 성격의 희곡은 법칙을 따르지 않고 특정 시간대에서도 벗어나 다양한 사건들을 전개시킨다. 이렇게 아리스토텔레스의 희곡의 삼일치 등을 타파하는 한편, 괴테는 자신의 연극에서 고유의 규칙을 정립하여 역설적인 면을 보이기도 한다.

괴테는 작은 연극 세계를 지배하면서 배우의 규칙을 작성했는데, 여기에서 배우의 〈이상적인 예절〉이 중요시되었다. 배우는 격정적인 장면에서도 서툴게 이쪽저쪽으로 설치지 않고, 자기표현에 아름다움을 구비시키지 않으면 안 되었다. 자세에 있어서도 아주 면밀하게 규정되어 있어서, 어떤 경우에도 사투리는 피하고 발음은 분명해야 했다. 시구의 첫머리에서 언제나 짧은 휴식을 취해야 했다. 문자 그대로 〈4중주와 같은 리허설〉이 행해지지 않으면 안 되었다. 시구의 억양은 팔을 아래위로 흔들어서 배우게 한다든지 또는 지휘봉을 사용하여 익히게 했다. 이런 모든 것은 물론 바이마르에서 적용되었고, 그곳에서도 일정 기간에 한정되어 있었다. 아직 익숙하지 않은 시극을 괴테가 공연하려 했기 때문에 배우들은 그를 질색하고 증오할 정도였다. 고전주의 연극을 소망하는 그는 궁정 극장의 감독을 맡으면서 사생활에서도 점잖은 몸가짐, 예절 있는 행동을 요구했다. 손수건과 지팡이의 사용도 금지되었고, 긴바지를 입고 손을 호주머니에 넣는 당시의 최신 유행도 금지되었다.[76]

이렇게 괴테는 스스로의 연극 규칙을 정립했지만 아리스토텔레스의 희곡 삼일치 개념을 타파한 셰익스피어에 동감하면서 셰익스피어의

---

76 Richard Friedenthal, *Goethe: Sein Leben und seine Zeit*, München, 1978, S. 482.

또 다른 점을 발견하였다. 그에게 셰익스피어의 작품들은 〈우리가 요구하는 자유인 자아를 다른 전체의 필수적인 과정과 충돌시키는〉[77] 것이었다.

그리스 비극들의 소재는 주로 신화에서 얻어졌기에 인물들은 신화의 인물과 비교되는 경우가 많은데, 괴테의 희곡은 신화를 수용하지 않고 셰익스피어처럼 단순한 인간을 창작자의 이념에 맞게 변형시켰다. 따라서 〈프로메테우스를 경쟁 대상으로 삼은 그(괴테)는 자신의 인물들을 거인적으로 형성하였다. 여기에서 그(프로메테우스)가 형제들에 자신의 입김을 불어넣은 결과, 모든 사람들에서 그가 회자되고, 그와의 친족성을 느끼게 되어 형제들이 오해되는 경우도 있다〉.[78]

프로메테우스 같은 거인족의 위대성을 염두에 둔 괴테는 괴츠나 에그몬트를 민중들의 희망을 떠맡는 초자연적인 인물로 변형시켰다. 그러나 괴츠나 에그몬트는 위대성에도 불구하고 불멸의 거인족이 될 수없고 민중의 일원일 뿐이어서, 결국은 순교적인 죽음을 맞이하게 된다. 결국 그들의 위대성은 육체적이 아니라 윤리적이므로, 윤리적 승리의 죽음을 맞을 뿐이다. 복잡하고 장황한 에그몬트의 발생사는 괴츠와도 연관되어 〈에그몬트는 괴츠의 뒤를 따르는 인물로 보아야 한다. 작품에서 이들을 동일한 방향으로 향하도록 하는 내용이 한 번만 있는 것이 아니다〉[79]라고 슈타이거는 평하였고, 괴테 자신도 다음과 같이 언급한 바 있다. 〈작품 「괴츠 폰 베를리힝겐」에서 하나의 중요한 세계사(世界史)를 나의 방식으로 전개시키려 하면서 정치사(政治史)적인 유사점을 찾던 중에 네덜란드의 봉기가 나의 관심을 끌었다. 유능한 남성의

---

77 Johann Wolfgang von Goethe, *Werke* in 6 Bänden, Bd. 6, Insel Verlag, Frankfurt/M., 1965, S. 213.

78 같은 곳.

79 Emil Staiger, a.a.O., S. 292 f.

표상인 괴츠는 난세에는 호의적 인간이 필요하다는 망상 때문에 몰락한다. 체계적으로 확고하게 된 전제 정치는 당해 낼 수 없다는 이념이 에그몬트의 인물에 담겨 있다.〉[80]

이같은 에그몬트와 괴츠의 유사성에 반대하는 이론도 있다. 괴테는 에그몬트와 괴츠를 서로 다른 나라의 서로 다른 전쟁에서 개인적인 차이나 특징들을 훼손시키지 않고 전개시켰다는 것이다. 질풍노도 시기의 젊은 괴테가 〈어떤 이념을 예언하기〉[81] 위해서 에그몬트나 괴츠 두 인물에 불어넣은 〈정신의 입김〉[82]과 괴테 자신의 마적인 요소를 융합시켰다는 이론도 있다.

80 Johann Wolfgang von Goethe, *Werke* in 6 Bänden, Bd. 5, Insel Verlag, Frankfurt/M., 1965, S. 693.

81 같은 책, Bd. 6, S. 213.

82 같은 책.

제4장

『서동시집』과 「티무르의 서(書)」

괴테가 페르시아의 시인 하피즈Hafis에게서 영감을 받아 1814년에
서 1819년 사이에 집필한 시집『서동시집West-östlicher Divan』은 1819년
에 196편의 시를 담아 출간되었으며, 1827년 43편이 증보된 239편의
『새로운 디반Neuer Divan』으로 개정되어 재출판되었다. 이러한 『서동시
집』은 괴테의 가장 방대한 시집일 뿐 아니라 단행본으로 출간된 유일
한 시집이기도 하다. 실러가 죽은 후에 괴테는 때때로 자신이 벌써 삶
의 가장자리에 있는 것 같다고 말했다. 이러한 상황에서 그가 오랫동안
고대하던 1814년 여름 라인 지역과 마인 지역으로의 여행은 그에게 새
로운 청춘을 체험하게 해주었다. 고향과의 재회, 비스바덴에서의 온천
치료, 재치 있고 우정 어린 친구들과의 교류 등으로 그는 로마에서 귀
국한 이후로 경험해 보지 못한 행복과 교양을 다시 향유하게 되었다.
프랑크푸르트의 은행가 빌레머Johann J. von Willemer의 부인으로 괴테에
게 열렬한 호의를 표하며 그의 호감을 얻은 마리안네Marianne von Wille-
mer에 의해서, 「로마의 비가」 이후 거의 침묵해 온 그의 심중이 다시 시
에서 토로되었고, 이에 여행을 떠나기 직전 시작된 『서동시집』은 예기

치 않은 활력을 띠게 되었다.

이러한 『서동시집』이 담고 있는 시들은 서로 긴밀하게 관계를 이룬다. 이 시집은 하템Hatem이 줄라이카Suleika와 사랑의 징표로 주고받는 연가(戀歌) 형식으로 12서(書)로 구분되고, 마지막에 이들 시의 이해를 위한 「주해서Noten und Abhandlungen」가 있다. 괴테가 14세기 페르시아의 시인 하피즈의 시집 『디반Divan』에 들어 있는 시를 읽고서 동방의 신비스러운 자연과 관능의 희열에 자극받아 쓰기 시작한 『서동시집』에는 마리안네에 대한 노시인의 불타오르는 정열과 역시 이 시인의 사랑에 대한 그녀의 응답이 〈하템과 줄라이카의 사랑〉으로 표현된다.

총 12서로 되어 있는 『서동시집』은 제목이 암시하는 주제별로 연결되어 네 갈래로 구분된다. 첫 세 시편 「가인의 서Buch des Sängers」, 「하피즈의 서Buch Hafis」, 「사랑의 서Buch der Liebe」에는 시집 전체의 주제가 집약되어 있는데, 이 중에서도 「가인의 서」에 담겨 있는 주제가 강하다. 이어지는 「명상의 서Buch der Betrachtungen」, 「불만의 서Buch des Unmuts」, 「잠언의 서Buch der Sprüche」는 잠언집의 성격을 지니고, 그 뒤를 잇는 「티무르의 서Buch des Timur」, 「줄라이카의 서Buch Suleika」, 「주막 시동의 서Das Schenkenbuch」에서는 인물들이 다뤄진다. 마지막 세 시편인 「비유의 서Buch der Parabeln」, 「배화교도의 서Buch der Parsen」, 「낙원의 서Buch des Paradieses」에서는 자유롭고 다채로운 종교적 성찰이 그 기반이 된다. 이들 시편의 내용들을 정리하면 다음과 같다.

1. 「가인의 서」: 혼돈의 서방에서 순수한 동방으로의 정신적 도피를 다룬 시 「헤지라」에서 시작하여 동방의 풍물들을 노래하는 시들로 구성되어 있다. 동방의 풍물에 의거하여 시들이 심층적으로 성찰된다.

2. 「하피즈의 서」: 사랑과 술을 노래한 고대 페르시아의 대시인 하피즈를 표제로 한 이 시들은 하피즈의 면면을 살리면서 이슬람의 계율과

시의 본질을 묘사한다.

3. 「사랑의 서」: 고대 페르시아 시인 하피즈가 그랬듯이 거침없는 사랑을 표현한 이 시들에는 다면적인 사랑에 관한 다양한 동방 문양이 담겨 있다.

4. 「불만의 서」: 정신적 도피를 야기하는 서구의 현실들이 직설적으로, 혹은 풍자적으로 전개된다.

5. 「성찰의 서」: 노시인의 지혜가 동방을 근거로 다채롭게 전달된다.

6. 「잠언의 서」: 동방의 지혜를 담은 지혜의 시편들로 시와 시인들에 대한 성찰이 담겨 있다.

7. 「티무르의 서」: 『서동시집』의 중심이 되는 시편으로 단 두 편의 시인 「겨울과 티무르」와 「줄라이카에게」로 구성되어 있는데, 『서동시집』에서 유일한 미완성작인 「겨울과 티무르」는 폭군 티무르의 비유를 통해 나폴레옹의 폭정을 우회적으로 표현한 작품이다.

8. 「줄라이카의 서」: 사랑의 시편들로 세계의 시사(詩史)에 길이 남을 정도로 애송되는 시들이다. 고대 페르시아 시인 하템[1]과 그의 연인 줄라이카의 대화 형식으로 전개되는 이 시편들은 실제로는 괴테가 사랑했던 마리안네에게 보낸 시편들이다. 따라서 페르시아 시인의 시를 매개로 마리안네와 괴테가 주고받은 시편뿐만 아니라 마리안네 자신의 시도 포함되어 있다.

9. 「주막 시동의 서」: 『서동시집』에서 두드러지는 독특한 시로, 술 따르는 젊은이가 노시인에게 품은 존경과 이 청년에 대한 노시인의 사랑이 묘사되어 있다. 황혼의 풍광 속에서 인생의 허무가 초월된다.

10. 「비유의 서」: 사랑의 노래에 깊은 성찰이 따른다는 맥락에서 노

---

1 시편들 안에서 괴테를 대신하는 인물. 괴테 자신이 절묘한 각운을 통해 ― 〈괴테〉를 써야 운율이 맞을 지점에 전혀 운율이 맞지 않는 〈하템〉을 써서 눈길을 끈다 ― 그 허구의 인물이 자신임을 정교하게 폭로한다.

시인의 지혜가 담긴 시편이다.

11. 「배화교도의 서」: 배화교도 최초의 모습 등 정결하고 순수한 종교의 본질이 묘사되어 있다.

12. 「낙원의 서」: 삶이라는 전투의 〈투사〉였다고 주장하는 한 시인이 낙원의 문에 입장하려 하고, 이에 대한 허가와 관련하여 천국의 성처녀와 주고받는 문답들로 구성되어 있다. 삶과 죽음의 의미가 묘사된 이 시에는 이슬람 세계의 천국관이 투사된다.[2]

이에크베아추Edith Ihekweazu는 이들 열두 개 시편들의 제목을 세 형상으로 구분하면서 「가인의 서」와 「천국의 서」는 이들 세 형상에서 벗어난다고 보았다. 시의 내용과 장르적 특성을 다룬 시로는 「사랑의 서」, 「불만의 서」, 「성찰의 서」, 「잠언의 서」, 「비유의 서」 등을 들 수 있다. 또한 「하피즈의 서」, 「줄라이카의 서」, 「주막 시동의 서」 등은 대화 형식이고, 반면 두 행짜리 시들로만 구성된 「티무르의 서」와 「배화교도의 서」에서는 대화가 전혀 없다.

『서동시집』에서 많은 종교들 중에서도 배화교가 언급되는 점도 흥미롭다. 조로아스터가 창시한 페르시아의 고대 종교인 배화교Parsis-mus(일명 조로아스터교)의 주신(主神)은 아후라 마즈다Ahura Mazda로 아랍에 의한 이란 정복(7세기 전반) 때까지 이란의 국교였다. 그 성전이 아베스타Avesta로 불리는 배화교는 역사적으로 〈① 아베스타 속의 가사 Gathsas에서 볼 수 있는 창시자 자신의 교설, ② 아베스타 나머지 부분에 나오는 인도·이란 공통 시대의 신들의 부활 단계, ③ 중세 페르시아 문헌에 기술되어 있는 교의(敎義)〉의 세 단계로 나뉜다. 조로아스터가 설파한 제1단계의 교설에 의하면, 이 세계는 상반되는 근원적인 2개

2 핸드릭 비루스, 『괴테 서·동 시집 연구』, 전영애 옮김, 서울대학교출판문화원 2013 참조.

의 영(靈), 즉 스판타 마인유(성령)Spanta Mainyu와 앙그라 마인유(파괴령) Angra Mainyu의 투쟁 속에 있는데, 인간들은 각기 자유 의지로 그 2개의 영 어느 쪽인가를 선택하여 선과 악, 광명과 암흑의 싸움에 몸을 던진 다고 한다. 조로아스터가 죽은 후의 제2단계에서는 아베스타의 야슈 트 서(書)에서 볼 수 있듯이 인도·이란 공통 시대의 신들이 배화교의 신 전에서 부활하였다. 제3단계의 사산 왕조기의 이원론적 교리에서 아후 라 마즈다는 스판타 마인유와 동일시되고, 직접 아흐리만Ahriman(앙그 라 마인유의 중세어형)과 대립하게 되었다. 그 결과 양자를 모두 초월하 는 근본 원리로서 주르반Zurvan을 정립하는 이른바 주르반교가 세력을 얻었다.

이 연구에서는 이러한 종교 등 심오한 사상을 다양하게 담고 있는 『서동시집』 가운데 「티무르의 서(書)」에 담긴 시들을 그 대상으로 삼았 다. 또한 연구의 첫 시도로 『서동시집』의 장르 논란을 정립해 본다. 즉 이 시집의 서정성을 규명하고, 시집의 전체적인 의미와 각 시들의 제목 에 담긴 내용도 규명하고자 한다. 『서동시집』의 시편 「티무르의 서」에 들어 있는 「겨울과 티무르Der Winter und Timur」는 다른 시들과 상이한 독 특한 성격을 지니므로 이들 시를 중점적으로 고찰해 보았다. 이 시에 서 전개되는 14세기 페르시아의 영웅인 세계의 정복자 티무르와 자연 의 정복자 겨울의 대결에는 괴테의 철학·심리학·사회학적 깊은 지식 이 담겨 있다. 또한 「티무르의 서」의 시들에 내재된 역사와 실제 역사의 차이도 중요한데, 특히 티무르와 나폴레옹의 비교가 흥미롭다. 이 외에 작품 「티무르의 서」에 들어 있는 두 편의 시 「겨울과 티무르」와 「줄라 이카에게An Suleika」를 비교하여 전쟁과 사랑의 관계를 규명하고, 『서동 시집』에 들어 있는 일부 시들을 내용에 따라 구분하여 「티무르의 서」가 『서동시집』에서 차지하는 전체적인 의미도 살펴보았다.

따라서 이 장의 연구는 네 부분으로 구분되는데, 첫 부분에서는 방법론적으로 작품의 구성을 고찰하였다. 각 시들의 제목에 담긴 내용을 규명함으로써 『서동시집』 전체의 의미를 짚어 보았다.

두 번째 부분에서는 「티무르의 서」의 시들에 내재된 역사와 실제 역사를 비교한다. 「티무르의 서」에 내재된 역사의 고찰은 괴테의 텍스트를 주요 수단으로 삼았다. 특히 14세기 페르시아의 영웅 티무르와 나폴레옹이 「겨울과 티무르」의 연구에서 비교되었다.

세 번째 부분에서는 작품 「티무르의 서」에 대한 이에크베아추 등의 해설과 함께 「겨울과 티무르」, 「줄라이카에게」의 시가 독립적으로 고찰된다.

네 번째 부분에서는 『서동시집』에 담겨 있는 시들 서로의 관련성에서 「티무르의 서」의 성격을 살펴보았다. 따라서 「티무르의 서」와 『서동시집』을 비교해 보고, 마지막으로 『서동시집』에서 「티무르의 서」가 차지하는 특이한 내용을 고찰하고자 한다.

1. 서정시집으로서 『서동시집』

군돌프Friedrich Gundolf는 저서 『괴테Goethe』에서 인간과 작품, 생산과 존재와의 관계에서 독일 정신이 표현된 괴테를 서술했다.[3] 그에 의하면 괴테의 서정시는 자아를 소재로 한 원체험Urerlebnis으로 종교적, 거인적, 관능적인 성격이 있다. 따라서 교양 세계를 소재로 한 원체험이 괴테의 상징적 표현이 된다.[4] 그의 교양 세계란 셰익스피어, 고전적 고대, 이탈리아, 독일 사회 그리고 동양의 체험이라 할 수 있는데,[5] 그 중 하

---

3 Friedrich Gundolf, *Goethe*, Berlin, 1916, S. 1.

4 같은 책, S. 28.

5 이유영, 『독일문예학개론』, 삼영사, 1986, 149면.

나인 동양 세계에 근거해서 『서동시집』이 생성되었다.

서정시집의 개념

시인의 사상·감정을 서정적·주관적으로 읊은 시를 묶은 〈서정시집〉의 개념에 대한 정립은 오래전부터 많은 문예학자들에 의해 시도되어 왔다. 뮐러Joachim Müller는 자신의 저서 『서정시의 주기적인 법칙Das zyklische Prinzip in der Lyrik』에서 중점Schwerpunkt과 핵심Mittelpunkt이 연관되는 동기를 서정시집의 특징으로 규정하였다. 그에 따르면 서정시집은 서로 동질적인 시들의 바탕을 이루는 핵심(주제의 근원)을 지니고 있다. 이러한 서정시집의 핵심은 반복되어서, 시와 시집의 관계는 시연Strophe과 시의 관계와 동일시될 수 있다고 이에크베아추는 덧붙이는데, 이는 시가 시집에서 완전히 독립하거나 분리되는 것이 아니라 시집 안에서 독립된 부분을 형성하기 때문이다. 시는 자신을 담고 있는 시집에 의해 풍요롭게 되고, 각각의 시연은 해당 시에 예속되므로 시연에서 고립된 시는 의미적으로 나머지 시들과 이어질 수 없게 된다. 베커C. Becker는 〈시집은 한 부분을 앞이나 뒷부분에 연결시켜 주는 것이 아니라 전체 공간을 채운다〉라고 시집의 특성을 규정하였다. 이러한 〈전체 공간〉이 되는 시집을 채우는 시들은 서로 연관된다는 이론은, 시는 〈만들어지며gebaut〉, 이렇게 만들어진 시는 시집에서 〈성장한다gewachsen〉는 베커의 주장에 근거한다. 결국 시와 시집은 밀접한 관계를 맺고 있는 것이다.

하스Hans E. Hass는 저서 『서동시집의 구조적 단위Über die strukturelle Einheit des West-östlichen Divans』에서 〈시집의 성장〉에 대한 베커의 이론을 자연 과학적인 방식으로 확대시켰다. 유기적인 구성에 관심을 기울인 그는 각각의 부분들이 전체의 요소가 되는 생명의 조직이 『서동시집』

의 작품에도 적용된다고 보았다.

알러Jan Aller는 저서『슈테판 게오르게의 구성술*Stefan Georges Kunst der Komposition*』에서 상호 의존을『서동시집』의 특성으로 규정하였다. 그에 따르면『서동시집』속 각각의 시들은 시집 전체의 내용에 기여하고, 시 집 또한 각각의 시에 영향을 미친다. 서정시집은 작품의 작업 중에 성립된다고 본 이에크베아추는 서정시집을 〈독립적인 시들로 구성된 전체〉로 규정하면서, 이들 시집에 담긴 시들은 배열과 전체적·공통적인 관계에서 규명되어야 한다고 주장했다.

뷘쉬Marianne Wünsch는 저서『괴테의 서정시에서 구조 변화*Der Strukturwandel in der Lyrik Goethes*』에서 〈같은 정서에서 발생하는 시들은 어떤 개념에 따라 배열되지 않고, 베커의 이론처럼 성장의 순서에 따라 배열된다〉고 규정하였다. 딜Christa Dill은『괴테의 서동시집 사전*Der Strukturwandel in der Lyrik Goethes*』에서 디반에 정립된 어떤 감정을 강력하게 표현시키려는 〈상관적인 개념*Korrelativbegriff*〉이 있다고 정의하며 이런 배경에서『서동시집』의 시들을 〈시와 정신, 사랑, 음주, 개인과 세계, 시간과 영원, 자연과 신〉 등 주제별로 구분하였다. 그러나 어휘에 중점을 둔 그의 연구는 시의 서정성에 대한 언급이 없다는 점에서 다소 부족할 수도 있다고 판단된다.

제목의 의미

고대 그리스와 로마 시대 사람들은 유명한 전투가 있던 곳, 신이 내려와서 기적을 행했다고 여겨지는 자리에 비석을 세우거나, 내용이 적힌 판자를 붙여 놓고 이를 〈티툴루스*titulus*〉라고 부르며 신성시하는 관습이 있었다. 연극이 유행하기 시작한 17세기 유럽에서는 극장 앞에 줄거리를 한 문장으로 요약한 작은 판자를 걸어 놓고 공연 중인 연극을 홍보했는데, 로마 시대의 단어를 빌려 이 판자는 〈title〉이라 불렸다. 예컨대 볼테르의 『캉디드』 제1장을 펼치면, 〈캉디드가 아름다운 성에서 자란 후 여기서 쫓겨나다〉라는 줄거리가 적혀 있는 식이다. 나중에 이 줄거리는 점차로 짧아져서 오늘날의 제목이 되었고, 책의 내용을 한마디로 짐작할 수 있는 〈타이틀〉이라고 불리게 되었다.[6] 이러한 배경에서 괴테의 『서동시집』이란 제목은 의미심장하다.

괴테는 시집을 의미하는 〈디반Divan〉이라는 용어를 모임의 성격으로 파악하였다. 어떤 종류의 모임에서든지 참석자들의 대화나 의견 교환 등이 있기 마련이다. 괴테가 디반이라는 용어를 시들의 〈모음〉으로 이해했다면, 여기에 담긴 시들은 서로 의견을 개진하는 참석자가 되는 셈이다. 따라서 시들은 고립된 성격을 지니는 것이 아니라 서로 연결되어 묘사되므로, 이들 시의 연관성이 파악되어야 디반이 올바르게 이해될 수 있다.

디반이라는 용어가 괴테의 동양과 서양 개념을 함축성 있게 연결시켜 준다면, 어떤 동기에서 괴테가 이 단어를 동·서양의 사상 전달을 위해 선택하게 되었는가에 대한 의문도 발생한다. 괴테 당시에 동양과 서양은 서로 대립되어 융합될 수 없는 것으로 여겨졌고, 양쪽은 물자를 교환하거나 식민지 확보를 위한 전쟁을 수행하기 위한 다리를 개설하는 등의 필요성에서만 존재할 뿐이었다.

따라서 괴테의 『서동시집』에는 이러한 양극적 내용이 대립적으로 묘사되기도 한다. 이러한 양극이 디반에 수용되어 중재를 이끌어 적과 동지의 간격이 좁혀지는 것이다. 따라서 1825년 2월 18일 괴테는 에커만에게 〈세계는 언제나 똑같이 존재한다. 이러한 상태는 늘 반복된다. 한 민족이 다른 민족과 똑같이 생활하고, 사랑하고, 느끼는데 무슨 이유로 한 민족의 시인이 다른 민족의 시인처럼 시작(詩作)할 수 없단 말

6 조승연, 〈인문학으로 배우는 비즈니스 영어〉, 「조선일보」, 2014 참조.

인가? 생활의 상황이 똑같은데 무엇 때문에 시의 상황은 똑같지 않단 말인가?〉라고 말했다. 이런 개념에서 괴테에게 〈시는 인류의 소유물이어서 세계 어느 곳이나 어느 시대나 그리고 수만의 인간에게 자기를 계시〉하는 것이었다. 〈시는 인류의 공유물이라고 생각하게 되었다. 시대와 장소를 막론하고 수많은 인간이 사는 곳에서 생겨나는 것이라고 생각된다. 어느 시인이 다른 시인보다 좀 더 좋은 시를 창작하였다고 하여도 그것은 다른 것보다 좀 더 오래 표면에 떠 있는 것에 지나지 않는다. 그러니까 매디슨과 같이 자기가 상당한 사람이라고 생각해서는 안된다. 그리고 나 자신이 위대하다고 생각하고 싶지 않다. 오히려 시적 재능이라는 것은 결코 그리 희귀한 것이 아니어서 좋은 시를 한 편쯤 썼다고 지나치게 으스댈 특별한 이유가 결코 없다.〉[7] 따라서 괴테에게 표절의 문제는 존재하지 않았다. 〈내 것과 네 것이 무엇이 중요한가?〉 그는 자기가 표절하고 있다고 생각하지 않았고, 다른 사람들도 자기 시를 그렇게 사용하는 것을 아주 기꺼이 여겼다.[8] 〈시란 온 인류의 소유물이므로 미래의 시는 국경 안에 갇혀 있을 수 없다. 세계 문학의 시대가 눈앞에 온 것이다.〉[9]

이러한 세계 문학에 관한 괴테의 성찰은 마지막 죽음의 순간에도 작용하여 그는 임종 시 손가락으로 무릎을 덮고 있는 이불 위에 글자를 썼다. 베갯머리 사람들이 본 바에 의하면 괴테는 글씨 다음에 분명하게 구두점까지 찍었다고 한다. 마지막으로 큰 글자를 그렸는데, 그것은 W 자였다. 그것은 괴테 자신의 이름 볼프강Wolfgang의 첫 글자라고 해석될 수 있고, 아니면 그의 위대한 사상인 〈세계 문학Weltliteratur〉에 관한 의미로도 생각될 수 있으리라. 또는 그것은 〈세계Welt〉로서 인류가

7 Johann P. Eckermann, *Gespräche mit Goethe,* 31, Januar, 1827.
8 버넌 홀 2세, 『서양 문학 비평사』, 이재호·이명섭 옮김, 탐구당, 1972, 150면.
9 같은 곳.

이해할 수 있는 의미였을지도 모른다.[10]

괴테의 개념에서 볼 때 한 민족의 시는 세계 문학의 근본이 된다. 시를 통하여 각 민족은 서로를 알게 되고, 시의 차이점을 통하여 각 민족은 서로를 이해하고 관용하게 된다. 시가 국민을 이해시키는 다리 역할을 하는 것이다. 이렇게 세계 문화에 연결되는 시가 페르시아 문학에 결부되어 『서동시집』이 탄생하였다.

디반의 구성

1815년 5월 17일에 첼터Karl F. Zelter에 보낸 서신에서 괴테는 『서동시집』에 대해 〈모든 부분들에 전체적인 의미가 스며져 있다. 심오한 동양 사상의 예절, 풍습, 종교에 대한 언급에서 상상력과 감정을 느끼려면 지금의 시 바로 앞에 있는 시의 이해가 필요하다〉고 언급하여 각각 시들은 형태는 다르지만 전체적으로 연관되어 공통적인 의미를 지님을 암시하였다. 이 외에 이들 시들의 순서도 의미가 있어서, 순서가 변경되면 시적 효과가 상실된다고 언급하기도 했다.

『서동시집』의 구조에 대해 연구한 하스도 시들 각각의 내용이 시집 전체에 영향을 미친다고 밝혔다. 시를 시집 전체에 연관시키는 해석과 다른 시들에 연관시키는 해석을 완전히 상이한 것으로 본 하스의 견해는 매우 중요하다.

『서동시집』 속의 시들의 상관관계를 집중적으로 규명한 베커는 이 시집의 관점은 하나의 시에서 다른 시로의 이전에서, 그리고 한 시편 Buch에서 다른 시편으로의 이동에서 규명될 수 있다고 주장하였다. 이러한 관점에서 『서동시집』은 〈성장한다wachsen〉고 볼 수 있으며, 시와

---

10 Richard Friedenthal, *Goethe: Sein Leben und seine Zeit*, München, 1978, S. 734(이하 *Goethe: Sein Leben und seine Zeit*로 줄임).

시편은 서로 단절되지 않고 전이됨을 강조하였다. 『서동시집』에는 양극 관계라는 기본적인 관점 외에 괴테가 의도하는 연결체가 있다는 것이다. 따라서 독자는 시야를 『서동시집』 전체로 확대하기 이전에 개별 시의 전후 관계를 파악하여 미세한 분위기를 찾아내는 것이 중요하다고 베커는 주장했다.

이에크베아추는 『서동시집』 해석에 있어 상이한 두 가지 방법의 문제점을 지적했는데, 하나는 하스 등이 『서동시집』의 내면세계를 유기적으로 본다는 것이고, 또 하나는 베커 등이 작품의 외적 형상에 관심을 갖는다는 것이다. 이러한 절대적인 도식화가 작품의 의미를 훼손시킬 수도 있다고 본 이에크베아추는 이들 두 방식을 혼합해서 분석해야 한다고 주장하였다. 이는 각각 시에 내재된 내용이 시집 전체에 연관된다는 의미이다.

그러나 베르트하임Ursula Wertheim은 저서 『타소에서 하피즈까지*Von Tasso zu Hafis*』에서 이에크베아추의 이론을 부정하고 『서동시집』을 자서전적 관점에서 분석하였다. 그에 의하면 『서동시집』에 대한 「주해서」는 1775년과 1786년 사이 괴테 자신의 자서전이다. 이에 대한 근거로 베르트하임은 『서동시집』이 신앙을 고백한 단편이라는 괴테의 언급을 내세우고 있다. 괴테가 서정시로 나타낼 수 없는 경험들을 「주해서」에 기록하였다는 것이다. 베르트하임의 의견에 따르면, 『서동시집』은 괴테 자신의 자서전을 가려 주는 마스크 역할을 하고 있다. 그러나 삶에 대한 괴테의 자신감 부족과 포기를 탐구해 낸 베르트하임의 방식은 매우 애매하여 불합리한 점이 많다. 특히 괴테의 문학이 아니라 그의 일기를 근거로 하는 베르트하임의 자서전적 규명에 대해서는 회의론이 인다.

『서동시집』의 분류에 관심을 기울인 부르다흐Konrad Burdach는 각각의 시에 중점을 두지 않고, 이들을 〈문학〉, 〈잠언〉, 〈인물과 종교〉라는 세 부분으로 구분하였다. 또한 라이트마이어Elisabeth Reitmeyer에 의하면, 『서동시집』속의 시편들은 괴테 개인의 필요에 따라 구분되었다고 한다. 그녀는 첫 편과 마지막 편을 『서동시집』의 내용을 담는 틀Rahmen 로 보았고, 이에 동의한 이에크베아추도 각 시편의 첫 번째 시와 마지막 시를 중요시하였다. 이는 첫 번째 시와 마지막 시가 각 시편들과 시를 연결시키며, 각 시편의 의미와 시집 전체의 의미를 제공하기 때문이다. 물론 각각의 시도 고유의 의미를 지니지만 시점(時點)에 연관되어서는 공통적인 내용을 보여 준다. 「티무르의 서」 같은 일부 시들은 공통적인 틀에서 벗어나는 것 같기도 하지만 전체적인 균형을 벗어나지 않는다.

결론적으로 공통점과 차이점을 확인·규명하기 위해서 시와 문헌들을 서로 대조시켜 비교하는 연구는 많은 노고와 노력을 필요로 한다. 그러나 이러한 전체적인 차원의 작업도 결국은 세세한 개별적인 작업으로 향하지 않을 수 없을 것이다.

시와 시편의 연관성

『서동시집』에서 괴테는 시의 배열에 큰 의미를 두었다. 서로 연관되어 연작된 시들 사이에서 소재나 주제의 연관성을 보여 주려 한 것이다. 따라서 시작(詩作) 날짜들에 관심을 기울여 시가 쓰인 과정이 고찰되기도 한다. 줄라이카의 노래들은 〈상황과 개인의 실제 경험〉으로부터 만들어진 것이라는 주장도 있다. 전기적인 배경을 근거로 한 연구자들에 의하면, 시들이 서로 이야기하는 듯 관련되어 있어서 전기적인 사건들의 순서로 해명될 수 있다. 시간적으로 두 시 사이에 전개되는 (줄라이카의) 연인과의 재회가 두 텍스트의 공통점을 형성한다는 것이다. 이와 같이 전기적인 해석은 무엇보다 『서동시집』의 개별 시들이 이야기하는 듯한 연관으로 형성되어 있다는 생각에 근거한다.

이러한 여러 이론들을 종합해 보면 시와 시편의 배열과 순서가『서동시집』의 이해에 중요한 요소로 작용하므로 이 장에서는 시편의 배열과 더불어 제목에 담긴 내용들을 중점적으로 규명해 보고자 한다. 처음의『서동시집』에는 오늘날의 형태처럼 시편들이 배열되어 있지 않았다.『비스바덴 어집Wiesbadener Register』의 일부분이었던『서동시집』의 시들은 각각 일련번호가 매겨져 있었다. 처음에 괴테는『서동시집』에 시「티무르의 서」를 비롯하여 열세 편의 시를 게재하여 편찬하려다가 마지막에 열두 편으로 줄였다.

2.「티무르의 서」의 역사적 배경

작품 속의 역사적 배경

〈역사 시Das historische Gedicht〉란 서사시인이 광범위하게 개관해 보려하거나, 인간의 운명을 냉정하게 나타내려는 시의 형태로, 역사적 실제 인물인 티무르를 다룬「티무르의 서」를 그 예로 들 수 있다.

뮐러는 저서『괴테의 티무르의 시에 부쳐Zu Goethes Timurgedicht』에서 괴테로 하여금 시「겨울과 티무르」를 쓰도록 한두 가지 동기를 언급하였다. 이 언급 가운데 하나로 릴리엔슈테른Rühle von Lilienstern 소령이 군사 정책을 다룬 저서『일상사(日常史)의 학문 분야에서 발생한 관점 또는 상형 문자Hieroglyphen oder Blicke aus dem Gebiet der Wissenschaft in der Geschichte des Tages』속 아시아 출정 부분에서 티무르의 이름이 거명되었다는 내용이 있다. 또한 이 저서의 다른 곳에는『서동시집』의「주해서」에서 교사Lehrer로 언급되는 영국의 동양학자 존스William Jones의 저서『아시아 시의 해설 제6권Poeseos Asiaticae commentariorum libri sex』을 괴테가 접했다는 내용이 언급된다. 존스는 정복자 티무르의 출정을 라틴어로 묘사했는데, 뮐러가 보이틀러Ernst Beutler에 의해 번역된 독일어판을 괴테의 시 「겨울과 티무르」와 비교한 결과 괴테가 존스의 저서에서 영향을 받았다는 것이다.

그러나 괴테의 『서동시집』의 언어나 형상은 존스보다도 훨씬 더 날카롭고 명백하다. 괴테는 어휘를 집약하고 집중시켜서 양극적인 위대성을 냉정하게 전달하였다. 또한 존스의 저서에서는 신이 세 번 언급되지만, 「겨울과 티무르」에는 네 번 등장하며 그 역할이 더 강조된다.

실제의 역사적 배경

작품에 관련된 사건과 작품 사이에 근거 없는 자의적인 해석을 지양하고 확실한 근거가 있는 사건들을 다루는 것이 역사적인 해석 방법이다. 따라서 티무르에 대한 시의 내용에 확실한 근거를 얻기 위해서는 해당 사건의 역사적인 이해가 필요하다.

게시(현재의 샤흐리사브즈)의 귀족 출신으로 가계(家系)가 칭기즈칸에 이어진다고 전해지는 티무르Timur는 서차가타이한국(汗國) 카잔의 딸을 정비(正妃)로 삼아서 크레겐이라 불리고, 또 시스탄 전투에서 오른발을 다쳤기 때문에 〈티무르 이랑(절름발이 티무르)〉이라고도 불렸다. 1360년 동차가타이의 칸이 침입했을 때 일단 항복했으나 곧 처남인 후사인과 함께 군사를 일으켜 이를 몰아냈다. 1369년 바르프에서 즉위하고, 1370년 마와란나하르의 군주가 되어 사마르칸트에 수도를 정하고 나서 티무르는 해마다 원정하여 1380년에는 호라즘을 병합하였고, 다섯 번에 걸쳐 동차가타이한국에 침입하여 마침내 1397년 이를 복종시켰다. 그는 이란 지역에서 1380년에 카르토 왕조를 멸망시키고, 1393년에는 자라일 왕조의 군주 아마드를 바그다드에서 몰아냈다. 한

편 킵차크한국의 토크타미시와 다툰 그는 1395년 테레크 강변에서 이를 격파하고 모스크바 부근까지 진군하였다. 1398년 인도를 침입했을 때는 델리를 점령하여 많은 재화를 약탈하였다. 이때 오스만 제국의 바야지트 1세가 이집트의 맘루크 왕조와 결탁하고 아마드를 도와 서경(西境)을 위협하자, 티무르는 군사를 시리아에서 아나토리아로 진군시켜 1402년 7월 앙카라에서 바야지트를 격파하고 그를 포로로 잡았다. 마지막으로 동방 명(明)나라 정벌을 위해 출정한 그는 도중에 오트라르에서 병사하였다. 이렇게 생애를 영광스럽게 장식하려 했던 티무르가 의도와 달리 목숨을 잃게 되는 내용이 「겨울과 티무르」에도 묘사되고 있다.

대담하며 용맹하고 의지가 강하여 준엄했던 티무르는 또한 학자와 문인을 보호하고 산업을 장려하기도 하였다. 동양의 원정이나 정복 등으로 기독교도뿐만 아니라 이슬람교도에게도 두려움의 대상이었던 세계의 정복자 티무르를 괴테는 영국의 동양학자 존스에 의해서 알게 되었다. 그런데 시 「겨울과 티무르」에서 관심을 끄는 점은 티무르의 정복을 위한 출정이 계절에 의해 좌절된다는 내용이다. 실제로 명나라 정복으로 출정의 대미를 장식하려 한 티무르는 당시 예상 밖으로 일찍 찾아온 겨울의 매서운 추위로 명나라의 정복에 실패했을 뿐만 아니라, 티무르 자신도 그곳에서 최후를 맞았다. 이러한 겨울의 추위로 티무르의 명나라 정복은 실패했는데, 이와 유사한 기후의 상황이 괴테 시대에도 다시 한 번 그곳에서 발생하였다.

명나라의 마지막 황제인 숭정제(崇禎帝, 재위 1627~1644)는 불운했다. 날씨부터 도와주지 않았다. 1629년 기온이 급강하했고, 1640년까지 한파가 덮쳐 1632년에는 심각한 기근이 발생했다. 1635년엔 메뚜기떼가 대규모로 출몰했고, 1637년엔 건조한 날씨 때문에 가뭄이 번졌다. 피폐해진 사람들을 천연두가 휩쓸었다. 중국을 덮친 혹독한 추위는

만주족까지 남하하게 만들어 만신창이가 된 명나라를 무너뜨리는 원인이 됐다. 이렇게 13세기부터 17세기까지 명의 시대는 소(小)빙하기가 세계를 습격한 시기였다. 당시 명나라의 혹독한 기후에 영향을 받아 괴테가 시 「겨울과 티무르」를 집필하지 않았을까 하는 생각도 든다.

티무르의 중국 정벌과 나폴레옹의 1812년 러시아 정벌 사이에는 유사성이 크다. 티무르의 원정처럼 나폴레옹의 군대도 예상 밖으로 일찍 들이닥친 혹한의 겨울에 굴복되었지만, 나폴레옹이나 티무르는 세계사에서 명지휘관으로 평가되고 있다. 괴테의 시 「겨울과 티무르」가 집필된 1814년 12월 11일은 나폴레옹의 러시아 원정이 혹한으로 인해서 종말기에 접어드는 시기였다.

이러한 내용이 기록된 일기에 의하면 1815년 여름 괴테는 자신의 친구 부아세레Sulpiz Boisserée에게 이 시에 대해 설명하면서 티무르와 나폴레옹의 유사점을 언급하였다. 이러한 역사적인 사건이 괴테의 흥미를 끌어 희곡 「에그몬트」나 「괴츠 폰 베를리힝겐」 등 역사를 반영하는 작품이 나오기도 하였다. 1816년 2월 24일 자 신문 「교양층을 위한 조간 Der Morgenblatt für gebildete Stände」에는 〈거대한 세계적 사건을 거울처럼 담고 있는 이 시에서, 우리에게 위로가 되든 안 되든 간에 특정한 운명이 반추된다〉라는 시 「티무르의 서」에 대한 홍보가 실려 있다. 이 언급에서 나폴레옹의 러시아 정벌은 〈거대한 세계적 사건ungeheuere Weltbege-benheiten〉으로 암시되어 괴테의 의도가 단순하지 않음을 감지할 수 있는데, 이는 곧바로 이어지는 〈특정한 운명das eigene Schicksal〉이라는 언급에서 입증된다. 또한 이는 단순히 1812년의 사건이 아니라 시간을 초월한 사건이라는 암시를 주기도 한다. 따라서 〈위로가 되든 안 되든 간에zu Trost und Untrost〉라는 위 홍보 내용의 표현은 나폴레옹이나 티무르 같은 파괴자들은 어느 시대에나 존재하기 마련이며 이것이 일종의 세계사적인 법칙임을 의미한다. 특히 〈위로가 안 되는〉 상황은 어느 때

나 되풀이될 수 있다는 말이다.

한편 1827년 괴테는 『서동시집』의 「주해서」에서 시 「겨울과 티무르」의 역사적 사건으로의 해석을 경고하고 있다. 따라서 이 시의 고차적인 해석을 위해서는 앞으로도 많은 시간이 필요할 것으로 여겨진다.

3. 「티무르의 서」의 해설

독일은 서구 문화권 내에서 뒤늦게 형식에 도달했다. 이에 대해 짐멜 Georg Simmel은 저서 『독일 정신의 변증법 Die Dialektik des deutschen Geistes』에서, 형식이 불가능해서가 아니라, 여하한 형식도 그 배후에는 그와 반대되는 형식의 가능성이 존재하기 때문이라고 했다. 반대 형식의 가치를 인정하고, 그것을 하나의 보완으로 삼고, 관념적 요구로서 감지하기 때문이다. 짐멜의 견해와 같이 한 형식이 반대 형식을 보완 소재로 삼는다면, 무형식성은 대립을 보충적 소재로 삼아 자기완성에 도달하는 변증법적 생성이다. 따라서 선과 악, 남성적인 것과 여성적인 것, 북방적인 것과 남방적인 것, 생과 사 등 무수한 대립이 존재하고, 하나의 개념은 다른 개념을 찾으며, 하나의 유형은 자기와 다른 형식과 마주친다. 그것이 독일의 기질과 병행한 결과 도처에 대립이 존재하게 되었고, 이러한 대립의 가능성과 인식이 바로 그 대립적 존재의 동경을 야기한다. 따라서 무한히 다양한 소재, 즉 각 개인이 타인과 상이할 수 있는 무한한 가능성을 자유로이 다루고 싶은 동경이 독일 기질에 들어 있다. 생성과 종합적인 고양의 원동력으로서 높이 평가받을 가치가 있는 이러한 기질에서 이원론 또한 파생되었다. 나와 타인 또는 적과 동지의 관계는 양극이면서도 융화하므로 역설적이다. 융 Carl G. Jung의 분석 심리학에서도 자아 ego가 인정하고 싶지 않은 부분인 〈그림자 Schat-

ten〉는 제거의 대상이 아니라 자아를 성숙하게 하는 존재이다.

『서동시집』의 시 「겨울과 티무르」에서도 이러한 양극적이면서 융화적인 요소가 전개된다. 이 시에서 겨울과 티무르는 서로 적이면서도 상호 작용하여 동질성을 갖는다. 여기에서 언급되는 양극은 주로 삶과 죽음, 허무와 영원, 젊음과 늙음에 관련된다.

「겨울과 티무르」

언급했듯이 13세기부터 17세기까지의 시대는 소빙하기였다. 따뜻하고 습하던 날씨는 점점 춥고 건조해지며 기근과 홍수, 가뭄, 태풍, 전염병이 주기적으로 되풀이됐다. 캐나다 브리티시컬럼비아 대학의 브룩Timothy Brook 교수는 이러한 〈기후 변화〉를 주요 키 워드로 삼아 『하버드 중국사 원·명 — 곤경에 빠진 제국』(조영헌 옮김, 너머북스, 2014)을 쓰기도 했다. 이러한 기상 이변에 도전하려는 인간의 의지가 괴테의 작품에서 전개되고 있다.

겨울의 폭풍으로 인한 해일, 그로 인해 많은 황폐를 가져온 1826년의 홍수에 자극받아 집필된 『기상학의 시도*Versuch einer Witterungslehre*』에서 괴테는 자연은 법칙에 따라 작용하지만, 인간이 자연을 통치하거나 극복할 수 있다고 생각하여 폭력적인 자연과 투쟁을 빚는 것은 필연적이라고 적고 있다. 〈자연의 원소들은 우리가 영원히 싸워야 하는 거대한 적으로 간주되어야 한다. 이 적들은 개개의 경우 정신의 지고한 힘, 용기와 책략을 통해서 제압될 수 있다.〉[11] 따라서 괴테의 『파우스트』에서 파우스트는 거대한 횡포의 대상인 바다의 파도도 제압해야 하는 대상으로 본다.

---

11 김수용, 『괴테 파우스트 휴머니즘』, 책세상, 2004, 274면.

파도는 그 자체의 비생산적인 것이

비생산적인 성질을

사방팔방에 뿌리기 위하여 살금살금 다가오고 있다.

부풀어 오르고 높이 솟아올라 굴러가서는

황량한 지대의 불쾌한 지역을 뒤덮어 버린다.

밀려오고 밀려가는 파도가 힘에 넘쳐 그곳을 지배하지만

그것이 물러간 다음에는 나를 절망할 지경으로

불안하게 만드는 것을 하나도 이룩하지 못하고 있다.

억제를 모르는 사대원의 맹목적인 힘일 따름이니라! (10212~10219행)

이러한 괴테의 모습은 니체의 〈초인 사상*Übermenschentum*〉을 연상시킨다. 〈가난한 사람들아, 너희는 행복하다. 하느님 나라가 너희의 것이다.〉「루가의 복음서」 6장 20절에 나오는 이 유명한 말은 「마태오의 복음서」의 산상수훈[12]과 함께 교리나 율법이라기보다는 시민들이 실천해야 할 구체적 행동 규범을 설파한다. 그 까닭에 기독교의 가치관이 일반인의 생활 속에 어떻게 파고들었는지 알 수 있다. 약한 자, 못 가진 자 등 심적 아픔을 안고 있는 자들이 선한 자로 간주되었기에 강한 자, 가진 자들은 상대적으로 악한 자처럼 여겨졌다. 니체는 이런 기독교적 도덕관을 〈노예 도덕〉으로 간주했고, 자신의 불행을 현실에서 극복하지 못하고 영적 세계에서 위안받으려는 나약한 인간보다 자신의 운명을 개척할 수 있는 강한 인간을 고귀한 자로 여겼다. 이것이 그가 말한 〈초인*Übermensch*〉이다. 즉 초인은 실질적 삶의 기쁨을 가져다주는, 내부로부터 넘쳐흐르는 힘을 소유한 자다. 인간이 의지해야 할 것은 스스로를 약자로 받아들이고자 하는 노예적 가치관이 아니라, 고통스럽고

---

12 예수가 갈릴리 호숫가의 산 위에서 기독교인으로서의 덕에 관하여 행한 설교, 또는 그 내용으로 신약 성서 「마태오의 복음서」 5~6장에 기록되어 있다

허무한 삶이 무한히 반복되더라도 그것을 긍정하고 감당할 수 있는 힘이었다. 그의 사상의 중심축인 〈힘에 대한 의지*Der Wille zur Macht*〉는 그런 맥락에서 이해된다. 니체는 신이 아니라 인간을 믿었던 것이다.[13]

『파우스트』에서 신의 작업인 바다의 거대한 파도도 제압할 수 있다는 파우스트의 초인 사상처럼 자연의 결과인 기후에 인간이 도전하려는 내용은 시 「겨울과 티무르」에서도 전개된다. 세계적인 정복자 티무르가 초인으로서 혹독한 겨울에 대적하는 것이다.

『서동시집』에서 유일하게 미완성으로 남은 작품인 시 「겨울과 티무르」의 집필은 1814년 12월 11일 예나에서 시작되었는데, 1815년 8월 8일 부아세레가 괴테의 낭독을 듣고 나서 다음과 같이 일기에 썼다. 〈티무르의 겨울 원정 ― 나폴레옹의 모스크바 원정과 병행되는 작품. 작전 회의. 겨울이 사투르누스의 모습으로 마르스에 맞서 등장한다. 저주 혹은 언약 ― 매우 힘찼다.〉 그 이전에도 부아세레는 괴테와의 대화를 마치고 이렇게 쓴 적이 있다. 〈『서동시집』의 새 작업, 오리엔탈리즘의 수용 ― 나폴레옹, 우리 시대가 풍부한 소재를 주고 있다. 티무르, 칭기즈칸은 자연-힘들과 유사한 인간으로 나타난다.〉[14] 이러한 시 「겨울과 티무르」를 심층적으로 고찰해 본다.

겨울과 티무르

그래서 이제 겨울이 사납게 노하여
그들을 에워쌌다. 모든 사람 사이사이로
그 얼음 숨결을 뿌리며
겨울은 온갖 바람을

---

13 안진태, 『엘리아데·신화·종교』, 고려대학교출판부, 2005, 553면 이하.
14 괴테, 『괴테 서·동 시집』, 전영애 옮김, 서울대학교출판문화원, 2013, 94면.

역풍으로 그들에게 몰아친다.

그들을 제압할 폭력을 주었다,

서릿날 선 폭풍들에게.

티무르의 회의장으로 내려와서

위협하며 소리쳐 말하였다.

〈불행한 사람아! 조용히, 천천히

거닐라, 너 불의의 폭군아.

마음들이 더 오래

불에 그을리고, 불타야 하는가, 네 불꽃에?

너는 저주받은 귀신.

좋다! 그럼 나는 다른 귀신.

너는 늙은이, 나도 그렇다. 우리는

땅도 사람도 굳혀 버린다.

너 마르스[15]지! 그럼 나는 사투르누스[16]로

화를 부르는 성좌들이

연합해서 가장 끔찍하구나.

너는 영혼을 죽이며

대기권을 차갑게 할뿐이지만, 내 공기는

너의 기세보다 더 차갑다.

너의 거친 군대들은 믿음 있는 이들을

수천 가지 만행으로 괴롭힌다.

아마도, 내 평생 동안

신이 있다면! 더 참혹한 것이 있을 것이다.

그리고 결단코! 널 그냥 두지 않겠다.

15 전쟁의 신.
16 목신(牧神)으로 토성(土星)을 가리킨다.

내가 너에게 하는 말을 신도 들으시기를!
그렇다 결단코! 죽음의 추위로부터,
오 늙은이여, 아무것도 너를 지켜 주지 말기를.
화덕의 이글이글 타는 석탄불이나
12월의 불꽃도.⟩[17] (HA 2, 60 f)

DER WINTER UND TIMUR

So umgab sie nun der Winter
Mit gewalt'gem Grimme. Streuend
Seinen Eishauch zwischen alle,
Hetzt'er die verschiednen Winde
Widerwärtig auf sie ein.
Über sie gab er Gewaltkraft
Seinen frostgespitzten Stürmen,
Stieg in Timurs Rat hernieder,
Schrie ihn drohend an und sprach so:
<Leise, langsam, Unglücksel'ger,
Wandle, du Tyrann des Unrechts:
Sollen länger noch die Herzen
Sengen, brennen deinen Flammen?
Bist du der verdammten Geister
Einer, wohl! ich bin der andre.
Du bist Greis, ich auch, erstarren
Machen wir so Land als Menschen.

17 『괴테 서·동 시집』, 94면 이하 참조.

Mars! du bist's! ich bin Saturnus,

Übeltätige Gestirne,

Im Verein die schrecklichsten.

Tötest du die Seele, kältest

Du den Luftkreis: meine Lüfte

Sind noch kälter, als du sein kannst.

Quälen deine wilden Heere

Gläubige mit tausend Martern:

Wohl, in meinen Tagen soll sich,

Geb' es Gott! was Schlimmeres finden.

Und bei Gott! Dir schenk' ich nichts.

Hör' es Gott, was ich dir biete!

Ja bei Gott! von Todeskälte

Nichts, o Greis, verteid'gen soll dich

Breite Kohlenglut vom Herde,

Keine Flamme des Dezembers.> (HA 2, 60 f)

「겨울과 티무르」는 겨울과 티무르라는 강력한 두 대상을 너무도 진지하게 전개시켜 독자를 위협하는 분위기마저 일으키고 있다. 간결한 문체는 영원불변성이나 출구 없는 절망감 같은 감정을 불어넣는다. 일반적으로 화해로 종말을 장식하지 못하는 역사적인 영웅들을 다룬 로만체Romanze처럼, 시 「겨울과 티무르」에서도 역사적인 영웅인 티무르는 겨울과 화해의 종말을 장식하지 못한다.

날씨가 규칙적인 순환에서 조금만 벗어나도 삶과 역사의 물길은 통째로 흔들리게 된다. 실제로 인류의 역사는 가뭄, 폭우, 태풍, 폭염, 한파, 폭설과 같은 극한 기후에 의한 고난의 역사였다. 명과 청의 몰락도 가뭄에 의한 기근 때문이었고, 나폴레옹과 히틀러도 혹독한 추위에 무너졌다. 1876년부터 3년 동안 이어진 끔찍한 가뭄은 사람 고기를 사고파는 끔찍한 일도 마다하지 않도록 만들었다. 물론 극한 기후로 이익을 챙기는 쪽도 있었다. 페루 연안의 어부들에게 어획량 감소로 고통을 주던 해류의 변화가 내륙의 농부들에게는 풍작에 필요한 풍족한 비를 가져다주었다. 피사로Francisco Pizarro는 뜻밖의 폭우 덕분에 잉카 정복에 성공했고, 19세기 말 중국의 가뭄은 서구 열강에 더없이 좋은 통치 및 정복의 기회를 만들어 주었다. 수많은 전쟁, 정복, 혁명, 멸망, 대이주는 대부분 변덕스럽고 혹독했던 날씨 탓이었다.[18]

이러한 기후에 대한 인간의 대응은 거의 불가능하다. 그런데도 시 「겨울과 티무르」에서는 인간인 티무르가 기후인 겨울에 대적하고 있다. 일반적으로 모든 적대는 화합으로의 종결이 염원되지만, 티무르와 겨울의 두 적대자 사이에 타협의 가능성은 보이지 않고 극한적인 대치뿐이다. 서로 자신이 절대적이라고 생각하는 양편은 조금도 양보하는 기색이 없다.

> 너는 저주받은 귀신
> 좋다! 그럼 나는 다른 귀신.
> 너는 늙은이, 나도 그렇다. 우리는
> 땅도 사람도 굳혀 버린다. (14~17행)

세계적인 정복자인 티무르와 혹한으로 기세를 떨치는 겨울이 이 시의 제목이 되어 양극적으로 대치한다. 그러면 누가 승자가 될까? 또 이 승리를 이끄는 방법은 무엇일까? 티무르와 겨울의 우위를 다툰다는 관점에서 볼 때 시의 제목 〈겨울과 티무르〉에서 겨울이 인간의 이름인 티

---

18 로스 존스턴, 『엘니뇨: 역사와 기후의 충돌』, 김경렬 옮김, 새물결, 2014 참조.

무르 앞에 위치하는 사실이 의미심장하다. 일반적으로 사람과 사물이 접속사로 연결되는 경우에 사물보다 사람이 앞에 위치하는 것이 상례다. 그러나 시의 경우, 겨울이 인간 앞에 위치하여 최후의 승자가 되리라는 사실을 암시한다.

더욱더 관심을 끄는 내용으로는 겨울만이 주장을 내세울 뿐 인간인 티무르가 발언하는 기회가 없다는 사실이다. 서사적인 이 시에서 겨울은 직접 화법 형식으로 자신을 내세우고 있다. 티무르가 폭군이며 악인이라는 사실이 겨울이 그에게 행하는 위협적인 말에서 암시되고 있다. 티무르보다 더 강한 겨울은 주인공의 자리를 차지하여 티무르를 악인으로 몰아가는 것이다. 그러나 티무르도 겨울 못지않게 강력하므로 이 대립의 해결은 원칙적으로 어렵다.

겨울과 티무르의 극한적인 대립에서 조정이나 화해의 가능성은 승리를 자신하는 겨울에 의해 거부된다. 지지 않겠다는 완고함이 너무 강해서 상호 파괴적인 모습을 보이는 양측은 자신의 위치가 확고하다고 자신하므로 화합에 대한 가능성은 전혀 없다.

이러한 상황에서 누가 어떻게 승자가 될까? 답변을 위해서는 두 적대자의 특징에 대한 이해가 필요하다. 그러면 겨울이 티무르에 우세하는 내용을 분석해 보자. 자연의 위력을 보여 주는 겨울은 〈분노Grimm〉(2행), 〈얼음 숨결Eishauch〉(3행), 〈서릿날 선 폭풍frostgespitzte Stürme〉(7행)과 〈죽음의 추위Todeskälte〉(30행) 등으로 맹위를 떨친다. 〈사나운 분노gewaltiger Grimm〉(2행), 〈얼음Eis〉(3행), 〈서리frost-〉(7행) 〈폭풍 Stürme〉(7행) 등 겨울의 용어들이 사건에 첨예하게 영향을 미치며 티무르에 타격을 주는 첨병 역할을 하는 것이다. 이러한 겨울의 용어들은 작품이 진행될수록 고통의 강도를 점차 상승시킨다. 겨울은 〈분노〉라는 용어로 처음에 힘을 내세우다가 공포를 나타내는 〈서릿날 선 폭풍〉을 정점으로 〈얼음 숨결〉 및 무게나 예리함을 상징하는 〈제압할 폭력

Gewaltkraft〉(6행)으로 이어 간다.

겨울은 마지막에 〈더 참혹한 것etwas Schlimmeres〉(27행)으로 〈죽음의 추위〉가 되어 지금까지 언급된 다른 고통들을 압도한다. 이 용어로 인해서 지금까지 티무르를 겨울과 동등한 세력으로 묘사해 준 〈불의의 폭군Tyrann des Unrechts〉(11행)이 열세에 처하게 된다. 그러면 폭군 티무르가 거대한 겨울에 대항할 수 있는 힘은 무엇일까? 이 물음에 대한 답변을 위해서는 그의 특징을 이해하는 것이 필요하다. 추위를 녹이는 불을 암시하는 〈그을리다sengen〉(14행), 〈불타다brennen〉(14행), 〈불꽃Flammen〉(14행)이 티무르의 행위로 점층적으로 작용하고 있다.

자연의 차원에 해당되는 원소Element가 인간의 차원으로 강등되어서는 안 된다. 따라서 인간 등 모든 존재를 지배하는 자연 앞에서 티무르는 자연에 역행하는 악마로 여겨진다. 반면에 혹독한 추위를 동반하는 겨울은 자연에 도움이 된다는 이론도 있다. 혹한으로 모든 활동이 중단되는 겨울이 자연에는 휴식 기간이 되는 것이다. 이렇게 봄, 여름, 가을, 겨울 가운데 혹한의 겨울이 오히려 〈따뜻하게〉 묘사되는 예로 엘리엇Thomas S. Eliot의 시 「황무지The Wasteland」를 들어 본다.

4월은 가장 잔인한 달

죽은 땅에서 라일락을 키워 내고

추억과 욕정을 뒤섞고

잠든 뿌리를 봄비로 깨운다.

지난겨울이 오히려 따뜻했네.

망각의 눈으로 대지를 덮고

마른 뿌리로 약간의 목숨을 남겨 주었네.

여름은 우릴 놀라게 했지,

슈타른버그 호수 너머로 와서

소나기를 뿌리자, 우리는 주랑에 머물렀다가
햇빛이 나자 호프가르텐 공원에 가서
커피를 마시며 한 시간 동안 얘기했지.

　봄이 와서 만물이 소생하면 인간 사회도 기지개를 펴며 한 해의 작
업들을 시작하는데, 이러한 작업들에서 자연은 망가지며 고통을 당하
게 되므로 봄을 나타내는 〈4월은 가장 잔인한 달〉(1행)이 되고, 한 해의
작업이 중단되는 혹한이었던 〈지난겨울이 오히려 따뜻했네〉(5행)라는
겨울에 대한 아쉬움이 피력되는 것이다.
　자연에 대항하는 티무르를 이에크베아추는 인간의 경지에서 벗어
난 〈악마〉로 묘사하며, 그에게 이보다 더 적합한 명칭은 있을 수 없다
고 공언하였다. 따라서 악마로 묘사되는 티무르가 암시하는 나폴레옹
또한 당연히 악마가 될 수밖에 없다. 괴테는 1814년 자신의 작품 「에피
메니데스의 각성Des Epimenides Erwachen」에서 나폴레옹의 전쟁을 자연의
과정으로 서술하며 그를 〈전쟁의 악마Dämon des Krieges〉로 묘사하기도
했다. 〈그 부대의 다양한 색깔과 몰리는 상황을 암시한 여러 상황들 가
운데 두 가지가 돋보이는데, 서로 대조되는 모습들이 움직일 때 앞뒤로
서 있고, 또 앞으로 진군할 때 옆으로 서 있다. 그 전쟁 악마의 옷도 똑
같이 로마 황제를 연상시켰다.〉(HA 5, 700) 정벌이나 전투 등 생명 살상
을 직업으로 삼는 장군이나 기사 등은 본질적으로 악마의 성격을 지니
고 있다. 따라서 괴테의 『파우스트』에서 악마인 메피스토펠레스는 자
신을 (악마의 직업인) 기사에 해당하는 직위로 불러 달라고 요구한다.

　그 이름(악마)은 이미 오래전에 동화책 속에 씌어 있었지.
　그러나 그렇다고 해서 인간은 조금도 나아진 것이 없네.
　악마한테서는 벗어났지만 악당들은 여전히 남아 있지.

나를 남작이라고 불러 주면 좋겠어.

나도 다른 어떤 기사들과 다름이 없는 기사니까.

나의 점잖은 혈통을 그래도 의심하지 않겠지. (2507~2512행)

겨울의 추위를 막아 주는 것은 불의 따뜻함인데, 〈화덕의 이글이글 타는 석탄불*Breite Kohlenglut vom Herde*〉(32행)이 불에 의지하는 티무르에 도움이 되지 못하는 사실에서 겨울의 승리가 예견되고 있다. 〈석탄불〉이나 〈불꽃*Flamme*〉(33행)의 따뜻함은 삶의 아늑함과 보호를 암시하지만, 전쟁을 일으켜 화마를 야기하는 티무르는 결국 불 고유의 성격을 훼손시키는 셈이다. 하지만 겨울에게도 위기의 상황이 닥친다. 잔인한 파괴자인 티무르와의 싸움에서 겨울은 신을 네 번 부르는데, 이러한 신의 호출에 모두 느낌표가 붙어 긴장감이 시각적으로 돋보인다.

아마도, 내 평생 동안

신이 있다면! 더 참혹한 것도 있을 것.

그리고 결단코! 널 그냥 두지 않겠다.

내가 너에게 하는 말을 신도 들으시기를!

그렇다 결단코! 죽음의 추위로부터,

오 늙은이여, 아무것도 너를 지켜 주지 말기를. (26~31행)

그러면 겨울과 티무르의 승패 가능성을 계속적으로 교차시키는 괴테의 의도는 무엇일까? 괴테가 신봉한 범신론에 따르면, 신의 영향력, 전능함, 위대함은 자연에서 나타난다. 이러한 자연의 위력인 겨울과 티무르의 싸움에서 신이 네 번 호출되는 것은, 극단적인 곤경에서는 신에 의해서만 구원될 수 있고, 티무르의 세계 정복 같은 인간의 행위는 결국 무의미함을 암시한다. 극단적인 곤경에서 유일한 의지는 신뿐이라는 사실을 괴테는 일찍부터 터득하였다. 소년 시대에 흑사병이 창궐하여 많은 사람들이 희생되었을 때 그는 탄식과 눈물로 신이 이 질병을 물리쳐 줄 것을 간절히 기원했고, 그러한 내용이 작품『파우스트』에 묘사되어 있다.

> 희망에 부풀고 믿음으로 확고한 채,
> 눈물을 흘리고 한숨을 쉬고 두 손을 비벼 대면서
> 하늘에 계신 주님께 간청하여 억지로라도
> 저 흑사병을 종식시키려 생각했었지. (1026~1029행)

그러면 시「겨울과 티무르」의 신관과 괴테의 다른 작품에서의 신관을 비교해 볼 필요가 있다. 1755년 11월 1일 아침 지진이 발생하여 포르투갈의 항구 도시 리스본에 엄청난 피해를 입혔다. 이로 인해 리스본에서만 약 6만 명이 사망했으며 대형 건물과 주택 1만 2천 채가 붕괴되었다. 11월 1일은 〈모든 성인의 축일〉이기 때문에 지진이 발생하던 순간에는 많은 인구가 미사 참석 중이었다. 지진의 충격을 견디지 못한 교회들이 붕괴되어 신도 수천 명이 사망하거나 부상을 입었다. 이 지진은 리스본에서 6미터, 스페인 카디스에서 20미터 높이의 쓰나미를 야기했고, 쓰나미는 카리브 해의 마르티니크를 향해 서쪽으로 6,100킬로미터를 이동했다. 익사자는 물론 6일간 리스본 전역에서 발생한 화재로 목숨을 잃은 사람들도 상당했다. 이러한 대참변은 신의 섭리가 아닌가 하는 생각도 들기 마련이다.

「겨울과 티무르」에서처럼 괴테의 신관은 대체로 긍정적인 성격이지만, 리스본 대지진 같은 엄청난 참사에 신이 개입하거나 묵인한 것에 대한 회의감도 매우 컸으므로 부정적인 면 또한 지니게 된다.

문학이란 인간사(人間史)의 전조가 되는 것일까? 자연인 겨울이 맹장인 티무르를 이겨 내는 내용과 유사한 사건은 실제의 역사에서도 자주 발생하였다. 「겨울과 티무르」에서 나폴레옹의 폭정은 폭군 티무르에 비유되어 우회적으로 폭로된다. 나폴레옹은 러시아 침공 당시 우세한 전력에도 불구하고 혹독한 겨울의 추위에 굴복한 바 있다. 영국을 제외한 유럽 대륙의 대부분이 프랑스의 직·간접 지배하에 있던 나폴레옹 체제의 절정기에 나폴레옹은 정복 국가의 군대를 끌어들여 힘을 키워 갔다. 러시아는 프랑스와 조약을 맺은 상태였지만 프랑스 제국의 영향력이 동유럽까지 미치는 데다, 유럽 대륙 전체를 경제적으로 봉쇄하는 나폴레옹의 정책 때문에 곤경에 처하게 되었다. 1812년 러시아가 이 대륙 봉쇄 체제에서 이탈하여 영국과 교역을 시작하자 나폴레옹은 그때까지 유럽 역사상 최대 규모인 60만 대군을 이끌고 러시아로 침입했다.

프랑스 장군들이 지휘하는 다국적군의 공세에 밀린 러시아군은 계속 후퇴할 수밖에 없었다. 9월 7일 보로디노에서 나폴레옹군이 승리를 거두자 패퇴하던 러시아군은 자국의 마을을 모조리 불태워 프랑스군에 식량과 물의 공급을 막았다. 나폴레옹군이 9월 14일에 모스크바에 입성했을 때 역시 도시 전체가 불타서 체류할 집이 남아 있지 않았다. 보급 부족과 전염병으로 심각한 타격을 입어 더 이상 버티기 힘들게 된 나폴레옹군이 10월 중순부터 서쪽으로 퇴각하기 시작하자 러시아군은 반격을 가했는데, 이때 본격적인 러시아의 겨울 추위가 시작되었다. 이렇게 러시아 군대보다 위력이 더 센 〈동장군〉이 나폴레옹 군대에 치명적인 타격을 입혀 무려 40만 명을 희생시켰다.

러시아의 동장군이 위력을 발휘한 것은 나폴레옹 때만이 아니다. 그 이전에 있었던 대북방 전쟁(1700~1721)에서 강력한 스웨덴군이 러시아를 침략했을 때도 유난히 추운 날씨로 인해 1만 6천 명이 사망하는 막대한 피해를 당하기도 하였다.

이렇게 나폴레옹의 군대와 스웨덴 군대를 패퇴시킨 러시아 동장군의 위력은 이후 독일군을 상대로 절대적인 면모를 보인다. 제2차 세계대전 중이던 1941년 10월 2일 보크Fedor von Bock 원수가 지휘하는 독일 육군 중부 집단군이 소련의 수도 모스크바에 대한 총공세를 시작했다. 이 작전에 붙은 암호는 〈태풍 작전Operation Wotan〉이고, 작전의 목표는 겨울이 오기 전까지 모스크바를 함락하는 것이었다. 같은 해 6월 22일 전격적으로 러시아를 침공한 독일군은 4개월 남짓 만에 놀라운 속도로 소련 영내 깊숙이 침투해 9월 말에는 모스크바 코앞까지 도달했다. 원래 히틀러는 전쟁 시작 후 3~4개월 안에 모스크바를 함락할 수 있으리라 낙관했다. 3개월의 준비 끝에 히틀러는 〈겨울이 오기 전에 우리는 적들을 박살 낼 수 있다. 모든 준비는 끝났고, 오늘 우리는 이해의 마지막 전투를 시작한다〉며 승리를 자신했다. 실제로 소련군 병사들은 전투 경험이 없는 신병들이 다수였으며, 대전차 병기 등 중요 전투 장비도 부족하였고 전차 또한 구형이었다. 대공세 직후 소련군 야전군들을 포위하여 섬멸한 독일군은 진격을 계속하다가 모스크바 서쪽 120킬로미터 근방의 모자이스크 방위선에서 저지되었다. 시간을 벌려는 소련군의 결사적인 방어 때문이기도 했지만, 도로와 들판을 진흙탕으로 만든 가을장마가 더 큰 장애물이었다. 광활한 소련의 비포장도로는 수렁으로 변해 독일군 장비들의 발을 묶고, 장마 후에 찾아온 추위는 땅을 얼려 독일군의 전진을 어렵게 하더니, 마침내는 러시아의 겨울이라는 무서운 적이 공격을 개시했다. 초기 독일군 공세에서 밀린 소련 정부는 10월초 모스크바를 사실상 포기하고 수도를 6백 킬로미터 후방의 쿠이브이셰프 시로 이동시켰으나 스탈린은 끝까지 모스크바를 지킬 것이라며 모스크바에 남았다. 12월 초 독일군의 첨병 부대는 모스크바의 심장부인 크렘린 궁전 서쪽 30킬로미터 지점까지 진격하였으나 거기까지가 한계였다. 12월의 영하 20도에서 영하 50도를 넘나드는 모스크바의 기온은 소련 입장에서야 예년에 비해 포근한 날씨였지만, 겨울 군복을 지급받지 못한 독일군에게는 극심한 추위가 되어서 13만 이상이 동상에 걸리는 등 결국 전투를 포기해야만 했다. 추위로 총에 바른 윤활유가 얼어붙어 작동이 불량해졌고, 자동차와 전차의 엔진도 시동이 걸리지 않았다. 구데리안 장군은 일기에 모스크바 공격은 실패로 끝났으며, 독일군은 소련군의 전투력과 국토의 크기 그리고 날씨를 과소평가했다고 적고, 12월 5일 전면적인 붕괴를 막기 위해 휘하 부대의 전투를 중단시켰다. 모스크바가 함락될 위기에서도 이후의 반격을 위해 1백만 명 이상의 군대를 아껴 두었던 소련군은 이 틈을 타 전면적으로 반격, 독소 전쟁이 개전된 이후 처음으로 독일군을 패퇴시켰고, 남북에서 모스크바를 공격하던 독일군은 물러나 모스크바 방어전은 겨울의 도움을 받은 소련군의 승리로 끝났다.

「줄라이카에게」

당시 유행하던 유럽의 극단적이고 국수적인 민족주의에 식상해 있던 괴테의 손에 유럽에서 멀리 떨어진 동양의 학자 하머가 번역한 하피즈의 시집이 들어왔다. 〈신비의 혀 *die mystische Zunge*〉(HA 2, 24)라 불리는 하피즈는 술, 사랑, 청춘, 자연의 미, 삶의 기쁨 등을 7~19구의 가젤 *Ghasel* 형식으로 심오하고 신비롭게 노래한 반전통적인 종교의 가인으로, 사랑을 신적인 사랑으로, 술의 도취를 신성한 도취로 고양시켰다. 밝고 아름다운 삶을 향유하고 긍정하는 하피즈의 낙천적인 문학 태도는 당시 금욕적인 사제들로부터 도덕적 비난의 대상이 되기도 했으나, 스스로의 삶과 문학을 견지한 그 시인의 모습과 동방의 신비스러운 지혜와 삶의 건강함이 가득 찬 그의 시들에 괴테는 깊은 감동을 받았다.

그러니 하피즈여, 이런 것이리라.

나도 그대 앞에서 물러나지 않으련다.

우리가 생각을 다른 사람들처럼 하면

우리도 다른 사람과 같아질 테니까.

그래서 나는 그대와 아주 똑같아지련다.

나는 우리 성지에서

찬란한 형상 하나를 취하련다.

우리 주님의 모습

저 천 중의 천[19] 위에 찍혀서

부정에도, 장애에도, 약탈에도 굴하지 않고

믿음의 명랑한 모습으로

고요한 가슴 속에서 나를 북돋웠으니. (HA 2, 20 f)[20]

이렇게 하피즈가 괴테에게 미친 매혹은 하피즈의 서정시집에 비유적으로 묘사된 교육적인 종교성과 세상의 지혜에 근거한다. 특히 하피즈의 시집 가운데 현세를 긍정적으로 체험하는 내용이 괴테를 사로잡았다. 하피즈의 시 속에는 술집의 술 향기나 연인의 기도 등이 나타나고, 이승의 사물에서 신을 드러내 보인다. 이러한 하피즈의 성격은 『서동시집』 속 「하피즈의 서」 편의 시에서 묘사되고 있다. 먼저 괴테는 시 「별명Beiname」에서 『코란』을 완전히 암기하여 통달한 하피즈의 이름을 논한다.

19 땀이 예수의 모습으로 찍혀 남은 베로니카의 수건. 여기서 괴테는 『코란』을 고스란히 외우는 하피즈에 대한 대응으로 베로니카의 수건에 찍혀 남은 예수의 영상, 즉 기독교적 심상 하나를 제시하고 있다.
20 『괴테 서·동 시집』, 25면.

시인 모하메드 셈세딘이여, 말해 주오,
어찌하여 당신의 고귀한 민족이
당신을 하피즈라 불렀는지를.

하피즈 존경스럽도다,
나 그대의 질문에 답하리라.
신성한 코란의 유언을
행복스러운 기억 속에서
나 변함없이 지키고,
아울러 경건하게 처신하여,
천한 나날의 해악이
나와 예언자들의 말씀과 씨앗을
마땅히 존중할 줄 아는 자들을
건드리지 못하게 하므로,
사람들이 나에게 그 이름을 주었노라. (HA 2, 20 f)

괴테는 시인의 입을 빌려 하피즈Hafis는 별명이고 본명은 모하메드
셈세딘Mohamed Schemseddin임을 알리고, 별명의 유래를 하피즈 자신의
대답을 통하여 밝히고 있다. 하피즈는 원래 〈기억 속에 간직하고 있는
자〉 또는 〈코란을 외우고 있는 자〉라는 뜻의 페르시아어라고 한다. 따
라서 하피즈라는 이름은 그가 6백 편가량의 시를 남긴 시인이었을 뿐
만 아니라, 14세기의 페르시아에서 코란 학교의 교수로도 활동했음
을 나타내고 있다. 실제로 역사적인 인물 하피즈는 〈선생〉을 뜻하는
〈*Hwage*〉라는 칭호도 지니고 있었다고 전한다. 그러나 괴테는 하피즈라
는 별명을 택하여, 『코란』을 외워 그 가르침을 실행에 옮긴 언행일치의
경건한 인격자로 그를 묘사하고 있다(HA 2, 20). 〈그러니 하피즈여, 이

런 것이리라. 나도 그대 앞에서 물러나지 않으련다. 우리가 생각을 다른 사람들처럼 하면 우리도 다른 사람과 같아질 테니까〉(HA 2, 20)라는 언급처럼, 괴테는 같은 시인으로서 하피즈와 경쟁하고 싶은 욕구를 느꼈다.

고향인 프랑크푸르트에 돌아온 그는 친지인 은행가 빌레머의 약혼녀인 마리안네Marianne von Willemer(1784~1860)를 좋아하게 되었고, 하피즈의 시집을 함께 읽으며 사랑을 속삭이던 시기에 그녀에 대한 아름다운 시가 쏟아져 나왔다.

> 결코 당신을 잃지 않겠어요!
> 사랑은 사랑에 힘을 주지요.
> 당신은 내 젊음을 장식해 주지요.
> 세찬 열정으로
> 아! 어찌 내 충동을 부추기는지요.
> 사람들이 내 시인을 기리면
> 생명은 사랑이고
> 생명의 생명은 정신이니까요. (HA 2, 75)[21]

마리안네도 함께 시를 쓰면서 시구뿐 아니라 사랑도 함께 만들어 갔다. 잠깐 동안이지만 그녀는 괴테를 상대하면서 그의 시의 높은 경지까지 상승할 수 있었던 유일한 여성이었다. 마리안네는 인쇄된 『서동시집』을 받았을 때 다음과 같이 썼다. 〈당신에게 있어서 나의 마음, 나의 생각이 나의 소망대로 — 내가 확신하고 있는 대로라고 말해도 좋을 것입니다. 나의 마음이 당신 눈앞에 있는 그대로 열려 있기 때문이지요 — 이처럼 확실해진 이상 설명이 더 필요 없을 것입니다. 그렇지 않아

---

21 같은 책, 119면

도 아주 불충분한 설명이 될 것입니다. 당신은 내 마음속을 잘 느끼고 알고 있습니다. 나 자신에게는 나의 일이 수수께끼처럼 생각되지만 말입니다. 겸허하고 자부심이 강한, 부끄럽지만 또 동시에 황홀해지는 기분에서 모든 것이 행복한 꿈같이 생각되었습니다. 그 꿈속에서 자기의 모습은 미화되고, 아니 순화되어지는 것을 느끼고, 이 높아진 상태에서 이야기하고, 또 행할 수 있는 모든 것을 사랑하고 칭찬할 것을 기꺼이 받아들였으면 하고 생각됩니다.〉[22]

1814년 8월 프랑크푸르트에서 마리안네를 처음 알게 되었을 때 괴테는 65세였고 그녀는 30세였다. 괴테는 소녀, 처녀, 유부녀를 가리지 않고 연령을 초월하여 인연을 맺었다. 마리안네는 그로부터 약 한 달 후인 9월에 결혼했지만 괴테와 계속 편지를 주고받으며 관계를 이어 갔다. 두 사람은 편지를 교환하며 때로는 시로 애정을 표시하고 때로는 남들이 알 수 없도록 암호를 사용하기도 했다. 이렇게 괴테와 마리안네가 주고받은 시들이 『서동시집』의 「줄라이카의 서Buch Suleika」 편에 들어 있는데, 이 작품에서 괴테는 자신을 하템으로, 마리안네를 줄라이카로 묘사한다. 이러한 마리안네와 괴테의 연인의 쌍이 『서동시집』 속의 시 「전형Musterbilder」에서는 여섯 쌍의 연인으로 전개되고 있다.

들어라, 기억하라,
여섯 쌍의 사랑의 연인들을.
얘기에 불붙어, 불태운 사랑,
루스탄과 로다부.
가까우면서 얼굴도 모르는 사람,
유스프와 줄라이카.
사랑하면서도 이루지 못한 사랑,

22 *Goethe: Sein Leben und seine Zeit*, S. 611.

페르하드와 쉬린.

이 세상에는 오직 두 사람뿐,

메드슈눈과 라일라.

늙도록 갈구한 사랑,

제밀과 보타이나.

달콤한 사랑의 변덕,

잘로모와 밤색 머리 아가씨.

이 여섯 쌍의 이야기를 알면

사랑하는 데 힘을 얻으리. (HA 2, 27)

〈트리스탄과 이졸데〉, 〈로미오와 줄리엣〉 같은 서양의 전설적인 연인들 못지않은 동방의 연인들 여섯 쌍이 이 시에서 열거되고 있다. 타인의 얘기만 듣고 서로 사랑에 빠진 루스탄Rustan의 부친 자루(괴테는 자루를 루스탄으로 착각했다)와 로다부Rodawu뿐만 아니라, 서로 사랑하나 단념하지 않으면 안 되었기에 둘 다 자살한 영웅 페르하드Ferhad와 코루스의 비(妃) 쉬린Schirin도 있다. 노년에 이르기까지 서로 사랑한 연인들로서 페르시아 시인들의 시에 흔히 묘사되는 제밀Dschemil과 보타이나Boteinah도 있는데, 제밀은 죽을 때까지 연인을 시로 찬미하였다고 한다. 로맨틱한 연애 사건으로 널리 알려진 잘로모Salomo와 밤색 머리의 아가씨die Braune라는 낯익은 쌍을 비롯하여, 이슬람 전설에 나오는 메드슈눈Medschnun과 라일라Leila도 열거된다. 서로 깊이 사랑했지만 양가의 불화로 헤어져, 그 불행한 이별 때문에 메드슈눈은 미쳐 죽고 라일라도 죽어서 둘은 천국에서 만난다. 이같이 깊은 사랑으로 이들은 위 시에서 〈이 세상에는 오직 두 사람뿐Nur für einander da sind〉(9행)이라고 묘사되어 있다. 줄라이카Suleika는 꿈에서만 본 유스프Jussuph(성서에서의 요셉)에게 마음을 준다. 이들은 야곱의 아들 요셉과 포티파르Potiphar의 아내 줄라이카로 요셉은 파라오의 장관인 포티파르가 무서워 도망쳤다. 괴테는 줄라이카를 자기의 애인이라고 부르고 있으니,[23] 이 시에서 도망치고 동시에 끌려가는 요셉은 바로 괴테 자신의 모습인 셈이다.

줄라이카로부터 도망치는 요셉처럼, 괴테는 다시 한 번 마리안네와 사랑의 불꽃으로부터 도피하게 된다. 이러한 괴테는 〈우발적인 충동으로 도둑질을 한다〉는 격언으로 시작되는 시 「하템」에서 우연한 순간이 그에게서 사랑의 불길을 빼앗아 가버렸다고 고백하고 있다.

기회가 도둑을 만든 것이 아니라오.
기회 그 자체가 큰 도둑이라오.
내 마음속에 아직 남아 있었던
나머지 사랑을 훔쳐 간 게 바로 기회라오.

기회가 그대에게 그것을 넘겨주었지,
나의 삶의 전 재산을.
따라서 나는 이제 전락한 몸,
나의 생명을 그대에게서 얻으려고 원할 뿐.

하지만 반짝이는 당신의 시선에서
난 벌써 자비의 마음 읽으니,
당신의 팔에 안겨서
내 새로워진 운명을 향유한다오. (HA 2, 63)

『서동시집』의 「줄라이카의 서」 편에 속하는 이 시는 하템과 그의 연인 줄라이카가 사랑의 시를 서로 주고받는 내용을 담아 괴테와 마리안

23 같은 책, S. 591 f.

네의 관계를 암시한다. 괴테는 여기서 이슬람 문학에서 가장 아름답고 명민한 연인인 줄라이카를 자기 연인의 이름으로 택하고, 하피즈의 시에 자주 나타나는 도량 깊은 자선가로 유명한 아랍인 하템 타이Hatem Thai의 이름을 자신의 것으로 삼았다.[24] 위의 괴테의 시에 대해 마리안네 역시 시 「줄라이카」로 답변한다.

> 당신의 사랑 속에서 너무도 행복해
> 기회를 나무라지는 않겠어요.
> 기회가 당신에게서 훔쳐 갔을지언정
> 그 도둑질 더없이 나를 즐겁게 해주네요!
>
> 그런데 뭐하자고 도둑질이에요?
> 스스로 당신 마음 내게 주세요.
> 난 정녕 기꺼이 믿고 싶어요.
> 내가 바로 당신을 훔쳤다고.
>
> 당신이 기꺼이 주심으로 해서
> 훌륭한 보답을 받으시리니,
> 나의 평안, 나의 풍부한 생명을
> 기꺼이 드리겠으니 받아 주세요!
>
> 농담은 하지 마세요, 전략이라니요!
> 사랑은 우리를 윤택하게 하잖아요?
> 당신을 내 팔에 껴안을 때
> 어떤 행복도 나의 행복에 비교될 수 없지요. (HA 2, 64)

24 안진태, 『괴테 문학의 신화』, 삼영사, 1996, 115면 이하.

이렇게 『서동시집』에 마리안네의 시도 실려 있는데, 이런 사실은 마리안네가 세상을 떠나고 거의 10년이 지난 1869년에야 비로소 세상에 알려지게 되었다. 마리안네는 그 비밀을 그림Hermann Grimm에게만 털어놓았을 뿐이었다. 일부 슈베르트에 의해 가곡으로 작곡되기도 한 줄라이카에 대한 시들에는 괴테의 연인들 중에서도 가장 문학성이 탁월했다고 전하는 마리안네에 대한 괴테의 애정이 담겨 있는데, 그녀는 후에 이렇게 말하기도 했다. 〈뭔가 높은 것을 느끼고, 뭔가 사랑스럽고 애정에 찬 것을 말할 수 있을 것이라고 일생에 한 번은 생각했습니다. 그러나 시간은 모든 것을, 파괴해 버렸다기보다는 지워 버리고 말았습니다.〉[25] 이렇게 서로 사랑하던 괴테와 마리안네 두 사람이 다시 만나는 일은 없었다. 하지만 이들 시에서 용암이 흘러나와 『서동시집』의 심장부라고 할 수 있는 「줄라이카의 서」가 생겨난다. 그러면 「티무르의 서」에 시 「겨울과 티무르」와 함께 유일하게 게재된 시 「줄라이카에게」를 고찰해 보고자 한다.

줄라이카에게

당신을 향기로 애무하기 위해서는,
당신의 기쁨을 높이기 위해서는,
수천 송이 장미가 봉오리인 채
이글거리는 불 속에서 우선 죽어야 한다.

향기를 영원히 간직하는
작은 병, 당신 손끝처럼 날씬한
그 작은 병 하나를 소유하기 위하여

25 *Goethe: Sein Leben und seine Zeit*, S. 602.

필요한 것은 하나의 세계.

싹트는 생명들로 찬 하나의 세계,

그 풍성한 충동 가운데

벌써 후투티의 사랑을,

심금을 울리는 노래를 예감하던 생명들.

우리의 즐거움을 늘리려 하는

저 고통이 우리를 괴롭힐 수 있겠는가?

무수한 영혼을

티무르의 지배는 소모시키지 않았던가?[26]

AN SULEIKA

Dir mit Wohlgeruch zu kosen,

Deine Freuden zu erhöhn,

Knospend müssen tausend Rosen

Erst in Gluten untergehn.

Um ein Fläschchen zu besitzen,

Das den Ruch auf ewig hält,

Schlank wie deine Fingerspitzen,

Da bedarf es einer Welt.

Einer Welt von Lebenstrieben,

Die in ihrer Fülle Drang

---

26 『괴테 서·동 시집』, 95면 이하 참조.

Ahndeten schon Bulbuls Lieben,

Seeleregenden Gesang.

Sollte jene Qual uns quälen,

Da sie unsere Lust vermehrt?

Hat nicht Myriaden Seelen

Timurs Herrschaft aufgezehrt? (HA 2, 61)

시 「줄라이카에게」는 바로 앞에 게재된 시 「겨울과 티무르」보다는 이해하기가 수월하다. 시의 형식도 네 개의 강음을 지닌 강약격Trochäus 의 교차 각운Kreuzreim이 적용된 네 개의 시연으로 이루어져 규칙적이고 간단하다. 이 시는 장미유(油)에서 시작하여 사랑의 고통과 기쁨으로 전개된다. 사랑에 빠진 한 남성이 연인에게 영원한 사랑의 징표로 장미 유가 들어 있는 작은 병을 선사하려 한다. 그런데 〈이 작은 병이 생기기 위해서〉(5행) 〈수천 송이의 장미가 봉오리인 채 이글거리는 불 속에서 죽어야 한다〉(3~4행).

〈향기를 영원히 간직하는 작은 병〉(5~6행)처럼 더 위대한 아름다 움을 체험하려면, 다시 말해 짧은 기간 동안만 존재하는 아름다움이 아니라 그 향기가 영원히 간직되려면 장미는 만개하여 아름다워지기 도 전에 죽어야 하는 것이다. 영원한 존재를 위해서 장미가 피기도 전 에 죽어야 하는 이러한 모티프는 슈베르트Franz Schubert와 베르너Franz Werner의 가곡으로 잘 알려진 괴테의 담시 「들장미Heidenröslein」에서도 전개되고 있다.

한 소년이 장미를 보았네,

들에 핀 장미꽃,

너무도 싱싱하고 해맑아,

소년은 가까이 보려고 달려가,

기쁨에 겨워 바라보았네.

장미, 장미, 붉은 장미,

들에 핀 장미꽃.

소년이 말했네. 너를 꺾을 테야,

들에 핀 장미꽃!

장미가 말했네. 그러면 너를 찌를 테야,

나를 영원히 잊지 못하도록,

그러면 나의 고통을 잊을 수 없겠지.

장미, 장미, 붉은 장미,

들에 핀 장미꽃.

개구쟁이 소년은 꺾고 말았네,

들에 핀 장미꽃,

장미는 자신을 방어하며 찔렀지만,

외침이나 고통도 아무런 소용없이

고통을 받아야만 했네.

장미, 장미, 붉은 장미,

들에 핀 장미꽃. (HA 1, 78)

「줄라이카에게」의 장미가 영원한 향기로 남기 위해 피기도 전에 꺾여야만 하듯이, 이 담시 「들장미」의 장미도 만개하여 아름다워지기 전에 한 철없는 소년에 의해서 꺾인다. 들에 핀 아름다운 장미에 매료된 소년은 그것을 꺾고, 장미는 그에게 영원한 아름다움의 추억을 남기기 위해서 그의 손을 찌르지만 아름다움에 매료된 소년에게는 아무런 고통도 주지 못한다. 「들장미」와 「줄라이카에게」에서 장미는 사라져도, 그의 아름다움과 향기는 영원히 남아서 사람의 마음속에 살아 있는 것이다.

이와 같이 장미는 괴테의 문학에서 사랑이나 종교의 경건성을 상징하는 경우가 많다. 『빌헬름 마이스터의 수업 시대』에서도 장미는 미농의 종교적인 경건함으로 묘사된다. 〈빌헬름은 그녀가 아침 일찍 미사에 나간다는 말을 듣고 한 번은 뒤따라가 보았더니 성당의 한구석에 장미 화관을 손에 들고 꿇어앉아 열심히 기도하는 것이었다.〉(HA 7, 110) 이 내용 속의 장미는 성모 마리아를 암시한다.[27] 『파우스트』에서도 파우스트가 운명한 직후에 그 영혼을 압수하려는 악마 메피스토펠레스를 천사들은 천국의 빛을 암시하는 신성한 사랑의 징표인 장미꽃으로 퇴치한다.

천사들의 합창 (장미꽃을 뿌리며)눈부시게 빛나고
그윽한 향기 보내는 그대 장미여
너울너울 두둥실 떠돌면서
은밀히 싱싱한 생기를 불어넣는 꽃이여
가지를 낮게 하고
봉오리를 활짝 펴서
어서 가라! 꽃 피우라!
봄이여 싹터 나오라.
붉은 꽃도 파란 잎도
조용히 잠자는 자에게
낙원을 가져오라.

---

27 Carl G. Jung, Psychologische Typen, in: Ders, *Gesammelte Werke* in 18 Bänden, Bd. 6, Olten und Freiburg im Breisgau, 1989, 248.

메피스토펠레스 (사탄에게)왜 몸을 떠느냐? 지옥의 버릇이냐?

딱 버티고 서서 뿌릴 테면 뿌리라고 해라!

모두 제자리를 지켜라, 천치 바보들아!

저놈들이 저런 장미꽃을 눈처럼 뿌려서

불 같은 마귀들을 모조리 묻어 버릴 셈이로군. (11699~11714행)

이와 같이 괴테에게 장미꽃은 악마의 정욕을 제압하는 종교적인 의미를 지니기도 한다. 이러한 장미와 더불어 『서동시집』에는 새가 중요한 요소로 등장한다. 이 시집에 자주 등장하는 새는 날아서 공간적 고립을 벗어나고자 하는 인간 자신이다. 비행 가능한 인간을 연상하게 하는 새는 자신을 넘어, 세계를 넘어 운반될 수 있는 능력을 암시한다. 인간으로서 마음대로 할 수 없는, 도달할 수 없는, 그러나 오직 훈련을 통해서, 끝없는 희생과 체념을 통해서 해명될 수 있는 영역이 새로 비유되는 것이다.[28] 인간의 경험적 사고와 의지로는 도달할 수 없는 힘을 갖고 있는 새는 한계적 상황을 탈출할 수 있기 때문이다.

이런 배경에서 『서동시집』에 등장하는 사랑의 사자(使者)의 새 후드후드Hudhud는 토란새의 아라비아 이름으로, 〈잘로모Salomo〉와 사바Saba의 아름다운 여왕 발키스Balkis인 〈밤색 머리의 아가씨*Die Braune*〉 사이를 왕래한다. 『코란』에서 참된 신앙을 위해 더 넓은 나라를 획득하라는 사명을 받은 이 새는 동화 속 사랑의 사자가 되어 숨겨진 보물을 알 수 있는 마법의 약초를 부리에 물고 있다. 그 새의 깃털을 머리에 올려놓으면 두통이 낫는다고 하며, 그 심장은 마음의 고통을 치료할 수 있다는 민간 신앙도 있다. 괴테와 마리안네의 사이에도 후드후드가 날아다니면서 아픈 마음을 치료해 주었으리라.

이러한 새는 시 「줄라이카에게」에도 등장한다. 세 번째 시연에서 장

---

28 빌헬름 엠리히, 『카프카를 읽다』, 편영수 옮김, 유로, 2005, 216면.

미와 후투티*Bulbul*(11행)가 사랑의 짝으로 묘사되는 페르시아 설화가 언급된다. 후투티와 장미 간의 사랑은 페르시아 문학의 상징, 특히 하피즈의 상징적 모티프가 된다. 후투티는 노래로 자신의 사랑을 장미에게 알리고, 꺾인 장미는 영원한 삶을 살며 끝없는 영원한 사랑의 징표로 작용한다. 덧없는 무상 세계를 벗어나 영원한 존재가 되는 것이다.

〈우리의 즐거움을 늘리려 하는 저 고통이 우리를 괴롭힐 수 있겠는가?〉(13~14행)의 내용은 고통으로 사랑이 끝나는 대신 사랑에 대한 동경이 더 강력해진다는 암시이다. 〈무수한 영혼을 티무르의 지배가 소모시키지 않았던가?〉(15~16행)라는 마지막 시행에서 티무르의 파괴적인 성격이 다시 언급된다. 장미의 죽음이 곧 영원한 사랑을 뜻하는 이 시에 수많은 생명을 살상한 티무르의 등장은 괴테 고유의 양극적인 묘사로, 과거 수많은 인간의 생명을 빼앗은 티무르의 공포를 잊게 해주는 수단이 사랑임을 드러낸다.

4. 「티무르의 서」의 상관관계

「겨울과 티무르」와 「줄라이카에게」가 수록된 「티무르의 서」 편에서 이들 시의 배열에 관해 고찰해 보고자 한다. 다른 시편들과 달리 「티무르의 서」는 「겨울과 티무르」와 「줄라이카에게」 두 편만으로 구성되어 단출하다. 문체가 간결하면서도 난해하고 비극적인 시 「겨울과 티무르」에서 갈등은 〈죽음의 추위*Todeskälte*〉(30행)에서 절정에 이른다. 이는 더 이상 쾌청한 분위기가 존재하지 않는 절대적 비극이다.

이러한 비극적인 티무르에 희극적인 성격의 동료인 호차Nußreddin Chodscha(HA 2, 200 f. 248)가 개입한다. 『서동시집』의 「주해서」에는 「겨울과 티무르」를 희극적으로 전개시키고자 하는 괴테의 의도가 언급된다. 음울한 분위기의 「겨울과 티무르」에서 염원되는 쾌청한 분위기가 「줄라이카에게」에서 우아하게 실현되는데, 다시 말해 「줄라이카에게」의 사랑스럽고 따뜻한 장면이 「겨울과 티무르」의 음울하고 비극적인 분위기를 상쇄시켜 주는 것이다. 따라서 「겨울과 티무르」에서 겨울과 티무르 두 진영의 극한 대립은 시 「줄라이카에게」에서 사랑으로 융합되어 괴테 고유의 양극성의 화해가 이루어진다. 「겨울과 티무르」의 겨울과 티무르, 추위와 불의 양극에서도 서로 상응하는 점은 존재하여, 결국 시 「겨울과 티무르」는 『서동시집』 속 모든 시들의 전체적인 구성인 (동양과 서양 등의) 양극성의 융합을 보여 주는 셈이다. 사실 『서동시집』에 있는 시의 내용들은 시 「겨울과 티무르」 속 〈늙고〉, 〈완고하고〉, 〈엄청난 권력〉에 의해 양극적으로 구분되기 때문이다.

「겨울과 티무르」의 양극적 내용은 언급했듯이 「줄라이카에게」에 연결되어 균형을 이룬다. 「겨울과 티무르」에서는 〈죽음의 추위〉(30행)가 지배적이지만, 「줄라이카에게」에서 죽음은 영원한 사랑이 되고 있으며, 「겨울과 티무르」에서 파괴적으로 전개되는 불도 「줄라이카에게」에서는 삶과 사랑을 영원하고 견고하게 하는 원소로 작용한다. 따라서 「겨울과 티무르」의 불은 티무르의 살상 등 재난의 상징이지만, 「줄라이카에게」의 〈화덕의 이글이글 타는 석탄불〉(32행)은 따뜻한 보호를 연상시키고, 〈12월의 불꽃〉(33행)은 촛불, 따뜻함, 어둠 속의 빛, 성탄절과 이에 연관된 예수의 탄생을 연상시킨다.

『서동시집』 전체를 불에 연관시켜 연구한 이에크베아추는 불의 요소가 『서동시집』에서 가장 빈번하게 나타난다고 지적하였다. 「배화교도의 서」에서 임종을 앞둔 고대 페르시아의 배화교도는 불과 인간의 관계야말로 젊은이들이 지켜야 할 관습이라고 유언으로 남긴다. 불이란 인간이 늘 가까이 하는 대상이기 때문인데, 이렇게 불이 인간과 가깝게 된 배경에는 프로메테우스 신화가 있다.

인류를 비참함에서 구해 준 은인으로 옛 그리스인의 깊은 존경과 사랑을 받은 프로메테우스의 전설은 펠로폰네소스 반도 동북단 메코네에서 인간과 신들이 제사 문제로 말다툼을 하면서부터 시작된다. 제우스를 비롯한 올림포스 신들에게 어떤 제물을 어떻게 바치느냐 하는 문제가 생겼을 때, 프로메테우스가 자원해 커다란 소를 한 마리 잡아 신들에게 바칠 몫과 인간이 먹을 몫을 만들었다. 맛있는 살코기와 내장은 가죽에 싸서 그 위에다 곱창을 씌워 놓는 한편, 뼈는 기름진 비계로 덮어 언뜻 더 맛있어 보이게 차려 놓고 제우스에게 한쪽을 고르라고 권했다. 겉만 보고 속은 제우스는 기름 덮인 쪽을 골랐고, 헤쳐 보니 뼈뿐이라 화가 날 수밖에 없었다(그 후 신에게 바치는 제물로 늘 뼈를 기름에 묻혀 구워 바쳤다고 한다). 그러지 않아도 인간들의 타락과 비행을 언짢게 여겨 오던 제우스는 이 기회에 한번 프로메테우스를 톡톡히 혼내 주리라 결심했다. 그래서 다시는 음식을 구워 먹지 못하고 따뜻하게 살지 못하도록 인간에게서 불을 빼앗아 버렸다. 인간을 창조했고 동정하는 프로메테우스는 이것을 그냥 보고 있을 수 없었다. 더욱이 제우스보다는 자신의 지혜가 낫다고 자랑하던 프로메테우스였으니 말이다. 그는 또 한번 제우스를 골탕 먹이기로 하고 천상의 불을 훔쳐 낼 궁리를 하다가 마침내 회향나무 줄기를 들고 천상으로 올라가 불을 붙여 몰래 지상으로 내려와 인간들에게 주었다. 그 불은 제우스 왕궁의 부엌에서 훔쳐 냈다고 하고, 제우스의 벼락에서 옮겨 왔다고도 하며, 화신 헤파이스토스의 대장간에서 훔쳐 냈다고도 하고, 태양신의 마차 바퀴에 심지를 대어 붙여 왔다고도 한다. 그렇게 불을 얻은 인간은 갖가지 불 쓰는 법을 배워 밤에도 따뜻하게 잘 수 있게 되었다. 프로메테우스가 한 짓을 괘씸하게 여긴 제우스는 권력의 신 크라토스Kratos와 폭력의 신 비아Bia를 시켜 그를 잡아 인적 없는 광야의 끝 카우카소스 산 꼭대기에 있는 큰 바위에 데려다 놓았다. 그리고 불의 신 헤파이스토스에게 억센 쇠사슬을 만들어 그를 묶게 하고, 그의 간을 독수리가 매일 파먹도록 했다. 그러나 밤이 되면 간이 새로 돋아나 독수리에게 간을 파먹히는 고통은 영원히 계속되었다.[29] 이렇게 신의 비유로 작용하는 불을 소중히 다루고 간직하라고 배화교도는 유언으로 당부한다.[30]

이러한 불이 시편 「티무르의 서」 전체에서 상반된 가치를 지닌다. 언급했듯이 「겨울과 티무르」에서는 생명을 파괴하지만, 「줄라이카에게」에서는 장미처럼 희생하여 더 높은 삶으로 이끈다. 이렇게 불에 의한 생명의 희생이 더 높은 삶으로 이끄는 내용은 『서동시집』의 시 「승천의 동경Selige Sehnsucht」에서도 전개된다.

현자 외에 누구에게도 말하지 말라,
어리석은 민중은 곧잘 조소할 것이니,
살아 있으면서 불에 타 죽기를
원하는 자를 나는 예찬하리라.

네가 창조되고 또한 네가 창조하는
서늘한 밤 사랑의 행위에
희미한 촛불이 빛을 내면
이상한 생각이 너를 엄습한다.

너는 어둠의 그늘 속에
더 이상 가만있을 수 없으니,
욕망이 새로이 거세게 자극하여
너를 더 고차적인 교접에 이르게 한다.

29 안진태, 『신화학 강의』, 열린책들, 2002, 191면 이하.
30 『독일 문학』 3집, 403면.

그 어떤 거리에도 방해받지 않고
마법에 걸린 듯 날아가,
마침내 불을 열망하여
나비, 너는 불 속에 뛰어들어 타 죽는다,

죽어서 생성하라,[31] 이 마음을
자신의 것으로 삼아야 하리라!
그러지 않으면 이 어두운 지상에서
서글픈 나그네에 지나지 않으리. (HA 2, 18 f)

이 시에서 사랑의 모티프는 개인의 희생이나 소멸을 통해 덧없는 이승의 삶에서 벗어나 무한 속으로 귀의하고자 하는 염원이다. 첫 연 두 행은 〈빛을 그리며〉, 〈촛불〉 속으로 날아들어 타 죽는 나비의 〈불꽃 죽음〉을 칭송한다. 여기서 사랑의 황홀은 죽음과 동질의 것으로 인식된다. 양초가 타들어 가자 불을 열망한 나방이 불 속에 뛰어들어 타 죽고, 그럼으로써 나방의 존재를 벗어나 더 고차적인 존재로 태어난다는 천상적 구원이 묘사되는 것이다. 현세적인 생명의 종말이 곧 천상의 계시인 셈이다. 따라서 지상에서 생명의 사별은 상실된 획득이 되어 신의 은총으로 찬미된다.

신의 사랑과 은총을 받기 위해서는 새롭게 태어나야 하고, 이를 위해서는 낡은 자아의 파괴가 있어야 한다. 자아 파괴와 불태워짐은 새로운 탄생을 위해 불가피한 것이다. 이성은 신을 받아들이는 데 무력하고, 신을 받아들이기 위해서는 지상적인 인연에서 벗어나야 한다. 즉 신의 축복을 받기 위해서는 신에게 귀의해야 한다. 진정한 자유는 〈죽

31 괴테는 영혼이 불나비가 되는 심미적 화형을 찬양했다. 그는 이 화형으로 인간의 영혼이 현존의 위치를 떠나는 것이 아니라 그 현존 속에서 부활하는 것이라 생각했다.

어서 생성하는〉 몸이 될 때에만 가능한 것이다. 이러한 배경에서 〈괴테의 미 개념은 이중적으로, 하나는 살아서 약동하는 미이고, 다른 하나는 죽음의 성격으로 미의 신비적인 마력이다〉.[32] 미란 화해의 상이자, 동시에 파멸의 원천인 것이다.

은유는 이미지를 통해 본질을 꿰뚫어 보는 힘이다. 기원전 6세기 그리스 여류 시인 사포Sappho는 사랑을 이렇게 묘사했다. 〈다시 사랑이 온다. 사지를 부수고 고문하는, 달콤하고 고통스러운 그는 내가 이길 수 없는 괴물이다.〉 스토아학파 철학자 에픽테토스Epiktētos는 욕망의 핵심을 은유로 드러내기도 했다. 〈입구가 좁은 병에 팔을 집어넣고 과일을 가득 쥔 아이를 생각해 보라. 이 아이는 팔을 빼지 못해 울게 될 것이다. 과일을 버리면 손을 다시 뺄 수 있다. 욕망도 이와 같다.〉 이처럼 차원 높은 사고와 언어의 바탕에는 반드시 은유가 있다. 플라톤의 〈동굴〉, 아리스토텔레스의 〈자연의 사다리〉, 다윈의 〈생명의 나무〉, 애덤 스미스의 〈보이지 않는 손〉 등 모든 사상의 대가들은 은유를 통해 자신의 생각을 한눈에 보여 준다. 따라서 은유는 천재들의 도구다.[33]

모든 형상 가운데 빛만큼 널리 알려진 은유도 없는데, 이러한 빛은 주로 영적인 성격을 상징한다. 따라서 일상적 용어가 정신적인 현상에 연관될 때 〈명백히 하다aufhellen〉, 〈조명하다beleuchten〉, 〈해명하다aufklären〉, 〈예증하다erläutern〉, 〈밝다hell〉 등 빛에서 유래된 은유로 사용되는 낱말들이 많다. 〈빛을 밝히다〉와 같은 구절은 이를 의식적이거나 종교적으로 사용하는 사람들에게는 은유적이 된다.

괴테의 시 「승천의 동경」에서도 자기희생에 의한 삶과 죽음의 역학적 관련은 마지막 연 〈죽어서 생성하라Stirb und werde〉(18행)라는 은유

---

32 Renate Wieland, *Schein Kritik Utopie: Zur Goethe und Hegel*, München, 1955, S. 174.

33 김용규, 「지식 콘서트」 강연, 2014년 11월 11일.

적인 시구로 묘사된다. 또한 〈어두운 지상에서〉(20행)의 〈어두운〉의 의미는 빛이 통과할 수 없이 불투명하다는 의미로, 현세적·물질적인 것에 얽매임으로 신적인 빛의 영역에 이르지 못함을 의미한다. 이 시에서처럼 죽음을 통한 영원한 생성에의 동경은 괴테의 삶의 모토인 변형론 *Metamorphose*이 되고 있다.[34] 결국 「줄라이카에게」의 장미처럼, 시 「승천의 동경」에는 자신의 소멸을 통해 덧없는 이승의 삶에서 무한 속으로 귀의하는 영원한 사랑이 담겨 있는 것이다.

「승천의 동경」에 나타나듯 이슬람 신비교에서는 불꽃이 신의 불빛으로 상징된다. 이렇게 불꽃이 신의 빛으로 여겨지는 이슬람교의 개념을 괴테는 기독교에도 전개시키고 있다. 종교적으로 빛은 은유적인 것이어서 이슬람교에서뿐만 아니라 기독교에서도 선과 악은 밝고 어두운 빛으로 상징된다. 〈여기 동방의 낙원에 천상의 여성들이 유유히 거닐고 있다. 저녁에 그녀들은 모두 창녀가 되었다가, 아침 햇빛과 함께 처녀로 바뀐다.〉[35] 이러한 선과 악의 밝고 어두운 기독교적 성격이 괴테의 아래의 시에도 잘 나타나 있다.

시는 그려진 창문이다.
장터에서 교회 안을 들여다보면,
모든 게 어둡고 음울한데,
속물은 그렇게 쳐다봄으로
불쾌함을 느끼게 될 것이며,
일생을 불쾌하게 살 것이다.

그러나 일단 들어오라!

34 안진태, 『독일 문학과 사상』, 열린책들, 2010, 263면 이하.
35 *Goethe: Sein Leben und seine Zeit*, S. 611.

성스러운 예배당에 참배하면,

갑자기 광명의 색채를 띠고,

시나 장식품이 곧바로 화려해지고,

의미 있고 성스러운 빛을 발할 것이다.

이것이 인간에게도 작용하여

그대를 경건하게 또 눈을 즐겁게 한다! (HA 1, 326)

시가 창문이라면 사람들은 시 안으로 들어가 밝음을 보아야 기쁨을 느낄 수 있다. 따라서 이 세상도 기독교 같은 믿음을 통해서 밝은 색을 띠게 된다. 이러한 믿음을 멀리한 삶은 「승천의 동경」에서 〈어두운 지상에서 서글픈 나그네〉가 되는 것처럼 결국 어둠의 세계를 방황할 뿐이다. 〈밤은 어둡지만 하느님 곁에는 광명이 있다. 왜 하느님은 우리를 그렇게 대하지 않는가?〉(HA 2, 55)

「승천의 동경」에서 촛불의 빛에 열망을 느낀 시인은 나비처럼 그 불빛에 이끌림을 느낀다. 여기에서 나비는 신을 사랑한 나머지 자기 몸을 고행으로 내던져 죽는 인간을 상징한다. 위 시에서는 〈죽어서 생성하라〉는 내용의 주제로서 괴테는 〈그대가 태어났고, 생명을 잉태하는〉(6행), 즉 교접과 생성으로 암시되는 자연과 생의 윤회 사상을 묘사한다. 이승과의 결별은 종말이 아니라 온갖 공포에서의 해방이요, 배신과 불안에서 벗어나는 피난처이다. 그러나 이러한 「승천의 동경」의 이승에 대한 이념이, 『젊은 베르테르의 슬픔』에서는 베르테르의 염원이 되지만 파우스트의 사상과는 상반되게 나타난다. 파우스트는 내세를 부정하고 현세만을 긍정하는 것이다.

내세 때문에 괴로워하지 않는다.

네가 이 세상을 산산조각 내도

이어서 다른 세계가 생길 것이다.
이 땅에서 나의 기쁨이 샘솟고,
이 태양이 나의 고뇌를 비춰 준다.
내가 이것들과 헤어진 다음에는
무슨 일이 일어나도 상관없다. (1660~1669행)

현세만을 긍정하는 파우스트는 작품의 마지막까지 다음 세계에 관해서는 알고 싶어 하지도 않는다. 저쪽 높이를 바라보는 것은 그에게 쓸데없는 일이다.

저쪽 높이 바라보아도 쓸데없는 일이다.
바보다. 먼 곳으로 눈을 향하여 깜빡이고,
구름 위에 자신과 같은 것을 그려 보는 것은!
착실하게 발을 디뎌 이 지상의 자기 주위를 둘러보라! (11442~11445행)

이러한 맥락에서 볼 때 〈죽음의 추위〉(30행)를 주제로 한 시 「겨울과 티무르」는 삶과 사랑, 변형과 중재를 내포하는 『서동시집』 전체와 대립하고 있다. 따라서 잔인한 혹한의 상황을 나타내는 시 「겨울과 티무르」에 「줄라이카에게」의 시가 뒤따르면서 궁극적으로 균형을 이루고, 이러한 중제적 성격을 지니는 「줄라이카에게」는 뒤따르는 시편 「줄라이카의 서」에 연결되어 계속 진행되는 것이다.

『서동시집』의 서정성을 고찰한 베커는 단순히 순서적으로 배열되어 〈만들어진gebaut〉 시들과, 공통된 공감을 담고 있는 〈성장된gewachsen〉 시들로 구분하였다. 〈모음〉이라는 의미의 〈디반Divan〉에 걸맞는 『서동시집』의 다양한 대립 등이 이 장에서 고찰되었다. 이런 배경에서 『서동시집』에서 시들의 배열은 중요하고 특히 「겨울과 티무르」의 역사적 배경은 더욱 그렇다. 그렇지만 이에 대한 과도한 집착은 바람직하지 않다고 여겨지는데, 이는 역사적 지식 없이도 이 시가 이해되기 때문이다.

결론적으로 『서동시집』 전체에서 내용이나 형태에서 돋보이는 시 「겨울과 티무르」는 「줄라이카에게」와 균형을 이루어 탁월한 서정시의 역할을 보여 준다. 특히 서술의 형태와 내용의 방식이라는 면에서 독특한 감명을 독자에게 전한다.

제5장

베르테르의 수용

문트Theodor Mundt가 1842년의 저서『현대 문학사Geschichte der Literatur der Gegenwart』에서 〈문예학Literaturwissenschaft〉이란 말을 처음 사용한 이래 그에 대한 논쟁은 여전히 계속되고 있으나, 이러한 문예학에서 방법론은 실증주의적positivistisch, 정신사적geistesgeschichtlich, 형태학적morphologisch, 언어학적linguistisch, 실존주의적existentiell, 현상학적phänomenologisch 방법 및 심리 분석Psychoanalyse, 예술 상호 해석wechselseitige Erhellung der Künste, 신비평주의New Criticism, 순수 형식주의reiner Formalismus, 문학 사회학Literatursoziologie, 문제사Problemgeschichte, 해석학 Kunst der Interpretation, 수용 미학Rezeptionsästhetik 등으로 세분화 되었다.

이렇게 다양한 문예학적 방법으로 괴테의 소설『젊은 베르테르의 슬픔』도 고찰되어 왔는데 이 장에서는 수용론Rezeption의 방법으로 분석하고자 한다. 괴테는 자신의 자서전『시와 진실』에서 이 소설의 영향에 대해 다음과 같이 언급하였다. 〈이 책의 영향은 컸다. 아니 엄청났는데 이는 이 책이 시기를 잘 만났기 때문이었다. 조그만 도화선이 강력한 지뢰를 폭발시키듯이 젊은 세대가 이미 스스로를 파괴했기 때문에 대중

속에서 일어난 폭발은 더욱 강렬했으며, 각자가 과도한 요구나 채워지지 않는 정열, 그리고 망상으로 인한 고민을 폭발시켜 그 진동은 더욱 컸다.〉[1] 이렇게 대단한 충격을 주었던 베르테르의 이미지는 작품이 생성되고 난 후 2백여 년 동안 시대에 따라 다양하게 변화되어 수용되었다. 베르테르를 모방한 수많은 작품들이 발표되면서 그들 고유의 전통을 형성한 것이다. 전원적 분위기, 로맨틱한 사랑의 유희, 연민을 일으키는 베르테르의 편지들과 특히 극적인 자살 등이 여러 작가들에 의해서 다양하게 수용되었다. 이렇게 베르테르가 수용된 작품들 중에서 장 파울Jean Paul[2]의 소설 『아벨라르트와 헬로이제Abelard und Heloise』를 중심으로 괴테의 『젊은 베르테르의 슬픔』이 출간된 직후 베르테르의 수용을 고찰해 보고자 한다.

작품 『아벨라르트와 헬로이제』는 『젊은 베르테르의 슬픔』과 마찬가지로 두 젊은 남녀의 불행하고 비극적인 사랑을 다루고 있다. 방학 기간에 신출내기 대학생인 아벨라르트가 친구 카를의 집을 방문하여 젊은 소녀 헬로이제를 알게 되면서 둘은 곧바로 사랑에 빠져 영원한 미래를 약속하게 된다. 그러나 딸의 배필로 다른 청년을 정해 놓은 헬로이제의 부친은 아벨라르트와 헬로이제의 사랑을 강력하게 반대한다. 그런데 이 배필이 될 남성이 곧바로 사악한 본질을 드러내 헬로이제를 능욕하자 그녀는 수치감을 못 이겨 자살하고, 그녀의 죽음에 절망한 나머지 아벨라르트도 권총으로 자살하고 만다.

이렇게 베르테르를 수용한 장 파울의 『아벨라르트와 헬로이제』를 연구하고 이 작품의 내용, 구조, 주요 동기 등을 심층적으로 고찰하여 당시의 베르테르 수용을 비롯하여 출판계 및 대중의 취향도 추적해 보

---

1 괴테, 『괴테 자서전: 시와 진실』, 전영애·최민숙 옮김, 민음사, 2009, 763면.
2 본명은 요한 파울 프리드리히 리히터Johann Paul Friedrich Richter인데 필명으로 간단히 장 파울이라고 한다.

고자 한다. 다시 말해서 베르테르의 요소들이 『아벨라르트와 헬로이제』에 어느 정도나 내재되어 있는지, 그리고 이들 요소의 세속화와 변화를 규명해 본다. 이 변형된 요소들의 고찰로부터 당시의 철학적·문학적 사조도 밝힐 수 있을 것이다. 연구는 두 부분으로 구분되는데, 수용 이론과 『젊은 베르테르의 슬픔』과 『아벨라르트와 헬로이제』의 생성기의 정신사였던 〈감상주의Empfindsamkeit〉에 대해서도 살펴봄으로써 당시 유행하던 〈감상주의 소설Der empfindsame Roman〉의 요소들을 밝혀 내었다.

1. 수용 미학적 방법

1920년대 초부터 대두되어 주로 미국의 소장 비평가들에 의해 널리 전파된 비평 이론인 신비평주의New Criticism는 작품을 시대적·사회적으로 연관시키는 역사적 비평에 반대하고, 실증주의적인 문학 연구의 한계를 전제로 작품 자체를 분석하고 평가한다. 이러한 신비평주의의 첫 번째 특징은 대상의 정치적·사회적 효능, 관념사, 사회적 배경이나 원천에 대한 연구에서 벗어나고, 과거의 비평이 중시했던 작가의 정신과 개성 혹은 독자들의 다양한 반응보다 우선 문학 작품 자체를 파헤친다는 데 있다. 두 번째 특징은 문학의 유기론을 중시하여 단어 상호 간의 관계나 의미의 세분화, 작품의 행, 연과 전체의 연관을 파악한다는 점이다. 이렇게 작품을 총체적으로 파악하는 신비평주의는 1960년대에 야우스Robert Jauß에 의해서 정립되어 널리 퍼진 수용 미학에 밀려 퇴색되었다.

실증주의적 방법에서부터 구조주의 및 사회학적 방법에 이르기까지 다양한 문학 연구 방법은 대중적인 독자의 심미적인 체험, 다시 말해서 〈영향Wirkung〉이라는 평가를 고려하지 않았다. 대중적인 독자를 도외시한 연구 방법은 새로운 문제점을 야기했는데, 특히 대중의 의사 교류 수단인 매스 미디어의 발달로 독자의 작품의 수용과 심리가 대중화되면서 문제가 되었고, 이러한 사회적 상황에서 귀족이 아닌 일반 계급의 문학 및 신문, 잡지, 방송을 통해 전달되는 대중 작품이 활발하게 연구되기 시작했다. 작품의 수용자는 독자, 비평가, 문학 이론가, 문학 담당 교수, 신문·라디오·텔레비전에서 작품을 읽거나 평하거나 발표하는 해설자 등에 해당되며, 〈현실적인 독자〉라고 불리기도 한다. 수용자에 따라서 작품은 취재, 비평, 서평, 연극평, 통신 등으로까지 그 영역을 확장한다. 한편 작가가 자신의 작품을 받아들이기를 바라는 독자는 수취인이 되며, 〈추상의 독자〉라고도 한다.[3]

1960년대 중반 베트남 전쟁을 둘러싼 독일의 정치적 소용돌이는 독일 학계의 의식 구조를 크게 변화시켰다. 이러한 사회적 여건에서 야우스는 문학 연구 방법과 문학사 서술에 대한 혁신적 저서 『문예학의 도전으로서의 문학사Literaturgeschichte als Provokation der Literaturwissenschaft』를 통해 변증법, 역사성, 미학을 바탕으로 한 문학사를 서술하였다. 독자가 작품을 받아들이는 수용에 관한 여러 명제를 제시한 이 문헌은 수용 미학 최초의 이론서가 되었다.[4]

한 작품의 예술성의 수용 방법을 밝히는 것이 수용 미학이다. 이러한 예술성의 수용을 야우스는 〈심미적인 관찰〉과 〈역사적인 관찰〉로 구분했는데, 전자는 수용 미학적인 방법이고 후자는 수용사(受容史)적인 방법이다. 추상의 독자에 관심을 두는 수용 미학은 작품 내적인 영역이 되고, 현실의 독자에 관심을 두는 수용사는 작품 외적인 영역이

---

3 이유영, 『독일문예학개론』, 삼영사, 1986, 271면 이하(이하 『독일문예학개론』으로 줄임).

4 같은 책, 269면.

되는 셈이다.

무엇보다도 작품에 대한 독자의 의식을 탐구하는 수용 미학은 독자가 읽은 내용들에서 발생하는 미적 가치와 관련을 갖는다. 심미적인 인식과 역사적인 인식의 간격을 새롭게 연결한 야우스는 문학의 심미적인 성격과 사회적인 기능을 포괄하였다. 1960년대에 문학 연구의 새로운 방법으로 각광을 받았던 수용 미학은 전후에 선호되었던 작품 내재적인 *werkimmanent* 연구 방법과 1950년대에 유행했던 신비평주의에서 탈피하여, 작품의 의미나 중요성을 작품이나 작가보다는 독자에 치중하였다. 작품은 언어의 탑재 역할로 의미를 전달할 뿐이며, 독자의 느낌에 의해 좌우될 수 있는 다양한 해석들이 작품에 들어 있다고 본 것이다. 따라서 동일한 취향이란 있을 수 없다는 전제로, 확실하게 구체화된 내용도 독자의 이해에 따라 변화될 수 있다고 여겨졌다. 독서는 직선적(일정한 방식을 따르는 일률적)이라기보다는 독자와 작품의 상호 교감이라 할 수 있다. 작품의 내용은 독자의 가정(假定)과 기대에 의해 끊임없이 수정되어서 작가가 작품의 방향을 제시하면 독자는 이를 변화시키고 재생산한다. 이러한 배경에서 이저Wolfgang Iser는 저서 『독서의 행위*Der Akt des Lesens*』를 통해 독자가 작품을 이해하는 방법과 이러한 방법에서 야기되는 테마와 풍자를 목록화하기도 하였다.

작품의 토대가 되는 기준과 행동에 대한 규약 혹은 규범이 독자에 영향을 미치기도 한다. 허구적인 작품에서 형성된 기존의 행동 양식이나 규준이 다시 인식되어 새로운 틀로 형성되기 때문에,[5] 이저는 작품의 역사적인 성격에는 관심을 기울이지 않았다. 문학은 존재하지 않는 규준, 즉 통속적인 실용성에서 벗어난 규준을 따르는 경우가 많다는 게 이저의 이론이다. 그에게 있어서 영향력 있는 문학 작품은 기존의 규준

---

5 Ingrid Engel, *Werther und die Wertheriaden*, Ein Beitrag zur Wirkungsgeschichte, St. Ingbert, 1986 참조(이하 *Werther und die Wertheriaden*으로 줄임).

이나 예상에 새로운 이해를 불어넣는 작품이다. 독자의 함축성 있는 확신이 습관적인 인지(認知)를 무색게 하는 것이다. 이렇게 기존의 독서에 새로운 이미지를 불어넣어 독자의 새로운 이해를 야기하는 수용 미학이 괴테의『젊은 베르테르의 슬픔』에서도 전개되어, 베르테르의 이념은 열광과 더불어 비난을 야기하기도 하였다.

이렇게 베르테르의 이념은 긍정·부정적인 다양한 이미지를 제시하기 때문에 정적인 상태에 머무르지 않고 시대에 따라 새로운 공명을 만들어 낸다. 이러한 새로운 공명에 의해 작품은 언어의 의미에서 벗어나기 때문에 문학사(文學史)란 수용하는 독자, 사색적인 비평가 그리고 생산하는 작가로 구성된다고 볼 수 있다.[6] 따라서 작품이 태동되는 문화적 조건인 역사적 상황에 따라 문학 작품뿐 아니라 독자의 감정도 연구되어야 한다.

이런 맥락에서『젊은 베르테르의 슬픔』이 동시대인에 의해 어떻게 이해되는가를 파악하여 작품의 기대 수준을 정립하는 방법이 고찰되기도 하였다.『젊은 베르테르의 슬픔』은 미학적 형상 뿐 아니라 도덕적·철학적인 요구에서 독자의 예상을 타파했으며, 따라서 베르테르의 이념의 기대치가 새롭게 태어나는 것이다.[7]

이 작품의 주인공 베르테르에 대한 기존의 수용과 해석을 살펴보면 공통적인 점들이 발견된다. 오늘날 문헌(글)은 변형, 문법, 기표 *Signifikant*(형식), 어법 등으로 구분되는데, 특히 1980~1990년의 10년 사이에 이러한 추세가 강화되어 이후에도 계속되고 있다. 이러한 추세의 미래는, 미디어와 출판 정책이 영향을 미치는 현실에서 예측이 불가능하다.[8]

---

6 『독일문예학개론』, 60면 참조.

7 *Werther und die Wertheriaden*, S. 16.

8 Philippe Forget(Hg.), *Text und Interpretation*, München, 1984, S. 130~180 참조.

1770~1780년에 대중의 취향을 충족시키기 위해서 흥미 위주의 소설들이 양산되면서 〈통속 문학Trivialliteratur〉이 발달하였다. 당시 아름다움, 감정, 감동 등을 추구한 독자들이 지녔던 진부한 현실과 일상에서 벗어나고자 하는 욕구는 대중적인 이야기를 담은 〈통속 소설Trivialroman〉로 충족되어 문학은 시민 계급의 좌절된 희망에 대한 도피처가 되기도 했다. 이성보다 감성이 강한 통속 소설은 정치적·사회적인 문제들을 개인의 생활로 전이시키고 대부분의 일상에서 추출된 주제와 동기를 이해와 동감으로 해소해 주었다. 이렇게 이성이나 심오한 내용보다는 감성 등을 다루는 통속 문학에 대한 괴테의 견해는 어떠했을까?

괴테의 서간에 가장 많이 언급되는 친구인 실러에게 괴테는 〈여보게, 자네는 인류, 특히 우리 독일인, 이웃 시민의 복지를 염원하고 해로운 책들의 결과를 걱정하네〉[9]라고 말한 적이 있다. 책의 목적은 인간의 복지이며, 해로운 책은 인간의 복지에 도움이 못 된다는 의미다. 이러한 인간의 복지를 실러는 세 분야로 주장했다. 첫째는 〈사람과의 관계〉로 여기에 문학이 연관된다. 실러는 〈이웃을 위한〉(Z 18~19) 복지를 염두에 두었다. 둘째는 〈특히 독일인의 복지〉(Z 17)로 언어와 지역적인 특별한 사회와 국가가 해당되어 괴테 시대인 18세기 초 독일의 상황을 의미한다. 이때 언어 및 문학에서 〈국가적 동일성〉이 생겨나는데 분리주의Partikularismus는 극복되어야 한다. 문학에 국수주의나 쇼비니즘이 없어야 한다고 셋째 서술 분야에서 서술되고 있다. 〈인류 복지〉(Z 15~16)는 독일 고전주의의 인문주의를 요구하는 것이다.

그러나 유감스럽게도 문학이 반드시 인간의 복지에 도움이 되는 것만은 아니다. 〈해로운 책의 결과〉(Z 19)에 대한 실러의 우려에 대해 괴테는 〈유감스럽게도 그런 위험스러운 책들이 너무 자주 눈에 띈다〉(Z

9 Goethe, Erste Epistel, in: Ernst Beutler(Hg.), *Johann Wolfgang Goethe*, Bd. 1, Stuttgart u. Zürich, 1961, Z. 15~19(이하 이 작품은 본문에서 Z로 줄이고 뒤에 행수만 표시함).

20~21)고 말했다. 따라서 〈우직한 남성들을 어떻게 합의체로 둘 수 있는가? 지도자들은 어떤 영향을 행사해야 하는가?〉(Z 21~23) 등의 질문에 괴테는 서로 다른 사회 집단이 문학에 미치는 영향과 그 결과를 내세웠다. 여기에서 해로운 책의 부정적인 결과를 배제하는 것이 중요하다. 지도자의 문학적 영향이야말로 인간 복지에 도움되는 문학을 예술 차원으로 촉진시킬 수 있고, 해로운 책을 검열할 수 있다. 우직한 사람들의 합의체가 바로 작가이기 때문에 그들이야말로 문학의 목적을 인간 복지에 두고 거기에 맞게 글을 쓰고 행동해야 한다는 것이다. 이렇게 독자와 작가, 지도자의 문학관이 괴테에게 〈진지하고 중요한〉(Z 24) 문제가 되었다. 그러나 괴테는 문학 생산과 기능의 중요한 문제에 대해서는 거리를 두었다. 〈내 이 세상에서의 삶의 흔적은 영겁의 시간에도 결코 소멸되지 않을 것이다〉(11583~11584행)라는 파우스트의 외침처럼 〈인생은 짧고 예술은 길다〉. 그러나 괴테는 예술의 영속성과 인생무상의 대조를 나타내는 이 격언과 반대로 기록이나 인쇄된 것, 즉 문학 생산은 분실 및 망각되는 등 수명이 길지 않다고 보았다(Z 34~37). 이러한 맥락에서 『젊은 베르테르의 슬픔』은 영원한 이념이나 이상이 아니라 대중의 취향에 부응하는 가벼운 경향 문학이나 통속 문학으로 간주되어 문학사에서 배제되는 경우도 있었다. 그러나 〈고상한〉 문학 못지 않게 넓은 독자층을 끄는 경향 문학이나 통속 문학 또한 중요하다.

자신의 취향에 맞는 책만 읽는 경향 속에서 숭고한 사상을 갖춘 사람만이 자신의 의견과 다른 내용을 수용한다. 하지만 문학은 독자 고유의 사상을 빼앗을 수 없다고 괴테는 실러에게 확인시켜 주었다. 〈당신은 인간의 문헌으로 이미 결정된 경향이나 성향을 되돌리려 하지만 이는 완전히 헛된 노력이다.〉(Z 44~46) 이어서 그는 실러에게 다음의 편지를 보냈다. 〈독자의 성향을 굽힐 수 있거나 또 독자가 새로워지면 그를 여기저기에 집어넣을 수 있다.〉(Z 49~50)

숭고하고 위대한 문학과 대중의 경향에 따르는 통속 문학 간의 갈등과 관련하여 작가 쿤데라Milan Kundera의 〈예술의 가벼움과 무거움〉이라는 이론을 고찰해 볼 필요가 있다. 가벼운 정신과 무거운 영혼이 만나면서 전개되는 사랑, 삶, 그리고 죽음의 이야기를 다룬 쿤데라의 소설『참을 수 없는 존재의 가벼움Nesnesitelná lehkost bytí』에서 가벼움은 일회성, 가변성, 우연을 뜻하고, 무거움은 반복, 고정, 필연을 뜻한다. 그러나 쿤데라는 〈배반이 늘 부정한 것은 아니며, 일회적인 사랑이 언제나 부도덕한 것은 아니다. 가벼움은 무거움과 다투고, 농담은 진지함과 겨루며 사랑을 꽃피우고 삶을 풍요하게 할 수 있다〉라고 언급하여 가벼움과 무거움은 서로 동떨어진 요소가 아님을 주장한다. 결국 인생은 단지 무거움과 가벼움의 구속에서 벗어난 자유 의지의 환상에서만, 또한 우리가 미래에 대한 어느 정도의 신뢰를 가질 수 있는 한에서만 가능하다.

야우스의 이론대로 예술 작품의 가치가 기대치에 따라 평가된다면 대중의 취향을 얻으려는 작품들은 모두가 통속 문학이 될 수 있는데, 이들 작품들은 대중의 기대를 반영하여 〈작가가 기대하는 독자를 위한 산물〉[10]이기 때문이다. 이러한 통속 문학은 작품 생성의 동기, 필요성, 관심, 관습 등을 보여 주며, 따라서『젊은 베르테르의 슬픔』또한 대중에게 다양하게 수용되어 통속 문학의 성격을 띤다고 할 수도 있다.

2. 감상주의 소설

감상주의Empfindsamkeit는 18세기의 문학적·미학적·도덕적 사조로 특히 지각(知覺)이나 윤리적인 기질을 나타낸다. 선(善)에 대한 믿음이

---

10 *Werther und die Wertheriaden*, S. 21.

나 사랑과 자비가 원칙이 되는 유럽의 감상주의는 등장인물들의 감정 묘사로 관객과 독자에게 동정과 연민을 전달한다. 따라서 감상주의는 비애나 애수 등의 감정을 불러일으키며, 감상적 사고를 반대하는 계몽주의와 대립한다. 인간은 인식 가능한 독립적인 정신을 소유하고 있다고 여겨지나, 이 정신이 좋은 결과를 얻으려면 슬기롭게 사용되어야 한다. 계몽*aufklären*은 교육*erziehen*과 교화*bilden*를 뜻하며,[11] 주어진 것의 사용법을 가르쳐 완성의 인간으로 이끄는 게 계몽주의의 사명이다. 따라서 감정에 대한 감상주의의 예찬은 계몽주의가 중시하는 이성에 대립될 수밖에 없다. 그러나 한편 감상주의의 열정이나 비탄은 궁극적으로 이성적인 동정, 연민, 인간애, 우정, 조국애 등의 윤리적 감성으로 승화된다. 경건주의*Pietismus*에서 비롯된 독일의 감상주의는 내세의 구원보다 현세의 긍정을 중요시했다. 내면세계인 영혼의 세계가 문학으로 추구되면서 독일에서는 새로운 문학적·사회적 조류가 형성되어 레싱의 〈시민 비극*bürgerliches Trauerspiel*〉의 감상적인 경향과 질풍노도의 감정이 예찬되었다.

독일 계몽주의의 독특한 장르인 시민 비극은 시민적 가치를 형상화하였다. 그러나 시민적 가치는 시민이 아니라 하급 귀족에 의해 대변되는 경우가 대부분이고, 레싱의 시민 비극의 비극성을 구현하는 인물은 시민적 덕목으로 양육된 순결한 딸이 대표적이다. 그 이유는 우선 새로운 가치를 담당할 시민 계급의 형성이 지체되어 현실 권력에 대항할 능력이 부족했기 때문이다. 따라서 시민 비극이 시민적인 비극이라고 묘사되는 것은 인간성, 관용, 정의, 동정심, 윤리성, 풍부한 감정 등의 덕성에 치중했기 때문이지 엄밀한 의미에서 시민적 주인공은 거기에 등장하지도 않는다.

---

11 Otto F. Best(Hg.), Aufklärung und Rokoko, in: Otto F. Best u. Hans-Jürgen Schmitt(Hg.), *Die deutsche Literatur in Text und Darstellung*, Bd. 5, Stuttgart, 1980, S. 16.

이러한 시민 비극의 현상인 개인에 대한 무시나 억압이 담겨 감상주의에 해당되는 시기는 문학사적으로 질풍노도의 시대라고 일컬어지며 〈천재 시대〉라고도 한다. 계몽주의가 무르익을 무렵(1749)에 태어난 괴테는 창작 활동 시작기의 감상주의 사조를 지나 젊은 시절에 문학의 혁명인 질풍노도의 주도적인 역할을 하였다. 따라서 괴테는 감상주의 문학의 영향을 받으면서 새로운 독창적인 문학 혁명을 이룬 셈이다.[12]

1800년경 계몽주의와 고전주의의 정신사적 기류에서 발달한 시민들의 지적 욕구는 독서로 향하여 서적 생산을 촉진시켰다. 특히 18세기 중반의 인쇄와 출판 기술의 급격한 향상은 책의 공급을 원활하게 해주었는데, 이러한 사실은 괴테의 서간집에도 언급되어 있다. 〈시민적 취미가 자유로워지자 저자와 독자를 연결해 주는 출판 활동이 활발해지기 시작했다. 이러한 출판에 관련된 직업에 대한 관심은 시민적 취미의 해방을 의미한다.〉[13] 그러나 문학에 의한 교양은 거의 실현되지 못했는데, 이는 〈기회주의적 행위opportunistische Haltung〉가 독자들 사이에 성행했기 때문이다. 시민 사회가 문학의 교양을 심각하게 여기지 않자, 다시 말해서 문학에서 계몽적 사고나 행동이 유행하지 않자, 문학은 질적으로 교양을 만족시키기보다는 양적인 증가에만 몰두했다. 따라서 글쓰기가 취미인 친구에게 〈작품을 원고 형태로 남겨라〉라고 말했던 뷔르데Samuel G. Bürde의 우호적인 충고에 괴테도 〈시장은 만원이고 대중은 싫증을 느낀다〉고 동의를 표했다.

책은 이제 유행 상품에 지나지 않는다.

첫 주에 누구나 그것을 얻기 위해 덤비고,

---

12 곽복록 엮음, 『울림과 되울림』, 서강대학교출판부, 1992, 192면(이하 『울림과 되울림』으로 줄임).

13 Otto F. Best(Hg.), a.a.O., S. 18.

비평가는 성급하게 야단법석을 떤다.

인기 있는 작가의 이야기는

모든 방향에서 계속 크게 울리고 있다.[14]

이 시기 가정의 형태는 하인과 고용인이 함께 생활하던 대가정에서 가족 중심의 소가정으로 변화했고, 따라서 생산과 소비의 공동체로부터 휴식의 공간으로 변했다. 이렇게 소가정을 이루게 된 가족들이 제각기 고유의 감성을 형성하게 되고, 특히 여성들이 문학에 많은 관심을 가지면서 대중적인 감상 문학이 확산되었다. 따라서『스웨덴 백작 부인 G의 생애』와『폰 슈테른하임 양의 이야기』같은 가정 소설이 당대 독일의 여성 독자들에게서 사랑받게 되었다.[15] 또한 독서가 유행하자 책을 읽는 모습 등 독서를 다룬 그림도 유행하였다.

괴테 시대에 책이나 독서하는 모습이 대상이나 소재가 되는 화가의 그림이나 작가의 작품을 어렵지 않게 볼 수 있다. 책에 빠져 있는 젊은 여자를 그린 작품으로 프란츠 아이블Franz Eybl(1805~1880)의「독서하는 처녀」를 들 수 있다. 붉은색 의자에 앉아 책을 읽고 있는 여자는 왼손에 책을 들고 오른손은 가슴에 대고 있다. 자연스럽게 흘러내린 머리칼은 그녀가 잠자기 전에 책을 읽고 있다는 것을 암시하며 낡은 책의 테두리는 이미 여러 사람이 본 것임을 나타낸다. 책에 집중하는 그녀의 시선이나 책 테두리로 미루어 이 책의 내용이 흥미진진하다는 것을 짐작할 수 있다. 일하는 중간에 책을 읽고 있는 여자를 그린 작품으로는 엘링가Pieter J. Elinga(1623~1682)의「책 읽는 여인」을 들 수 있다. 방 안

---

14 Markus Motsch, *Die poetische Epistel: Ein Beitrag zur Geschichte der deutschen Literatur und Literaturkritik des 18. Jahrhunderts*, Bern u. Frankfurt/M., 1874, S. 171(이하 *Die poetische Epistel*로 줄임).

15 이병애 엮음,『독일문학의 장면들』, 문학동네, 2003, 41면 이하(이하『독일문학의 장면들』로 줄임).

에서 젊은 여인은 창가에 의자를 놓고 앉아 햇살을 의지해 책을 읽고 있다. 바닥에는 아무렇게나 벗어 던진 슬리퍼가 있고, 빈 의자에는 과일이 담긴 접시가 놓여 있다. 머리에 쓰고 있는 흰색 모자는 그녀가 하녀임을 보여 주며, 의자에 놓여 있는 과일 접시와 검은색 천으로 덮여 있는 짐수레는 부엌 옆의 골방이라는 것을 드러낸다. 또한 엘링가는 붉은색 옷과 아무렇게나 벗어 던진 신발로 여자가 읽고 있는 책이 연애소설이라는 사실을 암시한다. 노인이 책 읽는 모습을 그린 작품으로는 렘브란트Harmensz van Rijn Rembrandt(1606~1669)의 「예언자 안나」가 있다. 안나는 부모를 따라 성전에 온 어린 예수를 보고 메시아임을 알아챈 성서 속 인물인데, 렘브란트는 읽는 것이 힘든 노인의 전형적인 모습을 묘사하기 위해 성서에서 주제를 빌렸다. 옷으로 온몸을 감싼 채 노인은 무릎 위에 성경책을 펼쳐놓고 주름진 손을 펴서 책 위에 올려 손가락 끝으로 한 글자씩 짚어 가며 눈으로 따라 읽고 있다. 이 작품의 인물은 성서 속에서 빌려왔지만, 히브리어로 된 성경과 주름진 손, 옷 등을 사실적으로 묘사해 책 읽기가 어려운 노인을 표현한 것이다. 모델은 렘브란트의 어머니로 이 작품은 고향 시절의 그가 완성한 마지막 작품이다.[16]

이렇게 책 읽는 모습은 인간의 평온과 교양 및 지식 탐구를 보여 주며 예술이나 문학이 선호하는 대상이 되기도 한다. 『젊은 베르테르의 슬픔』에서도 책은 주요한 소재로 자주 언급된다. 로테와 베르테르를 친근하게 하는 동기로 책이 기능하기도 한다. 어머니같이 청순하고 순박한 여성미를 보여 주는 로테는 소설의 애독자로, 베르테르와의 첫 대화에서 언급된 내용 또한 책이다.

〈사촌 여동생이 그녀에게 일전에 보내 준 책은 다 읽었느냐고 물었어. 《아니, 그건 내 마음에 들지 않았어요》 하고 로테가 대답했네. 《그

---

16 박희숙, 〈명화에서 배우는 책의 소중함〉, 「포스코신문」, 2014년 7월 17일 자.

책을 다시 돌려줄게요. 먼젓번 책도 별로 나을 게 없었어요.》그게 무슨 책들이냐고 내가 물었을 때, 그녀가 대답하는 말을 듣고 나는 깜짝 놀랐다네. 나는 그녀의 이야기에 수많은 성격이 깃들어 있음을 느꼈지. 말을 할 때마다 그녀의 얼굴에는 새로운 매력과 정신의 새로운 광채가 빛났는데, 내가 그녀의 말을 이해한다는 것을 느꼈기 때문에 그녀의 표정은 점점 더 만족스럽게 피어나는 것 같았다네.《제가 좀 더 어렸을 때는 소설보다 더 재미있는 것이 없었어요》하고 그녀가 말하기 시작했다네.《일요일에 이렇게 한쪽 구석에 앉아 미스 제니와 같은 여인의 행복과 불행을 진정으로 느낄 때면 전 얼마나 즐거웠는지 몰라요. 지금도 그런 것에 어느 정도의 매력을 느끼고 있다는 사실을 부정하진 않겠어요. 하지만 요즈음 책을 읽는 일은 아주 드물기 때문에 제 취미에 맞는 책이라야 좋아요. 저의 세계를 다시 발견하게 되고, 제 주위에서와 같은 일이 벌어지며, 마치 저 자신의 가정생활처럼 관심을 끌고 마음을 쓰게 되는 이야기를 쓰는 작가가 제일 좋아요. 저의 집이 물론 천국이라고 할 수는 없지만, 어쩐지 무한한 행복의 원천인 것 같아요.》이 말을 듣고 느낀 감동을 감추느라 나는 애를 썼다네. 물론 오랫동안 감추지는 못했지. 왜냐하면 로테가 곁들여서 웨이크필드의 교구 목사[17]에 관하여, 그리고 XX에 관하여 진정으로 이야기하는 소리를 들었을 때, 나는 완전히 정신을 차리지 못하고 내가 알고 있던 바를 모조리 털어놓았기 때문일세. 그리고 한참 후에야 나는 로테가 다른 여자들 쪽으로 몸을 돌려 이야기하고 있다는 것을 알아차렸는데, 그 여인들은 눈을 휘둥그렇게 뜨고 마치 거기 앉아 있지 않은 것처럼 한참 동안을 멍하니 앉아 있었다네.〉(L 22 f)

그 시대에 대가정이 가족 중심의 소가정으로 변화하면서 밖에서 활

---

17 영국의 골드스미스Oliver Goldsmith의 전원 소설 『웨이크필드의 교구 목사』의 주인공.

동하는 남성과 집안 살림을 하는 여성의 역할이 엄격하게 분리되었다. 이러한 남성과 여성의 역할을 괴테도 명확히 구분하면서 특히 남성의 역할을 강조하여 『파우스트』에서 〈무릇 남자라면 오로지 끊임없이 행동해야 한다〉(1759행)라거나 〈시간의 소란스러운 여울 속으로〉(1754행) 그리고 〈사건들의 소용돌이 속으로〉(1755행) 뛰어들어, 말하자면 지상적·세속적인 삶 속으로 뛰어들어 인간 세계의 모든 것을 직접 체험하라고 요구하기도 했다. 체험의 대상은 무한하기에 남자는 끊임없이 그리고 영원히 행동해야 한다는 것이다. 만일 남성이 일정한 수준의 체험에 만족한다면 그 체험은 확장되지 않을 것이며, 자아를 절대적인 존재로 완성시키려는 의지도 중단될 것이다.

파우스트로 대변되는 현대의 〈절대적〉 주체는 한계에서 만족하는 〈제한된〉 주체가 아니라, 〈행동이 모든 것이고, 명성이란 아무것도 아니다〉(10188행)라는 파우스트의 외침처럼 제대로 행동하는 〈남자〉가 되어야 한다. 여기에서 〈명성이란 아무것도 아니다〉라는 말은 명성이 가치가 없다는 뜻이 아니라 최종의 목적이 될 수 없다는 의미이다. 즉 〈명성〉이란 궁극적인 목적으로 가는 무한한 과정 중의 하나에 불과하므로, 이것의 획득으로 만족을 느끼거나 행동을 중단할 수 없음을 말한다. 언급한 대사 바로 앞의 〈지배권을 얻으려 한다, 재산도!〉(10187행)라는 파우스트의 발언에서, 남성의 최종 목표가 권력과 부라고 해석해서도 안 된다. 이는 자신의 자유로운 의지를 제한 없이 펼치기 위해서는 자신이 남의 명령, 즉 타인의 의지를 실행하는 도구가 되어서는 안 되며, 자신이 명령하는 능동적 〈주인〉이 되어야 하고, 이를 위해 돈과 권력이 필요하다는 의미이기 때문이다.

시민 계급이 교양에 관심을 갖게 되어 독서가 인기를 끌자 독서 시장은 성장하여 하층 계급까지 확산되어 갔다. 따라서 도서관이 증가할 정도로 독서가 대중화되고 창작의 열기도 증대되었는데, 이때 독자의 관심을 제일 많이 끈 문학 장르는 무엇이었을까? 일반적으로 대중이 많이 읽는 것은 희곡과 소설이다. 따라서 독서 시장에서 매우 어렵고 복잡한 문제인 〈소설과 희곡의 우열〉이 괴테의 『빌헬름 마이스터의 수업 시대』에서 논쟁거리가 된다. 〈어느 날 저녁에 환담을 나누는 가운데 소설과 희곡 중에 어느 쪽이 더 우수한가에 대한 논쟁이 벌어졌다. (……) 소설이든 희곡이든 거기에 묘사되어 있는 것은 인간의 본성과 행동이다. 이 두 가지 문학 장르의 차이는 단순히 외적인 형식이 아니다. 희곡에서는 등장인물이 직접 말을 하지만 소설에서는 인물에 대한 이야기가 전개된다는 점에서 차이가 있는 것은 아니다. 유감스럽게도 대화체로 쓰인 소설에 불과한 희곡들도 많다. 이렇게 되면 서간체로 희곡을 쓴다는 것도 불가능하지는 않을 것이다. 소설에서는 주로 신조나 사건들이 서술되어야 하고, 희곡에서는 성격이나 행위가 서술되어야 한다. 소설은 서서히 진행되어야 하기 때문에 주인공의 신조는 전체 줄거리의 전개가 빨라지는 것을 막아야 하지만, 희곡은 빨리 진행되어야 하기 때문에 주인공의 성격이 결말을 향해서 돌진하는 데 억제가 있어서는 안 된다. 소설의 주인공은 수동적이어야 하고, 희곡의 주인공에게서는 능동적인 행위가 요구된다. (……) 소설에서는 우연이 작용할 수 있지만, 그 우연은 주인공의 신조를 통해 제어되고 조종되어야 한다. 이와 반대로 희곡은 인간의 참가를 허용하지 않고 서로 연관이 없는 외적 사정에 의해 뜻하지 않은 파국으로 이끌어 간다.〉(HA 7, 307 f)

희곡은 단순히 자연의 빛을 반사하기보다 오히려 강화하는 집광용(集光用) 거울이다. 역사, 인생, 인간에 존재하는 모든 것은 희곡으로 전개될 수 있다. 특히 위고Victor Hugo의 경우, 희곡 중에서 특히 과거에 생명을 주는 사극(史劇)을 가장 선호하기도 했다. 새로운 희곡을 위한 운문Vers은 자유롭고, 솔직하고, 진지해야 하며, 언어는 현대적이어야 한다.

한편 괴테 시대에 독서가 인기를 끌어 독서의 열기가 대중화될 때 독자의 관심을 많이 끈 장르는 희곡보다는 소설이었다. 『젊은 베르테르의 슬픔』에서도 베르테르와 로테의 관심을 끄는 문학 장르는 소설이다. 따라서 마차를 타고 무도회에 가는 동안 베르테르와 로테의 첫 번째 대화는 소설에 관한 것으로 이루어지는데, 이때 로테는 좋아하는 소설이 자신과 비슷한 환경을 다룬 재미있고 정다운 소설이라고 말한다(L 23). 시민 계급이 소설에 많은 관심을 기울이게 되어 소설에 대한 수요가 증가하자 대중의 취향에 맞춘 소설이 대규모로 발간되었다. 그런가 하면 독자의 인기를 끈 소재들이 반복되면서 이에 대한 전문적인 독서 시장이 생겨나기도 했다.

18세기에 소설 작가들은 독자를 새로운 미지의 세계로 끌어들이고자 사실적인 사건을 초현실*Meta-Realität*적인 가상(假想)으로 만들어 현실을 허구*Fiktion*화하기도 했다. 또한 교양을 추구하여 교육의 성과를 높이는 계몽주의적인 성격이 소설에서 요구되기도 하였다. 따라서 허구적인 내용이 모범적인 행동으로 변형되어, 〈소설 속의 행위는 실제적이 되고 인물들은 도덕적·시민적인 삶의 모범을 보여 주어야 했다〉.[18] 주인공의 성격은 독자들에게 전이되기 때문에 독자들에게 모범을 심어 주기 위해서 소설 속 인물의 윤리가 요구되는 등 소설은 덕성의 장소로 독자가 지향하는 도덕을 충족시켜 주어야만 했는데, 이는 〈많은 사람들의 정의감을 통하여 문학이 국가의 재판권을 밑받침해 주는 도덕적인 장소가 바로 무대이다〉[19]라는 실러의 주장과 일치한다.

이러한 성격의 소설은 계몽주의의 산물이고, 이러한 계몽주의에 대립되는 사조가 감상주의이다. 감상주의적인 인간 본질은 외적인 형상

---

18 *Werther und die Wertheriaden*, S. 30.

19 Robert Hippe, *Keine deutsche Poetik, Eine Einführung in die Grundbegriffe der Literaturwissenschaft*, Hollfeld/Oberfr., Bange, 1966, S. 28.

이 아니라 『빌헬름 마이스터의 수업 시대』 속의 「아름다운 영혼의 고백」 같은 내적인 영혼이어서, 괴테는 주인공의 개성보다 영적인 모습을 택한다. 이성에서 벗어나는 감상적인 소설은 대체로 통속적인 경향을 띠게 되므로 1780년대부터 감상주의는 정서 *Affektivität* 와 동일시되었다. 당시에는 도덕적인 내용을 다룬 영국 감상주의 소설이 유행했는데, 이들 소설들은 주로 부부간의 사랑과 가족의 애정을 소재로 독자의 눈물을 자아내는 경향이 있었다. 이렇게 감상주의 문학과 더불어 〈눈물 흘리는 시대 *weinerliche Epoche*〉가 유행하여서 괴테의 문학에서도 눈물이 다양하게 전개된다. 예를 들어 괴테의 「판도라」에서 눈물은 마음속 고통을 없애 주는 치유의 징표가 되고 있다.

눈물의 산물이여, 그대는 격렬한 고통을 진정시키고,
고통이 마음속에서 치유되어 녹아 버릴 때,
눈물은 행복하게 흘러내리네. (HA 5, 358)

『빌헬름 마이스터의 수업 시대』에서 하프 타는 노인이 부르는 노래에서 눈물은 보다 높은 차원을 느끼게 한다.

눈물 젖은 빵을 맛보지 않고
괴롭기 한이 없는 여러 날 밤을
울면서 지새우지 않은 사람은
하늘의 온갖 힘을 알지 못하리.

그것들은 우리한테 생명을 주고
가엾은 인간에게 죄를 지우고
이윽고 우리에게 고뇌를 주나니

이 땅의 죄악은 업보를 면치 못하기 때문이니라. (HA 7, 136)

『파우스트』 속의 시 「툴레의 왕Der König in Thule」에서 왕은 먼저 죽은 부인이 남긴 황금 잔을 비울 때마다 눈물을 흘린다.

> 왕은 그 잔을 제일 좋아하셔서
> 연회 때마다 그 잔으로 마셨다네.
> 잔을 비우실 때면 눈물이
> 흘러넘칠 때가 많았지. (5~8행)

연회 때마다 황금 술잔에 왕비에 대한 추억을 담아 마시는 툴레의 왕은 사랑의 추억을 되새기며 눈물을 흘리는데, 이 눈물은 영적인 청춘에서 솟아나는 힘이 된다.[20] 자신과 왕비의 사랑을 지속시킬 수 없는 현재의 상황에서 언제나 왕비를 기억하며 술잔의 내용물처럼 순수한 사랑을 지속시킬 수 있는 힘은 왕의 눈물이다. 눈물을 통해 솟아나는 청춘의 힘은 자신의 내면에 젊음과 아름다움이 남아 있게 만드는 동시에 생활을 영위해 나가는 힘을 주고 있으며, 육신은 사별했지만 왕비와 영적인 교류를 나눌 수 있는 매개체가 된다.[21] 역시 『파우스트』의 「헌사 Zueignung」에서의 눈물도 지난 영적인 삶에 대한 그리움 등을 고차적으로 보여 주고 있다.

> 그 고요하고 엄숙한 영들의 나라에 대한 그리움,
> 내 잊은 지 오래더니. 이제 다시 나를 사로잡는다.

---

20 Paul Stöcklein, *Wege zum späten Goethe*, Darmstadt, 1977, S. 96.
21 이진호, 「괴테의 『파우스트』에서 그레트헨의 세 편의 서정시 연구」, 『독일언어문학』 14집, 1984, 168면 이하.

나의 속삭이는 노래 에올스의 하프와도 같이,

오묘한 소리 내어 이제 떠도나니,

내 마음 전율에 사로잡혀 눈물은 그칠 줄 모른다.

굳었던 마음 풀려 부드러워짐을 느낀다.

내가 지닌 모든 것 아득하게 보이며,

사라진 것은 나에게 현실로 나타난다. (25~32행)

위의 구절이 보여 주듯이 〈눈물을 흘린다〉는 의미는 인간이 내적 고
통에서 벗어나는 상태일 뿐 아니라, 시의 창작이나 윤리의 형성을 가능
하게 하는 높은 차원의 힘을 깨닫는 기쁨의 표현이기도 하다.[22] 그런데
〈눈물 흘리는 시대〉에 인기를 끈 소설은 순수한 〈감성 철학*empfindsame
Philosophie*〉과는 관련이 없다. 감각이나 지각 같은 외부의 자극에 의하
여 느껴지는 감수성을 다룬 감성 철학에 해당되지 않는 것이다. 감성에
몰입되어 사랑하고 번뇌하는 감상주의 소설의 주인공은 사회생활과
윤리를 포기하여 환상에 빠지기도 한다.

지금까지 감상주의 사조와 수용 미학을 이론적·정신사적으로 논의
해 보았다. 수용은 시대에 따라 변화하며 작품에도 영향을 미쳐 감상
주의적 사조가 발생하였다. 『젊은 베르테르의 슬픔』은 현실을 허구적
으로 수용하여 감상주의 성격을 띤다. 이러한 감상주의 작품인 『젊은
베르테르의 슬픔』 이후에 발간되어 베르테르의 이념을 모방한 일부 작
품들이 괴테의 작품에 대한 오해를 야기하기도 하였다. 『젊은 베르테
르의 슬픔』을 모방한 작품들의 베르테르 수용을 고찰해 보면 그 이념
이 통속화되는 경향이 많은데, 이는 문학이 대중화되면서 대중의 취향
에 적응했기 때문이다.

22 이창복, 「『파우스트』의 서론적 3장면에 대한 연구」, 『괴테 연구』, 한국괴테협회
(편), 문학과지성사, 1985, 165면 이하.

아름다움이나 사랑이나 감동을 추구하는 대중의 요구에 부응하는 대중화된 통속 소설은 1770~1780년대의 정치적 현실에 좌절하던 시민 계급에 미학적인 도피처를 제공하였다. 정치 및 사회 문제를 배제하고 주로 일상 및 개인의 삶에서 동기를 추출한 통속 소설의 전형인 장 파울의 소설『아벨라르트와 헬로이제』는 내용, 구성, 동기 등을 전적으로『젊은 베르테르의 슬픔』에서 모방하고 있다. 이렇게『젊은 베르테르의 슬픔』의 많은 형상들이 변형되어 전개된『아벨라르트와 헬로이제』는 그러나 사랑의 사건에 한정할 뿐, (베르테르의 경우처럼) 시민 계급의 사회나 주인공의 갈등은 배제시키고 있다. 당시『젊은 베르테르의 슬픔』의 영향으로 인기를 끌었던 편지 소설을 수용한 장 파울 역시 편지 소설의 형태로 직접적인 대화를 묘사하며 현실에서 벗어난 그로테스크한 성격을 가미시키며 괴테의 강렬한 표현 방법을 수용했다. 사랑이 중심적인 동기가 되는 주인공들은 오직 사랑에 의해서만 인식되고, 다른 인물들은 사랑의 배경이 될 뿐이다.

주인공 아벨라르트는 정치에 관심을 기울이는 계몽주의 이념을 거부함으로써 감상주의 사조를 따른다. 장 파울은 다정다감한 감동이나 정서를 다루는 감상주의 소설인『젊은 베르테르의 슬픔』을 모방하여 당시의 사회적 관습을 타파하므로, 이러한 그의 소설『아벨라르트와 헬로이제』를 다음에서 심층적으로 분석하고자 한다.

3. 장 파울의 베르테르 수용

독일 고전주의가 괴테와 실러에 의해서 절정에 이르렀던 시기는 대체로 18세기 말에서 19세기 초로 독일 낭만주의가 번창하던 때였다. 괴테가 〈고전주의는 건정하고 낭만주의는 병적이다〉[23]라고 말했지만 그의 만년의 작풍(作風)에는 낭만적인 요소가 다분하다. 괴테가 〈낭만적〉이라는 용어에 부정적인 의미를 부여한 것은 불행한 일이지만 그의 동기는 이해할 만하다. 괴테는 극단에 흐르는 독일 〈낭만파〉에 혐오를 느꼈던 것이다. 프랑스 낭만주의자들의 질풍노도 운동이 빠졌던 것과 똑같은 양상을 본 괴테는 1830년 혁명의 극단을 걱정한 나머지 에커만에게 다음과 같이 말하였다. 〈극단은 어떤 혁명에서나 결코 피할 수 없다. 정치적인 혁명에 있어서 맨 처음에는 모두 부정부패의 일소만 바라지만 자기도 모르는 사이에 유혈과 공포에 깊이 빠져들게 된다. 프랑스인들은 현재의 문학 혁명에서 처음에는 좀 더 자유로운 형식 외에 원하는 것이 없었으나, 거기에서 멈추지 않고 형식과 더불어 전통적인 내용도 배격하였다. 그들은 고상한 정서와 행위의 묘사를 지루하다 하고 가증스러운 것들만을 취급하기 시작했다. 그리스 신화의 아름다운 주제 대신에 악마와 마녀와 흡혈귀를 다루고, 고대의 고상한 영웅들은 요술쟁이와 노예선의 노예들에게 자리를 양보하지 않을 수 없었다. 업적을 쌓아 인정받은 젊은 재사, 자기 자신의 길을 개척할 수 있을 만치 훌륭한 젊은 재사는 시대의 취미에 영합해야만 했다. 아니, 소름 끼치고 무시무시한 것을 묘사하는 데 있어서 그의 선배를 능가해야만 했다.〉[24]

이렇게 극단에 흐르는 낭만파를 부정적으로 본 괴테도 낭만주의의 부정적인 점 역시 미래 문학을 형성하는 데 도움이 된다고 보았다. 〈내가 묘사한 극단과 변태적 현상은 점차 사라지고 위대한 장점이 결국 남을 것이다. 좀 더 자유로운 형식 이외에 좀 더 풍부하고 좀 더 다양한 주제가 확보될 것이고, 가장 광대한 우주 그리고 가장 다양한 생의 어떠한 사물도 비시적(非詩的)이라고 제외되는 일은 없을 것이다.〉 이러한 괴테의 생각은 옳았다. 후세의 다양한 문학의 길을 열어 준 것이 바

---

23 Johann P. Eckermann, *Gespräche mit Goethe*, Baden-Baden, 1981, S. 310(2).

24 *Gespräche mit Goethe*, 14. März 1830(이하 *Gespräche mit Goethe*로 줄임).

로 낭만주의 운동이었기 때문이다.[25] 〈『니벨룽겐의 노래』와 『일리아스』
는 고전적인데, 이는 두 작품이 모두 활기 있고 건강하기 때문이다. 현
대 작품은 낭만적인데, 이는 새롭기 때문이 아니라 약하고 병적이기 때
문이다. 고대 작품은 고전적인데, 오래되어서가 아니라 강하고 신선하
고, 환희에 차 있고, 건강하기 때문이다.〉[26] 이와 같이 괴테는 낭만적인
작품을 혐오했지만 그의 만년의 작풍은 낭만주의 경향을 다분히 지니
고 있다.

마찬가지로 실러도 후기의 희곡 「오를레앙의 처녀Die Jungfrau von
Orleans」에 〈낭만적 비극Eine romantische Tragödie〉이라는 부제를 붙였지만
노발리스Novalis를 비롯한 전기 낭만파의 시인들과 사이는 매우 가까웠
다. 실러는 나중에 그들과 사이가 멀어졌지만, 괴테와 실러의 고전주의
시대에 낭만주의는 사라지지 않고 고전주의와 병행하였다. 그런데 이
러한 괴테, 실러와 상반되지 않으면서 낭만파의 그룹에도 속하지 않는
세 명의 시인이 있었으니, 장 파울, 횔덜린Friedrich Hölderlin 그리고 클라
이스트Heinrich von Kleist가 그들이다. 각각 특색이 있으나 반고전(反古
典)적이라는 성격에서 일치하는 이들 세 시인은 괴테와 실러의 고전주
의와 낭만주의의 전성기를 지난, 낭만주의로의 과도기 또는 그 선구적
인 작가로 여겨진다.

이 세 명의 반고전주의 작가들 가운데 프랑켄 동부의 조그만 마을
분지델에서 태어난 장 파울의 부친은 교사였다가 이후 목사가 되었으
나 일찍 세상을 떠났다. 따라서 그는 지독하게 빈곤한 가정에서 라이프
치히 대학에 다니며 1783년 풍자 소설 『그뢴란트의 소송Die grönländis-
chen Prozesse』을 써서 학비를 충원하려 했으나 채무를 감당하지 못하고

---

25 버넌 홀 2세, 『서양 문학 비평사』, 이재호·이명섭 옮김, 탐구당, 1986, 153면 이하
(이하 『서양 문학 비평사』로 줄임).

26 *Gespräche mit Goethe*, 2. April 1829.

1784년에 어머니의 곁으로 돌아와 가정 교사 등으로 생계를 이으면서 저작을 계속하였다. 이렇게 해서 완성한 65권에 이르는 그의 저작은 대체로 섬세한 감수성과 풍자, 해학, 기지 등의 성격을 담고 있고, 장 파울 특유의 음악성과 무구속성이 곁들여져 많은 독자들, 특히 부녀자들로부터 환영을 받았다. 그는 풍부한 공상과 다감한 감정을 표현하기 위하여 구속성이 적은 산문을 택하였다. 때로는 번잡한 서술과 난해한 설명으로 독자를 혼란시키기도 했지만, 그의 작품의 서사시적 성격 덕택에 소설이라는 장르가 독일 문학에서 확고한 위치를 차지하게 되었다.[27]

번안과 표절의 문제

작품의 줄거리, 소재, 구절, 장면의 전부나 일부를 원전을 밝히지 않고 사용하거나 모방하는 경우를 표절이라 하고, 이들 사용의 양해를 얻었을 때 차용이라 한다. 그러나 이러한 번잡한 일을 지키지 못하는 경우도 있다. 장 파울의 『아벨라르트와 헬로이제』는 당시 유행하던 괴테의 『젊은 베르테르의 슬픔』의 형상을 거의 전적으로 모방했지만 창조적인 작품으로 여겨진다. 중요한 것은 작가의 문체화*Stilisierung*이다. 장 파울이 『젊은 베르테르의 슬픔』을 상당히 모방한 것은 표절이지만, 이러한 표절 행위가 비난의 대상이 되지 않는 이유는 그가 『젊은 베르테르의 슬픔』에 새로운 가치를 부여하여 재창조했기 때문이다. 이런 맥락에서 〈미숙한 시인은 모방하고, 원숙한 시인은 표절한다. 졸렬한 시인은 표절을 훼손하나, 우아한 시인은 이것을 더 우아하게 만들거나 최소한 다르게 만든다〉[28]는 말처럼, 모방의 도가 지나치면 표절에 가깝

---

27 박찬기, 『독일문학사』, 일지사, 1984, 219면 이하.

28 Ezra Pound, *Selected Poems*, edited with an introduction by T. S. Eliot, London,

지만, 원작의 변형의 정도에 따라 번안은 창작이 될 수도 있다. 이루어
질 수 없는 인식의 실현을 위해 노력하는 파우스트는 크니트링겐 지역
에 과거 실제로 존재했던 인물 파우스투스Johannes Faustus 박사의 이미
지를 괴테 자신의 갈등과 염원의 대상으로 작품『파우스트』에 투영한
결과물이다. 인식과 향락에 대한 무한한 욕망에서 악마와 계약을 맺고
마술의 힘을 얻어 지상에서 정신적·육체적 향락을 누린 후에 계약 기
간이 끝나자 악마에게로 끌려갔다는 파우스트를 소재로 한 작품은 많
다. 이 파우스트 전설의 주인공인 파우스투스는 1480년경 소도시 마
울브론 근처의 크니트링겐에서 출생하여 1532년 전까지 바덴베르크에
체류하며 신학과 의학을 연구한 후에 크라쿠프로 도주하여 마술에 몰
두하고 유대계 신비학자들과 교제하면서 신의 본질과 세계의 발생 및
점성술 등을 연구하는 예언자적인 역할을 하였다. 당시의 학자들로부
터는 〈사기꾼〉이라고 멸시당했던 그는 마술의 힘으로 세계를 여행하며
베네치아에서 비행을 시도하고, 마울브론에서는 금을 제조하는가 하
면, 에어푸르트에서는 호메로스의 주인공들을 주문으로 불러내고, 라
이프치히에서는 술통을 타고 달렸다. 언제나 악마를 개의 모습으로 데
리고 다니던 그는 마지막에 뷔르템베르크의 어느 여관에 투숙하여 〈오
늘 밤 놀라지 마시오!〉라는 예언을 하고 바로 그날 밤 악마에 의해 살
해되었다.

파우스투스가 죽은 후 그에 대한 이야기는 민담으로 전해져 1587년
프랑크푸르트의 출판업자인 슈피스Johann Spies가 〈지나친 마술사 요
한 파우스트 박사의 이야기〉라는 제목의 민중본을 발행하였다. 그 후
함부르크의 비드만, 뉘른베르크의 의사 니콜라우스 피처 등이 파우스
트를 주제로 작품을 썼으며, 1725년경에는 〈기독교적으로 생각하는
자〉라 자칭하는 익명의 작가가 그 시대에 맞도록 이를 다시 요약하였

1959, S. 20 참조.

다. 뿐만 아니라 1588년에는 영국의 극작가 말로Christopher Marlow가 이 소재를 연극화하여 「파우스트 박사의 비극적 이야기Tragical History of Doctor Faustus」라는 희곡을 썼으며, 17세기에는 민중본에 의한 파우스트 극과 인형극이 자주 공연되었고, 18세기 후반에는 계몽주의 작가 레싱 Gotthold E. Lessing이 〈선(善)이 얼마나 빨리 악으로 변하는가〉라는 모토로 「파우스트 단편Faustfragment」을 양산하였다. 이렇게 실제 인물 파우스투스가 작품들에 다양하게 투영되는 것처럼, 괴테의 작품에 실제적인 인물들의 이념이 전개되는 경우가 흔하다.

작가에게 영향은 새로운 심리를 창조하여 의식 구조를 변화시킨다. 이렇게 다른 작가의 영향을 받아 새롭게 창조된 작품은 길렌Claudio Guillén의 말처럼 〈눈에 띄는 흔적을 남기지 않는〉 경우도 있고,[29] 엘리엇Thomas S. Eliot의 경우처럼 가시적인 흔적을 보이는 수도 있다. 엘리엇이 〈나는 근년에 파운드를 얼마나 원망했는지 모른다. 이는 나 자신의 시가 내 것이라고 할 수 없을 정도가 되었기 때문이다. 가장 만족을 느끼고 있을 바로 그때에 나는 나의 작품에서 파운드 시의 반향 같은 것을 발견했다〉[30]라고 자기 시의 운율에 영향을 미친 파운드의 기법에 대해서 말한 적이 있다. 작품의 완성 후에 어떤 영향을 깨달았다면 그것은 무의식의 결과이기 때문에 바이스슈타인Ulrich Weisstein은 〈영향이란 무의식적인 모방〉[31]이라고 했다. 영향은 단시간 내에 소멸되는 감정, 감격, 감화 등의 심리적 변화가 아니라 지속적으로 유지되는 심리적인 의식이다. 이러한 변화는 무의식적으로 새로운 분위기에서 대상을 관찰하게 하여 궁극적으로는 새로운 세계를 통찰하는 개안(開眼)을

---

29 Ulrich Weisstein, *Einführung in die vergleichende Literaturwissenschaft*, Stuttgart, 1968, S. 103.

30 Ezra Pound, *Selected Poems*, a.a.O., p. 8.

31 Ulrich Weisstein, a.a.O., S. 90.

갖게 한다.

　문제는 의식적이냐 무의식적이냐의 구별인데, 이는 작가 자신의 판단에 근거할 수밖에 없다. 원숙한 작가의 경우 새로운 작품에 흔적이 보이지 않게 영향을 받아들이므로 그의 작품에서 영향의 연구는 불가능하다. 그러면 영향은 미숙한 작가에서만 연구될 수 있는가? 만일 그렇다면 영향 연구가 무용론이 될 수도 있다. 그러면 원숙한 작가와 미숙한 작가의 규준은 어디에 있는가? 대가의 작품도 역사와 사회의 변천 과정에서 소외되거나 과소평가될 수도 있는데, 작품의 진가는 서서히 오랜 시간이 지난 후에야 밝혀지기 때문이다.

　결국 문학에서 영향은 무의식적으로 발생한 모방의 지속적인 심리 상태로 재창조에 공헌한다. 따라서 영향은 여러 가지 개념으로 전개되어 감화, 모방, 차용, 번안, 표절 등과 연관되는데, 이 중에서도 감화와 가장 밀접하고, 영향과 감화의 차이는 시간의 차이에 있다. 감화를 제외한 모방, 표절 등의 개념들과의 차이는 의식이다. 모방이란 독창성이 없이 원작을 흉내 낸 행위이기 때문에 독창성이 개입되면 모방도 차이가 난다. 그러나 모방, 표절, 차용, 번안 등의 용어는 개념적으로는 구별되지만 실제적인 의미는 애매하다. 중요한 것은 이러한 내용들이 이루어진 과정과 필연성 및 역사적·사회적 배경이다. 실제로 괴테도 표절 문제에 휩싸인 적이 있었다.

　바그너Heinrich L. Wagner의 작품 「유아 살해모Die Kindermörderin」는 독일 문학사에서 질풍노도기의 대표적인 작품 가운데 하나로 손꼽힌다. 1904년 바그너의 원본 「유아 살해모」는 베를린의 〈신자유 무대〉에 오르며 초기 자연주의의 대표적인 작품으로 인정받았다. 이 작품에서는 유아 살해의 극적인 상황이 벌어지는데, 그림Jacob Grimm 사전에 의하면, 독일어에서 〈유아 살해모*Die Kindermörderin*〉라는 단어는 이 작품의 제목 「유아 살해모」에서 최초로 사용되었다.[32] 그런 만큼 이 작품은 출간과 동시에 유랑 극단들의 지대한 관심을 끌었고, 다른 한편으로는 극의 형식이나 내용에 관해 여러 기성 작가들의 많은 비평을 받았다. 이러한 비평들 중에는 「유아 살해모」가 자신의 『파우스트』를 표절했다는 괴테의 비난도 있었다. 『파우스트』에서 〈그레트헨의 비극〉을 형성하는 것이 바로 유아 살해이기 때문이다.

> 우리 엄마 창녀라서
> 나를 죽여 버렸단다!
> 우리 아빠 악당이라,
> 나를 먹어 버렸단다!
> 우리 작은 여동생이
> 나의 뼈를 찾다가,
> 시원한 데 묻었단다.
> 그때 나는 귀여운 숲새 되어,
> 저 멀리 날아가네, 날아가네! (4412~4420행)

바그너가 『파우스트』의 구상을 표절한 것이라는 괴테의 생각은 그의 자서전 『시와 진실』로도 이어진다. 〈그의 이름은 바그너였다. 처음에 (그는) 슈트라스부르크, 나중에 프랑크푸르트 사교계의 일원이었다. (거기서) 그는 정신, 기량, 지식을 갖추고 노력하는 모습을 보이던 사람이었기에 환영을 받았다. 나는 구상했던 모든 것에 대해서 결코 숨기는 일이 없었고, 그는 성실하게 나를 따랐다. 나는 그에게 『파우스트』, 특히 그레트헨의 파멸은 물론 다른 계획에 대해서도 이야기해 주었다. 그는 (내가 구상했던 작품의) 주제를 이해했고, 그것을 그의 비극

---

32 〈유아 살해모〉라는 단어는 사실 민중들 사이에서는 이미 오래전부터 사용되고 있었다.

「유아 살해모」에 이용했다.〉[33]

이렇게 자신의 작품에 대한 표절에 대해 비난도 했지만, 괴테는 본질적으로 표절에 대해서 매우 관대했다. 괴테는 시를 개인의 소유물이 아니라 〈온 인류의 소유물이어서 세계 어느 곳이나 어느 시대나 그리고 수만의 인간에게 자기를 계시〉하는 것으로 보았다. 그래서 그는 〈시적 재능이란 결코 희귀한 것이 아니므로 좋은 시 한 수 지었다고 자기 자신이 대단한 인물이라고 생각할 필요가 없다〉고 말했다. 이러한 사실이 괴테에게는 너무도 진실이었기에 그에게 표절의 문제는 있을 수 없었다. 괴테와 실러가 합작했을 때 누가 어느 부분을 썼느냐 하는 문제는 조금도 중요하지 않았다고 그는 말한다. 〈내 것과 네 것이 뭐가 중요한가?〉 그는 표절하고 있다는 생각 없이 셰익스피어와 모차르트의 리듬으로 시를 쓸 수 있었고, 다른 사람들도 자기 시를 그렇게 사용하는 것을 아주 기꺼워했다.[34] 〈시란 온 인류의 소유물이므로 미래의 시는 국경 안에 갇혀 있을 수 없다. 세계 문학의 시대가 눈앞에 온 것이다.〉[35] 이러한 괴테의 세계 문학의 사상은 『빌헬름 마이스터의 방랑 시대』에서 더욱 강조되고 있다.

언제까지나 땅에 매달려 있지 말라,
새로이 결심하여 힘차게 발을 내딛으라!
머리와 팔뚝에 신바람의 힘만 배면
어디를 가나 그대의 집이다.
햇빛을 즐기는 곳엔

---

33 Johann W. von Goethe, *Dichtung und Wahrheit*, in: *Goethes Werke*, hg. im Auftrag der Großherzogin Sophie von Sachsen, Weimarer Ausgabe, Weimar, 1999, 3. Teil, S. 251 f.

34 『서양 문학 비평사』, 150면.

35 같은 곳.

근심 걱정이 없는 법.

우리, 이 세상에 흩어져 살라고

세상은 이처럼 넓도다. (HA 8, 457 f)

이러한 배경에서 슈트리히Fritz Strich는 제1차 세계 대전에서 겪은 유
럽의 쓰라린 고통이 되풀이되지 않도록 하는 시도로, 1918년 런던 대
학에서 〈괴테와 세계 문학Goethe und Weltliteratur〉이라는 강연을 했다. 슈
트리히는 괴테의 세계 문학 이념에 따라 문학을 통해 서로 알고, 인내
하고, 존경하고, 이해하는 것을 배워 인류 문화의 더 높은 차원에 도달
할 수 있도록 공동으로 노력하자고 촉구하였다.[36] 그는 1932년 바이
마르에서 열린 괴테 축제에 초대되었을 때도 〈괴테와 세계 문학〉이라
는 주제의 강연에서 문학을 통하여 인류의 재난을 막자고 호소했으나,
세계 문학이라는 괴테의 목표를 산산조각 낸 장본인은 결국 괴테의 국
민이었다.[37] 제2차 세계 대전 이후 슈트리히는 1946년 『괴테와 세계 문
학』이라는 저서의 서문에 다음과 같이 언급한다. 〈이젠 평화가 왔다.
그러나 진정한 평화인가? 오늘 우리는 모든 것을 잃거나 얻을 수 있는
역사의 순간에 있으며, 위대한 유럽인이자 세계 시민인 괴테가 완전한
전형으로 지향되고, 새로 지어지는 전 세계 민족의 집은 평화의 정신으
로 채워져야 할 순간에 도달하였다.〉[38]

세계 문학의 관점에서 괴테가 표절에 대해 관대했던 때문인지, 장 파
울의 소설 『아벨라르트와 헬로이제』는 괴테의 『젊은 베르테르의 슬픔』
의 표절작으로 여겨질 정도로 그 내용이 상당히 닮아 있다. 베르테르의
영향, 소재, 형상, 구조 등이 『아벨라르트와 헬로이제』의 주인공 아벨

---

36 Fritz Strich, *Goethe und die Weltliteratur*, Bern, 1946, S. 9 f.

37 『독일문예학개론』, 232면.

38 Fritz Strich, a.a.O., S. 11.

라르트에게서 통속적으로 전개된 것이다. 따라서『아벨라르트와 헬로이제』는 수용 미학적인 견지에서『젊은 베르테르의 슬픔』에 연관되어 많은 관심을 유발시켰다.

수용은 역사의 과정과 관련을 맺기 때문에 수용 미학으로 작품의 영향사를 접할 수 있다. 문학의 기준이나 독서에 대한 예상은 역사의 진행에 따라 끊임없이 변화하므로 문학 작품은 과거에 받아들여졌던 방식대로 수용되지 않는다. 따라서 한 작품에 대한 논의는 최종적인 수용이 되지 못하고 문예 미학의 규준에 대한 회의가 발생하기도 한다.

이렇게 문학관이 시대에 따라 변화하는 성향이『젊은 베르테르의 슬픔』의 주인공 베르테르에서 돋보인다. 이 작품은 발간 직후부터 논란에 휩싸여 수용사의 중요한 대상이 되었다. 작품의 열기에 대한 기독교적·윤리적인 비난과 동시에 거의 숭배에 가까운 찬사를 받는 베르테르는 2백여 년 동안 많은 반응을 불러일으켜서 베르테르의 이념이 괴테의 문학을 대표하는 정서가 되는 듯한 느낌까지 들 정도이다. 따라서『젊은 베르테르의 슬픔』의 영향을 받은 다양한 소설들이 등장하였다. 1774년 2월 괴테의『젊은 베르테르의 슬픔』이 집필된 이후부터 1780년대까지 독서계에 유행했던 베르테르가 여러 작가들의 작품에 모방되어 수용된 것이다.

〈참된 인도성(引導性)〉을 이해시키는 데 괴테의 작품을 전범(典範)으로 삼은 토마스 만Thomas Mann은『젊은 베르테르의 슬픔』을 해체한 다음 다시 구성하여 새로운 의미를 창조하기도 하였다. 따라서 토마스 만의 작품『바이마르의 로테Lotte in Weimar』에서는『젊은 베르테르의 슬픔』이 다시 살아난다. 약혼자가 있는 로테를 사랑한 청년 베르테르가 그 사랑을 성취할 수 없어 자살한다는 이야기는 괴테의 연애 체험의 소설화로, 베르테르는 괴테 자신에 해당하며, 로테의 모델은 샬로테 부프 Charlotte Buff라는 여성이다. 24세 때 베르테르를 묘사했던 괴테는 83세까지 살았고, 그의 소설의 모델이었던 부프도 장수하여 괴테가 독일뿐 아니라 유럽에서 문화와 교양의 중심적인 인물이 되는 모습을 지켜보았다. 그처럼 사랑했던 관계였음에도 괴테와 부프는 44년간의 장구한 세월을 두고 만나 볼 기회를 갖지 못하다가 부프가 바이마르를 방문하면서 극적으로 재회한다. 이 내용을 토마스 만은 포착하여 지난날 그토록 세계를 감동시켰고, 지금까지도 그 감동을 생생하게 전하는 베르테르의 사건을 『바이마르의 로테』에서 재현시켰는데, 이 작품의 개요는 다음과 같다.

1816년 9월 어느 날 바이마르의 호텔 〈코끼리의 집〉 종업원 마거 Mager는 놀랍고도 기쁜 체험을 하게 된다. 이날 정기 우편 마차 편으로 어떤 노부인이 젊은 딸과 하녀 한 명을 거느리고 바이마르에 도착하여 방을 찾기에 여느 손님에게 그러듯이 숙박계를 적도록 청하자, 그녀는 〈궁중 고문관 케스트너의 미망인 샬로테, 친정 성(性): 부프, (……) 1753년 1월 11일 베츨러 출생〉이라고 적는 것이다. 꽤 교양 있는 호텔 종업원인 마거는 베르테르의 로테를 직접 목격하고, 자기의 손님으로 모실 수 있게 된 뜻밖의 사실에 놀라움과 기쁨을 감추지 못하여 케스트너 부인에게 장광설을 늘어놓는다. 그는 어릴 때부터 시인 중의 시인인 괴테를 깊이 존경해 왔고, 바이마르의 시민으로서 이 도시에 관련이 많은 괴테를 자랑스럽게 생각하며, 그의 『젊은 베르테르의 슬픔』은 자신과 자기 아내가 밤마다 즐겨 읽는 작품인데 바로 그 유명한 여주인공께서 친히 나타나셨으니 예기치 않은 이 행운에 감동을 감출 수 없다는 것이었다.[39]

이렇게 괴테는 『바이마르의 로테』에서 환생하여 독자와 만나게 된다. 67세의 괴테는 더 이상 『젊은 베르테르의 슬픔』의 23세 청년이 아

---

39 안삼환, 「토마스 만적 망명 작품으로서의 『바이마르에서의 로테』 고찰」, 『독일문예학개론』, 김광규 편저, 민음사, 1984, 340면 이하 참조.

니어서 베르테르적 고뇌를 초월하고, 『서동시집』의 폭넓은 이념 속에서 세계 시민의 길을 모색하고 있었다. 로테의 방문이 바이마르의 이목을 끄는 만큼 괴테는 로테와의 경솔한 접촉이 쓸데없이 입에 오르내리지나 않을까 하여 매우 조심스럽게, 로테의 대접에도 적당한 절도와 거리를 지킨다. 그리하여 그는 아들 아우구스트에게 적절한 수의 손님과 함께 로테 모녀를 의례적인 점심 식사에 초대하도록 명한다. 괴테의 육체적·정신적 실체가 생생한 현현체(顯現體)로 독자에 비치게 되는 것이다.

약혼자가 있는 로테를 사랑한 청년 베르테르의 사건이 『바이마르의 로테』에서 재현되듯이, 토마스 만은 자주 괴테의 작품을 모방의 대상으로 삼았다. 토마스 만이 고백하듯이, 프랑스 혁명에 뒤이은 동란 시대를 배경으로 〈독일 소도시 생활의 순수한 인간미를 협잡물과 분리하는〉(HA 2, 247) 괴테의 「헤르만과 도로테아」 등이 〈귀중한 모범서〉[40]가 된 것이다.

플렌츠도르프Ulrich Plenzdorf의 소설 『젊은 베르테르의 새로운 슬픔 Die neuen Leiden des jungen Werther』에서는 베르테르가 토마스 만보다 더욱 구체적으로 모방된다. 『젊은 베르테르의 새로운 슬픔』과 『젊은 베르테르의 슬픔』이라는 제목의 유사성이 시사하듯이 두 작품의 줄거리나 주제는 서로 연관되어 전개된다. 두 소설 모두 기존 사회에 적응하지 못하여 사회를 이탈한 젊은이가 혼자만의 세계에서 자기실현을 시도하다가 좌절하고 결국 죽음에 이르게 되면서 개인과 사회의 화해될 수 없는 갈등이 전개되고 있다. 특히 『젊은 베르테르의 새로운 슬픔』에 삽입된 『젊은 베르테르의 슬픔』의 인용문들은 두 작품의 연관성을 더욱 강화한다.

---

40 Thomas Mann, *Gesammelte Werke* in 13 Bänden, Bd. 11, Frankfurt/M., 1974, S. 588.

이 소설에 삽입된 『젊은 베르테르의 슬픔』의 인용문들은 외형상 암호 통신문과 일상문의 두 가지 형식으로 구분된다. 전자는 가출한 주인공 에드가Edgar가 고향에 있는 단짝 친구 빌리Willi에게 보낸 녹음 테이프를 에드가의 아버지와 빌리가 듣는 형식으로 소설 앞부분에 한꺼번에 나오며, 후자는 에드가가 자기 생전의 행적과 죽음에 대한 자기 아버지의 주변 인물들 간 대화에 끼어들어 저승에서 그들의 말을 논평하면서 스스로의 생각을 생생하게 진술하는 내용으로 소설 전체에 드문드문 삽입되어 있다.[41]

『젊은 베르테르의 새로운 슬픔』에서 에드가가 유치원 보모 샤를리Charlie를 알게 되어 사랑에 빠지게 된 때부터 『젊은 베르테르의 슬픔』의 내용이 인용된다. 그는 처음으로 다음 내용을 단짝 친구 빌리에게 보내기 위해 녹음한다. 〈간단히 말하건대 빌헬름, 내 마음을 바싹 끄는 한 여인을 알게 되었다네. (……) 하지만 나는 그녀가 얼마나 완전한지, 어째서 완전한지를 말할 길이 없네. 아무튼 그녀는 내 마음을 앗아 갔다네.〉(LW 51) 이 인용문은 『젊은 베르테르의 슬픔』 6월 16일 자 편지의 일부로 에드가의 상황을 잘 나타내 준다. 6월 16일 자 편지에서 베르테르는 로테와 처음 만나기 전 그녀가 〈이미 약혼한〉 몸이라는 사실을 들었고, 로테 역시 직접 베르테르에게 자기가 알베르트와 〈약혼한 것이나 다름없다so gut als verlobt〉고 말한다. 베르테르는 자기가 넘어서는 안 될 경계선이 그어졌다 느끼고 1771년 7월 30일 자 편지에 이렇게 적고 있다. 〈나는 로테에게 그 어떤 요구도 해서는 안 된다는 것을 알고 있으며, 실제로 그렇게 하지 않았다. 물론 이렇게 사랑스러운 여성을 앞에 두고 욕망을 끊어 낸다는 것이 가능한 한도 내에서이긴 했지만.〉(L 42)

41 최정옥, 「플렌츠도르프의 소설 『젊은 베르테르의 새로운 슬픔』의 베르테르 연관성」, 『괴테 문학의 의의』, 박찬기 편저, 서문당, 1991, 153면 이하.

두 번째 인용은 에드가와 샤를리의 관계가 어느 정도 진전된 후 나온다. 에드가는 샤를리가 자기를 그림도 그릴 줄 모를 뿐 아니라 빈둥거리며 지내는 건달로 간주하면서도 진지하게 생각하는 점을 눈치채어 이를 빌리에게 알리고자 녹음한다.[42] 〈아니야, 내 착각일 리 없어! 나는 그녀의 까만 눈동자에서 나와 내 운명에 대한 진정한 관심을 읽는다네. 그녀는 나에게 성스럽네. 모든 욕망이 그녀 앞에서는 침묵한다네.〉(LW 58) 이 내용은 『젊은 베르테르의 슬픔』의 7월 13일 자와 7월 16일 자 편지의 일부와 일치한다. 샤를리와 에드가의 관계가 절정에 이르면서 목가적인 장면이 전개될 때, 샤를리의 약혼자 디터Dieter가 나타나 이 분위기를 깨뜨리면서 『젊은 베르테르의 슬픔』의 7월 30일 자 인용문이 나온다. 〈아무튼 빌헬름, 약혼자가 나타났다네! (……) 다행히도 그를 맞이하는 자리에 나는 없었다네! 그 자리에 있었더라면 내 가슴은 찢어지고 말았을 걸세.〉(LW 72) 극도의 긴장감으로 샤를리와 그녀의 약혼자의 대면을 주시하는 에드가는 이를 곧바로 빌리에게 알린다.[43]

이러한 에드가는 직장에도 적응하지 못하고 동료들과 불화를 일으켜 쫓겨나자 12월 24일 자와 이듬해 3월 24일 자의 베르테르의 말을 녹음한다. 〈그 책임은 너희들 모두에게 있다. 너희들은 시끄러운 말로 내게 굴레를 씌워 놓았고, 내 앞에서 노래 부르듯이 수없이 일하라고 했지. 일하라고! (……) 나는 (……) 사직을 신청했네.〉(LW 101)

마지막 인용문은 배를 타러 가자는 아내(샤를리)의 간청을 끝내 냉담하게 물리친 디터의 행위를 보고 에드가가 언급한 구절인 〈갑자기 나는 베르테르 그 친구를 생각하지 않을 수 없었다〉(LW 129)이다. 『젊은 베르테르의 슬픔』에서도 로테의 고상함에 다다르지 못하는 약혼자 알베르트는 부정적으로 묘사된다. 〈아아, 알베르트는 결코 로테의 소망

42 같은 책, 156면.
43 같은 책, 157면.

을 모두 실현시켜 줄 수 있는 인물이 아니야. 내가 느끼는 바로는 어떤 결점이 있네. 어떤 결점인가는 — 자네 마음대로 생각하게. 재미있는 책을 읽다가 어떤 구절에서 — 아아! — 내 마음과 로테의 마음은 일치하는데, 알베르트는 전혀 동감을 느끼지 못한다네. 기회만 있으면 여러 가지 사건에서 제삼자의 감정을 분명히 드러낸다네.〉(L 75)

베르테르와 에드가의 일체화는 에드가와 샤를리 두 사람이 배를 타는 기회가 생겼을 때에도 언급된다. 인적 없는 호수에서 낭만적인 비가에 빠져 있던 에드가는 〈그녀의 얼굴에서는 오랫동안 표백제에 담겨 있던 빨래 냄새가 났다. (……) 그녀 옆에서 나는 정말 노래라도 부를 수 있었을 것이다〉(LW 134)라고 말하고, 이어서 베르테르에게 했던 말을 자신에게 옮겨 〈나는 이제 정말 구제할 수 없다〉(LW 134)라고 하는데, 이것은 베르테르처럼 삶의 종착점에 다다랐음을 의미한다.

에드가의 사회 거부는 즉흥적이고 무의식적인 태도에서 성찰적인 확신의 성격으로 변해 가고, 베르테르처럼 자신과 사회의 화해 불가능성을 확인하는 마지막 확신(나는 이젠 정말 구제할 길이 없다)에서 절정에 이른다.

『젊은 베르테르의 슬픔』에서 로테와 베르테르의 교감의 절정(클롭슈토크를 읽는 장면)이 『젊은 베르테르의 새로운 슬픔』에서는 소설의 마지막 부분(호수에서 배를 타는 장면)에서 에드가의 자신의 구제 불가능이라는 인식에 해당한다.[44] 이렇게 베르테르가 여러 작품들에서 다양하게 모방되듯, 역시 장 파울의 『아벨라르트와 헬로이제』에서 베르테르가 수용되는 양상을 심층적으로 규명하고자 한다.

44 같은 책, 163면.

편지 소설

괴테의 『젊은 베르테르의 슬픔』처럼 장 파울의 『아벨라르트와 헬로이제』도 편지 형태의 서간 문학이다. 빌페르트Gero von Wilpert가 서간 *Epistel*을 편지 시*Briefgedicht*와 동일시하는 한편,[45] 모치Markus Motsch는 서간 문학을 〈문학 산문 서신*der literarische Prosabrief*〉과 〈시적 서간*die poetische Epistel*〉 그리고 〈편지 시〉 세 장르로 구분하였다. 문학 산문 서신으로는 여러 종류의 편지를 들 수 있는데, 이는 어떤 특정한 수신인보다 일반인을 상대로 한 문학적 편지로[46] 사도 서간*Apostelbrief*과 키케로Cicero의 서신이 이에 해당된다.

대부분의 서신은 처음에는 문학으로서 폭넓은 독자층을 상대했지만, 후에는 특정 수신인에게 편지로 배달되었다.[47] 시적 서간은 교육적·도덕적인 내용을 담고 있다. 이러한 시적 서간과 문학 산문 서신은 편지 성격이지만 편지 시와는 다르다. 모치의 구분에 의하면 편지 시는 편지가 아니고 심부름꾼에 의해 어느 특정 수신인에게 보내지는 시로서 편지 대용으로 씌어지는 것이고, 서간은 편지로 개념과 본질의 규명이 어렵다. 따라서 서간은 문학 창작의 가장 오래된 형태로 17~18세기에 매우 융성했지만 학문에서나 문학사적으로 거의 취급되지 않아서, 오늘날 문학적 서신의 연구나 가치의 규명은 거의 없는 상태다.

18세기에 서신이 장르적으로 다뤄진 적이 있다. 로마의 시인 호라티우스에 의하면 서간은 우화*Fabel*와 함께 교훈과 문학의 가장 중요한 형태이다. 시인이 주로 교육자나 윤리학자로 인식되던 시기에 호라티우스는 서간을 일반 대중의 교육 수단으로 이용하였다. 이는 호라티우스

---

45 Gero von Wilpert, *Sachwörterbuch der Literatur*, Stuttgart, 1979, S. 228.

46 *Die poetische Epistel*, S. 184.

47 같은 책, S. 185.

의 〈유용성과 흥미docere et delectare〉 이론에 다른 문학보다 시적 서간이 적합했기 때문이다. 그 밖에도 서간이 일반적 관심의 척도가 되어 수신인의 등급이 결정된다고도 주장했다.[48] 교훈 시Lehrgedicht나 우화는 시인과 독자의 직접적이며 개인적인 접촉이 불가능하지만, 서간은 편지의 성격으로 시인과 독자의 접촉이 가능하다. 따라서 서간의 작가는 일반 대중을 상대하지만, 그 주제는 편지 성격상 개인적 성향이 강하고,[49] 도덕적이고 교육적인 내용뿐 아니라 18세기에는 문예 비평의 수단으로도 각광을 받았다. 많은 서간은 작가나 문학적 교양인을 수신자로 하여 이들 사이에서 문학 창작과 비평의 문제들을 야기하기도 하였다.[50]

편지 소설은 다양하게 발전하였는데, 한 하녀가 주인의 유혹을 수차례 물리치고 마침내 승리하는 내용의 리처드슨Samuel Richardson의 가정 소설 『파멜라: 보상받은 미덕Pamela or Virtue Rewarded』(1740)이 대표적이다. 소설의 초기 형식의 하나였던 편지 소설은 계속 발전하여 19세기에는 대중적인 소설 형식이 되었고, 주관적 관점이 묘사되어 현대 심리 소설의 기초가 되었다. 작가가 아니더라도 자신의 생각과 감정을 직접 상세하고 극적으로 제시할 수 있다는 점이 편지 소설의 장점이다. 사건을 여러 관점에서 제시하여 입체감과 진실성을 부여하기도 하므로 편지 소설은 감상주의 소설이 될 수 있다. 이러한 편지 소설은 괴테 시대에 매우 유행하였는데, 리처드슨의 서간체 형식의 탁월한 작품인 『클라리사Clarissa』(1748)는 비극적 강렬함을 지니고 있고, 스몰렛Tobias G. Smollett의 편지 소설인 『험프리 클링커Humphry Clinker』(1771)는 악한이 주인공으로 나오는 희극이자 사회 비평물이며, 버니Frances Burney의 편

48 같은 책, S. 9 f.
49 같은 책, S. 179 f.
50 같은 책, S. 11.

지 소설『에블리나*Evelina*』(1778)는 풍속 소설의 성격을 띠고 있다. 라클로Pierre Choderlos de Laclos의『위험한 관계*Les Liaisons dangereuses*』(1782)는 예리하면서도 사실적인 심리 소설이다. 하녀 파멜라의 문학적 재능과 모든 사건에 대한 기록을 잔인할 정도로 희화화한 필딩Henry Fielding의 소설『샤멜라*Shamela*』(1741)의 여주인공은 그녀를 유혹하려는 사람이 방으로 들어올 때 침대에 누워 있다가 〈그가 들어오는 소리가 문에서 들린다〉라고 급히 쓰고 있다. 1800년 이후로는 편지와 일기 및 이야기를 결합시킨 소설이 유행하였고 서간 문학의 인기는 점차로 시들었다. 20세기의 편지 소설은 라드너Ring W. Rardner의 작품『나는 신출내기 투수*You Know Me Al*』(1916)의 주인공인 얼빠진 프로 야구 선수 같은 반(半) 문맹자들의 유머 등을 다루고 있다.

괴테의 편지 소설인『젊은 베르테르의 슬픔』은 당시 유행했던 루소, 리처드슨, 소피 폰 라 로헤Sophie von La Roche 등이 쓴 편지 소설의 영향을 받긴 했지만, 형식에서는 완전히 새로운 성격을 지니고 있다. 당시의 편지 소설들은 상호 교환되는 편지에 해설이 추가된 형식이었던 반면, 괴테의 편지 소설은 거의 일방적으로 주인공 베르테르 혼자서 쓴 편지 형태로, 따라서 독자는 작품을 완전히 주인공 베르테르의 시각에서 이해하게 된다. 작품의 이야기가 완전히 주인공의 내면적인 시점에서 서술되어 독자들은 주인공의 시각과 일치되어 그의 내적인 영적 경험을 공감하도록 유도되는 것이다. 이와 같이 일방적으로 주인공의 관점에서 서술되는 구성은 당시의 서간 문학의 혁신적인 전환이었다.[51]

『젊은 베르테르의 슬픔』처럼 편지 소설의 형식을 택하고 있는 장 파울의『아벨라르트와 헬로이제』는 주인공 아벨라르트가 친구 빌헬름에 보낸 서른여덟 통의 편지와 헬로이제가 아벨라르트에게 보낸 한 통의 이별 편지로 구성되어 있다. 극적인 이별이 묘사되는 10월 2일 자 헬로

51 『울림과 되울림』, 193면.

이제의 편지에 그의 순수한 감정이 묘사되고 있다. 〈저기 위를 보세요. 거기에는 우리 아버지가 살고 계세요. (……) 저 위에는 착한 사람들을 돌보는 자가 거주하고 있어요. 아벨라르트! 그는 당신과 나를 버리지 않을 거예요. 그는 우리 사랑을 축복해 줄 거예요. 이 진지하고 순수한 사랑을.〉(A 147)

『젊은 베르테르의 슬픔』과 마찬가지로 장 파울의 소설도 독백 형식으로 전개된다. 『젊은 베르테르의 슬픔』에서처럼 『아벨라르트와 헬로이제』에서도 주인공의 편지 내용만 서술될 뿐 편지 수신자의 반응은 없고 모든 것이 아벨라르트의 관점에서 전개되어 그의 내적 경험을 다룬다. 괴테는 베르테르의 편지 속에 빌헬름의 답신을 부분별로 배열하여 대화 형식의 기법을 적용하기도 했으나, 아벨라르트의 편지는 수신자인 친구의 반응이 전혀 없고 오직 자신만이 묘사되어 있을 뿐이다. 그래서 아벨라르트의 편지들은 일기의 내용 같기도 하다. 9월 16일 자 편지는 아벨라르트가 다른 사람과 행한 대화를 그대로 묘사하고 있다.

나(아벨라르트) 나는 그들을 이해할 수 없어요 ─ 당신이 말하고자 하는 것에 나는 전율을 하게 되지.
헬로이제 이 사람, 그가 이미 나를, 비참한 나를 어느 인간의 배필로 결정했지요.
ICH *Ich verstehe sie nicht — ich zittere, was Sie sagen wollen.*
HELOISE *Dies — Er hat mich schon, mich Elende — einem Menschen bestimmt.* (A 138)

이 편지에서 아벨라르트는 〈아아, 나의 모든 것이 되는 그대*Ach, du, die mir mein alles ist*〉(A 140)라고 헬로이제를 직접 거명한다. 이러한 형태의 언급은 편지의 공식적인 언급과 완전히 다르다. 아벨라르트의 편지는 전적으로 자신의 감정을 재생하고 그에 대한 반응을 나타내는 것이다. 8월 16일 자 서신에서 그는 비탄스러운 사건이나 상황에서 벗어나려 하지도 않고 헬로이제에게 가고 싶은 염원만 서술하고 있다. 〈나는 나의 헬로이제인 그녀만 생각하고 있네. 나는 하루하루를 그녀에게 달려가고 있네.〉(A 131)

작품의 비교

사랑의 감정은 의사소통에 의해서 변화될 수 있기 때문에 루만Niklas Luhmann은 사랑을 매체Medium로 여겼다. 이렇게 〈사랑이 매체라면 사랑의 감정은 의사소통의 기호가 될 수 있으며, 이러한 기호로 감정이 표현 및 형상되고 모방되어 의사소통이 될 수 있다. 16세기의 궁정에서는 이념이 범례화되는 경향이 있어서 〈사랑도 의미론으로 도식화되었고, 17세기까지 의무와 정열Passion은 귀족적 행동의 범례가 되어 이기적인 자기중심적 태도를 배제하는 윤리로 작용했다〉.[52]

사랑이 정열로 강조되던 17세기에는 사랑이 이뤄지기 전의 행위가 관심의 대상이 되어 놀림이나 눈총을 받기도 했다. 사랑의 대상을 발견하기 전 행동의 전형이나 척도가, 또 사랑의 대상이 없더라도 사랑을 느낄 수 있는 정서 등이 관심의 대상이 된 것이다. 이러한 분위기에서 아벨라르트는 과도한 반응 때문에 피해를 보는 것 같기도 하다.

헬로이제를 처음 만난 아벨라르트는 그녀에 대한 감동을 매우 길게 묘사한다. 헬로이제의 모든 형상이나 행동이 환상이 되는 아벨라르트에게 그녀는 순진하고 우아하고 천사 같은 인물인데, 이러한 모습들이

---

52 Niklas Luhmann, *Liebe als Passion. Zur Codierung von Intimität*, Frankfurt/M., 1982 참조(이하 *Liebe als Passion*으로 줄임); Ders, Die Autopoiesis des Bewußtseins, in: *Soziale Welt*, Jg. 36, Heft 4, 1985, S. 57~65.

다른 사람들에서는 전혀 느껴지지 못한다. 감정은 사랑하는 사람끼리만 느끼는 것이기 때문이다. 베르테르와 그가 사모하는 로테 사이에만 존재하는 둘만의 공감도 다른 사람들에게는 느껴지지 못한다. 따라서 문학의 감상에서 둘이 공감하여 작품을 서로 이해할 때 그녀의 약혼자인 알베르트는 이를 전혀 이해하지 못하여 로테에 부적합한 인물로 정의되는 것이다.

헬로이제가 묘사되는 8월 16일 자와 10월 2일 자 편지는 아벨라르트와 그녀의 스쳐 가는 듯한 만남과 그녀 부친과의 대면 및 아벨라르트가 떠나기 전 그녀와의 마지막 재회를 묘사하고 있다. 이들 편지에서 헬로이제는 천사 같은 모습으로 나타난다. 〈순박함과 덕성이 기대되는 그녀의 교양을 나는 알고 있지. 고통에 찬 순박함이 동정을 요구하는 모습이 그녀의 눈에 담겨 있네〉라는 8월 13일 자 서신의 내용처럼 아벨라르트는 헬로이제의 순박함, 덕성, 청순함, 아름다움과 우아함 등에 매료된다. 이 편지에는 그녀의 천사 같은 눈길과 역시 천사 같은 우아함 등 내적인 모습이 들어 있는데 외적인 모습의 묘사는 찾아볼 수 없다는 사실에서 감상주의 작품의 특징이 엿보인다. 감상적인 인간의 본질은 외적인 형상이 아니라 내적인 아름다움에 심취하는 데 있으므로, 장 파울은 헬로이제의 외적 개성보다 그녀의 영혼상을 내세우는 것이다.

로테가 이미 다른 남자와 약혼한 사실을 베르테르는 그녀를 만나기 전부터 알고 있었지만, 약혼자의 이름을 듣자 당황하여 그의 외부 생활과 내면의 관계는 완전히 깨어지게 된다. 이러한 베르테르는 이성 이전의 원초적인 영혼, 즉 꿈이 현실이고 현실이 꿈인 상태를 동경하여(L 90) 점차로 주관적인 인물이 되어 간다. 그러면 베르테르가 이렇게 주관적인 인물이 되어 가는 제일의 원인은 무엇일까? 가장 우선적인 요인은 사상 및 이념과 현실 사이의 모순이다. 작품의 모든 내용이 주인공의 영적인 삶에 치중되기 때문에 행동보다도 환상이 주가 된다. 즉

인과 관계는 배제한 채 현재의 상황만을 묘사하는, 일종의 집필의 자유를 만끽하는 것이다. 마찬가지로 로테의 독특한 성격도 계속 기대되지만 묘사되는 일은 없다. 죽기 직전에 쓰여진 베르테르의 마지막 편지에 이르러서야 영적인 시간은 실제 시간과 일치한다.

로테는 사랑스럽고 자애로운 어머니처럼 아이들에게 빵을 나누어 주는 등 〈행동적인〉 모습이 돋보이는 반면에, 헬로이제는 〈감상적인〉 여성으로 묘사된다. 괴테가 로테의 〈외적인〉 사건을 주로 내세우는 데 비해 장 파울은 헬로이제의 〈내적인〉 감정을 중요시하는 것이다. 이러한 헬로이제처럼 아벨라르트도 감상적인 풍조에 동화된 감상적인 인간이 되어 간다. 5월 6일 자 편지에서 그는 자연을 범신론적인 관점으로 관찰하고, 8월 4일 자 편지에서는 으스스한 공동묘지의 분위기에 잠기기도 한다. 행동형 인간이 아닌 아벨라르트는 자신의 운명을 부친에게 의존하기도 한다.

『젊은 베르테르의 슬픔』이 5월 4일의 봄에 시작하듯이 『아벨라르트와 헬로이제』의 시작도 봄인데, 이는 사랑이나 새로운 삶이 시작하는 시기가 일치하는 것이다. 이렇게 활기찬 봄은 아벨라르트의 과거의 괴로웠던 추억을 약화시켜 준다. 5월 1일 자 아벨라르트의 첫 편지에서 친구 빌헬름에 대한 묘사로 소설의 도입부가 시작된다. 그리고 조금 후인 6월 16일 자 서신은 아벨라르트가 낯선 도시에 있는 한 고등학교에 입학하여 삶을 완전히 전환하는 내용을 담고 있다. 봄에 시작하는 이 소설은 한 해의 끝인 12월 31일에 종결되면서 아벨라르트의 삶도 끝을 맺는다. 계절이 베르테르의 심리에 긍정적이거나 부정적으로 영향을 미치듯이 아벨라르트도 계절의 영향을 받는 것이다.

『젊은 베르테르의 슬픔』이 두 부분으로 구분되는 것과 달리 『아벨라르트와 헬로이제』는 구분 없이 계속 진행된다. 이러한 내용의 구분으로 주인공 베르테르의 삶은 작품의 중간에서 중단된다. 앞부분에서 사랑의 여름을 체험한 베르테르는 후반부에서 과거에 자신이 수행했던 공사(公使) 업무에 대한 연상으로 행복을 재현하려 하나 뜻대로 되지 않는다. 작품의 앞부분에서 자연과의 관계 등 행복스럽던 사건들이 후반부에서는 불행의 전조를 이룬다.『젊은 베르테르의 슬픔』의 이러한 〈기교적인〉 구조는『아벨라르트와 헬로이제』의 〈단순한〉 구조와 상반된다.

오랜 기간의 사건이 다뤄지는『젊은 베르테르의 슬픔』과 달리『아벨라르트와 헬로이제』에서는 8개월의 짧은 기간의 사건들이 요약적으로 묘사되고 있다. 장 파울은 이 작품이 집필되던 시기의 사회 분위기를 재현함으로써 작품과 실제의 시대를 일치시키는데, 이렇게 작가의 체험과 그 묘사의 시간적 간격이 좁거나 같을수록 작품이 독자에 미치는 감정은 직접적이고 실감 나기 마련이다. 이러한 맥락에서 아벨라르트의 편지는 지금, 또는 사건의 체험 직후에 자신의 감정에 따라 쓰인 것 같은 느낌이 들기도 한다.

아벨라르트는 마지막 12월 31일 자 편지의 마지막 부분을 집필하고서 마침내 자신의 관자놀이에 권총을 대고 방아쇠를 당겨 삶을 마감한다. 이렇게『젊은 베르테르의 슬픔』과『아벨라르트와 헬로이제』의 절정을 이루는 자살은 예루살렘Karl W. Jerusalem이라는 베츨라 공사관 서기관의 실제 자살 사건을 근거로 한다. 괴테의 서술은 그 사건을 언급한 케스트너의 전언에 전적으로 의거하는데, 특히 소설 마지막 구절은 그의 이야기를 그대로 옮겨 놓았을 정도다. 베르테르가 자살한 방에서처럼 실제 인물 예루살렘이 자살한 방에도 레싱의 희곡「에밀리아 갈로티」가 펼쳐져 있었다.[53] 결국 소설『젊은 베르테르의 슬픔』은 실제 인

---

53 Herbert Schöffler, Die Leiden des jungen Werther: Ihr geistesgeschichtlicher Hintergrund, in: Hans P. Hermann(Hg.), *Goethes Werther. Kritik und Forschung*, Darmstadt, 1994, S. 79.

물인 예루살렘 등의 실화에 바탕을 두고, 이들 실화가 개연성을 갖도록 허구를 가미한 것이다. 이런 방식으로 한 인물의 사건을 다른 인물에 투영시켜 전개시키는 경우는 괴테의 작품에 종종 나타난다. 따라서 베르테르의 사건이나 상황이 작품 속 다른 인물의 사건으로 나타나는 경우도 있다. 이념과 현실의 모순에 부딪친 베르테르 영혼의 상태가 다른 인물들의 형상으로 전개되는 것이다. 한 예로 꽃이 있을 리 없는 적막한 회색빛 겨울 산 속에서 사랑하는 여왕(그는 연인을 여왕으로, 자기 자신을 왕으로 삼은 환상 속에 살고 있다)에게 바칠 꽃 관을 만들기 위한 꽃을 찾아 헤매는 정신 이상자인 어느 젊은이의 모습에 베르테르의 이념과 현실의 모순이 투영되고 있다.[54]

로테의 약혼자를 살해하고 싶은 충동, 즉 윤리상 있을 수 없는 생각을 갖게 된 베르테르(L 123)는, 이룰 수 없는 사랑에 좌절하여 살인을 저질렀으나 그 순수함으로 감동을 주는 한 농부의 형상으로도 전개된다. 사랑하는 아름다운 인간성을 증오하고 질시하여 고귀한 생활을 파괴하려던 자신의 죄를 정화시키고자 하는 생각이 살인자인 착한 농부의 죄를 용서하고 구제하는 순수한 마음으로 변하는 것이다. 따라서 그는 진심으로 아끼던 아름다운 감성을 가진 사람들이 평안하고 값진 생활을 오래오래 누리도록 스스로의 삶을 끊으려 한다(L 123). 마찬가지로 『아벨라르트와 헬로이제』에서도 한 농부가 등장하는데, 사랑 문제로 자살을 한 그의 딸은 아벨라르트와 헬로이제의 비극을 예감하게 한다.

〈아아! 정신의 날개는 이렇게 가벼운데, 육체의 날개가 그에 어울려주지 못한다〉(1090~1091행)라는 파우스트의 외침처럼, 정신적 사랑과 영혼의 사랑을 융화시키지 못하는 베르테르는 알베르트와 진정한 사

---

54 박찬기 편저, 『괴테와 독일 고전주의』, 고려대학교출판부, 1988, 248면(이하 『괴테와 독일 고전주의』로 줄임).

랑과 존경으로 약혼한 고결한 로테에게 강제로 입 맞추는데, 마찬가지로 『아벨라르트와 헬로이제』에서 아벨라르트도 욕정을 못 이기고 헬로이제에게 강제로 입 맞춘다. 〈더 이상 참을 수가 없게 된 나는 마침내 그녀를 껴안고 말았다. 그러면서 나의 입술은 그녀의 입술 위를 힘차게 누르고 있었다.〉(A 139) 이렇게 육체적으로 접근한 베르테르와 아벨라르트의 사랑은 점차로 초자연적이며 영적인 것으로 변해 가지만 이들이 육체적 욕망을 억제하려 할수록 로테와 헬로이제에 대한 동경은 더욱 강렬해져 그들의 영혼은 몽롱해지고 동요된다.

한편 예루살렘과 베르테르가 자살할 때 「에밀리아 갈로티」가 그들의 책상 위에 펼쳐져 있는 사실이 의미심장하다. 「에밀리아 갈로티」는 당시 사회의 전반적인 정서인 시민 비극을 반영하여 많은 작가들이 이작품과 유사한 내용을 전개시켰는데, 대표적인 예로 실러의 「계교와 사랑Kabale und Liebe」을 들 수 있다. 젊은 실러에게 새로운 것에 대한 충동은 예술로 향하게 하는 자극이었다.

그런데 결혼을 정치적·경제적으로 계산했던 귀족 계급과 달리 시민계급의 결혼관은 덕성이었다. 진정한 사랑은 일시적이며 비정상적인 열정이 아닌, 영혼의 결합이나 우정이었다. 비극에서 자신의 자아를 구제하는 중심적 역할을 하는 공포와 연민은 〈집단 감정Kollektivgefühl〉의 공통적인 차원의 세계를 만들어 낸다. 따라서 레싱의 「에밀리아 갈로티」와 유사한 실러의 「계교와 사랑」은 당시의 집단 감정을 형성하여 시민 비극을 전개시킨다. 이러한 「계교와 사랑」의 서두는 다음과 같다.

밀러 (빠른 걸음으로 왔다 갔다 하며) 당장에 결판을 내야 해! 일이 심상치 않아. 우리 딸과 남작이 사람들의 입에 오르내리게 돼. 우리 집은 악명이 나고, 대신의 귀에도 소문이 들어가겠지. 좋아, 당장에 그자를 우리 집에 발도 들여놓지 못하게 해야지.

부인 (차를 홀짝 홀짝 마시면서) 쓸데없는 소리. 당신한테 무슨 벼락이 떨어져요! 누가 당신을 다치게 해요! 하는 일을 할 뿐 학생을 받는 데 이것저것 가릴 수 있어요?

밀러 그건 그렇고 도대체 어떻게 될 것인지 당신은 짐작이 되오? 남작이 절대로 그 애를 데려가지는 않을 것이고, 그것은 꿈에도 생각할 수 없고, 저 망할 놈의, 참, 그런 귀공자가 이곳저곳에서 재미를 보다가 얼마나 더 갈는지 알 수 없지만, 일이 다 끝나게 되면 더 달콤한 다른 우물을 파보실 거란 건 빤한 노릇이지. 이쪽에서 알아서 정신 차려야지. 정신을 차려야 해. 옹이 난 구멍마다 눈을 대고 들여다보라지. 핏방울 하나마다 당번을 서서 지켜 보라지. 그래도 속닥속닥 코밑에서 일을 저지르고 훌쩍 떠나 버릴걸. 당한 여자 쪽만 신세를 망치고 일생을 웅크리고 앉아 지내든지, 그런 일에 재미를 붙여 계속 그쪽으로 빠지든지 하겠지. (이마에 주먹을 대고) 나 참!

부인 하느님!

밀러 알아서 조심해야지. 그게 아니고서야 그런 바람둥이에게 다른 뜻이 있겠느냐 말이야. 우리 딸년이야 인물 반반하겠다, 맵시 좋겠다, 아랫도리 늘씬하겠다, 지붕 밑이 어떻든 그것은 상관이 없어. 그거야 여자들의 일로는 별로 문제가 되지 않지. 하느님이 아래층만 잘 꾸며 주셨다면 말이야. 그 젊은 친구가 이걸 알고 바싹 열이 나는 거지. 로드니가 프랑스 사람의 냄새를 맡고 달리듯이 말이야. 이제 돛이란 돛은 다 올리는 거야. 그 사람 잘못이라고도 할 수 없어. 남자는 남자니까. 그거야 나도 알지.

「계교와 사랑」의 이 서두는 중산 계급의 정치적 사실주의와 이상주의적인 인권 의식을 보여 준다. 여기에 전제 군주의 절차가 드러나 있다. 시민은 아무런 권한도 없고 군주 멋대로의 자비에 달려 있을 뿐이다. 피지배자의 내적인 굴레와 의존심이 전제 군주의 정부를 성립하게 하는 심리적 근거가 되는 것이다.[55] 이러한 시민 계급의 비극이 레싱이나 실러 등의 주요 내용이다. 따라서 당대의 현실을 현실감 있게 보여주는 실러의 「계교와 사랑」과 레싱의 「에밀리아 갈로티」는 특정한 경우를 일반적인 상황에 비춘 〈집단 감정〉에 있어 서로 유사하다. 이들 두 작품에서는 부르주아적 현실이 역사, 환상, 신변사, 또는 정치적 소재에 연결되어 전개된다. 결국 일상적인 상황, 정치적 관심 등에 관한 집단 감정이 실러와 레싱의 유사한 내용이 되어 「계교와 사랑」과 「에밀리아 갈로티」는 모두 당대의 현실을 원칙과 문제의 관점에서 다루는 것이다.

베르테르가 자살할 때 그의 책상 위에 이러한 「에밀리아 갈로티」가 펼쳐 있다는 점에 대해서는 해석이 다양한데, 괴테가 이 작품을 베르테르의 자살에 대한 정당성의 근거로 사용했다는 점은 분명하다. 아버지의 딸 살해라는 윤리적으로 끔찍한 주제를 숭고한 비극의 차원으로 상승시킨 「에밀리아 갈로티」를 끌어들여 괴테는 자신의 소설이 자살로 종지부를 찍는 비윤리적인 작품이라는 지탄에서 벗어나고자 한 것이다. 에밀리아 갈로티처럼 죽을 수밖에 없는 상황에 처한 베르테르의 자살은 결코 감상적이거나 충동적인 것이 아니라는 암시이다(Vgl. HA 6, 600).

이렇게 「에밀리아 갈로티」는 괴테의 문학에 중요한 의미를 전달하여 『젊은 베르테르의 슬픔』 외에 그의 교양 소설 『빌헬름 마이스터의 수업 시대』에서도 등장인물들이 모두 출연하는 공연 작품으로 언급된다. 〈마침 그 무렵 「에밀리아 갈로티」를 공연하게 되었다. 배역이 아주 잘 정해져 작품의 한정된 테두리 안에서나마 모두 자기의 폭넓은 연기력을 충분히 발휘하였다. 제를로는 마리넬리에 안성맞춤이었다. 오도아르도를 연기한 배우도 상당히 잘했다. 멜리나 부인은 어머니를 맡아

---

55 Hermann A. Korff, *Geist der Goethezeit*, Bd. 1, Leipzig, 1966, S. 209 ff.

정말 멋진 연기를 보였고, 에밀리아 역의 엘미레도 뛰어난 연기로 체면을 높였다. 라에르테스는 아피아니 백작을 참으로 단정하게 해냈고, 빌헬름 마이스터는 공작의 역을 연구하는 데 몇 달이나 걸렸다.〉(HA 7, 352)

위와 같이 『빌헬름 마이스터의 수업 시대』에서도 「에밀리아 갈로티」로 대표되는 시민 비극이 다뤄지는데, 이를 통해 사회적 요소가 서민의 성장으로 인해 점차로 저해되고 있음을 주인공 빌헬름 마이스터는 깨닫게 된다. 본인이 서민 출신이기 때문에 완숙한 인격적인 행위를 행할 수 없다고 인식한 그는 시민 사회로부터 탈출하여 귀족화를 향해 사회적으로 노력한다. 귀족의 경우에는 일상적인 평범한 일에도 위엄이 있고, 심각하고 중요한 일의 처리에서도 경쾌한 품위 같은 것이 있기 마련이어서 어느 곳에서도 마음의 평정을 잃지 않는다. 이러한 귀족은 공인이 되어서 그의 동작이 세련되면 될수록, 그의 음성이 맑으면 맑을수록, 그의 태도에 무게가 있고 절도가 있을수록, 그는 더욱 더 완성의 경지에 도달하게 된다.〉(HA 7, 290)

그러나 평민은 실제 생활이 아닌 무대 위에서만, 즉 연극을 통해서만 독자적인 성격과 수양을 발휘할 수 있다. 같은 맥락에서 『빌헬름 마이스터의 수업 시대』의 제5권 16장에 「에밀리아 갈로티」가 등장하여 이러한 신분적인 모순을 파헤치고 있다. 「에밀리아 갈로티」의 공연에 즈음하여 고귀, 품위에 대한 내용이 제를로의 입을 통해 피력되는 것이다. 〈품위란 좀처럼 흉내 내기가 어려운데, 그것은 원래 소극적이어서 오랜 훈련이 없이는 안 되기 때문이지요. 따라서 품위를 위해 거동에 위엄을 나타내서는 절대로 안 돼요. 그러면 형식적인 딱딱한 태도가 되어 버리기 때문에 차라리 야비하고 상스러운 것을 피하는 것이 좋지요. 자기 자신을 잊어서는 안 되며, 스스로와 다른 사람에 대해서 주의를 게을리해서는 안 되지요. 자신에 대해서는 엄하고, 남에게는 관대와 엄격을 적당하게 보여야 하고, 감동한 눈치를 보이지 말고, 마음을 빼앗기지 말 것이며, 덤비지 말고 언제나 침착해야 하고, 마음속에서 풍우가 일어도 겉으로 나타내서는 안 됩니다. 고귀한 인물도 때로는 감정에 좌우될 수 있지만, 점잖은 사람은 그래서는 안 되지요. 점잖은 사람은 좋은 옷을 입은 것과 같아서 아무 데나 기댈 수도 없어요. 조심해서 누구도 가까이 할 수 없게 해야 합니다. 모든 사람에 비해 뛰어나지만 결코 고립되어서는 안 됩니다. 말하자면 모든 예술에서와 같이 가장 어려운 일이 가장 쉽게 이루어져야 된다는 것입니다. 그래서 점잖은 사람은 모든 것에서 동떨어져 있으면서도 모든 것과 관련을 맺고 있는 것처럼 보여야 합니다. 결코 완고해서는 안 되며, 언제나 원만하고, 항상 일인자처럼 보이면서도 그것을 강요해서는 안 되는 것입니다.〉(HA 7, 352 f)

이것이 바로 괴테가 생각하는 유럽 귀족 문화의 이념이며 그 인간상이다.[56] 이에 빌헬름 마이스터는 시민 계급의 한계성을 극복하고자 연극 세계를 지향하는데, 여기에 희곡 「에밀리아 갈로티」가 공연 대상이 되어 사회 상황의 매개 역할을 한다. 마찬가지로 평민 사회의 한계성이 서술된 실러의 「계교와 사랑」에서 관중에게 드러나는 세계는 공간적으로나 윤리적으로 답답할 정도로 좁다. 소시민 계급의 거실, 국경까지 한 시간이면 갈 수 있는 좁기 짝이 없는 공국, 부자연스럽고 해로운 형태의 계급적 예절과 윤리, 이것이 이 세계를 한정한다. 그러나 궁정에서는 무엇이든지 마음대로인데, 이것은 고결한 자유가 아니라 오만과 부패와 위선의 결과이다. 사람들의 윤리 개념은 미화된다. 사회의 통념상 결혼의 대상이 되지 않는 고귀한 남자에게 맡겨지는 여자는 화냥년으로 간주되고 모멸의 대상이 된다. 시민들은 당대의 지배적인 사회 질서를 보편적이고 영구적이라고 생각하여 비굴한 복종을 기독교적인

---

56 Heinz O. Bürger, *Europäisches Adelsideal und deutsche Klassik*, München, 1963, S. 212.

의무로 삼고, 재상 등 기존 지배 세력은 이러한 상황을 한껏 이용한다. 실러는 이러한 초라한 군주에게 그럴싸한 위엄을 느끼게 하면서도 그것의 정당성은 부정하고 있다. 군주가 전개하는 범죄와 음모는 이기적인 이유, 즉 권력의 유지 외에 어떤 이유도 가지지 않아서 권력의 자리를 유지하기 위한 현실적이고 실제적인 소명감으로 나타난다.[57]

죽음과 재탄생

흔히 인간을 사회적 동물이라고 말하듯이 인간은 사회를 떠나서는 존재할 수 없다. 마찬가지로 작가도 사회의 다양한 일상과 현실 속에 존재하여 그의 생활은 곧 사회 현상의 일부가 된다. 그는 작가로서 사회의 한 일원이고, 가족의 일원이며, 시민이기 때문에, 작가와 사회의 관계는 부정될 수 없다. 따라서 작가의 작품은 사회 계층에 따라 분류되기도 한다.

이런 배경에서 슐레겔August W. Schlegel은 저서 『아름다운 문학과 예술에 대한 강의Vorlesungen über schöne Literatur und Kunst』에서 독일 문학사를 사회 계층에 따라 구분하였고, 웰렉René Wellek도 〈문학은 최초에 승려적mönchisch, 기사적ritterlich, 시민적bürgerlich, 지식적gelehrt으로 구분된다〉[58]고 문학을 계층으로 나누었다. 마찬가지로 에펠스하이머Hans W. Eppelsheimer도 슐레겔의 이론을 두둔하여 서양 중세 문학을 영웅적heldisch, 종교적geistlich, 기사적ritterlich, 시민적bürgerlich으로 구분하였다.[59] 이와 같이 사회적 계급에 따른 작품 분석은 작가와 작품의 사회성에

---

57 에리히 아우어바흐, 『미메시스』, 김우창·유종호 옮김, 이데아총서 12, 민음사 1984, 144면 이하 참조.

58 René Wellek u. Austin Warren, *Theorie der Literatur*, Frankfurt/M., 1966, S. 83.

59 Hans Wilhelm Eppelheimer, *Handbuch der Weltliteratur*, 2. Aufl., Frankfurt/M., 1947, S. 18 ff.

근거한다. 따라서 작가의 사회적 체험의 시기와 작품 묘사의 시간 간격이 좁을수록 작품은 독자에게 직접적이고 실감 나게 영향을 미치는 것이다.

이런 배경에서 지난 2백 년 동안의 유럽 문학은 당시 시민 사회의 국면에 대한 인식이 없이는 이해하기 어렵다. 사회가 끼친 영향에서 문학이 이해될 수 있다는 말이다. 작가는 사회의 영향만 받는 것이 아니라, 작품을 통해 사회에 영향을 미치기도 하여서 독자들이 작품 속 주인공을 모방하는 경우도 나타난다. 괴테의 『젊은 베르테르의 슬픔』이 나온 시기에는 베르테르가 자살할 때 입었던 〈푸른 연미복에 노란 조끼〉(L 124)가 유행했으며, 베르테르를 모방하여 실제로 자살하는 사람들이 생기고, 여자들은 로테처럼 사랑받기를 원하는 등, 이 작품이 사회적으로 많은 반향을 일으킨 사실은 널리 알려져 있다.[60] 이루어질 수 없는 사랑 때문에 자신의 머리에 권총을 발사하여 처참한 종말을 맞는 이 소설의 부도덕성과 신성 모독에 대해서 계몽주의자들의 비판이 쏟아지기도 했다. 따라서 베르테르 자살의 불가피성을 부정하여 그의 자살을 실패로 만들고, 약혼자 알베르트의 양보로 로테가 베르테르와 결혼하게 되는 니콜라이Friedrich Nicolai의 『젊은 베르테르의 기쁨Die Freuden des jungen Werther』(1775) 같은 작품이 생겨나기도 했다.

1774년 『젊은 베르테르의 슬픔』이 출간됐을 때, 〈이런 종류의 책은 시민의 보호를 최우선으로 하는 정부에서 금지해야 한다〉라고 독일의 한 지역 신문이 서평을 냈다. 이듬해 1월 라이프치히 법정은 작센 지방에 이 소설의 인쇄, 영업, 판매를 금지하는 판결을 내렸는데, 〈재치 있고 섬세한 표현으로 독자들의 마음을 온통 사로잡아 자살을 옹호하기 때문에 감수성이 강한 사람들에게 유해하다〉는 이유에서였다. 실제로 당시 자살 신드롬이 번져 유명인의 죽음을 모방하는 〈베르테르 효과〉

60 『독일문예학개론』, 261면 이하.

라는 말도 생겨났다. 하지만 프로이트에 의하면 금지된 것은 욕망된 것이다. 사람들이 욕망하지 않았다면 금지할 이유가 어디에 있겠는가. 따라서 정부가 금서로 막을수록 『젊은 베르테르의 슬픔』의 가치는 올라갔다. 젊은이들 사이에선 감상적인 연애 소설로 선풍적 인기를 누려 불법 인쇄업자들이 재판을 찍어 낼 정도였고, 여러 문화권의 언어로 번역돼 독일 최고의 소설로 자리매김했다.[61] 자살은 장 파울의 『아벨라르트와 헬로이제』에서도 전개되어 역시 큰 반향을 일으켰다. 헬로이제에 대한 사랑이 이루어지지 않자 절망한 아벨라르트는 베르테르처럼 권총으로 자살을 하는 것이다.

> 아, 이 살인의 무기여! 나의 뇌를 부수어다오. ― 하느님! 하늘에서 번뇌자들을 돌보아 주소서! 예수님! 비참한 자를 불쌍하게 여기시어 그의 영혼이 주님의 손 안에 있게 해주소서. 그리고 그대 헬로이제의 영혼이여! 나의 곁에 있어 주오! 아버지인 신이시여, 이를 도와주소서! 오! ― 오! ―
>
> *Oh Mordgewer! zerspalte dieses Gehirn ― Got! im Himmel steh den leidenden Geschöpfen bei! Jesu! erbarme dich bald des Elenden, nim seine Sel' in deine Hände! Und du, o Geist Heloise's! steh mir bei! Bald seh' ich! Hilf Vater! mein Got oh! ― oh! ―*(A 170)

아벨라르트처럼 베르테르가 자살할 때 사용한 권총은 깊은 의미를 담고 있다. 로테는 약혼자인 알베르트와 한마디 의논도 없이 그리고 어떤 예감이나 두려움도 없이 베르테르에게 권총을 보낸다. 에케만의 언급에 따르면, 그녀가 왜 두려움이나 내색이 없었는지에 대해 알기 위

---

61 「조선일보」, 2013년 11월 2일 자 서평(베르너 폴트, 『금서의 역사』, 송소민 옮김, 시공사, 2013)

해 베르테르는 고심했겠지만, 생명이 걸린 절박한 상황에서 아무리 고심해도 그것의 분명한 동기를 찾지 못했을 것이다.

베르테르가 감미롭게 죽음을 맞이하는 것은 권총을 보낸 사람이 로테였기 때문이다. 연인이 인도하는 도취적인 죽음, 즉 죽음의 에로스가 베르테르의 죽음을 달콤하게 만드는 것이다. 따라서 그는 로테가 보낸 권총에 여러 번 키스를 한다. 〈자, 로테, 나는 두려워하지 않고 차갑고 무서운 술잔을 손에 들어 죽음의 도취를 마시려 합니다. 그대가 이 잔을 내게 내주었습니다. 나는 망설이지 않겠습니다. 모든 것, 내 인생의 모든 소원과 희망이 이루어졌습니다. 이렇게 냉정하게, 이렇게 담담하게 죽음의 철문을 두드립니다.〉(L 123)

아벨라르트가 마지막 편지에서야 비로소 자살을 암시하는 데 반해, 베르테르는 초기의 편지에서부터 자신의 자살에 대한 암시를 남긴다. 1771년 5월 4일 자의 첫 편지에서 〈그곳을 떠나오기를 얼마나 잘했는지〉라는 베르테르의 찬사로 작품은 시작되는데, 이 말은 죽음이나 사후 세계를 예감케 하며 작품의 마지막을 암시한다.

이렇게 베르테르의 자살 모티프는 이미 첫 편지에서부터 암시되고, 제2부의 마지막에는 실제 자살 장면과 현장이 자세하게 묘사되어 마치 제1부와 구분 없이 서로 이어지는 듯하다. 제1부에서 독자들이 느끼던 불안한 기미가 제2부에 와서는 점차 치명적인 파국으로 치닫는 것이다. 이러한 〈이음새Naht〉 개념을 소설 『젊은 베르테르의 슬픔』의 플롯에 처음으로 적용시켜 해석한 사람은 괴테와 나폴레옹이 나눈 대화를 자세하게 들은 몇몇 측근 중 한 사람인 훔볼트Wilhelm von Humboldt였다. 훔볼트는 1808년 11월 9일 아내에게 보낸 한 편지에서 나폴레옹과 괴테의 대화를 언급하면서, 괴테의 소설에는 실화와 허구를 교묘하게 이어 주는 이음새가 있다고 썼다.[62]

---

62 Gustav Seibt, *Goethe und Napoleon: Eine historische Begegnung*, München, 2008,

언급했듯이 제2부의 절정인 베르테르 자살의 원래 이야기는 케스트너가 전해 준 공사관 서기관 예루살렘의 자살 사건이었다. 케스트너가 전해 준 이야기 중에서 『젊은 베르테르의 슬픔』에 거의 그대로 옮겨진 부분은 권총 방아쇠를 당기는 장면이다. 케스트너는 예루살렘이 〈대략 1시쯤 되었을 때 자기 오른쪽 눈 위로 머리를 쏘아 관통시켰다〉(L 519)고 이야기했고, 이 말을 괴테는 거의 그대로 소설 제2부의 마지막 부분에 편집자가 보고하는 형식으로 〈(베르테르는) 자기 오른쪽 눈 위에서 머리를 관통시켰습니다〉(L 124)라고 쓰고 있다.

죽음이 암시될 정도까지의 상황에 처하게 된 베르테르는 행복했던 과거의 순간들과 현재의 자기 문제를 연결하려 한다. 따라서 즐겁지 못했던 체험을 수용하거나 시선을 미래로 향하는 대신 이 체험이 일어나지 않았던 상황을 재현하려 하지만, 세상을 형성하는 능력을 상실한 지금 그는 과거의 사건도 느끼지 못한다. 〈당시의 모습은 아무 흔적도 찾아볼 수 없었어. 내 감정의 맥박도 이미 느낄 수 없네.〉(L 76) 이렇게 과거를 상실하고 미래의 새로운 힘에 대한 의욕도 없기 때문에, 〈혼란되고 모순된 온갖 힘의 미로에서 탈출하고자 버둥대지만 그 출구를 찾지 못하여 결국 죽음을 택한다〉(L 50). 치료가 불가능하고 회복될 수 없는 극단의 절망적인 상황에 대한 유일한 치유 방법은 죽음뿐이라고 생각한 것이다. 〈인간의 본성에는 한계란 것이 있습니다. 기쁨이나 괴로움이나 고통은 어느 정도까지는 견딜 수 있지만 그 정도를 넘으면 금방 파멸해 버립니다. (……) 육체에 병이 들어 체력이 소모되고, 혹은 기능이 정지되어 다시는 일어날 수 없고, 어떤 치료를 받더라도 생명의 정상적인 기능을 회복할 수 없는 바로 이런 상태가 이른바 죽음에 이르는 병입니다.〉(L 48)

S. 134 참조; 이덕형, 「나폴레옹과 괴테」, 『한국독어독문학회 2014 봄철연합학술대회 발표논문집』.

약혼자인 알베르트에 대한 로테의 사랑을 확인한 후 감행되는 베르테르의 자살은 그가 환상하는 사랑의 환희를 영원하게 만들 수 있는 유일한 방법이다. 〈모든 것이 허망합니다. 하지만 어제 내가 당신의 입술에서 맛보고 아직까지도 내 가슴속에서 불타오르고 있는 숨결은 영원합니다. 그녀가 나를 사랑한다! 이 팔로 내가 그녀를 포옹했고, 이 입술이 그녀의 입술 위에서 떨렸고, 이 입은 그녀의 입에 속삭였습니다. 그녀는 나의 것입니다. 영원토록.〉(L 117) 이승에서 로테를 자기에게 되돌릴 수 없자 저승에서 그녀를 영원히 소유하고자 하는 베르테르의 염원은 영혼 불멸의 사상으로 전개된다.

로테는 베르테르의 영적인 존재로 그에게 여성의 신비를 불어넣는다. 이러한 여성의 신비에 매료된 베르테르의 죽음은 육체적 삶을 초월하는 영혼 불멸에 대한 염원이다. 불교에 의하면 아무리 오래된 존재와 사건들도 결국은 찰나에 불과한데, 니체도 다음의 구절로 이를 북돋운 바 있다. 〈모든 찰나에 존재는 시작된다. 모든 여기의 주위를 저기 구체(球體)는 회전한다. 중점은 도처에 있다. 영겁의 길은 만곡(彎曲)돼 있다.〉[63] 모든 것을 찰나로 보는 불교는 죽음을 정면으로 다루지 않는다. 중요한 것은 삶에도 죽음에도 번민이 없는 생명의 추구다. 현실의 냉철한 자각을 통해 한층 높은 차원의 진실을 체득하면 죽음의 문제도 자연스럽게 극복된다는 열반-해탈의 상태다. 죽음은 삶의 연장선상에 놓인 하나의 추이일 뿐이며, 죽음을 내포하는 삶의 진실에 대한 이해가 바로 죽음을 이겨 내는 생즉사 사즉생(生卽死 死卽生)의 논리다. 이러한 불교의 사상을 추구한 동양인들은 삶과 죽음을 구분하지 않았다. 유가(儒家)는 죽음 자체의 의미나 죽고 난 뒤의 다른 세계에 관심이 없었다. 〈삶을 모르고서 어떻게 죽음을 알겠느냐〉고 한 공자는 귀(鬼)와

---

63 Friedrich W. Nietzsche, *Gesammelte Werke* in 3 Bänden, Bd. 2, hg. von Karl Schlechta, München, 1973, S. 463.

신(神)에게 제사를 지내도록 강조하지만, 근본적인 뜻은 이런 의식을 통해 사람들의 도덕성을 가꾸게 하려는 데 있었다. 삶과 죽음이 다르지 않다는 태도는 존재하는 세계의 우위성에 대한 믿음과 일맥상통한다.[64]

괴테에게도 삶과 죽음은 공존하며 표리일체(表裏一體)를 이루어 이중적 병립을 형성한다. 삶과 죽음은 대립적 관계이지만 동일한 공통 축(생물학적)이 라는 배경에서 서로를 전제한다. 삶이 있는 곳에는 죽음이 항상 전제되어 있는 것이다. 삶과 삶이 아닌 것의 관계, 또는 죽음과 비죽음의 관계는 모순적이면서도 긍정 또는 부정을 통한 하나의 선택을 요구한다. 이렇게 삶과 죽음을 동시에 소유하는 영혼 불멸 사상이 『젊은 베르테르의 슬픔』에서 전개된다. 작품 제1부의 끝 부분에서 로테는 죽은 후의 영혼에 대해 베르테르와 이야기를 나눈다. 〈우리들은 저세상에서도 존재할 거예요!〉(L 57)라고 로테가 숭고한 감정의 목소리로 말을 걸며 아울러 〈그런데 베르테르, 저세상에서 우리는 다시 만나게 될까요? 다시 알아보게 될까요? 어떻게 짐작하세요? 어떻게 말씀하시겠어요?〉(L 57)라고 베르테르에게 묻자, 그는 눈물이 가득 고인 채 그녀에게 손을 내밀면서 〈로테, (……) 우리들은 다시 만나게 될 거요. 이땅에서나 저세상에서도 다시 만나게 될 거요〉(L 57)라고 말한다. 죽음의 이별을 결심한 베르테르는 죽은 후 영혼의 재회를 확신하는 것이다. 〈우리는 다시 만나게 될 거요. 우리는 다시 보게 될 거요. 모든 형상들 가운데서 우리는 서로 알아보게 될 거요. 나는 갑니다. 나는 떠나갑니다. 안녕, 로테! 잘 있게, 알베르트! 우리는 다시 만나게 되네.〉(L 59) 이와 마찬가지로 『아벨라르트와 헬로이제』에서도 헬로이제는 자살하며 내세의 영혼 불멸을 되뇌인다. 〈나는 — 곧 — 사라질 — 거예요 — 안 — 녕 — 아벨라르트! — 우리는 — 다시 만나게 — 〉(A 159)

64 안진태, 『독일 문학과 사상』, 열린책들, 2010, 245면.

베르테르는 죽음을 결심하며 영혼 불멸에 대한 종교적인 소망 내지는 확신을 피력하지만,『파우스트』의 파우스트는 내세를 부정하고 현세에만 집착하는 등 괴테 작품 주인공들의 내세와 현세에 대한 관점은 일치하지 않는다.

> 나는 내세 때문에 괴로워하지 않는다.
> 네가 이 세상을 산산조각 내도
> 이어서 다른 세계가 생길 것이다.
> 이 땅에서 나의 기쁨이 샘솟고,
> 이 태양이 나의 고뇌를 비춰 준다.
> 내가 이것들과 헤어진 다음에는
> 무슨 일이 일어나도 상관없다.
> 미래에도 사람들이 서로 증오하고 사랑하는지,
> 또한 저세상 안에도
> 위와 아래의 구별이 있는지,
> 그런 것을 나는 더 이상 듣고 싶지 않다. (1660~1670행)

파우스트는 영생-영원에 대한 관심을 버리고 현세에 충실함으로써 더 잘 살 수 있다고 보고 있다. 여기에서 삶이란 과거도 미래도 모르는, 따라서 죽음도 모르는 단순한 현재의 순간이다. 이런 의미에서 삶은 지속되는 과정임에도 〈정지된 현재Nunc stans〉가 되는데, 이는 〈객관적으로 무한한 시간의 연속을 이루는 것이 주관적으로는 하나의 점, 불가분이며 항시 현존하는 현재〉[65]라는 쇼펜하우어Arthur Schopenhauer의 사상과 맥을 같이한다. 사물과 인간 등 세계의 본질적인 것들은 항

---

65 Arthur Schopenhauer, *Die Welt als Wille und Vorstellung*, Sämtliche Werke in 7 Bänden, Bd. 3, Wiesbaden, 1972, S. 3, 560.

상 정지된 현재에 있고 확고부동하며, 현상과 사건의 교체는 시간이라는 직관으로 파악되는 데서 오는 결과에 불과하다는 것이다. 이렇게 시간의 연속을 하나의 점으로, 다시 말해서 〈현존하는 현재〉라고 보는 개념은 고대 그리스의 제논Zenon의 역설 이론과 일치한다.

제논의 다양한 역설의 논증들 가운데 아킬레우스의 역설(또는 아킬레우스와 거북이의 역설)과 화살의 역설이 특히 유명하다. 제논은 〈활시위를 떠난 화살은 과녁에 도달할 수 없고, 한 발자국 뒤에서 출발한 아킬레우스는 한 발자국 앞의 거북이를 따라잡을 수 없다〉는 유명한 말을 남겼는데, 비상식적인 주장 같아 보이는 이 역설의 이론은 다음과 같다. 활시위를 떠난 활과 과녁 사이의 거리는 절반에서 절반 또 절반, 그 절반에서 또 절반, 이런 식으로 무한대로 쪼개질 수 있다. 즉, 활시위를 떠난 화살이 지나가야 하는 거리는 무한대라는 이야기이다. 따라서 활시위를 떠난 활은 과녁에 맞기는커녕 조금도 움직일 수가 없는데, 이 이론은 억지 같아 보이지만 지극히 논리적이다. 이러한 이론을 전개한 제논은 〈아킬레우스는 거북이를 따라잡을 수 없다〉라는 유명한 역설적인 말 또한 남겼다. 경주에서 아킬레우스가 거북이보다 1백 미터 뒤에서 출발하면 그는 절대로 거북이를 앞지를 수 없다는 말이다. 이것은 아킬레우스가 달리는 것과 거북이가 달리는 것을 함께 놓고 설명하기 때문에 벌어지는 오류이다. 아킬레우스가 뛰는 속도가 거북이의 속도보다 열 배 빠르고, 거북이가 아킬레우스보다 1백 미터 앞에서 출발한다고 가정하면, 거북이와 동시에 출발한 아킬레우스가 거북이가 출발한 지점으로 가는 동안 거북이도 얼마간은 전진한다. 거북이는 아킬레우스 속도의 10분의 1로 움직이므로 아킬레우스가 1백 미터 지점에 도달했을 때 거북이는 10미터 앞서 있게 된다. 다시 아킬레우스가 달려 그 지점까지 가면 거북이는 10미터의 10분의 1인 1미터를 아킬레우스보다 앞서게 된다. 이렇게 계속하면 거북이와 아킬레우스 사이의 간격은 점점 좁아지지만, 거북이는 아킬레우스보다 항상 조금이라도 앞서 있게 되므로 아킬레우스는 결코 거북이를 추월할 수 없게 된다. 이를 시간과 거리의 개념으로 생각하면 항상 〈정지된 현재〉일 뿐이다.

수의 아버지는 피타고라스Pythagoras다. 그는 혼돈 상태인 자연과 사회 현상에 질서와 패턴이 있다고 보았다. 가령 시간은 만질 수도, 들을 수도 없지만 하루를 24등분해서 시간을 만들고, 30일을 묶어 달을 만들었다. 그 결과 우리는 절기를 따지고, 시간표를 짜고, 몇 시 몇 분에 만나자는 약속도 한다. 하지만 제논은 이러한 수의 개념을 무시하고 시간과 거리의 역설적인 개념을 정립하였다.

앞에 언급된 〈정지된 현재〉는 과거도 아니고 미래도 아닌 오직 현세라는 명제가 성립된다. 이러한 현세에 대한 파우스트의 믿음은 괴테 자신의 사상이기도 하여 〈살아 있는 것은 얼마나 멋지고 값진 것인가! 그 상태에 얼마나 딱 들어맞는가! 얼마나 진실되고 실제적인가!〉[66]라고 외치며 여러 작품들에서 이승의 삶을 찬양한다. 희곡 「에그몬트」에서 에그몬트 역시 이승의 삶을 옹호하고 있다. 〈나의 성격이 명랑하고 일을 가볍게 생각하여 빠르게 살아가는 게 내 행운일세. 나는 그 행운을 지하 묘소의 안전과 바꿀 생각이 없지. 나는 스페인식 생활 방식에 조금도 끌리지 않으며, 점잖게 걷는 새로운 유행에 따를 마음도 없어. 삶이란 무엇인가 생각하기 위해서만 사는 것이 아니거든. 다음 순간을 확실히 보장받기 위해 현재 이 순간을 즐기지 말아야 한단 말인가? 그리고 그다음 순간을 다시 근심과 걱정으로 보내야 하는가?〉(E 399)

파우스트도 작품의 마지막까지 저쪽 세계에 관해 알고 싶어 하지 않을 정도로 현세의 생을 긍정하여[67] 다음과 같이 외친다.

---

66 괴테, 『이탈리아 기행』, 1786년 1월 9일.
67 안진태, 『파우스트의 여성적 본질』, 열린책들, 1999, 72면.

저쪽 높이 바라보아도 쓸데없는 일이다.

바보다. 먼 곳으로 눈을 향하여 깜빡이고,

구름 위에 자신과 같은 것을 그려 보는 것은!

착실하게 발을 디뎌 이 지상의 자기 주위를 둘러보라! (11442~11445행)

하지만 파우스트가 처음부터 현세에 집착한 것은 아니다. 작품 초반 〈누구나가 살금살금 그(저승의) 곁을 피해 지나가고자 하는 저 문을 과감하게 박차고 나가려무나〉(710~711행)라고 말하는 데서 알 수 있듯이, 그는 현세에 대한 불만으로 자살을 기도하는 등, 내세를 염원하는 인물이었다.

거울과 같은 물결이 내 발밑에 반짝이며,

새로운 날이 새로운 강변으로 나를 유혹하는도다.

불타는 수레 하나가 경쾌하게 흔들거리며

내게로 다가온다! 나는 마음의 준비가 되었음을 느끼노니,

새로운 길을 떠나 창공을 꿰뚫으며

순수한 활동의 새로운 영역으로 나아가리라.

이 드높은 생활, 이 신적인 환희. (700~706행)

파우스트는 하계의 여왕 페르세포네에게 내려가 그곳에 있는 헬레네를 지상의 세계로 데려올 수 있도록 간청하여 마침내 헬레네가 다시 지상으로 돌아오게 하는 등, 현세와 내세 모두에 관여하는 인물이다. 이러한 헬레네와 그레트헨의 〈영원한 여성적인 것Das Ewig-Weibli-che〉(12110행)의 영향을 받아 파우스트는 내세에 집착하게 되지만, 내세의 세상을 염원하여 시도했던 자살을 메피스토펠레스의 제안에 따라 포기하고, 그 강력한 영향으로 결국 현세를 긍정하며 이승에서의 행

복을 추구하기에 이른다. 이에 반해 이승의 현실에 절망한 나머지 자살하는 베르테르는 자살을 감행하는 날 아침에 로테에게 쓴 마지막 편지에서 내세를 향한 영혼의 불멸을 강조한다.[68] 〈마지막 아침입니다. 마지막! 로테, 나는 이 말의 의미를 모르겠습니다. 마지막이라니요. (……) 죽는다는 것, 이것은 무슨 말입니까? 보세요, 우리가 죽음에 대해 말할 때면, 우리는 꿈을 꾸고 있는 겁니다. (……) 어떻게 내가 사라질 수 있다는 겁니까? 우리는 존재하고 있는 겁니다. 사라지다니요! 이게 무슨 말입니까? 그것은 단지 말에 불과합니다. 내 마음의 감정이 들어 있지 않은 공허한 울림일 뿐입니다.〉(L 116)

그러나 베르테르가 내세적으로 실현시키려는 영혼 불멸은, 현세의 관점에서 자아 말살일 뿐이다. 이승에서 자아가 말살되고 저승에서 영혼이 불멸되는 〈재생 Wiedergeburt〉 사상은 괴테의 시 「승천의 동경 Selige Sehnsucht」에 잘 묘사되어 있다.

현자 외에 누구에게도 말하지 말라,
어리석은 민중은 곧잘 조소할 것이니,
살아 있으면서 불에 타 죽기를
원하는 자를 나는 예찬하리라.

네가 창조되고 또한 네가 창조하는
서늘한 밤 사랑의 행위에
희미한 촛불이 빛을 내면
이상한 생각이 너를 엄습한다.

너는 어둠의 그늘 속에

68 안진태, 『베르테르의 영혼과 자연』, 열린책들, 2005, 224면 이하.

더 이상 가만있을 수 없으니,

욕망이 새로이 거세게 자극하여

너를 더 고차적인 교접에 이르게 한다.

그 어떤 거리에도 방해받지 않고

마법에 걸린 듯이 날아가,

마침내 불을 열망하여서

나비, 너는 불 속에 뛰어들어 타 죽는다.

죽어서 생성하라, 이 마음을

자신의 것으로 삼아야 하리라!

그러지 않으면 이 어두운 지상에서

서글픈 나그네에 지나지 않으리.

이 시에서의 사랑의 모티프는 괴테의 이탈리아 여행(1786~1788) 이
후 바이마르에서 나온 2행시 「로마의 비가Römische Elegien」의 관능적 에
로스를 의미하는 사랑이 아니라, 개인의 희생, 자신의 소멸을 통해 덧
없는 이승의 삶에서 무한 속으로 귀의하는 영원한 사랑으로 발전한다.
결국 그 영원한 사랑이 시 「승천의 동경」에 담겨 있는 셈이다. 현세적인
생명의 종말은 곧 천상의 계시라는 대립적 요소를 나타낸다. 따라서 지
상에서 한 생명의 사별은 또 하나의 획득이 되는데, 타 죽은 생명은 신
의 은총 속에서 찬미되기 때문이다. 자기희생에 의해 유일의 무한 속으
로 몰입해 들어가는 삶과 죽음의 역학적 관련성은 마지막 연의 〈죽어
서 생성하라Stirb und werde〉라는 유명한 잠언적 시구로 인도된다. 죽음
의 변화를 통한 영원한 생성으로의 동경이 변화의 영속이라는 괴테의
〈변형론〉(HA 11, 453)과 일치하는 것이다. 따라서 괴테는 「승천의 동경」

의 비유와 모티프를 인용하여 〈모든 것은 변신한다〉(HA 2, 763)라고, 또 〈모든 삶은 회귀하며 재현된다〉(HA 13, 165)라고 말하며 다음과 같이 피력하였다. 〈사물은 변화하고 교체되기 때문에 나는 불꽃이 계속 타오르도록 자신의 몸을 희생시키는 촛불이기도 하고, 또 불꽃 속으로 뛰어드는 도취된 모기이기도 합니다. (……) 옛날에 나는 당신을 위하여 연소했지만 앞으로도 언제나 당신을 위해 연소하여 정신이 되려고 합니다. 그렇습니다. 변신이야말로 당신의 친구가 가장 사랑하고, 마음속 깊숙이 간직하고 있는 것으로 나의 가장 큰 희망이며 가장 심오한 욕구입니다 — 변화의 유희, 노인이 젊은이로, 소년이 젊은이로 변하는 얼굴의 변화, 이것은 전적으로 인간의 용모이며, 각 연령층에 따라 얼굴이 변하고, 청춘이 노년에서, 노년이 청춘에서 마법처럼 나타나는 것입니다. 안심하십시오. 당신이 선뜻 노년의 얼굴을 청춘의 모습으로 단장하여 이곳의 나를 찾아 준 것은 나로서는 흐뭇하고 매우 친근감 넘쳐흐르는 일이었습니다.〉(HA 2, 763 f)

「승천의 동경」에서처럼 죽음에 의한 변화로 영원한 생성을 추구하고자 하는 동경은 삶의 지고한 실현이 삶의 완전한 부정으로 귀결될 수밖에 없는 베르테르가 추구하는 절대적인 목표가 된다.

『젊은 베르테르의 슬픔』에서는 결정의 자유, 그리고 이와 관련한 상상력이 큰 역할을 하고 있다. 사랑에 빠진 베르테르는 자신의 감성으로 결정할 수 있는 자유가 주어지자 기존의 규정을 파괴하기 시작하고, 이러한 감성에 의해서 타인을 자신에 융합시키려는 자유의 공간이 넓어진다. 베르테르와 로테는 하나의 공통적인 규정을 추구하면서도 자신에게 맞는 서로 상이한 규정을 따른다. 베르테르는 열망을 상상으로 추구하고, 로테는 의지를 실현하려 하는 것이다. 따라서 베르테르의 자아도취적 사랑은 현실에서 벗어난 환상에서만 전개될 수 있는데, 이러한 사랑에 로테가 이바지하는 내용이 7월 13일 자 베르테르의 편지에 나타나 있다. 〈나 자신은 얼마나 값진 몸이 되었겠나 — 자네에게는 이런 말을 하고 싶네. 자네는 그러한 마음을 이해할 테니까 — 그녀가 나를 사랑하게 된 이후로 나는 나 자신을 얼마나 숭배하고 있는지 모른다네!〉(L 38) 그러면 〈마음의 의사소통은 가능할까?〉 또는 〈의사소통이 될 수 있다면 그것을 이룩하는 방법은 무엇일까?〉라는 의문이 발생한다.

『아벨라르트와 헬로이제』가 생성되던 시대에 『젊은 베르테르의 슬픔』의 내용은 이미 인기의 절정을 지나 무료하게 되었을 가능성도 있다. 그중에서도 『젊은 베르테르의 슬픔』의 서술자로 나오는 이른바 〈편집자Herausgeber〉의 서술은 비논리적이다. 이 1인칭 편집자는 3인칭 주인공인 베르테르의 심정을 적나라하게 서술하며, 심지어는 그의 긴 독백까지도 그대로 옮겨 놓고 있는데, 이는 분명히 논리적이지 못하다. 특히 〈편집자가 독자에게 드리는 글Der Herausgeber an den Leser〉이라는 제목이 별도로 달린 소설의 종반부가 그러한데, 여기서 가공의 인물인 〈편집자〉는 베르테르를 비롯한 등장인물들의 생각과 감정을 마치 자신의 생각과 감정인 양 서술하고 있다.[69]

『젊은 베르테르의 슬픔』의 편집자와 마찬가지로 『아벨라르트와 헬로이제』에서도 한 명의 서술자가 등장한다. 아벨라르트의 자살로 작품이 끝난 후에 등장하여 아벨라르트와 헬로이제 두 연인의 운명을 서술하는 서술자는 허구적 인물이 아니라 줄거리를 모두 알고 있는 저자 역할을 한다. 그의 서술은 두 부분으로 구분되는데, 첫 부분은 아벨라르트의 죽음 이후에 관한 내용이고, 두 번째 부분은 죽은 주인공에 대한 동정을 일깨우면서 그의 죽음을 모방하지 말라는 윤리 의식을 주지시키는 내용이다. 이렇게 서술자가 절제되지 않은 열정의 위험성을 경고

---

69 이덕형, 「나폴레옹과 괴테」, 『한국독어독문학회 2014 봄철연합학술대회 발표논문집』.

할 정도로『젊은 베르테르의 슬픔』이나『아벨라르트와 헬로이제』가 독자에 미치는 가장 큰 정서는 사랑에 의한 주인공의 자살에서 비롯된다.

당시 사랑은 17세기에 형성된 〈정열로서의 사랑Liebe als Passion〉으로 범례화되었다. 정열이란 수동적으로 번뇌를 받고, 능동적으로 영향을 미치지 못하는 영혼의 상태로 바로 베르테르에 해당한다. 이러한 베르테르에 비교하면 로테는 오히려 능동적인 성격으로 볼 수 있다. 베르테르와의 만남 초기에 활발하고 극히 현실적인 여성으로 등장하는 로테는 무도회에서 다른 여성들보다 더 즐겁게 춤을 즐기는가 하면, 벌칙으로 따귀를 때리면서 천둥과 번개의 공포를 몰아낼 정도로 적극적인 모습을 보인다. 사회에 적응하지 못하는 베르테르로서 이러한 로테를 향한 집착은 더욱 끈질겨질 수밖에 없다.[70]

이렇게 집착이 강한 베르테르가 로테와 알고 지내면서 그녀를 차지할 가능성도 있고 또 그렇게 해도 아무런 법적인 문제가 없는데도, 말하자면 그녀가 아직 알베르트와 결혼하기 전임에도 불구하고 아무런 행동도 하지 않는 적극적이지 못한 성격은 문제점으로 지적될 수도 있다. 로테는 아직 알베르트의 아내가 아닌데 베르테르는 왜 자기가 그토록 사랑하는 그녀를 차지하기 위해 최소한의 행동도 하지 않았을까? 오히려 그는 위축될 대로 위축된 나머지 그사이에 결혼해 버린 로테에 대한 헛된 사랑 때문에 스스로를 파괴시키지 않았는가? 이러한 관점에서 슈바르트Karl E. Schubart는『괴테의 비평Zur Beurteilung Goethes』(1818)에서 베르테르의 비극을 로테에 대한 열정적인 사랑에서 찾지 않고, 매사에 자기 자신의 문제로 환원시킬 뿐 행동과 실천을 피하는 그의 수동적 태도에서 찾았다.[71] 자일러Bernd W. Seiler도 베르테르의 이러

---

70 『독일 문학의 장면들』, 51면.

71 Bernd W. Seiler, *Goethe, Napoleon und der junge Werther*, in: DVjs 3, 2009, S. 401 참조.

한 반응에 근거하여 결국 슈바르트가 가설로 내세웠던 베르테르의 수동적 성격이 문제였다고 보았다.

로테 역시 결혼한 뒤에도 베르테르가 보여 준 열정의 회오리에서 단호하게 벗어나지 못한다. 일종의 정서적 나태인 우울증이 발생할 때는 피아노로 춤곡을 한 번 연주하면 기분이 상쾌해진다는 로테의 감정 혼란은 통제될 수 없을 지경에 이른다. 결국 감정의 소용돌이에서 헤어나지 못하고 베르테르가 낭독하는 오시안의 시에 감동한 나머지 그와 행한 열정적인 포옹은 죽음을 불러오는 위험스러운 것이었다.[72]

사랑은 정열이라는 무기에 의해 사회적·윤리적인 책임에서 벗어난다. 정열로 야기된 행위에 대해서는 해명이나 변명이 필요 없을 정도로 사회적 인식이 자비롭다. 제도화·관습화된 자유를 가려 보이지 않게 만드는 정열은 합리화가 불필요한 행동의 자유가 되는 것이다.[73]

개인의 이야기가 하나의 범례일 수도 있다. 문학적으로 기록된 사랑은 가정이나 교육, 종교 등의 영향을 받지 않고 영향을 끼치지도 않는다. 개인의 사랑은 자신의 은밀한 목적을 위해서 진행된다. 이러한 경향과 달리 베르테르의 사랑은 당시 획기적인 유행을 불러일으킬 정도로 사랑의 의미론을 정립하거나 변형시켰다. 이렇게『젊은 베르테르의 슬픔』이 독일 문학으로서 최초로 범유럽적인 인기를 누리게 된 원동력이 〈자살〉에 있다는 사실은 부정할 수 없다. 허구적인 기법에 의한 허구적인 내용을 독자가 실제적으로 받아들여 비극적인 상황을 일으키는 수가 있어서인지 괴테의『젊은 베르테르의 슬픔』이 발간된 후 실제로 베르테르를 모방한 자살이 유행하였다. 스스로 죽음을 만드는 자살은 예로부터 큰 죄악으로 여겨지는데도 베르테르가 자살을 선택하자 이 작품은 일부에서 자살을 선동하는 매개체로 여겨지기도 했다. 윤리

---

72 『독일 문학의 장면들』, 53면.

73 *Liebe als Passion*, S. 73.

에서 벗어나면 대중에 오해를 일으킬 수 있는 사례가 베르테르의 수용으로 나타난 것이다.

베르테르를 이성을 추구하는 인물로 수용하여 윤리성의 회복을 시도한 작품들도 있었지만 자살 충동을 막을 수가 없었다. 필자도 베르테르의 비극적인 결말이 또 다른 비극을 야기해서는 안 된다고 생각한다. 특히 베르테르의 자살에 따른 모방 자살은『젊은 베르테르의 슬픔』이 잘못 이해된 결과인 듯하다. 베르테르가 자살하는 작품의 마지막 장면은 다음과 같이 묘사되고 있다.

이웃 사람 하나가 화약의 섬광을 보았고 총소리를 들었다. 그러나 모든 것이 조용하게 되었기에 그 이상 별로 마음을 쓰지 않았다. 이튿날 아침 6시, 하인이 불을 켜 들고 들어가 보니 주인은 바닥에 쓰러져 있고, 그의 곁에 권총이 떨어져 있으며 피가 흐르고 있었다. 하인은 큰 소리를 지르며 주인의 몸을 붙잡았으나 아무런 대답도 없이 단지 목구멍만 골골거릴 뿐이었다. 하인은 급히 의사를 부르러 갔고 알베르트에게도 달려갔다. 로테는 초인종이 울리는 소리를 듣자 온몸에 오싹 소름이 끼쳤다. 남편을 불러 깨워 둘이 일어나 나왔다. 하인은 통곡하며 더듬거리는 목소리로 사건을 전했다. 그러자 로테는 정신을 잃고 알베르트 앞에 쓰러졌다. 의사가 불쌍한 베르테르에게 왔을 때 베르테르는 바닥에 쓰러진 채였고 살아날 가망이 없었다. 맥박은 뛰고 있었으나 수족은 벌써 모두 마비되어 있었다. 오른쪽 눈으로부터 머리를 쏘았던 것이다. 뇌수가 터져 나와 있었다. 소용은 없었지만 팔의 정맥을 방혈시켰는데도 피가 솟아나왔다. 그는 여전히 숨을 쉬고 있었다. 의자의 등받이에 묻은 피로 보아 아마 책상을 대하고 앉은 채로 자살한 것 같았다. 그리고 바닥에 떨어져 몸부림치면서 사방을 뒹군 듯했다. 창문 쪽을 향하여 맥이 풀린 채 반듯이 누워 있었다. 목구두를 신었고, 푸른 연미복에 노란 조끼를 입은 단정한 옷차림이었다. 집안사람, 이웃 사람들, 온 시내가 발칵 뒤집혔다. 알베르트가 들어왔다. 베르테르는 침대 위에 눕혀져 있었다. 이마에 붕대를 감았고 얼굴은 이미 죽은 사람 같았으며 수족은 전혀 움직이지 않았다. 폐만이 아직도 무시무시하게, 때로는 약하고 때로는 강하게 골골 소리를 내고 있었다. 임종이 가까운 듯했다.

포도주는 한 잔을 마셨을 뿐이었다. 「에밀리아 갈로티」가 펼쳐진 채 책상 위에 놓여 있었다. 알베르트의 당황, 로테의 비탄에 대해서는 말하지 않겠다. 노무관이 소식을 듣고 말을 타고 달려왔다. 그는 뜨거운 눈물을 흘리면서 죽어 가는 사람에게 입을 맞췄다. 손위의 아이들도 아버지의 뒤를 이어 걸어서 왔다. 그들은 참을 수 없는 쓰라린 정을 보이고, 침대 곁에 엎드려서 베르테르의 손에 혹은 입에다 입 맞추었다. 베르테르가 가장 사랑하던 장남은 아무리 해도 베르테르의 입술에서 떨어지지 않아, 결국 베르테르가 숨을 거둔 후에야 여러 사람이 그 애를 억지로 떼어 놓아야 할 정도였다. 정오에 그는 죽었다. 주무관이 있어서 조처를 취해 주었기에 소동없이 처리되었다. 저녁 11시경 주무관은 죽은 사람이 스스로 선택한 장소에 매장하도록 했다. 유해를 뒤따른 것은 그 노인과 사내아이들뿐이었다. 알베르트는 갈 수 없었다. 로테의 생명이 걱정되었던 것이다. 일꾼들이 유해를 운반했다. 성직자는 한 사람도 동행하지 않았다. (L 123 f)

선한 사람이든 악한 사람이든 죽으면 모두 선하게 대접받으며 장례식은 엄숙하게 진행되기 마련이지만 자살은 지탄의 대상이 되었다. 그럼에도 문학에서만은 자살이 숭고하게 여겨지는 경우가 흔했다. 가끔 유명 연예인이 자살한 이후 젊은 층을 중심으로 모방 자살이 따르는 경우가 있는데 이를 〈베르테르 효과〉라고 한다. 이러한 〈베르테르 효과〉는 괴테의 소설 『젊은 베르테르의 슬픔』에서 유래한 용어다. 실제로 작품에서 베르테르의 자살을 모방하여 자살이 유행했는데, 이는 작품의 진의를 잘못 이해한 결과로 볼 수 있다. 괴테는 자살을 굉장히 저주하여서 이 작품에서 베르테르가 죽자마자 장례 기간도 없이 밤 11시경 서둘러 장례가 치러지도록 한다. 그리고 흉악한 사형수일지라도 죽을 때는 성직자가 동행하여 기도를 해주기 마련인데, 베르테르의 장례식에 〈성직자는 한 사람도 동행하지 않았다〉(L 124). 괴테는 베르테르의 자살을 매우 부정적으로 나타낸 것이다.

나폴레옹은 자신이 애독하던 『젊은 베르테르의 슬픔』의 저자인 괴테를 1808년 10월 2일에 에어푸르트에서 만났다. 이후 괴테가 나폴레옹에 대해 술회한 바에 의하면, 이 자리에서 나폴레옹은 소설 『젊은 베르테르의 슬픔』 중 한 대목을 가리키며 〈선생은 그것을 왜 그렇게 처리했지요? 그것은 자연스럽지 않던데요〉라고 물었다고 한다. 이후 괴테의 동시대인들과 후대의 괴테 문학 애호가들이 나폴레옹이 말한 〈그것〉이 작품의 어느 부분을 지칭한 것인지 밝혀내려 애썼지만 갖가지 추측만 난무했을 뿐 명쾌한 답이 나오지 않았다. 무엇보다도 장본인인 괴테가 주위의 성화에도 불구하고 나폴레옹이 어느 대목에 대해 물었는지에 대해서 끝까지 입을 다물었기 때문에 이 문제는 2백여 년이 지난 지금까지도 풀리지 않은 수수께끼로 남아 있다.

괴테는 세상을 떠나기 2년여 전인 1830년 한 편지에서 자기가 나폴레옹과의 대화 내용을 공개하지 않은 것은 〈후세 사람들로 하여금 골머리를 앓게 하고 싶지 않았고〉 또 〈우리는 평화롭게 살고 싶기 때문〉이라고 밝혔다.[74] 이렇게 만인의 평화와 안위를 염두에 두었던 괴테는 인간의 최악의 비극인 자살을 부정적으로 보았고, 그리하여 죽은 베르테르의 장례식에 성직자는 한 사람도 동행시키지 않은 것이다. 따라서 과거 유행했던 베르테르 모방의 자살이나 오늘날의 〈베르테르 효과〉

---

74 Gustav Seibt, a. a. O., S. 124 참조.

는 이 작품의 진의를 오해한 것으로 〈베르테르 효과〉라는 용어의 의미
도 바로잡혀야 한다고 생각된다.

괴테와 마찬가지로 장 파울도 주인공의 자살로 작품을 종결하지만
자살 자체만은 반대하여 마지막에 서술자를 등장시켜 자살의 모방을
간절하게 금지하고 있다. 결국 아벨라르트와 헬로이제는 베르테르처
럼 문학적인 인물로 남아야 할 뿐 어떤 전형이 되어서는 안 된다는 것
이다.

모성애와 어린이

제한 없는 삶의 구현을 위해, 다시 말해 삶의 제한을 없애기 위해
삶 자체를 파괴하는 베르테르의 자살은 『파우스트』 속 파우스트의 자
살 의도와도 매우 유사하다. 파우스트와 베르테르의 자살 의도가 맥
을 같이하는 것은 유년 시절에 대한 동경에서 비롯된다. 베르테르의 유
년 시절이 깃든 곳의 방문은 일종의 〈순례 여행〉이다. 1771년 6월 29일
자 편지에서 베르테르는 다음과 같이 말하고 있다. 〈그래 빌헬름, 나에
게 이 세상에서 아이들처럼 더 가깝게 느껴지는 존재는 없는 것 같아.
(……) 그래서 나는 《너희들이 이 아이처럼 되지 않는 한!》이라는 우리
의 선생님이 남기신 금언을 항상 명심하고 있지.〉(L 30) 마찬가지로 파
우스트도 부활절의 종소리에 〈이런 추억이 이제 어린아이 같은 심정
을 갖게 하여 나로 하여금 이 마지막 진지한 발걸음을 멈추게 하는구
나〉(782~783행)라고 어린 시절의 순진무구함을 회상하면서 자살하려
는 의도를 거둔다. 자살 직전의 파우스트를 다시 삶으로 돌아서게 한
부활절의 종소리가 아직 이성이 깨어나지 않았고, 그래서 순수하고 소
박하여 갈등도 모르던 〈어린 시절〉을 일깨운 것이다. 따라서 파우스
트와 그레트헨의 결합은 이미 과거가 된 어린 시절로의 회귀, 즉 〈아

이〉가 되는 것을 의미한다. 〈기적은 믿음의 가장 사랑스러운 자식이다.〉(766행) 순진하였기에 기적과 부활을 믿었던 어린 시절에는 의심을 몰라서 열렬히 기도하며 행복해했다. 따라서 파우스트와 베르테르의 〈유년 시절〉에 대한 강한 동경심이 두 인물의 공통점을 이루는 것이다.

이런 맥락에서 〈어린이들은 나를 믿고서 나에게 갖가지 이야기를 한다. 많은 아이들이 마을에 모였을 때 그들의 욕정과 무엇을 가지려는 욕심의 단순한 발로는 나의 마음을 즐겁게 해주지〉(L 17)라는 언급처럼 어린아이는 베르테르에게 세상에서 제일 소박한 존재가 된다. 인간의 이상을 구현하는 어린아이를 찬양하는 베르테르에게는 〈아이들처럼 그날그날을 한가롭게 보내는 사람들이 가장 행복한 사람〉(L 13)이다. 어린이가 베르테르의 마음을 끄는 특별한 이유는 어린 시절에 (베르테르가 귀히한) 자연이 가장 깨끗하게 느껴졌기 때문이다.[75] 〈사실 어린이만큼 내 마음에 가까운 것은 이 세상에 없네. 어린이들을 보고 있노라면 그 조그만 존재 속에 언젠가는 필요하게 될 온갖 미덕과 모든 힘의 싹이 들어 있거든. 고집 속에는 장래의 확고한 성격이, 장난 속에는 세상의 거친 파도를 헤치고 나아갈 유머와 느긋한 기품이 엿보인다네. 더구나 모두가 정말로 순수하고 완벽한 것을 발견할 때 나는 저 인류의 스승의 존귀한 말씀을 되풀이하지 않을 수 없다네.〉(L 30)

이렇게 손상되지 않고, 소박하고, 스스로에 모순 없이 발전하는 원초적인 인간상이 베르테르에게 어린이로 나타나고 있다. 베르테르의 어린이에 대한 생각은, 기독교에서 제사장이나 레위와 비교되는 선한 사마리아인처럼 성스러운 인간상으로 어린아이를 드는 예수의 생각과도 같다. 〈하늘에 계신 신의 눈에는 단지 나이 많은 어린이와 나이 적은 어린이가 있을 뿐이네. 그뿐이지. 그중에서 어느 편을 더 좋아하시는지는 아드님인 그리스도가 그 옛날 이미 알려 주시지 않았는가? 그

75 Hans Goss, *Goethes Werther*, Tübingen 1973, S. 29(이하 *Goethes Werther*로 줄임).

런데 사람들은 그리스도를 믿으면서도 그의 말씀에 귀를 기울이려 하지 않는군. 이것도 이제 새삼스러운 일은 아니지만. 모두들 자신의 기준으로 아이들을 키우고 싶어한다니까.〉(L 30 f) 성경에서 예수는 아이를 〈자기를 낮추는 사람〉[76]으로 비유한다. 〈예수께서 어린이 하나를 불러 그들 가운데 세우시고 《나는 분명히 말한다. 너희가 생각을 바꾸어 어린아이와 같이 되지 않으면 결단코 하늘나라에 들어가지 못할 것이다.》〉(「마태오의 복음서」 18장 2~3절)

이러한 신이 순진한 어린이의 기원을 들어주지 않아 아쉬워하는 내용도 있다. 어린 시절 흑사병이 번져 재앙을 일으키자 괴테는 이 질병의 퇴치를 탄식과 눈물로 신에게 간절히 기원하였지만 많은 사망자가 발생했는데, 이 내용이 『파우스트』에 표출되어 있다.

> 희망에 부풀고 믿음으로 확고한 채,
> 눈물을 흘리고 한숨을 쉬고 두 손을 비벼 대면서
> 하늘에 계신 주님께 간청하여, 억지로라도
> 저 흑사병을 종식시키려 생각했었지. (1026~1029행)

어린이의 일생인 유아기를 실러는 역사의 개념으로 묘사하기도 한다. 역사에서 황금기였던 그리스 로마 시대 등을 유년기에 비교하는 것이다. 실러의 이상주의 철학은 〈현대〉를 그것이 가진 모든 문제들에도 불구하고 그리스 로마 시대 라는 세계 역사의 〈유년기〉를 넘어선 단계로 보고 있다. 이 뛰어넘음으로 인해 발생한 모든 문제들, 즉 동질적 공동체의 붕괴, 세계와 인간과 자연의 조화로운 관계의 파괴, 개인과 개인 사이의 고립과 분열은 인류가 유년기를 벗어나 성년이 되면서 겪어

---

76 박종소, 「괴테의 『베르테르』에 나타난 성서적 표현과 그 의미」, 『독일 문학』 117집, 2011, 68면 이하.

야 하는 피할 수 없는 현상들이다.[77] 또 실러는 『소박 문학과 성찰 문학에 대하여 *Über naive und sentimentalische Dichtung*』에 다음과 같이 적고 있다. 〈우리는 그들(자연의 이념이 나타난 다양한 현상들)과 마찬가지로 자연이었으며, 우리의 문화는 이성과 자유의 길을 통해 우리를 다시금 자연으로 되돌아가게 해야 한다. 그러므로 그들은 우리에게 영원히 가장 소중한 것으로 남아 있는 우리의 잃어버린 유년기의 표현이다.〉[78]

어린이의 자유로운 감성 같은 의지를 무제한으로 펼칠 수 없는 세계에서 삶은 아무런 의미가 없어서 〈존재한다는 것이 짐이 되고, 죽음이 바람직하며, 삶이 증오스럽기 때문에〉(1571행) 파우스트는 자살을 기도하기도 하였다. 이러한 어린이를 상대하는 제일의 대상은 어머니이며, 따라서 괴테의 작품에서 어머니와 어린이가 자주 연결되어 전개된다.

바르트 Roland Barthes는 운명적 사랑의 시작에는 일반적으로 갑작스러움의 기호인 〈하나의 정경 *un tableau*〉[79]이 숨어 있다고 지적하면서, 그 예로 『젊은 베르테르의 슬픔』에서 베르테르와 로테의 만남, 즉 동생들에게 둘러싸여 저녁 빵을 나누어 주고 있는 로테를 베르테르가 처음으로 보는 장면을 들었다. 로테는 마을에서 은퇴한 법관의 딸로 어린 동생들에게는 어머니이고, 상처한 아버지에게는 아내, 마을의 병자와 임종하는 사람들에게는 간호사 같은 여성이다. 그녀의 우아하고 성스러운 모습이 동생들에게 정답게 저녁 빵을 나눠 주는 어머니 같은 천사의 모습으로 묘사된다.

그런데 집 앞에 있는 계단을 올라가 현관문에 발을 들여놓자 여태까지

---

77 『괴테 파우스트 휴머니즘』, 124면.

78 Friedrich Schiller, *Sämtliche Werke*, hg. von G. Fricke und H. Göpfert, Bd. 5, München, 1965, S. 695.

79 롤랑 바르트, 『사랑의 단상』, 김화영 옮김, 문학과지성사, 2000, 258면.

보지 못한 매혹적인 정경이 눈에 들어왔네. 그 현관에 달린 방에 열한 살에서 두 살까지의 어린이들이 한 처녀를 둘러싸고 있었지. 몸매가 아름다운 중간 정도 키의 처녀로 팔과 가슴에 담홍색의 리본이 달린 청초한 흰옷을 걸치고 있었네. 그 여자는 검은 빵을 손에 들고 빙 둘러서 있는 아이들에게 나이와 식욕에 따라 한 조각씩 잘라서 정말 정겨운 모습으로 한 사람씩 나누어 주었지. 그러면 어떤 아이건 정말 조금도 꾸밈새 없이 〈고맙습니다!〉 하고 소리를 내는 것이었어. 아직 빵을 자르기도 전에 아이들은 조그마한 두 손을 치켜들고 기다리고 있다가 이윽고 저녁 식사인 그 빵을 받아 들고는 흐뭇해서 어떤 아이는 뛰어나가고, 어떤 아이는 침착하게 조용히 그 자리를 떠나 누님인 로테가 타고 갈 마차와 손님들을 보려고 문 쪽으로 걸어가기도 했네. 〈실례했습니다〉 하고 그녀는 말했네. 〈선생님을 이렇게 여기까지 들어오시게 하고, 부인들을 기다리시게 해서 실례했습니다. 옷을 갈아입고, 제가 없는 동안에 해야 할 여러 가지 일들을 하다 보니 어린애들에게 저녁 빵을 주는 것을 잊고 있었어요. 글쎄 빵을 제가 잘라 주지 않으면 받으려 들지 않아요.〉 (L 21)

이렇게 괴테의 문학에서 여주인공들의 성스러움은 주로 어머니상으로 묘사되는 경우가 많다. 어린이에 빵을 나누어 주는 등 어머니처럼 아이를 돌보는 로테와 마찬가지로, 『파우스트』의 그레트헨도 어머니를 대신해서 자기의 갓난 누이동생의 양육을 떠맡지 않으면 안 되었고, 이를 위해 어떤 노고도 마다하지 않는 친어머니 같은 모성애를 나타내고 있다.

하녀도 없어서, 제가 요리도 하고 청소도 하고,
뜨개질이나 바느질을 하며
새벽부터 밤늦게까지 뛰어다녀야만 해요.

그런 데다 우리 어머니께선 만사에 있어서

너무나 꼼꼼하세요!

그렇다고 너무나 그렇게 아끼면서 살아갈 필요는 없어요.

다른 사람들보다는 훨씬 풍족하게 살 수 있어요. (3111~3116행)

제가 길렀기 때문에 그 아이[80]는 저를 무척 따랐어요.

아버님이 돌아가신 다음에 태어난 애였어요.

당시 어머니는 전혀 가망이 없을 정도로

쇠약하여서 병석에 누워 계셨는데,

그 후 아주 서서히, 차츰차츰 회복하시게 되었어요.

그러니 그 가엾은 어린것에게 어머니께서

젖을 먹인다는 것은 생각할 수도 없는 일이었지요.

그래서 제가 혼자 우유나 물로 아기를 길렀고,

그래서 그 애는 제 아이가 되어 버렸던 거예요.

제 팔에 안기고 제 품에 안겨서

아기는 좋아하고 바둥거리며 무럭무럭 자랐어요. (3125~3135행)

그레트헨은 여동생이 죽기 전에 그녀를 어머니처럼 헌신적으로 보
살필 뿐 아니라 집안 살림에도 매우 충실하다. 유아 살해 혐의로 감옥
에 갇힌 그레트헨을 파우스트가 사슬에서 풀어 주려 하자 그녀는 형리
가 자기를 형장으로 끌어내려는 것으로 착각한다. 옛날 연인도 알아보
지 못하는 것이다. 그때야 비로소 파우스트는 그녀의 정신 착란을 알
아차리고 절망한다. 이러한 몽롱한 정신 착란의 상태에서도 그레트헨
은 모성애가 강렬하여 어린애를 생각하고 젖이나 좀 먹이게 해달라고
간청한다. 〈제발 어린애에게 젖이나 좀 먹이게 해주세요! 밤새도록 이

80 그레트헨의 죽은 여동생.

애를 꼭 끼고 있었는데, 날 괴롭히려고 이 애를 빼앗아 갔어요. 그리고 내가 그 애를 죽였다는 거예요.〉(4443~4446행)

처형당하기 전에 파우스트에게 자신의 묏자리를 알려 주는 내용에서 〈어머니〉를 제일 좋은 곳에 묻어 주고 자기 아기는 자신의 오른쪽에 묻어 달라는 그레트헨의 애원에는 모성애가 사후에까지도 지속되기를 바라는 염원이 담겨 있다.

어머니를 제일 좋은 자리에 모시고,
오빠를 바로 그 옆에,
나는 좀 떨어진 곳에 묻어 주세요.
하지만 너무 멀리 떨어지면 안돼요!
그리고 아기는 내 오른쪽 가슴에 묻어 주시고요.
그 밖엔 내 곁에 아무도 묻어선 안 돼요! (4524~4529행)

그레트헨의 어머니가 작품에 직접 등장하지는 않지만, 그레트헨은 어머니로부터 선과 악, 정의와 부정에 대해 분별 있게 판단하는 단호한 성격을 이어받았다.[81] 사랑스럽고 자애로운 그레트헨의 어머니상이나 동생들에게 빵을 나누어 주는 로테의 어머니상 등 성스러운 여성상에 비하면 남성의 가부장적 상은 상대적으로 열등한 것으로 여겨질 수밖에 없다. 따라서 그레트헨과 로테 등으로 연상되는 어머니상과 비교되어 남성을 연상시키는 가부장제는 미개한 행동으로 묘사되기도 한다. 〈아침에 동이 트면 발하임으로 나가 그곳 주인의 채마밭에서 나 스스로 완두콩을 꺾고 그 자리에 앉아 콩을 까면서 간간이 호메로스를 읽을 때면, 그리고 그다음 조그만 부엌에 들어가 냄비를 하나 골라 버터를 도려내어 바른 후 뚜껑을 덮고 완두콩을 불에 익히며 그 옆에 앉

---

81 Albrecht Weber, *Wege zu Goethes Faust*, München, 1968, S. 88.

아 이따금 휘저을 때면, 나는 페넬로페[82]의 오만스러운 청혼자들이 황소와 돼지를 도살하여 그 고기를 잘라 불에 굽던 모습을 생생하게 느끼게 된다네. 이렇게도 고요하고 진정한 감정으로 나를 가득 채워 주는 것은 다름 아닌 가부장 제도의 특성이라네.〉(L 29) 남성 위주의 가부장제에 대한 부정적인 내용으로 고기를 먹는 살생의 행위가 묘사되는 것이다.

유대인 강제 수용소인 아우슈비츠 소장 회스Rudolf Höss는 우생학의 열렬한 지지자였다. 그의 자서전에 의하면 아우슈비츠는 당초 동식물의 품종 개량을 위한 연구소로 만들어진 것이라고 한다. 하지만 회스는 이후 정부에서 유대인 대량 절멸을 구상하라는 지시를 받는다. 그 결과 아우슈비츠는 동물 대신 인간을 분류해 〈하위 인간〉으로 지목된 유대인과 집시 등을 대량 학살하고 우월한 종만 남기는 〈인간 우생학 센터〉로 탈바꿈한다. 유대인 수용소의 운영 방식 역시 당시 대량 생산 시스템을 갖췄던 가축 도살에서 아이디어를 얻었다. 가스실은 당시 도살장 구조를 본떠 만들었다. 이러한 역사적 사례를 보면 〈하위 인간〉을 분류해 내고 이들을 학대하는 방식은 동물 학대에서 연원한다고 볼 수 있다. 이러한 관점에서 〈동물과의 관계에서 모든 사람은 나치이다. 그 관계는 동물에게 영원한 유대인 수용소다〉라는 노벨 문학상 수상자 싱어Isaac Singer의 말이 연상될 정도로 동물의 고통에 눈감는 사회가 정상적인 것인지 자문하게 된다.[83] 괴테의 작품에서도 동물들의 생명을 죽이는 행위는 사악한 행위로 묘사되는 경우가 많다. 따라서 살생을 자행하는 〈사냥이나 낚시〉가 교활한 행위로 업보적 결과를 낳는 내용이 괴테의 담시 「낚시꾼」에서 전개되고 있다.

---

82 그리스 신화에 나오는 오딧세이아의 충실한 아내로서 남편이 실종되었음에도 불구하고 모든 청혼자들은 물리치고 20년이나 정절을 지켰다.

83 찰스 패터슨, 『동물 홀로코스트』, 정의길 옮김, 휴, 2014 참조.

물결이 출렁이며 밀물이 차오르네,
낚시꾼 한 사람 해변에 앉아,
조용히 낚싯대를 지켜보고 있는데,
어느덧 가슴까지 서늘해졌네.
꼼짝 않고 앉아서 귀를 기울이는데,
별안간 파도가 둘로 갈라지며,
요란한 물에서 한 처녀 물귀신이
흠뻑 젖은 몸으로 나타났다네.

노래하며 그녀가 말을 거네.
〈어찌하여 그대는 내 물고기 새끼들을
인간의 간악한 지혜와 계략으로
낚아서 화염 속으로 보내려 하나요?
아! 그대가 저 깊은 바닥에서
고기 떼가 노는 모습 보기만 한다면,
지금 당장 저 속으로 들어가,
그대 심신 온전하련만.

사랑스러운 해와 달이 바닷속에서
생기를 주지 않던가요?
파도를 호흡하는 그녀의 화색이
배나 아름답게 비치지 않던가요?
깊은 하늘과 축축한 검푸름이
그대 마음 홀리지 않나요?
무궁한 이슬에 비친 그대 모습에
그대 마음 혹하지 않나요?〉

물결이 출렁이고 밀물이 차오르며,

그의 발목이 젖어 가네.

어떤 고운 연인의 인사말도

이렇게 그리운 연정 불태울 수 없다오.

여자 물귀신이 그에게 말 걸고 노래하니,

불행한 고기잡이 운명이 다됐네.

끌려들 듯 빠져들 듯 하더니,

그의 모습 영원히 보이지 않았다네.

교활하게 생명을 죽이는 행위인 낚시가 이 담시에서 저주되고 있다. 생명 유지를 위해 고기와 생선을 먹고, 생업을 위해 고기와 생선을 잡는 것은 어쩔 수 없다 하더라도, 맛이나 멋, 재미를 위해 자행하는 살생은 삼가야 하지 않을까? 이런 맥락에서 여가를 위해 생명을 죽이는 이 시의 낚시꾼은 자신의 죄과로 익사하는 비극을 맞는다. 괴테의 『젊은 베르테르의 슬픔』도 죄와 구원이라는 주제로 연구될 수 있다. 〈나는 페넬로페의 오만스러운 청혼자들이 황소와 돼지를 도살하여 그 고기를 잘라 불에 굽던 모습을 생생하게 느끼게 된다네〉(L 29)라는 베르테르의 언급에서 페넬로페를 유혹하려는 비열한 청혼자들이 〈황소나 돼지를 도살하는〉, 다시 말해서 〈살생을 하는〉 열등한 인물로 비난되는 것이다.

언어

불가의 참선 수행이나 천주교의 피정은 종종 묵언을 중요하게 여긴다. 그러나 〈언어는 존재의 집〉이라는 실존 철학자 하이데거Martin Heidegger의 말을 상기해 본다면 묵언조차 언어의 틀에서 벗어나기 어렵다. 하이데거의 언어에 대한 개념은 〈인간의 사유 방식은 스스로 사용하는 언어 수준을 넘어서지 못한다〉는 의미로 해석된다. 언어 체계는 그만큼 인간의 존재, 사회의 구성에 있어서 절대적이다. 따라서 본질에 들어맞는 정확한 말, 특정 상황에 어울리는 예리한 개념어를 쓰는 것은 사회가 고도화되고 지식수준이 높아질수록 중요한 덕목이다. 문호 플로베르Gustave Flaubert가 언급한 〈일물일어(一物一語)〉설은 지금도 예사롭게 들리지 않는다. 세상의 사물은 자신을 표현하는 오직 하나만의 단어를 갖는다는 일물일어설은 관념이나 형상에도 적용된다.[84] 개념과 행동이 범례가 되어 글로 인쇄되면 더욱 공고한 가정(假定)이 된다. 이런 배경에서 사랑이 확실한 문자로 표현되면서 찬양과 야유를 야기하기도 한다.

17세기 이후 유럽의 소설들의 고상한 문체로 묘사되던 연인의 사랑은 사회적·의미론적 면에서 이상화Idealisierung에서 개별화Individualisierung로 변화되었다. 이러한 개별화에는 정치나 사회보다도 일상의 사건이 전개된다.[85] 『젊은 베르테르의 슬픔』에서는 사건보다 사랑의 문제가 서술되어서 베르테르의 정열적인 성격이 〈언어〉로 자극되어 묘사된다. 작품이 감정이나 친밀성으로 묘사되는 것이다. 베르테르의 언어와 마찬가지로 아벨라르트의 언어도 기쁨, 슬픔, 동정 등의 정열에 자극되어 관습적인 용법에서 벗어난 불완전한 문장, 외침, 줄표, 생략과 도치법, 강한 표현 등 개성적인 모습을 띤다. 감정의 혼란 상태에 있는 베르테르는 규범에서 벗어난 언어를 사용하는 반면, 아벨라르트는 강렬한 감정이 담긴 언어를 구사한다. 따라서 그는 〈아, 사랑하는 이여! 친구가 없다면 삶이 있을 수 있겠는가! 이런 삶은 차갑고, 비좁고, 이기적일 뿐이다!*Ach Lieber! Was ist Menschenleben ohne Freund! So kalt, so eng, so*

---

84 허원순, 〈바른 용어〉, 「한국경제신문」, 2013년 4월 27일 자 참조.
85 Hans-Georg Pott, *Neue Theorie des Romans*, München, 1990.

eigennüzzig!〉(A 118)라고 첫 편지에서부터 감정에 벅찬 언어로 외치고 있다. 특히 표현을 강하게 내보이는 아벨라르트는 감정에 의해 말이 막히곤 하는데, 이렇게 벅찬 감정에 휩싸이다 보니 이성에서도 벗어나게 되어 문법과 철자법에서 심하게 왜곡된 언어가 쓰이기도 하며 줄표도 매우 자주 사용되고 있다.

그대를 상실한 느낌이 든다 — 심란한 상황에서 나는 집에 갔지 — 다양각색의 감정과 생각들이 뒤섞였고 — (……).
Ich fült'es wol, daß ich dich verlor — Verstört gieng ich nach Hause — ich hatt'allerlei Empfindungen und Gedanken durcheinander — (...).

마찬가지로 『젊은 베르테르의 슬픔』에서도 이러한 줄표가 자주 발견된다.

저기 저 숲! — 아, 넌 그늘 속에 섞여들 수도 있지 않은가! — 저기 저 산정! — 아, 넌 거기서 광대한 근방을 두루 볼 수 있지 않은가! — 서로 얽어진 언덕과 정겨운 계곡들! — 오, 나는 그 속에 들어가 자취를 감출 수도 있으련만! — 나는 그곳으로 급히 달려갔다가 다시 되돌아오고 말았네. 내가 바라던 것을 찾아내지도 못한 채.
Dort das Wäldchen! — Ach könntest du dich in seine Schatten mischen! — Dort die Spitze des Berges! — Ach könntest du von da die weite Gegend überschauen! — Die in einander geketteten Hügel und vertraulichen Täler! — O könnte ich mich in ihnen verlieren! — Ich eile hin, und kehrte zurück, und hatte nicht gefunden, was ich hoffte. (L 29)

이러한 줄표는 『아벨라르트와 헬로이제』에서 헬로이제가 자살하는 애처로운 장면에서 가장 많이 나타난다.

나는 — 곧 — 사라질 — 거예요 — 안 — 녕 — 아벨라르트! — 우리 는 — 다시 만나게 —
Ich — werde — bald — verlöschen — Leb — wol — Abelard! — wir — sehen und wie — (A 159)

이 이후로 헬로이제의 언어에는 인물이 언급되지 않으며, 아벨라르트가 죽기 조금 전에 쓴 편지도 헬로이제의 정서를 줄표와 혼합시킨다.

(……) 비좁고 폐쇄된 지상의 무게에 짓눌리어서 나는 그대(헬로이제)를 생각하고 있어요 — 나에게서 사라져라 — 그러면 — 그러면 — 그러 면 — 나는 죽음의 외투에 휩싸이리라 (……) 죽음의 계곡으로 내려간다 — 나는 그리워하며 — 돌진 — 한다 — 그러나 그러나 그러면 안 돼, 그럴 수 없어 — 아직 나는 숨을 쉬고 있구나.
(...) und ich sie (Heloise) dachte, hart unter der Last der Erde, eng, verschlossen, — weg von mir — als — als — als — dan, dan hült'ich mich in den Todesmantel (...) schrit hinunter in's Todesstal — sehnte mich — drang — aber aber ich durfte, konte nicht — Noch atm'ich! (A 165)

결국 장 파울은 베르테르의 언어를 아벨라르트 고유의 언어로 변이시키고, 베르테르 고유의 언어는 훼손되는 것이다.

인물과 동기

18세기에는 가부장적 권위로 인해 부친과 딸의 갈등이 발생하는 경우가 많았다. 1811년에 태어나 1889년에 죽은 독일의 여류 작가 레발트Fanny Lewald의 생애를 딸과 부친과의 갈등의 한 예로 들어 본다. 레발트는 조심성 있고 헌신적인 어머니와 진보적인 유대 상인이었던 아버지의 장녀로 일찍이 동급생들 중에서도 지적인 재능이 돋보였다. 학교를 마치고 사랑하는 남성을 만나기까지 몇 년간 활동적인 부친이 매일 아침 7시에서 저녁 8시까지 꽉 짜인 계획을 부과해도 그녀는 무료함을 떨쳐 낼 수 없었다. 마침내 그녀가 사랑하는 남성을 발견하여 결혼하려 했으나, 그녀의 부친이 반대하며 관계의 청산을 요구해 그녀는 마음속의 반항으로만 그치고 이를 따른다. 그러나 얼마 후 그 퇴짜 맞은 남자가 죽자 그녀는 죄의식에 사로잡혀 그의 종교였던 프로테스탄트로 개종하는데, 이는 부친의 이해할 수 없는 행위에 대한 속죄였다.

그 후 레발트는 사촌에게 정열을 바치는 등 환상 속의 삶에서 우울한 세월을 보내고 가정에서도 외부인으로 간주되는데, 그 이유는 독서 및 배움의 욕망 그리고 결혼을 거부하는 강렬한 사랑 때문이었다. 그녀는 고귀한 영혼에 모든 것을 바친 정열의 여성이었다. 그녀가 26세의 노처녀가 되자 레발트의 부친은 그녀를 지방 의원과 결혼시키려 했으나, 그 남자가 자기 자랑을 늘어놓는 등 거부감을 주자 레발트는 부친의 성화와 독촉에 대항하였다. 그녀는 〈자기 마음속 가장 깊은 의지를 배반하느니 차라리 창녀가 되는 게 낫다〉[86]라고까지 부르짖으며, 〈수많은 여성의 가슴에서 해방의 외침으로 토해 내는 모든 비탄, 고통, 분노의 격앙을 그때부터 끊임없이 느끼게 되었다〉[87]고 적고 있다.

86 Gisela Brinker-Gabler, *Deutsche Literatur von Frauen*, München, 1988, S. 156.
87 같은 책, S. 157.

당시 가장으로서는 그래도 합리적인 편에 속했던 그녀의 부친은 마침내 굴복하고 4년 후 딸의 창작 활동의 허락하는데, 거기에는 〈어느 누구에게도 창작 내용을 알려서는 안 된다〉라는 단서가 붙어 있었다. 이 시기 고귀한 집안의 딸은 저술 활동이 금지되었기 때문에 창작할 경우에는 익명을 썼다. 그녀는 첫 소설을 인쇄하기 전 평가를 받기 위해 부친과 형제에게 보여 주었는데, 이것이 『예니Jenny』라는 제목의 소설이다. 레발트는 작품 속 유대인인 여주인공 예니에게 해방의 감정을 불어넣어 의식 있는 여성으로 발전시킨다. 자기 사랑을 파괴한 폭군격인 부친은 소설의 여러 곳에서 신성시되는데, 이는 여성이 예술이라는 고상한 분야에서 부성적 권위에 침묵해야만 함을 증명한다.

당시의 극심했던 부친과 딸의 갈등으로 현재까지 오랫동안 여류 작가들이 등장하지 않은 사실을 지적하고자 한다. 이후 가부장적 체제 속에서 거부되고 억압되었던 여성의 신비로운 힘을 부각시키고 활성화시켜 여성의 세계를 회복시켜야 한다는 움직임이 문학적으로 일었다. 특히 영국과 독일의 〈시민 비극〉에 이러한 부친과 딸의 갈등을 다룬 주제가 많은데, 대표적 작품으로 레싱의 「에밀리아 갈로티」를 위시하여 릴로George Lillo의 「런던 상인The London Merchant」과 실러의 「계교와 사랑Kabale und Liebe」, 헵벨Friedrich Hebbel의 「마리아 막달레네Maria Magdalene」등을 들 수 있다. 오스트리아의 여류 작가 바흐만Ingeborg Bachmann도 소설 『말리나Malina』에서 뷔르거Christa Bürger를 통해 가부장적 부친상에서 벗어나려는 노력을 보여 준다. 도젠하이머Elise Dosenheimer에 의하면 시민 비극은 18세기 이전의 종교적·영웅적·궁정적 삶이 아니라 현세적이고 시민적 삶을 기본 내용으로 삼는다. 실러는 「계교와 사랑」만으로도 뛰어난 시민 비극 작가의 반열에 올랐다. 이 작품에서 〈아! 아버지의 상냥함은 폭군의 분노보다 더 야만스러운 강압이다. 나는 어쩌란 말인가? 할 수 없다. 무엇을 해야만 한단 말인가?〉[88]라는 밀러린Luise Millerin의 부친에 대한 절망의 외침이 시민 비극의 모토가 되고 있다.

볼프Christa Wolf의 『카산드라Kassandra』도 부친으로부터 벗어나려는 딸의 모습을 다룬다. 볼프는 부권 사회가 오랜 전쟁의 역사를 통해 모권을 지배·억압해 왔음을 문학으로 설명하여 가부장적 사회에서 여성의 소외 문제를 끊임없이 폭로한다. 부권 사회에서 설 자리를 잃어 이질화된 존재란 결국 남성들의 권력에 의해 규정된 것이라고 볼프는 주장한다. 〈예전에 수행자였던 여성이 이제는 제외되었거나 객체화되어 버렸다. 객체화, 이는 폭력의 원천이 아닐까?〉[89] 마찬가지로 레싱의 「에밀리아 갈로티」에서 에밀리아와 아피아니의 약혼도 사랑이 아니라 아피아니에 대한 부친의 적극적인 호감 때문이다. 〈그 품위 있는 젊은이를 나의 아들이라 부르게 될 순간을 더 이상 기다릴 수가 없구려. 그의 모든 점이 나를 매혹시키는구려.〉[90] 이러한 부친의 태도에는 당시 가장의 권위가 분명하게 나타나 있다.[91]

딸에 대한 부친의 독주는 『아벨라르트와 헬로이제』에서도 엿보인다. 이 작품의 인물들은 뚜렷한 성격으로 명백하게 이분화되어 있다. 아벨라르트와 그의 친구들 그리고 헬로이제는 선한 인물로 분류되는 반면에, 헬로이제의 부친과 그가 강요하는 약혼자는 그녀의 사랑에 장애가 되는 악인으로 이분화되는 것이다. 이렇게 부정적인 인물인 그녀의 부친과 약혼자는 이름 없이 등장한다는 점이 특이하다. 괴테의 문학에서도 이름 등의 명칭이 기피되고 신분적 칭호로 불리는 경우가 많으며, 특히 파우스트는 종교까지도 마음으로 느껴야 한다고 여겨 종교적

88 Friedrich Schiller, *Kabale und Liebe*, Sämtliche Werke in 5 Bänden, Bd. 1, München, 1968, S. 384 f.

89 Christa Wolf, *Voraussetzung einer Erzählung Kassandra*, Darmstadt, 1983, S. 144.

90 Gotthold E. Lessing, *Emilia Galotti*, München, 1981, S. 26.

91 장순란, 「레싱과 독일 시민 비극 〈에밀리아 갈로티〉」, 『독일 문학』 54집, 1994, 52면.

이름을 사소하게 여긴다. 창조적인 성격의 파우스트는 종교의 명칭을 헛된 울림으로까지 경시하면서 자기의 내면에서 솟아 나오는 욕구만을 추구하고 그것만이 진실이라 생각한다.

그것으로 그대 심장을 가득 채워요.

그것이 아무리 크다 해도.

그래서 그대의 감정이 지극히 행복할 때

그대가 원하는 대로 이름을 붙이지요.

행복, 진정, 사랑 또는 신 등으로!

그것을 뭐라고 부르면 좋을지 모르겠소.

느끼는 것만이 전부요.

이름이란 천상의 불꽃을 안개처럼 싸고도는

헛된 울림이요, 연기에 불과한 것이오. (3451~3458행)

〈신〉이라는 말도 새롭고 생생한 감정을 담을 수 없고, 우주의 오묘함과 숭고함 그리고 장엄함을 알면 알수록 그것의 명명이 어렵게 된다고 생각한 괴테는 1823년 12월 31일에 에커만에게 다음과 같이 말하였다. 〈신은 매일 자신을 입에 담는 자, 특히 성직자에게는 단순한 명칭에 불과하다. 신은 상투어일 뿐이니 이제는 신이라는 명칭에서 어떤 사고도 떠오르지 않는다. 따라서 신의 위대성이 진실로 침투된 인간은 오히려 침묵하게 될 것이다. 신 앞에서 깊이 머리를 숙이고 과장되게 이름을 부르거나 행동하지 않을 것이다.〉

파우스트 역시 자연 자체로 일체를 포괄하고 만물을 받치고 있는 신을 말로 규정하지 못한다. 인간의 마음속에 존재하는 신의 위력은 〈하느님〉이라는 하나의 이름으로 불릴 수 없기 때문이다.[92] 〈영웅은 이름

---

92 강두식 역주, 『파우스트 I·II부』, 대학고전총서 6, 서울대학교출판부, 1988, 156면.

을 앞세우지〉(8520행)만, 오묘하고 숭고하며 장엄한 신에게는 이름을 붙이기가 어려운 것이다.

마찬가지로 『젊은 베르테르의 슬픔』과 『아벨라르트와 헬로이제』에서도 로테와 헬로이제의 아버지 및 헬로이제의 약혼자 등의 이름은 기피되는데, 『아벨라르트와 헬로이제』에서는 특히 부정적인 성격을 띠는 인물들의 이름이 언급되지 않음으로써 종속 명사 및 관념 연합 작용을 한다. 덕성 있고 순진한 아벨라르트에 상반되는 인물은 헬로이제를 자신이 정한 청년과 결혼하도록 강요하여 그녀를 결국 자살로 이끄는 그녀의 부친으로, 그의 이름은 전혀 거론되지 않는다. 작품에서 대화의 기회가 거의 없는 그녀의 부친은 그녀에게 〈방탕하고〉, 〈감정이 없는〉, 〈폭군〉으로까지 여겨진다. 한 결투에서 상대방을 죽이는 살인을 저지르기도 한 그는 이제 헬로이제의 실질적인 박해자가 된다. 이러한 헬로이제의 부친과 마찬가지로 부정적인 의미를 띠는 그녀의 약혼자 또한 이름이 무엇인지 작품 끝까지 언급되지 않은 채 개인적·사적 영역의 인물군으로 등장한다.

로테와 헬로이제의 관계, 그리고 로테의 약혼자인 알베르트와 부친이 강요하는 헬로이제의 약혼자의 관계도 이분법적으로 고찰해 볼 수 있다. 헬로이제의 약혼자와 알베르트 두 사람은 모두 책임 의식, 호의감, 관용이 있는 인물이고, 특히 알베르트는 로테에게는 친절과 경의를 보이는 매우 호감 가는 인물이다. 이들 두 약혼자들은 로테와 헬로이제에게 경제적이며 사회적인 생활을 보장해 줄 수 있는 재력가이기도 하다.

〈로테의 부친과 그녀의 약혼자 알베르트〉도 성격적으로 〈베르테르와 로테〉와 이분화된다. 전직 관리이자 성공한 시민인 로테의 부친은 가부장적인 인물로 여느 훌륭한 시민들처럼 도덕적이며 현세적이다. 그는 치정 사건의 범인에게 관대한 처분을 부탁하는 베르테르를 향해 사회 질서라는 이름으로 엄벌을 주장할 정도로 도덕성과 긍정적 생활철학으로 무장되어 있다. 마찬가지로 알베르트는 장전된 권총이 하녀의 손을 다치게 한 사고에서 피해 보상에 관해서만 말할 뿐(L 45) 자신의 죄책감이나 괴로움 등에 관해서는 언급이 없을 정도로 냉정하여 로테의 부친과 성격이 어느 정도 일치함을 보여 준다.

로테의 약혼자는 부친에 의해서 결정되지만, 그녀의 부친은 헬로이제의 부친과 매우 상반된다. 교외에서 전원생활을 하며 도덕적이며 현세적인 로테의 부친은 헬로이제의 부친과 상반되며, 또한 주관적인 감정에 빠진 감상주의자인 베르테르와도 다르다. 그에게 사윗감은 감상적 나르시시스트인 베르테르보다는 성실하고 이성적인 알베르트가 적격이어서 결국 베르테르에게는 부정적인 인물이다. 특히 로테에게 성공적인 삶을 가져다줄 수 있는 사람은 알베르트로 기대되므로 그에게 로테와 알베르트의 결합은 필연적이다.

이러한 성격의 차이에도 불구하고 베르테르는 로테의 부친에게 호감을 느껴서 지금은 불가능하지만 사후에라도 그의 사위가 되고 싶어한다. 〈그대(로테)는 이 순간부터 나의 것, 나의 것입니다. 로테여, 나는 먼저 갑니다. 나의 아버지, 그대의 아버지에게로 갑니다. 그분께 나는 하소연할 것입니다. 그러면 그대가 올 때까지 그분은 나를 위로해 주시겠지요. 그대가 오면 나는 달려가 당신을 붙잡고 당신 곁을 떠나지 않은 채 전능한 그분 앞에서 영원히 포옹할 것입니다.〉(L 117)

알베르트가 건실한 사람이라는 사실은 로테와 베르테르 모두 인정한다. 어머니의 임종 자리에서 로테가 결혼을 약속한 후 신뢰와 우정을 바탕으로 애정을 쌓아 가는 알베르트와의 관계야말로 18세기 소설에서 강조되는 이상적인 부부상이다. 건실하고 신뢰감을 주는 남편에 모성적이며 이웃에 대한 사랑이 넘치는 쾌활한 아내는 더할 나위 없는 부부가 되는 것이다. 이들의 결혼 생활에 에로틱의 부재 또한 당대로서는 정상적이다. 부패한 궁정 문화 대신 시민 가정의 도덕성이 칭송되면서 호색적인 귀족 사회의 남녀 관계가 아니라 시민적인 가정의 행복이 강조되는 경향이 생겼다. 따라서 여성들에게도 미모, 세련미, 사교성보다는 소박함, 진실성, 근면성 같은 생활인의 면모가 중요시되었는데, 흥미로운 점은 이런 경향이 프랑스에서보다는 독일에서 더 두드러지게 나타났다는 사실이다. 이 문제와 관련하여 루만은 흥미로운 지적을 하고 있는데, 〈사랑〉이라는 단어가 프랑스에서는 혼외적인 열정을, 영국에서는 가정적인 것을, 독일에서는 교양을 연상시킨다는 것이다.[93] 독일에서는 결혼을 앞둔 여성에게 다음과 같은 교훈이 주어졌다. 〈외적 아름다움이나 화장술로 만들어진 화려함보다는 자연스러움, 정숙함, 현명함, 소박한 쾌활함 같은 것이 더 매혹적이다. 두뇌와 가슴의 교양 부족을 아름다운 외모가 대신할 수는 없다. 여성의 명성은 모든 사람들의 총애를 받는 것, 많은 숭배자를 가지는 것, 모임에서 멋지게 보이는 것이 아니라, 교양 있고 박식하여 남편에게는 이해심 많은 친구, 정숙한 아내이자 훌륭한 주부이자 어머니가 되는 데 있다.〉[94] 이러한 자연스러운 정숙함, 현명함과 소박함 등을 갖춘 인물의 전형으로 로테를 들 수 있다. 따라서 이 작품에서는 로테의 아름다움보다는 그녀의 부지런함과 소박한 삶이 주로 묘사된다. 로테의 외모에 관한 묘사는 〈검은 눈동자, 생기 있는 입술, 건강하고 쾌활한 뺨〉(L 23)이 전부일 뿐이다. 『아벨라르트와 헬로이제』의 헬로이제 역시 로테 못지않게 정숙하고 현명하며 소박하다. 〈순박함과 덕성이 기대되는 그녀의 교양을 나는 알고 있지. 고통에 찬 순박함이 동정을 요구하는 모습이 그녀의 눈에 담겨 있네〉라고 8월 13일 자 편지에서 아벨라르트는 헬로이제의 순박함,

---

93 *Liebe als Passion*, S. 184.

94 Wolfgang Martens, *Die Botschaft der Tugend: Die Aufklärung im Spiegel der deutschen Moralischen Wochenschriften*, 2. Aufl., Stuttgart, 1971, S. 366 f.

덕성, 청순함, 아름다움과 우아함 등에 매료된다. 이 편지에는 그녀의 천사 같은 눈길과 역시 천사 같은 우아함 등 내적인 모습이 들어 있지만 외적인 모습의 묘사가 없어서 감상주의적 특징이 엿보인다.

근대가 시작되기 전까지 수세기에 걸쳐 사랑은 결혼과 무관한 것, 특히 독일에서는 교양을 완성시키는 과정으로 받아들여졌다. 따라서 애정을 위해서는 다른 모든 것을 포기까지 할 수 있다고 생각하는(L 16) 베르테르는 알베르트에게 생소한 인물이다. 냉정하고 고지식한 알베르트와 감성이 풍부한 로테의 결혼 생활은 행복하지 않을 것처럼 보이기도 한다. 이러한 알베르트에 대한 부정적인 평가는 작품 속의 「편집자가 독자에게 드리는 글」 첫머리에 나오는 베르테르의 독백에 잘 나타나 있다. 〈알베르트는 이 소중하고 훌륭한 아내보다는 온갖 허접스러운 일들에 더 끌리고 있지 않은가? 그는 자신에게 굴러온 행복을 평가할 줄이나 알까? 그가 과연 로테의 가치에 어울리게 그녀를 존중해 줄 수 있을까? 그런데도 그녀를 차지하고 있다. 그래, 차지하고 있지. 그것은 내가 아는 다른 지식과 마찬가지로 뻔한 사실이다. 이제는 그런 생각에 익숙해졌다고 믿었는데, 그런데도 그 생각만 하면 미칠 것 같고 죽을 것만 같다.〉(L 94) 그러나 이는 1인칭 서술자인 베르테르와 그를 〈우리의 친구〉(L 119)라고 부르는 편집자의 주관적인 시각으로 보아야 한다.[95]

문학의 힘이 불행한 베르테르를 압도하는(L 115) 배경에서 책은 문학적 관심이 많은 베르테르와 로테가 만나는 장소가 되지만, 이러한 정서가 〈세속적 인물〉인 알베르트에게는 느껴질 수가 없다. 〈아아, 알베르트는 결코 로테의 소망을 모두 실현시켜 줄 수 있는 인물이 아니야. 내가 느끼는 바로는 어떤 결점이 있네. 어떤 결점인가는 — 자네 마음대로 생각하게. 재미있는 책을 읽다가 어떤 구절에서 — 아아! — 내

95 『독일 문학의 장면들』, 51면 이하.

마음과 로테의 마음은 같은 곳에서 일치하는데, 알베르트는 전혀 동감을 느끼지 못한다네. 기회만 있으면 여러 가지 사건에서 제삼자의 감정을 분명히 드러낸다네. 사랑하는 빌헬름이여! ── 그러나 알베르트는 온갖 영혼으로 로테를 사랑하고 있네. 한데 그러한 사랑, 그런 사랑으로 얻지 못할 것이 뭐가 있겠나! 참을 수 없는 한 사람이 내 이야기를 중단시켜 놓았네. 내 눈물도 말라 버렸네. 마음도 흐트러졌네. 그럼 안녕히, 사랑하는 친구여!〉(L 75)

　　제2부의 첫머리에 베르테르는 산책 중 이를 갈면서 알베르트의 차가운 태도를 되새기고는 이제 자기가 세상을 떠나야 할 때라고 혼자 중얼거린다. 베르테르는 자신의 죽음이 로테의 행복을 위한 희생으로, 저세상에서는 자신과 로테 및 그녀의 부친만 다시 만나게 되기를 염원할 뿐 알베르트의 존재는 생각하지도 않는다. 로테를 위한 희생의 죽음이라는 내용은 12월 21일 자 편지와 12월 22일 자의 마지막 편지에서 다음과 같이 언급되어 있다. 〈절망으로 하는 말이 아닙니다. 제가 죽음을 잘 견뎌 낼 수 있다고 확신합니다. 또한 저의 죽음이 당신을 위한 희생의 죽음이라고 굳게 믿습니다. 그렇습니다. 로테! 무엇을 더 숨기겠습니까? 우리 셋 중에서 하나가 죽어야 한다면 내가 그 하나가 되겠습니다. (……) 내가 당신을 위해 죽을 수 있기를 얼마나 원했는지 모릅니다! 로테, 바로 당신을 위해 나를 희생할 수 있기를 말입니다! 나는 의연하게 죽을 수 있습니다. 내가 당신에게 평화를, 당신 삶의 기쁨을 다시 선사할 수 있다면 나는 기쁘게 죽을 수 있습니다.〉(L 104, 123)

　　근대가 시작되기 전까지 수세기에 걸쳐 이룰 수 없는 사랑의 고통을 중시하고 연인을 성스러운 존재로, 사랑을 종교적인 숭배로 고양시키는 일은 당연한 일이었다. 이런 맥락에서 베르테르의 죽음은 흡사 종교적인 희생과도 같다. 따라서 베르테르는 마지막 편지에서 종교적인 색채와 의미를 부각시키면서 자신의 죽음과 예수의 죽음을 대비시키고 있다. 〈그대를 위해서 죽게 되는 그 행복에 내가 참여할 수만 있다면, 로테! 그대를 위해 나를 바칠 수 있다면, 나는 용감히, 기쁘게 죽을 수 있을 거예요. 내가 그대에게 안정을, 그대에게 삶의 환희를 다시 가져다줄 수 있다면. 그러나 아아! 그대와 같은 사람들을 위해 피를 흘리고 죽은 것은 단지 몇 안 되는 숭고한 사람들에게만 주어졌던 일이지요. 죽음을 통해 친구들에게 수백 배의 새로운 생명을 불붙여 주는 것은.〉(L 123)

이러한 베르테르의 죽음은 기독교적인 의미와도 연결되지만 기독교를 왜곡시킬 정도로까지 문제를 야기하지는 않는다. 〈유럽 역사의 윤리에서 벗어난 변칙은 어떤 행위를 능가할 수 있다는 이념에서 야기된다. (……) 구원자의 부당한 작업이 종교로 나타난다. (……) 베르테르는 여기에 따르거나 이탈하여 역설적인 인물이 되고 있다. 이러한 이탈을 통한 일치가 베르테르의 수용이다.〉[96]

멜랑콜리나 히스테리 같은 증상은 종종 성(性)에 관련된다. 관능적 욕망은 오랫동안 도취, 혹은 광증을 일으키는 위험성으로 여겨져 〈진정한〉 사랑에서 배제되었다. 이러한 시대적인 배경에서 억제된 성적 욕망이 분출되어 부작용을 야기하기도 했다. 『아벨라르트와 헬로이제』에서 사랑 문제로 자살한 한 농부의 딸처럼 『젊은 베르테르의 슬픔』에서도 억제된 성적 욕망은 정신병(실연한 하인리히)과 살인(하인), 자살(익사녀)의 동기로 작용한다. 베르테르 역시 억제된 성적 욕망이 분출되어 광증, 변덕, 우울증, 자기애 및 자기혐오에 시달린다.

〈비현실적, 시적(詩的), 귀족적이며, 혼외적인〉[97] 사랑이 결혼에 결부되기 시작한 것은 18세기에 영국에서 부르주아가 역사의 전면에 등

---

96 Richard Brinkmann, *Wirklichkeiten: Essay zur Literatur*, Tübingen, 1982. S. 116 참조.
97 재클린 사스비, 『낭만적 사랑과 사회』, 박찬길 옮김, 민음사, 1985, 28~42면.

장하면서부터다. 그런데 결혼을 정치적·경제적 측면에서 이해했던 귀족 계급과 달리 시민 계급은 결혼에서 덕성을 손꼽았고, 이후 18세기의 새로운 가정 개념으로 〈사랑에 근거한 결혼〉이라는 정서가 생겨났다. 〈결혼식이 거행되기 전에 불순물이 섞이지 않은 진실하고 굳건한 사랑이 없으면 그 결혼은 적법하지 못하다〉라고 디포Daniel Defoe가 1727년 결혼에 관한 저서 『혼인의 음탕함*Conjugal Lewdness or Matrimonial Whore-dom*』에서 언급했는데, 이 책은 독일에서도 여러 판으로 번역되었다.[98] 따라서 열정은 일시적·비정상적인 것이었고, 참다운 사랑이란 도취 상태가 아니라 영혼의 결합 혹은 우정이었다. 이러한 사회에서 로테와 알베르트의 결합에는 불행이란 있을 수 없다.

알베르트는 베르테르의 너무 주관적인 모습에 의아해하기도 하지만 『아벨라르트와 헬로이제』에서는 주관적인 시각이나 객관적인 사실이 문제가 되지 않는다. 등장인물들은 변화되거나 발전되지 않는 일관적인 모습만 보여 줄 뿐이다. 작품의 주제는 오직 아벨라르트와 헬로이제의 사랑이어서 그 외의 사회적·가정적인 사건 등은 부차적인 것으로 그려진다. 베르테르와 로테 사이의 복잡한 감정과 달리 아벨라르트와 헬로이제가 서로에게 느끼는 감정은 명확하다. 아벨라르트는 첫 만남에서 첫눈에 헬로이제에 반하는데, 이때 그녀의 침묵은 아벨라르트에 대한 사랑을 긍정하는 표현이다.

『아벨라르트와 헬로이제』에서 사랑의 갈등을 제외하면 줄거리는 매우 단순하다. 두 주인공이 노력이나 투쟁할 때에 사랑은 이뤄지지 않고, 오히려 가망이 없는 절망적인 상황에 처하게 되면서 이들의 사랑이 상승된다. 사랑하지 않는 약혼자와의 결혼 전에 헬로이제가 죽음을 택하는 사실은 한편으로는 아벨라르트의 포기로 갈등을 해소시키는 결

---

98 Anneliese Mannzmann(Hg.), *Geschichte der Familie oder Familiengeschichte?*, Königsten/Ts., 1981, S. 128.

과도 낳는다.

헬로이제의 자살과 그녀의 뒤를 이어 자살하는 아벨라르트는 피할수 없는 상황에서 죽음과 사랑이 밀접한 관계에 있음을 보여 준다. 공동묘지의 모습을 담은 8월 6일 자 편지의 내용이 아벨라르트의 죽음을 암시하고, 사랑 문제로 자살한 한 농부의 딸이 매장된 묘지를 아벨라르트와 헬로이제가 함께 목격하는 장면에서 이미 이들 둘의 죽음은 예견되고 있다. 따라서 아벨라르트의 죽음은 예기치 않은 돌발적인 사건이 아니다. 베르테르를 죽음에 이르게 하는 복잡한 사건들은 오직 헬로이제에 대한 사랑을 위해 행한 아벨라르트의 자살로 단순화된다. 베르테르의 경우, 작품이 여러 복잡한 관점을 거치면서 약혼한 로테에 대한 사랑 외에 그의 삶을 유지시킬 수 있는 것은 없다는 결론이 선다. 베르테르가 사회에 적응하지 못하고 사랑에 성공할 수 없는 등 복잡한 상황에서 자살을 택하는 데 비해서, 아벨라르트의 자살의 동기는 단순하고 명확하다. 헬로이제가 죽어 매장되고 하루 만에 자살을 결심하는 비극적 결말에 더 이상의 숙고의 여지란 없다. 이 사건에 뒤이은 제3편의 편지 내용만이 죽음의 공포를 보여 줄 뿐이다.

『아벨라르트와 헬로이제』에는 빌헬름과 카를이라는 두 명의 착한 친구가 등장하는데, 편지의 수신인 역할을 하는 빌헬름은 『젊은 베르테르의 슬픔』의 빌헬름처럼 아벨라르트가 터놓고 이야기할 수 있는 친근한 사람이다. 베르테르와 아벨라르트가 신뢰하여 모든 것을 털어놓는 반면, 카를과 빌헬름은 이들의 편지의 수신인일 뿐 별도의 역할은 하지 않는다. 따라서 아벨라르트가 새로운 친구를 사귀게 되면서 그와 빌헬름의 친근감은 사라지고 편지도 더 이상 번뇌를 발산시키는 역할을 하지 않는다.

감성적인 성격의 아벨라르트는 사회 및 정치에서 완전히 벗어나 있다. 심지어는 한 관리와의 대화에서도 아벨라르트는 정치를 피한다.

〈그 늙은 관리가 무관심하고 감정도 없이 작금의 국사에 대해 중얼거리기 시작하자 나는 불만스러운 기분에서 그곳을 벗어나고 싶었다.〉(A 137) 이러한 아벨라르트의 정치 혐오는 괴테의 정치 혐오가 장 파울에 수용된 것으로 볼 수 있다. 예술을 국가 정책의 수단으로 사용하자는 정치가의 잦은 요구를 괴테는 받아들이지 않았고, 다음과 같이 말하기도 했다. 〈만일 작가가 정치적으로 작품을 쓰려면 당(黨)에 헌신해야 한다. 그러나 그렇게 하는 순간 그는 작가로서는 끝장이다. 그는 자유 정신과 편견 없는 견해에 작별을 고하고 옹고집과 맹목적인 증오의 모자를 귀밑까지 푹 눌러써야 하는 것이다.〉[99]

4. 자연의 묘사

칸트는 예술을 〈제2의 자연*die zweite Natur*〉(HA 9, 383)으로 간주했다. 모든 예술 가운데 시 예술(거의 전적으로 시인의 천재성에 근원을 두어 규준이나 법례의 지도를 가장 적게 받는 예술)이 최고의 지위를 차지한다. 시 예술은 상상력을 자유롭게 하며 주어진 개념의 한계 내에서, 또 개념과 일치함으로써 가능한 형식들의 무한한 다양성을 풍부한 사상으로 표현한다. 이때의 사상은 어떠한 언어에 의해서도 완전히 표현할 수 없는 미학적 이념이다. 이러한 까닭에 시 예술은 우리의 심성을 확장시켜 준다. 시 예술은 심성의 자유롭고, 자발적이며, 자연에 의해 규정되지 않는 능력을 느끼게 하여 스스로 강화된다. 이때 심성은 우리의 감관이나 지성에 제시되지 않은 자연을 고찰하고 판정하여, 자연은 초감성의 도식으로 작용하며,[100] 이런 맥락에서 〈완전한 예술은 자연이 되는 것이

99 『서양 문학 비평사』, 151면.
100 Immanuel Kant, *Kritik der Urteilskraft*, Frankfurt/M., 1957 ff. V. 529 f(이하 *Kri-*

다〉.[101]

칸트의 이론과 마찬가지로 괴테 또한 예술을 〈제2의 자연〉으로 보고, 자연과 예술의 관계를 주제 및 사건의 관계로 삼아 그의 시 「자연과 예술은Natur und Kunst……」에 묘사하고 있다.

자연과 예술, 그것은 서로 피하는 듯하면서
우리가 생각하기 전에 서로 화합한다.
내게서도 적대의 마음이 사라졌으니
그 둘이 똑같이 내 마음을 끄는 듯하다.

열심히 노력하는 것만이 중요하다!
그러니 우리가 제시간에 비로소
정신 차려 열심히 예술에 매달리면
자연은 우리 마음속에 다시 불타오르리라.

모든 교양 또한 그렇게 얻을 수 있으니
방종한 정신으로 숭고한 정신의 완성을 얻으려
애쓴들 헛된 일이로다.

위대한 것을 얻으려는 자는 전력을 기울여야 한다.
제한 속에서 대가가 비로소 드러나고
법칙만이 우리에게 자유를 줄 수 있다.[102]

*tik der Urteilskraft*로 줄임).
101 임마누엘 칸트, 『교육학 강의』, 조관성 옮김, 철학과현실사, 2007, VI, 754.
102 『괴테』, 박찬기 옮김, 천우, 1991, 104면.

이렇게 괴테의 문학에서 자연의 내·외적인 모습이 서정적으로 다양하게 묘사되는데, 이는 그의 시 「달에게An den Mond」에서도 드러난다.

우거진 숲과 골짜기를
안개로 조용히 덮으소서.
또 나의 영혼도 한 번
결국 온전히 쉬게 하소서.

괴테 자신의 심정이 표현된 이 시에는 외적인 경치와 영적인 심정이 번갈아 가며 전개되고 있다. 달빛이 내리비치는 강변에서 시작되어 점점 내면으로 향하는 서정적 표현에는 외부 세계와 내부 세계가 분리되지 않고 전체로 융합된다. 작가는 정취에 따라 외부 세계를 관찰하는 것이다.[103]

이러한 시와 마찬가지로 소설에서도 심리적, 서사적, 서정시적 요소가 융합되어 외적인 것이 내적인 것에 반영된다. 천재란 예술에 규정을 부여하는 재능(천부적 소질)이다. 예술가는 자연에 속하므로, 이는 곧 〈천부적인 심성의 천재에게 자연이 예술의 규정을 부여한다〉라고 말할 수 있다.[104] 자연을 인식하는 일종의 모방Mimesis인 예술은 〈제2의 자연〉이라는 단순한 모방에 그치지 않고, 자연이 지닌 의미를 탐구해 간다(HA 12, 467). 따라서 베르테르는 작품의 두 번째 편지(5월 10일)에서 자연을 예술로 승화시킨다. 〈아아, 이렇게 벅차고 훈훈하게 마음속에 있는 생각을 재현할 수 없을까? 종이에다 생명을 불어넣을 수 없을까? 그대의 영혼이 무한한 신의 거울인 것처럼, 그것이 그대의 영혼의 거울이 되게 할 수 없는 것일까!〉(L 9) 이 언급은 괴테 자신의 심정으로, 그

---

103 『독일문예학개론』, 67면.
104 *Kritik der Urteilskraft*, V, 405 f.

를 투영하는 베르테르는 자연을 예술 작품인 그림으로 승화시키고자 한다.

베르테르에게 자신의 주인인 미망인을 사랑했다고 고백한 어느 젊은 농군 하인은 베르테르가 전에 스케치한 적이 있는 쟁기질에 열중한다. 〈나는 맞은편에 놓인 쟁기 위에 주저앉아 한없는 기쁨을 만끽하면서 이 형제의 모습을 스케치해 보았지. 그리고 옆에 있는 울타리와 창고 문짝과 몇 개의 부서진 마차 바퀴들을 있는 그대로 나란히 그려 넣었다네. 한 시간쯤 지난 후에 나는 내 생각은 조금도 보태지 않은, 아주 흥미 있고 훌륭하게 정리된 그림이 완성되었다는 것을 알았다네.〉(L 15)

이러한 베르테르처럼 괴테는 실제로 화가를 꿈꾼 적이 있다. 1755년의 리스본 지진, 그리고 1756년의 프러시아와 오스트리아의 전쟁을 겪으면서 괴테는 1759년 오스트리아와 동맹한 프랑스군이 프랑크푸르트를 점령하자 프랑수아 드 토랑 백작을 통해 미술을 접할 기회를 갖게 되었다. 이러한 괴테는 실제로 2,700여 점의 그림을 남겼으며, 37세 때부터 2년간의 이탈리아 여행에서 고대 그리스·로마 미술의 위대한 유산을 흡수하고 돌아와 미술 잡지를 창간하기도 했다. 따라서 〈그녀를 소설(문학)의 눈을 통해서 바라보는 편이 훨씬 좋을 것이다. 그는 결국 로테를 우상으로 숭배할 실루엣(환영)으로 만들려 한다〉(L 41, 63)라는 내용은 화가를 꿈꾼 괴테 자신의 투영이 된다. 이렇게 한때 화가를 꿈꿨던 괴테는 색채에 관심이 많아서 『색채론』을 집필하기도 했다. 따라서 『파우스트』에서 〈우리의 인생은 채색된 영상에서 이해될 뿐이로다〉(4727행)라는 파우스트의 말은 색채론의 반영이다. 이러한 맥락에서 『젊은 베르테르의 슬픔』 중 〈몸매가 아름다운 중간 키의 처녀로서 팔과 가슴에 담홍색 리본이 달린 청초한 흰옷을 걸치고 있었네〉(L 21)라는 구절을 근거로 괴테의 색채론을 고찰해 본다.

플라톤, 뉴턴, 다빈치, 괴테, 이들의 공통점은 무엇일까? 모두들 색의 본질에 대해 고심했다. 기원전 5세기 플라톤은 우리 눈의 색각(色覺)과 눈물의 관계를 연구했다. 뉴턴은 암실 창문에 구멍을 뚫고 유리 프리즘을 통해 색의 스펙트럼을 관찰했다. 괴테는 색을 그룹별로 구분해 무질서한 색의 세계를 체계화하려 했다. 이러한 점에서 위 인용문의 〈담홍색 리본이 달린 청초한 흰옷〉 중 〈담홍색*blaßrot*〉 리본과 〈흰옷 *weißes Kleid*〉에서 〈붉은색과 흰색〉의 관계가 눈길을 끈다.[105] 〈붉은색과 흰색은 대조의 색채이다.〉[106] 동화 「백설공주와 일곱 난쟁이」에서 백설공주의 아름다움은 〈눈처럼 희고 피처럼 붉게〉 묘사된다. 우선 붉은색은 타오르는 정열로 남성을 상징하며, 흰색은 무색으로 순박함을 나타내 여성을 상징한다. 따라서 이 붉은색과 흰색의 두 색상에서 남녀의 모티프가 생긴다. 〈흰색은 순박함, 붉은색은 충동과 정열의 색채로 연금술에서 흰색과 붉은색은 각각 흰 여인*femina alba*의 여성과 붉은 노예 *servus rubeus*인 남성의 상징이다.〉[107]

붉은색과 흰색은 또한 충동*Instinkt*과 정신*Geist*을 연상시킨다.[108] 일반적으로 흰색의 상대로는 검은색을 떠올린다. 흰색과 붉은색의 연상은 드문 편이나 이 두 색의 비교는 연금술에서 중요한 상징이다.[109] 연금술은 법칙의 양극적 응용인데, 이 남성과 여성의 양극 개념이 하나로 합쳐져 〈현자의 돌*der philosophische Stein*〉[110]이 만들어지고 여기서 붉은 왕과 흰 왕비가 나타난다.[111] 이 붉은 왕과 흰 왕비는 15세기의 연금술사였던 리플리George Ripley의 〈붉은 남편*der rote Mann*〉과 그의 〈흰 부인

---

105 물론 이 작품 『젊은 베르테르의 슬픔』에서 심리학적으로 큰 중요성을 지니는 것은 아니다.

106 Carl G. Jung, *Seminare. Kinderträume*, Olten, 1987, S. 335.

107 Carl G. Jung, a.a.O., S. 335.

108 Jolande Jacobi, *Die Psychologie von C. G. Jung*, Zürich, 1945, S. 137

109 Carl G. Jung, *Aion: Untersuchungen zur Symbolgeschichte*, Zürich, S. 481, 483.

110 비금속을 귀금속으로 바꾸는 힘이 있다고 믿어졌던 영묘한 돌.

111 John Read, *Prelude to Chemistry*, London, 1939, 92.

weißes Weib〉의 내용과 일치한다. 리드John Lead는 고대 중국의 음양 법칙의 본질을 유황*Schwefel*과 수은*Quecksilber*의 상징에 연계시키는데, 양인 유황은 붉은 태양과 연관되며 음인 수은은 하얀 달과 연관된다.[112]

『젊은 베르테르의 슬픔』의 6월 16일 자 편지에서 베르테르는 전원적인 삶을 체험한다. 로테와 결합하지 못하는 베르테르에게 위로가 되는 것은 자연뿐이다. 자연이 그가 좋아하는 예술이 되어 위로를 주는 것이다. 〈그것(그림 그리기)은 앞으로는 내가 자연에만 의지하겠다는 의도를 더욱 강하게 해주었네. 자연만이 무한히 풍부하고, 자연만이 위대한 예술가를 창조해 낼 수 있다네〉(L 15)라는 베르테르의 말처럼 자연은 예술이 된다.

베르테르는 로테와 사랑에 빠지기 전에 문학도 자연으로 체험한다. 로테를 알게 되기 전에 쓰어진 5월 30일 자 편지에 베르테르의 자연 친화적 사랑이 묘사되어 있다. 〈오늘 내가 마주친 장면을 있는 그대로 순수하게 표현하면 세상에서 비길 데 없는 아름다운 목가가 될 것이야. 하지만 문학이나 장면이나 목가 따위가 무슨 소용이 있겠는가? 우리들은 자연에 그대로 참여하면 되겠지. 언제나 그것을 이리 뒤척 저리 뒤척 주물러서 빚어 낼 필요가 어디 있겠는가?〉(L 17 f)

베르테르는 전적으로 〈제멋대로의 감정〉인 주관으로만 살고 있어 〈모든 욕구가 허락된 병든 어린이〉와도 같다. 감정으로 세상을 파악하고, 상상으로 세상을 변화시키는 그는 넘쳐흐르는 감정에 순응하지 못하여 사랑의 꿈을 실현시킬 수 없고, 일상생활의 요구에도 순응하지 못하여 결국 자살하고 만다. 감정과 현실의 충돌이 그를 세상에서 추방시킨 것이다. 이러한 베르테르의 감정을 치유할 수 있는 것은 자연뿐이다.

베르테르에게 자연은 열정과 격정이 아닌 단순함과 소박함이다. 〈사랑하는 이여! 그대에게 말하노니, 내가 나의 마음을 감당해 내지 못

---

112 안진태, 『파우스트의 여성적 본질』, 열린책들, 1999, 107면 이하.

할 때면, 아늑한 평온 속에서 자기 존재의 좁은 영역을 너그럽게 보아 넘기며, 그저 하루하루를 살아가고, 떨어지는 낙엽을 보며 겨울이 왔다는 생각 외에는 다른 생각을 가지지 않는 그러한 사람의 모습이 마음의 동요를 진정하게 해준다.〉(L 17) 도취된 무엇에 끌려 어떻게 올라왔는지도 모른 채 산정에 서 있는 베르테르의 눈빛은 환히 트여 펼쳐지는 전경을 헤맨다.[113] 영혼을 사로잡는 자연은 베르테르와 아벨라르트 두 사람의 영적인 정서에 영향을 미친다. 행복할 때는 빛나는 태양이 기쁨을 주고, 우울할 때는 나무들의 살랑거리는 소리도 애수를 불어넣는다. 어느 날 사랑 문제로 자살한 한 농부의 딸의 장례식에 아벨라르트와 헬로이제가 우연히 참석하는데, 이 극적인 장례식의 날에 폭풍이 일며 살랑거리는 낙엽의 소리가 들려온다. 이렇게 자연 현상은 도식화되어 작품의 정서와 감정의 배경을 이룬다. 괴테와 장 파울은 자연을 통해서 복잡하고 영적인 사건을 입체적으로 묘사하는데, 결국 자연이 독자에게 정서의 반사 작용을 하는 셈이다.

『젊은 베르테르의 슬픔』에서는 서사적인 자연이 펼쳐지며 인간의 내적 감정이 불타올라 계절과 함께 변화한다. 자연의 정경이 펼쳐지는 가운데 생활하는 베르테르가 자연의 감정을 들려주는 것이다. 자연이 계절에 따라 생명의 빛을 달리하면 이에 따라 베르테르의 마음도 움직인다. 봄에 사랑이 싹터 사랑할 인물을 찾고, 여름에 사랑하는 사람을 만나 사랑이 무르익고, 가을에 사랑의 쓴잔을 마시며 사랑하는 자를 떠나고, 겨울에 이 사랑은 끝난다. 따라서 봄에 살며시 열려, 여름에 한껏 뻗어 나가고, 가을에는 무언가를 그윽하게 품으며, 겨울에 고요히 생명의 문을 닫는 자연의 순환과 베르테르 삶의 여정은 맞물려 있다. 〈계절이 베르테르가 죽음으로 가는 번뇌의 길의 정거장 역할을 한다. 계절이 베르테르의 내적 삶의 배경이다. 봄이 베르테르에게 희망을 주어 그

113 『괴테와 독일 고전주의』, 104면 이하.

를 기쁘게 하듯, 여름과 가을, 겨울도 그의 심리 상태를 반영한다. 그가
계절을 자신의 감정과 연결시킬 수 있을 때 계절이 그에게 떠오른다.
(……) 그러나 마음의 병이 그로 하여금 자연의 체험을 불가능하게 하면
자연도 마비되어 더 이상 그의 생기에 영향을 미치지도, 행복을 보여
주지도 못하며 그 힘은 쇠퇴하고 만다.〉[114]

〈떠나온 것이 나는 얼마나 기쁜지 모르겠다!〉라는 베르테르의 첫 편
지(1771년 5월 4일)의 서두와 마찬가지로 『아벨라르트와 헬로이제』도 자
연에 대한 찬양으로 시작된다. 봄의 한창때인 5월 6일 자 편지에서 아
벨라르트는 다음과 같이 언급한다.

> 나는 나를 가둬 두지 않고 — 신의 부드러운 자연이 나의 거주지가 된
> 다. (……) 풀 속이나 삼나무로, 진드기나 코끼리의 형태로 다가오는 신
> 을 가깝고 생생하게 느낄 때. (……)
> *Ich sperre mich nicht ein — sondern Gottes milde Natur ist mein*
> *Aufenthalt. (...) — wenn ich Gottes Gegenwart, der sich im Gräschen*
> *und Zeder, in der Milb' und dem Elephanten naht, so nahe, so lebhaft*
> *fühle. (...) (A 119)*

이와 유사한 분위기가 『젊은 베르테르의 슬픔』에서도 다음과 같이
묘사되고 있다. 〈풀포기 사이에서 우글거리는 작은 세계, 헤아릴 수 없
을 정도로 무수히 많은 작은 벌레나 모기들의 형상을 보다 가까이 느
낄 때, 나는 자신의 모습에 따라 우리를 창조하신 전능하신 신의 현존
을 느끼고, 영원한 환희 속에 부동하며 우리를 이끌어 보존하시는 자비
로운 신의 나부낌을 느낀다네.〉(L 9) 이러한 맥락에서 볼 때 『아벨라르
트와 헬로이제』에서 자연의 정감에 대한 표현은 거의가 『젊은 베르테

---

114 Hans Reiss, *Goethes Romane*, Bern u. München, 1963, S. 42.

르의 슬픔』을 모방했다고 해도 과언이 아니다. 이러한 두 작가의 유사
성은 시대적 취향 때문이라고 볼 수도 있다. 문학이 통속화되면서 공상
적이며 심리학적인 음조를 띠게 된 것이다.

〈다시 여름이 되니 얼마나 기쁜가! 매일 아침저녁으로 산보 가는 것
외에 더 즐거운 것이 생각나지 않는다〉(A 122)라는 아벨라르트의 외침
에서 알 수 있듯이 베르테르처럼 여름에 아벨라르트는 한껏 뻗어 나가
고 사랑이 무르익는다. 사랑이 뜻대로 이루어지지 않아 베르테르의 마
음에 병이 생길 때 여름이 부정적으로 작용하기도 한다. 이러한 여름의
부정적인 묘사는 1771년의 8월 18일 자 편지에서 처음으로 나타난다.
〈행동하는 자연에서 그동안 내가 느꼈던 충만하고 따뜻한 마음, 나를
그토록 많은 기쁨과 환희로 넘치게 했으며, 나를 둘러싸고 있는 이 세
상 전부를 파라다이스로 만들었던 자연에서 가졌던 그와 같은 나의 마
음이 이제는 나를 사방에서 끊임없이 쫓아다니며 괴롭히고 고통스럽
게 하는 견딜 수 없는 무엇이 되고 있다.〉(L 51)

『아벨라르트와 헬로이제』에서 자연에 대한 애착은 진지함과 무욕
(無慾)의 산물이어서 자연에 대한 사랑은 선한 인물의 인식과 동일하게
전개된다. 자연에 탐닉할 수 없는 인간으로 언급되는 아벨라르트의 동
창생은 피상적으로 사고하며 감정은 메말라 있다. 따라서 아벨라르트
의 사랑이 무르익는 여름이 그에게는 무료한 계절일 뿐이다.

나(아벨라르트) 다시 여름이 되니 얼마나 기쁜가! 매일 아침저녁으로 산보
가는 것 이외에 더 즐거운 것이 생각나지 않는다.
동창생 너는 여름에 되도록 산보를 하면 안 돼. 봄에 들에 서면 모든 것
이 내 마음에 들지만, 여름에는 즐거움이 없어지고, (……) (A 122)

이러한 아벨라르트의 여름 예찬에서도 장 파울의 괴테 모방이 엿보

인다. 『젊은 베르테르의 슬픔』에서 여름은 소나기로 시작된다. 천둥이 우렁차게 울리고 소나기가 황홀하게 녹음방초의 향기를 띠며 시원스럽게 쏟아지는 가운데 베르테르는 옆에 있는 로테의 눈빛에서 흘러넘치는 감정의 흐름을 보며, 그것이 자신에게 소나기처럼 가득히 퍼붓는 듯 느낀다. 아니, 그 눈빛의 흐름 속으로 잠겨든다. 베르테르 자신의 감정도 여름의 소나기같이 흘러넘치는 로테의 감정처럼 흘러내리는 것이다. 이제 베르테르의 마음의 봄은 천둥소리와 쏟아지는 소낙비처럼 정열적으로 여름으로 상승한다.[115] 가을에 베르테르는 자연을 가리켜 〈영원히 삼켜 버리고, 영원히 쓸데없이 되풀이되는 괴물〉이라고 일컫는데, 이는 그동안에 환멸을 느낀 심정의 변화에서 나온 결론이다.

　베르테르의 인생에 로테의 등장은 천둥을 동반하기도 한다. 로테의 이름이 처음으로 베르테르의 면전에서 불릴 때 이 천둥의 징조가 나타나며, 그녀의 약혼자 알베르트의 이름을 알고 자신이 〈다른 짝〉(L 26)에 끼어들었다는 것을 알게 되었을 때 천둥은 울려 퍼진다. 베르테르와 로테가 함께 있게 되는 첫 기회인 무도회장에 천둥이 치면서 작가 클롭슈토크Friedrich G. Klopstock의 이름이 등장한다. 〈우리는 창가로 걸어갔다. 저 멀리서 천둥소리가 울려 왔다. 그러자 하늘에서 소나기가 내려서 대지에 스며들었다. 그리고 비할 데 없는 신선한 향기가 따스한 바람과 함께 가득히 넘쳐서 우리가 있는 곳까지 올라왔다. 그녀는 팔꿈치를 괸 채 기대어 서 있었다. 그녀의 눈초리는 주위의 광경을 둘러보다가 하늘을 쳐다보고 그다음에 나를 바라보았다. 나는 그때 그녀의 눈이 눈물로 가득한 것을 보았다. 그녀는 손을 나의 손 위에 올려놓고 《클롭슈토크!》하고 말했다. 나는 즉시 그녀가 생각하고 있을 장려한 송가를 생각했다. 그리고 그녀가 암호로써 나에게 쏟아 놓은 감정의 흐름 속에 나 자신을 가라앉혔다.〉(L 27)

115 『괴테와 독일 고전주의』, 239면 이하.

활활 타오르는 여름이 펼쳐지면서 활짝 열린 베르테르의 마음이 끝없이 확대될 때 쏟아지는 비와 천둥은, 무한자(無限者)를 숭상하며 높이 오르려는 경건하고 힘찬 파토스를 품은 클롭슈토크의 송시 「봄의 축제Frühlingsfeier」로 이어진다. 그들의 사랑은 첫 만남에서 단란한 시민 가정의 중심인 로테에게 호감을 갖게 된 베르테르가 그녀와 무도회에서 함께 왈츠를 추고, 비바람 불고 천둥 치는 가운데 실내에서 게임을 하고, 비가 그친 창가에서 서로 클롭슈토크의 시 「봄의 축제」를 연상하면서 손에 입 맞추는 것으로 시작된다.

온 우주의 대양 속으로
뛰어들고 싶지 않노라, 떠돌고 싶지 않노라!
최초에 창조된 자들, 빛의 아들들의 환호의 합창대들이
경모하는 곳, 진정 경모하며 황홀경 속으로 사라져 가는 곳엔!

기껏 물동이에 붙은 한 방울의 물인
지구에서나 떠돌며 경모하려니.
할렐루야! 할렐루야! 물동이의 그 물방울도
전능자의 손에서 흘러나왔노라.

전능자의 손에서
더 큰 유성들이 솟아 나왔을 때,
빛다발들이 쉬쉬거리며 흘러 칠요성이 되었을 때,
그때 그대 물방울도 전능자의 손에서 흘러 나왔노라!

한 다발의 빛이 쉬쉬거리며 흘러 태양이 되고
큰 파도 하나 구름 바위에서 폭포처럼

쏟아져 내려 오리온 좌의 허리를 둘렀을 때,
그때 그대 물방울도 전능자의 손에서 흘러나왔노라!

그 물방울에서 살고 있고 또 살았던
수천 수백만의 사람들은 누구이며, 나는 또 누구인가?
창조자에게 찬양을! 솟아 나온 유성들보다,
빛다발 모여 흘러 이루어진 북두칠성보다 더한 것 인간이로다!

하지만 그대, 봄의 작은 벌레여,
초록빛 황금빛 띠며 내 곁에서 놀고 있는
그대 살아 있으되 — 어쩌면
아, 불멸의 혼 타고나진 못했으리!

경모드리려 나 나왔을진대,
내가 울다니? 용서하소서,
유한자의 이 눈물도 용서하소서.
오, 장차 오실 당신이시여!

당신은 저의 모든 회의의 정체를 밝혀 주시리다.
오, 죽음의 어두운 골짜기를 지나
저를 인도하실 당신이시여! 그때 저는 알게 되리다.
저 금빛 벌레도 영혼을 갖고 있는지를,

그대가 영혼 지녔어도 만들어진 먼지에,
5월의 아들에 지나지 않는다면, 그렇다면
다시 날아가 버리는 먼지가 되어라.

아니면 무엇이든 영원자가 원하는 것으로!

쏟아라, 새로이, 그대 내 눈이여,
기쁨의 눈물을! 그대 내 하프여,
주님을 찬양하라!

다시 휘감겨 있도다, 종려수로
내 하프가 휘감겨 있도다, 내 노래 주님께 바치는 것!
여기 나 서 있고, 나를 둘러싼
모든 것, 전능 아니며 기적 아닌 것 없도다.

깊은 경외감으로 나는 피조물들을 바라보나이다.
이는 당신,
이름 없는 자, 당신께서
창조하셨기 때문이니!

내게 불어와 내 달아오른 얼굴을
서늘하게 식혀 주는 산들바람,
그대들, 경이로운 산들바람을
보내 주신 분, 영원자 주님이시니!

하지만 이제 바람이 잠잠해진다, 숨결보다 약하게.
아침해 무더워지고
구름이 피어오른다!
뚜렷하도다, 오고 계신 영원자!

이제 바람이 인다, 쏴-쏴, 소용돌이친다!
숲이 허리를 굽히고 물결이 높아지지 않는가!
뚜렷하나이다, 인간들에게 드러내는 당신의 모습,
진실로 당신이오이다, 뚜렷하신 영원자이시여!

숲이 기울고 강물이 도망치며, 그리고 나는
얼굴을 땅에 대고 엎드리지 않는가?
주님, 주님, 하느님이시여, 자비롭고 관대하신 분이시여!
당신, 가까이 계신 분이시여, 저를 긍휼히 여기소서!
노하셨나이까, 주님이시여?
그래서 어둠의 옷 입으셨나이까?
이 어둠은 지상의 축복이나이다.
아버지시여, 당신께선 노하신 것이 아니오이다!

그 어둠은 청량제를 쏟아붓기 위함이오이다,
힘을 돋구워 주는 곡식 줄기 위로,
마음을 즐겁게 해주는 포도송이 위로.
아버지시여, 당신께선 노하신 것이 아니오이다!

당신의 면전에서 만물은 숨죽이고 있나이다, 가까이 계신 분이시여!
사방이 쥐죽은 듯 고요하나이다!
금빛으로 덮인 작은 벌레도 귀를 기울이니,
그 벌레도 어쩌면 영혼을 타고난 것이오이까? 불멸이오이까?

아, 주님이시여, 당신을 한없이 찬양하리다!
당신의 시현(示現)은 갈수록 장려해지옵나이다!

당신을 둘러싼 어두움 점점 더해 가고
더 많은 축복으로 채워지옵나이다!

그대들은 가까이 계신 분의 증인을 보는가, 저 경련하는 햇살을?
그대들은 여호와의 천둥소리를 듣고 있는가?
그대들은 그 소리 듣고 있는가? 듣고 있는가,
저 충격적인 주님의 천둥소리를?

주님, 주님, 하느님이시여!
자비롭고 관대하신 분이시여!
경모받고 찬미받으소서,
당신의 영광된 이름!

그러면 저 뇌우의 바람은? 천둥을 몰고 오지 않는가!
쏴-쏴, 요란한 파도 일구듯 숲을 휩쓸지 않는가!
그러다간 이제 바람이 그친다. 천천히
검은 구름이 걷힌다.

그대들은 가까이 계신 분의 새 증인을 보는가, 저 쏟아지는
그대들은 저 위 구름 속에서 주님의 천둥소리를 듣는가?
그는 외친다: 여호와! 여호와!
하자 울려 퍼지는 숲에서 김이 솟아오른다!

그러나 우리의 오두막은 건재하도다!
아버지께서 명령하셨노라,
그의 파괴자에게

우리의 오두막 앞은 지나쳐 가라고!

아, 벌써 주룩주룩, 은총의 비 내리는 소리,
하늘과 땅에 그 소리 가득하지 않은가!
이제 그리도 목말랐던 대지가 생기를 얻고
하늘이 그 무거운 축복의 짐을 벗는도다!

보라, 이제 여호와께서는 뇌우 속에 오시지 않는다.
조용하며 여리게 바스락거리며
여호와 오시는도다,
그리고 그의 발아래 평화의 무지개 뜨는도다.[116]

베토벤의 「전원 교향곡」에서 이 시의 뇌우가 묘사되듯이 클롭슈토
크는 이 찬가에서 18세기에 애용되던 주제인 자연의 묘사, 봄의 산보,
시골 생활의 찬미, 하느님의 창조물에서 보이는 위대함과 자비로움의
경건한 관찰, 변신론 등을 연상시킨다. 이 시에서 단순하지 않으며 초
월적인 신이 내재된 자연 형상은 신의 표정을 대신한다. 시의 마지막
행(108행)에서 무지개는 신과 인간의 유대를 나타내는 신적인 표시인
데, 괴테의 『파우스트』에서도 무지개는 신과 인간의 가교 역할을 하고
있다.

태양은 내 등 뒤에 그냥 머물러 있으라!
바위 틈 사이로 꽝꽝히 쏟아져 내리는 폭포수를,
나는 점점 커지는 황홀감에 젖어 바라보노라.
줄을 이어 떨어지는 폭포수는 이제 수천 갈래로,

116 황윤석, 『18세기 독일시』, 탐구당, 1983, 70면 이하.

그다음에 다시 수만 갈래로 흩어져 쏟아지며,

하늘 높이 공중으로 끝없이 물거품 되어 튀어 오른다.

그러나 이 폭포수에서 생겨나는 오색찬란한 무지개는

변화무쌍한 모습으로 홍예 천장을 그려 내니 얼마나 장엄한가.

때로는 그 모습이 또렷하다가 때로는 공중으로 흩어지며,

사방으로 향기롭고 시원한 비를 뿌려 주기도 한다.

무지개는 인간의 노력을 반영하고 있구나.

그것을 보고 생각하면 좀 더 자세히 파악하게 되리라.

우리의 인생은 채색된 영상에서 이해될 뿐이로다. (4715~4727행)

무지개를 보면서 파우스트는 신의 사랑인 신성은 활동하는 자연으로 인간 정신에 나타난다는 사실을 깨닫는다. 「봄의 축제」에서처럼 자연에 신이 내재한다는 범신론은 범신론자인 괴테의 신관이기도 하다. 친구 야코비Friedrich H. Jacobi에게 보낸 1812년 1월 6일 자 편지에서 괴테는 자신을 가리켜 〈예술가이며, 문학인으로서는 다신론자, 자연의 탐구자로서는 범신론자〉라고 말하고 있다.

위 클롭슈토크의 「봄의 축제」에서는 천둥소리도 파괴가 아니라 갱신의 작용이며, 신에 의한 인간 구제의 상징으로 묘사된다. 이 찬가의 언어와 문체는 성서, 특히 「시편」의 영향을 강하게 받고 있다.[117] 「봄의 축제」는 〈진정한 표현은 자연의 진정한 감정과 동일하다〉라는 사실을 실증적으로 묘사함으로써 〈예술은 제2의 자연〉이라는 칸트의 예술관을 보여 주며, 아울러 『젊은 베르테르의 슬픔』에서 예술을 자연으로 보는 베르테르의 자연관을 반영한다.

117 같은 책, 80면.

5. 문학의 매체

종교의 부당성에 대한 저항은 자아의 절대화라 할 수 있는데, 자아의 절대화는 곧 베르테르의 측면에서 보면 자기도취이다. 그리고 베르테르의 자기도취에 자연이 구원자가 되고 있다. 이런 의미에서 종교는 〈사랑의 절대적 가치에 있어 일시적인 수단일 뿐이어서 자신의 정체성을 실현시켜 줄 수 없다〉.[118] 요컨대 종교보다는 자연과 정서가 중요한데 이들의 근저에는 문학이 있다. 따라서 글, 글쓰기, 독서 등의 관점에서 〈문학에 빠진 베르테르의 슬픔〉[119]을 고찰하려는 시도도 이어져 왔다. 그러나 그가 왜 〈문학광fou de lettres〉[120]이 되었는지, 왜 그는 문학에 빠져들 수밖에 없었는지에 대한 해답이 없어서 〈문학에 몰두한 베르테르〉[121]에 대한 고찰은 많은 어려움에 봉착하게 된다. 한 인물이 역사적이며 지식 사회학적으로 고찰되는 경우도 있지만, 문학광의 개념으로 고찰하려는 시도는 어려운 작업이라고 루만Niklas Luhmann은『열정으로서의 사랑Liebe als Passion』에서 지적하였다.[122] 다시 말해 베르테르의 정열적인 사랑을 문학 등의 담론의 관점에서 고찰하는 것은 난해한 작업에 속하는 것이다.

『젊은 베르테르의 슬픔』의 시작을 장식하는 1771년 5월 4일 자 베르테르의 편지에서 〈그곳을 떠나오기를 얼마나 잘했는지〉라는 말은 〈시

118 Richard Brinkmann, a.a.O., S. 117.

119 Peter Pütz, Werthers Leiden an der Literatur, in: *Goethe' narrative fiction: The Irvine Goethe Symposium*, ed. by William J. Lillyman, Berlin, New York, 1983. S. 55~68 참조.

120 Hans Georg Pott, Les Fous de(s) Lettres: Autormanie und Poesie im Zeitalter der Aufklärung, in: S. Bollmann und H. Niewöhner(Hg.), *Zeitschrift*, Heft 1, Düsseldorf, 1986, S. 47~65 참조.

121 Richard Brinkmann, a.a.O., S. 91~126 참조.

122 *Liebe als Passion*, S. 402~446 참조.

민 계급의 주체성과 사회의 합리성에서 빠져나와 문학 애호가가 된 것이 얼마나 잘한 것인지〉라는 내용으로 이해될 수 있다. 이러한 베르테르는 괴테와 유사한 인물이다. 문학이 로테와 베르테르를 친근하게 한다. 문학은 어린아이처럼 서로의 관계를 유지시켜 주기 때문에 로테와 베르테르는 문학에 관한 대화로 사랑을 소통한다. 작품의 절정이라 할 수 있는, 베르테르가 로테를 마지막으로 만나는 장면에서도 문학은 매체 역할을 하고 있다. 〈베르테르는 이리저리 왔다 갔다 했으며, 로테는 피아노 곁으로 가서 미뉴에트를 연주하기 시작했지만 계속할 수가 없었다. 그녀는 마음을 가다듬고 언제나처럼 안락의자에 앉아 있는 베르테르의 옆에 가서 앉았다. 《뭐 읽을 것 없어요?》하고 그녀가 물었다.〉(L 107)

이윽고 베르테르는 로테에게 오시안의 노래 번역본을 읽어 준다. 독서가 사랑의 매체, 영혼과 육체가 서로 읽어 주는 모습이 되는 것이다. 괴테는 편집자의 입을 빌려 열정적인 사랑과 불가피한 포기 사이의 갈등을 베르테르 영혼의 고통스러운 딜레마로 규정한다. 매사에 합리적이고 이성적인 친구 빌헬름은 온 힘을 다해 로테에게 구혼하든지 아니면 그녀에 대한 사랑을 포기하든지 하라고 충고하지만, 이에 기본적으로 동의하면서도 베르테르는 〈양자택일의 기로에서〉(L 43) 헤맬 뿐 달리 도리가 없다. 따라서 1771년 8월 8일 자 편지에서 그는 〈세상사는 이것 아니면 저것 식의 양자택일이 거의 통하지 않아. 매부리코와 납작코 사이에 여러 단계가 있듯이 사람의 감정과 행동 방식도 천차만별이지〉(L 430)라고 쓰고 있다.

억제할 수 없는 열띤 감정에 휘말린 베르테르가 로테에게 자기가 번역한 오시안을 읽어 주고 그녀를 포옹했을 때 로테가 그로부터 몸을 돌리자 베르테르의 최종적인 운명은 결정된다.[123] 여기에서 베르테르

123 이덕형, 「나폴레옹과 괴테」, 『한국독어독문학회 2014 봄철연합학술대회 발표논

가 읽어 주는 오시안은 작품에 자세하게 묘사되어 베르테르 자신의 이야기로 큰 감동을 일으킨다. 〈봄바람아, 너는 어찌하여 나를 깨우는가? 너는 아양을 떨며, 《하늘에서 내린 이슬방울로 촉촉이 적셔 주겠노라!》하고 말하는구나. 그러나 내가 시들어 갈 시간은 머지않았고, 내 잎들을 떨쳐 버릴 폭풍도 가까웠나니! 아름다운 내 모습을 보고 갔던 나그네, 내일이면 다시 돌아와 들판을 두루 살피며 나를 찾을 것이지만 나를 다시 만나지는 못하리라.〉(L 114)

괴테 당시에 밖에서 활동하는 남편과 집안 살림을 하는 아내의 역할이 분리되어 가정 소설 및 애정 소설 붐이 일었는데, 그 근원지는 영국이었고 독일 소설은 아직 높은 수준에 이르지 못하고 있었다. 리처드슨의 『찰스 그랜드슨 경Sir Charles Grandson』, 『클라리사Clarissa』, 『파멜라Pamela』, 골드스미스Oliver Goldsmith의 『웨이크필드의 교구 목사The Vicar of Wakefield』, 필딩Henry Fielding의 『톰 존스Tom Jones』 등 영국 작가들의 작품들이 독일어로 번역되어 당시 독일인의 교양과 문학에 큰 영향을 주었다. 『젊은 베르테르의 슬픔』에도 로테 역시 영국 골드스미스의 전원 소설 『웨이크필드의 교구 목사』를 읽었다는 내용이 있고(1771년 6월 16일), 무도회장으로 가는 마차 안에서도 이 소설 등 당대의 인기 소설이 대화의 대상이 된다. 《《좀 더 어렸을 때는 소설보다 더 재미있는 것이 없었어요》라고 그녀가 말하기 시작했다네. 《일요일이 되면 이렇게 한쪽 구석에 앉아 미스 파니[124]와 같은 여인의 행복과 불행을 진정으로 느낄 때면 저는 얼마나 즐거웠는지 몰라요. 지금도 그런 것에 어느 정도의 매력을 느끼고 있다는 사실을 부정하지는 않겠어요. 하지만 요즈음은 책을 읽는 일이 아주 드물기 때문에 내 취미에 맞는 책이라야 좋

문집』.

[124] 요한 티모토이스 헤르메스Johann Timotheus Hermes의 장편소설 『미스 파니 윌크스의 이야기Geschichte der Miss Fanny Wilkes』에 등장하는 여주인공.

아요. 나의 세계를 다시 발견하게 되고, 내 주위에서와 같은 일이 벌어지며, 그 이야기가 마치 나 자신의 가정생활처럼 관심을 끌고 마음을 쓰게 되는 작가가 제일 좋아요. 저의 집이 물론 천국이라고 할 수는 없지만 어쩐지 무한한 행복의 원천인 것 같아요.》 나는 이 말을 듣고 느낀 감정을 감추느라 애를 썼다네. 물론 오랫동안 감추지는 못했지. 왜냐하면 로테가 곁들여서 『웨이크필드의 교구 목사』에 관하여, 그리고 XX에 관하여[125] 진정으로 이야기하는 소리를 들었을 때 나는 완전히 정신을 차리지 못하고 내가 알고 있던 바를 모조리 털어놓았기 때문일세.》(L 23)

베르테르와 로테가 춤을 즐기는 무도회에서 감동을 받은 로테는 클롭슈토크라는 시인을 외치고, 두 사람의 감성은 서로 똑같다는 것을 알게 된다. 이러한 클롭슈토크는 베르테르와 로테를 결합시키면서 동시에 헤어지게 하는 역할을 한다. 이렇게 (클롭슈토크에 의해) 로테와 결합되었다가 헤어지는 베르테르는 괴테 자신의 여성관을 돌아보게 한다. 베르테르는 로테 한 여성만을 만났다 헤어지지만 괴테의 인연과 이별은 일생 동안 전개되었다. 괴테는 알아주는 바람둥이였으나 천박하지 않았고, 이해관계도 깔지 않은 데다 끊임없이 사랑을 문학으로 승화시켰다. 그는 첫사랑 프리드리케와 헤어지고 시집 「제센하임의 노래 Die Sesenheimer Lieder」를 지었고, 두 번째 찾아온 사랑인 부프가 자신의 친구와 결혼해 떠나자 유명한 『젊은 베르테르의 슬픔』을 썼다. 25세 때 16세이던 쇠네만을 만나 약혼까지 했지만 양가의 반대가 극심해 결혼에 이르지 못했다. 마음의 상처가 매우 컸던 듯 괴테는 무려 56년 뒤인 1830년 한 회고담을 통해 〈릴리와 사랑했던 시절만큼 진정으로 행복

---

125 〈여기서 몇몇 독일 작가들의 이름은 삭제됐다. 로테의 갈채를 감지하는 사람은 이 구절을 읽을 때 틀림없이 그가 누구라는 것을 느낄 것이며, 그렇지 못한 사람은 그가 누구라는 것을 알 필요조차 없다.〉 이인웅, 『젊은 베르테르의 슬픔』, 세창출판사, 1996, 185면.

에 다가간 적은 없었다. 그녀는 나의 마지막 여자였다〉[126]고 고백했다. 그렇다고 그의 여성 편력이 끝난 건 아니었다. 바이마르 체류 시절에는 유부녀이던 슈타인과 사랑을 나누었다. 39세인 1788년에는 당시 23세 였던 꽃집 처녀 불피우스를 만나 사랑에 빠졌고, 동거를 거쳐 마침내 결혼식을 올렸다. 1816년 불피우스가 사망한 뒤 아들 아우구스트 부부와 함께 살던 괴테는 71세 때 생애의 마지막 사랑으로 기록되는 레베초프를 만났다. 당시 그녀 나이는 겨우 16세. 괴테는 레베초프의 모친에게 딸을 달라고 부탁도 하고, 중간에 사람을 넣어 조르기도 했지만 당사자가 끝내 망설이는 바람에 결혼은 성사되지 못했다. 그녀는 평생 독신으로 지내며 95세까지 장수했고, 괴테는 레베초프에 대한 절절한 사랑을 담은 시 「마리엔바트 비가Marienbader Elegie」를 남겼다. 이렇게 괴테는 일생 동안 여러 여성들과 인연을 맺으며 만남Willkommen과 헤어짐Abschied의 용어를 합쳐 시 「환영과 이별Willkommen und Abschied」을 쓰기도 하였다.

가슴이 두근거린다, 어서 말에 올라야지!
생각하기도 전에 벌써 말에 올라 있구나.
저녁이 이미 대지를 잠재우고,
산록엔 어둠이 드리워져 있네.
떡갈나무는 안개 옷을 입고
거인처럼 우뚝 솟아 있는 곳,
거기에 수백의 검은 눈동자로 쳐다보며
어둠이 덤불 속에서 내다보고 있네.

구름 덮인 언덕에서 솟아오른 달

126 *Gespräche mit Goethe*, 5. März. 1830.

안개 속에서 애처롭게 내다보고 있네.
바람이 고요히 날개를 펼쳐
무섭게 귓가에서 울리네.
밤이 수천의 괴물을 만들어 내어도,
내 마음은 상쾌하고 즐겁기만 하니.
내 혈관 속에 얼마나 불길이 있으며!
내 가슴 속에 얼마나 열기가 작열하였던가!

그대를 나는 보네, 그대의 달콤한 시선에서
사랑에 찬 기쁨의 빛 흘러나오지 않는가.
내 마음 송두리째 당신 곁에 있고
모든 호흡은 그대를 위한 것이라네.
장밋빛 봄 햇살이
사랑스러운 얼굴을 감싸고,
넘치는 사랑은 나를 위한 것이네 — 그대 신들이여!
나 그것을 바랐지만, 나는 받을 자격이 없다오.

아, 그러나 벌써 아침 해가 솟으니
이별의 고통이 내 가슴을 조이고
그대 입맞춤에는 기쁨이 넘치면서도
그대 눈 속에는 고통의 빛이 담겨 있네!
내가 떠날 때 그대는 서서 고개를 떨구고
눈물 어린 눈초리는 나의 뒤를 따라오네.
그러나 사랑받는 것은 얼마나 큰 행복인가!
사랑하는 것 역시 얼마나 큰 행복인가, 신들이여!

프리드리케에 대한 운명적으로 짧고 격정적인 사랑이 담긴 이 시는 괴테의 여성 편력을 대표할 수 있는 것으로 읽을 수 있겠다.

오시안과 호메로스

독일 문학은 일반적으로 음울한 이미지와 관련된 인상이 짙다. 중부 유럽에 위치했지만 어딘가 북구적인 분위기가 독일 문학에 드리워져 있는 것이다. 괴테가 그토록 남쪽의 밝은 하늘을 그리워했듯이 확실히 독일 문학에는 밝음 대신에 어둠의 그림자가 깃들어 있다. 그러나 이 음울함, 혹은 어둠이 독일 문학의 가치를 말해 주는 표상은 아니다. 그것은 긍정적인 면과 부정적인 면을 아울러 포함한다. 이렇듯 가치 중립적인 입장에서 볼 때 음울함의 표상이 나타내는 가장 큰 특징은 〈비현실〉이라고 할 수 있다. 확실히 음울함이나 어둠은 낮의 이미지가 아니며, 사물을 실제로 파악한다기보다는 영상으로 바라보는 비현실성에 가깝다. 이 같은 지적은 독일 문학의 성격을 분석하는 데 매우 중요하다.[127]

18세기 의사소통이나 담론 등은 자연을 사회의 이념으로 만들어[128] 오시안과 호메로스의 관계로 독일 문학의 분위기를 지배하였다. 풍토와 기후의 영향으로 북구의 정신이나 감정 역시 암울하고 요정과 괴마가 지배하는 분위기였는데, 이러한 분위기를 담고 있는 문학이 오시안의 문학이다. 오시안은 13세기경 스코틀랜드에 살았던 켈트족의 음송 시인이었다. 스코틀랜드의 신학자이자 시인이었던 맥퍼슨James Mac-pherson에 의해 1763년 오시안의 전집이 발행되고, 1768년 전집이 독일

---

127 김주연, 『독일 문학의 본질』, 민음사, 1991, 13면.

128 Niklas Luhmann, *Gesellschaftsstruktur und Semantik*, Bd. 3, Frankfurt/M., 1989. Kapitel 5 참조.

어로 번역되어 괴테가 이를 접하게 되었다.

『젊은 베르테르의 슬픔』에서 〈그리기와 쓰기와 책〉은 인위적이고 말치레가 될 수 있는 것으로 부정하게 여겨지기도 한다. 나와 그대의 염원을 글이나 책 또는 어떤 문화도 채워 줄 수 없고 오직 자연, 어머니, 아버지 및 클롭슈토크, 호메로스와 오시안이 채워 줄 수 있을 뿐이다. 〈베르테르는 친구의 약혼녀인 로테를 우연히 알게 되어 이 우아하고 활동적인 소녀에게 점점 더 강하게 매혹된다. 로테와의 신분 차이 때문에 희망 없는 사랑에서 달아나려는 베르테르는 그의 감성으로 좌절되고 그사이 결혼해 버린 로테에게 다시 돌아온다. 절망적인 사랑으로 자포자기한 그는 오시안의 음울한 세계로 침잠하여 오시안의 노래를 번역하였으며, 자살하기 전 로테와 마지막으로 함께 있는 자리에서 그것을 낭송한다.〉[129]

오시안이라는 이름은 『젊은 베르테르의 슬픔』의 7월 10일 자 편지에 처음으로 등장한다. 〈사람들이 모인 데서 그녀(로테)에 관한 이야기가 나올 때, 내(베르테르)가 얼마나 바보스러운 모습을 하는지 자네가 보았더라면 좋았을 텐데! 심지어 누군가 내게 그녀가 마음에 드느냐고 물어 보기라도 한다면? ─ 마음에 든다니! 나는 이 말을 죽을 지경으로 싫어한다네. 로테를 마음에 두고 있는 사람으로서 그녀로 인해 모든 감각과 감성의 충만을 느끼지 않는다면 그는 대체 어떤 종류의 인간일까! 마음에 든다니! 얼마 전에는 오시안이 어느 정도 내 마음에 드느냐고 묻는 작자도 있었지!〉(L 37)

황량한 공상이 지배하는 분위기의 문학이 오시안의 문학이라면, 청명한 태양과 광휘에 찬 이탈리아나 그리스의 분위기를 담고 있는 문학은 호메로스 문학이라 할 수 있다. 이러한 호메로스가 『젊은 베르테르의 슬픔』에서 베르테르, 로테, 알베르트에게 중요한 역할을 한다. 호메

129 송익화, 『독일문학사』, 서린문화사, 1986, 227면.

로스 모티프는 베르테르의 네 번째 편지인 5월 13일 자 편지에 처음으로 나타난다. 절망에 처한 베르테르에게는 이 절망을 완화해 줄 수 있는 〈자장가〉가 필요한데 호메로스가 이러한 자장가 역할을 해주는 것이다. 〈자네가 나한테 내 책을 보내야 할지 물었지? 제발 그런 일로 나를 괴롭히지 말아 주게! 이제 나는 타인에 의해서 인도되거나 자극받거나 격려받고 싶지 않네. 이 마음은 나 스스로 충분히 용솟음치고 있어. 내게는 자장가가 더 필요하며, 그 자장가를 나는 내가 가지고 있는 호메로스에서 충분히 발견했네.〉(L 10)

베르테르가 자장가를 필요로 하는 이유는 처음의 세 편지에 언급되어 있다. 〈나의 여러 가지 관계들은 나와 같은 마음의 사람을 괴롭히기 위하여 운명적으로 마련되지 않았겠나? 가엾은 레오노레여! 그러나 나는 죄가 없었네. (……) 그렇다고 해서 내가 전혀 책임이 없을까?〉(L 7)

호메로스는 베르테르에게 치유적인 자장가로 작용하고, 이에 반하여 오시안의 분위기는 죽음을 암시한다. 〈갑자기 눈이 녹을 듯한 날씨가 되더니 강물이 범람하고 개울이란 개울은 모두 넘쳐흘러 내가 좋아하던 발하임의 아래쪽 골짜기가 물에 잠겼다는 얘기를 들었던 것일세. (……) 바위에서 쏟아지는 격류가 달빛을 받으면서 소용돌이치며 흐르는 모습은 무섭기까지 했어. 밭도 목장도 산울타리도 모두 물에 잠겨 넓은 골짜기는 위에서 아래까지 거세게 몰아치는 바람 속에서 온통 폭풍의 바다였네. 이윽고 달이 다시 검은 구름 위로 얼굴을 내밀자 그 엄청난 홍수는 소름이 끼칠 만큼 장엄하게 달빛을 반사하면서 거세게 소용돌이치며 내 눈앞에 흐르고 있었네. 그 순간 공포와 동경이 나를 엄습했지.〉(L 98)

이러한 오시안적 분위기와 호메로스적인 분위기는 『젊은 베르테르의 슬픔』뿐만 아니라 『아벨라르트와 헬로이제』의 정서도 지배하고 있다. 이 작품의 9월 16일 자 편지에 기록된 아벨라르트와 헬로이제의 만남은 오시안의 어두운 분위기에서 진행되고, 사랑 문제로 자살한 농부의 딸의 장례식과 이에 관련된 공동묘지의 오시안적 장면에서 아벨라르트와 헬로이제의 비극이 예감된다. 『아벨라르트와 헬로이제』에서는 서문 대신 시가 한 편 나오는데, 여기서 감성적인 인물인 아벨라르트는 〈이 세상에 너무도 착한zu gut für diese Welt〉(A 117) 인물로 서술되어 있다. 이 내용에도 오시안적인 어두운 분위기의 줄거리가 암시되면서 주인공의 죽음을 예감케 하는데, 한 예로 밤에 공동묘지를 방문했을 때의 느낌이 담긴 8월 4일 자 서신을 들 수 있다. 〈머지않아 같은 운명이 되어 옆에서 같이 썩어 갈 내가 함께 있다. (……) 아, 선한 신이여! 내 옆에 있어 주소서!〉(A 127) 이러한 아벨라르트의 죽음에 대한 예감은 앞부분의 희망찬 호메로스적 정서와 상반된다. 따라서 공동묘지 묘사는 이후 전개될 비극적 사건에 대한 예감이 되고, 결국 주인공의 죽음으로 구현된다.

『젊은 베르테르의 슬픔』에서 어머니와 연인의 이미지를 지닌 로테는 호메로스와 오시안이라는 두 성격으로 전개된다. 어머니에 해당하는 것은 호메로스의 자장가이고, 로테로 인한 갈등 및 최후의 수단으로서의 자살은 오시안적이다. 이러한 로테를 대치할 수 있는 것은 있을 수 없다. 베르테르는 자신이 원하는 것을 명확하게 알고 있다. 오시안이 세속적으로 그를 원하고 있는 것이다.

베르테르의 마음을 끄는 것은 이제 여성보다도 상상의 대상이다. 어느 젊은 농군 하인에 대한 다음과 같은 묘사는 바로 베르테르가 느끼는 로테의 상상적 모습을 암시한다. 〈젊은 매력은 없었지만 그래도 강렬하게 그의 마음을 끌고 사로잡은 주인 여자의 몸매에 대해서, 그 여자의 육체에 대해서 그 친구가 이야기를 하는 폼이 얼마나 매력적이었는가는 오직 나의 가장 깊은 마음에서 되풀이해서 생각하는 수밖에 없네. 내가 세상에 나온 이후 절박한 욕정과 사모하는 뜨거운 마음을 이다지도 순수하게 표현한 것을 본 적이 없다네. 아니, 이렇게 순수하게 표현된 것은 생각해 본 일도 없고 꿈에 본 일도 없다고 말할 수 있지. 이런 말을 하면 자네는 나를 책할지도 모르지만, 이런 진실하고 순진한 심정을 상기하면 나의 가장 깊은 내심의 영혼에 불길이 타오르지. 그렇게도 성실하고 정 깊은 인간의 모습은 어디를 가나 나에게서 떨어지지 않네. 나 또한 그런 불길에 싸인 듯 허덕이며 괴로워한다네. 그래서 될 수 있는 대로 빨리 그 여자를 만나 볼 작정이지만 다시 생각해 보면 피하는 것이 좋을 것 같기도 하군. 연인의 눈을 통해서 바라보는 편이 훨씬 좋을 것이야. 아마 내 눈으로 직접 보면 지금 연상되는 인물과 전혀 다를지도 모르지. 일부러 아름다운 명상을 스스로 부숴 버릴 필요가 있겠는가?〉(L 18 f)

글을 쓰거나 그림을 그릴 때 종이가 필요하듯이 베르테르에게는 로테가 필수적이다. 따라서 로테는 베르테르에게 한 여성이 아니라, 한 성녀가 되고, 그녀의 면전에서 그의 열망은 침묵을 지킬 정도이다. 그의 영혼이 행한 바이올린의 연주는 그녀에 대한 노래이다. 이러한 사랑하는 연인이 묘사될 때 (음울한) 오시안은 연결될 수 없다. 〈베르테르는 자신의 가장 내적인 존재(로테)를 포기해야만 하는 것같이 생각되었다〉(L 98)라는 내용과 같이, 사랑하는 연인을 포기하지 않을 수 없을 때 비로소 오시안이 관계되는 것이다.

종교 및 사회의 이단자

괴테의 마지막 소설 『빌헬름 마이스터의 방랑 시대』에서 빌헬름 마이스터의 삶은 이야기, 편지, 논문, 지혜의 테두리를 이루고 있다. 『빌헬름 마이스터의 수업 시대』에서 중요한 것은 다방면의 인격을 만드는 교육에서 공동 사회에 대한 봉사로 옮겨 간다. 궁극적인 목표는 개인을 완성하거나 개인의 미학적인 욕구를 만족시키는 것이 아니라 일, 체념, 실제적인 업적을 통한 삶의 지배이며, 일반적이고 불확실한 교육이 아니라 본질적인 것과 정해진 임무로, 이는 다음과 같이 언급되고 있다. 〈너희들의 보편적인 교육과 그것을 위한 공공시설은 쓸데없다. 어떤 인간은 결정된 것을 이해하고, 잘 성취시키는 데 반해, 다른 인간은 아주 비슷한 환경에서 그렇게 못 한다는 것이 문제이다.〉[130] 삶에서 가장 중요한 것이 무엇이냐고 물었을 때 빌헬름 마이스터는 〈사고와 행동, 행동과 사고, 이것이 지혜의 전부이다〉[131]라고 대답한다.

이렇게 『빌헬름 마이스터의 수업 시대』에서 불확실한 교육은 부정된다. 사회생활에서 가장 중요한 요소 중 하나인 교육을 부정하는 것은 있을 수 없는 일이다. 물론 교육의 축소나 소극화를 주장한 인물들이 있기는 하다. 루소는 유명한 교육 소설 『에밀Emil』에서 소극(消極) 교육을 내세웠다. 〈어린이가 쓰러져 머리에 혹이 생기고, 코피를 흘리고, 손이 찔려도 나는 당황하여 그 애 곁으로 달려가지 않는다. 적어도 잠시 동안은 침착하도록 노력하고 몸을 움직이지 않는다. 일은 이미 저질러진 것이다. 어린이는 필연을 견뎌 내야 한다. 내가 당황하면 당황할수록 어린이에게 겁을 줄 뿐이고, 그의 감수성을 자극할 뿐이다. 어린이가 상처를 입었을 때 그에게 고통을 주는 것은 상처보다는 이에 대한 두려움이다. 하여간 나는 그러한 고통만은 덜어 주고 싶다. 내가 그 상처를 어떻게 생각하고 있는가를 보고 어린이는 판단하기 때문이다. 내가 걱정하면서 달려가 위로하거나 슬퍼하면 그는 이제는 절망적인 상태라고 생각하게 될 것이다. 내가 냉정한 태도를 취하면 어린이도 곧 냉정한 태도를 되찾고, 고통이 사라지면 다 완치된 것으로 여길 것이

---

130 송익화, 『독일문학사』, 서린출판사, 1986, 255면.
131 같은 곳.

다. 이때 사람은 용기를 갖는 것을 처음으로 배우고, 사소한 고통도 두려워하지 않고 견디어 나중에 보다 큰 고통을 참고 이겨 내는 것을 배우게 된다.〉[132] 이러한 루소의 소극 교육은 『파우스트』의 〈인간은 노력하는 한 방황하게 된다〉(317행)라는 구절이나 『빌헬름 마이스터의 수업 시대』의 〈방황하여 스스로 진리를 깨닫거나 정도를 발견하게 하는〉 교육 방식과도 일치한다. 〈방황하지 않도록 하는 것이 교육자의 의무가 아니고, 방황하는 자를 인도하는 것, 그리고 더 나아가서 그로 하여금 방황이 가득 차 있는 잔을 완전히 마시게 하는 것, 이것이야말로 교육의 지혜인 것이다.〉(HA 7, 494 f) 이렇게 과다한 교육 대신에 소극적인 교육의 효과에 대한 주장도 있지만, 일반적으로 교육은 삶에 필수적으로 여겨져 중요시되고 있다. 그러나 이러한 교육은 다시 베르테르와 아벨라르트에 의해 부정된다.

유아독존과 독창성을 포함해서 주관성이 강한 베르테르와 아벨라르트는 독단과 경건주의가 혼합된 모순적인 성격을 지닌다. 종교적이며 독단적인 규정은 자아 해방의 전제로 개인적인 욕구에 불을 붙이기 마련이어서 시민 계급은 제도적·관습적인 기준에서 벗어나 문외한이나 이단자의 길을 가려 한다. 이러한 개성화는 〈천재〉의 특징으로 사회의 통념에 역행하기 마련이다.

열여섯 살 되던 해 괴테는 부친의 권고로 법학을 공부하기 위해 라이프치히로 떠난다. 라이프치히 대학 생활 3년째 접어들던 해 젊음의 자유분방한 생활 때문에 신체적·정신적으로 쇠약해진 몸을 이끌고 고향으로 돌아와 휴양을 취하던 청년 괴테는 어머니의 친구인 클레텐베르크Susanne K. von Klettenberg에 의해 경건주의와 신비주의의 깊은 감화를 받게 되었다. 이러한 클레텐베르크의 영향으로 괴테는 신비주의 및 경건주의 저서, 특히 아놀트Gottfried Arnold의 『교회와 이교도의 역사

132 이규환 편저, 『괴테의 교육 사상』, 배영사 신서 60, 1981, 58면.

Kirchen- und Ketzerhistorie』를 철저히 파악하였다. 특히 그에게 영향을 끼친 것은 헤른후트파 종단의 신봉자였던 여자 고문의 인품이었다.[133] 이러한 배경에서 브링크만은 사회의 세속화에서 발생하는 베르테르의 종교적 독단성을 아놀트의 저서『교회와 이교도의 역사』의 이론에 연결시켜 베르테르의 자율적인 개성과 경건주의의 모순적 관계를 규명하였다.[134]

사회의 통례에서 벗어나는 이단적인 작품『젊은 베르테르의 슬픔』과『아벨라르트와 헬로이제』는 계몽주의 이념을 거부하고, 따라서 사회의 가장 중요한 요소인 교육도 거부한다. 아벨라르트는 앞으로 다가온 고등학교 입학을 명상적 삶의 파괴로 여긴다. 〈어느 것도 나를 달콤한 꿈에서 깨어나게 해서는 안 된다. 어떤 현학자도 나를 불필요하고 차가운 학문으로 괴롭힐 수 없다.〉(A 119) 강력한 감성에 빠진 그에게 이성과 감성의 조화는 불가능해진다. 이러한 아벨라르트와 마찬가지로 베르테르도 학교를 부정적으로 여긴다. 학교에서 자신의 감정을 짓눌렀던 첫 번째 구속이 성인이 되어서까지도 베르테르를 불쾌하게 하고 있다.[135] 특히 어린이가 성인들의 법칙에 따라 교육되고 교화된다는 사실에 베르테르는 거부감을 느낀다.[136] 따라서 아무것도 모르는 순진한 어린이의 성격이 어른들에 의해 강제적으로 왜곡되는 현실을 베르테르는 비난할 수밖에 없다. 〈그런데 친구여! 우리와 같은 동등한 인간이요, 아니 오히려 우리의 본보기로 우러러보아야 할 어린이들을 우리는 마치 신하처럼 다루고 있지 않은가! 너희들은 의지를 가지면 안 된다는 따위의 말이나 하고 있단 말일세. 그러면 우리는 의지를 갖고 있

---

133 Peter Boerner, *Goethe*, Hamburg, 1964, S. 26.
134 Richard Brinkmann, *Wirklichkeiten: Essay zur Literatur*, Tübingen, 1982, S. 105.
135 *Goethes Werther*, S. 12.
136 같은 책, S. 32.

454 괴테 문학 강의

지 않단 말인가? 그런 말을 할 특권이 도대체 어디 있단 말인가? 우리가 단지 그들보다 나이가 많고 보다 영리하기 때문이란 말인가?〉(L 30) 이렇게 아무것도 몰라서 순수하고 모순이 없는 아이들이 성인에 의해 왜곡되는 내용은 괴테의 찬가 「프로메테우스」에도 묘사되어 있다.

> 내가 어릴 때,
> 철부지여서 아무것도 모르던 때,
> 나의 비탄을
> 들어 줄 귀가 있고,
> 나처럼 괴로워하는 자를
> 불쌍히 여길 심정이 있겠지 해서
> 방황의 눈이 태양을 향했었노라.
>
> 거인족의 교만으로부터
> 나를 구해 준 자 누구였던가?
> 죽음과 노예 상태로부터
> 나를 도와준 자 누구였던가?
> 그 일을 해준 것은
> 거룩하게 불타는 나의 마음이 아니었더냐?
> 그런데 젊고 착했던 나는
> 완전히 속아서 천상에서 잠이나 자고 있는
> 너희들 신에게 감사한 마음을 작열시키지 않았던가? (22~37행)

여기서 순진한 어린이를 강압으로 왜곡시키는 성인은 교만한 거인족이나(29행) 잠이나 자고 있는 신(36~37행) 등으로 비난받는다. 교육의 방법들에 부정적인 베르테르는 교육에서 채택되고 응용되는 법칙이나 규칙도 비난의 대상으로 삼는다. 〈법칙의 장점에 대해서 많은 이야기를 할 수 있겠는데, 이는 시민 사회에 대한 칭송과도 같다네. 법칙에 따라 교육받는 사람은 결코 멍청한 짓이나 나쁜 짓을 저지르지 않을 것인데, 이는 여러 법률과 복지를 통해 자라난 사람이 결코 견딜 수 없는 이웃이 된다거나 괴팍스러운 악인이 될 수 없는 것과 마찬가지라네. 뭐라고 떠들어 대도 할 수 없겠지만, 온갖 법칙이란 자연의 진정한 감정과 진정한 표현을 파괴해 버리고 말 걸세!〉(L 15) 자연의 질서에 몰입한 베르테르는 이성 등의 질서를 내세우는 교육에서 벗어나고자 한다. 〈인간은 교육이 필요하지 않으며, 신처럼 스스로의 존재에서 창조되는 자신만으로도 충분하다〉[137]고 믿는 그는 자신의 학창 시절을 구속으로 여긴다. 교실을 자기의 유년기를 몰아넣은 구멍으로 여기고, 지난날 자신이 받았던 교육을 시간의 상실로 생각하는데, 이들이 자신의 생애에 아무것도 가져다주지 못했기 때문이다. 〈내가 지금 초등학생과 더불어 지구는 둥글다고 말한들 무슨 소용이 있겠는가! 그 위에서 즐기기 위해서라면 약간의 땅만 있으면 충분할 것이고, 그 밑에서 영원히 잠들기 위해서는 그보다 더 적은 양이면 족할 것이다.〉(L 73)

이렇게 베르테르가 학교 등 사회에 적응하지 못하는 데 비해 아벨라르트는 학교에서 완전히 벗어나고자 함으로써 베르테르보다 더 비사회적 면모를 보여 준다. 고등학교 진학으로 친구를 떠나가고 대학 진학으로 연인과 이별하는 교육은 그에게 자아실현의 장애일 뿐이다. 이런 배경에서 자신이 입학하게 된 대학을 아벨라르트는 우회적으로 비난한다. 〈마음이 향상되어 모든 곳에서 작용하는 것보다 어디에선가 길러지는 이성에 관심을 기울였지. 그곳에서는 다정다감한 젊은이보다 재치 있는 사나이가 평가를 엄청나게 더 받게 된다네.〉(A 150)

---

137 Edgar Hein, *Johann Wolfgang von Goethe: Die Leiden des jungen Werther*, Interpretation, München, 1991, S. 34.

이렇게 교육을 부정하는 괴테와 장 파울로부터 계몽주의의 부정과 감상주의 사조가 느껴진다. 이성*Verstand*과 감정*Gefühl*이 양립하지 못하고 대립되는 것이다. 베르테르와 아벨라르트의 이상은 감상주의라기보다는 쉽게 감동받는 성격이라 볼 수 있는데, 이는 조화로운 균형을 추구하는 감상주의 이념이 그들에게 부족하기 때문이다.

베르테르나 아벨라르트의 교육 부정은 헵벨의 범비극론(汎悲劇論) *Pantragismus*을 연상시킨다. 헤겔 철학의 영향을 받은 헵벨은 〈자아〉 즉 〈개인〉의 활동을 중요시하였다. 그런데 〈개인〉의 존재와 활동은 항상 〈전체〉의 의지에 역행되고, 개인의 의지 또한 단체의 정신에 대한 역행과 죄과가 된다. 결국 단체가 개인을 단체의 일부로 보아 개인을 굴복시키고 통념적인 길을 가게 하는 데서 비극의 싹이 트며, 시인은 이와 같은 범진리적인 사실을 〈개인 정신의 대표자〉로서 반영하여 폭로시키는 사명을 띠고 있다. 자기의 시대에 자기의 의지를 달성하려는 위대한 개인들은 시대의 정신과 알력이 생겨서 비극이 일어나기 마련인데, 그것이 역사의 전개인 것이다. 따라서 헵벨이 그리는 비극은 주로 문화적·사상적 전환기에 해당하는 역사의 갈등이다.

대개 비극 발생의 원인으로 비극적 동기나 죄과가 있어야 하는데, 헵벨에 있어서는 〈개인〉의 존재 그 자체가 이미 〈전체〉에 대한 역행이므로 도덕적으로나 종교적으로 아무 잘못이 없으면서도 개인은 항상 범비극론의 단초가 된다. 쇼펜하우어에 의하면 인생은 고통이며 이 세상은 〈슬픔으로 가득 찬 감옥〉이다. 그런데도 인간은 살고자 발버둥친다. 맹목적이고 무의식적이다. 아무것도 모르면서 그저 살아야겠다는 마음으로 안달복달한다. 따라서 쇼펜하우어의 눈에 비친 이 세상은 온통 〈눈물의 골짜기〉였다. 하지만 자살은 고통에 희생당하는 도피로, 〈참된 구원〉이 아니라 〈외관적 구원〉에 불과하다. 그러면 어떻게 살아야 할 것인가. 쇼펜하우어는 1819년 그의 나이 서른하나에 『의지와 표상으로서의 세계』라는 책을 세상에 내놓았다. 이 책에서 그는 당대 독일 최고의 영웅이었던 헤겔을 〈정신적인 괴물〉이며 〈벌레〉라고 몰아세웠다. 헤겔식 낙천적 낭만주의 철학은 일종의 〈엉터리 물건〉이며 〈인류 고뇌에 대한 조롱〉이라고 비판했다. 쇼펜하우어는 말한다. 고통을 직시하라. 그 뿌리인 욕망의 싹을 잘라 내라. 세상은 완전하게 실재한다. 거짓도 없고 가상도 없다. 이성은 허구다. 고통은 망상이요 허상이다. 어떤 사물이나 일에 대해서 눈곱만치도 기대하지 마라. 체념이 곧 지혜요 깨달음이다. 희망이니 뭐니 그따위 쓸데없는 삶의 의지를 버리라. 자발적인 단념이 참된 평정을 가져온다. 〈완전한 무의지의 상태〉에 이르도록 하라. 그러기 위해 뼈가 시리도록 고독하라. 아모르 파티Amor fati! 운명을 사랑하라! 무심하라! 갓 난 송아지가 세상을 바라보듯 물끄러미 바라보라. 그 순간, 광야의 거친 〈돌〉이 저 밤하늘에 반짝이는 〈별〉이 될 것이다.[138]

쇼펜하우어 철학에서는 〈개인〉의 존재가 죄로 규정된다는 사상이 엿보이지만, 헵벨은 쇼펜하우어와는 달리 세계 전체를 부인하지 않고 보다 높은 차원에서 형상화하려 했다. 헵벨에게는 남녀의 성별도 대립과 비극의 시초이며, 사회 계급의 대립이나 종교의 대립 등 모든 대립은 비극으로 통하게 된다.[139] 결국 인간은 분명히 〈개인〉의 존재로 〈전체〉에 대립되고, 여기에서 인간적 폭력과 결점이 권세를 떨쳐 왔다.

이런 배경에서 영Edward Young은 자신의 저서 『독창적 구조의 추측 Conjectures on Original Composition』(1759)을 통해 〈독창적인 사람이 어떻게 복사판으로 죽을 수 있는가?〉라고 외친다. 복사판의 삶에서 탈피한 인간은 사회에 상반되기 때문에 비판을 받기 마련이다. 마찬가지로 베르테르나 아벨라르트도 사회에 저항하여 시민 계급에 공헌한다. 〈복사된

---

138 「동아일보」 서평(이동용, 『쇼펜하우어, 돌이 별이 되는 철학』, 동녘, 2014).

139 박찬기, 『독일문학사』, 일지사, 1984, 324면.

인간*homo-copie*〉에서 벗어나 사회의 이단자가 되면서 문학적인 관심을 끌어들이는 것이다.

그러면 사회에서 벗어나면 개성적인 인간이 되는가? 주관성은 타인에 상반되는 자신의 실현이기 때문에 개인적으로 발산되는 낭만적 이념은 사회에 적응할 수 없다. 따라서 베르테르와 아벨라르트는 파국적인 종말(실제로는 해방적 자아의 실현)로 자신의 정체성을 실현한다. 성찰에의 의존은 결국 자기 자신으로 돌아가는 개성이 된다. 범례 지향적인 사회에 대항하는 스스로에 대한 성찰인 셈이다. 이러한 그들의 사회적 자아와 심리적 자아는 일치되지 않고, 자신의 자아와 사회적인 자아의 구별로써 일반적인 정형의 복사에서 벗어난다.

마치 세르반테스Miguel de Cervantes Saavedra의 돈키호테Don Quixote 같이 자아의 확립을 시도하는 베르테르와 아벨라르트는 교육과 종교적인 윤리까지도 거부하는 등 점차로 개성적인 인물이 되어 간다. 〈단일체가 되는 차이를 양산하면서 본질적으로 역설적인 인간이 되고 있는 것이다.〉[140]

---

140 *Goethe-Jahrbuch* 95, 1978, S. 442 참조.

제6장

『친화력』에서 인물들의 친화성

1807년 괴테는 저작을 위하여 소란스러운 바이마르를 떠나 예나에
체류하고 있었다. 거기서 그는 전부터 친분이 있던 서점 주인 프로만의
가정에 자주 드나들면서 그 집의 양녀 민나Minna Herzlich에게 연정을 품
게 되었다. 사실 10세 정도로 어릴 때부터 알고 있었는데 이제 새삼스
럽게 몰라보도록 성숙하고 아름다워진 그녀의 모습을 대하자 그는 걷
잡을 수 없는 젊은 열혈(熱血)이 치솟아 올랐다. 그러나 윤리적인 생각
에서 그녀를 되도록 멀리하다가 업무 등 여러 사정으로 그곳을 떠나면
서야 그녀에게서 벗어나게 되었다. 이러한 민나에 대한 사랑의 체험은
그 후에 집필된 『친화력Die Wahlverwandtschaften』에 보존되어 있다.

이 소설의 주인공인 에두아르트와 샬로테는 파란 많은 운명을 겪은
후에 만난 부부이다. 그들의 생활은 에두아르트의 친구인 하우프트만
과 샬로테의 젊은 친척인 오틸리에의 출현으로 변화가 생긴다. 이들 네
사람 사이에 친화력이 작용하여 그들의 운명을 결정하는 것이다. 오틸
리에에 대한 에두아르트의 격정적인 사랑은 점점 고조되고, 하우프트
만과 샬로테도 그들 나름대로 서로 매혹을 느낀다. 그러나 하우프트만

과 샬로테는 서로를 체념하려 노력하는 반면에, 에두아르트와 오틸리에는 끌리는 운명을 극복하지 못한다. 저주받은 운명에서인지 오틸리에는 샬로테와 에두아르트 사이에서 태어난 아기를 실수로 물에 빠뜨려 죽이게 된다. 이에 대한 고통과 죄책감으로 쇠약해진 오틸리에는 결국 죽게 되고 에두아르트도 곧이어 그녀를 따라 죽는다. 이러한 『친화력』의 내용은 격렬하지만 그것을 기리는 작가의 필치는 매우 냉정하며 체념의 미덕을 보이고 있다.

원래 『친화력』은 〈체념자들*Die Entsagenden*〉이라는 부제가 붙은 『빌헬름 마이스터의 방랑 시대』의 일부분으로 집필하려 했으나 확대되어 독립된 작품으로 발간되었다. 〈체념〉이란 문자 그대로 단념이고 생각을 멈추는 것이다. 그러나 이 작품에서 체념은 제일의(第一義)를 위해서 제이의(第二義) 이하의 단념을 의미한다. 괴테에게 제일의는 타고난 소질을 최대로 살리고, 인생 및 동포에 대해 적극적으로 기여하는 것을 의미한다. 이러한 제일의를 살리기 위해서는 제이의 이하를 대담하게 버려야 한다.

1809년에 발간된 소설 『친화력』이 당시 어떻게 수용되었는가에 대해서는 의견이 분분하다. 언어와 개념을 가공하는 괴테의 능력에 의혹을 제기하는 경우는 드문 반면, 작품의 내용 전개에 대해서는 논쟁이 많다. 작품의 수용과 해석은 서로 밀접하지만 도덕과 비도덕, 도덕 법칙과 자연 법칙, 인간의 미덕과 자연적 운명 등의 상대적인 개념들이 『친화력』에서 평가되고 있다.

〈무교양의 전진 기지*der vorgeschobene Posten der Unbildung*〉라는 벤야민 Walter Benjamin의 견해에 따르면, 이 작품에서는 결혼, 운명 및 사회의 구분이 다뤄진다. 괴테 자신도 이 소설을 윤리를 타락시킨 작품으로 규정하였다. 윤리나 도덕은 서로 밀접하여 윤리와 비윤리, 도덕과 비도덕이 이분법*Dichotomie*적으로 만난다. 『친화력』에서 괴테가 파렴치한 사랑이나 혼인을 옹호했는지, 또는 이 작품의 집필 시기에 시민 계급에 의해 전개되었던 봉건 제도의 붕괴를 수용했는지 혹은 회의적으로 보았는지에 대해서 관심이 많다. 제도의 극단적인 붕괴나 과격한 혁명 등이 야기하는 극단적인 과격성을 우려하여 그러한 사고를 배격한 괴테에게는 극단에 흐르는 낭만주의도 혐오의 대상이 되었다. 그는 프랑스의 낭만주의자들이 자신들 고유의 질풍노도 운동이 전에 빠졌던 것과 같은 극단에 처한 것을 보았다. 따라서 그가 1830년에 에커만에게 다음과 같이 말할 때 그는 위고Victor Hugo 같은 프랑스인들을 염두에 두었다. 〈극단은 어떤 혁명에서나 결코 피할 수 없다. 정치적인 혁명에 있어서 맨 처음에는 모두 부정부패 일소밖에 바라는 것이 없다. 그러나 사람들은 자신도 알지 못하는 사이에 유혈과 공포에 깊이 빠지게 된다. 이와 같이 프랑스인들은 현재의 문학 혁명에서 처음에는 좀 더 자유로운 형식밖에 다른 것을 원하지 않았으나, 거기에서 멈추지 않고 형식과 더불어 전통적인 내용도 배격하게 되었다. 그들은 고상한 정서와 행위의 묘사를 지루하다고 말하고 가증스러운 것들을 취급하기 시작했다. 그리스 신화의 아름다운 주제 대신에 악마와 마녀와 흡혈귀를 다룬다. 따라서 고대의 고상한 영웅들은 요술쟁이와 노예선의 노예들에게 자리를 양보하지 않으면 안 되었다. 업적을 쌓아 인정받을 젊은 재사(才士), 자기 자신의 길을 개척할 수 있을 만치 훌륭한 젊은 재사는 시대의 취미에 영합하거나 소름 끼치고 무시무시한 것의 묘사에서 그의 선배들을 능가해야 한다.〉[1]

그렇지만 괴테는 낭만주의에서 자기가 좋아하지 않는 점도 미래의 문학을 형성한다고 보았다. 〈내가 묘사한 극단과 변태적 현상은 점차로 사라지겠지만, 이 위대한 장점은 결국 남을 것이다. 좀 더 자유로운 형식 이외에 좀 더 풍부하고 다양한 주제가 확보될 것이고, 가장 광대

1 버넌 홀 2세, 『서양 문학 비평사』, 이재호·이명섭 옮김, 탐구당, 1972, 152면.

한 우주 그리고 가장 다양한 삶의 어떠한 사물도 비시적(非詩的)이라고 제외되는 일은 더 이상 없을 것이다.〉[2] 이렇게 낭만주의에서 자기가 좋아하지 않는 점도 미래의 문학을 형성한다는 괴테의 견해는 오늘날 우리의 견해와도 일치한다. 그리고 이러한 괴테의 생각은 옳았다. 후세에 다양한 문학의 길을 열어 준 것은 바로 낭만주의 운동이었다.

『친화력』은 발표되자마자 신성한 부부 관계가 도덕적으로 파멸되는 작품이라는 비난을 받았으나, 이는 괴테의 진의를 파악하지 못한 데서 기인한 생각이다. 이 작품은 오히려 결혼의 순결성을 옹호하고, 그 윤리와 도덕성을 강조한다(W 623). 결혼의 파경은 당사자들만의 문제가 아니라 가정의 파괴로 사회 질서를 문란시키므로, 결혼의 순결과 신성이 끝까지 존중되어야 하는 것이다. 괴테는 이 작품에서 미틀러의 입을 통해 〈결혼 생활을 침범하는 자와 도덕 사회의 근본을 말이나 행동으로 파괴하는 자〉를 힐책하고 〈혼인은 모든 문화의 시발점이요 정점입니다. (……) 이러한 것이 손상되어서는 안 됩니다. 혼인이란 많은 행복을 가져다주며, 차후에 생길 수 있는 하나하나의 불행은 극히 사소한 것입니다〉(W 304)라고 말할 정도로 결혼을 중요시하였다.[3]

괴테는 『친화력』에 〈여자를 응시하면 그녀를 탐하게 된다*Wer ein Weib ansieht, ihrer zu begehren*〉는 예수 그리스도의 말을 연관시키기도 했다. 이러한 〈여자를 탐하는〉 내용을 이 장에서 중점적으로 다루고자 한다.

『친화력』은 도덕과 윤리에 직결되어서 퐁세Andre-Francois Poncet는 〈『친화력』에서 괴테는 윤리적 문제를 다루려 한 게 명백하다〉[4]라고 언

---

2 같은 책, 153면.

3 이명우, 「『친화력』 연구」, 『괴테와 독일 고전주의』, 고려대학교출판부, 1988, 62면 이하.

4 Andre-Francois Poncet, *Der sittliche Gehalt der Wahlverwandtschaften*, in: Ewald Rösch(Hg.), *Goethes Roman Die Wahlverwandtschaften*, Wissenschaftliche Buchgesellschaft, Darmstadt, 1975, S. 65.

급하였다. 한편 분리(별거)와 통합이 친화론적으로 전개되는 이 작품에서 경제, 탄생, 죽음, 제식 및 욕구가 도덕과 윤리적으로 형성된다고 본 벨베리David E. Wellbery는, 이 작품은 일반적으로 통용되는 것을 해체하고, 상징적인 것을 내적으로 분해한다고 규정하였다.[5] 어떻든 이 작품의 인물들이 보여 주는 성격이나 행동 및 상황은 독특하게 전개되고 작품의 사소한 사건도 과민한 반응을 불러일으킬 수 있어서, 괴테는 〈일반적인 이념의 묘사를 광범위하게 집필된 유일한 작품은 나의 『친화력』〉[6]이라고 언급하기도 했다. 마찬가지로 괴테가 1809년 10월 1일 예나에서 코타Johann F. Cotta에게 보낸 편지에도 〈본 작품은 내가 독자에게 수차례 반복해서 고찰해 보도록 권유하고 싶은 것들이 적지 않게 내포되어 있다〉(W 622)고 적혀 있다.

그러면 이 소설에 적용되는 친화력으로 들어가 보고자 한다. 〈오틸리에와 하우프트만의 관계〉는 새로운 사회의 형성에서 볼 수 있는 성격이나 가치가 된다. 따라서 오틸리에와 하우프트만은 남성과 여성의 대변인 역할 외에 새로운 사회의 이상형으로 나타난다. 소설 『친화력』의 전체적 내용은 물론이고 오틸리에와 하우프트만을 중점에 두어서 어머니(오틸리에)와 관리(하우프트만)의 양상을 새로운 사회상으로 규명하고자 한다. 이와 관련하여 욕구, 여성의 이상, 작품 내용 사이의 상호 관계 등을 고찰한다. 이러한 내용은 어느 부분으로 한정하되, 관점과 해석은 조금도 손상시키지 않도록 하였다.

5 David E. Wellbery, Die Wahlverwandtschaften, in: Lützeler/Mcleod(Hg.), *Goethes Erzählwerk. Interpretationen*, Stuttgart, 1985, S. 292.

6 Goethe, in: Andre-Francois Poncet, a.a.O., S. 66.

1. 작품의 내용과 반응

괴테는 1808년 4월 11일 자 일기에서 『빌헬름 마이스터의 방랑 시대』에 들어 있는 단편 제목인 〈50살의 남자Man von fünfzig Jahren〉와 함께 〈친화력Wahlverwandtschaften〉이라는 말을 처음으로 언급한다. 그해 5월 1일 자 일기에는 〈궁정 고문관 마이어에게 친화력에 관한 말을 들려줌〉이라고 적혀 있어, 이날 작품 『친화력』이 괴테에 의해 처음으로 언급된 것이 아닌가 생각된다. 그리고 이듬해인 1809년 6월부터 『친화력』 집필이 시작되어 그해 8월 말 완성되었다.[7]

이 작품의 제목이 되는 〈친화력〉은 원래 화학 용어로 A와 B 양 원소의 결합에 C와 D의 원소가 들어갈 경우 각각의 원소는 더 많이 끌리는 원소에 합류되어 AB의 화합은 분리되고 AC와 BD로 새롭게 화합하는 성향이 있음을 뜻한다. 이러한 친화력은 자연계뿐 아니라 인간계, 특히 인간의 사랑에도 작용하여 운명을 지배하고(W 627) 결정짓는 것은 물론, 인간 사회의 당위인 도덕과 상충함으로써 가정 및 사회의 문제를 유발한다는 사실(W 621)이 작품에서 전개되고 있다. 그러면 작품 속 인물들의 친화적인 관계를 분석해 보자.

젊었을 때 연인 관계였던 에두아르트와 샬로테는 사정상 다른 사람과 결혼하여 16~17년을 지내다가 어쩌다가 모두 독신이 되었다. 그들은 새로 결합하여 부부가 되었으나 이전의 열정은 곧바로 식어 가고 갈등이 심해져 무료한 관계가 되었다. 이러한 A(에두아르트)와 B(샬로테)의 화합에 에두아르트의 친구인 하우프트만(C)와 샬로테의 조카인 오틸리에(D)라는 처녀가 나타난다. 성숙한 모습으로 오랜만에 학교 기숙사에서 돌아온 오틸리에에게 에두아르트는 몹시 끌리는데, 이는 바로

---

7 Johann Wolfgang von Goethe, *Die Wahlverwandtschaften*, Roman, Reclam, Stuttgart, S. 315 참조.

민나에게 이끌렸던 괴테 자신의 반영이다. 따라서 『친화력』에 등장하는 인물과 장소는 괴테의 자서전적 요소가 되기도 한다.

괴테가 살았던 당시 바이마르의 사회상과 아이제나흐Eisenach의 슈탈Wilhelm Stahl 성이 이 작품의 배경을 이루며, 작품 속 유원지 설계 등의 일은 괴테가 바이마르 공국에서 실제로 행한 작업들이다. 등장인물에서도, 에두아르트는 바로 괴테 자신의 단면이고, 샬로테, 하우프트만, 미틀러, 루치아네, 건축가, 영국 귀족 등은 역시 당시 괴테의 주변 인물이었던 슈타인Charlotte von Stein, 브렌타노Bettina Brentano 등의 실제 인물들의 반영이다. 무엇보다 이 작품의 여주인공 오틸리에는 본래 괴테가 당시 자주 출입했던 예나 서점집의 양녀 민나의 모델이다. 이러한 민나의 정숙하고 헌신적이며 사심 없는 성품이라든가 가사에서의 모범성은 오틸리에와 일치하며, 실제의 그녀도 나중에 결혼한 다음 오틸리에처럼 오랫동안 두통으로 고생했다고 한다. 53세 때인 1802년부터 알고 지낸 괴테가 정작 그녀를 사랑하게 된 것은 58세 때인 1807년부터인데, 이때 그녀는 18세의 어엿한 처녀로 성숙해 있었다. 그러나 그 1년 전 불피우스Christiane Vulpius와 정식 결혼한 노경의 괴테에게 젊은 날의 슈타인이나 쇠네만에게 품었던 정열적인 사랑이나 질풍노도 같은 감정은 사라지고, 조용하고 자애로운 아버지 같은, 비감(悲感)한 사랑이 있을 뿐이었다. 이러한 맥락에서 에두아르트와 오틸리에 사이의 슬픈 사연이 예감된다. 작품에서 두 남녀의 양극적인 성격은 괴테 자신의 양면성을 형상화한 것이라 볼 수 있다.[8]

이렇게 괴테가 반영된 『친화력』에서 인물들의 성적(性的)인 관계는 미묘한 4각 관계로 전개된다. 질서와 위기의 문제를 다룬 괴테의 저작 「헤르만과 도로테아」는 근본적으로 합리적이고 질서 의식을 가진 사람들의 이야기로 근검과 부지런함, 긍정적 세계관, 신앙심 등 소박한 생

8 이명우, 같은 책, 65면.

활 태도를 미덕으로 다뤘다. 시민이란 학식과 교양, 직업, 경제력을 도구로 사회적 상승을 추구해야 하며, 교양, 이성, 휴머니즘, 관용, 도덕, 진취성, 능률, 부지런함이야말로 시민적 이념의 중요한 요소가 된다는 것이다.

그러나 질서는 정치적 위기에서뿐 아니라 개인의 정열에 의해서도 위협받을 수 있다는 사실이 『친화력』에서 암시된다. 질서와 정열의 갈등을 테마로 하는 『친화력』에서는 결혼의 질서에 정열이 침입하여 본능적인 비이성을 야기한다. 결혼은 사랑이나 행복이 아닌 인도주의의 교육이며, 도덕적, 교육적 혹은 문화적 기능으로서의 안락도, 소유의 만족도 아니요, 오히려 교육적인 비안락이다. 괴테는 사랑과 결혼의 필연적인 관계를 도외시한 것이다.

『젊은 베르테르의 슬픔』의 8월 15일 자 편지에서 〈확실히 이 세상에서 사랑보다 더 필요한 것은 없다〉고 사랑의 절대적인 가치를 강조한 괴테에게 의무 역시 사랑만큼은 못 되지만[9] 필수적인 요소이다. 따라서 「크세니엔Zahme Xenien」에서 〈그림자가 태양에서 물러나지 않듯이, 나 또한 내 의무에 인내하련다〉[10]라는 언급은 의무에 대한 괴테의 신념을 말해 준다. 또한 자신을 잊고 남을 위하는 삶에서 참된 자신을 인식하게 되는 내용이 담긴 교양 소설 『빌헬름 마이스터의 수업 시대』에서는 의무에서 벗어나는 것이 의무가 되기도 한다. 〈빌헬름 마이스터에게 의무는 또한 의무로부터 해방인 것이다.〉[11] 『친화력』에서 의무가 정열에 앞선다는 내용은 샬로테와 하우프트만의 관계로 전개된다.

---

9 이에 관해서는 〈사랑의 면전에서 의무가 무엇이랴〉는 슈타인Charlotte von Stein 부인을 향한 괴테의 질문을 상기해 볼 수 있다(Siegfried Unseld, *Das Tagebuch Goethes und Rilkes Sieben Gedichte*, Bd. 18, Frankfurt/M., 1978, S. 53).

10 Siegfried Unseld, *Das Tagebuch Goethes und Rilkes Sieben Gedichte*, Bd. 2, Frankfurt/M., 1978, S. 52 f.

11 같은 책, S. 53.

에두아르트는 정열에 좌우되어 스스로를 통제하지 못하며 도덕적 능력이 약하여 사랑의 정열을 거부할 수 없다. 이러한 에두아르트는 어떠한 상황이나 한계조차 인정하지 않는데, 한계에서 멈춤은 곧 절대성의 상실을 의미하기 때문이다. 자아를 절대화하려는 그는 끝없이 나아가려 할 뿐 안정을 찾을 수 없다. 어떠한 것에도 만족하지 못하는 에두아르트는 항상 새로운 목표를 향해서 움직여야 하고, 어떤 곳에서도 정주할 수 없기에 영원히 헤매야 한다. 따라서 그는 집을 떠나 정처 없이 방랑한다.

그러나 질서에 대한 이념을 가지고 있는 샬로테와 하우프트만은 도덕적 의무에 따라 정열을 포기한다. 이들 사이에서 에두아르트는 오틸리에와 결합하는 반면에 샬로테는 하우프트만에 끌리는 친화력이 작용한다. 오틸리에와 결혼하기 위해서 이혼을 요구하는 남편 에두아르트에게 샬로테는 동의하다가도 최종에는 거절하고 마는데, 이는 결혼에 대한 의무감 때문이다. 자신의 행복을 위해서가 아니라 결혼이라는 제도 때문에 거절하는 것이다. 그러나 이혼은 질서가 아니라는 의지 때문에 이혼을 허락하지 않는 그녀 역시 정열에 빠져든다.

한편 의무와 질서에 대한 신념이 강한 오틸리에도 에두아르트를 만나자 정열을 극복하지 못하여 파멸에 이를 정도의 갈등을 겪는다. 선과 악이 작용하는 운명에서 정열에 지배된 그녀는 자신을 잊고서 암흑에 빠지는데, 몽롱한 상태에서 자신도 모르게 간음하고 나서 죄를 인식한 그녀는 진정한 도덕과 윤리를 추구하게 된다. 속죄를 결심한 그녀는 에두아르트를 포기하고 샬로테와 경쟁이라도 하듯이 이성의 순교자로 거듭나고 신앙에 헌신하는 성녀가 되어 결혼의 진정한 질서를 따른다. 이렇게 경건해진 오틸리에는 괴테가 어머니의 친구인 클레텐베르크에 의해서 감화를 받은 경건주의의 구현이다. 그녀는 결국 에두아르트에 대한 정열에서 벗어나기 위해서 죽음을 택한다. 친화력에서 자연의 힘을 믿은 괴테가 결국 질서를 옹호하여 결혼의 성스러움을 회복시키는 셈이다. 작품에 전개되는 슬픔과 체념은 질서나 정열과의 이율배반으로 생의 비극을 야기한다. 옳은 것이 옳지 못한 것과 결합된다는 이율배반이다. 이러한 내용을 보다 구체적으로 묘사해 본다.

에두아르트는 오틸리에에게 연정을 품고, 그의 부인 샬로테는 하우프트만에게 마음이 끌리는 등 친화력에 의한 A, B, C, D의 화학적 관계로 복잡해진 가정을 떠나 에두아르트(A)는 어디론가 사라져 버린다. 에두아르트와 샬로테의 〈A+B〉 관계는 오틸리에와 하우프트만 즉 C와 D의 출현으로 와해되어 〈A+C〉와 〈B+D〉라는 새로운 친화력이 전개되는데, 샬로테와 하우프트만(B+D)은 유동적이고 이성적인 데 반하여, 에두아르트와 오틸리에(A+C)는 분별심과 자제력을 발휘하면서도 결국 서로 가까워진 자신들에 놀란다.

이렇게 친화력은 칸트의 〈정언적(定言的) 명령kategorischer Imperativ〉[12]에 따르는 계기를 만들어 낸다. 괴테는 〈관용성〉[13] 외에도 칸트의 정언적 명령에 따라, 오틸리에로 하여금 이성을 통해 감성을 극복하게 함으로써 〈인간의 자율성Autonomie des Menschen〉을 행사하게 한다. 따라서 그녀는 〈숭고한 영혼erhabene Seele〉으로 인도되어 〈우미Anmut〉보다는 인도적인 〈품위Würde〉를 유지하게 되는 것이다.[14]

오틸리에를 다시 기숙 학교로 보내고 하우프트만과의 떳떳하지 못한 관계도 청산하려는 샬로테의 자제력을 우유부단한 에두아르트는 이해하면서도 오틸리에만은 양보할 수 없어 그녀를 기숙 학교에 보내는 데 반대한다. 그런데도 아내의 결심이 확고하자 오틸리에가 집에서 보이지 않는 상황을 견딜 수 없다며 그는 집을 나가 버린다. 여행 중에

---

12 박찬기, 『독문학사』, 장문사, 1965, 154면 참조.

13 같은 책, 154면.

14 같은 책, 154면 참조.

에두아르트는 아내에게 〈오틸리에를 절대로 내보내지 말 것이며, 만약 그녀를 다른 사람에게 맡기려 한다면 그녀를 자기 것으로 만들겠다〉라는 내용의 편지를 보낸다. 그러나 혼인의 신성함과 순결을 위하여 〈그(에두아르트)는 오틸리에를 사랑하는 행복, 아니 그러한 불행을 체념해야 한다〉.[15] 때마침 전쟁이 발발하여 그는 여행 중에 자진 입대하며 만일의 경우를 생각하여 사려 깊은 유언장까지 작성한다.[16] 이렇게 도덕적 체념(오틸리에), 불타는 열정(에두아르트), 조용한 극기심(샬로테), 실용적 지혜(하우프트만) 그리고 봉사 정신과 외향적 자선 행위(미틀러와 루치아네) 등이 인물들을 통해서 전개된다.

〈소유욕〉에서 출발하는 남성의 애정은 한 번 맺어지면 웬만해선 변하지 않는다고 여겨지고, 배신을 당하면 그 분노는 곧바로 변심한 연인에게 향한다고 한다. 진화 심리학의 개척자 버스David Buss는 『위험한 열정, 질투』에서 남성이 여성의 성적 배신에 괴로워하는 이유로 배우자가 낳은 자식이 자기 혈통인지 확신할 수 없는 것에 대한 불안감을 꼽았는데, 이러한 불안감은 『친화력』에서도 전개된다. 에두아르트와 부인 샬로테 사이에 탄생한 어린아이가 어찌 된 일인지 친부모는 닮지 않고 아버지가 사랑한 오틸리에의 눈매와 어머니가 사랑하던 하우프트만의 얼굴 모습을 지니는 것이다. 그 아이를 대단히 귀여워하여 매일같이 돌보아 주던 오틸리에는 어느 날 보트를 타고 놀던 중 실수로 그 애를 연못에 빠뜨려 죽게 한다.

이 사건이 있은 후에 집에 돌아오게 된 에두아르트는 자신과 오틸리에의 결혼을 주장하면서 아내 샬로테에게 하우프트만과 같이 살라고 제안하지만, 서로 사랑함에도 비합법적인 결혼을 혐오하는 하우프

---

15 Johann Wolfgang von Goethe, *Die Wahlverwandtschaften*, Roman, Reclam, Stuttgart, S. 131.

16 같은 책, S. 150.

트만과 샬로테는 이를 거부한다. 또한 에두아르트와 샬로테의 이혼을 막기 위해 에두아르트의 구혼을 받아들이지 않는 오틸리에는 자기 실수로 그들의 아기까지 죽이게 되자 고민 끝에 마침내 자살을 결심하고, 에두아르트도 그녀의 뒤를 따라 죽는다.

이 작품은 괴테 자신의 체험을 다루었다는 점에서 그의 청년 시절 질풍노도의 작품인 『젊은 베르테르의 슬픔』과 유사하다. 35년이라는 시간과 정신사적 차이에도 불구하고 사랑의 갈등과 자살을 다루고 있다는 점에서 공통점을 보인다. 현실에서 못 이룬 사랑의 슬픔을 억누르기 위해 이를 작품에 형상화하여 위안과 정신적 출구를 구하려 했다는 점에서 두 작품의 집필 동기 또한 유사하다. 괴테는 〈작품들은 체험에서 우러나온 것들이지만, 그 체험 자체를 그대로 옮겨 놓은 것은 한 줄도 없다〉(HA 6, 626)라고 말한 적이 있다.

『친화력』이 발표되자 도덕적인 비난이 쏟아졌다. 하지만 『친화력』이 신성한 부부 관계를 파멸시켰다고 비난한 사람들도 점차 괴테가 암시하는 결혼 생활의 중요성을 깨닫게 되었다. 결혼 생활에 무리가 있어도, 일단 부부로 결합하면 서로 존중해야 하고, 그것을 경시하여 파탄이 생길 때는 부부의 비참한 결과는 물론이요 사회의 질서까지 혼란된다는 경고가 작품에 담겨 있는 것이다. 실제로 당시 독일 사회는 매우 문란한 상태여서, 괴테는 작품 속 목사의 입을 통하여 일체의 출발점이자 정점으로 신성하게 준수되어야 할 결혼을 강조한다. 물론 결혼 후에 (괴테 자신의 경우처럼) 어쩔 수 없이 마적(魔的)인 애욕의 노예가 될 때는 이를 〈체념〉할 수 있어야 한다. 특히 최근(1976년 이후) 이 작품이 독일에서 다시 큰 관심을 끌고 있다는 사실도 눈여겨볼 필요가 있다.[17]

17 박찬기, 같은 책, 172면 이하.

2. 기본적인 개념의 쌍: 구조주의와 후기 구조주의

작품 『친화력』의 이해를 위해서는 후기 구조주의적인 기표(記標, *Signifikant*)와 기의(記意, *Signifikat*)의 관계, 랑그*langue*와 빠롤*parole*의 관계, 동시성(同時性, *Synchronie*)과 통시성(通詩性, *Diachronie*)의 관계를 이해할 필요가 있다.

어떤 사물의 의미는 개별로서가 아니라 전체의 체계 안에서 다른 사물들과의 관계에 따라 규정된다는 전제로 개인의 행위나 인식 등이 규정되는 경향이 구조주의*Structuralism*다. 이러한 구조주의는 언어학, 인류학, 정신 분석학, 사회학, 미학과 정치 이론 등에 다양하게 영향을 미쳐 단순히 철학의 한 분야라기보다는 하나의 세계관이 되고 있다.

사물의 참된 의미는 자체의 속성과 기능이 아니라 사물들 간의 관계에 따라 결정되는데, 사물은 언제나 다른 사물들과 유기적인 관계로 존재하기 때문에 그 위치에 따라 의미도 규정되고 이동한다. 따라서 사물은 개별적으로 인식되지 않고 그것이 속하는 전체의 체계와 구조에서 인식되며, 체계와 구조에 따라 그 의미는 변화한다. 이렇게 전체 체계에서 사물들의 관계를 인식하는 구조주의는 개개인의 행위나 인식 등을 포괄하여 최종적인 성격과 체계를 밝힌다. 제임슨Fredric Jameson은 구조주의를 〈본질적으로 무의미한 것에서 의미를 조직하는 범주 및 형식의 탐구로 정신 그 자체의 항구적인 구조〉[18]라고 규정하였다.

이러한 구조주의의 인식과 방법은 소쉬르Ferdinand de Saussure 언어학의 바탕이 되었다. 소쉬르는 언어에서 랑그와 빠롤을 구분했는데, 빠롤은 개개의 언어 수행*performance*이고 랑그는 그에 앞서 그것을 생성시키는 언어 능력*competence*이다. 예컨대 음성과 문자 등으로 다양하게 나

---

18 Fredric Jameson, *The Prison-House of Language: A Critical Account of Structuralism and Russian Formalism*, Princeton University Press, 1975 참조.

타나는 언어는 공동체의 구성원들이 언어 체계의 규칙들과 약속들을
공유하기 때문에 가능하다. 빠롤을 통해서 구체화되는 랑그는 빠롤의
전제가 되며, 그것을 뛰어넘어 존재한다. 이러한 랑그와 빠롤의 이해를
위해서는 공시적synchronisch 언어학과 통시적diachronisch 언어학의 이해
가 필요하다.

언어학사(言語學史)에서 공시적 관찰이란 언어 상태를 어떤 정해진
기간에 국한하여 관찰하고 묘사하는 것을 말한다. 언어 체계와 그 체
계의 구조를 밝히기 위하여 역사적인 요인들, 즉 변화들을 관찰하는 것
이 아니라 특정 시점에서 언어의 규범Code 속에 든 본질적인 통일성과
구조·고정의 요소를 관찰한다. 이와 같이 일정한 언어의 체계를 관찰
하고 묘사하여 언어의 기능을 해명하는 것이 공시적 언어학이다. 반면
단어 혹은 언어로 이루어진 것의 역사적인 발전 과정의 연구로, 문예학
에서 시대순으로 문학 작품을 정리하는 문학사적인 정위(定位) 작업을
통시적 관찰이라 한다.

유대적인 언어 통일성은 하나의 체계로 연관성을 지니고 있기 때문
에 공시적인 것은 1차적인 것이고, 통시성은 공시적으로 묘사된 체계
의 결과이다. 이러한 언어학적 이론에 입각하여 야우스Hans R. Jauß는
문학의 역사성이 통시성과 공시적인 것의 총합에서 이루어진다고 주장
했다. 개개의 공시적인 체제는 과거와 현재를 떼어 놓을 수 없기 때문
에, 공시적인 단면은 역사적으로 한 시점에 처한 문학의 소산물을 통해
통시성의 전후 단면을 내포한다. 〈과거는 주목할 만한 이중의 의미를
가지고 있다. 과거로 되었던 것은 회복 불가능한 것으로서 이전의 시각
에 속해 있었음에도 불구하고 아직도 지금 존재할 수 있다.〉[19]

문학 작품은 각 시대마다 관찰자들에게 같은 모습을 제공하여 존립
하는 대상이 아니며, 혼자서 초시간적인 존재를 드러내는 기념물도 아

19 Martin Heidegger, *Sein und Zeit*, Tübingen, 1972, S. 156.

니다. 문학 작품은 오히려 계속해서 새로워지는 작품에 대한 공명(共鳴)을 목표로 한다. 공명은 말이라는 자료로부터 텍스트를 풀어 주고, 그 텍스트를 활동적인 존재로 만든다.[20] 이런 이유에서 야우스는 새로운 문학사의 서술 원칙에 공시적인 방법을 적용하였다. 즉 역사적 과정에서 일어나는 〈문학의 발전〉은 통시적인 요소가 아니라, 공시적인 체제의 변화에서, 그리고 계속적인 절단 분석에서 이해될 수 있다는 것이다. 따라서 역사적 체제 속에 있는 문학은 통시성과 공시성 간에 놓인 임의적인 일련의 단면에서 서술된다.

이러한 배경에서 소쉬르는 언어를 역사적 변화인 통시적 관점에서뿐만 아니라, 각 요소들의 상호 관계에서 자기 충족적인 체계와 구조가 되는 공시적인 관점으로 이해하고 연구해야 한다고 주장했다. 그에 따르면 언어는 〈관념을 표현하는 기호의 체계〉인데, 기호의 두 가지 측면, 즉 언어가 표시되는 기표(형식)와 그것이 나타내는 기의(의미) 사이에 필연적인 연관성은 없다. 예컨대 〈나무〉라는 낱말의 의미는 그것이 가리키는 대상이 아니라, 전체 언어 체계에서 다른 낱말들과의 관계에 따라 결정된다. 곧 다른 기호들과 관계를 맺는 기호는 전체 체계에서 독립적으로 존재할 수 없다. 따라서 기표는 언어 기호의 표현 쪽인 음성 영상 *Lautbild*으로 이루어지고, 기의는 언어 기호의 기표가 가리키는 의미인 개념으로 이루어진다. 예를 들어 〈스톱!〉이라는 말이 교통 표지판에 쓰이는 경우 기표는 자료적 글자로 이루어지는 반면에, 기의는 〈멈춰 서야 한다〉라는 요구(명령)이다. 자료적인 그릇의 역할로서 글자는 2차원적인 것이다. 즉 간판이 있지 않은 곳에서 교통경찰이 〈스톱!〉이라고 소리칠 수 있는 경우를 생각하면, 이 경우 언어 기호의 기표는 음성 영상이다. 소리 기호는 인간 목소리의 발송 장치에 의해서 생산

---

20 Hans R. Jauß, Literaturgeschichte als Provokation der Literaturwissenschaft, in: Rainer Warning, *Rezeptionsästhetik*, München, 1975, S. 129 참조.

되고, 이것은 다른 송신 장치에 의해서, 예를 들어 글자(문자)로 쓰인 글에 의해서 다시 생산될 수 있다. 기호의 일반적인 성질로서 기표와 기의 사이에는 자의적인 관계만 존재한다.[21] 이러한 소쉬르의 언어학적 모델은 사회 및 문화에도 적용되었다. 언어학에서 출발한 구조주의는 1960년대에 이르러 인문 사회학 분야에 폭넓게 영향을 미쳤다.

진리가 무엇인가 하는 문제보다 대상을 체계화하여 진리를 추출하는 구조주의적인 방법의 기조는 인간과 사회의 현상을 역사적인 전통과 조건에서 파악하려는 유럽 전통의 역사주의에 반대한다. 자연 과학이 자연 현상들을 결정하는 보편적인 법칙들을 찾듯이, 보편주의는 역사적으로 변화하는 현상들을 결정하는 초역사적 불변의 구조를 파악하고 인식한다. 그 활동 목표는 어떤 대상의 재구성[22]으로 그 사물의 작용의 법칙을 드러내 보이는 것이다.[23]

사전적인 개념에서 구조Struktur란 전체를 이루는 부분들이 서로 배열되는 양상을 말한다. 그러나 구조주의의 관점에서 보는 구조란 〈서로 의존하는 관계에 의해서 존재하는 현실들로 이루어진 전체, 혹은 내적 존재의 자치적 총체〉[24]이다. 그러므로 구조주의적 방법에서 대상의 파악은 그 대상을 이루는 개개의 요소들이 아니라, 각각의 요소들을 연결시키고 통일시켜 주는 상호 관계에 있다. 어떤 체계의 단위 요소들은 개별적으로 존재할 수 없고 전체적인 질서 안에서만 존재할 수 있는 것이다. 이렇게 〈구조〉를 강조한 구조주의는 실존주의 등의 인간 중심적인 사유와 대립하며 20세기에 큰 영향력을 미쳤다. 그리고 이른

---

21 차봉희, 『현대사조 12장』, 문학사상사, 1981, 255면.

22 Roman Ingarden, Konkretisation und Rekonstruktion, in: Rainer Warning, *Rezeptionensästhetik*, München, 1975, S. 42~70.

23 Roland Bartes, *Die strukturalistische Tätigkeit*. Kursbuch 5, Frankfurt/M., 1966, S. 191.

24 Heinrich Schmidt, *Philosophisches Wörterbuch*, 18. Aufl. Stuttgart, 1969, S. 593.

바 〈후기 구조주의*post-structuralism*〉로 분류되는 라캉Jacques Lacan, 푸코 Michel Foucault 등의 사상은 탈근대주의*post-modernism*의 형성과 발달에 큰 영향을 끼쳤다.

〈후기 구조주의〉는 프랑스에서 시작된 철학 운동으로 구조주의에서 파생된 사조가 아니라, 구조주의가 제기하는 철학적 함의(含意)를 철저히 하려는 사상이다. 인간 자체를 중시한 결과 관계를 경시하게 된 실존주의를 비판하면서 등장한 후기 구조주의는 그에 대한 반작용인 셈이다. 따라서 구조주의에서 무시되었던 종교와 역사가 후기 구조주의에서는 중요시되었다.

역사적 요소를 도입한 후기 구조주의에서 중요한 원리가 되지 못하는 〈교환〉은 소음, 사건, 폭력, 혼돈 등에 연관된다. 또 구조는 존재를 상호 이질적으로 구성한다고 여겨졌는데, 이질적인 것이 겹쳐짐으로써 중층(重層)이 형성되기 때문이다. 정신 분석에서 도입된 중층 결정의 개념이 중시되는 것도 이 때문이다. 소소한 사상들이 얽힌 혼재가 후기 구조주의의 특징이며, 구조주의가 개척한 탈인간 주체주의를 향한 철학에 해당하는 데리다의 〈해체론*deconstruction*〉, 들뢰즈의 〈차이의 철학〉, 푸코의 〈탈중심화〉 등은 서구 형이상학에 저항한다. 한마디로 후기 구조주의는 고대 이래의 〈철학 제도〉에 의문을 제기한 철저한 자기비판으로 정치적·윤리적 사상을 새롭게 하려는 운동이었다.

구조주의적 방법으로 분석하면 문학은 더욱 어려워진다는 프리드리히H. Friedrich의 지적에는 근거가 있으나, 이는 구조주의가 문학에 접근할 수 없을 정도로 문학에서 구조주의 방식이 무의미하다는 의미가 아니다. 구조주의적으로 다뤄진 언어는 무미건조하여 시와 연결되기 어렵기 때문에 프리드리히는 무엇보다도 시학의 손실에 대해 염려했던 듯하다. 그러나 다른 분석 방식도 구조주의적 방식과 다를 바 없다. 다른 방식들도 모두가 완전하지 못하고, 제한이 없을 수 없고, 보편성을 가지지 못한 채 그 지평을 넓혀 간 것이다. 따라서 『친화력』에 대해서 언급되는 구조주의적인 논의 방식들 역시 타당성을 갖는다.

언급했듯이 후기 구조주의 개념은 담론의 분석이다. 키틀러Wolf Kittler는 성적 욕구, 권력, 문화적 힘이 증가하면서 말(담론)이 줄어든다고 주장했다. 이러한 배경에서 욕구와 권력의 친화력이 『친화력』의 주제가 될 수 있다. 바르트와 푸코가 후기 구조주의적 분석의 목표로 삼은 담론의 혁신은 오틸리에와 하우프트만에 의해서 이뤄진다. 이성적이고 보편적이고 과학적이며 특히 냉정한 하우프트만과 시대에 맞지 않게 말없이 어머니의 이념을 추구하는 오틸리에는 각자의 방식대로 담론을 혁신하고 있는 것이다.

3. 오틸리에와 하우프트만

소설의 제목인 〈친화력〉의 배경을 이루는 에두아르트, 샬로테, 오틸리에, 하우프트만이 A, B, C, D라는 화학의 원소의 성격으로 정열과 윤리의 전형을 제시하는 전개를 게르츠Hans-Jürgens Geerdts는 〈고전적인 이중적 주인공의 새로운 변형die neue Variante des klassischen Doppelhelden〉[25] 이라고 규정하였다. 이들 네 주인공들 가운데 오틸리에와 하우프트만은 두 가지 관점으로 규명되는데, 하나는 150년 동안의 남성과 여성의 새로운 사회적 체계를 나타내며, 또 다른 하나는 두 인물 사이의 관계에서 발생하는 친화력이라는 것이다.[26]

25 Hans-Jürgen Geerdts, Goethes Roman *Die Wahlverwandtschaften*, in: Ewald Rösch(Hg.), *Goethes Roman Die Wahlverwandtschaften*, Darmstadt, 1975, S. 273.

26 Friedrich A. Kittler, Ottilie Hauptmann, in: Norbert W. Bolz(Hg.), *Goethes Wahlverwandtschaften: Kritische Modelle und Diskursanalyse zum Mythos Literatur*, Hildesheim, 1981, S. 261.

여자를 응시하면 그녀를 탐하게 된다

작품에서 친화력으로 이성적(異性的)인 욕구가 전개되고 있다. 욕구란 〈성의 욕망〉과 〈이성의 배제〉로 볼 수 있는데, 이러한 내용은 괴테의 『파우스트』에서 〈최고의 인식〉과 〈인생의 향락〉을 동시에 갈구하는 파우스트의 〈두 개의 영혼〉(1112행)에 대한 독백에서 표명되고 있다.

내 가슴속에는, 아아! 두 개의 영혼이 깃들어 있으니,

그 하나는 다른 하나와 떨어지기를 원하고 있다.

하나는 음탕한 사랑의 쾌락 속에서,

달라붙는 관능으로 현세에 매달리려 하고,

다른 하나는 용감하게 이 속세의 먼지를 떠나,

숭고한 선조들의 영의 세계로 오르려 하는 것이다.

오오! 이 땅과 하늘 사이를 지배하며

대기 속을 떠도는 영이 있다면,

황금빛 해미 속에서 내려와

나를 새롭고 찬란한 삶으로 인도해 다오. (1112~1121행)

〈최고의 인식〉과 〈인생의 향락〉에 대한 파우스트의 독백은 실러의 시 「산책Spaziergang」에서도 성과 이성(理性)의 관계로 피력된다.

자유는 이성을 외치고,

강렬한 욕정을 부른다.

신비한 자연에서 이성과 욕정이

탐욕스럽게 투쟁하며 떨쳐 나온다.

이러한 이성과 욕정의 내용이 『친화력』 등 괴테의 여러 작품에서 전개된다. 『빌헬름 마이스터의 수업 시대』에서 〈문명과 자연의 대립〉이라는 문제는 미뇽과 하프 연주자가 부녀간이라는 사실에서 전개된다. 미뇽은 하프 연주자로 알려진 아우구스틴과 그의 여동생 스페라타의 딸인데, 문제는 이들 둘은 미뇽을 잉태할 때까지도 자신들이 오누이라는 사실을 전혀 모르고 있다는 사실이다. 그렇다면 이들의 사랑에 대해 어떻게 평가할 수 있을까? 먼저 아우구스틴의 형제들은 이러한 관계를 용납할 수 없는 사건으로 제시한다. 둘이 오누이라는 것을 몰랐다고 해도 이 관계는 결과적으로 근친상간이라는 것이다. 이에 대한 아우구스틴의 격렬한 반발에서 두 가지 관점이 대비된다. 아우구스틴이 강조하는 것은 〈자연〉이다. 그는 스페라타와의 사랑이야말로 죽도록 절망에 빠져 있는 자를 위해 자애로운 〈자연〉이 내려 준 선물이라고 말한다. 인간의 윤리나 도덕의 법칙보다 우위에 있는 것이 자연의 원리이며, 인간의 순수한 마음이야말로 이러한 자연의 원리에 부합한다. 말하자면 그의 내면과 자연의 원리는 상응한다는 것이다.[27] 〈당신들의 변덕스러운 규칙이나 곰팡이 쓴 양피지에 묻지 마시고 자연에 물어보세요. 당신들의 가슴에 물어보란 말입니다. 그러면 자연은 당신들이 정작 두려워해야 할 것이 무엇인지를 가르쳐 줄 것입니다.〉(HA 7, 584)

자연의 법칙은 〈격정적인 필연성〉으로 이중의 간통을 강요한다. 따라서 에두아르트와 샬로테 사이에서 태어난 아기는 오틸리에의 눈과 하우프트만의 특징을 지닌다. 〈친화력에 의한 성의 의지로 유혹된 후에 인간 본래의 임무, 개인의 도덕적 임무는 어떻게 전개되는가. 맹목적으로 복종하는 것이 아니라 스스로 선택하는 것이 인간의 운명인 것이다.〉[28]

---

27 오순희, 「괴테의 『빌헬름 마이스터의 수업 시대』에 나타나는 젠더와 자연의 충돌」, 『한국독어독문학 2014 봄철연합학술대회 발표논문집』.

따라서 사랑은 〈성의 욕망〉과 〈이성의 배제〉에 대한 욕구로 작용한다. 그러면 오틸리에와 하우프트만의 욕구는 어떻게 형성되는가? 〈오틸리에는 욕구를 억제한다. 19세기에 생겨난 히스테리의 현상이 오틸리에의 식욕 감소로 나타나고 있다.〉[29]

키틀러Wolf Kittler의 후기 구조주의적인 관점에서 오틸리에의 성격을 추론한다. 오틸리에는 욕구를 억제하는 여성으로 19세기의 담론인 히스테리의 전형이다. 육체적·상징적 가치의 결합체인 그녀는 (성적) 욕망의 대상이 아니라, 이상적인 어머니의 형상인 〈처녀-어머니〉라는 인물상을 보여 준다.[30]

이러한 새로운 여성상인 오틸리에에게 죄와 사랑의 연계는 정신적인 상처로 『빌헬름 마이스터의 방랑 시대』의 부제인 〈체념〉의 대상이 된다. 하우프트만과의 사랑은 죄가 되고, 오틸리에에게 요구되는 (당시의 담론이었던) 히스테리는 처녀의 이상적인 어머니 역할, 다시 말해서 어머니의 전형인 셈이다.

미틀러와 하우프트만에게 오틸리에는 욕구의 대상이지만 그들이 오틸리에를 사랑하거나 탐하지는 않는데, 이는 그들이 사랑을 체념하기 때문이다. 〈강한 열정은 희망 없는 질병이다〉(W 385)라는 내용에서 알 수 있듯이 (성욕 등에서) 무력하지 않은 오틸리에와 하우프트만이 억제하는 정열은 체념이다. 이들과 달리 오틸리에를 향한 다른 많은 사람들의 사랑은 이성이라기보다는 이상형에 관련된다. 벨베리는 이 문제를 〈형상Bild-욕구Begehren-죽음Tod〉의 여성상에 연관시켜 〈사람들은 오틸리에를 이성이라기보다는 그녀가 연상시키는 이상 때문에 사

28 송익화 편저, 『독일문학사』, 서린문화사, 1986, 252면.

29 Wolf Kittler, Goethes Wahlverwandtschaften: Soziale Verhältnisse symbolisch dargestellt, in: Norbert W. Bolz(Hg.), Goethes Wahlverwandtschaften, Hildesheim, 1981., S. 234.

30 David E. Wellbery, a.a.O., S. 297 참조.

랑한다〉[31]라고 언급하였다. 그녀는 아름답고, 겸손하며, 어린 나이에도 성숙하여 생각이 깊다. 형식(기표)을 상징적인 질서에서 연상으로 변형시킨 벨베리는 육체적 가치에서 벗어난 욕구의 대상인 오틸리에를 하나의 형상으로 보았다. 이렇게 육체적인 가치에서 벗어나는 오틸리에적인 미는 작품의 두 번째 부분에서 명백하게 나타난다. 크리스마스이브 저녁에 천사 같은 모습으로 나타나는 오틸리에의 형상에서 육체적(성적)인 욕구는 생각될 수도 없다. 오틸리에의 천사 같은 모습은 작품의 또 다른 곳에서도 나타난다. 〈너무 사랑스러운 모습이어서 주위의 나무와 덤불도 생명을 얻고 두 눈을 부여받아 그녀의 모습에 찬탄하고 즐거워해야 하는 것이 아닐까 싶을 정도였다. 바로 그때 석양의 붉은 빛이 등 뒤로 떨어지며 그녀의 뺨과 어깨를 황금빛으로 물들였다.〉(W 454)

이렇게 성스러운 욕구가 압도하는 형상에서 환상적인 이중의 간통이 발생한다. 에두아르트와 샬로테 사이에 태어난 아이 오토의 〈얼굴 특징이나 전체적인 형태가 점점 더 하우프트만을 닮아 갔고, 그의 두 눈은 점점 더 오틸리에의 눈과 구별하기가 어렵게〉(W 445) 되는 것이다. 이 외에도 샬로테와 함께 잠자리에 든 에두아르트는 오틸리에에 대한 꿈을 꾸는 한편, 샬로테는 하우프트만에 대한 꿈을 꾸어 내면적인 간통이 이루어진다. 이로써 〈둔한 형체의 몸, 그날 밤에 태어난 아이는 모든 정체성에 역행되었다.〉[32] 이러한 기이한 탄생은 친화력에서 벗어나는 것이다. 〈하우프트만과 오틸리에는 상대방에 대한 성적인 관심을 가지고 있고, 에두아르트와 샬로테도 욕정의 절정기를 맞은 상황에서 영적인 요소가 개입하게 된다.〉[33] 그러나 키틀러Wolf Kittler는 오틸리에에

31 같은 책, S. 297.

32 Friedrich A. Kittler, a.a.O., S. 260.

33 같은 곳 참조.

의 이중 간통에 관해 〈순결성에 대한 구세주가 되는 그 아이는 오틸리에를 욕구의 지옥에서 구원한다〉[34]라는 반론을 제시하기도 하였다. 신의 섭리로 볼 수 있는 오토의 죽음에 의해서 오틸리에의 욕구는 〈어머니 이념〉이 된다는 것이다.

B에 해당되는 샬로테가 C(오틸리에)와 D(하우프트만)에 연결되면서 오틸리에와 하우프트만의 상징적인 관계도 지속된다. 〈어린 처녀들은 이러저러한 젊은이를 둘러보면서 이 남자가 신랑감으로 괜찮을지 속으로 검토할 것이다. 그러나 딸이나 여제자의 장래를 염두에 두는 사람은 보다 넓은 영역을 살피게 되는 게 통례인데 샬로테가 그랬다. 하우프트만과 오틸리에의 결합이 그녀에게는 불가능해 보이지 않았다.〉(W 427) 친화 관계와 사랑이 없는 봉건적인 결혼에 새로운 힘이 생겨나고 있다고 샬로테는 생각한 것이다.

샬로테에 대한 하우프트만의 욕구는 다른 사람들에 비해서 그 강도가 훨씬 약한데, 이들 둘의 관계가 오틸리에와 에두아르트의 관계보다 훨씬 약하기 때문이다. 이성이 배제된 욕구의 불길은 하우프트만이 어린 시절 겪었던 비극적인 사랑의 후유증을 회상하며 누그러진다. 그러나 샬로테를 체념하지 못하는 그의 주요인은 결국 그녀와의 사랑 때문이 아니었다.

관리와 어머니의 새로운 이념과 교육

새로운 사회 제도에 근거해서 오틸리에와 하우프트만의 관계와 에두아르트와 샬로테의 관계를 고찰해 볼 수도 있다. 새로운 사회 제도에 따른 오틸리에와 하우프트만의 관계가 에두아르트와 샬로테의 관계를 해체시킨다. 〈오틸리에와 하우프트만의 관계〉와 〈에두아르트와

---

34 Wolf Kittler, a.a.O., S. 250.

샬로테의 관계〉는 봉건적인 삶의 방식과 시민 계급적 삶의 방식 사이의 불일치를 반영한다. 당시의 새로운 풍조에서 건실하고 다산의 여성 상인 오틸리에는 어머니의 모범상이 되고, 하우프트만은 시민 계급의 대변자가 되어서 이들 둘의 친화적 관계가 옹호되는 추세였다. 사회학적으로 하우프트만이 귀족 계급에 속하는지 혹은 시민 계급에 속하는지 확인할 수는 없지만 작품 안에서는 시민 계급을 대변한다고 볼 수 있다.

〈새로운 인간은 교육된 인간이다Der neue Mensch ist ein erzogener〉[35]라는 키틀러Friedrich A. Kittler의 언급은 하우프트만에 해당된다. 그는 교육으로 닦인 인간이다. 이념의 구현으로 볼 수 있는 하우프트만의 정신적 토대는 교육이다. 이러한 교육을 발판으로 하는 그는 개인을 중요하게 생각하지 않고 오직 국가를 위하는 관리의 전형이 되고 있다. 에두아르트처럼 삶을 즐기지도 않는 하우프트만은 지도를 그리거나 문서들을 문서실에 비치하는 등 자신에 부여된 업무를 명확하고 믿음직하게 처리하는 관리로 의무를 중히 여기며, 기분에 따라 일을 처리하는 영주들과 달리 철저하게 끝을 맺는다.

삶과 업무를 명확하게 구분하는 그의 삶은 일에 의해서 번영되는 듯한 느낌을 주기도 한다. 〈한 가지 원칙만은 확실히 정해 놓고 일을 처리하는 게 좋겠어. 성격상 사업이라는 일과 일상생활은 완전히 분리되어야 하지. 사업에는 진지함과 엄격함이 요구되지만, 생활은 하고 싶은 대로 할 수 있는 거니까.〉(W 266) 어중간한 지식은 네 인물 중에 두 귀족 계급(에두아르트와 샬로테)에 통한다. 고상하고 귀족적인 부부로 이성적이며 예의범절을 지키는 샬로테는 풍경과 관련한 건설에서뿐만 아니라 딸 루치아네의 인간 교육에서도 확고한 의지가 없이 주어진 상황에 따른다. 삶에 익숙지 못한 그녀는 어쩔 수 없는 충동성과 이기적인 성

35 Friedrich A. Kittler, a.a.O., S. 262.

격으로 무절제에 빠져 업무는 물론 인간관계에서도 문제가 있는 남편 에두아르트를 따라갈 뿐이다.

자신의 생각으로 운명을 바꿀 수 있다고 생각하는 에두아르트는 운명을 너무도 자의적으로 해석하여 사람들과 상황들을 오해한다. 따라서 오틸리에와의 관계에서 발생될 수 있는 갈등을 예측하지 못하고, 아버지인 자신에게 부여된 임무 등을 파악하지 못하는 에두아르트를 게르츠는 〈자신의 열정과 노력을 행동과 균형적으로 맞추지 못하는 불완전하고 불충분한 인간〉[36]으로 규정하고 있다.

그러면 하우프트만의 인물은 어떠한가. 키틀러Wolf Kittler는 하우프트만을 관료제의 전파에 공헌하는 인물로 규정하였다. 〈관리가 어머니를 교육시키고, 이러한 교육을 받은 어머니는 어린아이를 교육시키고, 이러한 어머니의 교육을 받은 어린아이들은 장차 관리가 된다〉는 키틀러Friedrich A. Kittler의 〈관리 개념〉은 곧 하우프트만에 해당한다. 계획을 만들어 내는 이성적 성향의 직업에 하우프트만의 인물이 내재되어 있는 것이다.[37] 명령이란 전제주의적이라고 생각하는 그는 군인과 달리 자신의 권력을 이용해 명령하지 않는다. 이러한 하우프트만의 이념과 동떨어진 에두아르트는 전제주의자로 볼 수 있다. 더 나은 것을 위해서 모든 것을 이룰 수 있는 명령을 회피하는 (하우프트만 같은) 사람은 (에두아르트 같은) 군주가 아니라 시종을 위하는 인물이다.

넓은 지식과 교육에도 불구하고 독창적인 성격이나 행동을 보여 주지 못하는 하우프트만은 〈한정적으로 불확실하게 해방된 시민 계급의 전형〉[38]이다. 그의 〈시민적〉 사고와 〈봉건적인〉 삶의 상반성이 오틸리에의 교육에 대한 그의 평가에 잘 나타나 있다. 〈그 애(오틸리에)는 교육

---

36 Hans-Jürgen Geerdts, a.,a.O., S. 279.

37 David E. Wellbery, a.a.O., S. 298.

38 Hans-Jürgen Geerdts, a.a.O., S. 289.

을 받아야 할 사람이 아니라 교육을 행할 사람의 입장에서, 말하자면 학생으로서가 아니라 장래의 여선생으로서 배우고 있습니다.〉(W 265)

수업 내용을 수용하는 재능을 지닌 오틸리에는 작품의 후반부에 한 소녀의 교육을 담당하는 여선생으로서 새로운 가족의 일원이 되기 위해 어느 마을로 떠난다. 오틸리에는 공적인 시험에서 두각을 나타내지도 못하고 또한 논쟁의 능력도 없지만 〈루치아네의 능란한 언변이 오틸리에의 말이 적은 내향성에 굴복되는 경향은 오틸리에의 소녀 교육의 결과로 볼 수 있다〉.[39] 공적인 시험에 합격할 수 없는 내용이 그녀의 특성이라고 키틀러Wolf Kittler는 언급하였다.

그녀의 겸손, 과묵성과 거의 고행에 가까운 절제가 작품 전체에서 느껴진다. 오틸리에는 대화하는 경우가 거의 없이 침묵을 유지하며, 심지어는 남들이 대화를 할 때 자리를 피하는 경향을 보인다. 이러한 오틸리에의 침묵이 키틀러Friedrich A. Kittler에 의해 교육의 이념으로 승화되기도 한다. 따라서 그는 〈오틸리에의 침묵은 여성의 이상 자체이며, 내향성의 깊이는 그녀의 침묵의 정도에 따라 측정된다〉[40]라고 피력하였다.

말은 많지만 담론은 쇠퇴하는 봉건 사회에 침묵은 새로운 교육적인 이념이었다. 따라서 죄와 사랑이 연계된 상황에서 필요한 체념은 침묵에 의해서 더욱 강력해진다. 〈교육적으로 양산된 침묵은 애욕의 유혹에 대항할 수 있는 것이다.〉[41] 이렇게 문학 등에서 침묵은 긍정적으로 인정되어 〈침묵의 미학〉이라는 하나의 카테고리를 형성하기도 하였다. 레싱의 1766년 작품인 『라오콘Laokoon』은 회화(繪畵)를 조형 미술의 대표로 삼고, 시를 문학의 대표로 삼아 예술의 차이를 규명했다. 이 작품

---

39 Friedrich A. Kittler, a.a.O., S. 264.
40 같은 곳.
41 같은 곳.

의 서문에 있는 〈회화는 말 없는 시이며, 시는 말하는 회화이다〉라는 그리스 시인 시모니데스Simonides의 언급은 빙켈만Johann J. Winckelmann 의 관점이기도 하다.

트로이의 신관(神官)이었던 라오콘은 그리스군의 목마의 비밀을 트로이인에게 알려 준 죄로 신의 벌을 받아 두 아들과 함께 큰 뱀에게 감겨 죽었다 한다. 바티칸의 미술관에 보존되어 있는 라오콘의 조각은 울부짖으며 고통을 표현하고 있다. 로마의 베르길리우스Vergilius는 시 「아이네이스Aeneid」에서 라오콘이 〈별에까지 들릴 정도로 무섭게 울부짖었다〉고 묘사하였다. 이에 대해서 빙켈만은 고대 그리스 예술의 본질은 〈고상한 단순과 고요한 위대Edle Einfalt und stille Größe〉로 조용한 가운데 〈미〉가 표현되어야 하여 큰 소리로 고통을 부르짖는 라오콘은 추하다고 하였다.[42] 이에 따라 빙켈만은 그리스의 대리석 흉상들이 보여 주는 이미지와 자태에 대해 〈육체가 정적(靜的)일수록 영혼은 더욱 진지하게 된다. 정적이지 않은 영혼은 자신의 본질에서 벗어나 인위적이 된다. 강력한 정열에 처하게 되더라도 정적인 상태에서 영혼은 위대하고 고귀해진다〉[43]라고 피력하였다.

이렇게 아름다움이나 위대함은 침묵의 미로 발전되어 침묵이 〈말〉이상의 역할을 하게 되는데, 이러한 개념은 피카르트Max Picard의 『침묵의 세계』에 나오는 다음의 문장과도 맥을 같이한다. 〈침묵은 자신 안에 모든 것을 가지고 있다. 따라서 침묵은 아무것도 기대하지 않는다. 그 것은 언제나 완전하게 현존하여 자신이 나타나는 공간을 언제나 완벽하게 가득 채운다. 사물의 존재성은 침묵 속에서 더욱 강렬해진다.〉

---

42 박찬기, 『독일문학사』, 일지사, 1984, 120면 이하.

43 Johann Joachim Winckelmann, *Gedanken über die Nachahmung der griechischen Werke in der Malerei und Bildhauerkunst*, Berlin, 1755; Nachdruck Nendeln/Liechtenstein, 1968, S. 25.

야단맞을 짓을 한 어린아이에 대한 어머니의 침묵은 그 아이에게 잘못을 고백하게 하는 소리 없는 말로서 아이에게 〈고백의 상황〉을 제시하는 것이다. 성서에서 카인이 아벨을 살해하자 신은 침묵으로 일관하는데, 그것은 카인에게 어느 형벌보다 가혹하다. 신의 침묵은 엄청난 질책의 소리가 되어 〈침묵의 역설적 위력〉을 만든다. 카인에 대한 신의 침묵은 절대자인 신과 인간 간 대화의 단절로 번뇌와 형벌의 양상이 되어 소리의 한계성을 극복한다. 카프카Franz Kafka도 「세이렌의 침묵Das Schweigen der Sirenen」에서 〈세이렌들은 노래보다 더 무서운 무기를 가졌는데 바로 그들의 침묵이다〉라고 표현하였다. 이러한 침묵이 야기하는 고요는 노래가 생겨나는 배경이며 사물이 생겨나는 물질 자체이기도 하다. 릴케의 오르페우스는 나무를 노래로 빚어내고 또 짐승들을 고요로부터 만들어 냈다. 그의 「두이노의 비가Die Duineser Elegien」에서 고요의 힘은 〈슬픈 자는 들으리, 고요 속에서 나오는 끊임없는 메시지를〉이라는 문장으로 표현된다. 결국 고요 속에서 사유가 완성되는 것이다. 〈문학은 말이 없음으로써 강한 경향을 보인다〉[44]라는 첼란Paul Celan의 말은 시공(時空)의 영원과 무한을 갈구하는 영국 낭만주의 시인 키츠 John Keats의 시 「그리스 단지에 대한 송시Ode on a Grecian Urn」의 내용과도 일맥상통한다. 이 시에서 키츠는 감각적인 현상계를 초월한 영원 속의 침묵을 더욱 아름다운 것으로 노래하고 있다.

들리는 가락 아름다우나, 들리지 않는 가락이
더 아름답다.
Heard melodies are sweet, but those unheard
Are sweeter,

44 Paul Celan, *Gesammelte Werke* in 5 Bänden, hg. von Beda Allemann und Stefan Reichert unter Mitwirkung von Rolf Böcher, Bd. 3, Frankfurt/M., 1983, S. 186.

이러한 침묵의 역설적 위력이 『친화력』의 오틸리에로부터 발산된다. 종종 발생하는 논쟁에서 물러나는 오틸리에의 과묵함은 그녀의 일기에서 숙고가 담긴 수다로 전이된다. 이러한 그녀의 과묵함과 내향성은 결국 어머니상의 이상적 표현이다. 논쟁이나 담론에서 물러나 침묵을 추구하는 그녀는 〈모든 관점에서 특이한 개성을 보이는 이방인이다.〉[45] 오틸리에는 공적인 시험에서 두각을 나타내지도 못하고 또한 논쟁의 능력도 없지만 루치아네의 능란한 언변도 오틸리에의 내향성을 극복하지 못하는 등 오틸리에의 침묵은 큰 영향을 미친다.

게르츠와 퐁세는 오틸리에의 직관*Intuition*적인 성향을 중요시하였다. 타고난 재능으로 볼 수 있는 직관에 의해서 오틸리에는 올바른 행동을 한다. 〈오틸리에 행동의 충동은 의도에서 나오는 것이 아니고 갑작스러운 자극에 의해서 생겨난다. 따라서 그녀의 정신은 의지가 아닌 직관에 의해서 작용한다.〉[46] 오틸리에의 직관적 성향은 자연적이고 본능적이며 천성적인 면이 있다. 〈그녀는 아래에서 위로, 자연의 어두운 자궁에서 갈등이 작용하는 광명으로 옮겨 갔다.〉[47]

이러한 맥락에서 토론이나 논쟁을 피하거나, 표현력이 부족하지만 자신의 이념에 어긋나는 요구를 거부하는 오틸리에의 태도는 이성이나 논거에서 우러나온 게 아니고 본능적인 작용이라 할 수 있다. 〈그 애는 두 손을 공중에 올려 합장하고는 가슴에 가져갑니다. 동시에 고개를 약간 앞으로 수그리고 자기에게 무언가를 다급하게 요구하는 사람을 쳐다봅니다.〉(W 280) 이러한 직관에 상반되는 모습이 그녀의 일기에 기록되어 있는데, 도덕적이고 현명한 숙고에서 기록된 일기 내용은 오틸리에의 성격과 다르게 수다스러운 특징을 보인다. 아이가 없이 사는 부

---

45 Hans-Jürgen Geerdts, a.a.O., S. 282.

46 Andre-Francois Poncet, a.a.O., S. 74.

47 Hans-Jürgen Geerdts, a.a.O., S. 282.

부를 〈직관적으로〉 옹호하는 오틸리에와, 보편적으로 생각하고 행동하는 〈이성적〉 인물인 하우프트만은 서로 상반되어 각각 관리(하우프트만)와 어머니(오틸리에)로 대표되는 시민 사회의 이념상으로 작용한다. 〈사내아이는 남을 섬기는 사람으로 키우고, 여자아이는 어머니로 키우면 어디서든 잘될 겁니다.〉(W 410)

오틸리에와 하우프트만의 관계에 대한 키틀러Friedrich A. Kittler의 고찰은 근거 있는 것이나, 거기에서 그들의 실제적인 관계는 이뤄지지 않고, 환상적인 부부로 남을 뿐이다. 불가능한 일, 다시 말해 비현실적인 사건인 오틸리에와 하우프트만의 관계에서 친화력의 구조가 성립된다. C(오틸리에)와 D(하우프트만)의 은밀한 친화력(CD)은 당초부터 존재하지 않았다. 〈하우프트만과 오틸리에의 관계는 존재하지 않았다. (……) 하우프트만과 오틸리에 두 인물은 작품의 처음부터 끝까지 서로 한 마디의 이야기도 나눈 적이 없다.〉[48]

오틸리에를 가정에 불러들여 하우프트만의 초대를 무마시키려는 샬로테의 화학적인 시도는 중요하다. 재산 관리와 가정의 위임 등의 필요성에서 A(에두아르트)와 D(하우프트만)가 결합되고, 또 B(샬로테)와 C(오틸리에)가 합쳐지기는 하지만 C와 D의 관계는 성립되지 않는다. 그런데 오틸리에를 불러들여 하우프트만의 초대를 무마시키려는 샬로테의 시도는 다른 방향으로 전개되어 자신과 에두아르트가 분열하는 결과를 낳는다. 이렇게 하우프트만의 초대를 희석시키기 위하여 오틸리에를 기숙 학교에서 집으로 불러들이는 샬로테의 시도는 봉건 시대의 어머니상으로 불충분한 교육의 결과라 할 수 있다.

그러면 오틸리에와 하우프트만의 관계는 성립될 수 없는가? 이에 대해 키틀러Wolf Kittler는 〈국가의 행정과 영혼의 교육이 서로 작용하지만 (국가 관리인) 하우프트만과 (영혼의 교육자인) 오틸리에가 서로에

48 Wolf Kittler, a.a.O., S. 252.

게 작용할 수 있는 것은 사실상 하나도 없다. 따라서 그들은 서로를 갈망하지 않는다〉[49]고 언급한다.

오틸리에와 하우프트만이 자신들의 이념을 위해서 서로를 체념하는 내용은 아이의 익사로 발전된다. 이러한 아이의 익사 등 유아 살해는 괴테 문학에 자주 등장하는 모티프이다. 이는 괴테의 『초고 파우스트』의 기본 구상이며 또한 바그너Leopold Wagner의 극과 실러의 담시를 구성하는 요소로 작용한다. 〈질풍노도〉 극의 중요한 모티프 중 하나는 전통적인 관습을 타파하려는 의지와 새로운 도덕의 정립인데 괴테, 실러, 바그너 등의 유아 살해도 이러한 질풍노도의 일환이다. 〈나는 우리 어머니를 죽였고, 우리 아기를 물에 빠뜨려 죽였어요〉(4507~4508행)라는 그레트헨의 말처럼 『파우스트』에서 그레트헨의 비극은 파우스트를 사랑한 결과 갓난아이를 익사시키는 광증에서 비롯된다. 이러한 아이의 익사가 『친화력』에서는 에두아르트와 샬로테 사이에 태어난 아기 오토가 오틸리에의 실수로 호수에 빠져 죽는 내용으로 전개된다. 아기의 익사와 유사하게 『친화력』 속의 단편 「놀라운 이웃 아이들Die wunderlichen Nachbarskinder」 및 하우프트만의 지난 사랑에서도 익사가 등장한다. 괴테의 담시에서는 요괴에 의한 익사가 주류를 이룬다. 이러한 요괴의 유혹에서 악의나 원망을 느끼지 못하고 원초적인 마력에 홀려 익사하는 경우가 많은데, 이에 대한 대표적인 작품으로 괴테의 담시 「낚시꾼Der Fischer」을 들수 있다.

물결이 출렁이며 밀물이 차오르네,
낚시꾼 한 사람 해변에 앉아,
조용히 낚시를 지켜보고 있는데,
어느덧 가슴까지 서늘해졌네.

49 같은 책, S. 254.

꼼짝 않고 앉아 귀를 기울이는데,
별안간 파도가 둘로 갈라지며,
요란한 물속에서 한 처녀 물귀신이
흠뻑 젖은 몸으로 나타났다네.

노래하며 그녀가 말을 건다.
〈어찌하여 그대는 내 물고기 새끼들을
인간의 간악한 지혜와 계략으로
낚아서 화염 속으로 보내려 하나요?
아! 그대가 저 깊은 바닥에서
고기 떼 노는 모습 보기만 한다면,
지금 당장 저 속으로 들어가,
그대 심신 온전하련만.

사랑스러운 해와 달이 바닷속에서
생기를 주지 않던가요?
파도를 호흡하는 그녀의 화색이
배나 아름답게 비치지 않던가요?
깊은 하늘과 축축한 검푸름이
그대 마음 홀리지 않나요?
무궁한 이슬에 비친 그대 모습에
그대 마음 혹하지 않나요?〉

물결이 출렁이고 밀물이 차오르며,
그의 발목이 젖어 간다.
어떤 고운 연인의 인사말도

이렇게 그리운 연정 불태울 수 없다오.

여자 물귀신이 그에게 말 걸고 노래하니,

불행한 고기잡이 운명이 다됐네.

끌려들 듯 빠져들 듯 하더니,

그의 모습 영원히 보이지 않았다네.

이는 인간의 영혼에 침투한 자연의 마적인 힘을 그린 소위 〈자연마적 담시〉이다. 1778년에 쓴 괴테의 첫 담시 「낚시꾼」은 암시적이며, 신비스러운 분위기와 전에는 볼 수 없었던 극적인 긴장감이 특징적이다. 강물에 비친 자신의 모습과 아름다운 강물에 넋을 잃은 낚시꾼은 그만 강에 빠져 죽고 만다. 「낚시꾼」은 현대인도 충분히 공감할 수 있을 만큼 심리적으로 내면화되어 있다. 섬세한 인간이라면 누구나 흐르는 강가에 앉아 느낄 법한 말을 요정이 전하고 있기 때문이다.[50] 이 시에서 물의 요정을 만난 낚시꾼은 나르시시즘적인 성향을 보인다. 요정의 유혹에 낚시꾼이 한 마디 대답도 하지 않는다는 사실은 요정이 곧 낚시꾼의 또 다른 자아이기 때문이 아닐까 하는 생각이 든다. 이렇게 이 시에 나타난 대립의 양상은 인간의 자기와의 싸움으로 규정된다.[51]

이 시는 1778년 실연의 슬픔을 안고 일름 강에 몸을 던져 죽은 라스베르크Christel von Laßberg 양의 위령비가 건립되었던 강변의 인상을 형상화한 것으로, 괴테가 슈타인 부인 앞으로 보낸 편지에 동봉한 두 편의 시 가운데 하나다. 다른 한 편의 시는 「달에 부치는 노래An den Mond」로 서정 문학의 본질을 잘 나타내고 있다.[52]

50 Hermann A. Korff, *Goethe: Im Bilderwandel seiner Lyrik*, Hanau/M., 1958, S. 247 f.

51 정두홍, 『괴테 담시의 이해』, 태학사, 1998, 63면.

52 안진태, 『독일 담시론』, 열린책들, 2003, 247면.

『친화력』에서 지극히 모성적인 오틸리에가 『파우스트』에서의 그렌트헨처럼 사랑하는 아기를 익사시킨다는 슬픈 사실은 그들이 짊어져야 할 비극적인 운명으로, 여기에 괴테의 역설적인 여성미의 표현 방식이 담겨 있다. 괴테의 양극성이라는 배경에서 볼 때, 유아 살해 등으로 마녀처럼 전개되는 그레트헨이나 오틸리에의 존재는 역설적으로 더 아름답게 작용한다. 가령 그들에게 이러한 격정적인 요소가 없었다면 사랑이 비극적인 결말을 맺지는 않았겠지만, 오틸리에의 성스러운 모습이나 『파우스트』에서 그렌트헨이 인간을 구제하는 〈영원한 여성상〉(12110행)은 전개되지 못했을 것이다.

만일 괴테가 처음부터 오직 오틸리에와 그렌트헨의 아름다움만 묘사했다면 그들 근본적인 미의 표현은 불완전했을 것이다. 그들을 일부 부정적으로 나타낸 것은 〈신은 선하지 않은데, 그래야 신은 더 선할 수 있기 때문이다〉[53]라는 독일의 중세 신비주의자 에카르트Meister Eckhart 의 말과도 상통한다. 마찬가지로 〈선은 더 선함의 적이다〉[54]라는 괴테의 말도 이러한 사상을 잘 표현해 주고 있다. 그의 파우스트가 말하듯, 전통적 아름다움만 추구하는 것은 어리석다.

우리의 정신이 획득한 가장 훌륭한 것에까지도,
점점 더 이상스러운 물질이 끊임없이 달라붙는다.
우리들이 이 세상의 선에 도달하고 나면,
보다 더 선한 것이 허위와 환상이라고 말하는도다. (634~637행)

위의 파우스트의 말처럼 아름다움은 영원하지 못한데, 그 이유는 아름다움*Ein Schönes*이 존재하면 더 큰 아름다움*Ein Schöneres*의 존재가 어

---

53 Franz Alt, *Das C. G. Jung Lesebuch*, Frankfurt/M., 1986, S. 141.
54 같은 곳.

렵기 때문이다. 따라서 오틸리에와 그렌트헨 등의 미가 존재하기 위해서 그 아름다움의 자리에 마적이며 부정적인 요소가 자리를 잡아야 한다. 예술도 자신의 길을 가로막는 실재적인 응결의 용해를 위해서 풍자, 사실의 폭로, 상스러운 말이나 환상 등 강렬한 산성 극약을 방출한다. 『파우스트』에서 〈악마처럼 창조되지 않으면 안 된다〉(343행)라는 하느님의 말을 몇 번이고 깨닫지 않으면 안 되는 것이다. 종교의 〈이렇다〉와 문학의 〈이렇다고 하면〉 사이는, 가능과 현실이 영원하게 만날 수 있을 때까지 긴장이 유지되어야만 한다.

오틸리에는 속물로 타락할 위험이 있는데, 이것은 루소적 인간이 카틸리나[55] 같은 인물로 변하기 쉬운 것과 같다. 오틸리에에 자연적인 야성이 추가된다면 그녀의 덕성은 더욱 위대해질 것이다. 오틸리에의 인간적인 위험성과 연약함은 『빌헬름 마이스터의 수업 시대』에서 〈당신은 기분이 좋지 않고 음울한 상태인데, 그것이 멋지다. 그런데 당신이 한 번이라도 좋으니 정말로 화를 낸다면 더욱 좋겠다〉(HA 7, 547)라는 야르노의 말을 연상시킨다. 오틸리에가 보다 나아지기 위해서는 화를 낼 필요도 있는데, 이는 파우스트가 메피스토펠레스에게 〈그대는 영원히 활동하고, 유익하고 창조하는 위력이다, 차디찬 악마의 주먹을 휘두르고 싶은 것이다〉(1379~1381행)라는 외침과 무관하지 않다.[56]

하우프트만의 욕구는 관리 사회의 이념에 소진되고, 오틸리에의 욕구는 신의 섭리로 볼 수 있는 오토의 죽음으로 어머니 이념에 희생된다. 오틸리에의 욕구는 모성의 이상에 장애가 되어 성취될 수 없기 때

---

55 Lucius Sergius Catilina(B.C. 108~B.C. 62). 로마 공화제 말기 〈카틸리나 사건〉의 주모자. 귀족 출신으로 명민하지만 방탕하여 재산을 탕진하고 빚에 쪼들리다 야심에 불타서 통치자가 되고자 했지만 실패했다. 당시 사회에 불만을 품은 자를 모든 사회층에서 모아 음모를 꾀했는데, 키케로 등의 분부에 의하여 분쇄당하고 에스투리아로 도망하여 토벌군과 싸우던 중 숨졌다.

56 안진태, 『파우스트의 여성적 본질』, 열린책들, 1999, 189면 이하.

문에 결국 죽음이 사실상의 목적지가 된다고 벨베리는 서술하였다. 에두아르트가 오틸리에에서 추구하는 여성상은 성취될 수 없는 것이다. 결국 〈이상적이면서 경험적인 어머니는 존재할 수 없다〉.[57]

언급했듯이 오틸리에와 하우프트만이 전형이 되는 〈어머니〉와 〈관리〉의 형상은 괴테 시대의 교육 분야가 되었다. 따라서 오틸리에의 어머니상이 담긴 『친화력』은 역사적 사실을 내포한다. 다시 말해 종교 및 귀족 사회를 통해 새로운 세계관의 이론을 다룬 셈이다. 이러한 새로운 변화로 인해서 사회 제도도 변화되었다.[58]

이러한 여성의 원천인 어머니상은 『젊은 베르테르의 슬픔』의 로테에게서 구체적으로 구현된다. 명랑하고 일 잘하며 소박한 소녀인 로테는 태어날 때부터 남달리 강한 모성애를 지니고 있는데, 동생들에게 정답게 저녁 빵을 나눠 주는 그녀의 모습은 괴테 작품에서 어머니상의 대표격이 되고 있다.

그런데 집 앞에 있는 계단을 올라가 현관문에 발을 들여놓자 여태까지 보지 못한 매혹적인 정경이 눈에 들어왔네. 그 현관에 달린 방에 열한 살에서 두 살까지의 어린이들이 한 처녀를 둘러싸고 있었지. 몸매가 아름다운 중간 정도 키의 처녀로 팔과 가슴에 담홍색의 리본이 달린 청초한 흰옷을 걸치고 있었네. 그 여자는 검은 빵을 손에 들고 빙 둘러서 있는 아이들에게 나이와 식욕에 따라 한 조각씩 잘라서 정말 정겨운 모습으로 한 사람씩 나누어 주었지. 그러면 어떤 아이건 정말 조금도 꾸밈새 없이 〈고맙습니다!〉 하고 소리를 내는 것이었어. 아직 빵을 자르기도 전에 아이들은 조그마한 두 손을 치켜들고 기다리고 있다가 이윽고 저녁 식사인 그 빵을 받아 들고는 흐뭇해서 어떤 아이는 뛰어나가고, 어떤 아이

---

57 Friedrich A. Kittler, a.a.O., S. 266.
58 David E. Wellbery, a.a.O., S. 306.

는 침착하게 조용히 그 자리를 떠나 누님인 로테가 타고 갈 마차와 손님들을 보려고 문 쪽으로 걸어가기도 했네. 〈실례했습니다〉 하고 그녀는 말했네. 〈선생님을 이렇게 여기까지 들어오시게 하고, 부인들을 기다리시게 해서 실례했습니다. 옷을 갈아입고, 제가 없는 동안에 해야 할 여러 가지 일들을 하다 보니 어린애들에게 저녁 빵을 주는 것을 잊고 있었어요. 글쎄 빵을 제가 잘라 주지 않으면 받으려 들지 않아요.〉 (L 21)

모성적인 오틸리에는 하우프트만과 함께 새로 형성되는 사회 제도에 필요한 인간의 기능을 대변하는 인물상으로 작용한다. 오틸리에는 하우프트만보다 더욱더 자신의 욕구와 갈등하는데, 샬로테에 대한 하우프트만의 사랑에 비해 에두아르트에 대한 오틸리에의 사랑이 더욱 강렬하기 때문이다. 이전에 사랑을 한 경험이 있고 자신이 사랑하던 연인이 익사한 후 체념적으로 살고 있는 하우프트만과 마찬가지로, 오틸리에는 봉건 제도의 강요로 자신의 첫사랑을 포기하고 다양한 욕구를 뿌리친다. 오틸리에의 열망은 성(性)뿐만 아니라 하나의 이념, 즉 〈여성의 이념 자체〉를 지향한다. 오틸리에와 하우프트만은 죄와 사랑의 갈등으로 현재의 모습이 되었다는 공통점을 지닌다.

『친화력』 제2부에서 오틸리에의 천사 같은 영적(靈的) 상승은 성적 욕구의 탈피로 볼 수 있다. 따라서 오틸리에와 하우프트만은 새로운 사회 제도에서 시민적 능력과 봉사의 전형으로 볼 수 있으며, 여기에서 봉사는 예속이 아니라 권력으로의 진입을 의미한다. 재산은 있으면서도 전문성이 없는 귀족에서 오틸리에와 하우프트만같이 재산은 없지만 전문성이 있는 시민 계급으로 사회의 권력이 이동하는 것이다. 따라서 교육, 행정, 교양과 내향성 등의 새로운 이념이 국가 관리상과 모성상을 이루게 된다.

이성적인 모성은 영향력이 없으므로 이러한 이념상인 오틸리에는 역시 영향력이 적은 하우프트만과 연결된다. 이는 구체적인 내용이 아닌, 봉건 영주들의 침실에서 공동으로 잠을 자는 모습으로 암시된다. 이렇게 봉건 영주들과 함께 잘 정도로 강력해진 시민 계급이 대변하는 새로운 사회 제도에서 결합체를 형성하는 오틸리에와 하우프트만은 다음과 같이 강조된다. 〈한 남성이 자신의 능력에 의해서 규정되고 있다. (……) 이러한 자신의 능력을 그 관리는 삶과 육체를 위해 바치고, (……) 오틸리에의 어머니상은 표상으로 작용한다. (……) 어머니는 묵묵하게 말없이 자녀들의 영적 삶을 지배한다.〉[59]

59 Wolf Kittler, a.a.O., S. 254.

제7장

빌헬름 마이스터와 「새로운 멜루지네」

괴테의 몇몇 작품들을 보면 한 편의 작품인지 혹은 여러 단편들의 모음집인지에 대해 혼란이 생길 때가 있다. 『파우스트』도 제1부와 제2부가 하나의 작품인지 아니면 두 개의 서로 다른 작품인지에 대한 논란에 명확한 답이 없다. 괴테가 부분과 부분들이 완벽하게 짜여 하나의 총체적 전체로 완결되는 〈닫힌 형식〉을 회피하고 이질적인 부분들의 〈느슨한 집합체〉라는 〈열린 형식〉을 추구한 이상, 고전적인 시학이 요구하는 작품의 통일성이나 전체성의 논의는 사실상 의미가 없다.[1] 마찬가지로 『빌헬름 마이스터의 방랑 시대Wilhelm Meisters Wanderjahre』도 한 권의 소설인지 또는 여러 단편들을 모은 작품인지에 대한 의문에 명확한 답이 없다. 따라서 〈이 소설에 들어 있는 많은 단편들 중 하나인 「새로운 멜루지네Die neue Melusine」는 개별적인 작품인가?〉 혹은 〈『빌헬름 마이스터의 방랑 시대』에 연결되는 단편인가?〉 등의 의문에 대한 답변을 찾고자 「새로운 멜루지네」를 집중 분석해 본다.

---

1 김수용, 『괴테 파우스트 휴머니즘』, 책세상, 2004, 29면 이하.

1. 작품의 내용

　르네상스 이후 근대 과학이 등장하면서 세르반테스, 셰익스피어 등의 문학에서 인간의 현세는 혼란스럽고 신의 영역과 동떨어진 것으로 묘사되었다. 하지만 계몽주의에서 이성 중심의 낙관적 세계관이 확고해지면서 독일 문학에서는 〈범신론〉 내지 세계의 창조자인 신은 세상일에 관여하지 않고 계시하지 않으며, 세계는 독자적인 법칙에 따라 움직인다는 이성적인 종교관으로 18세기 계몽주의 시대의 기독교 사상이었던 〈이신론(理神論)〉에 기반을 둔 인간관이 다양하게 표출되었다. 18세기 유럽의 시대정신으로 통하는 계몽주의는 〈빛〉으로 표상되는 인간의 이성을 중하게 여겼다. 이러한 〈빛〉은 과거에는 오직 신에게서만 오는 것으로 신과 적대 관계인 악마에게는 거부될 수밖에 없었다. 따라서 『파우스트』에서 악마 메피스토펠레스는 신이 내려 준 빛을 부정하지 않을 수 없다.

　　인간이라는 어리석은 소우주는
　　흔히 자기를 전체라고 생각하고 있지만 ―
　　나 같은 놈은 처음에는 일체의 한 부분의 또 한 부분이요,
　　빛을 낳은 어둠의 한 부분이지요.
　　그 교만한 빛은 이제 모체였던 밤을 상대로
　　해묵은 자리와 공간을 서로 뺏으려고 하지만,
　　그러나 될 일이 아니오. 아무리 몸부림쳐 봐도,
　　빛은 물체에 달라붙어 떨어지지 않으니 별수 없소.
　　빛은 물체에서 흘러나와 아름답게 하지만
　　그러나 물체는 빛의 진로를 막아 버리지요.
　　그러니까 오래지 않아 빛은

물체와 더불어 멸망하고 말 것이오. (1346~1358행)

이러한 메피스토펠레스의 주장이 들어맞았는지, 이성 중심의 낙관주의적 세계관이 확고해지면서 빛을 내려 준 신의 인간 세상에 대한 관여나 계시는 감소되어 갔다. 따라서 『파우스트』에서 악마 메피스토펠레스는 인간의 불행은 신이 인간에게 〈하늘의 광명〉인 이성을 부여한 데서 기인한다고 선동한다.

당신께서 인간에게 하늘의 빛의 허상을 주시지 않았던들
인간은 좀 더 잘 살 수 있었을 겁니다.
이들은 이 허상을 이성이라 부르고 이것을 다른 어떤 짐승보다
더 짐승같이 사는 데만 이용하고 있지요. (283~286행)

세계는 독자적인 법칙에 따라 움직인다는 이성적인 종교관인 〈이신론〉이 18세기 계몽주의의 대표적인 기독교 사상이 되면서 빛에 대한 절대적인 믿음도 쇠퇴하게 되었다. 이제 신의 자리를 변방으로 밀어내고 세계의 중심적 지위를 차지하게 된 인간은 이성을 앞세워 스스로 빛의 주체라고 선언하고 나선 것이다.

18세기의 계몽주의가 신적인 경지에 오른 인간의 이성을 빛으로 대치하자 괴테는 이를 빛으로 설명하였다. 그는 평소에도 〈나는 순수하고 진실된 빛의 인식과 논의를 나의 과업으로 여긴다〉[2]라고 말하며 빛의 신비를 연구하여 『색채론』 같은 대작을 남기기도 했다.

종교에 근간을 둔 〈신적인 빛〉은 외부에서 또는 저 위에서 내려오지만, 〈이성의 빛〉은 지식에 바탕을 두고 인간의 내면에서 점화된다. 믿음의 세계를 어둠으로 여긴 계몽주의는 암흑의 세계를 이성과 지식의

2 Eckermann, *Gespräche mit Goethe*, 4. Januar, 1824.

빛으로 밝힐 수 있다고 생각했다. 따라서 독일의 계몽주의자 빌란트 Renate Wieland는 〈계몽이란 무엇인가〉 하는 물음에 〈두 눈으로 밝음과 어둠, 빛과 암흑의 차이를 인지하는 것을 배운 사람이면 누구나 다 아는 것〉[3]이라고 대답했다. 그는 계몽을 진리와 거짓, 선과 악을 인식할 수 있는 정신의 빛으로 규정하면서 〈망상이나 환상에 사로잡히는 사람과 놀고먹는 동화의 나라나 행복한 이상향으로 여행을 하려는 사람〉[4]을 계몽의 적으로 선포하였다.[5]

따라서 18세기 후반에는 계몽주의가 자행했던 신화적인 것의 해체, 국가적 권력의 익명성 증대, 자연 과학에 의한 세계의 탈주술화, 기독교적인 유일신에서 출발한 추상적인 신에 대한 반발을 바탕으로 하는 원초성에 대한 동경이 다시 일어났다. 이런 배경에서 낭만주의자들은 정치적 후진성, 산업의 발달, 합리주의 등이 팽배한 현실에 등을 돌린 채 머나먼 타국과 전설, 동화 속의 나라를 동경했다. 이러한 동화는 오성의 창작물이 아니기 때문에 본질이나 생성 연유에서 결코 합리적이지 못하다. 작품이 오성적으로 해석되거나 이념에 비유된다면 동화의 특징은 상실하고 만다. 오성이 아니라 상상력 또는 환상이 동화를 창출하는 것이다. 상상력은 그 본질에 있어 가능한 한 폭넓은 영역을 포괄해서 언뜻 보기에는 아무런 제약도 없이 날개를 펼치는 것처럼 보인다. 다시 말해서 동화란 환상으로 작성된 마적 세계의 이야기로 현실에 관련성이 없고 환상적이며 기이한 사건을 나타내기 때문에 실제로 자연 법칙에 반대되기 마련이다. 동화는 일반적인 인간과 자연 법칙이 제거된 환상적 세계의 각양각색의 이야기이므로 〈동화적 현실〉의 관찰에

---

3 Eberhard Bahr(Hg.), *Was ist Aufklärung, Thesen und Definition*, Stuttgart, 1990, S. 23.

4 같은 책, S. 24.

5 안진태, 『파우스트의 여성적 본질』, 열린책들, 1999, 469면 이하.

서 〈동화와 비현실〉의 관계를 유의해야 한다.

괴테의 「새로운 멜루지네」도 이러한 동화적인 성격의 문학 양상을 보인다. 「새로운 멜루지네」처럼 동화 같은 이야기를 듣거나 읽고 싶어 하는 이유는 그 이야기와 동일화될 수 있기 때문이다. 괴테는 자신의 이념대로 우주 일체의 가장 깊은 진리의 본질을 규명하고 창조의 원리를 파악하기 위해 무능하고 연약한 인간계를 벗어나 마법적인 동화에 몸을 맡겨 요정 등 초인간적인 존재에 도달하려 했는데, 이러한 그의 의도가 『파우스트』의 내용에 담겨 있다.

> 무엇 하나 올바른 것을 알고 있다는 자부심도 없으며,
> 인간들을 개선시키고 개종시키기 위해
> 무엇인가를 가르칠 수 있다는 생각도 들지 않는다.
> 내게는 또한 재산도 돈도 없으며
> 이 세상의 명예나 영화도 없으니,
> 이런 꼴로 더 살아간다는 것은 개라도 싫다고 할 것이다.
> 그래서 나는 영의 힘과 말을 빌려,
> 여러 가지 비밀이 제시되지나 않을까 해서
> 이 몸을 마법에 내맡겨 보았다. (371~379행)

파우스트는 〈세계를 붙잡고 그 세계의 운명을 이끌어 가는 가장 내밀한 힘〉을 알고 싶어 마적인 동화에 몸을 맡기는 것이다. 마찬가지로 『빌헬름 마이스터의 방랑 시대』에서도 〈관찰이나 행동에 있어서 도달할 수 있는 것은 도달할 수 없는 것으로부터 구분되어야 한다. 이러한 구분이 없으면 삶이나 앎에서 많은 성취를 이룰 수 없다〉(HA 8, 297)라고 언급되는데, 여기에 언급된 〈도달할 수 없는 것〉은 동화에 의해 도달될 수 있다. 독자와 작품 주인공과의 동일화는 특히 낭만주의 동화

에서 가능한데, 이러한 동화적 요소는 「새로운 멜루지네」에서 소인과 소인국으로 전개된다.

「새로운 멜루지네」의 한 이발사는 방랑 중에 자신의 삶을 완전히 변형시키는 동화적인 사건을 실제 있었던 사건으로 서술한다. 빈곤하기만 한 그는 방랑을 떠난 지 오래지 않아 걸어가야 할 정도로 돈이 떨어져서 체류지에서 안주인이나 여자 요리사들에게 아양을 떨어 숙식비를 해결하였다. 그러던 중 어느 작은 도시에서 시종도 없이 작은 상자 하나를 들고 여행하는 한 아름다운 여성을 만나게 된다. 그녀의 아름다움에 반한 이발사는 그 작은 상자를 조심스럽게 집 안으로 날라 달라는 그녀의 부탁을 기쁜 마음으로 들어준다. 사랑에 빠진 그가 그녀에게 접근을 시도하자 그녀는 계속 거리를 유지하며 특정한 시험을 거친 후에야 이들 둘의 행복이 가능하다고 주지시킨다. 그녀는 이 작은 도시에 계속 머물러야 하므로, 그가 그녀를 대신해서 작은 상자를 어느 지역까지 운반해야 하는데, 도중에 휴식하게 될 때는 그 상자를 안전한 방에 간수해야 한다는 다짐도 받는다. 그녀에게 반하여 모든 제안을 기꺼이 받아들인 이발사는 상자 나르는 비용을 그녀에게서 충분히 받는다.

그러나 사교적인 성격인 이발사는 돈의 절약과는 거리가 멀어 그녀에게서 받은 돈을 곧 다 써버리고, 그는 그 여인이 다시 와주기만을 고대한다. 그러던 중 작은 상자를 넣어 둔 방에 그녀가 나타나 그의 무절제한 낭비 행위를 용서하고 다시 돈을 주면서 그의 낭비벽 때문에 그들 사이의 행복이 지체되게 되었다고 말하자, 그는 앞으로는 돈을 신중하게 사용하겠다고 약속한다. 그러나 곧바로 다시 시작된 여행에서 아름다운 여성들을 알게 된 그는 다시 돈을 헤프게 쓴다. 이렇게 계속 낭비하는데도 돈주머니는 비워지지 않았는데, 이 기이한 현상을 이발사가 관심 있게 관찰하자 이후부터 다시 점차로 비워져 그는 다시 무일푼의 빈털터리가 된다. 이렇게 무일푼의 상황에 놓였을 때, 이발사가 숭배하는 여성의 과거 남자 친구가 나타나 그녀를 요구하고 심한 싸움이 벌어져 이발사는 큰 부상을 당한다. 부상당해 누워 있는 침대 옆에 그 아름다운 여성이 나타나자 그는 자신의 무절제를 뉘우치고, 그녀를 자신의 연인으로 삼고자 하면서 이것이 실패하면 자살하겠다고까지 말한다. 그러자 그의 상처들이 갑자기 저절로 치료되는 기이한 현상이 벌어진다. 이렇게 해서 몸이 완전해진 그는 그녀와 함께 여정을 떠난다. 오래지 않아 다시 빈털터리가 되어 마차의 양쪽에 걸려 있는 주머니에서 돈을 몰래 빼내자, 그녀는 갑자기 사라져 버리고 그 혼자서 여정을 이어 가지 않을 수 없게 된다.

그러던 어느 날 밤 호기심에서 그는 작은 상자의 틈새를 들여다보았는데, 소인국의 궁전과 소인 형태의 그녀가 보였다. 이에 매우 놀란 그는 소인국의 여성으로 드러난 그녀를 계속 사랑해야 할지 피해야 할지 고민에 빠지고, 그때 그 아름다운 여인이 나타나 자신의 정체가 탄로나 둘의 관계가 위태롭게 되었다고 말한다. 소인이라는 사실로 그녀에 대한 사랑이 줄어드는 건 아니라고 그는 설득하여 성공을 거두지만, 이는 진심에서 우러난 설득이 아니다. 술을 많이 마시게 된 어느 날 저녁 그는 분노와 질시에서 주정을 부리며 그녀에게 인간이 아닌 〈소인이 무엇을 할 수 있는가〉라고 인간 우월적인 질문을 던진다. 다음 날 밤 그녀는 임신을 하고, 아침이 되자 소인이 자신의 정상적 형태라고 고백하면서 자기 종족의 발전사를 설명한다.

에크발트 왕은 민속본 불사신(不死身) 지그프리트의 전설에 나오는 소인국의 왕으로 거인과 싸우는 지그프리트를 도와주었다. 이러한 강력한 종족의 후손인 소인들은 산업에서 큰 발전을 성취하였다. 신이 자신의 기적을 지상에서 경이로움으로 보여 주기 위하여 이들 소인족을 창조했다는 것이다. 그러나 강력해진 그들이 지상을 지배하려 하자, 이에 분개한 신은 용들을 창조해서 이들을 산속으로 몰아내게 했다. 용들에 의해서 소인들이 절멸될 위기에 처하게 되자 신은 다시 거인들을 창조하여 용들을 퇴치시켰는데, 이들 거인들이 소인들에게도 공격을 하자 신은 마지막으로 기사들을 창조하여 거인들을 막았다. 기사들은 소인들과 동맹을 맺어 거인들과 용들에 대항해 싸웠다. 그러나 열세에 몰린 소인들이 멸종의 위기에 처하자 종족 보존을 위해서 소인 왕국은 공주를 왕국 밖으로 보내 배우자를 찾도록 했다. 오랜 세월 동안 배우자에 걸맞는 마땅한 인물을 찾았으나 구하지 못하던 중에 이 이발사를 적합하게 여긴 것이다.

이러한 결혼은 긴장과 위험을 내포하여 위기를 촉진시킨다. 이발사가 특수한 상태·사정·조건에 처한 초자연적인 여성과 결혼하려 하기 때문이다. 이렇게 요정 등이 신부가 되려 하는 내용이 동화에서는 자주 전개되며, 요정을 신부로 데려가는 남성은 대개 왕자나 기사 등 멋진 남성이다. 이와 달리 「새로운 멜루지네」의 주인공은 지위가 낮은 이발사라는 점에서 흥미를 끈다. 괴테 당시 무조이스Johann K. A. Musäus가 쓴 『독일 동화집Volksmärchen der Deutschen』에는 옛 성을 방랑하는 유령 이발사가 등장하는데, 괴테는 이렇게 동화적으로 방랑하는 유령을 『빌헬름 마이스터의 방랑 시대』에서도 등장시킨다. 〈이 말 없는 사나이는 장난꾸러기처럼 미소 지으면서 소리 없이 문밖으로 나가 버렸다. 빌헬름은 그의 등에다 대고 소리쳤다. 《정말이지 당신은 저 빨간 외투로군요. 꼭 그 사람이 아니더라도 적어도 그 자손의 한 사람임이 틀림없어요.》〉(HA 8, 315) 여기서 〈빨간 외투Rotmantel〉는 『독일 동화집』에서 옛 성을 방랑하는 유령 이발사를 암시한다.[6] 이렇게 동화적으로 방랑하는 유령 이발사에서 영향을 받아 「새로운 멜루지네」의 주인공 직업이 이발사가 된 것으로 보인다.

6 괴테, 『빌헬름 마이스터의 방랑 시대』, 곽복록 옮김, 예하, 1995, 370면.

동화에서 요정이 남성을 더 이상 속이거나 거부하고 싶지 않을 때 이들은 아름다운 신부나 공주로 변하는데, 이에 관해서 낭만주의 작가 노발리스Novalis는 다음과 같이 묘사하고 있다. 〈많은 동화에 나타나는 중요한 특징, 즉 불가능한 것이 가능해지고, 인간이 자신을 극복하고 자연도 극복하여 자신에 상반되어 발생한 불편함이 편리해지는 순간, 자신을 역행하던 사건 역시 편안해지는 기적이 일어난다.〉[7]

소인 왕국에 대한 이야기가 끝난 후 이발사는 여인과 함께 소인들의 나라인 산악 지대로 향한다. 인간의 크기를 조절할 수 있는 반지를 이용하여 그녀는 이발사를 소인으로 변화시켜 자신의 소인국으로 데려간다. 그가 날랐던 작은 상자는 수많은 시종들을 거느린 거대한 궁전이 되고, 그는 에크발트 왕의 영접을 받지만, 곧바로 이들의 혼인이 준비되자 이발사는 그녀와의 결혼을 기피하려 한다. 결혼식 날 소인국을 벗어나 자신의 세계로 돌아가려고 그는 바위틈에 몸을 숨기는데, 소인국과 동맹을 맺은 개미 군단이 그를 잡아 소인국에 넘겨 결국 그녀와 결혼하게 된다.

소인이 된 이발사는 자신을 소인국에 소속시키는 수단이 반지라는 사실을 알고, 이를 없애기 위해 몇 주일 동안 줄로 반지를 깎아 낸다. 이렇게 해서 반지가 제거되자 갑작스럽게 커진 자신의 몸체가 작은 소인국의 궁전을 파괴하는 일이 없도록 그는 궁전을 떠나간다. 소인 상태에서 벗어나 정상적인 몸이 된 그는 여인의 마차를 타고 여정을 이어 가다가 돈이 떨어지자 그 마차와 작은 상자 및 다른 물건들을 처분하고 전에 자신을 소개했던 곳으로 돌아오게 된다.

7 Max Lüthi, *So leben sie noch heute: Betrachtungen zum Volksmärchen*, 2. Aufl., Göttingen, 1976, S. 13.

2. 〈멜루지네〉의 개념

전설Sage은 역사적인 배경이 있는 이야기를 의미하나 그 진실성은 확실하지 않다. 계몽주의 시대 이후로는 전설과 과학적으로 증명된 사실이 엄격하게 구분되었다. 여러 가지 형태를 가진 전설 가운데서도 구전되거나 문학적으로 형상화된 영웅 전설Heldensage은 초기에는 신화와 유사했다. 서사시의 형태로 전승된 영웅 전설과 유사한 것으로 역사적 전설이 있다. 역사적 전설은 인물의 비범한 용맹성이나 현명함 및 선을 이야기해 준다. 시대에 따라 역사적 전설은 신화로 넘어가기도 하고 일화Anekdote가 되기도 하였다.

훨씬 사적(史的)인 특성을 지닌 민족 전설Volkssage이나 지방 전설Lokalsage은 일정한 지역에서, 특히 산악이 중첩된 지역에서 계곡마다 특유의 기상천외한 내력들을 가지고 전한다. 지방 전설은 자연적이든, 인공적이든 특이한 산의 형태나 태곳적 산사태의 흔적, 신비스러운 폐허 같은 기이한 현상들을 설명해 준다. 이러한 것들은 때때로 역사적인 전설이나 신화와 뚜렷하게 구분되지 않는다.

체험 전설Erlebnissage에는 해당 지역에서 친밀감을 주는 초자연적 존재들이 등장한다. 〈발푸르기스의 밤Walpurgisnacht〉이 열리는 브로켄 Brocken 산이나 블로크스베르크Blocksberg 산에서 마녀들의 모임에 관한 전설이 체험 전설에 속한다. 〈그 이름(악마)은 이미 오래전에 동화책에 씌어 있었지〉(2507행)라는 『파우스트』에서의 언급처럼 체험 전설에는 거인과 소인, 마녀, 천사 그리고 공기와 물, 땅 또는 불 속에 존재하는 선과 악의 요정들은 물론 악마까지도 등장한다.

이러한 천사와 요정과 정령은 서로 친척 간이다.[8] 유대교, 기독교, 영

---

8 Eduard Hoffmann-Krayer, Hanns Bächtold-Stäubli(Hg.) *824*, 832; Hans Wilhelm Haussig, *Götter und Mythen im Alten Europa*, Stuttgart, 1973, S. 468.

지주의(靈知主義)[9]의 전통에서 파생된 고대 이름들에 더하여 민중은 오랜 세월에 걸쳐 자연의 악마에게 다양한 이름을 붙였다. 이런 이름들은 이교의 신령이나 소인과 동일시되곤 하던 트롤Troll(북구 신화에 나오는 거인 또는 소인으로 변하는 요물), 고블린Goblin, 코볼트Kobold, 인쿠부스Incubus, 도깨비 등으로 하급 귀신에 해당되었다. 자연의 악마에게 이런 바보스러운 이름을 붙이는 것은 그것들이 뿜어내는 공포에 대한 민중의 해독제였다.

이들 가운데 자연계에 깃들어 있다고 여겨지는 인격적이고 불가사의한 영적 존재인 요정Elfe은 게르만 민족에 널리 알려져 있으며 형태는 일정하지 않다. 셰익스피어나 독일의 시인들에 의해 자주 묘사되는 요정은 〈바람의 요정〉이라는 이미지가 강하며, 북유럽의 민간 신앙에서는 조상의 영혼이라고 생각되었다. 아이슬란드의 학자 스툴루손Snorri Sturluson이 빛과 어둠의 두 종류로 구분한 요정은 체구는 작지만 지혜, 교활함, 손재주 등에서 인간을 능가한다. 인간계와 멀리 떨어진 숲이나 산 또는 공중에 살면서 인간을 위협하는 거인족과 달리 요정은 인간을 돕기도 하고 인간에게 심술을 부리기도 한다. 겉모습도 제각각이어서 빛이나 공기 중에 사는 것은 아름다운 빛을 내고, 땅속에 사는 것은 검고 추한 모습이다. 한편 산이나 집의 대들보 아래 사는 요정은 인간의 엄지손가락만큼이나 매우 작다고 한다. 독일의 동화 작가인 그림 형제가 번역한 동화 「아일랜드의 요정들Die Elfen in Irland」에서 여명기에 나타나는 요정은 선과 악이 동시에 작용하여 검은 면과 흰 면을 보인다.

9 *Gnostizismus*. 1~4세기경 로마, 그리스, 유대, 소아시아, 이집트 등지에 널리 퍼져 있던 그리스도교적인 주지주의. 그 내용은 신의 세계와 물질의 세계가 따로 있다고 주장하는 이원론으로, 이 두 가지 사이에 영적인 존재인 천사와 인간과 악마가 있고, 인간은 물질세계에 사로잡혀 있는 것으로부터 도망쳐 신의 세계로 되돌아가기 위해 금욕하지 않으면 안 된다고 했다. 또 물질세계를 벗어나는 것을 방해하는 악마를 극복하기 위해서는 최고로 완전한 신지(神智)가 필요하다고 주장했다.

그들은 하늘에서 쫓겨난 천사지만 지옥까지 내려가지는 않았고, 최후 심판의 날 은총을 받을 수 있을까 하는 조바심 속에 살고 있다.[10] 이러한 요정의 모습을 괴테는 담시 「요정의 노래Gesang der Elfen」에서 다음과 같이 묘사하고 있다.

> 한밤중에, 인간들이 잠든 사이,
> 달빛이 우리를 비추고,
> 별이 반짝일 때면
> 우리는 돌아다니며 노래하고
> 즐겁게 춤을 춘다네.
>
> 한밤중에, 인간들이 잠든 사이,
> 초원의 오리나무 옆에
> 우리는 자리를 마련하고
> 돌아다니며 노래하고
> 춤추며 꿈을 꾼다네. (HA 1, 154)

일름 강변을 비추는 달빛의 마법과 여름밤의 꿈으로부터 생겨난 이 담시 「요정의 노래」에서 화자가 되는 요정들은 달빛 아래서 자기들끼리 춤을 춘다. 이미 잠든 인간들과 아무런 관계를 맺지 않는 요정들이 체험하는 것은 자연과 인간의 유대에서 생겨나는 영적 교감이다.[11] 이 「요정의 노래」에 대해 코르프Hermann A. Korff는 〈매우 작지만 작다는 것이 믿기지 않을 만큼 문체상의 섬세함을 드러내며 그 기술은 매우 탁

---

10 Eduard Hoffmann-Krayer, Hanns Bächtold-Stäubli(Hg.), *Handwörterbuch des deutschen Aberglaubens*, Bd. 2, Berlin, Leipzig, 1929, S. 826 f.

11 정두홍, 『괴테 담시의 이해』, 태학사, 1998, 110면 참조.

월하다. (……) 이 시는 걸작 중의 걸작이다〉[12]라고 극찬하기도 했다.

전설과 혼돈하기 쉬운 고대 게르만 신화인 사가*Saga*는 전승되어 오는 고대 북유럽의, 특히 아이슬란드의 농부, 어부, 영웅, 왕의 일생을 나타내는 산문(12~14세기에 기록됨)으로 볼 수 있다.[13] 이러한 전설과 유사한 장르로 동화가 있다. 동화에서는 모든 것이 가능하다. 자연 법칙이 무시되어 동물과 식물, 심지어는 무생물까지도 말하고 활동하며, 인간과 비슷해지고 임의로 변신을 할 수도 있다. 따라서 동화에서는 허구를 마음껏 즐길 수 있다. 작가는 현실을 생각하지 않고 상상과 꿈을 형상화시킨다. 동화는 부지중에 영혼의 진정한 모습을 드러낸다. 전설에서 한계를 벗어나는 행위는 벌을 받지만, 동화 속의 인간에게는 모든 것이 허용되며 보다 높은 힘들과 왕래하는 것도 제약을 받지 않는다. 그렇지만 현실을 자유자재로 다루는 동화의 구조는 한정되고 틀에 박혀 있다.

작자 미상의 동화*Volksmärchen*는 끊임없이 변형되면서 수세기에 걸쳐 구전되었다. 동화들의 발상지는 인도나 페르시아이며, 그곳에서 중국이나 일본, 서유럽으로 퍼져 나갔다. 동방의 동화로 잘 알려진 『천일야화』의 대부분은 페르시아에 기원을 두고 있으며 오늘날까지 아라비아어로 잘 보존되어 있다. 그림 형제가 수집한 『아동과 가정용 동화*Kinder- und Hausmärchen*』는 독일어권의 가정에서 성서 다음으로 많이 읽히고 있다.

예술 동화*Kunstmärchen*는 특히 낭만주의 작가들에게 현실의 구속에서 벗어날 수 있는 좋은 기회를 주는데, 티크*Ludwig Tieck*의 「금발의 에크베르트*Der blonde Eckbert*」, 노발리스의 「푸른 꽃*Blaue Blume*」이 대표적이다.[14] 「새로운 멜루지네」 역시 이러한 동화의 카테고리에 해당된다.

12 Hermann A. Korff, *Goethe im Bildwandel seiner Lyrik*, Hanau/M., 1958, S. 254 f.
13 이유영, 『독일문예학개론』, 삼영사, 1986, 84면 이하.

「새로운 멜루지네」의 이해를 위해 먼저 괴테의 교양 소설 『빌헬름 마이스터의 수업 시대』에 대한 낭만주의 작가 노발리스의 평가를 고찰해 볼 필요가 있다. 여느 낭만주의자들과 마찬가지로 노발리스 역시 처음에는 『빌헬름 마이스터의 수업 시대』에 경탄했다. 그러나 작가적으로 점차 성숙하게 된 노발리스의 세계관은 괴테의 이 소설에서 전개된 세계관에 동의할 수 없게 되었다. 이 작품의 기본 테마는 실제 사회에 기반을 둔 〈삶〉이어서, 모든 마적인 요소와 초인간적인 운명이 생의 지배를 받거나 생에 유익하게 전개되었다. 소위 〈과거의 방〉 옆에 세워진 엄숙한 상(像)의 손에 든 표어는 〈죽음을 생각하라!*memento mori!*〉가 아니라 〈삶을 생각하라!*Gedenke zu leben!*〉[15]였다.

이에 반해 노발리스의 문학은 괴테의 사회에 기반을 둔 삶에 대항하는 〈낭만적인 시의 찬미〉[16]였다. 노발리스에 의하면 근원적인 시의 세계는 인간이 꾸는 꿈의 세계에서 계시된다. 낭만적인 정신 속에서 꿈은 단순히 현실 이탈이 아니라, 현실을 보다 근원적인 원리로 계시하는 영감의 근원이다. 논리적인 연관에 기초하는 보통의 언어로는 이러한 계시를 표현할 수 없다. 그것은 일종의 미묘한 연상 작용을 통하여 연결되는 마술적 언어에 의해서만 전달된다. 환상적인 진리는 오직 낭만적인 시에 의해서 표현될 수 있는 것이다. 마치 꿈의 세계에서처럼 모든 대상을 낯설고 멀게 보이게 하면서도, 친숙하고 유쾌하게 느끼게 하는 기술이 낭만적 작법의 특징이다. 이러한 입장에서 노발리스는 모든 시는 동화의 환상적 성격을 지녀야 한다고 주장하며 그의 대표작 「푸른 꽃」을 통해 그것을 실천하였다.

14 같은 책, 86면 이하.

15 기독교 중세의 금욕주의에서 유래한 유명한 슬로건적인 명제로 〈죽음을 생각하라〉에 대응되는 말이다.

16 Novalis, *Schriften*, hg. von Paul Kluckhohn und Richard Samuel, Bd. 1, Stuttgart, 1960, S. 356.

이같이 〈낭만적인 시의 찬미〉를 의도하는 노발리스의 세계관은 예술을 교양의 수단으로 삼은 괴테와 완전히 대치하지 않을 수 없었다. 그러한 문학관에 반해서 『빌헬름 마이스터의 수업 시대』는 〈요구가 너무 많고 꾸며 낸 티가 나서 비문학적〉(HA 7, 685)이라고 노발리스는 비판한다. 〈근본에 있어서 이 작품은 불쾌하고 어처구니없는 책이다. 비록 형식적으로는 잘 장식되어 있고 서술은 시적이지만, 정신에서는 문학에서 벗어나 시와 종교 등에 대한 풍자일 뿐이어서 결국 짚과 대팻밥으로 만든 맛 좋은 요리, 제신의 상일 뿐이다. 따라서 배후엔 모두가 소극(笑劇)이 된다. 경제적인 자연이 잔재하는 자연으로 바뀌어 버리는 것이다.〉(HA 8, 570) 그뿐만 아니라 그는 이 작품에 시적인 면이 없다고 생각했으며 모험자, 배우, 소매상인, 정부들을 끌어들여 비열한 것과 중요한 것들을 한데 묶어 낭만주의적인 반어(反語) 속에 결합시키고 있다고 보았다. 문장의 격조는 논리적이 아니고, 운문적이고 선율적이다. 이렇게 하여 서열과 가치, 최상급과 최하급, 위대함과 왜소함에 개의치 않는 〈이상한 낭만주의적 질서〉가 탄생하게 된다.[17]

노발리스가 지향하는 내면의 영원한 세계를 가리는 외면 세계는 활동의 세계이며 변화의 세계로서 『빌헬름 마이스터의 수업 시대』에서 추구되고 있다. 하지만 이 외면 세계는 시의 계시를 위한 수단에 불과할 뿐이다. 노발리스가 추구하는 대상은 『빌헬름 마이스터의 수업 시대』에서처럼 대상의 고유성이나 상징으로 존재하지 않는다. 이는 어떤 대상의 인식이 아니라 대상을 중재하는 의의이기 때문이다. 이런 의미에서 노발리스는 〈세계는 낭만화되어야 근원적인 의미를 되찾을 수 있다. 따라서 일반적인 것에 높은 의미를, 일상적인 것에 신비한 모습을, 알려진 것에 미지의 위엄을, 유한한 것에 무한한 외양을 부여해야 낭만화가 이루어진다〉[18]고 말하였다.

17 안진태, 『괴테 문학의 여성미』, 열린책들, 1995, 173면.

〈물자체Ding an sich〉의 즉물성에서 벗어나 정신세계를 직관할 수 있는 상징성이 추구되어야 한다고 주장한 노발리스는 『빌헬름 마이스터의 수업 시대』의 반시적(反詩的) 성격을 비난하며 〈시의 찬미〉를 강력하게 드러낼 수 있는 소설을 요구하였다. 따라서 그의 대표적인 소설 『하인리히 폰 오프터딩겐』에서는 〈천부적 시인〉인 주인공의 여행 등 외부적 사건의 서술은 최대한으로 축소되면서 동화가 주류가 되어 꿈, 시인, 사랑의 모티프가 반복적으로 내면화되고 있다.[19] 『빌헬름 마이스터의 수업 시대』에 대한 노발리스의 이러한 비평을 수용했는지, 괴테는 이 작품 다음에 발표한 『빌헬름 마이스터의 방랑 시대』에 노발리스의 낭만적인 동화 정신이 담긴 작품 「새로운 멜루지네」를 수록했다.

그러면 동화적인 작품 「새로운 멜루지네」라는 제목은 어떻게 생성되었을까? 〈판타스마고리Phantasmagorie〉란 환등(幻燈)과 같은 방법으로 영들을 불러내는, 말하자면 형태가 없는 것을 보여 주는 것으로 괴테 당시에 파리에서 유행하였다. 여기서는 고대와 근대를 대비시켜 고대 정신에 의한 멜루지네의 모습을 보여 준다. 멜루지네는 실재하지 않는 환형이고 외면적이며, 시각적인 인물 묘사도 바로 이런 성격을 나타낸다. 이러한 괴테의 등장인물은 외부의 모델에서 따오거나, 완전히 상상으로 창조된 인물, 또는 주문의 마법에 불려 나온 듯한 인물이다. 이들의 본질은 순수한 외형으로 파악하는 독자에게만 이해될 수 있는데, 이 작품에서 외형은 하나의 주제로 제시되기보다는 성격과 양식으로 함축되기 때문이다.

멜루지네Melusine는 프랑스에서 건너와 독일에 널리 퍼진 민화의 여주인공 이름으로, 그녀는 본래 물의 요정이지만 인간의 모습을 하고 또 인간과 사랑에 빠져 그의 아내가 되었다. 어느 날 목욕을 하던 중 물의

---

18 Novalis, *Schriften*, a.a.O., S. Bd. 3, S. 38.

19 한국괴테협회, 『괴테 연구』, 문학과지성사, 1985, 329면 이하.

요정 형태로 되돌아가는 모습을 남편에게 들켜 인간 세계에서 영원히 떠나게 된다. 그러나 「새로운 멜루지네」에서 여주인공은 물의 요정이 아니라 소인국의 왕녀이다.[20] 이로 미루어 짐작컨대, 괴테는 고대 프랑스의 민화에서 그 근원을 찾았거나, 또는 재앙으로 위협하는 여성을 시조로 둔 루지그난Lusignan의 백작 이야기에서 추출했을 가능성도 있다.

「새로운 멜루지네」의 멜루지네는 주인공 이발사가 사랑에 빠진 소인국 여성의 이름이다. 이러한 소인국과 소인의 생성은 괴테 시대에 매우 유행했는데, 특히 영국의 풍자 작가인 스위프트Jonathan Swift의 소설 『걸리버 여행기Gulliver's Travels』(1726)의 소인국이 큰 인기를 끌었다. 여행을 하다가 암초에 부딪쳐 배가 산산조각 나자 일행과 떨어진 걸리버는 혼자 정신없이 헤엄쳐 소인국Lilliput에 도착해 잠이 든다. 이 나라의 소인들에 의해 밧줄로 묶여 사로잡힌 걸리버는 그 나라 왕의 신하가 된다. 이 소인국에서 거인인 걸리버의 먹는 양이 너무 많아 식량이 다 떨어져 나라가 가난해지자 걸리버를 죽여야 한다는 신하들도 많았지만, 왕은 마을 사람들에게 친절하게 대하는 걸리버를 계속 신하로 두었다. 그런데 소인국에는 달걀을 깨뜨릴 때는 넓은 쪽을 쳐서 깨뜨려야 한다는 법이 있었다. 어느 날 소인국의 왕자가 달걀을 넓은 쪽으로 깨다가 손을 다쳐 달걀을 깰 때는 좁은 쪽을 쳐서 깨라고 법을 바꾸자, 이 변경된 법에 항의하는 사람들이 생겨났다. 이에 이웃 나라 블레푸스쿠의 왕은 달걀은 넓은 쪽으로 깨야 한다고 항의하는 사람들을 선동하여 소인국 왕에게 전쟁을 선포하였다. 수적으로는 소인국이 밀렸지만 그들에게는 커다란 걸리버가 있었다. 걸리버는 소인국에서 블레푸스쿠로 가는 해협을 건너가 블레푸스쿠의 배들을 모두 소인국으로 가져왔다. 배를 빼앗긴 블레푸스쿠의 왕이 걸리버에게 항복하자 소인국의 왕은 걸리버를 더욱더 좋아하게 되어 둘의 관계는 한층 돈독해진다. 그러던 어

20 Helmut Lingen, *Lingen Lexikon* in 20 Bänden, Bd. 12, Köln, 1977, S. 151.

느 날 걸리버의 친구가 찾아와 왕과 신하들이 걸리버를 죽이라고 명령
했으니 도망가라고 하자 걸리버는 소인국을 떠나는데, 블레푸스쿠의
왕이 걸리버를 도와주겠다며 커다란 배를 한 척 만들어 주어 그는 소인
국에서 무사히 도망칠 수 있었다.

괴테의 「새로운 멜루지네」도 『걸리버 여행기』에서 영향을 받은 것
으로 추측된다. 「괴테의 〈새로운 멜루지네〉의 기원Eine Quelle zu Goethes
"Neue Melusine"」[21]에서 베커Henrik Becker는 1560년 발간된 『영웅의 서
Heldenbuch』의 서문과 「새로운 멜루지네」의 유사성을 내세웠다. 언어적
인 한계는 있을 수 있으나, 환상적인 소인국의 생성사가 『영웅의 서』의
서문 내용과 유사하다는 사실에서 고대 독문학에 대한 괴테의 선호를
짐작할 수 있다고 베커는 보았다. 「새로운 멜루지네」외에 이미 1807년
괴테는 동화를 집필한 바 있었고, 「새로운 멜루지네」의 내용과 유사한
동화가 괴테의 서간집인 『서간Die erste Epistel』에도 수록되어 있다. 따라
서 작품 『서간』속에 들어 있는 〈음유 시인Rhapsode〉의 〈이상향Utopien〉
에 관한 이야기가 「새로운 멜루지네」의 배경이 될 수도 있겠다.

〈폭풍으로 음유 시인이 유토피아 섬에 표류하였다. 그는 돈이 없었
지만 사람들은 그를 따뜻하게 영접한다. 어느 여관에서 그는 진수성찬
과 술 외에도 충분한 수면과 휴식을 취할 수 있도록 좋은 잠자리까지
제공받았다. 한 달 후 자기에게 돈이 없다는 사실을 깨닫고 주인에게
음식을 덜 가져오도록 부탁하자 오히려 이 주인은 더 많은 음식을 가
져오기 시작했다. 불안하고 걱정이 된 음유 시인이 가능한 한 값을 싸
게 해달라고 부탁하자 여관 주인은 그를 죽을 지경에 이르도록 매질했
고, 시인은 재판관을 찾아갔다. 여관 주인은 재판정에서 진술하기를,
음유 시인이 이 섬의 성스러운 접대 권리를 침해했다고 했다. 그를 친

---

21 Henrik Becker, Eine Quelle zu Goethes "Neue Melusine" in: *Zeitschrift für deut-
sche Philologie*, Nr. 52, 1927.

절히 접대한 사람에게 계산서를 요구한다는 것은 모욕적이며 신을 배반한 행위라는 게 그의 설명이었다. 이러한 무례한 행동을 주인으로서는 참을 수 없고, 이 섬의 접대 권리를 이렇게 침해한 사람은 벌을 받아야 한다고도 덧붙였다. 재판관은 여관 주인의 말이 옳다며 음유 시인은 당연한 매를 맞았으니 그 사실을 잊으라고 판결하였다. 음유 시인이 이웃으로 이 섬에 머물려면 우선 시민들에게 자신의 유용성과 가치를 증명해야만 했다. 그러자 음유 시인이 재판관에게 고백하기를, 자신은 일하고 싶은 의욕이 없을뿐더러 생활비를 벌 만한 재능도 없어서 고향에서도 조롱만 받고 쫓겨났다고 하자 재판관은 이곳에서는 그런 사람이 오히려 환영받는다고 말했다. 마을 의회에서 그에게 시청의 돈벌이 자리를 마련해 주었고, 그 후 재판관이 그를 초대했다. 시인은 단지 치욕스러운 재산 확보를 위해 일의 유혹을 받아서는 안 되며, 그럴 경우 그는 영원히 몰락하고 이는 끼니도 이을 수 없을 정도의 불명예라고 알려 주었다. 이제부터 그가 해야 할 일은 팔을 배에 두르고 시장터에 앉아서 노상 가수들의 노래를 듣거나 소년 소녀들의 춤이나 놀이를 구경하는 일이었다.〉 이상이 음유 시인 이야기의 줄거리인데, 〈이상향〉이라는 이름에서 이 섬의 허구성이 암시된다. 이 섬으로 구현되는 천국적인 상태는 「새로운 멜루지네」의 소인국처럼 실제로 존재하는 것이 아니기 때문이다.

표현의 효과를 높이기 위해 실제와 반대되는 의미의 말을 제시하는 어법인 〈반어〉로 번역되는 용어 〈아이러니*Irony*〉는 그리스 아리스토파네스의 희극에 등장하는 인물인 〈아이런*Eiron*〉에서 유래했다. 영리한 개 아이런은 재치로 적수인 허풍쟁이 〈알라존*Alazon*〉과의 승부에서 매번 승리를 거둔다. 플라톤의 『대화』에 나오는 소크라테스적 반어법은 이 희극에서 자신은 무식한 체하며 아는 체하는 사람들의 허위를 문답 방식으로 폭로한 〈에이로네이아*eironeia*〉[22]에서 유래하였다. 반어적 표

현을 취하는 까닭에 자각을 촉구하는 부정(否定)의 힘이 강하며, 또한
간접적인 표현을 사용하기 때문에 가시 돋친 준엄성을 지닌다.

이러한 아이러니가 괴테의 「새로운 멜루지네」에서도 역할을 하고
있다. 베커의 관점에 의하면, 이 동화의 일부는 소인들이 생성되기 이전
에 집필되었고, 멜루지네의 생성사는 이방적으로 보여서 『빌헬름 마이
스터의 방랑 시대』의 최종 단계에서 「새로운 멜루지네」가 삽입되었을
가능성이 있다고 보았다. 그러나 필자는 이러한 개념에 동의할 수 없어
서 멜루지네가 어떻게 그리고 왜 이발사의 넓은 세계에 들어가게 되었
는지에 대해 고찰하였다. 멜루지네는 명예스러운 기사를 찾아 나선다.
그러나 용과 거인들의 관계, 그리고 소인들과 기사들의 관계에 대한 언
급이 없는 탓에 작품의 완전한 이해가 불가능하다는 점이 아쉽기도 하
다. 한편 소인국의 생성사가 작품의 두 번째 부분에서 뒤늦게 언급되는
사실도 관심거리가 된다.

3. 작품의 생성과 원천

「새로운 멜루지네」의 생성에 관해서는 이론이 분분하다. 이 동화적
인 이야기를 괴테의 자서전에 연관시켜 멜루지네를 괴테가 사랑한 여
성들로 상정하여 고찰되기도 한다. 괴테의 사랑이 담긴 문헌들에 연관
시켜 규명하는 것이다. 슈트라스부르크의 교외 제센하임으로 소풍을
갔을 때 그 마을 목사의 딸인 프리드리케Friederike Brion를 본 괴테는 그
청순하고 목가적인 처녀의 아름다움에 한눈에 반했다. 그림같이 아름
다운 자연과 시처럼 달콤한 사랑에 잠긴 괴테는 그때 젊음과 행복을
만끽하면서 유명한 「프리데리케 브리온을 위한 시Gedichte für Friederike

22 〈짓궂음〉이나 〈야유〉를 뜻한다.

Brion」를 연속적으로 작시하여 그녀에게 보냈다. 그중 현재까지 남아 있는 열한 편 모두 하나같이 아름다운 것이어서 서정시인으로서의 괴테는 그때 이루어진 것이라고 말할 수도 있다. 이러한 배경에서 「새로운 멜루지네」를 괴테가 사랑을 바쳤던 프리드리케에 연관시키는 연구가 많다. 괴테는 이 체험에서 나온 시들을 한데 묶어 『제센하임의 노래 Sesenheimer Lieder』라는 제목의 시집을 발간하기도 했는데, 이 중에서 시 「작은 꽃, 작은 잎Kleine Blumen, kleine Blätter」이 유명하다.

조그마한 꽃, 조그마한 잎을
가볍게 뿌려 주네,
착하고 젊은 봄의 신들이
장난하듯 내 엷은 리본 위에.

미풍아, 그 리본을 네 날개에 싣고 가서
우리 애인 옷에다가 감아 주렴!
그러면 그녀는 더없이 명랑해져
거울 앞으로 가리라.

장미로 둘러싸인 제 모습을 보리라.
한 송이 장미처럼 신선한 모습을.
사랑스러운 삶이여, 거기에 한 번만 입맞춤을!
그러면 나에게 충분한 보답이 되리라.

내 마음이 느끼는 것을 느껴 주오.
당신의 손 내게 거리낌 없이 내밀어 주오,
그리고 우리를 맺어 주는 리본이

결코 약한 장미 리본이 아니기를!

운명이여, 이 충동을 축복해 주오.
내가 그녀의 것이, 그녀가 나의 것이 되게 해주오.
우리의 사랑의 삶이
결코 장미의 삶이 되지 않기를![23]

1771년에 씌어진 이 시는 괴테 자신이 꽃과 잎을 그린 리본과 함께 프리드리케에게 보낸 일종의 편지 시이다. 트룬츠Erich Trunz는 이 시를 독일 아나크레온 문학의 정점인 동시에 그것의 극복이라 하였다.[24] 이같이 괴테가 프리드리케에 보낸 또 다른 편지 시로 「환영과 이별 Willkommen und Abschied」이 있다.

가슴이 두근거린다, 어서 말에 올라야지!
생각하기도 전에 벌써 말에 올라 있구나.
저녁이 이미 대지를 잠재우고,
산록엔 어둠이 드리워져 있네.
떡갈나무는 안개 옷을 입고
거인처럼 우뚝 솟아 있는 곳,
거기에 수백의 검은 눈동자로 쳐다보며
어둠이 덤불 속에서 내다보고 있네.

구름 덮인 언덕에서 솟아오른 달
안개 속에서 애처롭게 내다보고 있네.

23 황윤석, 『18세기 독일시』, 탐구당, 1983, 204면 참조.
24 같은 책, 204면 이하.

바람이 고요히 날개를 펼쳐

무섭게 귓가에서 울리네.

밤이 수천의 괴물을 만들어 내어도

내 마음은 상쾌하고 즐겁기만 하니,

내 혈관 속에 얼마나 불길이 있으며

내 가슴 속에 얼마나 열기가 작열하였던가!

그대를 나는 보네, 그대의 달콤한 시선에서

사랑에 찬 기쁨의 빛 흘러나오지 않는가.

내 마음 송두리째 당신 곁에 있고

모든 호흡은 그대를 위한 것이라네.

장밋빛 봄 햇살이

사랑스러운 얼굴을 감싸고,

넘치는 사랑은 나를 위한 것이네 ─ 그대 신들이여!

나 그것을 바랐지만, 나는 받을 자격이 없다오.[25]

　　이렇듯 프리드리케나, 이후 괴테의 아내가 된 불피우스Christiane Vul-
pius 혹은 실비에Silvie von Ziegesar 등의 여성들이 멜루지네에 연관되어
연구되기도 하였다. 그러나 이러한 연구는 핑크Gonthier-Louis Fink의 논
문 「괴테의 〈새로운 멜루지네〉와 요정들Goethes "Neue Melusine" und die
Elementargeister」에서 부정되기도 한다. 괴테의 여성상이 아니라 그의 다
른 작품들의 내용과 연결시켜 「새로운 멜루지네」의 생성 배경을 찾아
야 한다고 핑크는 주장하였다. 「새로운 멜루지네」를 괴테가 접했던 여
성들에게만 연결시키면 사회적·정신적 배경과 연령에 따른 괴테의 변
화를 놓치게 된다는 것이다. 실제로 괴테는 1770년 5월 1일에 제센하

25　같은 책, 210면 참조.

임에서 프리드리케가 동석한 자리에서 멜루지네에 대한 이야기를 언급한 적이 있으나, 그 동화 같은 내용은 프리드리케의 흥미를 끄는 데 불과했을 뿐이다. 당시 괴테는 그녀를 잘 알지 못하여 친근하지 않은 상태였다. 이 동화적인 작품이 괴테의 연애 사건의 변형인지, 후에 그의 배우자가 된 불피우스와의 사랑이나 실비에와의 불가능했던 결합의 변형인지, 아니면 이 모두와 연관되는지에 대한 문제는 중요하지 않다. 따라서 「새로운 멜루지네」가 생성된 동기에 대한 의견은 여전히 일치하지 않는다. 여기서 되풀이하여 언급하고자 하는 점은 작품의 두 번째 부분에서 전개되는 사건의 중요성인데, 이 내용으로 인하여 소인국이 신화적인 공간으로 나타나기 때문이다. 멜루지네에게는 개인적인 사랑이나 소유보다는 절멸의 위기에 처한 자기 종족의 구원이 중요했던 것이다.

이로 미루어 보아 괴테는 자신의 개인적인 연애 사건을 적용시켰다기보다는 일반적인 사건을 염두에 두고 「새로운 멜루지네」를 창작했다고 볼 수 있다. 이 작품이 괴테 이전의 다른 작가들에 의해 창작되었을 가능성도 있다. 괴테가 좋아했던 프랑스 문학이 요정 등 환상적인 요정들을 다루며, 『천일야화』에도 이러한 요소들이 담겨 있기 때문이다.

당시 이 이야기가 동화적이었는지에 대해서는 알 길이 없다. 그러나 작은 상자 안에서 전개되는 소인국의 이야기를 다룬 「새로운 멜루지네」의 두 번째 부분이 당시에는 존재하지 않았으며, 주인공도 큰 관심을 끌지 못하였고,[26] 그 밖의 다른 내용들도 명확하지 않았던 것은 분명하다. 따라서 「새로운 멜루지네」의 이야기는 이 작품이 처음 발간된 1807년 이전에도 전개되었으리라 사료된다. 요정 등이 마적으로 전개되던 질

---

26 Conthier-Louis Fink, Goethes "Neue Melusine" und die Elementargeister. Entste-hungs- und Quellengeschichte, in: *Jahrbuch der Goethe-Gesellschaft* Nr. 21, 1959, S. 142.

풍노도 시절에도 계몽주의의 교육적인 내용은 배제되지 않았다.

1797년까지도 「새로운 멜루지네」는 소인국을 묘사한 제2부가 아직 정해지지 않은 채 남자 주인공의 여행만을 담고 있었다.[27] 사랑의 실패에서 사회적 실패로 악화되는 내용이 추가되면서 제2부가 성립되어 작품은 1807년 완성되었다. 순수하게 물질적인 면을 추구하던 주인공은 소인국 사회를 접하면서 이념적인 인물로 발전되어 가고, 소인국 사회 적응의 실패는 주인공의 약점이 아니라 〈인물의 다양성〉[28]으로 받아들여진다. 「새로운 멜루지네」의 제2부에 전개되는 소인국의 이야기는 자연적인 요소와 사회적인 요소의 차이를 보여 주고 있다.

주인공의 성격이 제2부에서 수시로 변한다는 사실은 크게 중요하지 않다. 그 변화는 인간의 본질이 아니라 필요악에서 연유한 것이기 때문이다. 이 동화의 첫 부분에서의 당연하고 필연적인 변화가 두 번째 부분에서도 계속되고 있다. 두 번째 부분은 첫 부분의 연장과도 같은데, 두 번째 부분에서 전개되는 멜루지네의 요정적 성격이 첫 부분에서 이미 암시되고 있기 때문이다.

멜루지네의 노래와 아름다움은 요정의 성격일 뿐 주인공 이발사가 혐오하는 소인의 성격이 될 수 없다.[29] 이로 미루어 보아 작품의 두 번째 부분은 소인국의 궁전보다는 『천일야화』에 등장하는 수중 궁전에 더 가깝다. 멜루지네를 소인으로 등장시키는 괴테의 의도를 이해하기 위해서는 작품의 두 번째 부분에 대한 자세한 고찰이 필요한데, 여기에서 그녀는 남자 주인공(핑크는 그를 라이문트Raymund라고 부른다)을 물질적 인물에서 이념적 인물로 만들고 있다. 그러나 지하의 세계를 너

---

27 Briefe Goethes an Schiller vom 4. Februar und 12. August 1797.

28 Conthier-Louis Fink, a.a.O., S. 144.

29 Emil Krüger, *Die Novellen in Wilhelm Meisters Wanderjahren*, Rügenwalde, 1926; Kiel, 1927, S. 20.

무 이념적인 관점에서 보다 보면 환상적인 중요한 모티프가 상실되어 작품의 생성사가 왜곡될 수도 있다.

18세기에는 요정Nix보다 소인Zwerg이 〈예술 동화Kunstmärchen(작가에 의해 창작된 동화)〉[30]에서 더 인기를 끌었으며,[31] 소인은 키가 작아 보기 흉한 요정이 아니라 선하면서 신경이 예민하고 자신들 고유의 역사를 유지하는 인물로 묘사되었다. 무엇보다 소인들은 로코코식의 사랑스럽고 매력적인 유머를 갖춘 반면 외형은 그로테스크한 모습으로 나타났다. 특히 어린 시절 멜루지네 형제의 실종을 반어적으로 묘사하는 괴테의 서술 기법이 특이하다. 주인공이 작은 상자의 틈 사이를 몰래 들여다보다가 자기 연인이 소인이라는 사실을 발견하는 등의 장면들은 동화 등에서 빈번하게 전개되는 마적인 내용이다.

소인들은 사람들이 자기들의 모습을 보는 것을 끔찍하게 싫어하여 자기들의 모습을 훔쳐 본 사람들에게 노여움을 보이는 전설이 많다. 독일 민담집과 전설집을 대표하는 그림 형제의 『독일 전설Deutsche Sagen』(이하 DS)에 들어 있는 「소인들의 결혼 잔치Des kleinen Volks Hochzeitfest」(DS 31)의 소인들은 자기들의 결혼 잔치를 엿본 백작 집안의 식구가 일곱 명을 넘지 못하도록 저주를 내린다. 괴테는 이 전설을 소재로 하여 「소인들의 결혼식」이라는 시를 창작하기도 하였다. 「호이아 백작Der Graf von Hoia」(DS 35)의 소인들은 백작 집의 하인들이 자기들을 엿보지 못하게 하고 그 이유도 말하지 말라고 당부하며 그 대가로 백작 가문의 번영을 약속하며 칼과 반지를 선물로 남긴다. 「소인들의 발Die Füße der Zwerge」(DS 150)에서는 소인들이 밤에 긴 외투로 발을 가리고 조용히 걸어와 과일을 따 광주리에 담아 주는 등 사람들이 낮에 할 일을 대신 해주고 돌아가곤 했다. 이에 목동이 호기심에서 과일 나무 근처에

30 이에 반해서 작가가 없이 구전되는 동화는 〈민간 동화Volksmärchen〉라 불린다.
31 Conthier-Louis Fink, a.a.O., S. 145.

재를 뿌려 놓았다가 동이 튼 후 잿더미 위에 거위 발자국을 보고 낄낄거리며 떠벌리고 다니자 소인들은 깊은 산으로 돌아가 버렸고, 사람들은 다시는 소인들의 도움을 받지 못하게 됐다.[32] 그러나 「새로운 멜루지네」 속의 소인들은 자신들의 모습이 발각되어도 계속 인연을 맺는 등 아량이 넓다는 점이 특이하다.

소인국도 하나의 국가라는 점에서 하나의 작은 인간 사회가 광활한 우주일 수 있다는 이론도 가능하다. 〈한 톨의 흙에서 세상을 보고, 한 송이 들꽃에서 천국을 보리라〉라는 영국의 낭만주의 시인 블레이크 William Blake의 시구절은 불교『화엄경』의 〈일미진중함시방(一微塵中含十方)〉과 유사하고, 〈작은 나뭇잎 하나나 작은 벌레 한 마리에 담긴 지식은 대학의 모든 책들이 지닌 지식보다도 훨씬 많고 다양하다〉는 헤세Hermann Hesse의 언급은 〈책 속에는 인간의 지식이 들어 있지만 극소의 미물(微物)에는 우주가 순환한다〉는 〈만다라(蔓陀羅)〉[33]의 이념으로 티끌 속에도 우주가 들어 있음을 뜻한다. 이러한 배경에서 〈소인국〉에 인간이 생각하는 차원의 〈넓은 세계〉가 전개되고 있는 것이다.

소인국은 크기와 여러 면에서 자신들과 유사한 개미 왕국과 동맹을 맺고 있다. 개미는 사람보다 숫자도 많고 협동심도 강하며 공동체 생활을 하기에 적합한 사회성도 잘 발달되어서 지구의 주인이 사람이 아닌 개미라는 말도 있다. 이러한 개미 왕국은 우리 눈에 보이지 않는 땅속에 있지만 사람들이 세운 도시보다 훨씬 먼저 만들어졌다. 개미 왕국 안에는 알을 낳는 방과 애벌레를 기르는 방, 그리고 식량을 모아 두는 창고와 일꾼들이 사는 숙소까지도 구분되어 있다. 게다가 개미는 적응이 뛰어나 무언가 부족한 점을 발견하면 곧장 바로잡아 더욱 우수한

---

32 손은주, 「독일 민담 속의 난쟁이 연구」, 『괴테연구』, 27집, 2014, 81면 이하.

33 불교의 본질인 깨달음의 경지, 또는 부처가 실제로 증험한 것을 그림으로 나타낸 불화(佛畵)로 우주의 질서가 표현되어 있다.

2세를 낳는다고 한다. 같은 종이라고 해도 하는 일과 생김새에 따라 태어날 때부터 신분이 정해져 있어, 여왕개미는 수개미와 결혼 비행을 하고 나서 알을 낳는 일을 한다. 개미 왕국에는 여왕개미가 한 마리씩만 있어서 왕국을 다스린다. 수개미는 여왕개미와 결혼 비행을 하고 일개미는 집을 짓거나 애벌레를 키우는 일, 식량을 구해 오는 일 등 궂은일을 도맡아 한다. 병정개미는 전쟁을 맡은 개미로 문지기 역할을 하면서 적으로부터 개미 왕국을 지키고, 다른 개미 왕국을 공격해서 식량을 빼앗거나 영역을 뺏기도 한다. 이러한 병정개미만 낳는 여왕개미도 있는데, 그런 경우엔 다른 개미 왕국에 가서 일개미를 잡아다가 노예로 부리기도 한다.

이러한 개미 왕국은 소인국과 유사하며 이들 간에 동맹을 맺고 있다. 개미는 처음에는 소인국의 위험스러운 적이었다가 나중에는 소인국 왕의 강력한 동맹군이 되는데, 이러한 내용에서 소인들은 개미같이 매우 작은 존재로 느껴지며 소인국은 그로테스크한 성격으로 나타난다. 특히 관심을 끄는 것은 멜루지네 등 소인국에 있는 형상들이 〈반쪽 *Halb*〉이라는 점이다. 멜루지네 등 소인들은 육체를 갈망한다는 점에서 〈반쪽 존재〉인 것이다. 이러한 반쪽 존재가 완전한 존재가 되기 위한 노력에서 비롯되는 비극이 문학에서 자주 전개된다. 그릴파르처Franz Grillparzer가 그린 사포Sappho는 위대한 시인이었지만 남자에게 사랑받지 못하는 불행한 여인이었다. 남성 중심 사회의 가혹하고 냉엄한 질서는 결국 사포를 자살로 이끌어 간다. 그녀는 남성에게 사랑받을 수 없는 반쪽 인생인 불완전한 인생을 서글퍼하며 생을 마감한 것이다.

이러한 〈반쪽 존재〉는 〈절반의 실재*Halbwirklichkeit*〉[34]라는 괴테 자신의 언급으로 뒷받침된다. 반쪽 존재의 완전한 생성을 위해서는 자기를

---

34 Johann Wolfgang von Goethe, *Skizze der Inhalte von Faust II, Goethe über seinen Faust und Quellen zur Entstehungsgeschichte des Faust*, S. 432.

희생해야만 하는데, 이는 〈실존을 위해서 우리의 실존을 포기하는 데 전체 예술의 작품이 존재한다〉[35]라는 괴테의 주장을 구현한 것이다.

동화의 구원에서 흔히 두 가지 모티프가 돋보이는데, 여성은 번뇌와 봉사에 의해 구원되고, 남성은 해방으로 구원된다는 전통이다. 남성이 구원자인 경우에는 종종 애욕이 구원의 동기가 되는데, 이때 가장 흔한 것이 입맞춤과 동침이다. 그러나 「새로운 멜루지네」에서는 이러한 성욕의 모티프가 전혀 나타나지 않는다. 이 작품에는 소박한 정취만 있을 뿐 육체적인 애욕의 내용이 없고 대신 시민 사회의 미덕이 자리 잡고 있는 것이다. 특히 자의적으로 해석할 경우 애욕을 발견하기란 어려운데, 사실 이 작품에는 성의 표현이 은밀히 나타나고 있다. 성이 무의식 세계에 잠복한 채 의식되는 것이다. 하지만 동화적인 사건을 성의 잣대로 가늠하거나 성적인 상징으로 해석하는 데에는 무리가 있다. 이런 맥락에서 볼 때 「새로운 멜루지네」에서 육체적인 애욕은 묘사되지 않고 정신적인 애욕, 즉 영적인 사랑이 나타난다.

분위기의 진지함 못지않게 해학적인 요소도 상당해서, 불가능한 것과 평범한 것의 결합, 엄청난 사건과 일상적인 일의 결합이 재미있게 전개되고 있다.[36] 여기에서 필자는 괴테가 그 시대의 역사에 미친 영향에 대해 언급하고자 한다. 18세기 말 많은 문학가들은 사실적인(실제적인) 사건들을 취급했다. 그러나 괴테는 등장인물들을 처음부터 끝까지 일사불란하게 세상에서 벗어난 동화적인 인물로 전개시켜 그 시대의 사실적인 내용을 배제시켰다. 따라서 그 당시의 시대사조와 작가들의 영향이 「새로운 멜루지네」에는 담겨 있지 않다고 결론을 내릴 수 있다. 이러한 사실을 증명할 수 있는 작품의 두 번째 부분이 생성된 1807년에

---

35 Johann Wolfgang von Goethe, *Maximen und Reflexionen*, dtv. Gesamtausgabe 21, München, 1968, S. 33.

36 같은 책, S. 149.

는 괴테가 맹목적인 사랑에 빠지던 첫 부분의 집필 시대보다 한층 더 성숙된 시기였다. 따라서 작품에서 동화적인 요소가 사랑의 요소를 압도한다. 궁극적으로 이 동화적 작품은 외설스러운 내용을 도외시하고 프랑스식 로코코풍의 동화에 가까운 경향을 띠고 있다.

4. 작품에 삽입

언급한 바와 같이 「새로운 멜루지네」는 괴테 자신이 창안해 낸 작품이 아니라 여러 요소들에서 영향을 받아 생성되었다. 「새로운 멜루지네」보다도 『빌헬름 마이스터의 방랑 시대』 속의 또 다른 단편인 「순례하는 어리석은 여인Die pilgernde Törin」의 경우 그러한 영향을 더 많이 받았다고 할 수 있다. 이 「순례하는 어리석은 여인」은 프랑스 문학에서 전용되어 독일어로 번역되었다.[37] 「새로운 멜루지네」처럼 「순례하는 어리석은 여인」은 (『빌헬름 마이스터의 방랑 시대』에 담긴 여러 단편들처럼) 생성되기 이전에 이미 『여성용 문고본Taschenbuch für Damen』으로 1809년 10월에 발간된 바 있다. 이들 매우 다양한 형태의 단편들은 모두 공통적으로 설화적인erzählend 성격을 띠고 있다고 몬로이Ernst F. von Monroy는 주장하였다.

그러면 「새로운 멜루지네」가 소설 『빌헬름 마이스터의 방랑 시대』에 삽입된 동기는 무엇이었을까? 한 방랑자가 다른 방랑자들을 우연하게 만나면서 발생하는 이야기가 무엇보다도 특징적이다. 허구적인 방랑자는 소설 『빌헬름 마이스터의 방랑 시대』의 부제인 〈체념자들Die Entsagenden〉이 의미하듯 체념하게 된다. 이상적인 여성을 알게 된 방랑

---

37 Ernst Friedrich von Monroy, Die Form der Novelle in *Wilhelm Meisters Wanderjahre*, in: *Germanisch-Romanische Monatsschrift*, Nr. 31, 1943, S. 2.

자는 그녀를 위해, 다시 말해 그녀 곁에 있기 위해 모든 것을 바치다가, 본래의 인간 세계로 되돌아오기 위해 이 모든 것을 다시 체념하는 것이다.

따라서 현실을 벗어나 스스로 소인이 되었던 방랑자는 소인으로의 변신이 너무도 큰 체념이라는 사실을 자각하고 다시 본연의 형태로 되돌아가고자 노력한다. 소인에서 본래의 형태로 돌아가는 데 성공하여 다른 방랑자들을 만나는 그는 결국 악을 범함으로써 사랑하는 여인을 더 이상 볼 수 없게 되며, 멜루지네가 풍부하게 지니고 있던 돈도 사용할 수 없게 된다. 결국 행복과 아름다움은 하나가 될 수 없는데, 이 같은 내용은 괴테의 『파우스트』에서 미녀 헬레네에게도 적용된다.

> 행복과 아름다움은 줄곧 하나가 될 수 없다는,
> 옛말이 섭섭하게도 제 한 몸으로 증명되었습니다.
> 명줄도 사랑의 인연도 끊어져 나갔으니 두 가지를
> 다 서러워하면서도 쓰라린 이별을 해야겠습니다. (9939~9942행)

위의 내용에서도 〈행복과 아름다움은 줄곧 하나가 될 수 없다〉는 행을 괴테는 무려 열 번이나 퇴고한 끝에 완성하였다(HA 3, 692). 마찬가지로 「새로운 멜루지네」의 방랑자에게도 역시 행복과 아름다움은 하나가 될 수 없다. 사랑하는 소인국의 여인을 다시 보는 것과 풍부한 돈을 소유하는 것 중 하나만 택해야 했던 것이다.

「새로운 멜루지네」에서 중요한 역할을 하는 것은 멜루지네와 그 종족의 궁전이기도 한 마적인 작은 상자이다. 일반적으로 마적인 상자는 신화 속 〈판도라의 상자〉를 연상시킨다. 제우스는 판도라에게 커다란 상자를 하나 주면서 절대로 열어 보지 말라고 경고한 뒤에 프로메테우스의 아우인 에피메테우스에게 보냈다. 프로메테우스는 카우카소스로 형벌을 받으러 끌려가기 전에 동생에게 제우스가 주는 선물을 받지 말라고 당부한 일이 있다. 그러나 〈나중에 생각하는 사람〉이라는 뜻의 이름을 가진 에피메테우스는 판도라의 미모에 반하여 형의 당부를 저버리고 그녀를 아내로 맞이하였다. 판도라는 에피메테우스와 평화로운 나날을 보내다가 제우스가 준 상자가 생각났다. 제우스의 경고가 떠올랐으나 호기심이 앞서 그 상자를 열어 보니 그 속에서 슬픔과 질병, 가난과 전쟁, 증오와 시기 등 온갖 악(惡)이 쏟아져 나왔다. 이에 놀란 판도라는 황급히 뚜껑을 닫아 버렸지만 이후 인간은 이전에는 겪지 않았던 고통을 겪게 되었다. 한편 판도라가 상자의 뚜껑을 황급히 닫아 그 안에 희망이 남게 되었는데, 이렇게 상자에 남은 희망은 〈어떤 불행한 일을 겪어도 희망만은 곁을 떠나지 않는다〉라는 긍정적인 의미로 해석되기도 하지만 일반적인 관점에서는 〈불행 속에서 이루어지지 않는 것을 원하는 헛된 바람〉이라는 의미로 쓰이곤 한다.

이러한 마적인 작은 상자의 모티프는 소설 『빌헬름 마이스터의 방랑 시대』에서 「새로운 멜루지네」 이외의 또 다른 단편에서도 전개된다. 이 상자는 알려져서는 안 되는 비밀을 담고 있다. 〈작은 상자가 갑자기 열리자 그는 곧바로 눌러 닫았다. 이 비밀들에 의해서 누구도 손을 대서는 안 된다〉라고 『빌헬름 마이스터의 방랑 시대』의 또 다른 단편 「헤르질레가 빌헬름에게 보낸 마지막 서신」[38]에 언급되어 있다. 라이문트 또한 틈새로 소인국 궁전인 작은 상자 안을 보아서는 안 되었던 것이다.

---

38 Johann Wolfgang von Goethe, *Wilhelm Meisters Wanderjahre*, 3. Buch, 17. Kapitel.

5. 해학적 요소

괴테의 『빌헬름 마이스터의 방랑 시대』와 여기에 실린 「새로운 멜루지네」 두 작품의 이념과 배경을 고찰해 보면, 전자의 기본 이념은 전인적인 인간의 〈교양〉이고, 후자에서는 낭만주의의 본질인 동화적인 〈환상〉이다. 이들 개념은 주인공을 비롯한 작중 인물들의 구성 및 운명을 지배할 뿐만 아니라, 제반 모티프와 형식으로 작품을 구성하고 있다. 『빌헬름 마이스터의 방랑 시대』가 인간의 견지에서 분석·구성되고 인간의 범주에서 규명되는 데 반하여, 「새로운 멜루지네」에서는 생과 운명이 동화라는 환상에서 관찰되어 유한한 삶이 아니라 우주적인 〈무한한 삶〉이 제시되고 있다.

「새로운 멜루지네」는 동화적인 성격으로 〈체념자들〉이라는 부제를 지닌 소설 『빌헬름 마이스터의 방랑 시대』의 전형에서 벗어나는데, 그렇다고 해서 이 단편이 소설의 줄거리와 관련이 없는 것으로 여겨져서는 안 된다. 소설 속에 동화적인 작품의 삽입은 이례적이지만, 이 동화가 소설과 서로 어울려 상호 간의 이해를 더욱 깊게 해주기 때문이다. 따라서 「새로운 멜루지네」는 동화적인 성격으로 이 소설에서 제일 흥미를 끄는 작품이 되고 있다. 「새로운 멜루지네」의 제1부와 제2부 사이에는 시대적으로 상이한 거리감이 있다. 이 작품의 고찰에서 괴테의 자서전적 동기도 등한시할 수 없으며, 따라서 괴테에 연관되는 인물들이 미친 영향도 고찰될 수 있다. 「새로운 멜루지네」는 『빌헬름 마이스터의 방랑 시대』에 다양한 영향을 주므로, 이 단편이 없다면 이 소설에서 제일 중요한 내용이 빠진 듯 느껴질 것이다. 다시 말해서 「새로운 멜루지네」는 이 소설과 직접적인 연관이 없는 것처럼 보이지만 사실은 소설의 이해를 더욱 깊게 하고, 이 작품을 한층 더 폭넓게 해주는 것이다.

이러한 「새로운 멜루지네」는 하나의 독립된 작품으로도 충분하여

〈괴테 탄생 기념판*Jubiläumsausgabe*〉[39]으로 따로 발간되기도 했는데, 이렇게 계속 인기를 누리는 요인으로는 작품 고유의 해학적인 성격을 들 수 있다. 인간이 해학을 원동력 삼아 소인과 친숙하게 접촉하는 것이다. 따라서 「새로운 멜루지네」에서는 해학적 요소가 다양하게 전개되어 인간과 비인간적인 존재를 친숙하게 연결해 주는데, 이러한 연결을 자세히 고찰해 보면 소인인 비인간이 이발사인 인간을 모든 면에서 능가함을 알 수 있다.

술을 많이 마신 어느 날 저녁 이발사는 주정을 부리다가 그녀에게 인간이 아닌 〈소인이 무엇을 할 수 있는가〉(HA 8, 363)라고 인간 우월적인 질문을 하게 된다. 이러한 극단적인 질문은 『파우스트』에서 파우스트가 악마 메피스토펠레스에게 내보이는 인간 우월론 못지않다.

너 따위 가련한 악마가 무엇을 주겠단 말이냐?
끊임없이 드높은 노력을 하고 있는 인간의 정신을
너 따위들이 언제 이해한 적이 있단 말이냐? (1675~1677행)

이렇게 자신의 우월함을 내세우지만 파우스트나 이발사는 본질적으로 소인에 불과하거나 혹은 더 열등하다. 슈펭글러Oswald Spengler는 저서 『서양의 몰락*Der Untergang des Abendlandes*』에서 파우스트는 현대 유럽의 〈문화 전체의 초상〉이라고 정의하였다.[40] 〈나로다, 나 파우스트다, 그대(신)와 동등한 존재다〉(500행)라는 외침처럼 〈신과 자신의 동일〉을 갈구하던 너무도 주관적인 파우스트는 신인 지령(地靈)에 의해 자신의 한계를 인식하게 되자 크게 좌절한다. 〈아아! 나는 그대

39 Johann Wolfgang von Goethe, Die neue Melusine, in: Günther Fetzer(Hg.), *Deutsche Erzähler des 19. Jahrhunderts*, Band 50/52, München, 1990, S. 142~161.

40 Oswald Spengler, *Der Untergang des Abendlandes*, München, 1923, S. 138.

를 감당하지 못하겠다!〉(485행), 〈신의 모양인 나〉(516행), 〈나, 신의 모양〉(614행), 또는 〈지상에서 나의 삶의 흔적은 영원히 사라지지 않을 것이다〉(11583~11584행)라고 외치며 신적인 경지에 올랐다고 자부하던 파우스트는 자신이 신과 동등하다고 주장하지만, 지령이 〈너는 네가 이해하는 정신과는 동등하지만 나와는 같지 않다!〉(512~513행)라고 동등함을 인정하지 않자 큰 충격을 받는다. 극도의 자의식에 의해 신적인 존재로 승화했던 파우스트도 너무도 거대한 지령의 모습에 압도되어 〈아! 그 모습은 너무나 거대하여, 나 자신을 진정 소인처럼 느껴야 했다〉(612~613행)라고 말한다. 따라서 그는 〈나는 결코 신들과 같지 않다! 그것을 뼈저리게 느낀다. 나는 먼지 속을 이리저리 파헤치는 벌레와 같은 존재일 뿐이다〉(652~653행)라며 소인보다도 못한 벌레와도 같은 자아를 멸시하게 된다.

「새로운 멜루지네」에서는 해학에 의해 선과 악이 조화를 이루는데, 세상을 희망적으로 내다보는 낙천주의적인 통찰력과, 소인 등 마적인 요소도 세상의 일부라는 세계관을 전개시키기 위해서 괴테는 해학을 사용한 것이다. 모든 것을 감싸는 범우주적 포용력, 선과 악을 뛰어넘는 초월의 정신이 바로 해학이다. 이러한 선과 악의 조화가 「새로운 멜루지네」에서는 인간과 소인의 의지로 표명된다. 이는 『파우스트』 중 「천상의 서곡」에서 주님이 기독교의 전통적인 신학관에서 벗어나 〈악〉을 신의 부정이 아닌 인간의 〈무조건적인 휴식〉(341행)으로 규정하는 내용과도 맥을 같이한다. 악은 영원한 〈생성〉(346행)의 과정으로 창조를 위해 필수적인 요소이기 때문이다.

제8장

「노벨레」에 내포된 역사관

1826년 개작에 착수한 『빌헬름 마이스터의 방랑 시대』가 완성될 즈음 괴테는 단편 「노벨레Novelle」에서 소재를 찾아 『놀라운 사냥*Die wunderliche Jagd*』을 구상하고 있었다. 그는 에커만에게 〈분방함과 극복하기 어려운 것이 권력에 의해서보다 사랑과 경건성에 의해 더 잘 극복될 수 있다는 것을 보여 주는 것이 작품 「노벨레」의 과제〉라고 말하였다. 작품의 제목인 〈노벨레〉는 다른 나라에는 없는 독일 단편소설의 독특한 장르이다. 이러한 단편소설의 특징[1]은 소설*Roman*의 특성과 비교할 때 더욱 선명하게 드러난다. 단편소설은 한 시기의 포괄적인 모습이나 수십 년에 걸친 한 개인의 인생을 보여 주는 것이 아니라 비범한 것, 특수한 것, 희귀한 것, 경이로운 것, 또는 〈*Novelle*〉의 어원인 이탈리아어 〈노벨라*novella*〉가 말해 주듯이 〈흥미를 끄는 새로운 것〉을 뜻한다. 노벨라는 바로 〈일어났던 전대미문의 사건〉을 의미한다.[2]

---

1 Benno von Wiese, *Novelle*, 6. Aufl., Stuttgart, 1965, S. 1~3 참조.
2 송익화, 『독일문학사』, 서린문화사, 1986, 256면.

단편소설은 원래 〈운명의 전환점〉이라는 절정에 근거하기 때문에 극적인 특성을 지니며, 희곡과 달리 하나가 아니라 두 개 또는 세 개의 뜻하지 않은 전환점을 보여 준다. 단편소설은 또한 잘 짜인 보고 형식으로 이야기하기 때문에 긴 서술 혹은 등장인물이나 작가 자신의 명상, 긴 장면 등은 배제된다. 다시 말해 직접 화법으로 재현되는 긴 이야기를 배제하고 부수적인 줄거리로 빗나가거나 중단시키는 일 없이 사건을 전달한다. 전적으로 사건의 줄거리에 비중을 두고 등장인물들은 뒷전으로 물리게 되므로 주인공들은 그들의 성격이 아니라 그들이 겪는 것, 또는 그들의 비범한 운명으로 독자를 대한다. 독자는 단편소설 속 인물들이 겪는 운명과의 투쟁에 내면적으로 동참할 수도 있다.

그리스와 로마의 단편소설들은 게르만어권에서 보다 더 엄격한 제약을 받아 전자는 뚜렷한 경계선이 없이 단순 단편소설*Kurzgeschichte*로 넘어간 반면에, 후자는 외부 세계에도 관여하면서 단편*Erzählung*으로 확대되었다. 작가가 자신의 이야기를 들려주는 것이 아니라, 화자*Erzähler*의 입을 통해서 이야기를 들려주는 단편소설은 틀 단편*Rahmennovelle*이 된다.[3] 이러한 다양한 내용을 지닌 단편소설을 의미하는 노벨레의 특징은 다음과 같이 정리할 수 있다.

- 단순하고 짧다.
- 줄거리가 집약적이다.
- 플롯이 명료하다.
- 해설이 없고, 주제를 벗어나지 않는다.
- 줄거리는 하나의 종말을 향해 나아가고, 마지막 부분은 〈예기치 않았던 사건〉으로 노벨레의 핵심을 이룬다. 이 단계에서 독자는 주

---

3 이유영, 『독일문예학개론』, 삼영사, 1986, 81면 이하(이하 『독일문예학개론』으로 줄임).

인공의 운명을 알게 된다.

– 일반적으로 노벨레의 〈매〉라 불리는 사물 내지 상징이 있다.[4]

괴테의 「노벨레」에 내재되어 있는 역사적인 사건을 규명해 보고자 한다. 괴테는 인간적 삶의 현실 위에 군림하는 추상적 이념으로서의 역사, 철학적으로 해석되고 사변적으로 구성된 비현실적인 개념의 역사를 인정하지 않는다는 점에서 헤겔 같은 이상주의적 역사 철학자들과 유사하다. 헤겔의 역사 철학에 따르면 역사에서는 업적만이 존재의 정당성을 획득할 수 있다. 이러한 업적이 도덕적으로 정당한지 여부는 문제가 되지 않아서 〈세계사적 행위〉의 도덕적인 판단은 무의미하다.[5] 이러한 헤겔의 역사 이론에서 보면 발전에 기여한 것들만이 존재할 가치가 있으므로 이러한 업적만이 역사에서 정당한 것으로 인정받고, 그렇지 못한 것은 〈정당하지 못한 존재〉가 된다.[6]

이러한 헤겔의 역사관 등 역사적인 내용들이 「노벨레」에서 전개되고 있다. 따라서 〈모든 국가 구성원들은 똑같은 근면으로 나날을 보내고, 또한 자신에 알맞은 똑같은 활동과 생산으로 이익을 얻고 나서 역시 똑같이 즐기는 시대를 경험하고 이용했다〉[7]라는 영주*Fürst*의 부친의 언급은 프랑스의 생시몽Saint-Simon이 말한 공상적 사회주의와 유사하다.

청년 시절인 18세기에 계몽주의자 달랑베르Jean d'Alembert로부터 교육을 받았으며, 미국 독립 전쟁에 참가하고, 또 프랑스 혁명에서는 자코뱅파에 가까웠던 프랑스의 공상적인 사회주의자 생시몽은 프랑스의 유물론에 찬성하고 이신론(理神論)이나 관념론(특히 독일의 고전 철학)에

---

4 이병애 엮음, 『독일문학의 장면들』, 문학동네, 2003, 343면.

5 Karl Löwith, *Von Hegel zu Nietzsche: Der revolutionäre Buch im Denken des 19. Jahrhunderts*, Hamburg, 1981. S. 238 f 참조.

6 같은 책, S. 238.

7 Johann Wolfgang von Goethe, *Novelle*, Reclamsausgabe, S. 3.

는 반대하면서 자연의 연구를 중시했으며, 사회의 발전에도 일정한 법칙이 지배한다고 주장하였다. 하지만 역사의 추진력이 과학 지식과 도덕과 종교에 있다는 역사 관념론에서 벗어나지는 못하여, 역사는 신학적(종교가 지배하는 시기), 형이상학적(봉건제와 신학의 붕괴 시기) 단계를 거쳐 왔으며 과학에 기초한 미래의 사회 조직을 실증적(實證的) 단계라 하였다. 재산과 계급이 사회에 미치는 영향에 대해 숙고한 그는 미래 사회는 과학적으로 조직되고, 계획적 대공업에 의지한다고 추정하면서, 거기에서는 과학자와 산업가가 중요한 위치를 차지하고, 생산자에는 노동자·상인·은행가가 포함된다고 하였다. 그리고 그 사회에서 각각의 사람은 능력에 따라 일하는 것이 보장되고, 사람의 사람에 대한 지배 대신 물(物)에 대한 지배와 관리가 수행된다고 주장하였다. 그러나 그에게는 노동자 계급의 역사적 의의에 대한 인식이 결여되어 있었기에 미래 사회의 예측에 대한 훌륭한 견해는 공상적인 것에 머물 수밖에 없었다. 사후에 그의 학설이 앙팡탱Barthélemy-P. Enfantin, 바자르A. Bazard등에 계승되어 생시몽파가 형성되었지만, 시간이 지남에 따라 일종의 종교적 종파로 전락하고 말았다.[8]

『파우스트』에서 파우스트는 새로운 경작지를 만들고 이 경작지의 생산성을 극대화함으로써 생겨난 이익을 다시금 새로운 경작지를 만드는 데 투자하며, 토지에서 생산된 재화들로 세계 각처와 교역하는데, 이러한 교역을 통한 경제의 활성화는 「노벨레」 속 영주의 부친의 주장과 일치하며, 생시몽의 공상적 사회주의 이론과 유사점을 보인다. 해변의 쓸모없는 습지대를 개간해 건설하고 생산하고 분배하고 교역하려는 파우스트의 계획은 곧 영주의 부친과 생시몽의 이론으로[9] 다음과

---

8 임석진 외, 『철학사전』, 중원문화, 2009 참조.

9 Heinz Hamm, Julirevolution, Saint-Simonismus und Goethes abschließende Arbeit am Faust, in: *Aufsätze zu Goethes Faust* II, Darmstadt, 1992, S, 274 f 참조.

같이 서술되어 있다.

> 그것으로 나는 수백만의 백성에게 땅을 마련해 주는 것이니,
> 안전하지는 못할지라도 일하며 자유롭게 살 수 있으리라.
> 들판은 푸르고 비옥하니, 인간과 가축들은
> 새로 개척한 이 대지에 곧 정이 들게 될 것이며,
> 대담하고 부지런한 일꾼들이 쌓아 올린
> 튼튼한 언덕 곁으로 당장에 이주하게 되리라.
> 밖에서는 거센 물결이 제방까지 미친 듯이 밀어닥쳐도,
> 여기 안쪽은 천국과도 같은 땅이 될 것이며,
> 저 물결이 억지로 밀고 들어오려 제방을 깎아먹는다 해도,
> 협동하는 정신이 급히 서둘러 그 갈라진 틈을 막아 버리리라.
> 그렇다! 나는 이런 정신에 모든 것을 바치고 있으니,
> 인간 지혜의 마지막 결론은 이러한 것이다.
> (……)
> 여기에는 위험에 에워싸여 있어도,
> 아이고 어른이고 노인이고 유용한 세월을 보내게 되리라.
> 나는 이런 인간의 무리들을 보고 싶고,
> 자유로운 땅에서 자유로운 백성들과 더불어 살고 싶다.
> (11563~11580행)

이렇게 사건의 진지함 못지않게 역사적인 요소가 「노벨레」에 영향을 미치며 다양하게 전개된다. 등장인물들과 사건들은 역사적인 인물이나 사건과 연관되어 당시의 사조와 영향 등을 반영한다. 「노벨레」가 생성된 시기는 괴테가 맹목적인 사랑에 빠지곤 하던 정열의 시대보다 한층 성숙된 시기였고, 따라서 이 작품은 사랑 등 낭만적인 성격에서

벗어나 역사적인 요소를 주로 다룬다.

이러한 「노벨레」에서 역사는 대개 세 가지 방식으로 전개된다. 구약 성서를 다루어 다니엘Daniel의 역사관을 중심으로 한 보이틀러와 슈타 이거Emil Staiger의 기독교적 해석 방법은 괴테가 성서에 숙달되었다는 사실에 근거한다.[10] 괴테는 유년 시절부터 종교에 관심을 가졌고 그에 게 종교는 시간을 초월해 영원히 존재하는 것이었다. 지적인 부친과 활달하고 쾌활한 모친 사이에서 태어나 어려서부터 훌륭한 가정 교육을 받으며 자랐고 특히 라틴어 등 어학에 뛰어났던 괴테는 많은 독서를 하며 종교 교육도 받았다. 라이프치히 대학 생활 동안 젊음의 자유분방한 생활로 쇠약해진 몸을 이끌고 고향으로 돌아와 휴식을 취하던 청년 괴테는 어머니의 친구인 클레텐베르크의 영향으로 신비주의 및 경건주의에 관한 저서, 특히 아놀트Gottfried Arnold의 『교회와 이교도의 역사 Kirchen- und Ketzerhistorie』를 철저하게 독파했다. 특히 그에게 영향을 끼친 것은 헤른후트파 종단의 신봉자였던 여자 고문의 인품이었다.[11] 성령이 항상 영향력을 미친다는 라바터Johann K. Lavater의 견해에 동조하며 연금술에도 입문한 클레텐베르크와 함께 괴테는 연금술도 연구하고 실험하여 자연 정령설의 자연관을 신봉하고, 뵈메Jakob Böhme의 영향을 받아 스스로의 범신론적 세계관을 구축하였다.[12] 따라서 괴테의 작품들에서 암시되는 종교적인 내용을 근거로 보이틀러와 슈타이거는 그의 역사관을 규명하였다.

이러한 괴테의 종교관 외에 프랑스 혁명 등 역사적·정치적인 사건이

10 Ernst Beutler, Ursprung und Gehalt von Goethes *Novelle*, DVjs 16, 1938, S. 324 이하; Emil Staiger, Goethes Novelle in: *Meisterwerke deutscher Sprache aus dem 19. Jahrhundert*, Zürich, 1961, S. 135 이하.

11 Peter Boerner, *Goethe*, Hamburg, 1964, S. 26.

12 Hans-Georg Kemper, *"Ich wie Gott" Zum Geniekult der Goethezeit*, Tübingen, 2001, S. 298.

「노벨레」에 내재되어 있다. 따라서 이 장의 연구는 「노벨레」에 담긴 실제적이며 역사적인 사건과 이러한 사건에 내포된 상징에 근거한다.

1. 근대의 역사적·정치적 지침

계몽된 절대 왕정에서 영주의 가족

「노벨레」가 발간된 1827년은 계몽된 절대 왕정 시대로 프리드리히 대제가 지배하던 확고한 계급 구조와 봉건 체제가 자본주의로 넘어가던 때였다. 「노벨레」에서 영주의 백부인 프리드리히가 자신의 사촌인 영주에게 행하는 태도에서 봉건 제도의 영향이 느껴진다. 〈이러한 계절에는 무엇보다도 베푸는 것보다 징수가 더 많도록 하는 것이 중요해. 국가 전체의 재정에서는 이같이 시행되어야 하지.〉(N 9) 또 당시 확고해진 계급의 구조는 「노벨레」에서 휴가를 요구하는 호노리오에게 이 휴가의 허가는 자신의 권한이 아니라고(N 19) 말하는 영주의 부인에게서 암시된다. 마음이 끌릴지라도 자신에게 주어진 계급의 영역에서 벗어나지 않으려는 영주의 부인은 확고한 질서에 얽매여 본인의 정서를 거부한다. 심지어는 여성과 남성 간의 계급이 엄격하여 그들의 구분이 명확하고 지배 관계 또한 확고한 시대였는데, 이러한 시대적 상황은 실러의 시 「종의 노래Das Lied von der Glocke」에 잘 나타나 있다.

남자는 밖으로 나가서
적대적 삶 속으로 뛰어들어
활동하고 노력해야 한다.
그리고 행복을 탈취하기 위해서

심고 일하고

계략에 차서, 탐욕스럽게

내기를 감행해야 한다.

(······)

정숙한 주부

아이들의 어머니는

현명하게 다스리며

가정의 테두리 안에서

딸들을 교육하고

아들들을 제어하고

끊임없이 움직이며

바쁜 손길로

알뜰한 마음씨로

재산을 늘린다.[13]

이렇게 남녀의 엄격한 분리와 남성 지배의 시대에서 영주 부인의 승마 산책 역시 영주가 지정한 두 남자의 보호하에 진행되어, 남편의 부재중에 주어지는 자유 시간마저 남편에 의해 결정됨을 보여 준다.(N 4) 이는 남성 우위의 가부장적 사회에 대한 암시로, 이러한 남성 우위 현상은 『파우스트』 속 마녀들의 푸념에 의해 비평되기도 한다.

그건 아무것도 아닌 셈이야.

여자가 천 걸음 걸으면 그 정도 갈 수 있지.

하지만 여자가 제아무리 서둘러도

남자는 한 걸음에 앞지르는걸. (3982~3985행)

13 Friedrich Schiller, *Sämtliche Werke*, Bd. 3, S. 366.

이렇게 직업 사회의 불평등과 신분의 하락 등 여성에 불리한 제도가 괴테 시대에 팽배하여 내외적 상황의 불일치인 이상과 현실의 갈등으로 나타나는데, 이는 쇼펜하우어의 저서 『여성론*Über die Weiber*』에 잘 나타나 있다. 〈여성은 위대한 정신적·직업적·육체적인 노동을 하도록 태어나지 않았음을 여성의 모습에서 알 수 있다. 여성은 업적을 통해 삶의 죗값을 감하는 것이 아니라 고통, 즉 분만의 고통과 자녀 양육, 참을성 있고 명랑한 동반자로서 남성에 대한 종속으로 속죄하는 것이다. 격렬한 고통, 기쁨과 힘의 표현 등은 여성에게 정해지지 않았고, 본질적으로 더 행복해지거나 불행해지는 것과는 상관없이 여성의 삶은 남성의 삶보다 더욱 조용하고 보잘것없고 부드럽게 흘러가야 한다.〉[14]

이러한 분위기에서 남성의 지배를 받으며 궁전이라는 한정된 공간에 거주하는 영주의 부인이 사람이 북적대는 공공장소를 그리워하는 것은 당연하다. 특히 귀족이나 평민이 함께 어울려 춤추는 일 등 대중적인 것을 그리워하는데, 이에 해당하는 것이 〈가면무도회〉이다. 귀족과 평민이 따로 각자의 사회를 형성하고 있던 때에 신분을 감추고 함께 참여할 수 있는 수단이 바로 가면무도회였고, 따라서 「노벨레」에서 영주 부인이 들르는 북적대는 시장은 『파우스트』의 〈가면무도회*Mummenschanz*〉와 같은 역할을 한다. 『파우스트』의 가면무도회에서 사람들은 정원사, 어부, 나무꾼 등 생산품을 파는 상인으로 변장하여 직업을 초월하며 화환, 올리브 같은 상품으로 가장하는데, 이와 마찬가지로 「노벨레」에서는 물건을 사고 파는 시장이야말로 개별적 존재를 〈공동체〉로 묶어 주는 〈사회적 통합의 장〉[15]으로 작용하는 것이다. 그러나 이러한 사회적 통합의 장은 이윤 추구라는 개인적인 목적이 추구되는

---

14 Hansjürgen Blinn(Hg.), *Emanzipation und Literatur*, Frankfurt/M., 1984, S. 157.

15 Heinz Schlaffer, *Faust Zweiter Teil, Die Allegorie des 19. Jahrhunderts*, Stuttgart, 1989, S. 83.

장소이기도 하므로 개인과 단체의 역설적인 관계가 성립된다. 따라서 가면무도회 장면은 현대의 시민 사회, 헤겔에 따르면 〈각자 오로지 자신만이 목적이며 그 외의 것은 염두에 두지 않는〉[16] 시민 사회에 대한 알레고리가 된다.[17]

자본주의 사회로 이행하던 당시에는 〈교환Tausch〉이나 〈교환 가치 Tauschwert〉라는 용어가 흥행하여 시대의 대표적인 용어로 자리 잡았다. 이러한 〈교환〉이 괴테의 『파우스트』에서는 현세와 이승의 교환 조건으로까지 상승되어 메피스토펠레스는 다음과 같이 요구한다.

나는 현세에서 당신의 지시대로
쉴 새 없이 성실하게 당신의 시중을 들어 주지.
그 대신 우리가 저승에서 만날 때는
당신이 나에게 같은 것을 해줘야 한다. (1656~1659행)

신화에서 〈교환〉은 〈대속(代贖)〉을 의미한다.[18] 그러나 상업에서 교환은 진정한 가치를 속이는 대가(代價)가 되고 〈교환 가치〉는 주로 말에 의해서 성사된다. 이러한 말과 돈의 관계는 괴테가 높이 평가한 하만Johann G. Hamann의 저술에서 추출되었다. 〈돈과 언어는 깊고 추상적인 내용을 담고 있다. 이들 둘의 통용 방식은 일반적으로 생각하는 것보다 더 동질적인데, 지식은 언어의 교환에 근거하고, 재산은 돈의 교환에 근거하기 때문이다.〉[19] 언어와 돈이 동질적인 자본주의 사회에서는 계급의 질서가 발생하지 않을 수 없고, 이렇게 야기되는 계급의 불

---

16 같은 곳.

17 김수용, 『괴테 파우스트 휴머니즘』, 책세상, 2004, 21면.

18 M. 호르크하이머·Th. W. 아도르노, 『계몽의 변증법』, 김유동·주경식·이상훈 옮김, 문예출판사, 1995, 33면 참조.

19 Joseph Simon(Hg.), *Schriften zur Sprache*, Frankfurt/M., 1967, S. 97 참조.

평등은 『파우스트』에서 계급을 배정받지 못하여 익명으로 등장하는 합창단의 푸념으로 암시된다.

> 왕비들이라면 물론 어디에나 기꺼이 가시지요.
> 하계에 가서도 높은 자리에 앉아 계시고,
> 자기와 같은 분들과 오만스럽게 어울리시며,
> 페르세포네 여왕님과도 정답게 지내시지요.
> 그러나 우리 따위는 수선화 무성한
> 깊숙한 초원 저 뒷구석에 앉아서,
> 길게 뻗은 백양나무나
> 열매도 맺지 못하는 수양버들과 어울리니,
> 무슨 재미있는 소일거리나 있겠어요?
> 박쥐들처럼 찍찍 소리 내며 울어 대거나
> 유령들처럼 재미도 없이 속삭이기나 할 따름이죠. (9970~9980행)

합창단은 대화의 대상도 되지 못하고 무대 장식에 불과한, 계급 없는 자신들의 역할을 불평한다. 『파우스트』 전체에서 합창단의 말은 상당히 망각되어 상실되는 반면, 그레트헨이나 헬레네는 하계에서까지 주도적 역할을 하게 되는데, 이는 일종의 계급적 방식이다.

이와 관련하여 신화에서는 말 잘하는 신 헤르메스Hermes가 상업의 신이기도 하다. 신과 인간의 관계를 말로 중계하는 헤르메스의 실체는 불가시적(不可視的)이지만 속성을 잘 전달한다. 헤르메스에 따라 텍스트(특히 성서)를 말로 해석하는 기술, 저자가 의미하는 뜻을 말로 풀어 주는 수단과 규칙을 학문적으로 정립한 방법론이 그의 이름을 딴 〈해석학Hermeneutik〉이다. 헤르메스와 마찬가지로 14세기 페르시아의 시인 하피즈Hafis의 〈신비의 혀 die mystische Zunge〉(HA 2, 24)도 말의 징표가 되고 있다.

「노벨레」에서 시장의 북적대는 사람들에 흥겨워하면서도 영주 부인은 계급을 의식하지 않을 수가 없어 공공장소에조차 거리감을 둔 채 자신만의 한적한 삶을 유지한다. 계급의 질서에 따라서 낮은 신분의 상인들과 개인적인 대화도 나누지 않고 말을 타고 떠나는 그녀의 모습에서는 여성의 비하가 엿보이기도 한다(N 10). 이러한 영주 부인에 비해서 그의 남편인 영주의 삶은 어떠한가.

〈재무상과 함께 할 일이 있다는 의무감에서 다가온 사냥을 연기하는〉(N 4) 영주는 『친화력』의 하우프트만과 마찬가지로 국가에 성실하게 봉사하는 공직자상이다. 사자가 우리에서 풀려 나왔다는 보고에 군사적 경험이 풍부한 영주는 즉시 명령을 하달하여 행동과 통치의 일치를 보여 준다(N 22). 풀려난 사자를 달래고 (사자에게) 해를 끼치지 않도록 하는 작전을 즉각 허가하는 모습에서 계몽적인 면이 보이기도 한다. 이러한 영주와 북적대는 시장의 묘사는 세기 전환기 독일의 중상주의*Merkantilismus*를 나타낸다.

국왕으로 즉위한 후 준엄한 현실 정치가이자 엄격한 군인이 된 프리드리히 대제(1712~1786)는 아버지에게서 물려받은 풍부한 자금과 강력한 군대를 활용하여 강력한 대외 정책을 추진하였다. 그는 오스트리아의 제위 상속을 둘러싼 분쟁을 빙자하여 슐레지엔 전쟁(제1차, 제2차)을 일으키고, 경제적인 요지인 슐레지엔을 병합한 후 대대적으로 개발하였다. 그 무렵 베를린에 학사원(學士院)을 부흥시키고 포츠담에 내외의 학자·문인들을 초청하여 학문과 예술을 진흥시켰는데, 그중 한 사람이었던 볼테르는 프리드리히 대제와 충돌하여 3년만에 그와 결별하였다. 오스트리아의 여제(女帝) 마리아 테레지아는 슐레지엔의 탈환을 꾀하여 숙적인 프랑스와 우호 관계를 맺고, 러시아의 여제 엘리자베타도 프리드리히 대제에 부정적인 태도를 취하자 프로이센은 고립 상태에 빠졌다. 그러던 중 영국과 프랑스 간에 식민지 전쟁이 일어나자 프리드리히 대제는 영국과 동맹을 맺어 기선을 잡고 작센에 군대를 투입하여 〈7년 전쟁〉(1756~1763)이 일어났다. 프리드리히 대제는 오스트리아, 프랑스, 러시아의 3대 강국을 상대로 잘 싸웠으나 영국의 원조가 줄어들자 군사력 부족으로 전황이 불리해져 궁지에 몰렸으나, 1762년 러시아의 엘리자베타 여제가 죽고 프리드리히 대제를 옹호하는 표트르 3세가 즉위하자 오스트리아와 후베르투스부르크 화약(和約)을 맺었다. 그 후 폴란드의 분할(1772)과 바바리아 계승 전쟁(1778)에 참여한 것 외에는 대외 평화 정책을 지키면서 국력의 회복을 도모하였다. 〈군주는 국가 제1의 머슴〉이라는 신조로 국민의 행복 증진을 으뜸으로 삼던 프리드리히 대제의 정치는 종교에 대한 관용 외에는 다른 군주들과 크게 다름이 없었다. 이러한 프리드리히 대제는 「노벨레」에서 호노리오와 함께 이름이 부여된 유일한 인물인 영주의 백부 프리드리히로 변형되어 절대 왕정의 면모를 보여 주고 있다.

이렇게 호노리오와 프리드리히를 제외하고는 「노벨레」에 등장하는 인물들은 모두가 이름이 없다는 점이 특이하여 이에 대해서도 고찰해 보고자 한다.

라캉Jacques Lacan에 의하면 〈이름〉은 언어적 형식일 뿐 아니라 주체와 다른 사람들 간의 관계를 상징하는 역할을 한다. 즉, 인간의 주체와 밀접한 관련을 맺고 있는 핵심적 기표인 것이다.[20] 이러한 이름이나 명칭에 의미를 넣어 그 소유자의 성격을 묘사하는 경우가 있는데, 그 대표적인 예가 『파우스트』의 그레트헨과 헬레네로, 이들의 이름은 각각 청순한 여성과 아름다운 여성으로 알려져 있다. 이렇듯 인물의 이름이나 명칭은 종속 명사로 사용될 수도 있다. 『젊은 베르테르의 슬픔』에서 로테의 〈이름〉이 처음으로 베르테르의 면전에서 불릴 때 천둥의 징조

20 아니카 르메르, 『자크 라캉』, 이미선 옮김, 문예출판사, 1994, 137면 참조.

가 나타나는가 하면, 로테가 이미 다른 남자와 약혼한 사실을 알고 있던 베르테르도 그녀 약혼자의 〈이름〉(L 25)을 듣자 당황하여 그의 외부 생활과 내면의 관계는 완전히 깨어지게 된다. 〈사람들이 모인 데서 그녀(로테)에 관한 이야기가 나올 때, 내(베르테르)가 얼마나 바보스러운 모습이 되었는지 자네가 보았더라면 좋았을 텐데!〉(L 37) 종속 명사로 사용될 수 있는 이름이나 명칭의 성격을 괴테는 시 「별명Beiname」에서 시인 하피즈의 이름으로 논하고 있다.

> **시인** 모하메트 셈세딘이여, 말해 주오.
> 어찌하여 당신의 고귀한 민족이
> 당신을 하피즈라 불렀는지를.
>
> **하피즈** 존경스럽도다.
> 나 그대의 질문에 답하리라.
> 신성한 코란의 유언을
> 행복스러운 기억 속에서
> 나 변함없이 지키고,
> 아울러 경건하게 처신하여,
> 천한 나날의 해악이
> 나와 예언자들의 말씀과 씨앗을
> 마땅히 존중할 줄 아는 자들을
> 건드리지 못하게 하므로,
> 사람들이 나에게 그 이름을 주었노라.

이름에 의미를 집어넣는 방식은 관념 연합 작용으로 효과를 거둘 수 있다. 작품에 등장하는 인물이 익명인 경우도 있는데, 이러한 현상은 레싱의 드라마 「에밀리아 갈로티」의 등장인물에 나타난다. 10여 명의 인물 중 갈로티 일가의 에밀리아, 클라우디아, 오도아르도는 아무런 직함도 없는 단순한 개인으로 소개되며, 특히 오도아르도와 클라우디아는 〈에밀리아의 부모〉로만 표현되는 반면 헤토레 곤자가, 마리넬리, 카밀로 로타, 아피아니, 오르시나 등은 〈구아스탈라의 왕자〉, 〈왕자의 시종관〉, 〈왕자의 고문〉, 〈백작〉, 〈백작 부인〉 등 공식 직함이나 작위를 가진 공인(公人)들로 소개된다. 안젤로를 위시한 하인 등 천민층의 인물들과 소속이 불분명한 화가 콘티를 제외한 등장인물들은 개인적·사적 영역의 인물군과 궁중에 속하는 공적 영역의 인물군으로 양분된다. 이에 관해 레싱은 『함부르크의 연극론Hamburgische Dramaturgie』에서 다음과 같이 언급하고 있다. 〈우리를 감동시키기 위해서 신분적 칭호가 필요하다고 생각한다면, 인간은 자연을 모르는 것이다. 친구, 아버지, 연인, 남편, 아들, 어머니, 인간 등의 성스러운 이름들이 다른 칭호보다 더 장중하다. 이런 이름들이야말로 자신의 권리를 영원히 주장한다.〉[21] 이에 따른 것인지 「노벨레」에 등장하는 인물들은 이름이 없이 〈영주〉, 〈영주 부인〉, 〈영주의 부친〉, 〈피리 부는 소년〉 등의 명칭으로만 등장하고 있다.

프랑스 혁명과 귀족 비판

영주의 백부에 대한 서술을 근거로 슈타이거는 「노벨레」가 1789년 프랑스 혁명의 영향을 받았다고 주장한다. 시장의 복잡한 모습을 보고 과거 그곳에서 발생했던 공포스러운 대화재로 인한 혼돈 상황을 떠올리며 시장 방문을 반대하는 영주 백부의 정서는 프랑스 혁명을 연상시킨다(N 9). 이 시장에 발발했던 화재는 위협과 공포를 상징하는 프랑스

---

21 Gotthold E. Lessing, *Hamburgische Dramaturgie*, Stuttgart, S. 77 f.

혁명을 암시하며, 따라서 「노벨레」에서 낡은 법칙과 질서를 철폐시키려는 의도는 프랑스 혁명의 이념을 이어받은 것이라 할 수 있다. 이렇게 괴테는 프랑스, 특히 나폴레옹과 밀접한 관계를 가지고 있었다.

1820년에 발표된 「의심과 헌신Bedenken und Ergebung」이라는 짤막한 글에서 괴테는 이념과 현실 사이에는 결코 극복할 수 없는 단절이 있어서 이를 뛰어넘기 위한 끊임없는 노력이 행해져 왔다고 말하였다. 〈그럼에도 불구하고 우리는 이 단점을 극복하려고 영원히 노력한다. 이성을 통하여, 오성을 통하여, 상상력을 통하여, 신앙과 감정과 미친 짓을 통하여 그리고 그도 저도 안 되면 어리석음을 통해서라도 말이다. 마침내 우리는 어떠한 이념도 경험과 일치하지 않는다고 주장하지만, 그래도 이념과 경험이 유사할 수 있고 또 그래야 한다고 인정하는 그 철학자의 정당성을 알게 될 것이다.〉(HA 13, 31)

〈모든 위대한 이념은 현상화되는 순간 폭군처럼 작용한다〉(HA 12, 381)라고 말한 괴테는 민족의 범주와 해방 전쟁 등에서 독일인의 광적인 애국심에 잠재된 민족 중심주의를 비판하였다. 괴테는 『잠언과 경구』에서도 〈모든 이념은 낯선 손님으로 현상계에 들어선다. 그리고 이념들이 실현되기 시작하면 이들은 환상Phantasie이나 공상Phantasterei과 거의 구별되지 않는다〉(HA 12, 439)라고 말하며 이념이 환상성이 되는 위험을 강조하였다. 이렇게 독단과는 거리가 먼 괴테를 독단주의자라며 비난한 다양한 사람들이 있는데, 벤야민Walter Benjamin도 그들 가운데 하나였다. 그는 괴테의 소설 『친화력』에 대한 평론에서 괴테의 〈국가적 허무주의Staatsnihilismus〉를 비난하였다. 벤야민에 의하면 〈괴테는 국가의 문제에서 본질적인 관점을 파악하지 못하였다〉.[22] 절대주의와 혁명의 세력에, 또한 애국주의의 세력에 좌우되는 시대의 혼란과 복잡성이 특히 나폴레옹의 점령 시기에 팽배했는데, 이러한 사조는 절대주

---

22 Walter Benjamin, *Gesammelte Schriften*, Frankfurt/M., 1977, II, 2, S. 716.

의적인 지배자들에 대한 비판이거나, 여러 지도자들이 지배하는 소국가들의 집합체에 대한 비판이었다. 이러한 배경에서 나폴레옹, 아우구스트[23] 공작과 공론가(空論家)로 여겨지던 스콜라 철학자들에 대해 분개한 〈대학생 학우회〉[24]에 대해서 괴테는 정신적 혼란을 느끼지 않을 수 없었다.

나폴레옹의 직관력과 권력에 대한 불굴의 의지, 광적인 집중력은 지칠 줄 몰랐다. 전쟁의 신이자 군사의 천재는 물론이요, 혁명가였고, 독재자였고, 도시 계획가였고, 과학자였고, 노련한 심리학자였다. 1798년 그는 파리를 과거와 미래를 통틀어 이 세상에서 가장 아름다운 도시로 만들겠다고 선언했다. 나폴레옹은 권력을 잡았던 14년 중 5년 정도 전쟁터를 누비느라 파리를 비울 수밖에 없었지만 정신적으로는 파리를 떠난 적이 없었다. 1806년 폴란드에서는 〈파리에 증권 거래소를 세우라〉라는 편지를 보냈고, 전투 준비 중이던 동프로이센에서는 〈파리에 왜 조명이 없느냐〉며 펄펄 뛰었다. 파리에서 1,600킬로미터나 떨어진 틸지트에서는 〈파리의 분수가 제대로 작동되지 않는다〉라거나 〈왜 우르크 운하가 완공되지 않았느냐〉며 난리법석을 떨기도 하여 파리에 콩코르드 광장이 만들어지고 개선문이 세워졌다. 96킬로미터 길이의 운하를 뚫어 우르크 강에서 신선한 물도 끌어왔다. 정복지에서 약탈해 온 예술 작품을 모아 두기 위해 보물 창고도 새로 지었는데, 이것이 바로 1803년 완공된 루브르 박물관이다. 한마디로 나폴레옹 시대 내내 파리는 대규모 건축 현장이나 다를 바 없어서 오늘날 파리의 큰 틀은 그의 시대에 대부분 이루어졌다고 볼 수 있다.[25] 이러한 나폴레옹

---

23 Karl August. 괴테가 바이마르에 체류하던 〈바이마르 클라식 *Weimarer Klassik*〉 시기에 섬겼던 공작의 이름.

24 *Burschenschaft*. 1815년 예나에서 조직되어 조국애의 함양과 학생 생활의 향상을 목적으로 활약한 단체.

25 앨리스테어 혼, 『나폴레옹의 시대』, 한은경 옮김, 을유문화사, 2014 참조.

이 괴테는 마음에 들었고, 따라서 이 시기의 나폴레옹과 괴테의 우호적인 관계는 많은 논란을 낳기도 했다.[26]

1806년 독일의 바이마르는 나폴레옹이 이끄는 프랑스에 점령되어 방화와 약탈의 참화를 겪었다. 이러한 나폴레옹이 프랑스 황제에 올라 그렇게도 애독하던 『젊은 베르테르의 슬픔』의 작가 괴테를 친히 만나게 되었다. 1808년 10월 2일 에어푸르트, 나폴레옹이 주도한 2주 반 일정[27]의 유럽 및 독일 영주 회의Fürstentag 기간 중 마련된 역사적인 만남이었다.

당시 나폴레옹 타도를 부르짖는 독일의 애국주의에 괴테는 냉담한 태도를 취했는데, 이는 애국주의에 수반되는 국수적 요구를 야만적이라고 보았기 때문이다. 실제로 괴테는 조국이 프랑스의 침략을 받았던 시기에 무기를 들지 않았고 최소한 시인으로서만이라도 협조하지 않았다는 세간의 비난에 다음과 같이 말하였다. 〈증오감도 느끼지 못하면서 어떻게 무기를 든단 말인가. (······) 체험하지 않은 것, 고민해 보지 않은 것을 시작(詩作)한 적은 없으며 말로도 해본 적이 없다. 연애 시는 다만 연애하고 있을 때만 썼다. 그런 내가 증오하지도 않는데 어떻게 증오 시를 쓸 수 있겠는가. 이것은 내막적인 이야기지만 우리가 프랑스인으로부터 해방되었을 때 나는 신에게 대단히 감사하면서도 프랑스인을 미워하지는 않았다. 문화나 야만 같은 것이 중대한 문제라고 여겨지는 상황에서 전 세계에서 가장 문화 있는 국민이며 또한 나 자신의 교양 대부분이 힘입고 있는 국민을 어떻게 증오할 수 있겠는가.〉[28]

이러한 일부 현상을 제외하면 독일과 프랑스의 관계는 전통적으로 좋지 않았다. 특히 나폴레옹군의 독일 점령은 프랑스에 대한 독일의 민

---

26 Hans Tümmler, *Goethe als Staatsmann*, Göttingen, 1976 참조.

27 정확히는 1808년 9월 27일부터 10월 14일까지였다.

28 Johann P. Eckermann, *Gespräche mit Goethe*, 14. März, Baden-Baden, 1830.

감한 민족 감정을 고조시키는 계기가 되었다. 나폴레옹 전쟁을 가장 증오하고 규탄한 인물은 괴테가 사모했던 슈타인 부인으로, 그녀는 나폴레옹의 전쟁에 대해 냉소적으로 비난하였다. 〈세계는 폭정, 물욕 또 정복욕의 따분한 되풀이입니다. 그리고 참으로 우습기 짝이 없는 일이지만, 불쌍하게도 그것을 자랑으로 삼고 있지요! 전쟁이라는 바보스러운 것은 도대체 무엇 때문에 있는 것일까요? 샘터나 빗물 통 때문에 전쟁을 했던 조상들에게는 정당한 이유가 있었습니다. 그러나 지금은 자기 가축에게 물을 먹이기 위한 샘물쯤은 어디든지 있습니다. 나는 이제는 뭐가 뭔지 모르겠습니다. 경건한 헤른후트 교파에나 들어가 인종(忍從)의 미덕을 더 길러 봐야겠습니다.〉[29]

1807년 독일은 나폴레옹과의 전쟁에서 패전하여 나라의 지도자들은 자포자기하고, 국토는 분할되었으며, 엄청난 전쟁 배상금을 물게 된 국민들의 낙담 또한 이만저만이 아니었다. 이렇게 희망을 잃은 독일 국민들이 절망의 늪에 빠져 있을 때 철학자 피히테Johann Fichte(1762~1814)는 프랑스군의 말발굽 소리를 들으며 역사에 빛나는 열변을 토했는데, 이것이 역사적으로 유명한 「독일 국민에게 고함」이라는 제목의 연설이다.

독일이 왜 패망했는가?
우리 군대는 약하고 프랑스 군대가 강해서인가?
아니다!
독일이 패망한 것은 전쟁 때문이 아니라,
독일인의 이기심과 도덕적 타락 때문이다.
이제 독일을 재건할 길은 무엇인가?

---

29 Richard Friedenthal, *Goethe: Sein Leben und seine Zeit*, Frankfurt/M. 1978, S. 512.

국민 교육을 통한 민족혼의 재건에 있다.

새로운 독일인을, 민족혼을 재건하자!

피히테의 열변에 감동한 국민들은 용기를 회복하였고 민족혼의 재
건을 위한 국민 교육이 시작되었다. 그리하여 어린이, 청소년들에서부
터 도덕을 재무장하고 민족혼을 깨우자는 운동이 일어났다. 이에 대한
영향 때문이었을까. 나폴레옹의 독일 점령 후 70여 년이 지난 1871년
독일과 프랑스 사이에 다시 전쟁이 일어났는데, 이때는 독일이 대승을
거두어 파리를 점령하고 프랑스 왕을 포로로 잡아 오기까지 했다. 여
기에서 민족주의와 애국심이 결합하는 공화주의적 애국심이 발생하게
되었다. 민족주의는 타국의 이익에 맞서 자국의 이익을 폭력적이든 비
폭력적이든 배타적으로 옹호하고 관철하려는 경향으로 집단 이기심으
로 규정되기도 한다. 이런 민족주의적 애국심은 훗날 나치 정권이 독일
국민의 맹목적인 애족(愛族)을 자극해 전쟁을 일으키고, 인종주의에 근
거해 유대인 대학살을 저지르는 데 악용되기도 하였다. 애국심이 민족
주의와 결합하여 자기 민족에 대한 맹목적인 열광으로 치달아 집단적
병리 현상으로 변질된 것이다. 따라서 더 이상 공동의 자유, 공동선 등
공화주의적 가치가 작동하지 못하게 된 배경에서 독일의 제1차 및 제
2차 세계 대전이 발발하게 되었다.[30]
  1830년 7월 26일 유럽의 자유주의자 및 혁명주의자들이 보수적 군
주와 정부에 맞서 일으킨 7월 혁명은 1830년 7월 26일 프랑스의 샤를
10세가 세 가지 법령을 공포하면서 시작되었다. 그는 하원을 해산하고
언론의 자유를 폐지하고 선거법을 개정하였는데, 이로 인해 유권자의
4분의 3이 선거권을 상실하자 파업 등에 뒤이어 무장 충돌이 벌어졌다.
7월 27~29일 사흘간에 걸친 싸움 끝에 왕정군이 반란을 제압하지 못

30 안진태, 『독일 제3제국의 비극』, 까치, 2010, 334면 이하.

하고 샤를 10세가 영국으로 도망치자 급진파들은 공화정을 세우려 했고, 귀족주의자들은 계속 샤를에게 충성하고자 했다. 그러나 중산층의 주장대로 1792년 프랑스 공화정을 위해 싸운 오를레앙 공작 루이 필리프에게 왕관은 넘어갔다. 이렇게 권력을 얻은 루이는 〈프랑스 국민의 왕〉이 되겠다고 선언했다. 이 7월 혁명이 끝난 뒤 상원은 세습제에서 선출제로 바뀌고, 특별 재판소는 폐지되었으며, 국왕과 교회의 동맹 관계도 끝이 났다. 이에 용기를 얻은 유럽 자유주의자들은 전면적인 해방 전쟁을 원했으나, 전쟁을 원하지 않은 루이 필리프가 러시아 차르에 대항해 봉기를 일으킨 폴란드인들을 지원하지 않아 폴란드 봉기는 진압되었고 이를 계기로 폴란드가 러시아 제국으로 합병되었다. 이탈리아와 독일의 여러 왕국에서 일어난 봉기는 실패했으나 벨기에만은 네덜란드로부터 독립을 선언하여 1831년 독립 국가가 되었고, 그리스인들은 몇 년 동안 오스만 제국과 전쟁을 치러 1832년에 독립 주권 국가가 되었다.

7월 혁명으로 특권이 박탈된 귀족의 상황이 「노벨레」의 귀족들 모습에서 묘사되고 있다. 호노리오에게 이미 죽은 호랑이에 최후의 일격을 가하라는 영주 부인의 요구에서 그녀의 특권 의식이 엿보인다(N 18). 죽은 호랑이에게 최후의 일격을 가하라고 할 정도로 사소한 위험 요소도 제거되어야 한다고 생각하는 영주 부인은 귀족 신분을 유지하기 위해서 중무장한 사수들을 동원하기도 한다.

7월 혁명의 영향으로 특권이 박탈된 귀족의 상황은 영주 부인의 명령을 듣고도 호랑이가 제압되자마자 신경을 거두는 호노리오의 모습에서 나타나고 있다. 이 사건에서 호노리오를 동정심이 없는 냉담한 인물로 규정하는 슈만Detlef W. Schumann의 해석은 논리에서 벗어난 것으로 보인다.[31] 호노리오는 귀족들 가운데 유일하게 감성적인 인물인데

---

31 Detlef W. Schumann, Mensch und Natur in Goethes Novelle, in: *Dichtung und*

반해서, 영주 부인은 매정하고 냉담하며 매사에 거리감을 두기 때문이다. 호노리오는 개성이 없다는 슈타이거Emil Staiger의 주장[32] 또한 설득력이 없다. 그가 호랑이를 쓰러뜨린 후에 물러나는 장면은 그의 개성의 끝이 아니라 시작을 암시한다. 체념하고 스스로를 제어할 수 있는 그는 괴테가 중요시한 기독교와 헬레니즘이 융합된 인물이다.

영주 부인에 간접적으로 고백한 사랑에 대해서 아무런 반응도 얻지 못하자 포기하는 호노리오는 괴테의 『빌헬름 마이스터의 방랑 시대』의 부제인 〈체념자〉가 된다. 당시 독일 역사에서 체념은 혁명적인 압박에 대한 굴복으로 국가 의식의 포기였다. 〈존경받는 인물〉이라는 의미의 이름을 가진 호노리오Honorio는 이름에 걸맞은 명예를 지킨다. 〈당신은 서쪽을 응시하세요. 그렇게 하면 득이 있을 것입니다. 거기에는 할 일이 많습니다. 지체하지 말고 서두르세요. 당신은 정복을 이룰 것입니다〉(N 17)라는 장사꾼 여인의 말은 호노리오에게 새로운 전망과 시각을 제공한다. 이 언급에서 서쪽에 해당하는 나라는 미국이다. 미국은 이민 생활 등 활동적인 삶을 욕망하는 남성들이 동경하는 지역인데, 이러한 내용은 『빌헬름 마이스터의 수업 시대』에서 로타리오가 지향하는 정치적·사회적 신조에 잘 나타나 있다. 그에 의하면 미국이야말로 모든 인간이 법 앞에서 평등한 나라다. 미국에는 특권적인 봉건 영주도 없고 모든 농민은 독립된 자유를 지닌다. 여기에 비해서 봉건 제도가 아직 남아 있는 독일의 사회는 여러 면에서 비인도적이다. 디트마르셴Dithmarschen(북해 연안의 한 지방)이나 스위스와 같은 예외를 제외하면, 농민은 세습 노예로 귀족의 사유 재산과도 같다. 토지를 매각하거나 이주할 수도 없고, 결혼을 하거나 토지를 자식에게 상속할 때도 영주의 허가가 필요하다. 자신의 농지를 경작하여 곡물이나 우유 같은 것

Deutung, Gedächtnisschrift für Hans M. Wolf, München, 1961, S. 135.

32 Emil Staiger, *Goethe* 3, Zürich, 1959, S. 181.

을 연공으로 바칠 뿐만 아니라, 영주를 위해 사역을 나가기도 하고, 말을 제공하기도 해야 한다. 재판권도 영주가 장악하고 있다. 영주의 의무는 영토 주민을 축제의 작업에 사용하지 않을 것, 종교의 교육을 받도록 보살펴 줄 것, 영토 주민의 합법적인 소유물에 손대지 말 것, 살아가는 데 필요한 최소한의 생계를 세워 줄 것 정도이다. 괴테가 1793년 당시 독일의 사정을 어떻게 평가하는지는 『독일 이주민의 한담집 Unter-haltungen deutscher Ausgewanderten』에 나타나 있다. 『빌헬름 마이스터의 수업 시대』의 무대는 그보다 더 이전의 시대이다. 이 소설 속의 로타리오가 지향하는 것은 혁명이 아니고 점진적인 개혁이다. 또한 이 테마는 『빌헬름 마이스터의 방랑 시대』에서[33] 「노벨레」에서 처럼 민족의 이동으로 권장된다. 〈우리는 북동 방향에서 남서로 이동하고, 한 민족이 다른 민족을 내쫓고, 지배와 토지 소유도 완전히 바뀌어 버린 것을 보아 오지 않았던가요? 인구 과잉[34] 상태의 지방에서는 이것과 꼭 같은 일이 곧 큰 세계의 흐름과 함께 일어날 것입니다. 우리가 이민족으로부터 무엇을 기대할 것인가, 그것은 쉽게 말할 수 있는 것이 아닙니다. 그러나 이상한 것은, 우리가 자기 나라의 인구 과잉 때문에 서로가 내부에서 밀어 대면서 추방당하는 것을 기다리지 않고, 우리 스스로 우리 자신을 몰아내어서 추방의 판결을 내리고 있다는 사실입니다. 지금이야말로 불평불만 없이 어떤 종류의 이동성(移動性)을 인정하고 장소를 바꾸어 보고 싶다는 절실한 욕구를 억압해서는 안 되는 때와 장소가 우리에게 다가온 것입니다.〉(HA 8, 385 f)

당시 사업이나 사랑에 실패하여 낙담한 사람들에게 미국 등으로의 이민은 삶의 구원이었다. 따라서 착실한 사람들은 위험스러운 환경을 선택하고, 이러한 경험을 겪고 난 후에야 세상은 아름답고 사랑스러워

33 괴테, 『빌헬름 마이스터의 방랑 시대』, 박환덕 옮김, 예하, 1995, 503면 참조.
34 이 표현을 문학 작품 속에 사용한 최초의 사람은 괴테이다(앞의 책, 450면).

져 자유로운 기분을 느낄 수 있다고 영주의 부친은 확신한다.(N 11) 자신들의 일상적인 상황에서 벗어나 새로운 사상에 적응할 때 안락한 삶을 살 수 있다는 것이다. 마찬가지로 『빌헬름 마이스터의 방랑 시대』 제3권에서도 위대한 공동 사회를 구현하기 위하여 이주민 단체, 아메리카의 이상, 유럽의 식민지 계획 등이 전체적인 틀 소설*Rahmengeschichte*로 전개된다. 전통에 구애받지 않는 대륙에서 사회주의 원칙에 따라 국가를 세우기 위해 〈탑의 모임〉의 귀족들은 수공업자들과 함께 아메리카로 이주하는 것이다.

비더마이어 시대와 신성한 세계

비더마이어*Biedermeier*는 고루하고 편협된 소시민적 인물을 뜻하는 말로, 19세기 중엽의 독일 작가 아이히로트*Luwig Eichrodt*의 작품에서 유래되었다. 비더마이어 양식은 19세기 전반 독일에서 나타난 경향으로 극단적으로 간소하고 실용적이어서 때로는 무미건조하거나, 자기만족 속에서 목가적으로 평온하게 지내는 생활 양식을 의미한다. 나폴레옹 전쟁의 소용돌이에 지친 독일 국민들은 독립 전쟁에서 패하여 그들이 염원했던 통일과 자유 의지를 상실하게 되었다. 공공연한 박해가 자행되었고, 신문이나 잡지는 검열을 받아야 했으며, 대학이 감시의 대상이 되면서 학생 단체가 해체되었다.

이와 같이 어수선한 시기에 독일 국민들의 공허감을 가정적이거나 사교적인 교양으로 달래면서 발전한 비더마이어 문학은 결국 시대의 불안을 반영한다. 따라서 비더마이어 시대의 문학에서 낭만주의 작가는 과거의 좋았던 시대를 유혹으로 전개시켰다. 그릴파르처*Franz Grillparzer*나 뫼리케*Eduard Mörike* 같은 작가들은 현실보다는 지난날의 문학유산을 간직했고, 레나우*Nikolaus Lenau*나 그랍베*Christian D. Grabbe*, 뷔히

너Georg Büchner 같은 작가들은 고전주의와 낭만주의의 전통에서 벗어나 염세적인 체념이나 허무적이며 반동적(反動的)인 경향을 보였다.[35]

미술에서 자연은 전체적인 개념을 상실하고 비좁은 시야만 단편적으로 묘사하였다. 귀족 가문의 성욕도 자세하게 묘사되어 시대의 특성을 이루었다. 이러한 비더마이어 시대가 「노벨레」에서는 절대 왕정(절대주의)과 혁명에 연결되어 전개된다. 여기에서 관심을 끄는 점은 모든 것이 앞으로 언젠가 발생해야만 한다는 사실이다. 따라서 귀족 세계에 위협이 될 수 있는 것들은 제거되어야 하는데, 이러한 내용은 〈깊게 쌓인 나뭇잎 층을 제거하면서 우리의 관심을 끄는 평평해진 장소를 발견하였다〉(N 7)라고 묘사되어 있다.

보고 싶은 것만 보려는 사람들은 현실에 맞지 않는 것에 현혹되는 경우가 있다. 따라서 「노벨레」에서 영주 부인은 망원경으로 사냥꾼 무리의 일부분만 응시하지, 필요성이 없는 사람이나 사건에는 관심이 없다. 멀리까지 둘러볼 수 있는데도 일부만 응시하며 다음과 같이 언급하는 영주 부인의 모습에서 비더마이어 사조가 느껴진다. 〈자연은 순수하고 평화롭게 보여 이 세상에 불쾌한 것들이 전혀 없는 것같이 느껴진다.〉(N 14)

이렇게 통찰력이 부족하여 자신에게 위험이 되는 것을 파악하지 못하는 영주 부인보다도 망원경을 더 잘 취급하는 호노리오가 존경을 받는데, 이러한 호노리오의 행위는 앞날의 위험을 예방할 수 있다고 여겨지기 때문이다. 위험에 대해 예측하고 있지만, 국가의 질서를 더 생각하는 호노리오는 〈성(城)에서처럼 시(市)에는 최상의 소방 시설이 설비되어 있어서 예상 밖의 재난에 당황할 필요가 없습니다〉(N 15)라고 영주 부인을 안심시킨다.

---

35 박종서, 『독일문예학개론』, 고려대학교출판부, 1981, 161면 이하.

2. 동서양의 융합

그리스의 조형 예술의 도구가 되는 대리석은 서구 문학에서 미녀 등의 비유로 자주 등장하면서 이에 대한 미학적 이론이 정립되기도 하였다. 빙켈만의 관점에 의하면, 서로 다른 요소들로 구성된 미는 궁극적으로 〈형상적formal〉이며 〈영적인seelisch〉 가치로 구분된다. 빙켈만은 이러한 두 가지 구분에 근거해서 조형 미술을 인간의 육체와 영혼이라는 두 개념으로 전개시켰다. 그리스의 이상적 아름다움인 젊은 육체는 〈형상적인〉 범주에 속한다. 빙켈만은 젊음을 〈다양한〉 형상들이 서로 연결되는 기하학적 선(線)으로 보았다. 〈단일체가 형상들과 합성되면서 미가 생성된다〉[36]고 본 빙켈만은 젊은 육체의 표면은 항상 움직이며 파도를 치지만, 그 속은 완전한 고요 속에 있는 〈바다의 속〉으로 비유하였다. 〈그리스 예술가들이 신들을 젊음의 미로 묘사한 것이 빙켈만에게 당연한 귀결로 여겨졌다. 노후에도 아름다운 추억의 대상이 되는 젊음의 형상보다 신적 요소를 더 매력 있게 묘사할 수는 없었던 것이다.〉[37]

이상적 미의 또 다른 기준으로 빙켈만은 색채를 들었다. 그에게 있어서 그리스 신들의 완전성은 젊음 외에 색깔로도 나타나는데, 대리석의 색깔인 흰색이 그 대부분을 차지한다. 흰색은 〈빛을 그대로 받아들이는 수용력이 있으므로 물체는 흰색일수록 더욱더 아름다운 것이다〉.[38] 이러한 흰색에 대한 절대적인 선호가 흰색 피부의 선호로까지 발전되어 인종 차별의 근원이 되기도 하였다. 18세기 피부색에 관한 학설

---

36 Winckelmann, Johann J., *Geschichte der Kunst des Altertums*, Dresden, 1764; Vollständige Ausgabe hg. von Wilhelm Senff, Weimar, 1964, S. 133.

37 같은 책, S. 135 참조.

38 같은 책, S. 129 참조.

에 의하면, 모든 인종에게는 동일한 중립색으로 된 피부 표층이 있고, 그 아래에 망으로 된 색소층이 있는데, 검은 피부의 원인은 그 망 때문이라는 견해가 주를 이루었다. 이에 따르면 모든 인간은 인종 유형과 상관없이 그 망을 소유하고 있어서 표층 밑 망에 의하여 다른 피부색을 가지게 된다고 한다. 당시의 『일반 과학 예술의 백과사전』을 보면 〈피부〉 항목 중 〈흑인의 피부〉에 관한 항목이 구분되어, 그것이 색소에 의해서 〈채색된〉 것이라고, 즉 〈유색화된〉 것이라고 설명되어 있다. 그런 가운데 〈검은색〉의 실체는 해로운 것으로서 유기체에서 제거되어야 하는 냄새나고 지저분한 찌꺼기로 이해되었다. 칸트는 이러한 상이성을 분리하는 기관인 인종을 시각적 척도에 따라 상이한 계급으로 분류해 주는 것이 피부라고 말한 바 있다.[39]

따라서 인류의 문화에서 시각적으로 차별화되는 피부색은 인종 분류의 1차적이고도 유일한 기준이 되었고, 그와 함께 민족의 위상도 피부색에 의해서 결정되었다. 칸트는 인종에 관한 글에서, 피부가 〈무엇보다도 인종의 계급 분류에 적합하다〉[40]고 주장한 바 있다. 이러한 인종 문제에서 생물학이나 생리학뿐만 아니라, 문화학과 인류학에서 항상 중시된 것은 〈흰색〉과 〈검은색〉의 대조 내지 〈밝은〉 색과 〈어두운〉 색의 대조였다. 그런 가운데 〈흰색〉이 인류의 기본 색으로 규정되며 〈검은색〉은 〈퇴화된〉 색으로 폄하되었다. 색채론에서 흰색과 검정색은 무색에 포함되지만 인종 논쟁에서는 흰색만이 기본 색으로 여겨지고 검정색은 유색으로 분류된 것이다. 이로써 유색 피부는 흰 피부와 달리 카인의 낙인과도 같은 표시로서, 말하자면 〈오염〉된 것으로 낙인찍힌 인종을 나타내는 척도가 되었다. 그리고 〈보편적〉 인간을 대변하는 남

---

39 Immanuel Kant, *Schriften zur Anthropologie, Geschichtsphilosophie, Politik und Pädagogik*, Werkausgabe II, hg. von Wilhelm Weischedel, Frankfurt/M., 1977, S. 68.

40 같은 곳.

성에 의해 주도되는 인류 역사에서 타자로서 주변화되어 온 여성들과 마찬가지로 유색 인종은 주류 문화에서 배제되었다. 혼혈 피부 역시 일종의 〈오염〉으로 인식되었다. 피부색에 의한 이러한 인종 분류와 차별은 서구의 문화적 담론에서 하나의 규범이 되어 검은 피부의 색소를 제거하기 위한 시도가 무수히 행해졌지만 흰 피부를 검게 만들기 위한 노력은 이루어지지 않았다. 18, 19세기 유럽에서는 흑인 하인을 둔 상류층 백인 여성을 그린 그림이 쏟아지는데, 이는 여주인을 희고 아름답게 보이게 하려는 사회 구조의 산물이었다. 역사적으로 흰 피부가 더 매력적이라 생각된 것은 흰 피부가 대부분의 시간을 실내에서 보낼 수 있는 왕족 또는 귀족 여성들의 상징이라고 간주되었기 때문이다.[41]

자연을 양극적으로 보아서 서로 모순되는 이념들을 포용하고 심장의 확장과 수축 등의 양극성으로 수용한 괴테는 1780년 9월 라바터에게 보낸 편지에 다음과 같이 쓰고 있다. 〈나에게 주어진 매일매일의 과업은 나날이 더 쉬워지면서 동시에 더 어려워진다. 이 일들은 밤낮으로 나의 모든 주의력을 요구한다.〉[42] 슈타이거의 지적대로,[43] 정치적 활동에 관한 괴테의 글들에는 이 같은 상호 양극적인 표현들이 들어 있다. 따라서 한쪽 측면만을 강조하고 정당화한다면 그의 다른 측면이 간과되어 괴테의 전체적인 인격과 내용을 이해할 수 없다. 심지어 괴테는 악도 선의 세계를 유지시키는 요소로 전개시켜서 『파우스트』에서 악은 〈영원히 살아서 움직이는 생성의 힘〉(346행)으로 필수적 자극제로 전개된다. 따라서 하느님이 파우스트에게 반려자로 붙여 준 악마 메피스토펠레스는 자신의 본질인 파괴뿐만 아니라 하느님의 업적인 창조에도

---

41 안진태, 『독일 제3제국의 비극』, 까치, 2010, 242면 이하.

42 Ernst Beutler(Hg.), *Goethes Werke.* Gedenkenausgabe, Bd. 18, Zürich, 1949, S. 532.

43 Emil Staiger, *Goethe*, Bd.I, II, III, 1814~1832, Bd. 1, Zürich, 1978, S. 284.

가담하는 것이다.

> 나는 한 번도 그대 무리들을 미워한 적이 없느니라.
> 부정을 일삼는 온갖 영들 가운데
> 제일 짐이 안 되는 것이 짓궂은 익살꾼이니라.
> 인간의 활동은 너무나도 풀 죽기 쉽고
> 자칫하면 무조건 쉬기를 좋아하는 법.
> 그래서 나는 그들에게 친구를 붙여 주어,
> 그들을 자극하고 정신 차리게 하며
> 악마로서의 일을 시켜야만 하는 것이다. (337~343행)

이러한 양극성의 극복은 괴테의 문학에서 민족 상호 간의, 즉 유럽과 아시아의 역사적인 매개와 화해로 작용한다. 괴테 당시에 계속된 혁명과 전쟁이 유럽 문화를 위협하자 괴테의 일과 연구와 창작은 불안과 걱정으로 저해되었다. 1814년에 존경했던 나폴레옹의 몰락과 더불어 자유를 향한 유럽의 해방전이 끝나자 유럽에서 더 이상 자유로운 공기를 마실 수 없다고 판단한 괴테에게는 먼 곳, 넓은 곳, 낯선 곳이 필요했고, 그의 관심은 유럽에서 동쪽인 동양으로 향했다. 1805년 실러의 죽음, 1807년 안나 아말리아 대공모(大公母)의 죽음, 1808년 어머니의 작고, 1813년 괴테의 젊은 시절에 감화를 준 빌란트의 죽음 등 고통스러운 사건들을 겪고 또한 젊은 세대들에게서 소외당하자 마음의 안정과 평온이 필요해진 것이다. 괴테가 전형으로 숭상하고 모방했던 조화적인 그리스 예술과 고전적인 인격은 마비된 것 같았다. 그의 연극 「서출(庶出)의 딸Die natürliche Tochter」이 〈대리석같이 매끈하며〉, 〈대리석같이 차갑다〉라고 비판받자 〈변화〉에 대한 동경은 더욱 더 심화되어 갔다.

이러한 개인적인 고뇌 외에도 유럽의 운명은 괴테를 매우 우울하게 하여 그는 동양으로 눈을 돌리게 되었다. 정치적·사회적인 이유에서뿐만 아니라 종래의 예술 세계에 대한 비판도 생겨났던 것이다.

위대한 동양의 시인 하피즈가 죽은 지 420년쯤 뒤에 유럽에서 발생한 극단적인 국수적 민족주의에 식상한 괴테는 동양과 서양을 아우르는 시집 『서동시집West-östlicher Divan』의 「불만의 서Buch des Unmuts」 편에 유럽 사상을 비평하는 시를 게재하였다.

프랑스에 모방하고, 영국에 모방하고
이탈리아에 아류하고, 독일풍을 고취하려 들지만
누구라 할 것 없이 다만
이기심이 명하는 바를 행하고 있을 뿐.

자신의 가치를 드러내려는 그들에게
그것이 이로운 점이 되지 않는다면
그들의 몇 사람도, 아니 어느 누구도
그를 인정하려 들지 않을 것이 뻔하다.

오늘의 사악한 것일지라도
권세와 은총을 누릴 수 있다면
후의 두터운 친구에겐 내일쯤일지라도
올바른 일을 베풀 수 있지 않을까.
3천 년 역사[44]에 대해서
설명할 수 없는 자라면
아예 미숙한 그대로 어둠에 처박혀
그날그날을 그대로 살아가는 것이 좋다.

44 유럽의 역사를 약 3천 년으로 보고 한 말이다.

이는 「불만의 서」 편에서 서구적 행동을 반대하는 마지막 작품이다. 이 시에 나타나는 〈영국에 모방하고britten〉, 〈프랑스에 모방하고franzen〉, 〈이탈리아에 아류하고italienern〉와 〈독일풍을 고취하다teutschen〉라는 말은 괴테가 만든 조어이다.[45] 괴테의 이 시는 생각의 폭이 다음 날 이상까지 미치지 못하고 역사의식이 없는 유럽인을 겨냥하고 비판한다. 여기서 대상으로 삼은 유럽인의 행위는 동양의 행위와 반대로 볼 수 있다. 시는 두 가지 인간 성격을 다루고 있는데, 하나는 과거에 대한 분석이 없으면서 미래 의식도 짧게 잡는 성격, 즉 〈자기의 시대〉를 의미한다. 또한 인간의 야욕인 이기심은 오늘날에도 여전히 심각한 사항이다.[46] 〈모든 국가의 국민들은 이기심 속에서 자신의 견해를 올바른 것으로 생각한다. 자신을 내세울 수 있고, 또 자신이 유용하게 보일 때만 타국의 공적을 인정할 줄 안다. 사람들은 올바른 것에 관심을 기울이지 않고 자기의 의견이 객관적으로 잘못됐어도 오직 현재에 이익만 된다면 관심을 기울이는 것이다.〉[47] 이러한 배경에서 유럽을 동양과 융합하려는 괴테의 시도가 그의 『서동시집』에 전개된다.

동방은 신의 것!
서방은 신의 것!
북의 땅도 남의 땅도
신의 손 안에서 편히 쉰다.

이러한 동양과 서양의 융합이 「노벨레」에서도 전개되고 있다. 호노

---

45 Christa Dill, *Wörterbuch zu Goethes West-östlichem Divan*, Tübingen, 1987, S. 13.
46 안진태,『괴테 문학의 신화』, 삼영사, 1996, 122면.
47 Edith Ihekweazu, *Goethes West-östlicher Divan, Untersuchungen zur Struktur des lyrischen Zyklus*, Hamburg, 1971, S. 345.

리오는 고대 후기인 서기 395년에 〈동부〉 로마를 지배한 형제 아르카디우스Arcadius와 함께 〈서부〉 로마를 지배했던 황제 호노리우스Honorius를 연상시킨다. 따라서 호노리우스는 〈동부〉인 동양과 〈서부〉인 서양의 차이를 정화시키는 인물인 셈이다.

그러나 괴테가 처음부터 동양을 긍정적으로 본 것은 아니다. 그는 처음에는 동양의 대표격인 나라 중국을 경멸하였다. 그는 1796년 낭만주의 작가 장 파울에게 보낸 격언시 「로마에서 본 중국인Der Chinese in Rom」에서 중국인을 조롱하기도 했다.

한 중국인을 보았노라, 온갖 옛 건물과
현대식 건물 속에서 중압감을 느꼈던 중국인을.
아! 하고 한숨을 쉬며 그는 말하였다. 〈가련한지고!〉
이해하고 있어야 할 불쌍한 그대들이여!
우선 여기저기 흩어져 있는 천막의 지붕에 의젓하게
서 있는 작은 나무 기둥이며,
가느다란 실나무며, 마분지, 여러 조각들, 다양한 색으로 도금한 것도
교양 있고 세련된 눈에는 조용한 기쁨일 뿐.
자, 나는 그림 속에서 숱한 몽상가들을 보았다고 생각했지.
아주 건강한 자를 병자라고 하며
그가 입고 있는 가벼운 직물을 견고하며 영원한 양탄자에 비교한 그자는
병자를 건강하다고 하였으리라.

그러나 1813년 이후 괴테는 중국의 정신세계에 깊은 관심을 보이고, 자신이 쓴 중국 문자를 바이마르의 마리에 공주와 아우구스트 공에게 보이기도 했다. 처음 영문 번역이나 여행기를 통해 간접적으로 접하게 된 중국에 대한 단편적인 지식은 그의 일기에 들어 있다. 마르코 폴로

의 중국 여행에 대한 이야기를 언급한 구절이나, 칭기즈칸의 후계자 쿠빌라이 칸의 웅대하고 화려한 성과 풍요한 축제가 거기에 서술되어 있다. 시인적인 상상력으로 중국의 지리와 지형과 지질을 터득한 괴테는 자연 과학 연구에서 얻은 근원 형상, 다양 속에서의 단순과 통일성이라는 고전주의 개념을 중국의 자연 현상까지 확대시켰다. 그러나 그때까지만 해도 중국 문학이나 정신에 감히 접근하지는 못했고, 몇 년 후인 1817년 영역된 중국 희곡을 읽고서야 괴테는 중국 문학을 직접 접하게 되었다.[48]

중국 문학을 단순히 윤리적이고 도덕적인 관점에서 이해했던 그는 그 후 중국 문학에 대한 깊은 연구와 탐독을 계속하여 1827년 1월 31일 에커만과의 대화에서 〈내가 당신(에커만)을 만나지 못한 최근에 여러 가지 많은 책을 읽었다. 그중에서도 중국 소설을 열심히 탐독하여 아직도 내 머릿속에 놀라울 정도로 생생하게 남아 있다〉[49]라고 말할 정도로 중국을 이해하기 위해 노력하였다. 이렇게 중국 등 동양의 사상이 괴테의 마음을 끌어서 그에게서 동서양의 융합 사상이 싹터 올랐다. 따라서 「노벨레」 속 귀족들과 동양계로 보이는 상인의 언급에서는 동양과 서양의 접촉 및 서로의 위협에 대치하는 방법이 묘사되고 있다. 영주는 강압을 포기하도록 달래는데, 이러한 어조가 완전하지 못한 상인(N 23)은 고대의 이오니아 부족을 암시한다.[50] 또한 한 소년이 등장하여 피리를 불어 사자를 달래는 모습은 작품에서 제일 관심을 끄는 동양적 내용을 이룬다.

피리를 불어 동물을 달래거나 제어하는 내용은 동양에서 유래한다.

---

48 『독일문예학개론』, 88면 이하.

49 같은 책, 91면 이하.

50 August Hausrath, Die neuionische Novelle, in: *Neues Jahrhundert: Klassische Altertum, Geschichte und deutsche Literatur*, Jahrgang 17, Bd. 33, 1914.

인도에서는 피리를 불어 위험한 독사 코브라를 달래 원하는 대로 움직이게 하기도 한다. 「노벨레」에서도 소년은 노랫소리와 피리 연주로 위험스러운 맹수인 사자를 제압한다. 상인 가족에 의해 길들여진 듯 가축같이 온순한 사자는 사실은 길들어져서가 아니라 소년의 지휘에 따라 움직이는 것이다. 그가 재치 있게 부는 피리는 인간의 솜씨가 아니고, 신이 부여한 영감 같아 이 아이는 마치 신의 매개자처럼 여겨진다. 이렇게 피리를 불어 사자를 달래는 소년은 그림 형제의 동화 속의 피리 부는 사나이를 연상시키기도 한다. 〈지난 6월에는 타타르 지방의 황제를 엄청난 모기떼로부터 구해 주었고, 멀리 인도의 한 지배자를 끔찍스러운 흡혈박쥐 떼로부터 살려 주었다〉라고 자신을 소개한 이 사나이는 저 멀리 동양에 대한 호기심과 환상을 불러일으키며 〈피리의 마법〉으로 사람들을 괴롭히는 두더지, 도롱뇽, 두꺼비, 살무사 따위로부터 해방시켜 줄 수 있다고 자신하고, 하멜른에 들끓고 있는 쥐들을 소탕해 주겠노라 단언한다. 따라서 그동안 시민들을 괴롭혀 온 쥐 떼를 그는 강물로 유인해 죽였지만 하멜른 시민들은 대가를 주지 않고 그를 무시까지 한다. 이렇게 멸시를 받은 사나이가 피리를 불자 하멜른의 아이들은 모두 집 밖으로 나와 피리 부는 사나이를 따라간 후 영원히 소식이 없다.

실제로 1284년 6월 26일 독일 베저 강가의 마을 하멜른에서 130명의 아이들이 사라졌다고 전하는데 13세기 독일의 사회상을 도시 건설, 정교 분리, 경제 발전, 신분 제도, 축제의 의미 등의 다각도로 분석한 아베 긴야阿部謹也는 〈피리 부는 사나이〉와 〈아이들〉의 끔찍한 유괴담에 당시 천민들의 삶이 담겨 있다고 보았다. 〈단순한〉 전설을 추적해 나가는 과정은 하나의 추리 소설이다. 〈전설이란 옛날이야기나 동화와 달리 역사적 사실에 근거하여 형성되고 변형된다〉는 전제에서 구전되는 전설이 오랜 시간이 지나도 사라지지 않고 원형을 유지하는 이유는 그

안에 보편적인 감정이 스며 있기 때문이다. 시대적 생활상에 따라 사람들의 은밀한 염원이 전설에 투영되어 〈피리 부는 사나이〉 같은 이야기가 끈질기게 유지되는 것이다.

괴테의 「노벨레」에서 피리를 불어 사자를 달래는 소년은 〈피리 부는 사나이〉로의 연상 외에도 성서의 「다니엘」 중 사자의 굴에서 맹수를 온순하게 하는 내용과도 유사하다. 〈왕은 영을 내려 다니엘을 끌어다가 사자 우리에 집어넣게 하고는 다니엘에게 이렇게 말하였다. 《네가 굽히지 않고 섬겨 온 신이 너를 구하여 주시기 바란다.》 왕과 대신들은 사자 우리의 문을 막은 돌에 봉인을 하여 아무도 다니엘을 건져 내지 못하게 했다. (……) 날이 새자마자 왕은 자리에서 일어나 사자 우리로 달려갔다. 그는 우리에 다가서서 목멘 소리로 다니엘을 불렀다. 《살아 계시는 신을 섬기는 다니엘아, 네가 항상 섬겨 온 신이 과연 너를 사자들에게서 살려내 주었느냐?》 (……) 《소인이 섬겨 온 하느님께서 천사를 보내시어 사자들의 입을 틀어막으셨으므로 사자들이 소인을 해치지 못하였습니다. 소인은 하느님 앞에 아무 죄도 없을뿐더러 임금님께도 잘못한 일이 없습니다. 그래서 이렇게 구하여 주신 것입니다.》 왕은 다니엘이 살아 있는 것을 크게 기뻐하며 그를 끌어 올리라고 명령했다. 다니엘을 굴에서 끌어 올리고 보니 아무런 상처도 없었다. 하느님을 믿고 의지했기 때문이었다.〉(「다니엘」 6장, 17~24절)

소년이 피리를 불어 사자를 달래듯이 호노리오는 영웅의 성격을 발휘하여 호랑이로부터 영주 부인을 구출한다. 그리고 그는 그녀에게 자신의 사랑을 간접적으로 고백하는데, 이 고백이 받아들여지지 않자 곧바로 체념하고 인내와 자제로 새로운 과업을 떠맡는다. 호랑이를 길들이거나 달랠 줄 몰라 호랑이를 사살하는 행위로 자신의 이름 호노리오(명예)에 역행하기도 한다.

괴테 연보

1749년 8월 28일   프랑크푸르트에서 아버지 요한 카스파르 괴테(1710~1782)와 어머니 카타리나 엘리자베트(1731~1808) 사이에서 태어남.

1757년(8세)   텍스트가의 조부모에게 신년 시를 바침. 이것이 지금까지 보존된 것 중 가장 오래된 것임.

1759년(10세)   프랑크푸르트가 프랑스군에 점령됨. 7년 전쟁(1756~1763).

1764년(15세)   요제프 2세 대관식.

1765년(16세)   10월부터 1768년까지 라이프치히 대학에서 공부. 가요집 『안네테』, 『연인의 변덕』 발표.

1768~1770년(19~21세)   프랑크푸르트에 체류.

1770년(21세)   3월부터 1771년의 여름까지 슈트라스부르크에 체류. 제센하임 방문. 프리데리케 브리온을 알게 됨. 법률사 자격 취득.

1771~1772년(22~23세)   프랑크푸르트에서 변호사 개업. 「괴츠 폰 베를리힝겐」 발표. 프랑크푸르트 학예 신문 발행. 『독일 건축에 관해서』 발표.

1772년(23세)   5월부터 9월까지 베츨라 체류. 케스트너의 약혼자인 샬로테 부프(1753~1828)를 알게 됨.

1773~1775년(24~26세) 희곡 「괴츠 폰 베를리힝겐」 출판. 프랑크푸르트 익살극, 사육제극. 시 「마호메트」, 「프로메테우스」 등을 프랑크푸르트 학예 신문에 기고. 희곡 「클라비고」를 간행, 『파우스트』와 「에그몬트」 집필 개시. 『젊은 베르테르의 슬픔』 간행. 릴리 쇠네만과 약혼.

1775년(26세) 5월부터 7월까지 스위스 여행. 11월 칼 아우구스트 공(1757~1828)의 초청을 받고 바이마르 도착.

1776년(27세) 추밀원의 일원으로 임명. 샬로테 폰 슈타인(1742~1827)을 알게 됨. 「오누이」 발표. 일메나우 채광에 착수.

1777년(28세) 11월부터 12월까지 하르츠 여행. 『빌헬름 마이스터의 연극적 사명』을 집필.

1778년(29세) 5월 베를린 방문. 바이에른 왕위 계승 전쟁(1778~1779).

1779년(30세) 군사 및 도로 공사 위원 취임. 산문극 「타우리스의 이피게네이아」 발표. 9월부터 1780년 1월까지 스위스 제2차 여행.

1782년(33세) 귀족 증서를 받음. 재무 관리 책임 위임. 「마왕」, 『빌헬름 마이스터의 연극적 사명』 속고(續稿), 『젊은 베르테르의 슬픔』 개작.

1784년(35세) 해부학 연구. 악간골 발견.

1785년(36세) 군주 동맹 토의. 식물학 연구. 『빌헬름 마이스터의 연극적 사명』 탈고.

1786년(37세) 9월부터 1788년 6월까지 이탈리아 여행. 「타우리스의 이피게네이아」, 사극 「에그몬트」, 「타소」 집필.

1788년(39세) 정무에서 물러남. 크리스치아네 불피우스(1765~1816)를 알게 됨. 「로마의 비가」 집필.

1789년(40세) 12월 아들 아우구스트가 태어남(1830년 사망). 다섯 아이들 중 살아남은 유일한 아이임. 「타소」를 완성.

1790년(41세) 총 여덟 권으로 된 저작집을 펴냄. 「파우스트」 단편 발표. 『색채론』 초고 집필. 3월부터 6월까지 베네치아 체류. 『베네치아의 경구』 발표. 7월부터 10월까지 슐레지엔 야영. 해부학, 식물학, 광학 등의 자연 과학 연구. 『식물의 변형』 발표.

1791년(42세) 궁정 극장 총감독 취임. 『대(大)코프타』, 「광학 논집」 제2편 발표.

1792년(43세) 8월부터 11월까지 프랑스 원정. 제1차 대프랑스 연합 전쟁(1792~1795), 『신판 저작극』 출판되기 시작(전7권 1799년까지).

1793년(44세) 「라이네케 푹스」,「시민 장군」 발표. 5월부터 7월까지 마인츠 포위.

1794년(45세) 실러(1759~1805)와 친교 시작.『빌헬름 마이스터의 수업 시대』 집필.『빌헬름 마이스터의 방랑 시대』 개작 시작.

1795년(46세) 『호렌』 발행.『독일 망명자의 담화』,「메르헨」 발표.

1796년(47세) 실러와 공동으로 「크세니엔」 저작.「헤르만과 도로테아」를 쓰기 시작.『빌헬름 마이스터의 수업 시대』 간행.

1797년(48세) 『담시』,『파우스트』의 테마를 씀. 이어 실러의 격려로『파우스트』 집필 계속. 7월부터 11월까지 남독일, 스위스 여행. 라슈타트 회의.

1798년(49세) 잡지『프로펠레엔』 발행.

1799년(50세) 「아킬레스」 발표. 제2차 대프랑스 연합 전쟁(1799~1802).

1801년(52세) 안면 단독에 걸림.

1803년(54세) 「서출녀」 발표. 예나 프로만의 가정에서 1807년 민나 헤르츠리프(1789~1865)를 알게 됨. 제국 대표단 본결의. 신성 로마 제국의 종말.

1804년(55세) 스탈 부인 내방.「빙켈만과 그 세기」 발표. 나폴레옹 황제 즉위.

1805년(56세) 신장을 앓아 중병. 실러 사망. 첼터(1758~1832)와 친교.

1806년(57세) 10월 14일 예나 결전. 바이마르 점령됨. 크리스치아네 불피우스와 결혼. 라인 동맹 체결.

1807년(58세) 『파우스트』 제1부 완성.

1808년(59세) 『파우스트』 제1부 출판. 열두 권으로 된 최초의 전집(1806~1808). 에어푸르트 회의에서 나폴레옹과 만남. 제3차 대프랑스 연합 전쟁(1805~1807) 종결.

1809년(60세) 『친화력』 간행.『자서전』 집필 개시. 나폴레옹의 대오스트리아 원정. 티롤, 스페인, 칼라브리아에서 봉기.

1810년(61세) 『색채론』 완성.

1811년(62세) 『나의 생애에서』,『시와 진실』 집필 계속(전6권 1822년까지).

1812년(63세) 『시와 진실』 제2부 간행. 베토벤 및 오스트리아 여황제 마리아 루도비카를 만남. 나폴레옹의 러시아 원정.

1813년(64세) 4월부터 8월까지 테플리츠 체류. 나폴레옹 대러시아, 프러시아, 오스트리아 동맹군과의 전쟁. 10월 16일부터 18일에 걸쳐 라이프치히 결전. 1814년 4월 나폴레옹 퇴위. 엘바 섬에 격리됨. 빈 회의.

1814년(65세) 『시와 진실』 제3부 간행. 「에피메니데스의 각성」 발표. 마인 강 유역 여행. 마리안네 빌레머(1860년 사망)를 알게 됨.

1815년(66세) 마인 강, 라인 강 유역 여행. 폰 슈타인 남작과 함께 쾰른 여행. 두 번째 전집 간행 (전20권, 1819년까지). 나폴레옹 백일천하. 워털루 전쟁. 나폴레옹 세인 트헬레네 섬에 유배. 바이마르 대공국 성립.

1816년(67세) 아내 크리스치아네 사망. 『이탈리아 기행』 제1부 간행. 잡지 『예술 과 고대』 간행(1832년까지 계속).

1817년(68세) 극장 총감독의 지위에서 물러남. 아들이 오틸리에 폰 포그비시 (1796~1872)와 결혼. 손자 발터(1819~1885), 볼프강(1820~1883). 잡지 『자연 과 학에 관해』 1824년까지 간행. 10월 발트부르크 축제.

1819년(70세) 『서동시집』 발표. 베를린에서 『파우스트』의 여러 장면 처음으로 상 연. 칼스바트 결의.

1821년(72세) 『빌헬름 마이스터의 방랑 시대』 제1부 발표.

1823년(74세) 연초부터 중병. 요한 페터 에커만(1792~1854)의 바이마르 내방. 6월부터 9월까지 보헤미아 체류. 마리엔바트에서 18세 소녀 울리케 폰 레베초프 (1804~1899)를 알게 됨. 그녀의 구혼을 계기로 「마리엔바트의 비가」를 씀.

1825년(76세) 『파우스트』 제2부의 집필을 다시 시작함.

1826년(77세) 〈전집 결정판〉 1831년까지 40권 그리고 1833~1842년까지 20권 증 보. 그중 제1권은 『파우스트』 제2부(1833년). 실러의 두개골을 손에 쥐고 관찰. 「노 벨레」 발표.

1828년(79세) 『실러와의 편지』 출판.

1829년(80세) 『연대기』 간행. 『시와 진실』 제4부 착수. 아들 로마에서 죽음. 파리의 아카데미에서의 퀴비에와 생틸레르와의 논쟁에 깊은 관심을 보임. 파리 7월 혁명 루 이 필립의 〈시민 왕국〉의 시작.

1831년(82세) 유서 작성. 완성된 『파우스트』 제2부를 봉인하고 사후에 발표할 것을 유언함. 일메나우에서 마지막 탄생일을 축하함.

1832년(83세) 3월 14일 마지막 외출. 3월 16일 발병. 3월 22일 11시 30분 별세. 3 월 26일 칼 아우구스트 공가의 묘소에 안장됨.

참고 문헌

1차 문헌

Johann Wolfgang von Goethe, *Werke* in 14 Bänden, herausgegeben von Erich
   Trunz, Hamburger Ausgabe, München, 1988.

Johann Wolfgang von Goethe, *Egmont*, in: Ders, Werke in 14 Bänden, herausge-
   geben von Erich Trunz, Hamburger Ausgabe, Band 4, München, 1988.

Johann Wolfgang von Goethe, *Götz von Berlichingen*, in: Ders, Werke in 14 Bän-
   den, herausgegeben von Erich Trunz, Hamburger Ausgabe, Band 4, München,
   1988.

Johann Wolfgang von Goethe, *Die Leiden des jungen Werther*, in: Ders, Werke
   in 14 Bänden, herausgegeben von Erich Trunz, Hamburger Ausgabe, Band 6,
   München, 1988.

Jean Paul, *Abelard und Heloise*, in: *Sämtliche Werke*, Abteilung II, Jugendwerke
   und vermischte Schriften, hg. von N. Müller, München, 1974.

Ulrich Plenzdorf, *Die neuen Leiden des jungen Werther*, Frankfurt am Main, 1973.

2차 문헌

괴테, 『파우스트 I·II부』, 강두식 옮김, 서울대학교출판부, 1988.

곽복록 엮음, 『울림과 되울림』, 서강대학교출판부, 1992.

괴테, 『괴테 서·동 시집』, 전영애 옮김, 서울대학교출판문화원, 2013.

김광요, 『독일희곡사』, 명지사, 1989.

김수용, 『괴테 파우스트 휴머니즘』, 책세상, 2004.

박찬기 편저, 『괴테와 독일 고전주의』, 고려대학교출판부, 1988.

박찬기, 『독일문학사』, 일지사, 1984.

안진태, 『베르테르의 영혼과 자연』, 열린책들, 2005.

안진태, 『파우스트의 여성적 본질』, 열린책들, 1999.

이우영, 『독일문예학개론』, 삼영사, 1986.

핸드릭 비루스, 『괴테 서·동 시집 연구』, 전영애 옮김, 서울대학교출판문화원, 2013.

Alt, Franz, *Das C. G. Jung Lesebuch*, Frankfurt/M., 1986.

Arens, Hans, *Kommentar zu Goethes Faust* I, Heidelberg, 1982.

Assling, Reinhard, *Werthers Leiden. Die ästhetische Rebellion der Innerlichkeit*, Frankfurt/M., 1981.

Becker, Henrik, Eine Quelle zu Goethes "Neue Melusine" in: *Zeitschrift für deutsche Philologie*, Nr. 52, 1927.

Benjamin, Walter, *Gesammelte Schriften*, Frankfurt/M., 1977.

Beutler, Ernst(Hg.), *Johann Wolfgang Goethe*, Bd. 1, Stuttgart u., Zürich, 1961.

Biedrzynski, Effi, *Goethes Weimar*, Zürich, 1992.

Blessin, Stefan, *Die Romane Goethes*, Königstein, 1979.

Briefe Goethes an Schiller vom 4, Februar und 12. August, 1797.

Brinker-Gabler, Gsela, *Deutsche Literatur von Frauen*, München, 1988.

Brinkmann, Richard, *Wirklichkeiten: Essay zur Literatur*, Tübingen, 1982.

Brück, Max von, Der Auftakt des Niederländischen Freiheitskrieges, in: *Goethes Egmont-Dichtung und Wirklichkeit*, Frankfurt/M., 1969.

Bruford, Walter H., *Kultur und Gesellschaft im klassischen Weimar 1775~1806,* Göttingen, 1996.

Buschendorf, Bernhard, *Goethes Mythische Denkform, Zur Ikonographie der Wahlverwandtschaften,* Frankfurt/M., 1986.

Conrady, Karl Otto, Zur Bedeutung von Goethes Lyrik im Sturm und Drang, in: Walter Hinck(Hg.), *Sturm und Drang,* Tronberg/Ts., 1978.

Dill, Christa, *Wörterbuch zu Goethes West-östlichem Divan,* Tübingen, 1987.

Eckermann, Johann Peter, *Gespräche mit Goethe,* Baden-Baden, 1981.

Edel, Edmund, Johann Wolfgang von Goethes Novelle, in: *Wirkendes Wort* 16, 1966.

Egmont, Graf, *Historische Persönlichkeit und literarische Gestalt,* Ausstellungs-katalog Goethe-Museum, Düsseldorf, 1979.

Elias, Norbert, *Über den Prozeß der Zivilisation,* 2 Bde. 3. Aufl., Frankfurt/M. 1977.

Engel, Ingrid, *Werther und die Wertheriaden, Ein Beitrag zur Wirkungsgeschichte,* St. Ingbert, 1986.

Fejtö, Francois, *Joseph II,* Stuttgart, 1956.

Fink, Conthier-Louis, Goethes "Neue Melusine" und die Elementargeister. Ent-stehungs-und Quellengeschichte in: *Jahrbuch der Goethe-Gesellschaft,* Nr. 21, 1959.

Forget, Philippe(Hg.), *Text und Interpretation,* München, 1984.

Foucault, Michel, *Von der Subversion des Wissens,* München, 1974.

Frenzel, Herbert A. und Elisabeth Frenzel, *Daten deutscher Dichtung: Chrono-logischer Abriß der deutschen Literaturgeschichte,* Bd. 2, 7. Aufl., München, 1971.

Freund, Wintfried, *Deutsche Novellen,* München, 1993.

Friedenthal, Richard, *Goethe: Sein Leben und seine Zeit,* München, 1978.

Geerdts, Hans-Jürgen, Goethes Roman *<Die Wahlverwandtschaften>,* in: Ewald Rösch(Hg.), *Goethes Roman <Die Wahlverwandtschaften>,* Darmstadt, 1975.

Godwin, Malcom, *Engel,* Frankfurt/M., 1991.

Goethe, Johann Wolfgang von, Die neue Melusine in: Fetzer, Günther(Hg.), *Deu-t-*

sche Erzähler des 19. Jahrhunderts, Band 50/52, München, 1990.

Goss, Hans, *Goethes Werther*, Tübingen, 1973.

Grolmann, Adolf von, Kleine Beiträge. Goethes Novelle, in: *Germanisch-Romanische Monatsschrift* 9, 1921.

Große, Wilhelm, *Johann Wolfgang von Goethe, Götz von Berlichingen*, Interpretation, München, 1993.

Gundolf, Friedrich, *Goethe*, Berlin, 1916.

Günther, Vincent J., *Johann Wolfgang von Goethe: Ein Repräsentant der Aufklärung*, Berlin, 1982.

Hartmann, Horst, *Egmont-Geschichte und Dichtung*, 2. Aufl., Berlin, 1988.

Henkel, Arthur, *Entsagung: Eine Studie zu Goethes Altersroman*, Tübingen, 1964.

Hienger, Jörg und Knauf, Rudolf(Hg.), *Deutsche Gedichte von Andreas Gryphius bis Ingeborg Bachmann*, Göttingen, 1969.

Himmel, Hellmuth, Metamorphose der Sprache. Das Bild der Poesie in Goethes Novelle, in: *Jahrbuch der Wiener Goethevereins 64~65*, 1960, 1961.

Hinderer, Walter(Hg.), *Codierung von Liebe in der Kunstperiode*, Würzburg, 1997.

Hinderer, Walter, Götz von Berlichingen, in: Ders (Hg.), *Interpretationen-Goethes Dramen*, Stuttgart, 1992.

Hippe, Robert, *Keine deutsche Poetik, Eine Einführung in die Grundbegriffe der Literaturwissenschaft*, Hollfeld/Oberfr. 1966.

Hoffmann-Krayer, H. und Bächtold-Stäubli, Hans(Hg.), *Handwörterbuch des Deutschen Aberglaubens*, Bd. 2, Berlin, Leipzig, 1929.

Hörisch, Jochen, Das Sein der Zeichen und die Zeichen des Seins, in: Jacques Derrida, *Die Stimme und das Phänomen*, Frankfurt/M., 1979.

Ibel, Rudolf, *Johann Wolfgang Goethe, Egmont — Grundlagen und Gedanken zum Verständnis des Dramas*, 9. Aufl., Frankfurt/M., 1981.

Ihekweazu, Edith, *Goethes West-östlicher Divan, Untersuchungen zur Struktur des lyrischen Zyklus*, Hamburg, 1971.

Ingen, Ferdinand, Johann Wolfgang Goethe, *Götz von Berlichingen — Grundlagen und Gedanken zum Verständnis des Dramas*, Neufassung, 1. Aufl., Frankfurt/M., 1981.

Jauß, Robert, *Literaturgeschichte als Provikation der Literaturwissenschaft*, Frankfurt/ M., 1970.

Jens, Walter(Hg.), *Kindlers neues Literaturlexikon*, Bd. 6, München 1989.

Jung, Carl Gustav, *Welt der Psyche*, Frankfurt/M., 1990.

Kaiser, Gerhard (Hg.), *Geschichte der deutschen Literatur*, München, 1976.

Kant, Immanuel, *Kritik der Urteilskraft*, Frankfurt/M., 1957 ff.

Kayser, Wolfgang, *Das sprachliche Kunstwerk. Eine Einführung in die Literaturwissenschaft*, 8. Aufl., Bern u., München, 1978.

Kittler, Wolf, *Goethes Wahlverwandtschaften: Verhältnisse symbolisch dargestellt*, in: Norbert W. Bolz(Hg.), *Goethes Wahlverwandtschaften*, Hildesheim, 1981.

Kittler, Friedrich A. und Turk, H., *Urszenen: Literaturwissenschaft als Diskursanalyse und Diskurskritik*, Frankfurt/M., 1977.

Kittler, Friedrich A., *Ottilie Hauptmann*, in: Norbert W. Bolz(Hg.), *Goethes Wahlverwandtschaften: Kritische Modelle und Diskursanalysen zum Mythos Literatur*, Hildesheim, 1981.

Korff, Hermann A., *Geist der Goethezeit* in 4 Bänden, Leipzig, 1966.

Krüger, Emil, *Die Novellen in Wilhelm Meisters Wanderjahren*, Rügenwalde, 1926; Kiel 1927.

Lange, Thomas, *Idyllische und exotische Sehnsucht,* Frankfurt/M., 1974.

Lingen, Helmut, *Lingen Lexikon* in 20 Bänden, Band 12, Köln, 1977.

Löwith, Karl, *Von Hegel zu Nietzsche: Der revolutionäre Bruch im Denken des 19. Jahrhunderts*, Hamburg, 1981.

Luhmann, Niklas, *Gesellschaftsstruktur und Semantik*, Bd. 3, Frankfurt/M., 1989.

Luhmann, Niklas, *Liebe als Passion: Zur Codierung von Intimität*, Frankfurt/M., 1982.

Mandelkow, Karl Robert, *Goethes Briefe*, Bände I, II, Hamburg, 1965.

Mannzmann, Anneliese(Hg.), *Geschichte der Familie oder Familiengeschichte?*, Königsten/Ts., 1981.

Martini, Fritz, *Deutsche Literaturgeschichte von den Anfängen bis zur Gegenwart*, Stuttgart, 1969.

Marx, Karl, *Das Kapitel*, Bd. 1, Berlin, 1972.

May Kurt, Goethes Novelle, in: *Euphorion* 33, 1932.

Monroy, Ernst Friedrich von, Die Form der Novelle in Wilhelm Meisters Wander-jahre in: *Germanisch-Romanische Monatsschrift*, Nr. 31, 1943.

Motsch, Markus, *Die poetische Epistel: Ein Beitrag zur Geschichte der deutschen Literatur und Literaturkritik des 18. Jahrhunderts*, Bern/Frankfurt/M., 1874.

Müller, Joachim, Zu Goethes Timurgedicht, in: *Beiträge zur deutschen und nordischen Literatur*, Berlin, 1958.

Novalis, *Schriften*, hg. von Paul Kluckhohn und Richard Samuel, Bd. I, Stuttgart, 1960.

Poncet, Andre-Francois, Der sittliche Gehalt der Wahlverwandtschaften, in: Ewald Wösch(Hg.), *Goethes Roman <Die Wahlverwandtschaften>*. Wissenschaftliche Buchgesellschaft, Darmstadt, 1975.

Pott, Hans-Georg, *Die Schöne Freiheit*, München, 1980.

Pott, Hans-Georg, *Neue Theorie des Romans*, München, 1990.

Rasch, Wolfdietrich, Zum Verhältnis der Romantik zur Aufklärung, in: Ernst Ribbat(Hg.), *Romantik*, Königsten/Ts., 1979.

Reif, Wolfgang, *Zivilisationsflucht und literarische Wunschräume*, Stuttgart, 1975.

Reinhardt, Hartmut, Egmont, in: *Interpretationen: Goethes Dramen*, hg. von Walter Hinderer, Stuttgart, 1992.

Reiss, Hans, *Goethes Romane*, Bern/München, 1963.

Ritter, Henning(Hg.), *Schriften*, Bd. 2, München, 1978.

Sauder, Gerhard, *Empfindsamkeit*, Bd. 1. Voraussetzungen und Elemente, Stuttgart, 1974.

Scheibe, Siegfried, *Goethe: Aus meinem Leben, Dichtung und Wahrheit*, Berlin, 1974.

Schimpf, H. J., *Dichtung und Erkenntnis*, Stuttgart, 1968.

Schiwy, Günther, *Der französische Strukturalismus*, Reinbek, 1969.

Schiwy, Günther, *Kulturrevolution und <Neue Philosophen>*. Reinbek, 1978.

Schmidt, Jochen, *Die Geschichte des Genie-Gedankens in der deutschen Literatur,*

Philosophie und Politik 1750~1945, Bd. 1, Darmstadt, 1985.

Seidlin, Oskar, Melusine in der Spiegelung der Wanderjahre in: *Stanley Gongold*(Hg.) u.a., *Aspekte der Goethezeit,*, Göttingen, 1977.

Seidlin, Oskar, *Von Goethe zu Thomas Mann*, Göttingen, 1969.

Simon, Joseph(Hg.), *Schriften zur Sprache*, Frankfurt/M., 1967.

Sommerhäuser, Hanspeter, *Wie urteilt Goethe?* Frankfurt/M., 1985.

Staiger, Emil, *Goethe*, Bd. 1, 1749~1786, 5. Aufl., Zürich und München, 1978.

Staiger, Emil, *Goethe*, Bd. 2, 4. Aufl., Zürich, 1970.

Stöcklein, Paul, *Wege zum späten Goethe*, Darmstadt, 1973.

Tümmler, Hans, *Goethe als Staatsmann*, Göttingen, 1976.

Tümmler, Hans, *Karl August von Weimar, Goethes Freund*, Stuttgart, 1978.

Unseld, Siegfried, *Das Tagebuch Goethes und Rilkes Sieben Gedichte*, Bd. 2, Frankfurt/M., 1978.

Villiger, Hermann, *Kleine Poetik: Eine Einführung in die Formenwelt der Dichtung*, 3. Aufl. Frauenfeld, 1969.

Warning, Rainer, *Rezeptionsästhetik: Theorie und Praxis*, München, 1975.

Weber, Albrecht, *Wege zu Goethes Faust*, München, 1968.

Weisstein, Ulrich, *Einführung in die vergleichende Literaturwissenschaft*, Stuttgart, 1968.

Wellbery, David E., Die Wahlverwandtschaften, in: Lützeler/Mcleon(Hg.), *Goethes Erzählwerk*, Interpretationen, Stuttgart, 1985.

Wertheim, Ursula, *Von Tasso zu Hafis*, Berlin, 1965.

Wiese, Benno von, *Novelle*, 6. Aufl., Stuttgart, 1965.

Wild, Gerhard, Goethes *Versöhnungsbilder: Eine geschichts-philosophische Untersuchung zu Goethes späten Werken*, Stuttgart, 1991.

Wilpert, Gero von, *Sachwörterbuch der Literatur*, Stuttgart, 1979.

Wünsch, Marianne, *Der Strukturwandel in der Lyrik Goethes*, Stuttgart, 1975.

Zimmermann, Ernst, *Goethes Egmont*, Halle an der Saale, 1909.

찾아보기

인명

용어

지은이 **안진태** 고려대학교 독어독문학과와 동 대학원을 졸업하고 독일 뒤셀도르프 대학교에서 독문학 박사 학위를 받았다. 한국독어독문학회 회장을 역임하고 현재 강릉원주대학교 독어독문학과 교수로 재직 중이다. 지은 책으로 『독일 문학과 사상』, 『독일 제3제국의 비극』, 『역사적인 민족 유대인』, 『아리스토파네스의 성(性)의 기법』, 『토마스 만 문학론』, 『카프카 문학론』, 『괴테 문학의 신화』, 『괴테 문학의 여성미』, 『베르테르의 영혼과 자연』, 『파우스트의 여성적 본질』, 『신화학 강의』, 『독일 담시론』, 『엘리아데·신화·종교』, 『21세기를 위한 인류 문화 탐구』 등의 국문 저서와 *Östliche Weisheit Tiefenpsychologie und Androgynie in deutscher Dichtung*(독일 Peter Lang 출판사), *Mignons Lied in Goethes Wihelm Meister*(독일 Peter Lang 출판사) 등의 독문 저서가 있다. 「엘렉트라 신화의 문학적 수용」, 「헤르만 헤세의 문학에서 니이체 사상」, 「헤세의 『황야의 이리』에서 에로스와 입문 과정」 외 다수의 논문을 썼고, 『소들의 잠』, 『저녁 바람은 차갑다』 등을 우리말로, 그리고 김동인의 『감자』를 독일어로 옮겼다. 2003년 강원도 문화상을 수상했다.

괴테 문학 강의

발행일 2015년 2월 15일 초판 1쇄

지은이 안진태
발행인 홍지웅
발행처 주식회사 열린책들

경기도 파주시 문발로 253 파주출판도시
전화 031-955-4000 팩스 031-955-4004
www.openbooks.co.kr

Copyright (C) 주식회사 열린책들, 2014, Printed in Korea.
ISBN 978-89-329-1699-6 93850

이 도서의 국립중앙도서관 출판시도서목록(CIP)은 서지정보유통지원시스템 홈페이지(http://seoji.nl.go.kr)와 국가자료 공동목록시스템 (http://www.nl.go.kr/kolisnet)에서 이용하실 수 있습니다. (CIP제어번호:CIP2015004066)